KNAUR

Von Thomas Finn ist bereits folgender Titel erschienen:
Schwarze Tränen

Über den Autor:
Thomas Finn, geboren 1967 in Evanston/Chicago, studierte Volkswirtschaft und war nebenbei als Journalist und Autor für diverse deutsche Verlage und Magazine tätig, u. a. als Chefredakteur für das Magazin Nautilus. Seit 2001 arbeitet er als Roman-, Spiele- und Drehbuchautor. Er ist mit zahlreichen Preisen ausgezeichnet worden, u. a. mit der Segeberger Feder. Er lebt und arbeitet in Hamburg.
Mehr unter: www.thomas-finn.de

THOMAS FINN

DARK WOOD

HORRORTHRILLER

KNAUR

Besuchen Sie uns im Internet:
www.knaur.de

FSC
www.fsc.org
MIX
Papier aus verantwortungsvollen Quellen
FSC® C083411

Originalausgabe August 2016
Knaur Taschenbuch

Ein Imprint der Verlagsgruppe
Droemer Knaur GmbH & Co. KG, München

Redaktion: Momo Evers, Haus der Sprache
Umschlaggestaltung: HildenDesign, München
Umschlagabbildung: © HildenDesign unter Verwendung eines Motives von shutterstock.com/andreiuc88
Illustration: Michaela Lichtblau
Satz: Adobe InDesign im Verlag
Druck und Bindung: CPI books GmbH, Leck
ISBN 978-3-426-51874-8

2 4 5 3

Für Rita und Lucienne,
die den Wald überlebten.

»Lupus est homo homini.«

Übersetzt:
»Ein Wolf ist der Mensch dem Menschen.«

Asinaria, Plautus (römischer Dichter)

SURVIVE!

Survive! Kämpft um euer Überleben!«

Dagmar sah auf dem kleinen Monitor im Backstage-Bereich des Aufnahmestudios, wie der Moderator in Siegerpose das Mikrofon in die Höhe reckte, während hinter ihm auf einer riesigen Videoleinwand ein schäumender und von bewaldeten Hängen gesäumter Wildwasserbach in den Fokus rückte. Auf ihm kämpften drei Zweier-Kajaks mit den Fluten. Ihre Insassen trugen rote Schwimmwesten und Helme und waren so trotz der aufspritzenden Gischt gut zu erkennen. Rasant jagten die Boote auf eine Stelle zu, an der sich der Bach durch umgestürzte Bäume zu einem Flaschenhals verengte.

Im Aufnahmestudio schwollen nun die Anfeuerungsrufe der Zuschauer zu lustvollem Kreischen an. Auch Dagmar konnte sehen, dass es den beiden ersten Kajaks nur mit Mühe gelang, die Engstelle zu passieren. Das dritte der Boote jedoch brach trotz verzweifelter Paddelschläge seiner Insassen aus, schob sich quer zur Strömung und wurde von den Wellen umgerissen. Ein Missgeschick, das im Studio Laute des Bedauerns hervorrief.

Dagmar hielt gespannt den Atem an. Jetzt ärgerte sie sich, dass sie den Wettkampf nur über den kleinen Monitor mitverfolgen konnte, den die Produktionsfirma der TV-Show backstage zwischen den Strahlern unter der Decke angebracht hatte. Der winzige Bildausschnitt verriet nichts über das Schicksal der Insassen. Hatten sie sich in Sicherheit bringen können? Dann, endlich, zog die Kamera auf, und das verunglückte Kajak kam wieder in Sicht. Es war von der Strömung mitgerissen worden und trieb nun kieloben auf den Fluten. Ein weiterer Schwenk, und auch die beiden Kajakfahrer waren wieder zu sehen. Einer von ihnen zog sich an einem der umspülten Bäume zum Uferrand, der andere hielt noch immer sein Paddel umfasst und tanzte, einem roten Korken gleich, bachabwärts auf den Wellenbergen.

»Sieht ganz so aus, als würden unsere Spediteure ihren drohenden Untergang etwas wörtlich nehmen«, spottete der Moderator. »Oder sollte es sich bei den beiden gar um die Verursacher ihres Firmentiefs handeln? Schließlich heißt es nicht umsonst: Beim Paddeln zeigt sich, wie gut ein Team zusammenarbeitet.« Zuschauergelächter.

Dagmar blickte zweifelnd zu ihren Kollegen. Ebenso wie sie selbst hockten ihre fünf Schicksalsgenossen auf billigen Leinen-Klappstühlen. Die Mitarbeiter von Zerberus-Film hatten sie auf den letzten Drücker organisiert, damit sie sich bis zu ihrem Auftritt keine Löcher in den Bauch stehen mussten. Sie, und Bernd, Lars, Katja, Gunnar und Sören. Auch ihre Kollegen verfolgten die Szenen auf dem Monitor, wenngleich mit unterschiedlichem Interesse. Bernd und Lars wirkten weitestgehend unbeeindruckt. Natürlich. Soweit Dagmar wusste, trieben die beiden oft zusammen Sport und waren vermutlich viel zu abgeklärt, um sich von der inszenierten Dramatik des Senders unnötig ins Bockshorn jagen zu lassen. Bernd war mit seinen 52 Lebensjahren der Älteste ihres Teams. Dennoch wirkte er trainiert und erinnerte sie mit seinen dunklen Haaren und dem graumelierten Bart stets ein wenig an den Schauspieler Christoph Waltz – bloß, dass Bernd massiger war und der Schauspieler seine Rolex vermutlich nicht so demonstrativ zur Schau stellte, wie Bernd es tat. Wenn Christoph Waltz denn überhaupt eine Rolex besaß.

Lars wirkte mit seinem athletischen Oberkörper, flachen Bauch und markanten Kinn noch sportlicher als sein Kollege. Die dunkelbraunen Haare trug der Endzwanziger modisch kurzgeschnitten, und Dagmar betrachtete einmal mehr fasziniert seine strahlend blauen Augen.

Katja hingegen, die in gewohnt schickem Outfit direkt neben den Männern saß, war weniger auf den Monitor als auf ihre schlanken Finger mit den knallroten Nägeln konzentriert. Die Farbe passte zu ihrem flauschig roten Kaschmirpullover, der wiederum wunderbar mit ihren halblangen blonden Haaren und der beigefarbenen Leinenhose harmonierte.

Die Einzigen, die im Angesicht des Wettkampfes auf dem Monitor ähnlich angespannt wie sie selbst wirkten, waren Sören und Gunnar. Kein Wunder, Sören war ziemlich übergewichtig und brachte bei einer Körpergröße von knapp 1,70 Metern sicher 130 Kilogramm Körpergewicht auf die Waage. Nicht einmal jetzt sorgte er sich um sein Äußeres. Seine Haare waren viel zu lang, die Jeans ausgewaschen, und der Aufdruck seines schlabbrigen T-Shirts – *Sport ist Mord* – war vermutlich nicht bloß Lebensmotto, sondern Ausdruck ernster Besorgnis. Bei ihrem Kollegen Gunnar hingegen wusste Dagmar nicht, wie fit sie ihn einschätzen sollte. Ihr stets vornehm in hanseatisch blauem Zwirn auftretender Kollege rauchte zwar, wirkte aber sonst recht agil. Vielleicht rührte der Eindruck auch daher, dass er sie mit seinen buschigen Augenbrauen über den ausdrucksstarken braunen Augen an ihren Vater erinnerte. Und der war alles andere als unsportlich gewesen. Gunnars Nase war zwar etwas schiefer, sein Kinn hingegen ebenso markant. Mit seinen über 1,90 Metern Größe hätte der Endvierziger in einem Kajak aber vermutlich dennoch Probleme gehabt.

Dagmar bereute es inzwischen, dass sie sich zur Teilnahme an der Show hatte überreden lassen. Sicher, sie waren freiwillig hier. Aber wenn sie die Wahl gehabt hätten, hätten sie die verdammte Sendung vermutlich alle lieber gemütlich vor dem Fernseher verfolgt. Wenn überhaupt.

Nur hatten sie keine Wahl.

SURVIVE – KÄMPFT UM EUER ÜBERLEBEN! war der einzige Weg, um sie alle vor der drohenden Arbeitslosigkeit zu bewahren. Das Show-Konzept war leicht erklärt: Mitarbeiter von kurz vor der Insolvenz stehenden Firmen traten gegeneinander zum sportlichen Wettkampf an und konnten so mit Glück eine kräftige Finanzspritze für ihren Arbeitgeber erstreiten. Die Sendung war in der deutschen Fernsehlandschaft eingeschlagen wie eine Bombe. Offenbar hatte das Publikum genug von dritt- und viertklassigen Promis, die in Wahrheit keiner kannte und die sich nur zum Dschungelaffen machten, um ihr gesellschaftliches Unvermögen oder ihre Silikonbrüste zur Schau zu stellen. Ebenso wie von den ewig gleichen Doku-Soaps und Versager-Contests des Hartz-IV-TVs, bei denen die Chantal-Galadriels und Horst-Kevins der Republik zum Gespött gemacht wurden.

SURVIVE hingegen rückte arbeitswillige Verzweifelte in den Mittelpunkt. Das war zwar unter moralischen Gesichtspunkten nicht viel besser, kam aber gut an in einem Land, in dem jeder Arbeitslose dem Generalverdacht ausgesetzt war, faul und träge zu sein.

Die authentischste Reality-Show seit Jahren titelte kürzlich erst eine bekannte Boulevardzeitung. Das war natürlich Unsinn. Aber die Einschaltquoten ließen dennoch keinen Zweifel daran, dass es das Publikum mochte, wenn sich ein paar Unglückliche abrackerten, um die weitere Existenz ihrer Brötchengeber zu sichern. Dabei war es letztlich völlig egal, ob die Showteilnehmer unter unfähigen Chefs litten oder selbst für die Missstände in ihren Unternehmen verantwortlich waren – die 500 000 Euro, die sie durch die Teilnahme an der Show erstreiten konnten, retteten die meisten mittelständischen Unternehmen zumindest eine Weile vor der Insolvenz. Natürlich war das Showkonzept nicht neu: eine Art Mischung aus Big-Brother-Container und dem uralten »Spiel ohne Grenzen«, nur in freier Natur und an außergewöhnlichen Orten. Kameras behielten die Teams rund um die Uhr im Auge und machten später jede private Regung öffentlich. Drei Tage hatte jedes Team Zeit, um einen Parcours unterschiedlicher Aufgaben ohne fremde Hilfe zu bewältigen – und die Produktionsfirma legte großen Wert darauf, die bekannten Abläufe von Ausstrahlung zu Ausstrahlung zu verändern. Nur eines änderte sich nie: Die Herausforderungen führten die Teilnehmer jedes Mal an ihre körperlichen und seelischen Grenzen.

Von den drei Firmenteams, die bis dato bei SURVIVE angetreten waren, war bislang nur die Crew einer Düsseldorfer Boutiquenkette gescheitert – und das lag Dagmars Einschätzung nach eher an deren internen Streitereien als an den Prüfungen, die die Zankhähne hatten absolvieren müssen. Die Chancen auf die 500 000 Euro Preisgeld standen dementsprechend hoch, zumindest, wenn sie und ihre Kollegen sich nicht allzu dämlich anstellten. Hinzu kamen das Millionenpublikum und der damit einhergehende Werbeeffekt für das betreffende Unternehmen – und den wusste auch Dagmar zu würdigen. Und doch war die Sorge der Crews um ihren Arbeitsplatz lediglich der Aufhänger, mit dem das Konzept gut zu vermarkten war. Vermutlich noch entscheidender war, dass

SURVIVE auch noch 50000 Euro für »das beste Teammitglied« auslobte – und dieser Betrag floss auf das Privatkonto des oder der Glücklichen.

50000 Euro. Dagmar schwindelte angesichts der Summe. Einen solchen Batzen Bargeld hatte sie noch nie besessen. Völlig abgesehen von den schlimmen finanziellen Folgen, die ihr Fauxpas vor zwei Monaten gehabt hatte. Wenn sie jetzt noch ihren Arbeitsplatz verlor, würde sie das in die Privatinsolvenz treiben.

Auf dem Monitor fuhren die beiden verbliebenen Kajaks mittlerweile Kopf an Kopf auf das nächste Hindernis zu. Diesmal handelte es sich um einen wuchtigen Felsen, der wie der Buckel einer Schildkröte aus dem aufgewühlten Wasser ragte. Fünfzig Meter weiter war bereits die Zielmarkierung zu erkennen. Zur Erfüllung der Parcours-Aufgabe reichte es, wenn eines der Boote ins Ziel gelangte. Das schien auch den beiden Teilnehmern in dem rechten Kajak auszureichen, denn unvermittelt zog einer von ihnen das Paddel aus dem Wasser und rammte es gegen den Kopf eines der Konkurrenten im Nachbarkajak. Ein langgezogenes »Uuuuuh!« ertönte aus dem Zuschauerraum, dem ein Raunen folgte, als das sabotierte Zweiergespann frontal gegen den Felsen prallte. Das im Zweikampf siegreich gebliebene Kajak jedoch schoss seitlich an dem Hindernis vorbei und jagte im Wildwasser auf die Zielmarkierung zu. Kaum hatte es diese erreicht, brandete im Aufnahmestudio Applaus auf.

»Nett war das nicht gerade. Doch wann hat man je davon gehört, dass die Netten gewinnen?«, kommentierte der Moderator. »Oder wie es Darwin wohl gesagt hätte: SURVIVE … el of the fittest!« Gelächter. »Obwohl zwei Drittel des Teams baden gegangen sind, haben Thomas und Maike die Aufgabe mit Bravour bestanden. Gratulation!«

Dagmar verdrehte die Augen. Um die 50000 Euro einzustreichen, benötigte man persönliche Siegpunkte. Die siegreichsten Teilnehmer bekamen automatisch welche, die meisten aber vergab das TV-Publikum. Und das belohnte nicht echte Teamplayer, sondern jene, die für die größte Unterhaltung sorgten. Dagmar ging jede Wette ein, dass das Gewinnergespann mit dem unsportlichen Verhalten auch Großteile des Publikums für sich eingenommen hatte. Diese Maike etwa hatte sich bereits am ersten Tag ganz zufällig oben ohne beim Umziehen ablichten lassen, während ihr Begleiter Thomas keinen Zweifel daran ließ, dass ein Mann wie er jederzeit auch woanders einen neuen Job finden würde und ein Teamerfolg ihm im Zweifelsfall am Allerwertesten vorbeiging. Die Wahrheit war vermutlich auch bei ihm eine gänzlich andere …

Natürlich war der Kerl zu clever, um es direkt auszusprechen, dennoch deutete er immer wieder an, dass sich seine Firma bislang bloß seinetwegen über Wasser gehalten hatte. Kurz gesagt: Der Typ war ein Arschloch, wie er im Buche stand – und bot deshalb eine Menge erzählerischen Sprengstoff, denn genau das war das Salz in der Suppe der Show. Und die Producer beflügelten solch unsportliches Verhalten, indem sie Leuten wie Maike und Thomas besonders viel Sendezeit einräumten. Allen voran durch die vor der Show geführten Interviews mit den einzelnen Teammitgliedern, bei denen diese mehr oder minder verdeckt dazu aufgefordert wurden, herzlich über die Kollegen herzuziehen. Je mehr Peinlichkeiten da ans Licht gelangten, desto größer das Vergnügen der Fernsehzuschauer.

Natürlich wurden die Teilnehmer mit den sensiblen Interviews erst während der Show konfrontiert, was dann regelmäßig zu Streitereien führte. Dagmar musste unwillkürlich an das gescheiterte Boutiquenteam denken, das wie die Hyänen übereinander hergefallen war. Klamottendiebstähle im eigenen Unternehmen waren ebenso ans Licht gelangt wie heimlicher Sex in den Umkleidekabinen. Als die Mitarbeiter sich schließlich gegenseitig bezichtigt hatten, Geld aus der Firmenkasse entwendet zu haben, war der Gruppenzusammenhalt noch vor dem Lösen der letzten Parcours-Aufgabe zerbrochen.

Als hätte der Sender ihre Gedanken gelesen, wurde nun das Interview mit dem siegreichen Thomas eingeblendet. Der blonde Spediteur präsentierte sich als lässiger Musterkollege. Doch kaum, dass er zu seinen Kameraden befragt wurde, fiel die joviale Maske. Als er einen seiner Mitstreiter als »faule Sau« bezeichnete, beschloss Dagmar, innerlich abzuschalten. Hoffentlich wurde er für sein arrogantes Verhalten abgestraft. Nur hatte sie da wenig Hoffnung.

Auch sie und die anderen würden noch privat vor der Kamera Rede und Antwort stehen müssen. Und natürlich gab es auch bei ihnen Unregelmäßigkeiten und Animositäten. Die gab es vermutlich in jeder Firma. Trotzdem: Sie und ihre Kollegen würden cleverer sein als die bisherigen Teams, denn sie hatten einvernehmlich beschlossen, keine Firmeninterna nach außen dringen zu lassen. Das beruhigte Dagmar ein wenig, nahm ihr jedoch nicht ihre größte Sorge: Am Ende würden die Zuschauer über Wohl und Wehe eines jeden von ihnen entscheiden. Und sie war einfach nicht der Typ, der sich öffentlich in Szene zu setzen vermochte. Bereits in der Schule war sie gemobbt worden, und der damals etablierte Spottname »Vogelscheuche« hing ihr bis heute an. Die Leute sagten es vielleicht nicht mehr, aber sie dachten es. Dagmar spürte das.

Wie gern wäre sie ein wenig wie Katja gewesen. Ihre 32-jährige Kollegin war intelligent, hübsch und hielt ihre Bombenfigur im Fitnessstudio in Form. Angeblich zeugten ihre blonden Haare von skandinavischen Wurzeln. Und natürlich war Katja auch Männern gegenüber nicht auf den Mund gefallen. Dagmar war etwa in Katjas Alter, aber außer einer Schulliebe, die sie direkt nach der Entjungferung verlassen hatte, gab es da nichts – und erst recht keine Beziehung, die den Namen wert gewesen wäre. Oft überlegte sie, wie es wohl wäre, einen Partner an ihrer Seite zu haben, und fragte sich gleichzeitig, ob man überhaupt etwas vermissen konnte, was man nie erlebt hatte.

Dagmar seufzte, was Gunnar fragend aufblicken ließ. Sie zwang sich zu einem Lächeln und strich ihren Hosenanzug glatt. Das Publikum würde Katja jedenfalls lieben. Und Lars natürlich. Abermals beäugte sie ihn unauffällig. Ihr jüngerer Kollege hätte vermutlich mit Katja gemeinsam modeln können. Frauen wie sie selbst konnten von so einem Mann wie Lars nur träumen. Und da draußen dürfte es genügend Frauen wie sie geben.

Kurz, die 50 000 Euro konnte sie in den Wind schreiben. Sie sollte sich mit der Hoffnung zufriedengeben, durch ihren Einsatz vielleicht dazu beizutragen, ihrer aller Job zu erhalten.

»So, los geht es. In einer Minute ist euer Auftritt!« Eine kraushaarige Produktionsassistentin mit Headset und geschäftig unter den Arm geklemmtem Tablet-Computer tauchte unvermittelt im Backstage-Bereich auf. Die junge Frau lauschte auf eine Stimme in ihren Kopfhörern und brachte nun auch Sören dazu, sich von seinem Klappstuhl zu erheben.

»Daniel ist wirklich ein ganz Netter«, pries sie den Moderator drüben im Studio an, während sie rasch den Sitz aller Ansteckmikrofone überprüfte. »Aber ihr habt ihn ja schon kennengelernt. Bleibt einfach, wie ihr seid.«

»Fast arbeitslos?«, witzelte Lars. »Eigentlich sind wir hier, um das zu verhindern.«

Die Rothaarige schenkte ihm ein müdes Lächeln und spähte durch einen Vorhang ins Aufnahmestudio. Dort forderte Moderator Daniel soeben das TV-Publikum auf, eine von sechs eingeblendeten Telefonnummern zu wählen, um so den heutigen Publikumsliebling zu ermitteln. »Ich weiß es, Sie wissen es«, rief er. »Auch nach dem heutigen Auftritt ist bei unseren Spediteuren noch nichts entschieden. Zwei Parcours-Aufgaben warten noch auf sie, und das Team hat dafür lediglich einen weiteren Tag Zeit. Und dennoch … während Sie zu Hause Ihre Punkte vergeben«, er deutete theatralisch auf den Vorhang, »werden wir einen kurzen Blick in die Zukunft wagen. Denn heute stellen wir Ihnen die Kandidaten des nächsten Teams vor, das schon bald um das Überleben ihrer Firma kämpfen wird. Ich bitte um Applaus füüür – Lars Becker, Dagmar Burdorf, Bernd Göbel, Gunnar Meyberger, Sören Meier uuund Katja Riemeyer!«

Die Show-Melodie erklang, und Dagmar fuhr sich rasch noch einmal über ihren braunen Bubikopf, bevor sie Lars durch den Vorhang ins Aufnahmestudio folgte. Lautes Klatschen und begeisterte Pfiffe brandeten ihnen entgegen, und sie kniff geblendet die Augen zusammen, als sie das Scheinwerferlicht erfasste.

Himmel. Als sie vorhin herumgeführt worden waren, hatte das Studio noch so klein gewirkt. Doch jetzt, da sie im grellen Licht schemenhaft fast zweihundert Zuschauer ausmachen konnte, fühlte sie sich wie in einer Arena. Und in gewisser Weise stimmte das ja auch.

Gleich zwei Kameras nahmen sie ins Visier, und verzweifelt versuchte sie, nicht daran zu denken, dass sie da draußen vor den Bildschirmen ein Millionenpublikum anstarrte. Zu spät. Dagmar spürte, wie ihr der Mund vor Aufregung trocken wurde.

»Na, nicht so schüchtern. Setzt euch.« Moderator Daniel kam ihnen lächelnd entgegen und bat Dagmar und die anderen, auf sechs gepolsterten Stühlen Platz zu nehmen. Nervös folgte Dagmar der Aufforderung, und erst jetzt fiel ihr auf, wie lächerlich der quittegelbe Anzug aussah, in dem Moderator Daniel steckte. Der wartete ab, bis sich das Publikum beruhigt hatte, stellte demonstrativ einen Fuß auf einen Hocker und beugte sich mit dem Mikrofon in der Hand vor.

»Um euch vorzustellen, scheint mir ein Zitat von Henry Ford angebracht: ›Wer nicht wirbt, der stirbt!‹ Ford hat das zwar auf Unternehmen gemünzt, die nichts für ihre Werbung tun, aber auf euch trifft das sogar in zweierlei Hinsicht zu. Ihr arbeitet alle für die Hamburger Werbeagentur *STUDIO Alsterblick*«, er sah kurz zu dem Standbild des schäumenden Gewässers auf, »nur geht die gerade den Bach runter. Ist doch so, oder, Gunnar?«

»Na ja«, Gunnar nestelte an seiner Krawatte. »Dieses Jahr hat sich unser größter Kunde dazu entschlossen, eine neue Ausschreibung vorzunehmen. Und die haben wir an eine andere Agentur verloren. Damit haben wir, ehrlich gesagt, nicht gerechnet.«

»Ach. Ich dachte, gerade Rechnen gehöre zu deinen Stärken?« Daniel blickte auffordernd in Richtung Publikum, das den billigen Scherz mit leisem Gelächter goutierte. »Aber immerhin: Verlieren scheint für euch keine Option zu sein.«

»Deswegen sind wir hier.«

»Du warst es auch, der die Kollegen dazu überredet hat, sich hier zu bewerben?«

»Stimmt. Die Stellung in Hamburg halten so lange unser Chef Max und unsere Grafikerin Bianca.«

»Prima. Da sind wir auch schon bei meiner ersten Frage.« Daniel deutete auf Gunnars hanseatisch blauen Anzug. »Du siehst zwar aus wie der Boss, bist es aber nicht.«

Gunnar lächelte reserviert. »Ich bin Buchhalter. Außerdem Prokurist. Die Agentur gehört meinem alten Studienfreund Maximilian. Wir beide haben damals einige Jahre lang zusammen in einer WG gewohnt. Allerdings hat Max gerade einen Sturz hinter sich und läuft an Krücken. Sonst wäre er jetzt selbst hier. Aber wir genießen seine volle Unterstützung.«

»Kann ich mir denken. Geht ja auch um seine Existenz.« Daniel warf einen Blick auf ein Kärtchen. »Auf deiner schicken Visitenkarte steht aber nicht Buchhalter, sondern ›Event-Organisator‹. Das heißt, du bist mehr mit hippen Werber-Partys als mit Finanzen beschäftigt?«

»Schön wär's.« Gunnar schürzte die Lippen. »*STUDIO Alsterblick* ist eine Full-Service-Agentur. Also Media, Kreativbereich, Public Relation. Wir übernehmen gemeinsam mit unseren Partnern alle Kommunikations- und Werbeaufgaben der von uns betreuten Unternehmen. Dazu gehören hin und wieder auch größere Events. Wenn es dazu kommt, dann organisiere tatsächlich ich die.«

»Traut man einem Zahlenfuzzi wie dir aber nicht gerade zu.«

Das Publikum lachte.

»Besser, du lässt dich nicht vom äußeren Schein täuschen.« Gunnar zwinkerte. »Ich habe früher in einer Punkrock-Band gespielt. Und Max und ich sind während des Studiums leidenschaftliche Szenegänger gewesen. Ich kenne Locations, von denen hast du vermutlich noch nie gehört.« Wieder zwinkerte Gunnar dem Publikum zu. Er machte das gar nicht schlecht, fand Dagmar.

Aber der Moderator ließ Gunnar nicht so leicht von der Angel: »Was war das größte Firmenevent, das du je organisiert hast?«

»Das war für unseren ehemaligen Großkunden. Ein PR-Auftritt im CCH, im Hamburger Congress-Zentrum.«

»Falsch, Gunnar!« Daniel deutete auf ihn, als habe er ihn beim Schummeln erwischt. »Das größte von dir organisierte Firmenevent ist ja wohl eindeutig SURVIVE!« Mit ausgebreiteten Armen forderte der Moderator das Publikum zum Applaus auf, das der Bitte allzu gerne nachkam. »Aber macht nichts, nächste Woche kannst du dich ja noch einmal ins Zeug legen. Und wenn *wir* irgendwann mal Werbung nötig haben, kommen wir gern auf euch zurück … wenn ihr dann noch existiert.« Daniel grinste und starrte jetzt das T-Shirt mit dem Aufdruck *Sport ist Mord* an, das sich über Sörens dicken Bauch spannte. »Kommen wir zu dir, Sören. Wenn man dein Feinkostgewölbe so sieht, könnte man denken, du arbeitest bei euch in der Firmenkantine. Die habt ihr aber gar nicht, oder?«

Einige im Publikum gluckSten, doch Sören ignorierte die Provokation. »Nö, alles privat angefuttert.« Er zog das Shirt mit der Aufschrift lang, so dass der Aufdruck besonders gut zur Geltung kam. »Ich sag mal so: Lieber ’ne Wampe als gar nichts Herausragendes.« Das Publikum lachte. Nicht *über*, sondern *mit* Sören. Dagmar hob anerkennend eine Augenbraue, während ihr Kollege fortfuhr: »Ich bin bei uns Online- und Netzwerk-Administrator. Chef über Bits und Bytes, sozusagen. Nicht zu verwechseln mit Bites.« Er lachte etwas zu schrill. Der Moderator starrte ihn irritiert an, und auch das Publikum wusste offenbar nicht so recht, was sie von der Lautäußerung halten sollte. »Na, du weißt schon«, erklärte Sören hilflos seinen Scherz. »Bites … wie Bisse! Wie ein Vampir.« Er deutete auf seine Zähne. »Nie Blood Rayne gezockt? Oder wenigstens Castlevania - Lords of Shadow 2?«

»Ehrlich gesagt … nein.«

Sören wurde rot. »Na ja, war ja auch bloß ein Spaß. Bei uns in der Community – also ich meine jetzt online – gelte ich als Fachmann für Blutsauger.«

»Oha, einer … Community … gehörst du also an. Vermutlich ebenfalls alles so androgyne Vampire wie du, was?«, amüsierte sich der Moderator und griff gleich sein eigenes Stichwort auf: »Ich will jetzt mal nicht hoffen, dass du der Blutsauger bist, der eure Agentur zur Ader gelassen hat. Vielleicht durch heimliches PC-Spielen während der Arbeitszeit?«

Sören begann unbehaglich auf seinem Stuhl hin- und herzurutschen. »Nein, natürlich nicht. Dafür, äh, ist ja gar keine Zeit. Also, das Firmennetzwerk … Also irgendwas ist da eigentlich immer. Und ich kümmere mich auch um die Webseiten, die wir designen. Ohne mich würde der Laden vermutlich gar nicht laufen.«

»Ach, und ich dachte, gerade das tut er nicht? Na, dann hoffe ich mal, dass du das mit dem Laufen auch nächste Woche hinbekommst.« Daniel wandte sich Bernd und Lars zu. »Kommen wir zu den Kreativen unter euch, nämlich eurem Art-Direktor Bernd und eurem Texter Lars. Ihr beide arbeitet nicht bloß für *STUDIO Alsterblick*, ihr seid auch privat befreundet, wie ich hörte?«

»So ist es«, erklärte Bernd. Er rückte das Sakko zurecht, und im Scheinwerferlicht blitzte eine blau-silberne Nadel am Revers auf, die man auf den ersten Blick für das Emblem der Rotarier halten konnte. Nach allem, was Dagmar wusste, war es aber lediglich das Abzeichen für einen Sport-Club. »Lars und ich haben einander vor drei Jahren beim Sport kennengelernt. Ich war es auch, der Lars den Weg in die Agentur geebnet hat.«

»Wir sind im gleichen Segelclub«, ergänzte Lars und setzte ein entwaffnendes Lächeln auf. »Wasser hat es mir schon immer angetan. Früher habe ich eine Weile als Tauchlehrer gearbeitet. Aber das war vor meiner Karriere als Texter. Dafür bleibt inzwischen keine Zeit mehr. Jetzt geht es mehr darum, sich für den Agenturalltag fit zu halten. Da hat ein Tag schon mal 16 Stunden.«

Der Moderator lächelte süffisant. »Und vom Sprücheklopfen kann man leben?«

»Wieso, kannst du doch auch«, konterte Lars. Das Publikum lachte, und Daniel lächelte die Spitze ebenfalls weg.

Bernd boxte Lars kumpelhaft gegen die Schulter, was dieser mit einem verschnupften Blick quittierte: »Seit ich Lars unter meine Fittiche genommen habe«, dröhnte er, »hat er erst richtig aufgedreht. Gemeinsam haben wir schon so manche Werbekampagne gestemmt. Du kennst die Black-Horse-Powerriegel von Kreuper-Kekse?«

Daniel nickte.

»Dann kennst du auch den Slogan *Black Horse. Beiß dich durch!* Der stammt von uns.«

Vielsagend schürzte der Moderator die Lippen. »Sieh an. Aber euer Agentur-Blutsauger hat dabei nicht mitgeholfen?« Bernd und Lars blickten zu Sören hinüber und lachten. Der saß steif neben ihnen und machte gute Miene zum bösen Spiel. Dagmar tat ihr dicker ITler leid. Sicher, er war ein echter Nerd, und es gab wohl niemanden in der Firma, der ohne triftigen Grund zu viel Zeit mit ihm verbrachte. Doch sich in aller Öffentlichkeit über ihn lustig zu machen, das war unfair.

»Dann will ich mal hoffen, dass ihr nächste Woche ein paar Powerriegel dabeihabt«, sagte Daniel. »Auf jeden Fall wirkt zumindest ihr beide so, als wäret ihr fit für den Ring. Apropos Ring.« Daniel wandte sich noch einmal Bernd zu. »Der mögliche Jobverlust muss gerade dir ziemlich zu schaffen machen. Wie ich erfahren habe, bist du als Einziger von euch verheiratet. Und das nicht mit irgendwem, sondern mit der ehemaligen Hamburger Schönheitskönigin Alexandra Fischer.« Die Regie spielte auf dem riesigen Monitor mehrere Fotos einer wunderschönen schlanken Schwarzhaarigen auf, die in einem enganliegenden Abendkleid in die Kamera lächelte. Dagmar merkte Bernd an, dass es ihm gar nicht recht war, dass die Produktionsfirma sein Privatleben ausbreitete. Doch als im Publikum anerkennende Pfiffe zu hören waren, lächelte er selbstgefällig.

»Sieh an, was für euch nicht alles interessant ist«, brummte er. »Stimmt. Alexa und ich sind jetzt seit acht Jahren zusammen, davon vier verheiratet.«

»Gratulation. Dabei trennt euch ein stolzer Altersunterschied von fast zwanzig Jahren.«

»Na und? Alter ist eben nicht alles«, wiegelte Bernd ab. »Wir haben die gleichen Hobbys, gehen gern ins Theater und lieben die gleichen Urlaubsländer. Außerdem segelt meine Frau ebenso gern wie ich. Eine Leidenschaft, für die ich sie damals während unserer Hochzeitsreise auf den Seychellen begeistern konnte. Inzwischen kreuzt sie sogar Lars aus. Ach, was sage ich: Auf dem Wasser schlägt sie den halben Segelclub. Aber ich gestehe, dass mich unser kleines Firmentief zur ungünstigsten Zeit erwischt.« Er atmete tief ein und schien kurz mit sich zu hadern. »Meine Frau hat mich nämlich gestern mit der Nachricht überrascht, dass wir unser erstes Kind erwarten.«

Es ertönten begeisterte Pfiffe. Bernd winkte verlegen ab, während ihn die Kollegen überrascht ansahen. Dagmar wusste nicht viel über Bernds Privatleben, doch wenn das mit dem Kind stimmte, gab es hier noch mindestens einen mehr, der einen Show-Erfolg dringend benötigte. Falls nicht, war das eben ein verdammt cleverer Schachzug, um sich beim Publikum Sympathiewerte für die 50 000-Euro-Prämie zu sichern. War Bernd so etwas zuzutrauen?

»Wow.« Daniel tat gerührt. »Dann wünsche ich dir erst recht Erfolg. Mit über fünfzig dürfte es schließlich nicht so leicht sein, etwas Neues zu finden.«

Bernd lächelte verkniffen. »Ach, komm. Berufserfahrung zählt schließlich auch«, er nestelte an seiner Rolex, »und wir treten hier ja nicht umsonst an.«

»Bernd gehört nicht zum alten Eisen, er ist ein alter Hase!«, sprang Lars seinem Freund und Kollegen zwinkernd bei, doch Bernd musterte ihn argwöhnisch. Der Moderator hingegen ging darüber hinweg und zum nächsten Thema über: »Nun, hübsche Frauen. Das ist doch die ideale Überleitung, um die Damen in unserer Runde vorzustellen.« Zu Dagmars Erleichterung wandte er sich zunächst Katja zu, die ihre langen Beine übereinanderschlug und sich so plazierte, dass ihr das blonde Haar keck über die Schultern fiel.

»Katja, du arbeitest bei *STUDIO Alsterblick* als sogenannte Kontakterin.« Daniel betrachtete sie eine Spur zu anzüglich. »Was darf man sich denn darunter vorstellen? Eine Vermittlerin wie auf einem Kontakt-Hof?«

»Offenbar treibst du dich zu häufig auf der Reeperbahn herum«, gab sie trocken zurück.

»Aber nicht doch, Amüsierviertel gibt es auch hier in Köln.«

»Sprechen wir jetzt über deine Hobbys?« Katja wartete die Lacher aus dem Publikum ab, bevor sie fortfuhr. »Nein, im Wesentlichen halte ich den Kontakt zum Kunden, berate ihn und erläutere ihm unsere Werbestrategien. Außerdem sorge ich dafür, dass die Vorstellungen der Marketingabteilungen bei unseren Kreativen ankommen.«

»Ganz ehrlich, ich verstehe nicht, warum sich euer Hauptkunde eine andere Agentur gesucht hat.« Daniel wandte sich dem Publikum zu. »Oder würdet ihr die Aussicht aufgeben, eine Schönheit mit solchen Beinen regelmäßig zum Rapport zu laden?« Abermals Gelächter, vor allem unter den Männern im Publikum. Katja schürzte die Lippen. »Wenn unsere Kunden lediglich aus Männern bestehen würden, die so denken wie du … wer weiß. Zumindest versuche *ich,* auf einen gewissen Stil zu achten.«

»Oha, sag bloß, dir gefällt mein Stil nicht?«, gab sich Daniel empört.

»Ganz ehrlich?« Katja betrachtete ihn aufmerksam. »Würde ich dich beraten, würde ich dich zunächst einmal in einen anderen Anzug stecken. Mit deinem quittegelben Outfit siehst du aus wie einer der Minions aus *Ich – Einfach unverbesserlich.*«

Das Publikum brüllte vor Lachen, und für einen kurzen Moment lang wirkte es so, als würde Daniel seine Contenance verlieren. Doch sofort hatte er sich wieder im Griff und betrachtete seinen Anzug halb empört, als habe sich dieser völlig unbemerkt an ihn herangeschlichen. »Püh, das war jetzt eine ziemlich fiese Retourkutsche. Ist das typisch für euch Werber? Dass sich alles immer bloß um den schönen Schein dreht?«

Katja musterte den Moderator ungerührt und zog dann die akkurat geschwungenen Brauen in die hohe, faltenfreie Stirn: »Nein, wäre es so einfach, wie du dir das vorstellst, hätte *ich* nicht Kommunikationswissenschaften studieren müssen«, gab sie ungerührt zurück. »Aber tröste dich: Andere Männer stehen ohne hilfreiche weibliche Beratung modisch auch auf dem Schlauch.«

Spätestens jetzt hatte sie auch die weiblichen Zuschauer auf ihrer Seite. Einige unter ihnen standen sogar auf, um ihr laut Applaus zu spenden. Dagmar beneidete Katja einmal mehr für ihre Schlagfertigkeit.

»Touché!« Moderator Daniel zeigte sich reumütig, schoss aber direkt im Anschluss einen letzten Pfeil ab. »Auf jeden Fall siehst du toll aus. Aber das, was du trägst, ist ja auch nicht gerade billig. Finanziell scheint es dir also nicht gerade schlechtzugehen.«

»Ich sagte doch, dass *ich* auf Stil stehe.« Katja blinzelte nicht einmal. »Aber wenn es dich tröstet: Mein Outfit verdanke ich zu einem Großteil Gunnar.«

Katja hielt kurz inne, und Dagmar sah, wie dem Moderator bereits die nächste anzügliche Bemerkung auf den Lippen lag. Doch sie kam ihm zuvor: »Glücklicherweise unterhält Gunnar gute Kontakte zu Einkäufern – und da ist dann manchmal auch für uns ein Schnäppchen drin. Frag ihn, dann hilft er vielleicht auch dir.«

»Ach?« Der Moderator wandte sich wieder an Gunnar. »Buchhalter. Event-Organisator … und jetzt stellt sich heraus, dass du deine Finger auch noch in der Modeszene hast? Ganz schön umtriebig.«

Gunnar strich sich fahrig über den blauen Zwirn. Dagmar sah ihm an, dass ihm das Thema unangenehm war. »Man hilft eben, wo man kann. Und was Katja betrifft«, er nickte ihr zu, »sie ist ja gewissermaßen unser Aushängeschild.«

»Du, Dagmar, lässt dir bei der Kleiderauswahl aber nicht von Gunnar helfen?«, wandte sich der Moderator jetzt überraschend an Dagmar selbst. Das strahlende Lächeln, das sie den Kameras hatte präsentieren wollen, zerfaserte vor Aufregung.

»Ich? Nein. Ich meine … Hin und wieder. Normalerweise habe ich nicht so viel Geld für Klamotten übrig. Ich meine, ich trage ja schon gern schöne Kleider, aber bei mir gibt es nicht so viele Gelegenheiten, als dass ich …« Hilflos sah sie zu ihren Mitstreitern. Gott, war sie blöde. Sie klang wie eine alte Jungfer.

Zu ihrer Überraschung stand ihr ausgerechnet Katja bei. »Dagmar ist unser guter Engel im Hintergrund. Ist ja nicht jedermanns Sache, an vorderster Front zu arbeiten. Ohne sie würden wir jedenfalls alle ziemlich dumm dastehen.«

Dagmar schenkte ihrer Kollegin einen dankbaren Blick, während Daniel weiter ihren Hosenanzug anstarrte. »Trotzdem, eine PR-Beraterin habe ich mir immer etwas anders vorgestellt. Du bist eher der praktische Typ?«

»Äh … nein«, korrigierte Dagmar ihn.

»Also eher die Intellektuelle?«

»Nein, auch nicht. Ich meine, ich bin bei uns nicht für die PR zuständig, sondern für die Media-Planung und -abwicklung.« Wieso hatte die Produktionsfirma ausgerechnet bei ihr die falsche Tätigkeit vermerkt? »Ich schalte Anzeigen, arbeite gemeinsam mit Max und Katja die Media-Pläne aus, berechne Ranking und Reichweiten und …«

»Ach Gott, hör auf. Das klingt ja fast so langweilig wie Gunnars Buchhaltung.« Daniel verzog das Gesicht. »Erzähl uns lieber etwas über dein Privatleben.« Dagmar wäre am liebsten im Boden versunken. Da gab es nichts zu erzählen.

»Wir haben ehemalige Mitschüler von dir ausfindig gemacht«, fuhr der Moderator ungerührt fort. »Und von denen war zu erfahren, dass du damals schon eine Einzelgängerin gewesen bist.«

Sie hatten *Mitschüler* nach ihr befragt? Dagmar sah, dass sich aus irgendeinem Grund auch Katjas Körperhaltung anspannte. »Ich habe halt lieber etwas mit meinem Vater unternommen«, antwortete Dagmar vorsichtig. »Er war bei der Bundeswehr und deswegen häufig unterwegs. Wenn er dann mal da war, war ich lieber mit ihm wandern, oder wir haben an seinem Motorrad geschraubt oder zusammen Sport gemacht.«

»Also doch der praktische Typ?«

Dagmar wusste nicht, was sie antworten sollte. »Er hat mich eben wie den Sohn erzogen, den er nie hatte. Ich habe das aber gern gemacht«, setzte sie rasch nach.

»Tröste dich, es gibt bestimmt viele Frauen, die darunter leiden, dass ihre Väter lieber einen Sohn gehabt hätten«, sagte der Moderator in jovialem Tonfall und musterte sie einmal mehr von Kopf bis Fuß.

»Aber das stimmt doch …«, versuchte Dagmar einzulenken, doch Daniel fiel ihr einfach ins Wort: »Bastelst du denn heute noch gern an Motorrädern?«

»Mein Vater starb, als ich 18 Jahre alt war«, gab sie leise zurück. »Ein Autounfall. Seitdem … ist vieles anders geworden.«

»Ja, auch davon habe ich gehört. Deine Mutter hat den Unfall nicht so gut verkraftet, was?«

»Sie erlitt nach dem Tod meines Vaters einen Schlaganfall.« Dagmar schluckte. »Sie ist jetzt pflegebedürftig. Sprechen kann sie zwar wieder, aber sie ist halbseitig gelähmt. Leider reichen die Pensionsbezüge meines Vaters nicht für ein gutes Pflegeheim aus. Aber das lehnt sie eh ab. Deshalb kümmere ich mich um sie. Neben der Arbeit.«

»Mann, das muss wirklich hart sein.« Daniel musterte sie mit gespielter Betroffenheit, während er bereits das nächste Moderationskärtchen aus dem kleinen Stapel in seinen Händen zog. Vermutlich noch mehr Zeug aus ihrem Privatleben. Dagmar saß da wie versteinert. Sie hatte aus gutem Grund niemandem von ihren häuslichen Problemen erzählt. Weder davon, dass ihre Mutter sie nahezu komplett in Beschlag nahm, noch davon, wie verbittert diese war – und wie sehr sie ihr das Leben zur Hölle machte. Das ging niemanden etwas an. Außerdem wollte sie kein Mitleid. Es reichte schon, dass sich diese Kreditkarten-Sache vor zwei Monaten bei den Kollegen herumgesprochen hatte.

»Ja, ist nicht immer einfach«, antwortete sie tonlos.

»Und jetzt ist auch noch dein Arbeitsplatz in Gefahr. Das Leben ist manchmal verdammt unfair.« Dagmar nickte stumm, obschon sein Tonfall ihr mehr als eindeutig verriet, was er wirklich dachte: *Du bemitleidenswerte Vogelscheuche bist genau das, was wir für die Show brauchen.* »Aber genau dafür sind wir ja da!«, rief der Moderator in diesem Augenblick wie ausgewechselt und stellte sich nun wieder vor die Kamera. »Um Ungerechtigkeiten wie diese auszugleichen und Menschen wie Dagmar eine zweite Chance zu geben. Also, lassen wir das Schicksal erneut die Karten mischen. Schauen wir nach, wohin es unsere sechs Werber verschlägt!«

Die Show-Melodie ertönte ein weiteres Mal, und eine hübsche Hostess stöckelte von links mit einem silbernen Tablett auf ihn zu. Auf diesem lag ein rotes Kuvert. Daniel machte es spannend. Er präsentierte den Umschlag pathetisch dem Publikum und zog dann umständlich eine Karte hervor, dessen Inhalt ihn scheinbar in größte Verzückung versetzte.

»Norwegen!«, rief er begeistert, während hinter ihm auf der großen Videoleinwand berauschend schöne Landschaftsbilder des skandinavischen Landes eingespielt wurden. Stolze Meeresbuchten wechselten sich mit Aufnahmen von rauschenden Wäldern, einsamen Küsteninseln und pittoresken Bildern bunter Holzhäuser ab.

»Es geht also ins Land des Nordlichts, der Fjorde und der großen Bergklippen. Aber auch ins Land der Sümpfe, der unermesslichen Weiten und der Mittsommernächte. Und das ist nicht alles, denn für euren Auftritt haben wir ein ganz besonders lauschiges Plätzchen ausgewählt: die abgeschiedene Gebirgsregion *Trollheimen!*« Daniel rollte das »r« unheilvoll. »Dort könnt ihr zeigen, was in euch steckt. Fortan also keine hippen Partys mehr. Keine Sportwagen, kein Alkohol, ja, nicht einmal mehr Schnee. Zumindest müsstet ihr dafür erst einmal auf die Gipfel rauf …«

Einige im Publikum lachten.

»Nur ihr – und die Unbilden der Natur. Also, noch könnt ihr kneifen. Wollt ihr das?«

Dagmar und ihre Kollegen wechselten Blicke. »Auf gar keinen Fall!«, erklärte Bernd mit Nachdruck.

»Dann gilt es auch für euch.« Daniel wandte sich den Kameras zu: »Survive! Kämpft um euer Überleben!«

DUNKLE OMEN

Skyggehus, Norwegische Provinz Møre og Romsdal,
zehn Tage später

»Schade, dass unser Aufenthalt in Trondheim so kurz war«, rief Sören gegen den Motorlärm des Kleinbusses an und riss Gunnar so aus seinen Gedanken. »Da gibt es einen Lift für Fahrradfahrer. Außerdem hätte ich mir gern die bunten Speicherhäuser am Fluss und das Stadtviertel Bakklandet mit seinen verschachtelten Häusern angesehen. Und natürlich das Wissenschaftsmuseum mit den Wikingerfunden. Als Deutsche wäre es wohl auch unsere Pflicht gewesen, der Festung Kristiansten einen Besuch abzustatten. Hier steht, dass man von da oben aus einen ziemlich guten Blick über die Stadt hat.«

»*Was,* bitte, wäre als Deutsche unsere Pflicht gewesen?« Gunnar blies den Rauch seiner Zigarette aus dem Seitenfenster des klapprigen Ford Transit, mit dem die Produktionsfirma sie schon seit eineinhalb Stunden in Richtung Südwesten kutschieren ließ. Angesichts des leichten Fahrtwindes, der in den Wagen zog, fröstelte es ihn. Obwohl sie erst Anfang September hatten, war es draußen kaum 15 °C warm. Sören schien das nicht zu stören, denn er fuhr angeregt fort: »Na, die Nazis hatten Norwegen doch bis zum Ende des Krieges besetzt. Die haben in der Festung norwegische Widerstandskämpfer hingerichtet.« Eingezwängt in seinen alten Bundeswehrparka, blätterte er weiter seinen Touristenführer durch. »Mal sehen, vielleicht bleibe ich einfach noch ein paar Tage, wenn die Show durch ist. Oben in Harstad steht nämlich auch noch die Adolf-Kanone. Die war Teil der alten Küsterbatterie. Ebenfalls von den Nazis gebaut – aber das verrät ja schon der Name. Die ist noch heute eine der weltweit größten Kanonen ihrer Art. Rohrlänge über einundzwanzig Meter. Kaliber 40,6 cm. Und … wow … eine Reichweite von 56 Kilometern. Das wirklich Coole an ihr aber ist, dass man da reinkriechen und sich so fotografieren lassen kann.«

»Reinkriechen? Du?« Gunnar sah kopfschüttelnd einem Straßenschild nach. Leider hatte er sich zu lange von Sörens Gerede ablenken lassen, als dass er die Ortsangabe darauf hatte erkennen können. Aber er wusste dennoch, dass sie ihr Ziel bald erreicht haben sollten: *Skyggehus.*

Die kleine Ortschaft lag am Rande des Landschaftsschutzgebietes *Trollheimen*, in dem die Aufnahmen stattfanden. Wie sie erfahren hatten, mittels einer Sondergenehmigung. Vielleicht würden sie dort endlich einigen Verantwortlichen des Drehteams begegnen. Zumindest hatte er in den letzten Tagen genug Zeit gehabt, sich über die Berglandschaft zu informieren. Ein beliebter Wanderweg querte das unwirtliche Gebiet, doch davon ab sagten sich dort angeblich Elche und Wölfe gute Nacht. Nur Berge, Wälder und Seen. Und das, soweit das Auge reichte. Vermutlich die ideale Kulisse für die Show. Allerdings verhagelte ihm bereits der Gedanke an eine solche Überdosis an Natur die Laune. Ganz abgesehen von seinen anderen Problemen, die dazu beitrugen, dass er das übermotivierte Geschwätz ihres dicken ITlers im Augenblick nicht ertrug. Auf der anderen Seite: Was konnte Sören schon für seine Privatprobleme? Gar nichts, genau genommen. »Schlaf lieber etwas«, fügte er daher, an Sören gewandt, versöhnlicher hinzu. »Die nächsten Tage werden anstrengend genug.«

Sören ließ sich wieder zurück in den Sitz fallen. »Das mit dem Rohr war nicht nett«, brummte er gekränkt. »*Ich* passe da vielleicht nicht rein. Aber andere. Außerdem kann ich in dieser altersschwachen Karre eh nicht schlafen.«

Wie aufs Stichwort sorgte ein Straßenloch dafür, dass sie gehörig durchgerüttelt wurden. Gunnar stieß sich den Kopf an der Wagendecke, verbiss sich aber einen weiteren Kommentar. Der Bus war vermutlich irgendwann in den späten 70ern gebaut worden, und dementsprechend stand es auch um seine Ausstattung: Sitze mit einfachen Schaumstoffbezügen, karierte Vorhänge vor den Scheiben, und ihr Gepäck türmte sich lieblos im Heck des Fahrzeugs. Dazwischen hockten er und seine fünf Kollegen. Weitestgehend schweigend, denn der Motorenlärm des Oldtimers erschwerte jede Unterhaltung mit den anderen. Wenn die Produktionsfirma diese Schrottkarre gebucht hatte, um ihr Team bereits vor der Ankunft zu zermürben, war ihnen das jedenfalls in seinem Fall bereits jetzt bestens gelungen.

Gunnar starrte wieder aus dem Fenster und betrachtete die prächtige Landschaft mit den Birken- und Kiefernwäldern, die an dem Fahrzeug vorüberzogen. Kontrastreicher hätte der Anblick nicht sein können. Im Osten thronten durch die Eiszeit entstandene Hügel, im Süden erstreckten sich unter einem blau bewölkten Himmel Berge, Wälder und steile Formationen, die von einem türkisfarbenen See aufgelockert wurden.

Nachdem sie einige Zeit auf einer Mautstraße gefahren waren, befanden sie sich jetzt auf einer einsamen Landstraße, der alte Steinmauern und lange Reihen an Prellsteinen einen historischen Schleier überzuwerfen schienen. Dennoch konnte die hübsche Aussicht nicht darüber hinwegtäuschen, dass er und seine Kollegen bald auf jeden Komfort würden verzichten müssen. Auf der anderen Seite, so dachte Gunnar, konnte von Komfort, bei Licht betrachtet, bereits seit ihrer Ankunft in Norwegen keine Rede mehr sein. Nach dem gestrigen fast sechsstündigen Flug von Hamburg nach Trondheim waren sie todmüde gewesen und hatten im Stillen auf ein weiches Hotelbett gehofft. Stattdessen hatten sie am Flughafen Trondheim-Værnes nicht etwa Mitglieder des Filmteams abgeholt, sondern ein einheimischer Taxifahrer. Und der hatte sie auch nicht in ein Hotel, sondern in eine billige Studentenabsteige östlich der Technischen Universität kutschiert, deren Gemeinschaftstoiletten und -bäder im Hotelflur sowie deren ausgeleierte Betten in muffigen Zimmern vermutlich das letzte Mal in den 80ern gelüftet worden waren. Das sogenannte Frühstück heute Morgen hatte er bereits verdrängt. Gunnar hätte einen seiner blauen Anzüge darauf verwettet, dass all das bewusste Schikane der Produktionsfirma war.

Der gestrige Fahrer jedenfalls war der gleiche, der sie auch jetzt kutschierte. Und anders als fast alle anderen Norweger, denen sie begegnet waren, sprach er leider in etwa so gut Englisch wie Gunnar Suaheli. Von Deutsch ganz zu schweigen. Dabei war Trondheim Universitätsstadt und nach Oslo und Bergen die drittgrößte Kommune des Landes. Auch das hielt er also für reine Bosheit.

Zu ihrem Glück war Katja als Dolmetscherin eingesprungen. Gunnar hatte völlig vergessen gehabt, dass Katjas Mutter Norwegerin war und sie mehr als nur Englisch und Französisch sprach. Vor der miesen Absteige hatte sie das aber trotzdem nicht bewahrt, und auch jetzt zeigte sich ihr Fahrer wenig gesprächig. Vermutlich verstand er in Wahrheit jedes Wort, und die Schrottkarre war verwanzt. Damit sie sich hier ungestört fühlten und dann irgendwelche Dinge auspackten, die man dann wiederum hervorragend zu irgendwelchen Kurzfilmen zusammenschneiden konnte. Gunnar seufzte. Hoffentlich sah er bloß Gespenster. SURVIVE war einfach ein Trash-Format. Wo die Kamera nicht war, sparte man vermutlich schlicht an allen Ecken und Enden. Er selbst hätte es als Event-Manager wahrscheinlich nicht anders gemacht. Und die Produktionsfirma hatte schließlich nicht die Order, Kandidaten wie ihn und seine Kollegen auf Rosen zu betten. Zermürben, aushöhlen. An den Nerven zerren, bis die Masken fallen; das war die Devise. Nur durften sie sich nicht darauf einlassen.

Gunnar nahm einen weiteren Zug seiner Zigarette, sah einem forstwirtschaftlichen Fahrzeug hinterher, das mit Baumstämmen beladen an ihnen vorbeidonnerte, und vergrub beiläufig die Linke in der Tasche seiner orangefarbenen Regenjacke, die er über einem Kapuzenpulli trug. Seine Fingerkuppen strichen unwirsch über den zusammengefalteten Zettel, den er dort verborgen hatte. Das Stück Papier war ihm erst heute Morgen unter der Zimmertür hindurchgeschoben worden. Es handelte sich um einen Monopoly-Geldschein, und die darauf befindliche Nachricht war an das bekannte Spiel angelehnt: *Gehen Sie direkt ins Gefängnis, gehen Sie nicht über Los. Ziehen Sie nicht 50 000 € ein.*

Ein weiterer Erpressungsversuch. Und das ausgerechnet jetzt.

Er und Max hatten schon dreimal in den letzten Monaten nahezu gleichlautende Schreiben erhalten. Nur, dass die bisherigen mit konkreten Geldforderungen verknüpft waren. Zahlbar in bar und zu deponieren in Umschlägen an öffentlichen Plätzen. Bislang hatte der oder die Unbekannte ihnen fast 10 000 Euro abgeknöpft, und es war Max und ihm bislang nicht einmal mit Hilfe eines Privatdetektivs gelungen herauszufinden, wer dahintersteckte. Gott, warum hatte er sich bloß in diese Sache mit hineinziehen lassen? Gunnar schüttelte unwirsch den Kopf, denn er kannte die Antwort. Weil er sich von Max hatte beschwatzen lassen. So wie er sich von ihm ständig beschwatzen ließ.

Alles hatte vor zwei Jahren mit empfindlichen Kürzungen im Werbeetat ihres Hauptkunden angefangen. Eigentlich hätten Max und er daraufhin zwei Stellen streichen müssen, doch sie hatten stattdessen bei der Bundesagentur für Arbeit Kurzarbeitergeld beantragt, um die Agentur so weiter am Laufen zu halten. Zwei Monate später war der Etat überraschend wieder aufgestockt worden – nur hatten Max und er versäumt, die Behörden darauf aufmerksam zu machen. Die Bezuschussung floss seitdem weiter – doch jetzt eben in die eigenen Taschen.

Auf welche Weise der Betrug aufgeflogen war? Gunnar wusste es nicht. Er jedenfalls sorgte dafür, dass niemand Einblick in die Finanzlage der Agentur erhielt. Und Max saß mit ihm im selben Boot: Auch er konnte für den Betrug mehrere Jahre in den Bau wandern.

Und das wusste auch ihr Erpresser.

Dass der Zettel heute Morgen unter seiner Tür hindurchgeschoben worden war, hatte Max' und seine schlimmsten Vermutungen bestätigt: Der Erpresser saß hier unter ihnen. Und diesmal schien es ihm oder ihr um die 50 000 Euro Showprämie für das »beste Teammitglied« zu gehen. Gunnar ließ seinen Blick über seine Mitstreiter gleiten. Aber welcher seiner Kollegen spielte hier ein doppeltes Spiel? Und: Was genau erwartete er oder sie denn jetzt von ihm? Sollte er sich in den kommenden Tagen zugunsten eines der anderen Teammitglieder zurückhalten? Oder war dem Unbekannten daran gelegen, dass er ihn während der Show irgendwie unterstützte? Aber wie, ohne aufzufliegen? Der Versuch, ihn ausgerechnet hier in Norwegen erneut anzugehen, war nicht bloß dreist, sondern dumm. Denn diesmal konnte sich ihr Erpresser nicht vor ihm verstecken. Er würde Fehler machen. Und dann …

Gunnar schnippte die Zigarettenasche wütend aus dem Kippfenster und beäugte die kleine Gruppe unauffällig. Sören? Ihr Netzwerkadministrator blätterte noch immer in seinem Touristenführer. Irgendwie traute er ihm so eine Sache nicht zu. Sören war ohne Zweifel ein As in seinem Job, doch davon ab lebte er in Phantasiewelten. Dagmar? Ihre unscheinbare Mediaplanerin saß still da, blickte aus dem Wagenfenster und hörte mp3s via Kopfhörer. Sie war eines dieser späten Mädchen, die es allen recht machen wollten und dabei den Anschluss ans wahre Leben verpasst hatten. Irgendwie tat sie ihm dafür leid. Raffiniert war sie ebenfalls nicht. Das zeigte der erst zwei Monate zurückliegende Zwischenfall, als sie nach einem Geschäftsessen die Firmenkreditkarte samt der zugehörigen PIN in ihrem Wagen liegengelassen hatte. Natürlich war die Kreditkarte gestohlen worden, und jemand hatte das Firmenkonto noch am gleichen Tag mit fast 7000 Euro belastet. Max war ausgeflippt und hatte Dagmar für den abgehobenen Betrag in voller Höhe haftbar gemacht. Jeder andere hätte den Fehler vermutlich abzustreiten versucht.

Sie nicht.

Gunnar konnte bloß mutmaßen, wie sehr die Summe bei ihr ins Kontor geschlagen war. Insbesondere seit ihrem TV-Auftritt, der auch ihm erstmals ihre häuslichen Belastungen offengelegt hatte. Nein, Dagmar fehlte für eine Erpressung die kriminelle Energie.

Bernd? Ihr bärtiger Kreativ-Direktor saß in seiner sportlich dunklen Jack-Wolfskin-Jacke schräg vor ihm und verspeiste im Augenblick tatsächlich einen dieser Black-Horse-Powerriegel. Ihm traute er eine Erpressung schon eher zu. Anders als Max, der sehr von Bernd eingenommen war, hielt Gunnar ihn für einen Blender und Aufschneider. Doch Gunnar hatte nicht die Entscheidungsgewalt, und irgendwie schaffte Bernd es stets, sich im rechten Augenblick unentbehrlich zu machen.

Sogar einen ihrer kleineren Kunden hatten sie ihm zu verdanken. Außerdem kannte er Gott und die Welt, wovon die Agentur schon manches Mal profitiert hatte. Und was war mit Lars? Gunnar fixierte den Texter, der unmittelbar hinter ihrem Fahrer saß und angespannt auf sein Handy starrte. Bereits seit Fahrtbeginn verschickte er irgendwelche Kurznachrichten. Lars war ohne Zweifel ein kreativer Kopf, der vermutlich nicht einmal ahnte, welches Potential wirklich in ihm steckte. Dennoch war auch er ihm für seinen Geschmack etwas zu selbstverliebt. Die Art und Weise, wie die Erpresserschreiben verfasst waren, passten zu ihm. Er würde beide Männer im Auge behalten. Allein Katja schloss er aus. Dafür kannten sie beide einander zu lange. Außerdem wusste er von ihrem kleinen Geheimnis. Sollte sie tatsächlich etwas mit der Sache zu tun haben, würde er sie mit Pauken und Trompeten auffliegen lassen. Er konnte sich nicht vorstellen, dass sie dieses Risiko einging.

Gunnar löste seinen Blick von ihr, da Katja in diesem Moment von ihrem Tablet aufsah und Bernd ansah. »Nicht schlecht, du werdender Vater. Dein Auftritt letzte Woche hat dir in den Foren einige Sympathien verschafft.«

Bernd zerknüllte die Hülle seines Powerriegels und lehnte sich entspannt zurück. »Jeder eben so, wie er kann. Ich habe bloß das Beste aus der Situation gemacht. Dein Auftritt war ja auch nicht ohne. Die Feministinnen hast du in jedem Fall auf deiner Seite.«

Dagmar nahm die Kopfhörer ab, und Gunnar vernahm die beruhigende Musik von Loreena McKennitt. »Habe ich etwas verpasst?«, fragte sie. Leise und etwas verunsichert wie immer.

»Allerdings.« Katja hielt ihr ihr Tablet hin. »Ich checke gerade die SURVIVE-Foren auf unser bisheriges Ranking.«

»Aber die Show hat doch noch gar nicht angefangen.«

»Schätzchen, das glaubst auch bloß du. Daniel hat dir übrigens einen großen Gefallen getan: Du liegst derzeit ganz vorn.«

»Was?!« Dagmar und Bernd beugten sich gleichermaßen vor.

»Sieh an.« Bernd berührte missmutig seine Rolex. »Vor unserem Abflug sah das noch anders aus.«

Dagmar betrachtete die User-Kommentare auf dem Bildschirm mit einem Gesichtsausdruck, der Gunnar verriet, dass sie nicht recht wusste, was sie davon zu halten hatte.

»Warum hast du uns eigentlich nie etwas von deiner Mutter erzählt?«, wollte Katja von ihr wissen.

Dagmar zuckte resigniert mit den Schultern. Die Sache war ihr sichtlich unangenehm. »Warum hätte ich euch davon erzählen sollen? Hätte doch eh nichts geändert.«

»Wer weiß. Vielleicht wäre dir Max bei den Arbeitszeiten etwas entgegengekommen?« Katja warf Gunnar einen kurzen Blick zu, und er lächelte unverbindlich. Dass Max Dagmar entgegengekommen wäre, war höchst unwahrscheinlich. So gern er Max mochte; sein alter Mitbewohner war höchstens an sich selbst interessiert.

Katja beachtete ihn nicht weiter und fuhr fort: »Auf jeden Fall ist das deine Chance, Dagmar! 50 000 Euro. Ich würde dir die Summe gönnen.«

»Und wo stehe ich?«, mischte sich Lars ein und schaltete endlich sein Handy aus.

»Du bist Vorletzter«, erklärte Katja kühl.

Gunnar sah Lars die Enttäuschung an.

»Aber immerhin liegst du noch vor Gunnar.« Sie sah abermals zu ihm herüber. »Ich hatte dich noch gewarnt: Krawattenträger kommen bei den Leuten nicht so gut an.«

»Ist mir egal«, knurrte Gunnar. »Ich sehe nicht ein, warum ich mich für die Show verbiegen soll. Mir geht es um die Firma und nicht um die Prämie. Um die dürft ihr euch gern streiten.«

»Sieh an, wie nobel.« Lars grinste Gunnar eine Spur zu überheblich an. »Sonnt ihr euch ruhig in euren bisherigen Umfragewerten. Ich werde schon noch während der Show aufdrehen.«

»Und wie steht es bei mir?«, meldete sich Sören im Heck des Fahrzeugs zu Wort.

»Du stehst im Mittelfeld. Direkt hinter mir.« Katja hielt auch ihm das Tablet hin. »Wenn Daniel dich runtermachen wollte, hat er genau das Gegenteil erreicht.«

Sörens speckiges Gesicht erstrahlte.

»Wenn da mal nicht deine tolle Spiele-Community dran gedreht hat«, murrte Bernd. »Ist für deine internetaffinen Freunde sicher nicht schwer, die Foren zu trollen.«

»Wieso unterstellst du mir so etwas?« Sören wirkte gleichermaßen böse wie ertappt.

Gunnar warf missgelaunt seine Kippe aus dem Fenster. »Hört auf mit der Streiterei. Das ist doch genau das, was die wollen.« Vor ihnen kamen jetzt bewaldete Hügelkuppen in Sicht, zwischen denen eingeklemmt eine kleine, aus Holzhäusern und Baracken bestehende Ortschaft lag. Gunnar entdeckte ein lärmendes Baufahrzeug, das an einem Sägewerk vorbei in Richtung einer Hügelkette brauste, deren mit Baumstümpfen übersäte Schrägen wie abrasiert wirkten. Am Ortsrand konnte er sogar einen Hubschrauber ausmachen, nur, dass ihm die Sicht auf ihn gleich darauf von aufgestapelten Baumstämmen am Straßenrand wieder genommen wurde.

»Har vi nådd Skyggehus?«, wandte sich Katja an ihren norwegischen Fahrer.

Der Lockenkopf drehte sich zu ihr um und nickte. Es folgten Ausführungen in der Landessprache, während sie in den Ort hineinfuhren.

Gunnar und Dagmar wechselten befremdete Blicke, denn Skyggehus spottete jedem norwegischen Touristenführer. Einige der Häuser am Straßenrand schienen leer zu stehen, bei anderen waren Türen und Fenster schon lange nicht mehr gestrichen worden. Dazwischen erstreckten sich enge und dunkle Gassen. Anders als in den übrigen Ortschaften, durch die sie gekommen waren, konnten sie hier recht wenige der so landestypisch buntgestrichenen Häuser entdecken. Jene aber, die am Straßenrand auftauchten, wirkten vernachlässigt, und teilweise blätterte der farbige Verputz von ihren Fronten ab. Selbst das Kopfsteinpflaster der Straße, die sich durch den Ort schlängelte, wies an einigen Stellen Löcher auf. Der Ort wirkte verarmt.

Katja kommentierte die Erklärungen ihres Fahrers hin und wieder, während Gunnar und die anderen weiter aus den Fenstern spähten.

Viel war hier nicht los. Eine Frau schob ihren Kinderwagen in eine Auffahrt, aus einem Vorgarten starrte ihnen ein älteres Pärchen hinterher, und Gunnar konnte nicht einen einzigen *Gatekjøkken* ausmachen. Schnellimbisse, wie sie das Straßenbild Trondheims bestimmt hatten und in denen es Hamburger, Pommes und Hot Dogs gab. Dabei knurrte ihm bereits seit einer Weile der Magen.

Interessant war lediglich eine Gruppe Arbeiter am Straßenrand, die von einem Pritschenwagen aufgesammelt wurde. Die Männer trugen rote und gelbe Signalwesten und waren mit Schutzhelmen, Äxten und Motorsägen ausgestattet.

»Holzfäller«, kommentierte Bernd die Sichtung trocken. »Hier liegt offenbar der Hund begraben.«

»Na ja, durchaus passend zum Namen.« Katja wandte sich ihnen wieder zu. »Skyggehus heißt übersetzt so viel wie Schattenhaus. So im Sinne von ›Burg‹, auch wenn die wohl längst verschwunden ist. Der Ort zählt zu den ältesten Siedlungen Norwegens. War nur leider seit einigen Jahrzehnten ohne wirtschaftliche Perspektive, so dass die Jugend in Scharen in die Umgebung abgewandert ist.«

»Ich wäre hier auch nicht versauert«, schnaubte Lars.

Katja ließ sich nicht beirren. »Seit letztem Jahr ist hier aber eine Holzfirma tätig. Die Älteren im Ort haben sich wohl ziemlich gegen sie gesträubt. Seitdem sie hier ist, geht es aber wirtschaftlich wieder bergauf.«

»Bergauf?« Sören starrte befremdet die abgeholzten Hügel an, die jenseits der Ortschaft aufragten. »Ich sag mal so: Ein Landschaftsschutzgebiet habe ich mir irgendwie anders vorgestellt.«

Ihr Kleinbus fuhr in einen dunklen Straßenzug mit schiefen Häusern und kleinen, verwahrlosten Gärten ein, um schließlich vor einem beeindruckenden Holzbau mit markantem Satteldach zu parken, das im alten norwegischen Stil errichtet worden war. Das komplette Gebäude ruhte auf einem eigens errichteten Sockel, der die Unebenheit des Untergrundes ausglich, während das obere Geschoss rechts und links weit über das Erdgeschoss hinauskragte. Faszinierend muteten die vielen Schnitzereien unter dem Dach und an der Fassade an. Darunter befanden sich Tiersymbole sowie Ornamente, die an die Wikingerzeit gemahnten. Über der Treppe, die zur hölzernen Veranda hinaufführte, baumelte ein gusseisernes Schild mit der Aufschrift *Eddas Handverkerstuene*. Offensichtlich ein Wirtshaus.

»Der erste Hoffnungsschimmer«, seufzte Gunnar. »Vielleicht bekommen wir hier noch etwas zu essen, bevor es losgeht.«

Ihr Fahrer hupte zweimal, und noch bevor sie den Kleinbus verlassen konnten, öffnete sich die Tür des Lokals. Zwei Männer traten ins Freie, die augenscheinlich zum Filmteam gehörten. Das wurde auch Zeit. Einer der beiden, ein schlanker blonder Kerl mit Norwegerpulli und Jeans, richtete eine Kamera auf sie. Der andere war mit Khaki-Hose, Fransenjacke und Westernstiefeln bekleidet. Zu allem Überfluss trug er einen klassischen braunen Filzhut, der verdächtig jenem der Indiana-Jones-Filme ähnelte.

»Denkt dran, immer schön lächeln!« Gunnar öffnete die Seitentür des Kleinbusses, und schon wurden sie von dem Hutträger in Empfang genommen.

»Welcome in Norway, Freunde.« Dem breiten Akzent nach hatten sie es mit einem Deutsch-Amerikaner zu tun. Der Indie-Imitator begrüßte sie allesamt mit Namen und schüttelte ihnen der Reihe nach die Hände. »Ich bin Roy Jenkins und werde euch die kommenden Tage über als Aufnahmeleiter begleiten. Wir sind ja bereits einige Tage hier und haben euch schon sehnlichst erwartet. Ich hoffe, ihr habt eure Anreise genossen?«

Dagmar murmelte etwas Höfliches, doch von ihr abgesehen, blickte Jenkins in abwartende Gesichter. Sein Kameramann beschrieb einen Schwenk, um sie alle ins Bild zu bekommen, während sich drüben, vor einem Lebensmittelladen auf der anderen Straßenseite, einige Dörfler versammelten, die die Versammlung misstrauisch beäugten.

»Wir gönnen euch jetzt noch eine kleine Pause, bevor es losgeht«, fuhr Jenkins in seinem amerikanischen Slang fort. »Allerdings wird die nicht allzu lange dauern, da wir mit den Dreharbeiten noch heute Nachmittag beginnen.«

»Hier?« Sören blickte sich fragend um, während aus der Ferne das Schrillen einer Motorsäge ertönte.

»Natürlich nicht.« Jenkins rückte sich den Hut zurecht. »Der Ort, an dem die Aufnahmen stattfinden, liegt ziemlich weitab vom Schuss. Querfeldein, gute drei Tagesmärsche südlich von hier.« Wolken schoben sich vor die Sonne, und es wurde unvermittelt kühler. »Aber keine Angst, wir haben etwas Besonderes vorbereitet. Wir werden euch nämlich mit einem Hubschrauber zum Drehort bringen. Das dauert keine zwanzig Minuten. Anschließend werde ich euch einweisen – und dann geht es los.« Jenkins lächelte breit und machte auf der Treppe Platz. »Aber kommt erst einmal rein.«

Schweigend kramten sie ihre Taschen und Rucksäcke aus dem Wagen, während ihr Aufnahmeleiter mit dem Fahrer sprach. Dann marschierten sie über die knarrende Treppe hinein ins Lokal. Dort erwartete sie eine rustikale Wirtsstube mit schmalen Fenstern, durch die dämmriges Licht auf Holztische und -stühle fiel. Der dunklen Patina nach zu urteilen, waren die Möbel schon einige Jahrzehnte im Gebrauch, und alles war in typisch norwegischem Stil gehalten. An den Wänden hingen Geweihe sowie ein halbes Dutzend Bilder mit alten Schwarzweißfotografien von ernst dreinblickenden Männern und Frauen. Auf einer Bank rechts von ihnen lagen bestickte Kissen, und in der Luft lag ein feiner Essensgeruch, der Gunnars Magen erneut zum Knurren brachte. Sein Blick fiel auf den langgezogenen Tresen und die Regale dahinter, auf denen zahllose Flaschen mit Alkoholika standen. Sie sparten lediglich eine Fläche an der Wand aus, die für ein Porträt des norwegischen Königs Harald V. reserviert war. Auf dem Tresen lockten, sorgsam unter Glas gestapelt, Pfannkuchen.

Ebenso wie seine Kollegen stellte Gunnar sein Gepäck an der Wand neben der Eingangstür ab; dann setzten sie sich und warteten darauf, dass Jenkins ihre Aufmerksamkeit wieder in Anspruch nahm. Der Kameramann filmte sie weiter, und hinter dem Tresen trat jetzt ein glatzköpfiger Mittvierziger mit rotem Vollbart durch einen Vorhang, der ihnen kurz zunickte. Der Wirt.

»Also.« Roy Jenkins präsentierte eine protzige Armbanduhr, die allerdings nicht mit Bernds Rolex mithalten konnte. »Ihr habt von jetzt an noch eine Dreiviertelstunde Zeit, um eure Angelegenheiten zu regeln und euch zum letzten Mal frisch zu machen. Schräg gegenüber des Lokals«, er deutete auf die Straße, »gibt es einen Laden, wo ihr noch etwas einkaufen könnt. Toiletten findet ihr dahinten.« Er wies auf einen schmalen Gang, der von dem Wirtsraum abzweigte. »Punkt sechzehn Uhr hole ich euch hier ab, dann geht es zum Hubschrauber. Jeder von euch darf bloß einen Rucksack mit Gepäck mitnehmen. Ich rate euch schon jetzt, euch auf wechselhaftes Wetter einzustellen. Norwegen ist dafür berüchtigt.«

»Bloß *einen* Rucksack?« Katja starrte ihr Gepäck an, das neben dem Rucksack noch zwei weitere Taschen umfasste. Auch Dagmar und Bernd wirkten nicht glücklich, denn sie hatten ebenfalls weitere Taschen dabei.

»Sorry, das hier ist nicht das Ritz.« Jenkins hob bedauernd die Schultern. »Den Rest eures Gepäcks verwahren wir natürlich bis zu eurer Rückkehr sicher auf.«

»Wie steht es eigentlich um ärztliche Versorgung?«, fragte Sören, während er seinen Parka öffnete, als würde ihm die Wirtsstube just in diesem Augenblick zu warm. »Ich meine, falls uns während der Show was passiert.«

»Darum musst du dir keine Sorgen machen«, beruhigte ihn der Aufnahmeleiter. »Vor Ort sind bereits unsere Techniker, und unter denen ist einer ausgebildeter Sanitäter. Und wenn wirklich mal etwas sein sollte, dann rufen wir den Hubschrauber. Aber so gefährlich wird es nicht. Dafür aber anstrengend.«

Sören erweckte nicht den Eindruck, als würde ihn die Antwort beruhigen. Gunnar meldete sich.

»Ja, Gunnar?«

»Kriegt man hier noch etwas zu essen?«

Alle im Raum lachten, und Jenkins wechselte auf Norwegisch ein paar Worte mit dem Wirt. Der zuckte bedauernd mit den Schultern. »Die Küche hier ist zwar bekannt für ihre Lachs-, Rentier- und Hirschgerichte«, meinte Jenkins, »aber leider nur abends und zur Mittagszeit. Aber es gibt noch kalte Pfannkuchen.« Er deutete zum Tresen.

Gunnar hätte darauf gewettet, dass auch das reine Schikane war. Dennoch gab er sich betont gleichmütig, da die Kamera auf ihn gerichtet war. »Na gut, dann ordere ich gleich mal zwei«, meldete er sich.

»Und ich vier.« Sören grinste.

Jenkins gab die Order an den Wirt weiter.

»Wie steht es um unsere Unterkünfte vor Ort?«, wollte Lars wissen, während er eine rote Softshell-Jacke vom Rucksack löste und sie sich lässig überstreifte.

»Zelte und Schlafsäcke werden gestellt.« Roy Jenkins grinste vielsagend. »Noch weitere Fragen?«

Die Kollegen schwiegen.

»Gut, dann denke ich, dass ihr das Wichtigste wisst. Den Rest erfahrt ihr vor Ort. Ich habe noch ein, zwei Dinge zu erledigen, dann sehen wir uns wieder.« Er nickte ihnen zu und verließ das Lokal. Kurz darauf hörte man draußen den Ford Transit davonbrausen. Zurück blieb der Kameramann, der ungerührt weiter auf sie draufhielt und filmte. Gunnar verkniff sich daher den Kommentar, der ihm auf der Zunge lag. Also Pfannkuchen. Nach dem armseligen Frühstück heute Morgen hatte er auf etwas Herzhafteres gehofft.

»Ihr habt es gehört«, wandte er sich stattdessen an die Übrigen. »Fällt euch noch irgendetwas ein, das wir erledigen müssen?«

»Vielleicht sollten wir uns schon mal umziehen?« Dagmar spähte in Richtung WC-Bereich. »Zumindest muss ich meine Wäsche umsortieren. Du auch, Katja?«

»Nicht wirklich«, antwortete diese. »Aber das mit dem Umziehen klingt vernünftig.«

»Wir sollten vielleicht noch einmal checken, ob wir noch was brauchen. Also wildnismäßig.« Sören erhob sich ächzend, wuchtete seinen Rucksack auf einen der Tische und öffnete ihn. »Wisst ihr noch, die erste SURVIVE-Ausstrahlung? Da hatte keiner von denen ein Feuerzeug dabei. Und dann mussten sie mit Stöckchen Feuer machen.« Er kramte ein altmodisches Sturmfeuerzeug hervor. »Ich bin jedenfalls vorbereitet.«

»Wenn die nicht wollen, dass wir Feuerzeuge haben, nehmen sie uns die eh ab«, brummte Bernd.

Gunnar schoss ein unangenehmer Gedanke durch den Kopf: kein Feuer, keine Zigaretten. Er und Lars erhoben sich nun ebenfalls und musterten den Inhalt von Sörens Rucksack. Obenauf lagen irgendwelche technischen Gadgets.

»Ist das da etwa eine Spielekonsole?« Lars deutete ungläubig auf eines der Geräte.

»Äh. Ja.« Sören errötete. »Nur für den Fall, dass mir abends langweilig wird. Ich habe aber noch andere nützliche Tools dabei. Zum Beispiel ein Solar-Ladegerät für unsere Handys.«

»Hast du je einen der Showteilnehmer mit Handy am Ohr gesehen?«, fragte ihn Katja. Sie gab Dagmar ein Zeichen, sich die Taschen zu greifen und ihr zur Toilette zu folgen. »Ich wette, die nehmen sie uns ab. Du weißt schon. Urwüchsige Natur und so. Da passen Handys nicht ins Bild.«

Sören starrte ihr und Dagmar nachdenklich hinterher. Ebenso wie Gunnar, dem jäh der Gedanke kam, dass er auch noch keinen Showteilnehmer hatte rauchen sehen. Nahmen sie ihnen die Kippen ebenfalls weg?

»Tut, was ihr wollt, ich muss noch was erledigen.« Lars zückte sein Handy und schritt zur Eingangstür. »Wenn ihr noch in den Laden geht, bringt mir Schokolade mit. Ich wette, das wird die kommenden Tage über anstrengend.« Er verschwand nach draußen.

Der Lokalbesitzer servierte ihnen nun endlich die Pfannkuchen, und Gunnar und Sören langten sofort zu. Bernd hingegen packte ein paar Sachen um, dann trat er an den Tresen und wählte mit seinem Handy eine Nummer. »Ich will bloß noch mal meine Frau anrufen«, erklärte er betont fürsorglich. »Ich werde verrückt, wenn ich nicht weiß, wie es ihr und dem Kind geht.«

Gunnar sah kauend dabei zu, wie Bernd sich so positionierte, dass der Kameramann ihn aufnehmen konnte. Ohne Zweifel, der Wettkampf um die Zuschauergunst hatte längst begonnen.

»Ehrlich, vielleicht sollten wir noch rasch eine Einkaufsliste erstellen«, schlug Sören leise vor. »Ist die letzte Gelegenheit, um noch etwas zu besorgen.«

»Ist nicht so, dass ich mir darüber keine Gedanken gemacht hätte«, antwortete Gunnar.

Bernd stand noch immer am Tresen, wirkte leicht enttäuscht und wählte die Nummer abermals. Offenbar bekam er nach Deutschland keine Verbindung.

»Ich habe ein Taschenmesser dabei, außerdem Mückenspray, Pflaster und was man da draußen vielleicht sonst noch so braucht. Mehr fällt mir nicht ein«, sagte Gunnar, war jedoch nicht ganz bei der Sache. Ihm ging die Frage nach den Zigaretten nicht aus dem Kopf. Was, wenn das Filmteam sie ihnen tatsächlich abnahm? Er hatte bereits mit diesem Erpresser zu kämpfen. Wenn ihm jetzt auch noch die Kippen fehlten, würde er vermutlich durchdrehen. Ihm kam eine Idee: »Allerdings sind mir die Zigaretten ausgegangen«, rief er etwas lauter. »Ich bräuchte unbedingt noch eine Stange.« Natürlich hatte er seine Vorräte bereits am Flughafen aufgestockt, doch die verbarg er besser gleich irgendwo am Körper. Wenn das Filmteam ihnen das Rauchen tatsächlich verbot, würde er Jenkins eben vor laufender Kamera die Stange aushändigen – und sich dann später aus seinen übrigen Vorräten bedienen.

Bernd trat verärgert an den Tisch und steckte das Handy weg.

»Keine Verbindung?«, fragte ihn Gunnar.

»Besetzt.« Bernd kramte aus seinem Rucksack ein schwarzes Baseball-Cap, das er auf den Tisch legte. Dann orderte er die restlichen Pfannkuchen.

In der Zwischenzeit kehrten Katja und Dagmar zurück. Katja war wie immer ein Hingucker, und irgendwie fand Gunnar das traurig. Passend zu ihrem roten Nylon-Rucksack trug sie jetzt eine gleichfarbige Jacke aus atmungsaktivem Material, dazu stylische Trekking-Stiefel, ein korallenfarbenes Kapuzenlangarmshirt sowie eine robuste Hose mit vielen Taschen. All das hatte er ihr erst vor einer Woche für die Show besorgt.

»Gunnar, die Jacke hat am Saum einen Riss!«, beschwerte sie sich.

Er sah möglichst unbeteiligt auf. »Sorry, dafür habe ich einen ordentlichen Rabatt für dich rausgehandelt.«

Dagmar, die ihr Gepäck nun ebenfalls zurückstellte, trug wie immer gebrauchte Sachen: eine langweilige Cordhose, alte Sportstiefel und eine bis oben zugeknöpfte, graublaue Regenjacke, die ihre besten Zeiten schon hinter sich hatte. Unterschiedlicher hätten sie und Katja nicht sein können.

»Ich muss tatsächlich noch einmal zum Laden«, erklärte Katja. »Uns fehlen noch einige Hygieneartikel. Sollen wir außer Schokolade noch etwas mitbringen?«

»Eine Stange Zigaretten!«, erklärte Gunnar und nannte ihr seine Marke.

»Und Batterien«, ergänzte Sören. »Und vielleicht Panzertape, wenn du das kriegst.«

»Was, bitte?«

»Na, Gaffa-Tape halt. Gewebe-Klebeband. Glaub mir, das kann man für alles Mögliche gebrauchen.«

»Brauchst du Geld?«, fragte Gunnar.

»Nein, hab genug dabei.« Katja wandte sich Bernd zu. »Was ist mit dir?«

»Ich brauch nichts«, murrte sein Kollege, der sich weiter über die Pfannkuchen hermachte.

Katja verließ das Lokal, und Dagmar begann am Nachbartisch den Inhalt von Rucksack und Taschen umzupacken, während Bernd den leeren Teller irgendwann von sich schob und sich abermals vor die Kamera zurückzog, um seine Frau anzurufen. Offenbar wieder vergeblich.

Sören hingegen setzte sich auf eine Bank, krempelte seinen linken Ärmel hoch und zog zu Gunnars Überraschung einen Pen aus den Taschen seines Bundeswehrparkas. Der Kameramann nahm ihn sogleich in den Fokus, und Sören zwinkerte. »Insulin«, sprach er wie zu einem Publikum. »Ich leide an Diabetes. Aber ihr müsst euch keine Sorgen machen, wir Diabetiker können praktisch all das leisten, was Gesunde auch können.«

Unglaublich. Gunnar griff nach seinem Rucksack und marschierte kopfschüttelnd in den WC-Bereich. Sören war also Diabetiker. In all den Jahren, in denen ihr korpulenter Netzwerkadministrator bei ihnen arbeitete, hatte er das kein einziges Mal erwähnt. Kaum aber, dass die Kamera auf ihn gerichtet war, taugte die Krankheit natürlich bestens zur Mitleidsmasche. Oder tat er nur so und war am Ende kerngesund?

Gunnar dachte noch immer darüber nach, während er sorgsam einige Zigarettenschachteln sowie sein Ersatzfeuerzeug am Körper versteckte. Auf jeden Fall war Sören raffinierter, als er gedacht hatte. Noch einmal klopfte er seine Verstecke ab. Vielleicht hätte er sich in Trondheim noch ein Päckchen Drehtabak besorgen sollen? Oder zumindest einige Nikotinkaugummis. Für den Notfall.

Er hielt inne und betrachtete sich im Spiegel.

Er benahm sich wie ein Pennäler auf Klassenreise. Ging es denn wirklich nicht ohne? Auf der anderen Seite hatten ihn drei vergebliche Versuche, mit dem Rauchen aufzuhören, eines Besseren belehrt. Er kam ohne Kippen einfach nicht aus. Und was er jetzt brauchte … war eine Zigarette.

Er kehrte wieder in den Wirtsraum zurück und sah sich um. Bernd versuchte noch immer, seine Frau zu erreichen, und Sören schloss inzwischen einige seiner »Tools« mittels einer Multisteckdose an das Stromnetz der Wirtsstube an. Gott, ihr ITler hatte wirklich Probleme. Endlich entdeckte Gunnar einen Aschenbecher hinter dem Tresen.

»Darf ich?«, fragte er auf Englisch. Er zückte die Schachtel, und ihr Wirt stellte den Untersatz vor ihn hin. »Und einen Kaffee, wenn es recht ist.«

»Gern«, antwortete ihm sein Gegenüber in gleicher Sprache.

Der Glatzkopf trat vor einen zischenden Kaffeeautomaten und brachte ihm das Gewünschte. »Das mit dem wechselhaften Wetter bei uns sollten Sie übrigens ernst nehmen.«

»Ach.« Gunnar lächelte schmal, während er sich endlich eine Zigarette ansteckte. »Dann haben Sie die kleine Ansprache eben verstanden?«

»Das meiste«, radebrechte der Mann auf Deutsch, fuhr dann aber wieder auf Englisch fort. »Ich habe in Oslo eine Zeitlang als Touristenführer gearbeitet, bevor ich hier das Lokal übernommen habe. Der Liebe wegen. Meine Frau stammt aus der Ortschaft. Außerdem haben sich Herr Jenkins und seine Leute bis zum Ende der Dreharbeiten bei uns einquartiert.«

»Sicher gemütlicher als das, was uns erwartet«, seufzte Gunnar, der den Rauch seiner Zigarette tief inhalierte. »Wir machen das alles bloß unserer Agentur zuliebe.«

»Sie müssen sich nicht rechtfertigen«, antwortete der Wirt. »Den meisten hier im Ort geht es nicht besser.«

Gunnar schürzte freudlos die Lippen und trank einen Schluck der dampfenden Flüssigkeit. Der Kaffee war gut. Immerhin.

Während er schlürfend weitertrank und seinen Blick durch den Gastraum gleiten ließ, fiel ihm ein gerahmtes Schwarzweißfoto im Rücken des Wirtes auf. Es stand unter einem der Flaschenregale und passte vom Stil her zu den übrigen Bildern im Raum. Nur, dass auf diesem ein junger Kerl mit Knickerbockern und Schirmmütze zu sehen war, der vor einer waldigen Kulisse stolz ein Gewehr präsentierte. »Jemand aus Ihrer Familie?«

Der Wirt drehte sich zu dem Foto um und fuhr sich nachdenklich durch den roten Bart. »Der Großvater meiner Frau. Er war bei der Milorg aktiv.«

»Milorg?«

Der Wirt lächelte herausfordernd. »*Militär Organisation*. Der Widerstand bei uns in Norwegen. Während des Zweiten Weltkriegs.«

»Oha. Ich hoffe, er hat es den Nazis ordentlich gezeigt.«

Sein Gegenüber musterte ihn prüfend und fixierte dann kurz den Kameramann, der noch immer auf Sören draufhielt. »Wer weiß«, sprach er leiser. »Er gilt seit 1944 als vermisst. Man hat nie wieder etwas von ihm gehört.«

»Das tut mir leid.« Gunnar sah den Mann betroffen an. »Als Deutscher vergisst man leicht, wie sehr …«

»Nein, nein«, unterbrach ihn der Wirt und beugte sich verstohlen vor. »Die Familie meiner Frau glaubt nicht, dass es die Nazis waren, die ihn erwischt haben.«

»Sondern?«

Der Bärtige deutete unauffällig zu den Bildern an den Wänden. Gunnar fiel auf, dass zumindest einige der Porträtierten irgendwann im 19. Jahrhundert abgelichtet worden sein mussten. »Jäger. Pilzsammler. Holzsucher«, flüsterte der Wirt. »Die Fotos hängen hier zu ihrem Gedenken. Alles Einheimische. Und sie alle sind im Laufe der Jahre da draußen verschwunden.«

»Was meinen Sie mit ›da draußen‹?« Gunnar runzelte die Stirn. »Sie meinen, die Leute haben sich verlaufen? Abseits der Wege?«

»Wer weiß«, brummte der Wirt und richtete sich wieder auf.

Gunnar lachte hilflos. »Na, kommen Sie. Es wird doch Suchaktionen gegeben haben. Niemand verschwindet spurlos.«

»Sicher, es gab Spuren. Aber die endeten … einfach so.« Sein Gegenüber schien zu überlegen, was er sagen durfte. »Von manchen hat man wohl noch ein paar Hinterlassenschaften gefunden. Lagerfeuer, Proviantbeutel und solche Dinge. Aber die *Menschen*, die blieben verschwunden. Nicht mal Hunde vermochten ihre Spur aufzunehmen.« Der Wirt schenkte sich und Gunnar einen Schnaps ein, prostete ihm zu und kippte sich das Gesöff in den Rachen. Gunnar folgte seinem Beispiel.

»Im Grunde«, fuhr der Mann fort, »war es eigentlich noch viel sonderbarer. Sie blieben nicht einfach nur verschwunden. Ich habe vielmehr gehört, dass sich die Tiere ab einem bestimmten Punkt einfach weigerten, weiterzusuchen. So, als hätten sie vor irgendetwas da draußen Angst.«

In Gunnars Rücken klappte die Wirtshaustür, und Katja trat mit einer gefüllten Plastiktüte ein. »So, ich habe, was ihr wolltet.«

Gunnar ignorierte sie, obwohl sie nun zu ihnen an den Tresen trat, um ihm die Stange Zigaretten auszuhändigen. »Und was, glauben Sie, ist mit den Leuten passiert?«

»Na ja. Einiges in der Gegend hier hat sich seit der letzten Eiszeit nicht mehr verändert. Die Leute im Ort –«

Gunnar zuckte zusammen, als hinter dem Wirt mit einem Ruck der Vorhang zur Küche aufgerissen wurde. Eine gedrungene, vermutlich 60-jährige Frau mit Kittel und grauem Haar stürmte in den Tresenbereich und fuhr den Wirt erbost auf Norwegisch an. Dabei warf sie Gunnar und Katja einen scheelen Blick zu, zischte dann abermals etwas und verschwand so schnell hinter dem Vorhang, wie sie gekommen war. Gunnar schüttelte verwundert den Kopf. Was war denn das nun schon wieder gewesen? Die Schwiegermutter des Mannes, die ihm wegen irgendetwas die Leviten lesen wollte?

Der Wirt räusperte sich verlegen.

»Die Leute im Ort …?«, nahm Gunnar den Gesprächsfaden wieder auf, während er Katja die Zigaretten abnahm.

Der Wirt nahm die Schnapsgläser schweigend an sich und warf sie in ein Spülbecken. Misstrauisch spähte er noch einmal zum Vorhang, ehe er seine Stimme noch weiter senkte: »Ich habe es Ihrem Filmteam bereits gesagt. Doch die wollten nicht hören. Irgendwas ist da draußen in den Wäldern. Wer nicht aufpasst, wird von der Wildnis verschluckt. Und zwar für immer.«

TROLLHEIMEN

Lars stand unter einer Straßenlaterne neben dem Lokal und starrte fassungslos auf sein Handy. Scheiße. Das konnte doch alles nicht wahr sein. Wieso musste das ausgerechnet ihm passieren? Seine Kohle reichte bereits jetzt kaum für seinen Lebensunterhalt aus. Dabei war er – was seine Einnahmen betraf – durchaus kreativ. Nur würde ihm das hier endgültig das Genick brechen. Ausgerechnet jetzt, da er geglaubt hatte, sein Leben wieder in geordnete Bahnen gelenkt zu haben.

Er hatte es mit gutem Zureden versucht. Mit Vernunft. Mit Bitte um Verständnis. Sogar mit Drohungen. Doch nichts hatte gefruchtet. Alles, was er sich in den letzten Jahren aufgebaut hatte, drohte nun den Bach runterzugehen. Beruflich ebenso wie privat. Flog die Sache erst einmal auf, konnte er sich auch in der Agentur nicht mehr blicken lassen. Und nicht bloß dort. Dann war er am Arsch.

Lars verdammte nun seine ewige Sorglosigkeit. Er hätte sich selbst besser kennen müssen. War doch klar, dass ihn sein Lebenswandel irgendwann einholen würde.

Nachdem er etwas überstürzt nach Hamburg gezogen war, war ihm die Möglichkeit, als Kreativer bei *STUDIO Alsterblick* anzufangen, wie ein Sechser im Lotto erschienen. Bis heute konnte er nicht fassen, dass es dafür keiner langjährigen Berufserfahrung bedurfte, sondern lediglich einiger guter Ideen für den Webauftritt des Segelclubs, in den er damals eingetreten war. Gut, und natürlich eines Mannes wie Bernd, der sein Potential zur rechten Zeit erkannt hatte. Mann, wenn Bernd je herausfand, welch faules Ei er sich mit ihm ins Nest gelegt hatte, dann ... Lars widerstand dem Impuls, sein Handy gegen die Hauswand zu schleudern. Um den alten Knochen hätte es ihm nicht leidgetan, aber dummerweise befand sich sein Smartphone in der Reparatur, und ein anderes als diese fast schon antike Möhre besaß er derzeit nicht. Und so atmete er tief ein und dachte nach.

Irgendwie hatte er es bislang doch noch immer geschafft, obenauf zu schwimmen. Warum sollte ihm das nicht auch zukünftig gelingen? Er war erst Ende zwanzig, ein ganzes unbeschwertes Leben lag noch vor ihm, wenn er es klug anstellte. Die Werbebranche bot eh nicht das, was er sich von ihr versprochen hatte. Schnelle Aufstiegschancen? Pustekuchen. Stattdessen arbeitete er für einen Hungerlohn, und das für sehr viel mehr Arbeit als früher. Klar, als Werbetexter kam man bei den Leuten gut an – speziell bei den Frauen –, aber wenn er ehrlich zu sich selbst war, strich all das Renommee, zu dem er beitrug, allein die Agentur ein. Warum also nicht wieder als Tauchlehrer anfangen? Klar, eigentlich hatte er mit diesem Kapitel seines Lebens längst abgeschlossen, aber was wäre denn, wenn er diesmal vielleicht eine eigene Tauchschule eröffnete? Natürlich irgendwo im Ausland gelegen, wo man ihn nicht so rasch würde ausfindig machen können. Er war da durchaus flexibel.

Lars brütete eine Weile vor sich hin, als sein Blick den Lebensmittelladen gegenüber streifte. Katja verließ ihn soeben mit einer gefüllten Plastiktüte. Seine hübsche Kollegin überquerte die Straße und grüßte knapp, als sie an ihm vorüber zum Treppenaufgang des Lokals eilte. Rasch knipste er sein gewinnendstes Lächeln an, doch sie beachtete ihn nicht weiter. Schade. Er sah ihr nach, bis sie im Lokal verschwunden war. Der Hintern und diese Beine hatten es wirklich in sich. Katja war sicher eine Granate im Bett. Dabei wusste niemand in der Agentur so genau, was sie privat eigentlich so trieb – oder mit wem sie im Zweifel sogar liiert war.

Lars stieß einen Seufzer aus und ermahnte sich wieder zu mehr Konzentration. Im Augenblick war wirklich nicht der richtige Zeitpunkt, um schon wieder an Sex zu denken. Besser, er konzentrierte sich auf das Einzige, was ihm jetzt noch helfen konnte. Und das waren die 50 000 Euro. Die Lösung für all seine Probleme. Das musste doch zu packen sein. Er wusste, dass er gut aussah und auch ziemlich charmant rüberkommen konnte. Die Frauen legten es regelrecht darauf an, ihn ins Bett zu bekommen – sein größter Segen, zugleich aber auch sein größter Fluch. Das musste sich doch auch für die Show nutzen lassen? Nur musste er diesmal aufs Ganze gehen.

Lars wandte sich ebenfalls wieder dem Lokal zu, als er bemerkte, dass gegenüber, in der Auffahrt des Lebensmittelgeschäfts, zwei kräftige junge Arbeiter standen, die mit ihren lässig aufgeknöpften Signalwesten leicht als Angestellte der hiesigen Holzfirma zu erkennen waren. Die beiden prosteten einander mit Bierdosen zu und schienen ihren Feierabend zu genießen, dennoch bemerkte Lars ihre neugierigen Blicke in seine Richtung.

Ihm kam eine Idee.

Ohne Eile überquerte er die Straße und nickte den beiden zu. »Hi. Ihr seid von hier?«, fragte er auf Englisch.

Die beiden sahen einander kurz an, dann nickte der Schlankere der beiden. »Sicher«, gab er auf Englisch zurück. »Sie sind wohl einer der Deutschen, die wegen dieser TV-Show hier sind?«

»Ach, das hat sich bereits herumgesprochen?«

Die jungen Männer wechselten Blicke. »Na ja. Die Filmcrew ist ja nicht erst seit heute hier.«

Lars nickte wissend. Es war also genau so, wie er es sich gedacht hatte.

»Sagt mal«, meinte er beiläufig. »Wisst ihr zufällig, was die Filmleute hier in der Zwischenzeit so getrieben haben?«

Die beiden sahen einander abermals an und unterhielten sich dann kurz auf Norwegisch. »Könnte schon sein«, meinte der andere schließlich gedehnt. Sein Englisch war bei weitem nicht so gut wie das seines Freundes.

Lars kramte einen 20-Euro-Schein hervor. »Für ein paar Informationen würde ich den hier lockermachen.«

Der Schlanke griff ohne zu zögern zu. »Was wollen Sie denn wissen?«

Lars warf einen Blick über die Schultern, hinüber zum Wirtshaus. Niemand beobachtete ihn: »Sagen wir mal so: Mich interessiert einfach alles, was mir einen kleinen Startvorteil verschaffen könnte.«

»Ich kann Ihnen bloß sagen, dass die vor einer knappen Woche mit drei unserer Arbeitskollegen Bauholz ausgeflogen haben«, erklärte sein Gegenüber. »Außerdem so ein Gerät mit Hebeln. Wenn Sie mich fragen, eine Pumpe oder so etwas.«

»Eine Pumpe?«

»Ja, sah jedenfalls so aus. Ich war zufällig dabei, als die abgeladen wurde. Schläuche waren ebenfalls dabei.«

Was auch immer es damit auf sich hatte, Lars beschloss, die Information einstweilen für sich zu behalten. »Und was haben die mit dem Holz gemacht?«

»Keine Ahnung.« Der andere zuckte mit den Schultern. »Irgendetwas werden die wohl im Wald gebaut haben. Die haben auch eine ganze Menge Trommeln mit Stahlkabeln ausgeflogen.«

»Stahlkabel? Eure Kollegen werden doch sicher erzählt haben, wofür die bestimmt waren?«

»Nein.« Beide schüttelten den Kopf, und der mit dem besseren Englisch deutete mit der Bierbüchse auf ihn. »Aus irgendeinem Grund wollten die über die Sache nicht reden. Hat sich für sie aber wohl ausgezahlt. Die haben hier nach ihrer Rückkehr eine Runde geschmissen, als hätten sie im Lotto gewonnen.«

Lars runzelte die Stirn. »Die drei sind nicht zufällig hier irgendwo in der Nähe?«

»Nee. Haben vor ein paar Tagen Urlaub genommen.«

Lars schüttelte ungläubig den Kopf. »Wie jetzt? Urlaub? Alle zusammen?«

Noch ehe die jungen Männer antworten konnten, bog der alte Ford Transit schwungvoll in die Straße ein und hielt kurz darauf vor *Eddas Handverkerstuene*. Am Steuer saß ihr Fahrer aus Trondheim, auf dem Beifahrersitz Roy Jenkins mit seinem unverkennbaren Lederhut. Der Deutsch-Amerikaner stieg aus und winkte ihn zu sich. »Lars, es geht los!«

Lars verabschiedete sich unwillig von den Arbeitern und folgte dem Aufnahmeleiter zurück ins Lokal. Dort war der Rest des Teams bereits damit beschäftigt, die Rucksäcke aufzunehmen, während der Wirt die übrig bleibenden Taschen aufsammelte und vor dem Tresen aufreihte. Ebenso wie Bernd, der jetzt ein schwarzes Baseball-Cap trug, griff Lars nach seinem Gepäck, und wenig später saßen sie alle zusammen erneut in dem Kleinbus. Nur, dass sich jetzt auch noch Jenkins und sein Kameramann in den Wagen zwängten. Letzterer filmte noch immer jede ihrer Regungen, und er ging Lars schon jetzt auf die Nerven. Trotzdem machte er gute Miene zum bösen Spiel. Denn dieses Spiel brauchte Bilder.

»Hey, Deutschland!« Selbstbewusst lächelte er in die Kamera. »Ich hoffe, ihr freut euch ebenso wie wir auf die nächsten Tage und das, was uns erwartet!« Unglücklicherweise lehnte sich auch Bernd zu ihm hinüber und reckte den Daumen in die Höhe. »Wir werden euch eine gute Show liefern«, mischte er sich zu Lars' Unmut ein. »Versprochen!« Lars ließ sich notgedrungen auf das Spiel ein, und er und Bernd schlugen kumpelhaft die Fäuste gegeneinander. Dann fuhr der Wagen an, wendete mitten auf der Straße und brauste in jene Richtung davon, aus der sie erst vor kaum einer Stunde gekommen waren. Am Ortsrand von Skyggehus jedoch bremste der Ford Transit bereits wieder und bog mit schlingernden Reifen auf eine Landstraße ab, die unmittelbar am Sägewerk vorbei und von dort auf die abgeholzten Berghänge zu führte. Lange, bevor sie die Hügel erreichen konnten, bog ihr Fahrer ein weiteres Mal ab und kam schließlich auf einer großen Wiese zum Stehen, auf der ein beeindruckend großer, beeindruckend massiver und überdies blaugrauer Hubschrauber stand – geeignet sowohl für Lasten- als auch für Personenflüge, wie an der Bauart unschwer zu erkennen war. Der Helikopter schien schon einige Jahre auf dem Buckel zu haben, und Lars war sich sicher, dass Zerberus-Film ihn von dem Forstunternehmen angemietet hatte. Hinter den geschwungenen Fenstern der Hubschrauberkanzel konnte er eine blonde Pilotin mit silbernem Overall und Sonnenbrille ausmachen.

»So, wir sind da. Die Fensterplätze sind allerdings für die Frauen und mich reserviert«, scherzte ihr Aufnahmeleiter, der sie nun aufforderte, den Wagen zu verlassen. Drüben am Heli öffnete ein Mann, den Lars für den Copiloten hielt, bereits die

Seitentür des Frachtraums und klappte eine Aluminiumtreppe herunter. Ihr Kameramann veränderte derweil seinen Standort, um sie alle vor dem Fluggerät aufzunehmen.

Erstmals spürte Lars so etwas wie Aufregung. Seinen Begleitern schien es ebenso zu ergehen, denn selbst auf Dagmars Gesicht blitzte ein Lächeln auf, als sie den Hubschrauber mit Hilfe des Copiloten betrat.

Sie folgten ihr in den nüchtern ausgestatteten Innenraum, und kamerawirksam half Lars Sören dabei, dessen Rucksack zum Helikopter zu tragen. Kaum, dass die Kamera sich Katja zuwandte, ließ er ihn zu Sörens Unmut aber wieder fallen und suchte sich rasch den besten der verbliebenen Sitzplätze. Ihr Kameramann bestieg den Hubschrauber als Vorletzter und nahm neben Jenkins Platz. Der Copilot verriegelte die Außentür, half ihnen, sich anzuschnallen, und verschwand dann vorn im Cockpit, wo die Pilotin bereits den Startvorgang einleitete.

»Hammer, mein erster Helikopterflug!«, rief Sören gegen das beständig lauter werdende Schwirren und Pfeifen der startenden Turbine an. Sie alle konnten jetzt sehen, wie sich über ihnen die Rotoren in Bewegung setzten.

»Ich hab das schon mal als junges Mädchen erlebt. Es wird gleich noch viel besser.« Dagmar lächelte erwartungsvoll und spähte ebenso wie sie alle aus den Fenstern, während ihre Pilotin vorn im Cockpit die Instrumente checkte und einen Funkspruch absetzte. Das Dröhnen der Turbinen steigerte sich, ebenso das Spiel aus Licht und Schatten, das die Rotoren erzeugten. Dann, endlich, erreichten diese so viel Auftrieb, dass der Hubschrauber abhob. Bernd, Katja und Sören zückten ihre Handys und machten rasch einige Aufnahmen, während sie zunehmend Höhe gewannen und über die Dächer von Skyggehus aufstiegen. Lars erinnerte der Anblick unter ihnen an die puppenhaften Bauten einer Spielzeugeisenbahn. Rasch ließen sie den Ort hinter sich und flogen über die mit Fichten bewachsenen Hänge in Richtung Süden. Unmittelbar dahinter ragten wilde, wie unbezwingbar wirkende Berge aus der bewaldeten Landschaft auf, deren Massigkeit und Formation auch ihm Bewunderung abnötigten. Erst hier oben, aus der Luft, wurde ihm klar, welche Höhenlagen Norwegens Topographie erreichte.

»Und, habe ich euch zu viel versprochen?«, rief Jenkins gegen den Turbinenlärm an.

»Nein. Einfach wow!« Sören drückte sein Gesicht gegen eine der Scheiben und war vor lauter Begeisterung ganz aus dem Häuschen.

Lars entdeckte in der Ferne kleinere Flüsse und Bäche, die von den Bergkronen aus in Täler und Senken abflossen, um sich dort in weitläufigen Waldgebieten zu verzweigen. Und er entdeckte noch etwas anderes: Bereits jetzt, kurz nach dem Abflug, waren unter ihnen nur noch wenige Merkmale der Zivilisation auszumachen. Das fühlte sich aufregend an, war aber zugleich nicht sehr beruhigend.

Lars räusperte sich leise und ließ den Blick über seine Mitstreiter gleiten. Der Einzige, der die allgemeine Begeisterung nicht so recht zu teilen schien, war Gunnar. Dabei bot der Fluggastraum selbst für seine Größenverhältnisse genug Platz, so dass er nicht gekrümmt dasitzen musste. Dennoch beäugte ihr Buchhalter die unter ihnen vorüberziehende Landschaft mit einem Ausdruck, in dem sich Skepsis und Sorge die Waage hielten.

»Flugangst?« Lars grinste herausfordernd. Doch Gunnar beachtete ihn nicht weiter, sondern beugte sich zu Katja vor. »Sag mal, hast du vorhin verstehen können, über was die Alte mit dem Wirt gesprochen hat?«

Katja senkte ihre Handykamera. »Hast du dir von dem Kerl etwa Bange machen lassen?« Sie schürzte spöttisch die Lippen und zog dann eine gedrungene Holzfigur mit struppigen Haaren, großen Augen und grüner Latzhose aus der Seitentasche ihres Rucksacks. »Hier, schenke ich dir. Konnte man als Souvenir im Laden kaufen.«

Gunnar nahm die Figur entgegen und betrachtete sie irritiert. »Was ist das?«

»Das, wovor sie Angst hatte.« Katja lachte. »Die alte Dame war allen Ernstes davon überzeugt, dass hier in den Wäldern Trolle ihr Unwesen treiben.«

SHOWTIME

Bergregion Trollheimen, *zwanzig Minuten später*

Bernd hielt seine Baseball-Cap fest, während er beobachtete, wie der knatternde Transporthubschrauber wieder von der Lichtung abhob. Der Luftstrom der Rotoren drückte Gräser und Farne nieder, ließ Kiefern und Fichten der näheren Umgebung hin- und herschwingen, und dann verschwand der Helikopter allmählich über den Baumwipfeln.

»So, dann mal los! Sind alle abmarschbereit?«, dröhnte Jenkins. Bernd warf einen knappen Blick auf seine Rolex. Es war bereits Viertel vor fünf. Er setzte sich den Rucksack auf und sah, wie es ihm seine Kollegen gleichtaten. Nur ihr fetter Netzwerkadministrator kämpfte mit jeder Bewegung. Natürlich. Sören war die lebende Verkörperung von Maßlosigkeit und Schwäche, und Bernd hatte nichts als Verachtung für ihn übrig. Sicher, solange ihm der Fettsack irgendwie nützlich war, versuchte er natürlich, freundlich zu ihm zu sein. So, wie er zu jedem freundlich war, von dem er sich einen Vorteil erhoffte. Allerdings würde ihnen der Schwabbel in den kommenden Tagen vermutlich noch ordentlich zur Last fallen. Und das im wörtlichen Sinne. Insgeheim freute sich Bernd schon darauf, ihn während der Show so richtig vorzuführen.

Zu seinem Ärger trat jetzt ausgerechnet Lars vor, um Sören medienwirksam dabei zu helfen, den Rucksack aufzusetzen. Lars. Bernd schnaubte ungehalten. Sonst merkte der Idiot ja nicht viel, was durchaus Vorteile hatte. Aber dass es hier ums Ganze ging, hatte er offensichtlich ebenfalls begriffen. Seit die Kamera dabei war, legte sich ihr Youngster mächtig ins Zeug. Vielleicht wurde es Zeit, dass er Lars mal wieder daran erinnerte, was er ihm alles zu verdanken hatte? Natürlich nicht jetzt, sondern in einem ruhigeren Moment. Sollte Lars es dennoch zu bunt treiben, würde ihm schon noch etwas einfallen, um ihn zur Räson zu bringen. Bis dahin war es vermutlich klug, auch die anderen im Blick zu behalten. Gunnar? Bernd sah sich unauffällig zu ihm um. Er wollte mal hoffen, dass sich ihr Buchhalter daran hielt, ihnen nicht die Show zu stehlen.

Katja hingegen würde sich mit ihrer großen Klappe sicher noch selbst abschießen. Er hatte die SURVIVE-Foren vor ihrem Abflug genau studiert. Da draußen war einfach nicht das richtige Publikum für ihr Emanzen-Gehabe. Selbst ihre Titten würden sie da nicht rausreißen.

Blieb Dagmar. Dass ausgerechnet sie ihn mit ihrer Mitleidsstory im Ranking überflügelt hatte, damit war wirklich nicht zu rechnen gewesen. Nur besaß ihre Agentur-Vogelscheuche einfach nicht genug Ellbogen, um die Position auf Dauer zu halten. Nein, es blieb dabei: Er musste vor allem Katja und Lars im Auge behalten. Und gegebenenfalls Gunnar.

Bernd setzte ein professionelles Lächeln auf und gesellte sich betont gutgelaunt zu der kleinen Gruppe, die sich jetzt bei Jenkins versammelte und die Umgebung in Augenschein nahm. Die bestand vor allem aus dicht an dicht wachsenden Nadelbäumen und einigen wenigen Birken. Im Zwielicht zwischen den Stämmen wucherte ein dichtes Geflecht aus Farnen, und wenn Bernd den Blick hob, konnte er im Osten, jenseits der Baumwipfel, die Gipfel mächtiger Berge erkennen. Besonders ein Berg mit zwei Kuppen war auffallend, der sogenannte *Trollhøtta*, von dem der Copilot während des Fluges behauptet hatte, dass er gute eintausendsechshundert Meter Höhe erreichte. Im Gegensatz zu der Hochebene, auf der sie sich jetzt aufhielten, wuchs dort oben jedoch kaum etwas.

Endlich schlossen sich ihnen auch Sören, Lars und der Kameramann an.

»Mann, bin ich froh, dass wir die ganze Strecke nicht laufen mussten«, ächzte Sören.

»Wie weit ist es denn bis zum Camp?«, fragte Bernd.

Jenkins zwinkerte. »Keine dreihundert Meter geradeaus über die Hügel. Also selbst für Alte und Schwache gut erreichbar. In diesem Sinne: Mir nach!« Er hielt auf einen Trampelpfad zwischen zweien der Bäume zu, und Bernd fixierte den Aufnahmeleiter übellaunig. Sollte das wieder eine Anspielung auf sein Alter sein? Dieser Daniel hatte bereits im Aufnahmestudio vor laufender Kamera versucht, ihn damit bloßzustellen. Dabei war Gunnar lediglich drei Jahre jünger als er. Nur, dass *der* sich solche Sprüche vermutlich nie anhören musste. Bernd überholte seine Begleiter mit forschen Schritten, bahnte sich durch Äste und Zweige hindurch seinen Weg und schloss rasch zu ihrem Führer auf. Natürlich so, dass die Kamera ihn nicht aus dem Blick verlor. Er würde es den Arschlöchern schon noch zeigen.

Schweigend marschierten sie quer durch den Wald. Dabei fiel ihm auf, dass auf dem weichen Waldboden hin und wieder Schleifspuren größerer Objekte zu erkennen waren. Unwillkürlich fragte er sich, was das Filmteam hier in den letzten Tagen durch den Wald geschleppt hatte. Derweil brachte ein leichter Windzug die Blätter rings um sie herum zum Rauschen. Er trug den Geruch nach Harz, Wildblumen und seltsamerweise Wasser heran. Und da war noch etwas. Eine kaum wahrnehmbare, doch irgendwie unangenehme Duftnote. Bernd schnüffelte.

Es roch hier wie in einem muffigen Kellergewölbe.

»Shit, was ist das denn?« Hinter ihm blieb Gunnar stehen und starrte eine knorrige Birke an, die sich auf einer Schonung keine sechs Meter rechts des Trampelpfades erhob. Bernd folgte seinem Blick und entdeckte in der Baumkrone einen länglichen Gegenstand, der seltsam abgewinkelt aus dem übrigen Geäst hervorstach. Scharf atmete er ein. Das zwischen den Ästen eingeklemmte Ding war behaart und besaß am schmaleren Ende … Hufe. »Ein Bein!«

Auch die anderen hielten überrascht inne.

Jenkins, der endlich bemerkte, dass die Truppe hinter ihm haltgemacht hatte, kehrte zu ihnen zurück. »Was ist los?«

Gunnar machte ihn auf den Fund aufmerksam, und der Deutsch-Amerikaner beäugte den Baum stirnrunzelnd. Argwöhnisch bahnte er sich einen Weg durch das Unterholz, und Lars und Bernd folgten ihm, bis sie direkt unter dem ausladenden Astwerk standen. Der merkwürdige Kellergeruch war hier besonders intensiv.

»Makaber. Das da oben ist tatsächlich ein Bein.« Bernd reckte den Hals und versuchte, Genaueres zu erkennen, was ihm durch das Blätterkleid nicht gelang. »Offenbar ein Vorderlauf. Vermutlich Rotwild.«

»Und wie kommt das Ding da oben rauf?«, rätselte Lars.

»Womöglich durch einen Greifvogel«, mutmaßte Jenkins. »Soweit ich weiß, gibt es hier in Trollheimen Steinadler.«

»Einem Steinadler wird es ja wohl kaum gelingen, irgendwelchem Wild ein Bein auszureißen.« Bernd musterte prüfend Baumstamm und Wurzelwerk. Die weiße Rinde des Stammes war an einigen Stellen abgeplatzt. »Wenn ihr mich fragt, hat das ein Tier da raufgeschleppt.«

»Hoffentlich kein Bär.« Lars sah sich aufmerksam um. »Soweit ich weiß, gibt es die in Norwegen.«

»Unsinn.« Jenkins lachte. »Hier gibt es keine Bären. Ihr seid hier so sicher wie in Abrahams Schoß. Vermutlich hat irgendein kleiner Aasfresser seine Beute da oben in Sicherheit gebracht. Und jetzt lasst uns weitergehen. Euch läuft die Zeit davon.«

Jenkins kehrte zu der Kollegenschar auf dem Trampelpfad zurück und informierte sie über den Fund im Baum.

»Seltsam«, brummte Lars, der ebenso wie Bernd noch immer unter dem Baum stand.

»Du meinst den komischen Geruch hier?«

»Nein. Obwohl ... den vielleicht auch.« Lars schnüffelte prüfend. »Ich meine vielmehr den Umstand, dass dort oben überhaupt keine Fliegen auszumachen sind.«

Bernd runzelte die Stirn und spähte abermals empor. Lars hatte recht.

Überhaupt war es hier im Wald merkwürdig still.

»Kommt ihr?« Jenkins' Ruf schreckte sie auf, und Bernd und Lars schlossen sich dem kleinen Trupp erneut an. Da sich Sören immer wieder im Unterholz verhedderte, dauerte es fast eine Viertelstunde, bis sie ihr Ziel endlich erreicht hatten. Sie passierten gerade eine mit Unkraut und alten Kiefernnadeln überwucherte Anhöhe, als ihr Aufnahmeleiter endlich stehen blieb und voraus deutete. »Wir sind da. Euer Camp für die nächsten Tage.«

Bernd erblickte zwischen den Bäumen hindurch einen stattlichen, von rauschendem Mischwald gesäumten See, dessen Gewässer im Schein der Nachmittagssonne glitzerte. In seiner Mitte, gute fünfhundert Meter vom Ufer entfernt, erhob sich eine kleine, mit Bäumen bewachsene Insel. Die schräg unter ihnen liegende Uferregion hingegen war mit grünem Schilf bewachsen und vom Filmteam auf einer Breite von etwa zwanzig Metern von Farnen und Gräsern befreit worden. Auf diese Weise war ein direkt am Wasser gelegener Lagerplatz entstanden, der landeinwärts halbmondförmig von hohen Kiefern umschlossen wurde. Bernd musste zugeben, dass der Ort eine prächtige Kulisse für die kommenden Dreharbeiten abgab. Allerdings war von dem angekündigten Camp nicht viel zu sehen. Abgesehen von zwei jungen Birken, die sich unweit des Ufers aus dem Erdreich erhoben und ihre Äste in den Himmel reckten, war auf der Uferlichtung lediglich ein metallisch blitzendes Rechteck am Boden zu erkennen. Außerdem zwei weitere Männer des Filmteams, die an einem Kasten fummelten, der an einem der Bäume befestigt war. Einer von ihnen, ein Blondschopf mit ausgeprägtem Adamsapfel, trug eine orangefarbene Weste, die mit dem Rotkreuz-Emblem versehen war. Der angekündigte Sanitäter.

»*Das* soll ein Camp sein?«, murrte Gunnar, der nun ebenfalls neben sie trat.

»Nun, das liegt ganz an euch.« Jenkins wartete, bis auch die anderen die Anhöhe erreicht hatten. Dann machte er sich an den Abstieg, und keine fünf Minuten später hatten sie den Lagerplatz erreicht.

Die beiden Fremden begrüßten die Truppe auf Englisch, und der Sanitäter zog den Aufnahmeleiter beiseite zum Lichtungsrand, wo er mit ernster Miene auf ihn einsprach. Bernd konnte die beiden nicht verstehen, sah aber, dass Gunnar die Gelegenheit nutzte, um sich eine Zigarette anzustecken. Ihr Buchhalter sah den beiden misstrauisch nach.

Ihr Kameramann positionierte sich weiter so, dass er sie alle ins Bild bekam, während sich Sören seines alten Bundeswehrrucksacks entledigte und sich schwerfällig auf ihn setzte. Bernd schloss sich daher Lars, Katja und Dagmar an, die sich interessiert der metallischen, im Sonnenlicht blitzenden Fläche am Boden näherten. Es handelte sich um eine Aluminiumklappe, die mit einem aufwendigen Zahlenschloss gesichert war.

»Ich hoffe, die planen hier keine Neuauflage von ›Lost‹.« Katjas trockene Feststellung brachte Lars zum Lachen.

»Du meinst, da unten wartet eine verborgene Forschungsstation auf uns?«

Seine Kollegen diskutierten weiter, was unter der Klappe wohl verborgen sein mochte, und so trat Bernd ans Seeufer und blickte hinaus auf das im Sonnenlicht glitzernde Wasser mit der kleinen Insel. Der lauschige Anblick war eines Reiseprospekts würdig. Einen Moment lang wünschte er sich, er könnte den Ausblick zusammen mit seiner Frau genießen – Alexa. Sie verkörperte für ihn alles, was eine begehrenswerte Frau ausmachte. Sie war jung, hübsch und leicht formbar. Nicht so eine Emanze wie Katja.

Wo auch immer er mit ihr auftrat, beneidete man ihn um sie. Überhaupt sollte er sich unbedingt wieder mehr mit ihr in der Öffentlichkeit zeigen, wenn das hier vorbei war. Alexa ging schließlich gern aus. Er sah es zwar nicht gern, wenn sie ohne ihn unterwegs war, aber diese Eskapaden würden ohnehin bald vorbei sein. Das Baby würde schon dafür sorgen, dass sie künftig häuslicher wurde. Es würde ihr Glück perfekt machen – zumindest, solange Alexa trotz der Geburt ihre Figur behielt. Denn für Weiber, die sich mit ihren Reizen erst einen Ernährer suchten, um dann nach der Schwangerschaft zu fetten Matronen zu mutieren, hatte er bloß Abscheu übrig. Aber da machte er sich bei ihr eigentlich keine Sorgen. Ansonsten hätte er sie kaum geheiratet.

Er zückte sein Handy, schoss ein Foto und starrte die Aufnahme an. Gern hätte er ihr den Schnappschuss zugeschickt, doch natürlich hatten sie hier in der Wildnis längst keinen Empfang mehr. Am Zustand seines Postfachs hatte sich leider während der Zeit in der Zivilisation ebenfalls nichts verändert. Keine Nachricht von ihr. Ob sie noch immer sauer auf ihn war, dass er die Sache mit ihrer Schwangerschaft so ins Rampenlicht gezerrt hatte? Himmel, er war eben einfach seinem Instinkt gefolgt. Alexa hatte in den letzten Tagen doch selbst sehen können, wie sehr seine Sympathiewerte durch die Nachricht in die Höhe geschnellt waren. Was er hier tat, tat er schließlich für sie beide!

»Geil!«, grölte da Sören hinter ihm, und Bernd drehte sich in seine Richtung. Das Gesicht des Dicken war noch immer rot von der zurückliegenden Wanderung, doch jetzt erhob er sich von seinem Rucksack und schritt zu jener Birke, an der auch Bernd zuvor den merkwürdigen Kasten entdeckt hatte. Bernd folgte ihm, und nun sah auch er, dass es sich bei dem Ding um einen in einem Metallrahmen steckenden Tablet-Computer mit großem Display handelte.

»Ist es nicht etwas riskant, so ein Gerät einfach in freier Natur aufzuhängen?«, wollte Dagmar wissen.

»Quatsch. Das ist ein ToughPad«, erklärte Sören begeistert. »Die sind nicht ohne Grund so teuer. Denen macht nicht mal Sturm was aus.«

Jenkins kehrte nun endlich wieder zu ihnen zurück, und auch Gunnar fand sich bei ihnen ein. Er roch nach Zigarettenqualm. Die übrigen Männer des Filmteams nutzten die Gelegenheit, um sich zum Waldrand zurückzuziehen. Bernd bemerkte, dass sich der Sanitäter mit finsterer Miene an ihren Kameramann wandte, der nun erstmals die Kamera senkte.

»So, ich hoffe, ihr seid so weit fertig«, sprach Jenkins gewohnt freundlich. »In wenigen Minuten geht es nämlich ganz offiziell los.«

»War in Skyggehus nicht von Zelten und Schlafsäcken die Rede?« Lars sah sich fragend um.

»Aber sicher. Die befinden sich in der Aluminiumkiste dort.« Ihr Aufnahmeleiter setzte erstmals den Hut ab und deutete mit ihm auf die verschlossene Luke am Boden. Eine Kiste also. »Ebenso wie die übrige Ausrüstung, die ihr von uns erhaltet. Nur will all das erst einmal verdient werden. Und da wären wir auch schon bei dem Ablauf und den Regeln, die diesmal für euch gelten.«

»Diesmal?« Katja hob gespannt eine Augenbraue.

Jenkins zwinkerte. »Ihr wisst ja, wir versuchen, die Show jedes Mal etwas zu verbessern. Die vor euch liegenden Parcours-Stationen werden sich euch nämlich erst nach und nach enthüllen. Habt ihr eine Aufgabe gemeistert, findet ihr am Ende der Herausforderung Hinweise, die euch zum nächsten Punkt führen. Um wie viele Prüfungen es sich insgesamt handelt, verrate ich euch nicht. Ihr werdet die letzte aber erkennen. Und noch etwas: Es bleiben euch drei Nächte und drei Tage Zeit, um sie alle zu bewältigen – den heutigen Ankunftstag eingerechnet. Am Sonntag sammle ich euch wieder ein, denn dann holt uns der Hubschrauber ab. Bis dahin seid ihr hier komplett auf euch alleine gestellt.«

Bernd lächelte schmal. »Hauptsache, *ihr* steht uns nicht im Weg, wenn wir erst loslegen.«

»Mitnichten.« Der Aufnahmeleiter zwinkerte. »Wir werden uns hübsch von euch fernhalten. Wir haben unser Lager tiefer im Wald aufgeschlagen. Seht ihr das da oben?« Er deutete ins Astwerk der Birke über ihnen und schließlich zu einem Baum am Waldrand. Sie folgten seinen Fingerzeigen, und Bernd entdeckte erstmals zwei versteckt angebrachte Kameras samt Mikrofonen. »Wir haben die Gegend mit unseren Augen und Ohren regelrecht gepflastert. Ohne also selbst präsent zu sein, behalten wir euch die nächsten Tage und Nächte über komplett im Blick.«

»Toll. Und wo kann man hier aufs Klo gehen?« Katja sah sich pikiert um.

»Na, im Wald natürlich. Ganz, wo es dir beliebt.« Jenkins grinste. »Aber keine Bange, wir haben kein Interesse daran, euch ausgerechnet bei der Verrichtung eurer Geschäfte zu filmen. Sollte es versehentlich trotzdem geschehen, werden wir die Aufnahmen natürlich nicht verwenden.«

Katja schluckte die Bemerkung, die ihr offenbar auf der Zunge lag, herunter. Bernd grinste schadenfroh.

»Okay, kommen wir zu den Regelneuerungen.« Jenkins atmete tief ein. »Daran, dass ihr alle Parcours-Aufgaben lösen müsst, um an die Siegprämie für eure Firma zu gelangen, hat sich nichts geändert – sehr wohl aber am Prozedere für eure persönlichen Siegpunkte. Erstens: Die meisten Punkte erhaltet ihr nach wie vor später von den Zuschauern. Aber das ist euch bekannt, also versucht, euch beliebt zu machen. Zweitens – und das bleibt ebenfalls wie immer: Jeweils einen Siegpunkt gibt es für jenen oder jene unter euch, der oder die quasi an vorderster Front dazu beiträgt, die jeweiligen Aufgaben zu erfüllen. Wir nennen sie oder ihn mal ›Winner‹.« Er hob einen Zeigefinger. »Aber schon hier kommt es zur ersten Regeländerung. Denn, drittens, nach Erledigung eines jeden Parcours-Abschnitts müsst ihr euch diesmal via Mehrheitsbeschluss darauf einigen, welche zwei eurer Teamkameraden jeweils *am wenigsten* zur Erfüllung der Aufgabe beigetragen haben. Diese beiden bekommen dann jeweils einen Minuspunkt vermerkt, der von den übrigen Siegpunkten abgezogen wird.«

»Wie bitte?« Gunnar sah den Aufnahmeleiter böse an. »Wir sollen nach jeder Aufgabe zwei von uns runtermachen?«

»Also, das hast du jetzt gesagt.« Jenkins hob beschwichtigend die Hände. »Wenn wir ehrlich sind, gab es doch bislang jedes Mal ein oder zwei Showteilnehmer, die sich nie so recht angestrengt haben und die wir damit zu etwas mehr Elan ermutigen möchten.« Empörtes Gemurmel setzte ein, doch Jenkins ließ sich nicht beirren. »Und damit ihr die Benennung der beiden auch nicht vergesst, erhaltet ihr die Hinweise auf die jeweilige Folgeaufgabe wie folgt.« Er marschierte hinüber zum ToughPad und schaltete es an. Auf dem Display erschienen sogleich vier hellgraue Eingabefelder, die in Großbuchstaben mit CODE sowie WINNER, LOOSER 1 und LOOSER 2 beschriftet waren. Ganz unten befand sich ein rechteckiges Enter-Feld. »Am Ende jedes Parcours-Abschnitts«, erklärte der Aufnahmeleiter, »erhaltet ihr den SURVIVE-Code. Dabei handelt es sich um eine achtstellige Buchstaben- und Zahlenfolge, die ihr unter ›CODE‹ in das oberste Feld eintragt. Damit weist ihr aus, dass ihr die Aufgabe erfolgreich gemeistert habt. Unter ›WINNER‹ tragt ihr jenen von euch ein, der am meisten zur Erfüllung der Aufgabe beigetragen hat. Er oder sie erhält dafür einen Siegpunkt. Die beiden übrigen Eingabefelder sind hingegen für jene unter euch bestimmt, die am wenigsten dazu beigetragen haben … oder was sonst zu eurer Wahl führt.« Seine Lippen zuckten spöttisch. »Damit ihr nicht auf die Idee kommt, fremde Namen einzugeben, möchte ich anmerken, dass die Textfelder ausschließlich eure Namen akzeptieren. Und natürlich müssen alle Felder ausgefüllt werden.«

»Mit anderen Worten«, hakte Lars nach, »wir können hier lediglich Minuspunkte auf uns verteilen?«

»Du vergisst den jeweiligen Abschnitts-Sieger. Außerdem wären da noch eure Interviews, denn auch hier gibt es eine Neuerung.« Sofort wurde es still in der Runde. »Diesmal habt ihr es nämlich selbst in der Hand, ob eure Interviews freigeschaltet und später in der Show eingespielt werden sollen oder nicht.«

»Ach?« Bernd glaubte eine gewisse Erleichterung auf den Gesichtern seiner Kollegen ausmachen zu können. Natürlich. Es war genauso, wie er es sich gedacht hatte. Sie hatten sich zwar darauf geeinigt, sich bei der Befragung durch Daniel zurückzuhalten. Nur war sich während der Show eben jeder selbst der Nächste. Sie alle wussten ja zu gut, wie gezielt eingestreute Indiskretionen das Zuschauerverhalten beeinflussten. Er hatte sich da jedenfalls nicht zurückgehalten. Dennoch – glaubte Zerberus-Film allen Ernstes, sie würden Ärger mit dem übrigen Team während der Show bewusst auf sich nehmen? Irgendwie stimmte ihn das misstrauisch.

»Was bringt uns das Freischalten des Interviews?«, sprach Dagmar aus, was vermutlich jeder von ihnen dachte.

»Ganz einfach.« Jenkins rückte seinen Lederhut zurecht. »Wer sein Interview freischaltet, erhält gleich zwei Belohnungen: jeweils drei Siegpunkte und den Hinweis zu einem Ort hier in der Nähe, an dem ein Gegenstand versteckt liegt, der euch bei den kommenden Aufgaben nützlich sein wird.«

Roy Jenkins zog sechs blaue Umschläge aus der Jacke, die jeweils mit ihren Namen beschriftet waren, und händigte sie ihnen der Reihe nach aus. »In diesen Umschlägen findet ihr jeweils euren privaten Code, mit dem ihr euer Interview mit Daniel freischalten könnt. Die Zahlenfolge einfach im CODE-Feld eingeben, in der Spalte darunter euren Namen eintragen, auf ›Enter‹ drücken – und das Interview wird für alle einsehbar abgespielt.«

Bernd sah zu dem Eingabefeld des Codes und der darunter befindlichen Spalte mit der Überschrift »WINNER« auf. Er schnaubte verhalten.

»Habt ihr noch weitere Fragen?«

Gunnar meldete sich. »Wo genau sollen wir uns aufhalten? Bloß hier?«

»Nein.« Jenkins schmunzelte. »Die Areale, die wir mit unseren Kameras abdecken, sind deutlich weiter gesteckt. Ihr werdet schon noch erfahren, warum. Im Zweifel findet ihr an einigen Bäumen grüne Markierungen, die auch im Dunkeln leuchten. Sie signalisieren euch, wenn ihr den Showbereich verlasst. Am besten ist es, ihr seht von eigenmächtigen Wanderungen ab.«

»Eine Frage noch«, meldete sich Sören wehleidig zu Wort. »Was, wenn sich einer von uns zwischendurch verletzt?«

»Mann, dahinten steht ein Sanitäter«, fuhr ihn Bernd an. »Können wir das Thema abschließen und jetzt loslegen?«

»Das nenne ich Sportsgeist.« Ihr Aufnahmeleiter wandte sich dennoch an Sören. »Hab nicht so viel Angst. Wir verfolgen jeden eurer Schritte. Einfach die Sicherheitsvorschriften beachten, die ihr gegebenenfalls findet, und euch kann absolut nichts geschehen. Wenn trotzdem mal was sein sollte, einfach im CODE-Feld achtmal die Eins eingeben, und wir kommen sofort zu euch. Okay?« Jenkins winkte den dritten Techniker heran, der mit einer leeren Pappkiste zu ihnen trat. »Bevor ich euch jetzt verrate, wie ihr an eure Ausrüstung gelangt, noch etwas: Eure Handys, Tablet-Computer, Uhren, Rauschmittel und Feuerzeuge, bitte.« Er sah auffordernd in die Runde. »Ihr werdet sicher verstehen, dass ihr in den kommenden Tagen ohne sie auskommen müsst. Außerdem alles, was ihr an Nahrungsmitteln bei euch tragt.«

»Ihr habt es auf eine schlichte Tafel Schokolade abgesehen?« Lars schüttelte empört den Kopf, kramte dann aber das Gewünschte hervor und warf es zusammen mit seiner Armbanduhr in die Box. Bernd legte sein Handy und seine Rolex unwillig daneben, und auch die anderen entledigten sich nach und nach ihrer Besitztümer. Bernd schüttelte ungläubig den Kopf, als er sah, dass Sören neben seinen »Tools«, die er ihnen im Gasthaus gezeigt hatte, sogar einen kleinen Laptop und eine Flasche Whiskey bei sich trug. Speziell die Mengen an mitgeführten Süßwaren und Knabbereien, die jetzt zutage traten, waren erstaunlich. Als Letztes trennte sich Gunnar von seinem Feuerzeug und seiner erst in Skyggehus erworbenen Stange Zigaretten, und man sah ihm an, dass ihm das gar nicht recht war. Bernd grinste. Tat diesem Junkie ganz gut, auch mal ohne Kippen auszukommen.

»Das wäre dann fast alles«, erklärte Jenkins. »Aber eben nur fast. Lars, euer Fahrer berichtete mir, dass er bei dir noch ein Outdoor-Messer gesehen hat. Und du, Sören, wirst dich leider von deinem schicken Sturmfeuerzeug trennen müssen. Dich, Katja, möchte ich bitten, auch noch die Taschenlampe dort in der Seitentasche deines Rucksacks abzugeben.« Murrend folgten die drei der Anweisung, und endlich schien Jenkins zufrieden. Bernd lächelte still, denn glücklicherweise fiel die Leibesvisitation aus.

»Gut, wir sind so weit.« Ihr Aufnahmeleiter reichte den gefüllten Pappkarton seinem Techniker und deutete auf den Wald in ihrem Rücken. »Eure erste Aufgabe liegt unmittelbar vor euch. Seht ihr dahinten die Stege und Plattformen?«

Bernd verengte die Augen. Tatsächlich, keine dreißig Meter entfernt, inmitten der Bäume, konnte er ein herabhängendes Seil ausmachen. Dahinter zeichneten sich bei näherem Hinsehen weitere künstliche Formen ab. Seilbrücken. Plattformen. Holzschrägen. Und waren das dahinten frei hängende Taue? Sie baumelten aus fast sechs Metern Höhe zu Boden.

»Ein Hochseilgarten«, stellte Dagmar erstaunt fest.

»Du hast es erfasst.« Jenkins lächelte. »Eure Aufgabe besteht darin, zur obersten Ebene des Areals vorzustoßen. Dummerweise geht die Sonne schon gegen 18 Uhr unter. Wenn ihr also nicht auf dem kalten Waldboden schlafen wollt, solltet ihr euch ein wenig beeilen. In diesem Sinne: It's Showtime!«

TÜCKISCHER PARCOURS

Nicht schlecht. Die haben sich hier wirklich ins Zeug gelegt.« Katja stand ebenso wie ihre Kollegen inmitten des Nadelgehölzes und starrte zu dem beeindruckenden Gewirr an Drahtseilen, Schrägen, Tauen, Plattformen und Hängebrücken, die sich über ihren Köpfen von Baum zu Baum spannten. Einige von ihnen waren waghalsige Kletterkonstruktionen, die den Eindruck vermittelten, wahlweise nur von ausgebildeten Hochseilartisten oder besonders geschickten Menschenaffen bewältigt werden zu können. Die Stämme der Bäume waren unterhalb der Plattformen allesamt komplett entastet, um ihnen so einen Aufstieg durch schlichtes Klettern zu verwehren. Katja hatte natürlich schon von Hochseilgärten gehört, bislang aber noch keinen betreten. Trotzdem wusste sie von Freunden, die dort gewesen waren, dass das Bewältigen der Stationen den Besuchern alles an Kraft und Geschick abgefordert hatte.

»Verfügt irgendjemand von euch über Klettererfahrungen?«, wollte sie wissen.

»Ach, komm, du Mannequin.« Bernd hängte seine Outdoor-Jacke über einen Zweig. »Wäre das wirklich nötig, würden sich diese Klettergärten wohl nicht solcher Beliebtheit erfreuen.«

Katja lächelte unterkühlt. Ihr prolliger Kollege war und blieb ein selbstgefälliges Arschloch. Mit verschränkten Armen lehnte sie sich zurück und musterte Bernd, der die Aufbauten taxierte und dann Lars auf die Schultern klopfte. »Hier ist in erster Linie Fitness gefragt. Am besten, wir erledigen das.«

»Sehe ich ebenso.« Lars zog seine rote Softshell-Jacke und sein T-Shirt aus und präsentierte kamerawirksam seinen durchtrainierten nackten Oberkörper, der auf Höhe der rechten Schulter mit einem schwarzen Tribal-Tattoo in Gestalt eines Wolfskopfes geschmückt war. Katja musste zugeben, dass ihr Texter ein beeindruckendes Sixpack besaß, fand die Auszieh-Nummer aber dennoch billig. »Wartet einfach hier unten auf uns«, spottete er. »Ihr könnt euch ja gern schon mal auf die beiden Verlierer des Parcours einigen.«

»Das könnte euch so passen.« Gunnar hängte seine Regenjacke zu den anderen und folgte Lars und Bernd zur ersten Kletterstufe. Die bestand aus einer Plattform in drei Metern Höhe, die vom Waldboden aus leicht über eine Leiter zu erreichen war. Dort oben hingen griffbereit Helme, sechs Paar Kletterhandschuhe sowie entsprechendes Sicherungsgeschirr, das sich mittels Karabinern in straff gespannte Sicherungsleinen aus Stahl einhängen ließen. Katja folgte den Seilen mit den Augen – sie spannten sich über jeden Kletterabschnitt. Wirklich abstürzen konnte man also nicht. Dumm war nur, dass die Trossen allesamt leicht schräg aufgehängt waren, so dass man unweigerlich wieder zur Ausgangsplattform zurückrutschte, wenn man während der Kletterei den Halt verlor. Dort durfte man dann von vorn beginnen. Na großartig.

Ihr Blick wanderte zurück zu ihren drei testosterongetriebenen Kollegen. Lars studierte da oben eine laminierte Sicherheitsanweisung, dann half er Gunnar dabei, Helm und Tragegeschirr anzulegen. Bernd verzichtete auf jede Hilfe. Vermutlich glaubte er, dass das seinem Image als harter Kerl schaden würde.

Katja schüttelte lediglich den Kopf. Wenig später machten sich die drei daran, über eine schwankende und schräg nach oben verlaufende Hängebrücke zum benachbarten Baum zu balancieren. Deren Plattform befand sich bereits vier Meter über dem Waldboden. Katja ließ ihren Blick noch einmal prüfend über den gesamten von hier einsehbaren Irrgarten schweifen – und lächelte böse.

»Wir werden uns doch nicht einfach so aufs Abstellgleis stellen lassen, oder?«, zischte sie ihren Kollegen zu.

»Was sollen wir denn machen?«, meinte Sören niedergeschlagen. »Diesen Klettergarten schaffe ich niemals.«

»Mag sein. Aber unsere drei blindwütig vorpreschenden Reinhold Messners da oben haben etwas Wichtiges übersehen.« Katja deutete zu der Startplattform. »Seht ihr? Von hier aus geht es nicht bloß über *eine* Hängebrücke weiter. Da ist auch noch eine zweite. Und die führt zu dem Baum dahinten.« Dagmar und Sören reckten die Hälse. »Und das ist nicht bloß bei dieser Station so«, fuhr Katja fort, »sondern – soweit ich sehe – auch dort, dort und dahinten.« Sie wies jeweils auf einige weiter entfernt befindliche Plattformen und Stege, die zum Teil in schwindelerregenden Höhen angebracht waren.

»Du hast recht.« Dagmar sah sich interessiert im Wald um. »Der ganze Kletterpark ist so ein bisschen wie ein Irrgarten aufgebaut. Dahinten ist sogar ein totes Ende – was man aber bloß von hier unten aus erkennt.«

»Eben.« Katja zog sich nun ebenfalls ihre Jacke aus und band sich das blonde Haar am Hinterkopf mit einem Haarband zusammen. »Die Filmfritzen wollen, dass wir uns einen Wettkampf liefern? Tun wir ihnen den Gefallen. Wer weiß, vielleicht überrunden wir unsere Sportasse sogar.«

Bernd, Lars und Gunnar hatten längst die benachbarte Plattform erreicht und kämpften sich jetzt über ein schwankendes Tau voran, neben dem zwei weitere, deutlich dünnere Seile als Haltemöglichkeit angebracht waren.

»Ich war früher mal mit meinem Vater Bergsteigen«, erklärte Dagmar unvermittelt. »Ist aber schon ein Weilchen her.«

»Damit kommst du erst jetzt?« Katja sah ihre Kollegin ungläubig an. »Du musst echt mal an deinem Selbstbewusstsein arbeiten. Los jetzt!«

»Und ich?« Sören trottete ihnen gleich einem dicken Dackel hinterher, während Katja und Dagmar zur Startplattform hinaufkraxelten. Katja schnappte sich eines der bereitliegenden Sicherungsgeschirre und ließ sich von Dagmar hineinhelfen. »Du bist für uns am Boden Augen und Ohren. Finde heraus, wo sich die Zielplattform befindet. Und versuche, möglichst den kürzesten Weg dorthin ausfindig zu machen.«

Sören nickte begeistert und stürmte davon. Katja half ihrerseits Dagmar ins Tragegeschirr, und beide streiften sich die bereitliegenden Helme und Kletterhandschuhe über. Anschließend klinkten sie die Karabiner in das Sicherungsseil ein und beschritten die zweite der Hängebrücken, die ebenfalls zu einer weiter erhöht liegenden Plattform führte.

Wie erwartet erwies sich die erste Hürde als leicht zu nehmen, und so nutzte Katja die Zeit, auf dem schwankenden Weg nach Kameras Ausschau zu halten, und entdeckte schließlich eine im Geäst der Bäume über ihnen. Sie war gut getarnt. Wäre die Kamera nicht in diesem Moment zu ihnen herumgeschwenkt, hätte sie sie vermutlich übersehen. Mann, auf was hatte sie sich da bloß eingelassen? Sie hätte sich wie Bianca, ihre Grafikerin, weigern sollen, bei dieser bescheuerten Show mitzumachen. Und dass Max sich den Fuß verknackst hatte, kaum dass Zerberus-Film ihre Teilnahme bestätigt hatte, war rückblickend sicher auch kein Zufall gewesen. Stattdessen durfte sein alter Kumpel Gunnar für ihn die Kohlen aus dem Feuer holen. Und mit ihm die übrigen Kollegen. Wie so oft. Die Agentur hing ihr inzwischen wirklich zum Hals raus. Dabei war ihre berufliche Zukunft längst gesichert – was im Augenblick natürlich keiner wissen durfte.

Dennoch war sie hier. Katja seufzte, als sie die benachbarte Plattform erreichte. Die 50 000 Euro Preisgeld konnte eben auch sie gut gebrauchen. Nicht bloß, weil sie eh ständig klamm war, sondern weil es ihr die Summe gestatten würde, endlich das Leben zu führen, das sie sich schon immer erträumt hatte. So radikal dieser Schritt auch war. Hauptsache, Gunnar kam nicht dahinter, welches Spielchen sie da seit geraumer Zeit auch auf seine Kosten trieb. Ausgerechnet ihn zu hintergehen, bereitete ihr wirklich keine Freude.

Katja reichte Dagmar die Hand und zog sie zu sich auf die Holzplattform. »Siehst du, wir packen das!«, ermunterte sie ihre Kollegin.

»Hey, das war bloß die erste Stufe.« Dagmar lächelte schüchtern, und Katja plagte bei ihrem Anblick das schlechte Gewissen. Die Sache mit der Kreditkarte musste sie weitaus härter getroffen haben, als jeder von ihnen geahnt hatte. Hätte sie früher von der Sache mit ihrer Mutter gewusst, hätte sie damals vielleicht anders gehandelt. Zumindest hätte sie Gunnar bitten können, noch einmal zu Dagmars Gunsten auf Max einzuwirken. Doch daran war jetzt leider nichts mehr zu ändern. Wenn sie also dazu beitragen konnte, die Agentur zu retten, dann würde sie das auch für ihre Kollegin tun. Die beiden selbstgefälligen Machos über ihnen waren ihr jedenfalls egal.

Sie blickte verächtlich zu Lars und Bernd auf, die längst die vierte Kletterstation gemeistert hatten und sich nun in sechs Metern Höhe mühevoll an einer frei hängenden Griffkonstruktion entlanghangelten. Gunnar hing derweil noch immer auf der zweiten Ebene fest. Verkrampft klammerte er sich an die Halteseile und kam auf dem hin- und herschwankenden Tau kaum voran. Er war einfach zu groß. Sein Schwerpunkt war zu hoch.

Sie und Dagmar klinkten sich in die nächste Sicherungsleine ein, dann ging es freihändig weiter über einen kaum handbreiten, aber fast sechs Meter langen Schwebebalken zur nächsten Plattform. Katja blendete die Höhe aus, konzentrierte sich auf das Ziel, und zu ihrer eigenen Verwunderung schaffte sie die Station mit zitternden Knien. Ebenso die nächste, die der Station zwei auf der anderen Seite des Gartens ähnelte. Bei alledem kam ihr und Dagmar entgegen, dass sie beide nicht viel Gewicht auf die Waage brachten. Überhaupt war ihre Kollegin überraschend wenig außer Atem. Weniger als sie selbst, wie Katja verwundert feststellte.

Weiter ging es über schwankende Stege, die wie Schaukeln aufgehängt waren, sowie an Seilen entlang, die sie bewusst in eine kitzlige Schieflage brachten. Inzwischen hatten sie eine Höhenebene von fast neun Metern erreicht. Um sie herum rauschte es in den Nadelbäumen, und von hier oben aus konnte man Zonen am Waldboden ausmachen, auf denen der Bautrupp ausgerissenes Gestrüpp, abgeschlagene Zweige und unverbrauchtes Bauholz gelagert hatte. Dahinter erstreckte sich düsteres Dickicht, in dem Katja kurz eine Bewegung zu erahnen glaubte. Einer der Filmleute? Sie sah genauer hin, konnte jedoch nichts mehr entdecken. Vermutlich hatte ihr das Schattenspiel aus Licht und Dunkel einen Streich gespielt.

Unvermittelt ertönte ein Schrei. Drüben, auf der anderen Seite des Hochseilgartens, verlor Gunnar den Halt und stürzte in die Tiefe – wurde aber von der Sicherungsleine aufgefangen, auf der er mit surrendem Geräusch zurück zur letzten Plattform sauste. Unter verärgerten Schimpflauten kletterte er dort wieder nach oben, um das Hindernis erneut anzugehen. Bernd und Lars hatten in der Zwischenzeit eine Plattform erreicht, auf der es nicht weiterging.

»Mann, was soll das hier?«, rief Lars.

»Eine Sackgasse!«, rief ihnen Katja spöttisch zu. »Kleiner Tipp: Von denen gibt es hier noch weitere.«

Verärgert spähten die beiden zu ihnen herüber und machten sich dann wieder auf den Rückweg. Nur, dass die Idioten den Weg zurückkletterten, statt sich einfach in die Sicherungsleine einzuklinken und an ihr entlang zur vorherigen Plattform zu gleiten. Katja zuckte die Schultern. Ihr war es recht.

Inzwischen hatten sie und Dagmar die zweite Kletterebene erreicht, und die Herausforderungen, die hier auf sie warteten, waren noch schwieriger. Sie mussten sich jetzt erneut zwischen zwei weiterführenden Pfaden entscheiden, die beide aus fünf hintereinander aufgereihten Tauen bestanden. Es galt, sich an ihnen zum Ziel entlangzuhangeln – und das frei hängend und in nunmehr über zehn Metern Höhe.

»Dort entlang«, ertönte Sörens Stimme am Waldboden. Ihr dicker ITler war angesichts all der Nadelzweige um sie herum kaum auszumachen. Hinzu kam das spärlicher werdende Tageslicht. Die zunehmend rötlich werdende Nachmittagssonne näherte sich bedenklich den Bergen am Horizont. Sören wies nach links.

»Hilfst du Arsch uns vielleicht auch mal!«, brüllte Bernd einige Bäume weiter. Ebenso wie Lars hielt er dort mühsam zwischen den Baumkronen Ausschau nach dem weiteren Weg.

Sören antwortete ihnen nicht einmal.

Die beiden Frauen lächelten einander zu, und Katja ließ ihrer Kollegin den Vortritt. Dagmar verankerte ihren Karabiner erneut an der Sicherungsleine. Tief atmete sie ein, dann stieß sie sich wagemutig ab und schaffte es so, das erste der Seile zu packen. Ächzend schwang sie auf ihm voran und ergriff so das nächste Tau. Drei weitere lagen jedoch noch vor ihr. Na gut.

Katja folgte ihrem Beispiel, doch diesmal überschätzte sie ihre Kräfte. Bereits beim dritten Seil gab sie dem Brennen in ihren Oberarmen nach und ließ los. Für einen kurzen, schrecklichen Augenblick stürzte sie in die Tiefe, wurde aber sogleich durch die Sicherungsleine aufgefangen und rutschte an dieser entlang zurück zur Plattform. Dagmar hingegen wippte weiter an den Seilen entlang, zog sich mühevoll nach vorn und schaffte es unter Aufbietung aller Kräfte, die vor ihr liegende Plattform zu erreichen. Angestrengt blickte sie zu ihr zurück. »Komm! Wenn ich das schaffe, schaffst du das auch.«

Katja versuchte sich abermals an der Kletterpartie, benötigte jedoch zwei weitere Anläufe, um wieder zu ihrer Kollegin aufzuschließen.

Drüben bei den Männern verlor erstmals auch Bernd den Halt. Mit einem saftigen Fluch fiel er in die Tiefe und durfte wenig später von vorn beginnen. Lars kümmerte sich nicht weiter um ihn, sondern tänzelte über eine frei hängende Wippe weiter zur nächsten Plattform – um dort festzustellen, dass man von ihr aus lediglich wieder zurück auf die weiter unten liegende Kletterebene gelangte. Gunnar hingegen hatte längst aufgegeben. Er war zum Waldboden zurückgeklettert und versuchte dort – ebenso wie Sören –, das Gewirr der Kletterstationen zu durchschauen und seine Kollegen so zum Endpunkt des Parcours zu führen: eine Plattform in fast zwanzig Metern Höhe, von der aus es mittels einer aufgerollten Strickleiter und einer schräg gespannten Sicherungstrosse, die in einem Netz zwischen den Bäumen endete, bequem wieder nach unten ging. Interessanterweise war die Plattform da oben von gleich zwei Seiten aus erreichbar.

Die Kletterei artete zu einem verbissenen Wettrennen aus, bei dem sich Lars und Bernd auf der einen und Katja und Dagmar auf der anderen Seite nichts schenkten. Sie mussten Stationen überwinden, die sie auf schlüpfrige Pfade aus drehenden Hölzern führten, kippelnde Kletterstiege bezwingen, die für Menschen mit Höhenangst kaum zu überwinden waren, und tückische Seilkonstruktionen meistern, die ihnen am nächsten Tag einen gehörigen Muskelkater bescheren würden. Katja und Dagmar zogen sich irgendwann schwer atmend zu einer Plattform in gut fünfzehn Metern Höhe hinauf und blieben dort erschöpft liegen.

»Gott, ist das anstrengend«, stöhnte Katja, die dennoch den aromatischen Geruch von Baumharz und Kiefernnadeln genoss, der hier oben an ihre Nasen wehte.

»Du schlägst dich doch gut«, meinte Dagmar. Sie wischte sich den Schweiß von der Stirn und erhob sich. Ein heiterer Zug umspielte ihre Lippen, als sie sich von ihrem erhöhten Standpunkt aus zum See umsah. Er zeichnete sich als dunkelblaue Fläche zwischen den Nadelbäumen ab. Obwohl die Sonne inzwischen nicht mehr als ein roter Lichtstreif war, der die Berggipfel zum Glühen brachte, war der Ausblick phantastisch.

»Das sagt die Richtige.« Katja richtete sich auf den Unterarmen auf. »Darf ich dich daran erinnern, dass du anfangs gar nicht erst mitwolltest?«

»Ich hatte völlig vergessen, wie sehr ich das all die Jahre vermisst habe.« Dagmars Lächeln wurde wehmütig. »Mein Vater und ich haben früher keine Anstrengung gescheut. Er hat mich als Teenagerin sogar mal zu einer Tour in die Berchtesgadener Alpen mitgenommen. Zu essen gab es bloß, was wir unterwegs fanden.«

»Stimmt, dein alter Herr war ja bei der Bundeswehr.«

»Ja. Und glaub mir, Insekten sind widerlich.«

»Wo kommst du eigentlich her?«

»Ursprünglich? Aus Perchtal, ein Kaff im tiefsten Bayern. Aber da sind wohl mal irgendwelche Kinder verschwunden, was nie aufgeklärt wurde. Und so sind meine Eltern dann nach Bischofswiesen gezogen, wo auch die Kaserne meines Vaters stand. Da gab es auch ordentliche Sportvereine.«

Katja hob überrascht eine Augenbraue. »Alles, was ich früher an Sport gemacht habe, war, Fußball zu spielen.«

»Du?« Dagmar sah sie verwundert an.

»Ja. Aber bloß kurz. Ich wurde rasch wieder aus der Mannschaft gemobbt. Ich war aber auch echt schlecht.«

Sie beide lachten, und Dagmar legte verwundert den Kopf schief. »Fußball also. Hätte ich nie von dir gedacht. Vielleicht Aerobic oder so. Aber nicht das.«

Katjas Lächeln schmolz dahin. Sie sollte vorsichtiger sein mit dem, was sie über sich preisgab. »Na ja. Ist auch schon etwas her«, winkte sie ab.

»Auf jeden Fall kommt es dir jetzt zugute, dass du Sport treibst.« Dagmar hielt wieder ihre Nase in den Wind und genoss den Ausblick, obwohl drei Bäume weiter Bernd und Lars aufholten.

»Nicht so häufig, wie du vielleicht glaubst.« Katja mühte sich nun ebenfalls wieder auf die Beine. »Bloß Schwimmen und ein bisschen Bauch, Beine, Po, wenn du verstehst.«

»Sieh mal.« Dagmar wies durch die Nadelzweige hindurch zum See. »Ich glaube, ich habe das Filmteam gefunden.«

Katja trat neben sie und musste schon genauer hinsehen, um in vielleicht zwei Kilometern Entfernung, am östlichen Seeufer, eine grüngelbe Zeltplane zu entdecken, die kaum wahrnehmbar zwischen dem allgegenwärtigen Grün hervorlugte.

»Wahrscheinlich kippen die gerade ein Bier und lachen sich über uns tot.« Sie strich sich missbilligend eine schweißnasse

Haarsträhne aus der Stirn. »Was mich daran erinnert, dass ich inzwischen echt Durst habe. Wehe, in der verdammten Kiste fehlt das Trinkwasser.«

»Gut, dann lass uns den letzten Abschnitt angehen.« Dagmar deutete zwei Stationen voraus. Vor ihnen lag ein Abschnitt aus frei hängenden Haltegriffen, die wie übergroße Triangeln aussahen. Dahinter führte eine schmale, schräg nach oben führende Leiter zum Ziel ihrer Anstrengungen – nur dass die einzelnen Trittstufen aus Rollen bestanden und sich lediglich an einer Seite ein Haltetau befand.

»Na, klasse.« Katja klinkte bereits ihren Karabiner in das Sicherungsseil ein, als sie sah, dass über der Plattform des letzten Baumes ein verschlossener Kasten angebracht war. Vermutlich befand sich darin der SURVIVE-Code. Und hoffentlich auch die Nummernkombination für die Kiste. Allerdings ragte am oberen Ende des Gehäuses ein dünnes Stahlseil heraus, das lotrecht hinauf ins Geäst des Baumes und von dort über eine Umlenkrolle zu einem Nachbarbaum führte. Auch dort existierte eine Plattform, und sie konnten sehen, dass das Seil dort an einer Kurbelwinde endete. »Siehst du die Kurbel?«

»Ja.« Dagmar zog die Stirn in Falten. »Offenbar kann man den Kasten bloß mittels dieser Winde aufbekommen.«

Katja nickte. »Heißt dann wohl, dass wir erst dorthin müssen, bevor es sich lohnt, zur letzten Plattform vorzustoßen.« Sie sah sich zu Bernd und Lars um, die beide ebenfalls nur noch zwei Bäume von der Zielplattform entfernt waren.

»Nein.« Dagmar schüttelte ungewohnt energisch den Kopf. »Dafür bleibt uns keine Zeit. Schlag du dich zum Kasten durch, ich versuche, die Winde zu erreichen.«

»Ernsthaft?«

»Ja.« Dagmar sah sich auf der Plattform um, und tatsächlich führte weiter rechts von ihnen eine unauffällig angebrachte

Leiter ein Stück in die Tiefe. Von dort aus konnte man mittels einer schlichten Seilbrücke zur Plattform mit der Winde vorstoßen. Ohne weitere Worte machte sie sich an den Abstieg.

Die Männer hatten ihre kleine Pause längst dazu genutzt, um weiter vorzustoßen. Dabei war Bernd Lars inzwischen wieder einige Meter voraus. Gleich einem Orang-Utan hangelte er sich an einem schmalen Tau entlang, zog sich auf die vorletzte Plattform und hielt plötzlich ein scharfes Jagdmesser in der Hand, mit dem er an dem Strick säbelte.

»Mann, was tust du da?«, brüllte Lars, der ihm jetzt auf dem gleichen Weg nachfolgte.

»Nichts, was du in meiner Situation nicht auch tun würdest.« Bernd säbelte wie ein Verrückter, und Katja sah ungläubig mit an, wie der Strick unter der Klinge spliss. Lars verdoppelte seine Kletteranstrengungen und hätte Bernd fast erreicht, als der Strick mit einem platzenden Geräusch riss und er mit ihm in die Tiefe stürzte. Natürlich fing ihn das Sicherungsseil auf, und ihr Texter rutschte so zur benachbarten Plattform zurück.

»Was bist du für ein mieser Sack?«, brüllte er, kaum dass er sich wieder gefangen hatte. »Die Nummer ist wirklich das Hinterletzte!«

Bernd ließ ihn fluchen und wandte sich grinsend dem letzten Kletterabschnitt zu.

Derweil schwang sich Katja ihrerseits an den triangelförmigen Halterungen entlang. Ihre Muskeln schmerzten wie Feuer, doch sie würde lieber eine Muskelzerrung auf sich nehmen, als Bernd das Feld kampflos zu überlassen. Mit einer Geschwindigkeit, die sie sich selbst kaum zugetraut hatte, sprang sie auf die vorletzte Plattform und visierte den hohen Baum mit dem Kasten an. Keine zehn Meter entfernt von ihr, auf einer Nachbarplattform, tat Bernd das Gleiche. Rasch klinkte sich Katja in die nächste Sicherungsleine ein, dann kraxelte sie an der schmalen Leiterbrücke mit den Rollen entlang auf das Ziel ihrer Anstrengungen zu. Fast stürzte sie ab, doch im letzten Moment konnte sie ihr Gleichgewicht bewahren. Bernd, der ein ähnliches Hindernis zu überwinden hatte, war etwas schneller. Mit einem großen Satz hechtete er auf die letzte Plattform und trat vor den Kasten. Auch Katja erreichte das Ziel, doch sie kam zu spät. Bernd rüttelte bereits an der Schiebeklappe der Konstruktion. Sie bewegte sich kaum. Schwere Stahlfedern verhinderten, dass sie sich aufziehen ließ. Katja stützte sich keuchend am Stamm ab und wies im Dämmerlicht hinüber zu Dagmar, die bereits an der Kurbel wartete. »Ich schätze, die Klappe bekommen wir nur mittels der Winde auf.«

Bernd sah erst sie und dann Dagmar an. »Komm schon«, rief er verärgert, »dreh an der Kurbel!«

»Ja, wenn du Katja den Vortritt lässt.«

»Was, bitte? Ich war zuerst hier oben. Das konnte jeder sehen.« Bernds Halsadern schwollen vor Wut an. Was war er bloß für ein erbärmlicher Wicht?

Katja versuchte es dennoch mit Humor. »Wie wäre es, wenn du dich als Gentleman erweist?«

»Woher denn plötzlich *der* Sinneswandel?« Bernd musterte sie verächtlich. »Immer hübsch emanzipiert tun, aber dann auf Weibchen machen, wenn es dir in den Kram passt? Vergiss es!« Er wandte sich wieder Dagmar zu. »Jetzt mach, sonst werde ich sauer.«

»Lass ihn zetern«, giftete Lars von weiter hinten. »Ein Arschloch wie er hat es nicht anders verdient.«

Bernd trat an den Rand der Plattform. »Was wird das? Ein Zwergenaufstand? Sag mir nicht, dass du deine Chance nicht ebenfalls genutzt hättest?«

Katja beäugte Bernds Sicherungsgeschirr und schürzte die Lippen. »Du kennst das doch, Bernd: In Hamburg sagt man tschüss!« Bevor ihr überraschter Kollege es verhindern konnte, stieß sie ihn mit einem kräftigen Schubs über die Kante. Bernd ruderte noch mit den Armen, dann kippte er vornüber. Die Sicherungsleine spannte sich, und er sauste mit sirrendem Geräusch zurück zu jener Plattform, von der aus er aufgebrochen war.

»Du blöde Kuh, was fällt dir …«

Katja ignorierte sein Geschrei und gab Dagmar einen Wink, die sich jetzt an der Winde abmühte. Nach und nach zog sie so die Klappe nach oben. Als sie halb aufstand, griff Katja hinein und zog ein rotes Kuvert hervor. Darin befand sich ein weißes Pappkärtchen mit dem achtstelligen SURVIVE-Code.

»Mission erfüllt!« Fröhlich schwenkte sie den Fund, und ihre Kollegen im Klettergarten klatschten. Einzig Bernd bedachte sie mit einem finsteren Blick.

Ihr war es egal.

Katja sicherte sich erneut, löste die bereithängende Strickleiter, die sie ein gutes Stück in die Tiefe brachte, und klinkte sich dann in jene Sicherungsleine ein, über die sie direkt in das zwischen den Bäumen hängende Netz am Waldboden gelangen würde. Sie stieß sich ab, und mit dem aufkommenden Fahrtwind wuchs das Netz immer rascher vor ihr empor. Mit Schwung schlug sie zwischen den Maschen auf, hielt sich an den Stricken fest – und erblickte die grässliche Fratze, die sie aus dem Zwielicht des Waldes heraus anstarrte.

Katja begann zu schreien.

ALTE RUNEN

»Unglaublich. Wenn ihr mich fragt, stammt das Ding aus der Wikingerzeit.« Sören war noch immer etwas außer Atem, denn nach Katjas Aufschrei war er ebenso wie die anderen zu ihr gerannt. Der Anblick, der ihn dort erwartete, war gruselig: Im Unterholz hinter dem Auffangnetz ragte eine gut eineinhalb Meter hohe Runen-Stele schräg aus dem Boden. Sie bestand aus rotem Sandstein und war vermutlich uralt. Dass Katja sie überhaupt entdeckt hatte, glich einem Wunder, denn sie war fast komplett von Gestrüpp und Wurzelwerk überwuchert. Der größte Teil der Stele steckte sogar noch im Erdreich. Dennoch hatte es der freiliegende Teil in sich. Dort war eine schreckliche, halb menschliche Fratze mit offenstehendem Schlund eingeritzt, die von einem Halbrund verwitterter Runen umrahmt wurde.

Katja, die noch immer blass aussah, entfernte einige Stränge von dem Gestein und legte so weitere Ritzungen frei, die ein Schiff samt Mast andeuteten. Der Rest der Felszeichnung lag zu tief im Erdreich verborgen. »Mann, ich hab mich wirklich verjagt«, murmelte sie jetzt. »Tut mir leid.«

»Kein Ding«, beruhigte sie Lars, und Sören musste grinsen, weil der Kollege noch immer mit nacktem Oberkörper dastand. »Nach dem Fund auf dem Herweg hätte ich vielleicht ebenfalls Gespenster gesehen.«

»Ärgert mich trotzdem.« Katja erhob sich wieder. »Wenn die Show vorbei ist, müssen wir das hiesige Landesamt auf den Fund aufmerksam machen. Die werden sich für das Ding sicher interessieren. Ich frage mich bloß, warum ausgerechnet hier in dieser Einöde eine solche Stele steht?«

Sören, der die Frage schon erwartet hatte, nickte. »Soweit ich weiß, dienten Runensteine bei den Wikingern als Denkmäler für Verstorbene oder Gefallene«, erklärte er. »So steht es jedenfalls in meinem Touristenführer.«

Sören sah von einem Kollegen zum anderen und folgte dann Gunnars Blick, der misstrauisch die Umgebung im Auge behielt. Allerdings ließen sich kaum mehr Einzelheiten erkennen, denn im Wald war es inzwischen viel zu dämmrig geworden. »Wer weiß, welch eine Vergangenheit dieser Landstrich hat«, murrte ihr Buchhalter. »Vielleicht diente die Stele ja auch als Warnung.«

»Als Warnung?« Sören sah zu ihm auf.

»Hast du den abgerissenen Vorderlauf auf dem Herweg vergessen.«

»Gunnar, echt jetzt.« Katja schüttelte den Kopf. »Es reicht schon, wenn ich mich kindisch aufführe. Aber bei dir haben die Gruselgeschichten aus Skyggehus offenbar einen noch nachhaltigeren Eindruck hinterlassen.«

»Welche Gruselgeschichten?«, fragte Bernd.

Sören sah ihm an, dass er seine Niederlage noch lange nicht weggesteckt hatte. Doch auch er horchte auf, als ihnen Gunnar mit ruhiger Stimme berichtete, was ihm der Wirt in Skyggehus über die Gegend erzählt hatte. Bernd starrte ihn ungläubig an und lachte abfällig. »Du glaubst allen Ernstes, dass es in dieser Gegend *Trolle* gibt? Mann, ich dachte, ich wäre hier mit Erwachsenen zusammen.«

»Natürlich glaube ich nicht an Trolle. Trotzdem.« Gunnar atmete tief ein. »Ihr habt es vorhin vielleicht nicht mitbekommen, aber dieser Sanitäter hat Jenkins kurz nach unserer Ankunft von merkwürdigen nächtlichen Geräuschen im Wald berichtet. Außerdem haben sie heute Morgen wohl den Rest des Tierkadavers gefunden. Ein Elch. Der Körper war angeblich komplett auseinandergerissen. Da fragt man sich doch, was für so etwas verantwortlich ist?«

»Und damit kommst du erst jetzt?« Lars spähte aufmerksam in den Wald.

»Meine Güte, macht euch nicht lächerlich.« Bernd musterte sie. »Schon mal daran gedacht, dass das alles bloß Teil der Show ist?«

»Dann wäre das ziemlich geschmacklos«, sagte Dagmar.

»Wenn schon.« Bernd fuhr sich über seinen graumelierten Bart. »Hat jemand diesen Elchkadaver gesehen?«

»Nein«, gab Lars zu, und Sören sah, dass auch Gunnar den Kopf schüttelte.

»Was macht euch dann so sicher, dass dieser Vorderlauf, über den wir vorhin auf dem Herweg gestolpert sind, nicht von einem Jäger angekauft wurde, um uns zu erschrecken?«, fuhr Bernd fort. »Im Zweifel ist nicht mal dieses Steinding hier echt«, er trat gegen die Stele, »sondern dient allein dazu, uns zu verunsichern. Und bei Katja hatten sie damit natürlich Erfolg.«

»Was heißt hier *natürlich?*« Katja funkelte Bernd böse an. »Wie hättest du denn reagiert, wenn du plötzlich so etwas im Unterholz erblickt hättest?«

»Werden wir wohl nie erfahren. Du musstest mich da oben ja von der Plattform stoßen.«

»Sagt der Mann, der heimlich ein Messer in die Show geschmuggelt hat.« Lars bedachte Bernd mit einem herausfordernden Blick.

Sören seufzte. »Ehrlich, das bringt doch nichts«, mischte er sich wieder in das Gespräch ein. Der Runenstein zu ihren Füßen war jedenfalls ganz sicher echt. Das sah man schon am Bewuchs. Trotzdem hielt auch er die Sache mit dem abgerissenen Tierbein für einen geschickt plazierten Fake. Aus gutem Grund, denn die anderen hatten ja keine Ahnung, was die Produktionsfirma im Hintergrund noch so für Spielchen trieb.

Sicher, das *war* geschmacklos. Doch ehrlich gesagt, amüsierte es ihn, wie sehr der Fund seine Kollegen verängstigte. Nein, mehr noch. Er *gönnte* es ihnen. Endlich mal selbst am Drücker zu sein, das war ein überaus berauschendes Gefühl. Denn im Grunde behandelte ihn hier jeder Einzelne – von Dagmar vielleicht abgesehen – schon seit Jahren wie seinen Fußabtreter. *Sören, mach mal dies. Sören, ich brauch das. Sören, kannst du kurz mal raufkommen.* Als ob sie alle noch nie einen PC gesehen hätten.

Okay, Katja hatte sich eben durchaus ein paar Sympathiepunkte bei ihm verdient. Dennoch hatte auch sie in all der Zeit, da er in der Agentur arbeitete, nie wirklich das Gespräch mit ihm gesucht. Nie hatte ihn je einer von ihnen gefragt, ob er vielleicht mittags mal mit zum Essen kommen wollte. Und es sprach Bände, dass er als Einziger in der Agentur seinen Büroraum im Keller hatte. Sie hielten ihn eben alle für einen blöden Nerd, der außer Computern nichts draufhatte. Und das schmerzte vielleicht am meisten.

Egal, er würde sich ohnehin schon bald selbständig machen. Die Kohle dafür hatte er schon fast zusammen. Spätestens nach der Show – und zwar völlig egal, wie diese ausging. Bis dahin hieß es: *The show must go on!* Allein darum ging es.

»Ich sag mal so«, fuhr er fort, »wenn wir hier noch weiter rumstehen, haben wir bald kein Tageslicht mehr. Wir haben ja nicht mal mehr unsere Handys, um Licht zu machen.«

»Ja, lasst uns weitermachen«, seufzte Dagmar. »Ich habe inzwischen wirklich Hunger. Und wenn ich nicht bald Wasser sehe, bin ich bis morgen verdurstet.«

Zustimmendes Gemurmel erhob sich, und mit einem letzten Blick auf die eigentümliche Runen-Stele begab sich die Gruppe wieder auf den Rückweg zur Uferzone. Bernd und Katja maßen sich mit gereizten Blicken, und auch Lars hielt Abstand zu seinem Mentor.

Als sie die Uferzone erreichten, lag diese im letzten Licht der Abendsonne vor ihnen. Das Wasser des Sees glitzerte in Grautönen, und ein leichter Abendnebel stieg über dem Gewässer auf. Sören sah kurz zu der HD-Kamera in der Birke auf. Garantiert war sie mit Nachtsichtfunktion ausgestattet. Sören zwinkerte ihr zu.

»Wenn ich das richtig sehe, haben wir bislang nur den SURVIVE-Code.« Katja zog das Pappkärtchen aus dem roten Kuvert und blickte zu der eingegrabenen Kiste hinüber. »Fragt sich, wie wir die Kiste aufbekommen?«

»Geben wir den Code doch einfach im ToughPad ein«, schlug Sören, ohne lange nachzudenken, vor.

Die Gruppe marschierte hinüber zu dem Bildschirm.

»Was haben wir denn da?« Lars nahm einen violetten Zettel an sich, der zwischen Gehäuse und Baumstamm klemmte, und musterte ihn von beiden Seiten. »Ein Monopoly-Geldschein.«

»Ein *was?!*« Gunnar trat vor und riss ihm den Schein förmlich aus der Hand.

»Da steht ein Buchstabe drauf«, erklärte Lars. »Ein großes ›B‹. Habe ich irgendwas verpasst?« Die Kollegen warfen einander fragende Blicke zu, während Gunnars Kiefermuskeln arbeiteten.

»Kommt, bringen wir es hinter uns.« Sören aktivierte das ToughPad und gab mit Katjas Hilfe erst den SURVIVE-Code und nach kurzem Zögern auch ihren Vornamen im Eingabefeld für WINNER ein. Niemand protestierte. »Ich schätze mal, jetzt müssen wir die beiden Loser wählen.«

Unbehaglich beäugten sich die sechs. Bernd rückte seine Baseball-Cap zurecht. »Also gut, machen wir uns nichts vor. Sören hat nicht gerade viel zu der Aufgabe beigetragen.«

»Das stimmt nicht«, widersprach Dagmar. »Sören hat für uns den Weg erkundet.«

»Ach komm, als ob ihr den nicht auch ohne ihn gefunden hättet.«

»Ich meine ja bloß. Sören hat ...«

»Gott«, brauste ihr Kreativ-Direktor auf. »Wenn wir uns nicht mal auf Sören einigen können, dann stehen wir hier morgen früh noch herum. Schon vergessen: Im Kletterpark sollten wir unsere Beweglichkeit unter Beweis stellen. Ich kann auch nichts dafür, dass es unser Dickerchen nicht bringt.«

Der Stich saß – und er schmerzte. »Vielen Dank für die Blumen.« Sören sah Bernd gereizt an.

»Sorry. Ist dir Fettsack lieber? Ich sag bloß, wie es ist.«

»Bernd!«, ermahnte ihn Katja. »Es reicht, dass du dich hier als schlechter Verlierer aufführst. Aber das ist kein Grund, deinen Groll am Schwächsten von uns auszulassen.«

»Siehst du, du sagst es selbst.« Bernd sah sie triumphierend an. »Während der Show erwarten uns noch eine Menge weiterer Mühen – oder glaubst du, eine der Aufgaben hier draußen bestünde darin, ein paar Computer zusammenzuschrauben? Nicht wirklich. Also sei ehrlich, und frag dich selbst, wie lange wir Sören mitschleppen wollen. Entweder er packt es aus eigener Kraft, oder er packt es gar nicht.«

Sören lächelte bitter. »Na gut, wie ihr wollt.«

»Sören, du musst das nicht. Wir ...« Sören ignorierte Dagmars Einwand, gab gekränkt seinen Namen ein und wandte sich wieder der Gruppe zu. »Und jetzt den nächsten Namen. Oder wollt ihr, dass ich meinen Namen zweimal eintrage?«

Bernd hielt nicht lange hinter dem Berg. »Na gut, wenn ich hier der Einzige bin, der die Traute hat, unbequeme Wahrheiten auszusprechen, dann Gunnar. Er hat am Ende aufgegeben.«

»Sieh einmal an.« Ihr Buchhalter musterte Bernd vielsagend und zerknüllte den Monopolyschein, den er noch immer in der Hand hielt. »Dürfte ich dich daran erinnern, dass du dich da oben ziemlich unsauberer Methoden bedient hast? Unter anderen Umständen würde ich dir vielleicht sogar beipflichten. Aber das war nicht bloß unkollegial, das war lebensgefährlich. Meine Stimme geht daher an dich!«

»An mich!?« Bernd sah ihn entgeistert an. »Spinnst du? Abgesehen von Katja war ich der Einzige, der es bis ganz nach oben geschafft hat.«

»Ich stimme ebenfalls für Bernd.« Sören hob schadenfroh die Hand. »Ist hier noch jemand für ihn?« Bernd drehte sich zornig zu ihm um.

»Da ich als unmittelbar Betroffener Gunnar zustimmen muss … Sorry. Bernd!« Lars hob ebenfalls die Hand.

»Na, kommt schon«, entfuhr es Sören, der endlich Aufwind spürte. Er sah Katja und Dagmar an. »Das ist nur gerecht.« Auch die beiden Frauen stimmten für Bernd.

»Ihr verdammten …« Fassungslos sah sich Bernd zu ihnen um. »Okay. Aber, denkt nicht, dass ich das einfach so auf mir sitzenlasse. Die Show hat schließlich gerade erst begonnen.« Brüsk wandte er sich von ihnen ab, streifte Sören unsanft mit der Schulter und stieß ein kaum hörbares »Fettsack« aus, während er weiter zum See marschierte.

Sören gab mit großer Befriedigung Bernds Namen ein. Er drückte auf »Enter«, und sofort veränderte sich der Bildschirm. Ein Textfeld erschien:

Gratulation zur Bewältigung der ersten SURVIVE-Aufgabe. Eure Versorgungskiste lässt sich mit folgender Nummernkombination öffnen: 336945. Die Kiste ist auch der Ausgangsort, um zur zweiten Aufgabe des Parcours vorzustoßen. Begebt euch von ihr aus streng in nördliche Richtung. Nach einem Kilometer Marsch erreicht ihr eure nächste Parcours-Station. Viel Spaß!

»Na toll«, seufzte Katja. »Erwarten die ernsthaft von uns, dass wir uns jetzt noch zu einem Nachtmarsch aufmachen?«

»Ohne Lichtquelle dürfte das eh aussichtlos sein«, überlegte Gunnar laut. »Andererseits wissen wir nicht, wie viele Aufgaben noch vor uns liegen. Besser also, wir lassen uns damit nicht zu viel Zeit.«

»Dann lasst uns das unmittelbar morgen früh nach dem Aufstehen angehen«, schlug Lars vor. »Jetzt sollten wir erst mal unser Lager aufbauen.«

Neugierig umringten sie die im Boden vergrabene Aluminiumkiste, und Katja entriegelte den Deckel. Nach und nach beförderten Lars und Gunnar sechs Schlafsäcke, sechs Isomatten und die gleiche Anzahl Ein-Mann-Tunnelzelte ins Freie.

Sören nickte zufrieden, fand aber interessanter, was sich darunter befand: eine Schaufel, eine Handsäge, ein aufgerolltes Seil, ein solider Hammer, mehrere Schachteln mit langen Nägeln, sechsmal Campingbesteck, ein Kompass, ein Erste-Hilfe-Kissen, eine Packung Grillanzünder, zehn Rollen Klopapier sowie eine Schachtel Streichhölzer.

Den größten Anklang fand die Kiste mit Sprudelwasser, deren Flaschen sofort herumgereicht wurden. Auch Bernd kam jetzt wieder zu ihnen zurück, griff sich mit düsterer Miene eine Flasche und löschte ebenso wie alle anderen seinen Durst. Sören hatte kein Mitleid mit ihm. Im Gegenteil.

Lars fischte jetzt nach einem Sack, der ganz unten in der Kiste lag, zog eine Pappschachtel daraus hervor und verdrehte die Augen. »Oh nein, nicht das auch noch: Epa!«

»Epa?« Katja trat mit der Plastikflasche in der Hand zu ihm und musterte die Verpackung.

»Epa steht für Einmannpackung«, erklärte Dagmar. »Verpflegungspakete der Bundeswehr, die so bemessen sind, dass sich ein Soldat davon einen Tag lang ernähren kann.«

Essen. Endlich. Sören hing der Magen bereits in den Kniekehlen. Er nahm Lars die Schachtel ab, öffnete sie, und ihm rutschten golden und silbern schimmernde Aluminiumpackungen mit Fertiggerichten, Keksen, versiegelten Wurst- und Käsedosen sowie Zucker- und Salzrationen entgegen.

»Das ist alles?«, meinte er enttäuscht.

»Ich hab das Zeug während meiner Zeit als Panzergrenadier eigentlich immer ganz gern gegessen«, meldete sich Bernd erstmals wieder zu Wort.

»Dass es dir an Geschmack mangelt, wissen wir ja«, stichelte Lars, und Bernds Miene verdüsterte sich. Sören blickte zu den beiden auf. Wenn das so weiterging, zerfleischten sie einander noch in der ersten Nacht.

»Reiß dich zusammen, und lass gut sein!«, herrschte Gunnar den Texter an. »Uns gegeneinander auszuspielen, ist doch genau das, was die Filmfritzen wollen.«

»Also gut.« Lars nickte Bernd nach kurzem Zögern zu. »Aber so eine Nummer wie vorhin will ich nicht noch einmal erleben.«

»Hey, war doch bloß Show. Blicken wir nach vorn.« Bernd lächelte, ohne dass dieses Lächeln seine Augen erreichte. Lars hielt ihnen jetzt den geöffneten Beutel hin. »Kommen wir zu den schlechten Nachrichten: Wir sind sechs Personen, aber hier im Sack befinden sich bloß fünf Epa-Packungen.«

Gunnar nahm den Beutel an sich und überprüfte den Inhalt. »Was für Arschlöcher.«

»Vielleicht ist eine Packung rausgerutscht?« Sören trat hoffnungsvoll neben die Aluminiumkiste, doch diese war leer.

»Nein, das ist bewusste Schikane. So wie alles hier.« Gunnar ließ den Beutel sinken. »Egal. Wir sind ja ein *Team*.« So, wie er den Begriff aussprach, klang es wie blanker Hohn. »Dann müssen wir eben rationieren.«

»Meinetwegen.« Sören sah, wie ihn Bernd taxierte. »Hauptsache, hier glaubt niemand, dass er mehr bekommt als die anderen. In jedem Fall gilt es jetzt, einen Zahn zuzulegen. Solange wir noch Licht haben, müssen wir die Zelte aufbauen. Außerdem sollten zwei oder drei von uns noch mal zurück in den Wald, um Feuerholz zu suchen. Und das nicht zu wenig, wenn wir nicht in ein oder zwei Stunden wieder im Dunkeln stehen wollen.«

Sören fixierte Bernd misstrauisch, erhob jedoch wie alle anderen auch keine Einwände. Bernd hatte ja recht: Feuerholz, Eile, Zelte aufbauen. Dagegen gab es nichts einzuwenden. Höchstens gegen Bernds arroganten Tonfall – aber der würde ihm auch noch vergehen.

Während Sören mit Katja und Dagmar die Gestängebögen der Zelte zusammensetzte, brachen Bernd, Lars und Gunnar zum nahen Wald auf, um dort Äste und anderes Fallholz aufzuklauben. Unentwegt hörten sie es zwischen den Bäumen knacken und brechen, doch von ihren Kollegen war schon bald kaum mehr etwas zu sehen. Viel schneller als erwartet brach die Dunkelheit über die Talsenke herein, am Himmel zogen sich dunkle Wolken zusammen, und zu allem Unglück krochen die feinen Nebelschwaden allmählich über das Seeufer. Es wurde spürbar kühler.

Sören zog den Reißverschluss seines Parkas zu und fixierte frierend die fünf Epa-Pakete, die sich grau neben der geöffneten Kiste abzeichneten. Mann, hatte er Hunger. Dennoch arbeitete er in der Dunkelheit verbissen weiter, während Lars, Bernd und Gunnar hin und wieder zurückkamen, um Holz auf einen Stapel zu werfen. Etwa dort, wo der Hochseilgarten seinen Anfang nahm, flammte irgendwann ein rötlicher Lichtschein auf. Gunnar? Dann hatte er also doch ein paar Zigaretten eingeschmuggelt. Sören schürzte amüsiert die Lippen. Gunnar hatte sich die Kippe seiner Ansicht nach redlich verdient.

»Habt ihr das auch gehört?« Dagmar, von der allein die Silhouette ihres Körpers zu sehen war, sah unvermittelt zum Wald auf.

»Was denn?«, fragte Katja.

»Na, dieses Geräusch.«

»Ich habe nichts gehört.«

»Doch. Das klang irgendwie … wie ein Schrei.«

Sören lauschte, doch ebenso wie Katja konnte er außer dem Lärm, den seine Kollegen verursachten, nichts hören. Zwar fand auch er den dunklen Wald um sie herum etwas unheimlich, doch versuchte er, sich einzureden, dass er nur deswegen nicht mit den anderen tauschen wollte, weil er sich darin ohne Licht garantiert verlaufen würde. »Hätte sich einer der drei verletzt«, meinte er schließlich, »würden wir das sicher mitbekommen.«

»Nein, das meine ich nicht.« Dagmar stand auf, legte den Kopf schief und lauschte konzentriert. Schließlich schüttelte sie den Kopf. »Vermutlich leide ich schon an Halluzinationen.«

Sören und Katja nahmen nun das letzte der Zelte in Angriff, und wenig später standen sie inmitten eines Halbrunds aus Zelten, das in ihrer Mitte Platz für ein Lagerfeuer ließ.

»Kümmern wir uns endlich um das Feuer. Man sieht ja fast nichts mehr.« Katja schnappte sich den Grillanzünder und die Packung mit den Streichhölzern, während Sören und Dagmar etwas von dem Holz aufschichteten. Doch der Versuch, es zu entzünden, scheiterte. Der verdammte Grillanzünder war feucht geworden.

»Lasst mich mal.« Gunnar, der überraschend mit einem Stapel Holz zwischen den Zelten auftauchte, legte verschwörerisch einen Finger auf die Lippen. Er hockte sich so neben sie, dass sein Körper vor der Kamera abgeschirmt wurde, und zückte ein Feuerzeug.

Sören war es recht.

Kurz darauf züngelten Flammen auf, die rasch über die zusammengetragenen Äste leckten. Innerhalb weniger Minuten prasselte in ihrer Mitte ein Lagerfeuer, das ihnen endlich wieder Licht verschaffte.

»So, mehr ist bei der Finsternis nicht drin.« Auch Bernd und Lars kehrten mit einem letzten Schwung Holz zurück und setzten sich.

»Also, wie teilen wir das Essen auf?«, fragte Katja. »Die Kekse sind nicht das Problem, die können wir abzählen. Denkt bloß dran, dass die auch noch für das Frühstück reichen müssen. Aber wie gehen wir mit dem Rest um?«

Gunnar kippte alle Epa-Pakete aus und teilte die Fertiggerichte und Beilagen, so gut es ging, zwischen ihnen auf. Da sich in jedem der fünf Pakete zwei Hauptgerichte befanden, die er gerecht aufteilte, behielt er am Ende vier Packungen mit Erbseneintöpfen über. »Mein Vorschlag ist, dass heute jeder ein Hauptgericht isst und wir die hier morgen zusammenrühren und aufteilen. Okay?«

Sören nickte den Vorschlag wie alle anderen ab und sah dabei zu, wie Gunnar die Packungen mit den Abendrationen zum Aufwärmen neben das Feuer schob. So viel Geduld hatte er nicht. Ihm war vor Hunger schon ganz elend. Er riss eine der Kekspackungen auf und öffnete fahrig eine Wurstdose.

Dann stopfte er den Inhalt in sich hinein. Viel zu spät bemerkte er die mitleidigen Blicke der anderen. Insbesondere Bernd grinste ihn schadenfroh an. Sören schämte sich, und er spürte wieder diesen Stich.

Katja begann eine Unterhaltung darüber, was vermutlich noch auf sie zukommen würde, doch das Gespräch stockte. Endlich verteilte Gunnar die Hauptgerichte, warf ihnen ihr Besteck zu, und schweigend löffelten seine Kollegen ihre jeweiligen Rationen aus.

»Hier.« Ausgerechnet Bernd schob ihm seine halb verzehrte Aluschale rüber. »Nicht, dass du uns noch aus den Latschen kippst.«

»Danke. Nein.« Sehnsüchtig starrte Sören die dampfenden Nudeln an, doch ausgerechnet von Bernd würde er garantiert nichts annehmen.

Bernds Lippen bewegten sich unmerklich: *Fettsack!*

»Was hast du da gesagt?«

»Ich?« Bernd tat arglos. »Gar nichts.«

»Du ...« Sören erhob sich und ballte die Fäuste.

»Meine Güte, was ist denn jetzt schon wieder los?«, wollte Lars wissen. Auch die anderen sahen auf.

»Keine Ahnung.« Bernd zog leutselig seine Aluschale zurück. »Ich biete Sören mein Essen an – und plötzlich macht er Alarm. Ist ihm wohl nicht gut genug.«

So war das also, dachte Sören. Bernd hatte es auf ihn abgesehen. Und er war so dumm gewesen, darauf einzusteigen. Der Kloß aus Zorn, Wut und Scham, der sich in seiner Kehle zusammenballte, hinderte ihn daran, auch nur ein weiteres Wort hervorzubringen. Stattdessen drehte er sich um, packte seinen Rucksack und kroch in sein Zelt.

»Du hast wirklich nichts gesagt?«, wollte Dagmar hinter ihm wissen, doch Sören war es egal, was Bernd erwiderte. Er schloss die Zeltklappe und öffnete geräuschvoll seinen Rucksack. Heiße Tränen rannen über seine Wangen. Glaubte dieses Arschloch, dass er gern so übergewichtig war? Dass es ihm Vergnügen bereitete, ständig dem Spott seiner Umwelt ausgesetzt zu sein? Und das alles vor laufender Kamera? Wütend zückte Sören seinen Pen mit dem Insulin, stach sich die Nadel in den Arm und genoss den leisen Schmerz.

Ihm war kalt.

Er zog den Schlafsack über sich und lauschte der leisen Unterhaltung vor dem Zelt. Sie war angesichts des prasselnden Feuers kaum zu verstehen, aber das war auch gar nicht nötig. Sören wusste auch so, dass sich seine Begleiter über ihn das Maul zerrissen. So wie immer.

Noch immer schluchzte er lautlos, aber zumindest beruhigte es ihn, sich in schillernden Farben seine geplante Selbständigkeit auszumalen. Dann war er sein eigener Boss. Dann würde er andere nach seiner Pfeife tanzen lassen. Seine Tränen versiegten, und ein harter Zug schlich sich auf seine Lippen. Nicht er würde verlieren, sondern die anderen.

Sören wartete.

SCHEMEN IN DER NACHT

Gunnar kratzte die Reste seines Essens aus der Aluminiumschale und blickte zu Sörens Zelt hinüber, das sich im rötlichen Feuerschein vor dem Waldrand abhob. Derweil stritten sich Bernd und Katja leise darüber, was der Grund für Sörens plötzlichen Rückzug gewesen sein mochte. Dabei ahnte es jeder in der Runde: Bernd war das Kameradenschwein in ihrer Runde.

Gunnar legte die Aluschale zu dem übrigen Abfall und musterte seinen Kollegen unauffällig. Erst die gefährliche Aktion im Hochseilgarten, jetzt das hier. Es war ihm unbegreiflich, wie man sich so wenig im Griff haben konnte. Egal, was Bernd zu seiner Verteidigung vorbrachte – es fiel Gunnar zunehmend schwer, ihm weiter über den Weg zu trauen. Wenn dieser Opportunist sein Gift weiterhin in derart rasender Geschwindigkeit verspritzte, würde er damit nicht nur ihren möglichen Showerfolg zunichtemachen, sondern sie alle dem Spott preisgeben. Der mögliche Werbeerfolg für die Agentur, den sie sich durch die Show erhofften, war dann ebenfalls dahin. Die Firma könnten sie dann endgültig dichtmachen.

Dummerweise konnte er das Thema nicht öffentlich ansprechen, schließlich waren Kameras und Mikrofone auf sie gerichtet. Die Filmfritzen warteten doch bloß darauf, dass sie einander an die Gurgel gingen. Bislang gab es überhaupt nur einen positiven Umstand, dem er dem unglücklichen Showauftakt abgewann: Er wusste jetzt, dass es nicht Bernd war, der ihn erpresste. Aber welcher seiner Kollegen hatte den Monopolyschein mit Bernds Namenskürzel dann bei dem ToughPad deponiert? Vermutlich war das bereits bei ihrem Aufbruch zum Hochseilgarten geschehen. Aber wer? Er würde es schon noch herausfinden. Und dafür musste er zunächst einmal versuchen, die Wogen zu glätten.

»Kommt, Leute!« Gunnar warf ein Stück Holz in die Glut und sah dabei zu, wie Funken aufstoben. »Hören wir auf mit diesen Schuldzuweisungen. Bemühen wir uns künftig darum, mehr an einem Strang zu ziehen. Wir sind doch auch im Job ein gutes Team. Und was wir im Büro schaffen, das schaffen wir auch hier. Ab jetzt keine Solo-Aktionen mehr, okay? Ein Vorschlag: Wir wissen zwar nicht, wie viele Aufgaben noch auf uns warten, aber was, wenn wir die beiden Verliererplätze stets fair unter uns aufteilen? Wir sind sechs Leute. Sören und Bernd haben bereits Minuspunkte, bei den nächsten beiden Stationen sind dann eben Lars, Katja, Dagmar und ich dran. Dann sind die Punktekonten wieder ausgeglichen.«

»Kein schlechter Vorschlag.« Dagmar nickte zustimmend. »Damit zeigen wir, dass wir ein Team sind und füreinander einstehen.«

»Und wie steht es um die jeweiligen Gruppensieger?«, wollte Lars wissen. »Gilt da ebenfalls das Zufallsprinzip? Ist nicht gerade fair, oder?«

»Außerdem geht die Rechnung nicht auf«, schoss Bernd abermals quer. »Wenn die Parcours-Aufgaben nicht gerecht unter uns sechs aufteilbar sind, hat irgendjemand am Ende immer das Nachsehen. Das Gleiche gilt für die Wahl der jeweiligen Gewinner.«

»Mag schon sein«, pflichtete ihm Katja bei, »aber über die Zeit betrachtet, die wir uns hier noch abrackern müssen, garantiert das zumindest keine allzu großen Ausreißer nach oben oder unten.«

»Sagt die Frau, die bereits Pluspunkte hat«, grollte Bernd.

»Ach komm, Bernd. Krieg dich bitte wieder ein.« Gunnar hob die Hände. »Wenn du willst, verzichte ich, und du darfst dich gern als nächster Gewinner auf die Liste setzen lassen. Sollen am Ende einfach die Zuschauer entscheiden.«

»Das schlägst du doch bloß vor, weil unser Gespräch gerade aufgezeichnet wird.«

Der Kerl war unbelehrbar. Gunnar atmete tief ein und kämpfte gegen den Drang an, ihn anzuschreien. Er brauchte dringend eine Zigarette. »Bitte, dann mach einen anderen Vorschlag.«

»Nee, schon okay«, schnaubte Bernd. »Im Augenblick ist euch vermutlich eh egal, was ich denke. Macht euch bloß klar, dass das hier trotz allem ein Wettkampf ist.« Er erhob sich beleidigt. »Ich gehe jetzt schlafen. Ich will morgen ausgeruht sein, wenn es weitergeht.« Grußlos griff er sich sein Gepäck und schlüpfte in sein Zelt. Gunnar, Lars, Katja und Dagmar sahen ihm nach, und Katja verdrehte unmerklich die Augen.

»Also gut, legen wir uns aufs Ohr«, seufzte Gunnar. »Aufstehen dann mit dem ersten Sonnenlicht?«

»War eh mein Vorschlag.« Auch Lars griff sich seinen Rucksack. »Hoffen wir mal, dass wir morgen weitere leckere Epas finden.«

Sie lachten, und die Frauen schlossen sich ihm an. Allein Dagmar blieb zurück. »Du bleibst noch wach?«

Gunnar stocherte mit einem Zweig in der Glut herum. »Nicht mehr lange. Ich will bloß noch etwas runterkommen.«

Der Blick seiner Kollegin glitt zum nahen Waldrand, doch im Schein der Flammen waren lediglich die vordersten Baumreihen zu sehen. Einen Moment lang erinnerten sie Gunnar an gewaltige Gitterstäbe.

Dagmar wartete, bis sie allein waren, dann trat sie zu ihm. »Glaubst du an die Geschichten des Wirtes? Also, dass hier Leute spurlos verschwinden?«

»Wer weiß.« Gunnar zuckte mit den Schultern.

»Egal, weck mich, wenn was ist«, flüsterte sie. »Ich fühle mich jedenfalls wohler, wenn hier einer Wache hält.« Auch Dagmar verschwand in ihrem Zelt.

Sollte sie ruhig glauben, dass ihn das Gerede des Wirtes beunruhigt hatte. Gut, das hatte es. Aber dieser zerrissene Elchkadaver gab ihm viel mehr zu denken. Was, wenn es in dieser Gegend doch Raubtiere gab? Sollte sich das bewahrheiten, und Zerberus-Film setzte sie wissentlich einem solchen Risiko aus, würde er sich einen Anwalt nehmen und der Filmfirma die Hölle heißmachen. Auf der anderen Seite: Vielleicht hatte auch Bernd recht, und das alles hier gehörte wirklich zur Show?

Gunnar lauschte auf das Knistern der Flammen und sah ungeduldig dabei zu, wie das Feuer allmählich niedersank, als irgendwo rechter Hand, zwischen den Bäumen, ein leises Schnattern ertönte. Gunnar richtete sich überrascht auf und spähte in die Finsternis. Was war das? Die Schnalzlaute ähnelten denen einer Ente – und irgendwie wieder nicht.

Sein Blick glitt zum See, von dem her noch immer ein leichter Wind wehte. Doch abgesehen vom Rauschen des Schilfs und einem gelegentlichen Knacken im Wald war nichts zu hören. Dass die Uferregion noch immer in leichten Dunst gehüllt war, würde für sein Vorhaben sogar vorteilhaft sein. Nur wollte er wegen der Kameras warten, bis das Feuer weiter heruntergebrannt war.

Gunnar blickte sich wieder zu den Zelten um, doch schließlich hielt er es nicht mehr aus. Er erhob sich, schnappte sich eine Rolle Klopapier, sah sich verstohlen zu den Zelten um und schritt zum Seeufer. Die düstere Wasserfläche spannte sich vor ihm in die Dunkelheit, und hin und wieder war im Schilfgürtel ein leises Glucksen zu hören. Für die Kameras sollte es so aussehen, als suche er ein Plätzchen, um sich zu erleichtern. Rasch marschierte er am Ufer entlang zum nahen Waldrand, wartete dort, bis sich seine Augen an die Finsternis gewöhnt hatten, und schlich dann einige Meter in den Wald hinein. Unter seinen Füßen knisterten alte Nadelzweige. Schließlich hatte er so viele Bäume in seinem Rücken, dass er sich unbeobachtet wähnte.

Gunnar kramte eine Zigarettenschachtel hervor und zündete sich in der hohlen Hand einen Glimmstengel an.

Gott, hatte er das gebraucht.

Tief inhalierte er den Rauch, während er misstrauisch zurück zum Lagerplatz spähte, der sich im Licht der ersterbenden Flammen wie eine Insel vor dem übrigen Wald abhob. Dass er sich als Erwachsener derart gängeln ließ, war eigentlich ein schlechter Witz. Dennoch hatte er kein Interesse daran, dass ihm Jenkins auch noch die übrigen Kippen abnahm.

Gunnar trat die aufgerauchte Zigarette aus. Da er nicht wusste, wann er wieder die Gelegenheit zum Rauchen erhalten würde, zündete er sich rasch die nächste Kippe an – als er bei einem neuerlichen Blick zurück zum Lager einen dunklen Schemen zu erkennen glaubte, der wie geduckt hinter den Zelten entlanghuschte. Gunnar verengte die Augen, konnte angesichts der Dunkelheit aber nichts erkennen. Offenbar sah er bereits Gespenster. Kopfschüttelnd nahm er einige weitere Züge, als ein scharfes Knacken an seine Ohren drang. Rechts von ihm. Aus der Tiefe des Waldes.

Gunnar versteifte sich. War dort jemand auf einen Ast getreten? Jetzt bereute er es, sich so weit vom Lager entfernt zu haben. Und da war noch etwas. Wie auf dem Herweg nahm er plötzlich einen unangenehmen Geruch wahr. Zwischen den Bäumen stank es plötzlich wie in einem muffigen Kellergewölbe. Rasch trat er die Zigarette aus, tastete am Boden nach einem dicken Stock und erhob sich wieder. Abermals ein scharfes Knacken. Irgendwo zwischen den Bäumen vor ihm. Diesmal ein Stück weiter zu seiner Linken.

Irgendjemand war in seiner Nähe.

Oder irgendetwas.

Ihn fröstelte.

Gunnar wollte sich bereits zum Lager zurückziehen – als weiter drüben, im Geäst der Birke mit dem ToughPad, grelles Scheinwerferlicht aufflammte und unvermittelt die bekannte SURVIVE-Showmelodie durch die Nacht dröhnte. Was zum Teufel ging denn da vor sich? Zeltplanen wurden zurückgeworfen, und die ersten Kollegen kraxelten aufgeschreckt ins Freie. Im nächsten Moment war die Stimme von Moderator Daniel zu hören:

»Bernd, ich freue mich, dass du dich meinen Fragen stellst und wir etwas mehr über dich und die Agentur erfahren.«

»Gern«, hallte Bernds von Lautsprechern verstärkte Stimme durch den Wald. *»Frag mich, was du wissen willst.«*

Bernd hatte sein Interview freigeschaltet? Gunnar spähte verblüfft zu den Zelten, denn dort gellte Bernds wutentbrannter Schrei durch die Nacht.

»Fangen wir mit dem kleinen Problem an, das eurer Agentur zu schaffen macht. Euer Hauptkunde ist futsch. Und das wird sicher Gründe haben. Ein kreatives Formtief? Als Art-Direktor musst du *dir diesen Schuh vermutlich anziehen.«*

»Unsinn«, dröhnte Bernds Stimme durch den Wald. *»Es ist völlig normal, dass sich Firmen nach einer gewissen Zeit eine neue Werbeagentur suchen. Konkurrenz belebt bekanntlich das Geschäft. Das muss man sportlich sehen. Ist eh mein Lebensmotto. Wenn ein neuer Entscheider das Sagen hat – und das war bei uns der Fall –, glaubt er eben gern mal, dass neue Besen besser kehren.«*

Drüben auf dem Zeltplatz waren inzwischen alle auf den Beinen, und Gunnar sah, dass Bernd hinüber zum ToughPad stürmte. »Welche Drecksau war das?«, brüllte er, erhielt jedoch keine Antwort.

»Also lag es nicht *am kreativen Output der Agentur?«*, bohrte Daniel weiter. *»Wäre es nicht fair gewesen, euch an der neuen Ausschreibung zu beteiligen? So, dass ihr ebenfalls ein neues, schlagkräftigeres Werbekonzept hättet ins Rennen werfen können?«*

»Doch, doch, das ist schon geschehen«, war nun wieder Bernds Stimme zu hören. *»Nur lief da ein bisschen was schief. Aber das lag außerhalb meiner Kontrolle.«*

»Ach? Du machst auf mich eigentlich nicht den Eindruck, dass sich irgendetwas deiner Kontrolle entzieht. Klingt jetzt ein bisschen nach Ausrede, wenn du mich fragst.«

»Das ist keine Ausrede.«

»Nun, als euer Kreativdirektor musst du euren Misserfolg wohl dennoch verantworten. Man kann ja nicht immer in Höchstform sein. Und der Jüngste bist du jetzt auch nicht mehr. Manchmal …«

»Also, das ist jetzt wirklich Schwachsinn.« Bernds Lautsprecherstimme nahm einen wütenden Unterton an. *»Ich habe für die Neupräsentation wie ein Tier geackert. Und man*

ist eben immer bloß so gut wie das Team, das einen unterstützt.«

»Das Team?«

»Na ja, zunächst mal Lars und die Freien, die für uns arbeiten. Mir *war der Ernst der Situation von Anfang an klar. Mein Job ist es ja auch, den Überblick zu behalten. Bei Lars war das leider anders. Der hatte das anfangs wohl etwas lockerer gesehen. Aber so ist er eben – dreht erst dann auf, wenn ich ihn in die richtige Richtung stupse. Nein, die Probleme waren viel tiefgreifender. Dass wir unseren Kunden verloren haben, lag ausschließlich an einer Person – nämlich an Katja.«*

»Eurer Kontakterin?«

»Richtig. Wenn du es genau wissen willst: Ihr Briefing war einfach Schrott. Gewonnen hat schließlich eine Agentur, die bei der Werbebotschaft viel mehr auf Storytelling gesetzt hat. Dass das gewünscht war, hätte sie eigentlich wissen müssen. Aber ich wette, sie wusste eh, dass wir keine Chance hatten.«

»Ich fasse es nicht«, war drüben bei den Zelten Katjas Stimme zu hören.

Bernd war inzwischen beim ToughPad angekommen, starrte auf den Monitor und versuchte hektisch, das Interview zu beenden. Doch sosehr er auch auf dem Bildschirm herumwischte, es lief weiter.

»Das ist ja mal harter Tobak«, meinte Daniel leutselig. *»Darf ich fragen, wie du darauf kommst?«*

Gunnar konnte hören, wie Bernd einen abfälligen Laut von sich gab. *»Ganz einfach: Weil ich mit Katja schon des Öfteren aneinandergeraten bin. Kreative Differenzen, du verstehst? Sie mischt sich überhaupt ständig in unsere Arbeit ein, so als ob sie davon etwas verstünde. Ich will nicht wissen, wie häufig* *das auch umgekehrt gelaufen ist – also bei unserem Kunden. Sie tut zwar immer smart, aber die Gute hat eben nie gelernt, auch mal die Klappe zu halten, wenn sie keine Ahnung hat. Das ging so weit, dass unser Kunde sie sogar zwischen den offiziellen Agentur-Terminen einbestellt hat. Vermutlich zum Rapport, wie du es neulich so schön ausgedrückt hast. Ich hab sie einmal in der Mittagspause zufällig zusammen mit dem Marketingchef unseres Kunden in einem Café in der Innenstadt sitzen sehen. Nur wusste davon niemand in der Agentur. Nicht mal Max. Vermutlich hat sie damals schon einen Einlauf bekommen, denn die beiden sahen sehr ernst aus. Glaub mir: Bei allem Goodwill seitens unseres Kunden war wohl irgendwann auch mal Schluss mit lustig.«*

Allmählich versammelten sich vor dem Monitor auch die übrigen Kollegen. Gunnar schüttelte seine Lähmung ab und schlug sich nun ebenfalls zurück zum Lager durch.

»Und das ist noch lange nicht alles«, keilte Bernd weiter aus. *»Du hast davon gehört, dass Dagmar vor einiger Zeit eine Firmenkreditkarte entwendet wurde?«*

»Durchaus möglich«, antwortete Daniel vielsagend.

»Dagmar gehört zu jenen Kollegen, die sich stets bemühen. Manchmal ist sie vielleicht etwas umständlich, aber so ist sie eben. Immerhin steht sie zu den Fehlern, die sie macht. Deswegen tut es mir auch so leid, wenn sie von bestimmten Leuten ausgenutzt wird. Nenn es ruhig Beschützerinstinkt, aber so bin ich eben. Was die Gute nämlich bis heute nicht weiß, ist, dass ihr die Karte ausgerechnet auf jenem Parkplatz gestohlen wurde, der direkt an Katjas Sportstudio grenzt. Und jetzt rate mal, wer zu dem Zeitpunkt nicht in der Agentur war?«

»Katja?«

»Bingo. Das beweist zwar noch nichts, sonst wäre ich natürlich direkt zu Max gegangen, um mich für Dagmar starkzumachen. Aber mir hat das Ganze natürlich zu denken gegeben.«

Gunnar sah, wie sich Dagmar mit fassungslosem Gesichtsausdruck zu Katja umwandte.

»Da habe ich mit meiner Frage ja direkt in ein Wespennest gestochen«, kommentierte Daniel das Gehörte. *»Noch etwas, das du uns erzählen möchtest? Vielleicht etwas mehr über Gunnar und Sören?«*

»Nein, da gibt es nichts zu erzählen«, antwortete Bernd. *»Wenn Gunnar das hier hört, wird ihn das sicher nicht freuen. Soweit ich weiß, war er es, der Katja damals in die Agentur geholt hat. Ich hoffe mal, dass er das inzwischen nicht bereut. Und was Sören betrifft – mit ihm habe ich ehrlich gesagt nicht viel zu tun.«* Er lachte. *»Er sitzt bei uns im Keller, stopft sich dort mit Chips voll und tut das, was Kellerkinder halt so tun. Er fummelt an den PCs rum. Hoffentlich bloß daran.«*

Auch Daniel lachte, dann wandte er sich offenbar wieder dem Publikum zu. *»Tja, ich denke, das alles hat uns einen guten Einblick in den typischen Agenturalltag von* STUDIO Alsterblick *gegeben. Freuen wir uns auf das weitere Geschehen.«*

Gunnar erreichte das ToughPad nun ebenfalls und sah auf dem Monitor noch kurz das Abschlussbild von Bernd, der sich selbstgefällig in seinen Studiosessel zurücklehnte. Eine Schrifttafel wurde eingeblendet, die von einer sanften Frauenstimme vorgelesen wurde.

»Dank dir, Bernd. Das sind drei Siegpunkte für dich. Außerdem hast du eine weitere Belohnung freigeschaltet: Euer Team erhält eine wasserdichte und zoombare LED-Hand-Taschenlampe in Schwarz, die euch von unserem Sponsor TrekkingLux *zur Verfügung gestellt wird,* dem *Camping- und Outdoor-Experten in Sachen Lichttechnologie. Ihr findet sie unter der Ausgangsplattform des Hochseilgartens. Viel Erfolg.«*

Der Bildschirm wurde schwarz, und mit ihm erlosch auch der grelle Scheinwerfer im Baum über ihnen. Es herrschte betretenes Schweigen, und Gunnar brauchte eine Weile, bis er sich wieder an die Dunkelheit gewöhnt hatte.

»Was bist du bloß für ein Arsch!«, durchbrach Katja die Stille.

»Und ich kriege also ohne dich nichts auf die Reihe? Vielen Dank.« Lars schnaubte.

»Tut doch nicht so«, blaffte Bernd zurück. »Warten wir doch erst mal ab, was *ihr* Daniel gegenüber ausgepackt habt. Und nur, damit ihr es wisst: Ich stehe zu jedem Wort. Ob euch das nun passt oder nicht. Aber wenn ich denjenigen in die Hände kriege, der an meiner statt mein Interview freigeschaltet hat, dann mache ich ihn zur Minna.« Er öffnete seine Outdoor-Jacke und präsentierte ein aufgerissenes blaues Kuvert, aus dem er ein kleines Kärtchen zog. »Jemand hat sich meine Karte mit dem Code angesehen. Das war irgendein Wichser von euch.«

Gunnar griff alarmiert in seine Jacke und sah im Zwielicht, dass es ihm seine Begleiter gleichtaten. Sein Kuvert war noch am Platz und auch noch verschlossen. Doch abgesehen von Bernd stießen jetzt auch Lars, Katja und Sören überraschte Laute aus. Soweit er erkennen konnte, waren auch ihre Kuverts aufgerissen. Die Codekarten waren zwar noch da, doch stand zu befürchten, dass sich jemand die Nummern notiert hatte.

»Was für eine Sauerei!«, fluchte Sören.

»Nun, ich war es nicht.« Bernd ließ sein Kuvert sinken, und im Restlicht des Lagerfeuers konnte Gunnar sehen, dass er ihn und Dagmar anstarrte.

»Ehrlich, ich habe ebenfalls nichts damit zu tun«, versicherte Dagmar eilig. »So etwas würde ich niemals machen.«

»Und wie sieht es mit dir aus, Gunnar?« In Bernds Stimme schwang ein drohender Unterton mit. »Wo hast du eigentlich eben gesteckt?«

»Du machst *mich* dafür verantwortlich? Mich, den Einzigen, der sich hier wenigstens um *etwas* Teambuilding bemüht?« Gunnar trat vor und sah auf Bernd herab. »Wenn du es genau wissen willst – ich war deswegen im Wald.« Er präsentierte ihm die Rolle Toilettenpapier. »Aber ich konnte jemanden erkennen, der sich vom Zeltplatz aus wegbewegt hat. Nur hatte ich mir nichts dabei gedacht.«

»Diese armselige Ausrede ist alles, was du vorzubringen hast?«

»Das ist verdammt noch mal die Wahrheit.« Gunnar steckte sein Kuvert wieder ein. »Denkst du, ich wäre so bescheuert, mein Kuvert verschlossen zu lassen, wenn ich irgendetwas mit der Sache zu tun hätte? Das ist doch das Erste, was jeder bei so einer Hinterfotzigkeit überprüft.«

»Vielleicht hast du daran nicht gedacht?«

»Na klar.« Gunnar lachte freudlos. »Wer auch immer auf diese Idee gekommen ist, wird sich wohl eher unter jenen befinden, die sich ebenfalls beklagen.« Er beäugte Lars, Katja und Sören.

»Du glaubst, einer von uns war das?«, empörte sich Lars.

»Finde ich auch nicht fair«, meinte Sören. »Vielleicht hat derjenige, der das getan hat, ja genau diesen Gedankengang erwartet?«

»Ist mir scheißegal, was er oder sie geglaubt hat«, schrie Gunnar ihn an. Ihm war es inzwischen egal, ob Kameras auf ihn gerichtet waren. Allmählich verlor er die Nerven. »Ich war es verdammt noch mal nicht!«

»Gut.« Katja seufzte. »Halten wir fest, dass jeder von uns dafür in Frage kommt.«

»Abgesehen von mir«, zürnte Bernd.

»Doch. Selbst du«, widersprach ihm Katja kühl. »Immerhin bist du eben mit deinen drei Siegpunkten an mir vorbeigezogen. So jämmerlich, wie du dich seit der Aktion im Hochseilgarten aufführst, würde ich dir eine solche Aktion durchaus zutrauen. Wären doch gleich drei Fliegen mit einer Klappe: Siegpunkte einstreichen, publikumswirksam über uns abhetzen, und zugleich auf ein paar Mitleidspunkte vom Publikum hoffen.«

»Du Scheiß-Emanze, was bildest du dir …?« Bernd machte einen wütenden Schritt auf sie zu, doch Lars stellte sich seinem Kollegen in den Weg.

»Vorsicht!«, warnte er. »Besser, du kommst mal wieder runter.«

Gunnar machte sich bereits auf Handgreiflichkeiten gefasst, doch Bernd besann sich im letzten Moment eines Besseren. »Ich schieße mir doch nicht selbst ins Knie, wenn ich nicht muss«, knurrte er.

»Mag sein«, versuchte Gunnar, die Wogen zu glätten. »Aber auch ich habe damit nichts zu tun. Wer auch immer die Kuverts aufgerissen hat, muss es vorhin beim Hochseilgarten getan haben. Dort haben wir alle unsere Jacken abgelegt. Entweder während des Klettergangs oder später, als wir zu Katja gelaufen sind.«

»Schade, ich dachte gerade, ich wäre aus dem Kreis der Verdächtigen raus«, kommentierte Katja seine Überlegungen, schob ihn und Lars kühn zur Seite und trat Bernd direkt gegenüber. »Wenn du es tatsächlich *nicht* selbst warst, dann war es wohl jemand, dem es offenbar egal war, ob du für das Interview Punkte einstreichst. Er oder sie hat sich ganz darauf verlassen, dass du versuchen würdest, einen Keil zwischen uns zu treiben. Das nenne ich … berechenbar.«

Bernd starrte Katja drohend an.

»Und damit du es weißt«, fuhr sie ungerührt fort, »ich finde dich ebenso unerträglich wie du mich. Nenn mich ruhig Emanze. Nenn mich überhaupt, wie du willst. Für mich bist du ein elender Macho und ein erbärmlicher Verlierer. Aber ich habe euch damals *nicht* falsch gebrieft. Und um auch das klarzustellen«, sie wandte sich kurz Dagmar zu, »ich habe auch nichts mit dem Diebstahl der Kreditkarte zu tun. Und jetzt: Leck mich am Arsch, Bernd!«

Sie drehte sich auf dem Absatz um, marschierte zurück zum Lagerfeuer und warf einige Äste in die Glut.

Gunnar schloss resigniert die Augen. Wenn sie es in den nächsten Tagen nicht irgendwie schafften, das Ruder noch herumzureißen, würden sie als die größte Lachnummer überhaupt in die Annalen der Show eingehen.

»Kommt, holen wir die Taschenlampe«, schlug Sören vor.

»Holt euch das Scheißding selbst«, giftete Bernd. »Ich brauche sie nicht.« Auch er marschierte hinüber zu den Zelten, ignorierte Katja und zog sich in sein Zelt zurück.

»Und ich dachte, wir hätten uns darauf geeinigt, keine Interna preiszugeben«, sagte Dagmar niedergeschlagen. »Ob das mit Katja und der Kreditkarte stimmt?«

Gunnar schwieg ebenso wie die anderen.

»Es ist, wie es ist«, seufzte er irgendwann. »Lasst uns die verdammte Taschenlampe holen. Wir können sicher noch jedes Hilfsmittel gebrauchen.«

»Wartet.« Lars eilte zurück zum Lagerfeuer, schnappte sich einen brennenden Ast und kam mit der improvisierten Fackel wieder zu ihnen zurück. Gemeinsam marschierten sie in den Nadelwald, dessen Bäume im Flackerlicht unruhige Schatten warfen.

»Schon mal daran gedacht, dass es vielleicht das Filmteam selbst war, das das Interview freigeschaltet hat?«, meinte Lars nachdenklich.

»Das erklärt nicht die aufgerissenen Umschläge«, erwiderte Gunnar.

Lars brummte ein zustimmendes Nicken, dann stapften sie beide schweigend durch den Wald in Richtung Hochseilgarten. Endlich erreichten sie die Startplattform, die sich im Feuerschein kantig aus der Dunkelheit schälte. Lars und Sören traten vor den Baum.

»Da oben!«, rief Lars, der mit der Fackel in der Hand erst die Leiter und dann die Unterseite der Plattform ausleuchtete. »Unter den Bohlen ist ein Beutel festgetackert. Halt mal.« Er drückte Dagmar den brennenden Zweig in die Hand und wies Sören an, für ihn eine Räuberleiter zu machen.

Gunnar hielt inne. Unvermittelt lag wieder der unangenehme Kellergeruch in der Luft. Allerdings schienen ihn die Kollegen nicht zu bemerken. Was, zum Teufel, war das?! Er rümpfte die Nase und folgte der Windrichtung. Ganz so wie vorhin glaubte er, im Unterholz erneut die seltsamen Schnalzlaute zu vernehmen. Während Lars, Dagmar und Sören damit beschäftigt waren, die Taschenlampe zu bergen, hob er den Stock, den er im Wald aufgesammelt hatte, und bewegte sich zwischen den Bäumen hindurch vorsichtig auf die Geräuschquelle zu – und hielt ruckartig inne. Jäh übermannte ihn das Gefühl, aus dem Dunkeln heraus angestarrt zu werden. Lauernd. Boshaft.

»Dagmar!«, rief Gunnar über die Schulter. »Komm mal mit der Fackel rüber, hier …«

Doch weiter kam er nicht, denn das Unterholz vor ihm schien förmlich zu explodieren. Zugleich schwappte eine Welle übelriechender Luft über ihm zusammen, und ansatzlos brach ein Körper durch die Zweige, der Gunnar mit Wucht gegen den Stamm einer Fichte schleuderte.

Gunnar japste vor Schreck auf und schlug instinktiv mit dem Prügel zu. Es klatschte, sein unbekannter Gegner knurrte, und dann sah er etwas auf sich zufliegen. Instinktiv riss er noch den linken Arm hoch; dann hörte er das Reißen von Stoff, und Krallen schnitten schmerzhaft in seinen Unterarm.

Laut schrie er auf, und wüst schlug er abermals mit dem Stock um sich. Diesmal so hart, wie es ging. Der erste Schlag ging ins Leere, doch der zweite erwischte den Schatten auf Kopfhöhe, denn dem Aufschlag folgte ein Geräusch wie von brechenden Zähnen. Ein gutturales Heulen gellte durch die Nacht, dem zornige Schnatterlaute folgten.

»Gunnar?« Lars' Stimme gellte durch den Wald, und mit ihr flammte der Lichtkegel einer Taschenlampe auf. Gunnar wollte etwas rufen, doch jähes Grauen verschlug ihm die Sprache. Denn im Lichtkegel, der zwischen die Bäume hindurchschnitt, glaubte er einen Moment lang, ein humanoides Wesen mit scharfen Klauen und Fell zu erblicken.

Hinter ihm stürmten die anderen heran, und mit einem gereizten Fauchen sprang das Wesen zurück ins Unterholz, wo es unter raschelnden Lauten verschwand. Der Lichtschein wurde heller, und Gunnar sank verstört auf dem Waldboden zusammen. Im nächsten Augenblick waren Lars und Dagmar bei ihm, und auch Sören näherte sich ihnen schnaufend.

»Gott, Gunnar. Alles in Ordnung?« Dagmar schwenkte panisch den brennenden Zweig hin und her, während Lars mit der neuen Taschenlampe in den Wald leuchtete. Doch dort war nunmehr weder etwas zu sehen noch zu hören. Nur Bäume, Farne und Gestrüpp. Allein der penetrante Gewölbegeruch war geblieben, doch auch dieser verging allmählich.

Gunnar ächzte, da der Schmerz allmählich drängender wurde. Der Schock ließ nach. Angestrengt hob er seinen verletzten Arm. Die Jacke war an zwei Stellen aufgeschlitzt, und sie alle konnten sehen, dass der Stoff von seinem Blut durchtränkt war.

»Was hat dich da eben angefallen?«, wollte Lars wissen.

»Kein Tier«, keuchte Gunnar fassungslos und konnte selbst kaum glauben, was er da auszusprechen im Begriff war. »Ich glaube, das war … ein Troll!«

DAS ZELT

Ein *Troll?*«

Lars sah, wie sich Bernd die Baseball-Cap vom Kopf riss und Gunnar ungläubig anstarrte, während er dessen Armwunden mit den Mitteln des Erste-Hilfe-Kissens bandagierte. Die Verletzungen, die seinem Kollegen zugefügt worden waren, waren erschreckend tief und erinnerten Lars an Messerschnitte.

»Du willst uns doch wohl verarschen?«, ereiferte sich Bernd weiter, obwohl Gunnars Arm sichtlich blutete. »Warum nicht gleich Bigfoot oder der Yeti?«

»Glaubst du, ich hab mir die Wunden selbst zugefügt?«, fauchte Gunnar mit schmerzerfüllter Miene. Dann sah er zu ihm auf. »Mann, Lars, jetzt sag doch auch mal was. Ihr müsst die Kreatur doch ebenfalls gesehen haben?«

Lars riss das Endstück der Mullbinde auseinander und verknotete den Verband. Glücklicherweise erinnerte er sich noch gut an seine Sanitäterausbildung beim Bund. »Sorry, ich weiß nicht, was dich angefallen hat«, knurrte er und ließ sich neben ihn vor das Lagerfeuer plumpsen. »Bei dem Geheul vorhin dachte ich ehrlich gesagt an einen Wolf.«

»Aber *du* musst doch etwas gesehen haben?«, wandte Gunnar sich nun an Dagmar.

Ihre Mediaplanerin schluckte. »Bloß einen vagen Schatten. Auf mich hat er irgendwie … menschlich gewirkt.«

»Ein *Mensch?*« Katja, die mit einem großen, brennenden Ast in der Hand dastand und den Waldrand im Auge behielt, runzelte die Stirn.

»Dann vielleicht doch eher ein Bär«, meinte Lars unbehaglich.

»Das war kein Bär, verfluchte Scheiße.« Gunnar richtete sich ächzend auf und spähte misstrauisch in die Dunkelheit. »Dieses Monster stand direkt vor mir. Ich habe ihm einen Zahn ausgeschlagen. So viel steht fest. Nur wirkte die Kreatur nicht so, als habe sie das sonderlich beeindruckt. Das Ding ähnelte nichts, was ich jemals zuvor gesehen habe.« Er wandte sich ihnen wieder zu. »Warum zum Teufel glaubt ihr mir nicht?«

»Weil das total verrückt klingt«, antwortete Katja.

»Ich werde hier verdammt noch mal nicht mit euch diskutieren. Für mich ist die Show zu Ende.« Gunnar sah sich wütend um. »Wo bleibt Jenkins überhaupt? Ich dachte, die verfolgen jeden unserer Schritte mit ihren Kameras?«

»Ich sag mal so«, wandte Sören hilflos ein. »Was, wenn das ebenfalls Teil der Show war? Ich meine, wäre es das nicht, wären sie ja schon lange hier, oder?«

»Du meinst allen Ernstes, zur Show gehört es, uns wie in einer Geisterbahn vorzuführen?«

»Die Nummer ziehen sie doch bereits seit unserer Ankunft ab«, pflichtete Bernd Sören überraschend bei. Seine Hand lag am Griff des Outdoor-Messers, das er jetzt offen an seinem Gürtel trug. »Warum also nicht?«

»Vielleicht, weil ich gerade übel verletzt wurde?«, herrschte ihn Gunnar an. »Wenn so ein Mist zum Showkonzept gehört, ist gerade etwas gehörig schiefgelaufen. Und jetzt will ich, dass hier endlich ein richtiger Sanitäter aufschlägt.«

»Meine Güte, Lars hat deine paar Schrammen doch bereits versorgt. Ist dir nicht klar, dass wir den Abbruch der Show riskieren, wenn wir jetzt lautstark nach einem Sanitäter brüllen, ehe dieser freiwillig zu uns kommt?« Bernd sah in die Runde. »Unser Dickerchen hat ausnahmsweise mal recht. Wenn wir wegen so eines Lapsus die Segel streichen, können wir den Geldgewinn vergessen. Wollt ihr das?«

»Meine *paar Schrammen?*« Gunnar ging drohend auf Bernd zu und hob den bandagierten Arm. »Willst du da vielleicht noch einmal einen Blick drauf werfen? Dass es dir bloß um dich selbst geht, hast du bereits hinreichend genug zum Ausdruck gebracht – aber für mich ist Schluss mit lustig. Ob dir das nun passt oder nicht.«

»Hey, beruhigt euch.« Lars erhob sich. Bernd ging auch ihm zunehmend auf die Nerven, aber auch er vermochte sich mit dem Abbruch der Show nicht anzufreunden. »Das hier ist keine Live-Sendung. Die können den Zwischenfall also locker aus dem Filmmaterial rausschneiden. Rufen wir den Sanitäter, und dann sehen wir weiter.«

»Ich frage mich ebenfalls, warum Jenkins und seine Leute noch nicht hier sind.« Katja sah sich unbehaglich zum Waldrand um.

»Vermutlich, weil die Jungs pennen, oder weil deren Technik ausgefallen ist«, schimpfte Bernd. »Wer weiß, vielleicht falten sie auch gerade ihren *Troll*-Komparsen zusammen.«

»Das mit der Technik ist gut möglich«, pflichtete ihm Sören bei. »Die haben hier ein ziemlich komplexes Netzwerk aus …«

»Ist doch egal«, unterbrach Lars ihn, da er spürte, dass Gunnar kurz vor einem neuerlichen Wutausbruch stand. »Wir rufen jetzt den Sanitäter.«

»Trolle. So ein Bullshit. Aber macht, was ihr wollt.« Bernd setzte sich und rammte sein Messer in einen dicken Zweig.

Auch Gunnar sank erschöpft vor seinem Zelt nieder, als habe ihm sein emotionaler Ausbruch die letzten Kraftreserven geraubt.

Mit der Taschenlampe in der einen und einem dicken Stock als improvisierte Waffe in der anderen Hand marschierte Lars hinüber zum ToughPad. Dagmar und Sören folgten ihm mit brennenden Ästen und behielten die Umgebung im Auge. Lars gab achtmal die Eins als Alarmcode ein und setzte nach kurzer Überlegung Gunnars Namen darunter. Dann drückte er auf die Entertaste. Ein rot leuchtendes Feld mit der Aufschrift *Hilfe kommt!* erschien auf dem Display.

Gemeinsam warteten sie und lauschten in den Wald, dessen Wipfel der Wind zum Rauschen brachte. Vom Lager her wehten leise Stimmen zu ihnen herüber, und hin und wieder Gunnars schmerzerfülltes Stöhnen.

»Irgendwie habe ich ein ungutes Gefühl«, flüsterte Dagmar.

»Ach, komm«, beruhigte sie Sören. »Gunnars Nerven sind überreizt. Kein Wunder bei der Verletzung. Außerdem ist er schon seit unserem Aufenthalt in Skyggehus so komisch drauf. Oder glaubst du etwa ebenfalls an Trolle?« Er lachte leise.

»Du scheinst seine Verletzung nicht wirklich ernst zu nehmen«, stellte Dagmar leise fest.

»Doch, natürlich.« Sören senkte verlegen den Blick. »Aber ich sag mal so: Wenn das tatsächlich einer aus ihrer Crew war … na ja, dann … verschafft uns der Unfall vielleicht sogar einen Vorteil.«

»Was?« Lars leuchtete Sören mit der Taschenlampe direkt ins Gesicht, und ihr dicker ITler hob schützend seine Hand. »He. Im Zweifel haben wir bei Jenkins jetzt was gut.« Lars senkte die Lampe, und so fuhr Sören leise fort: »Die werden sicher nicht riskieren wollen, dass sich so ein Unfall während der Dreharbeiten herumspricht. Falls wir den Parcours also nicht schaffen, können wir die damit … vielleicht … etwas unter Druck setzen?«

Lars sah ihn nachdenklich an.

»Ihr spinnt doch.« Dagmar schüttelte entrüstet den Kopf. »Was, wenn das keiner vom Filmteam war, sondern ein wildes Tier?«

»Gunnar sagt doch selbst, dass er das Vieh voll erwischt hat.« Sören sah sie an. »Es wird inzwischen über alle Berge sein. Aber prinzipiell läuft das auf das Gleiche hinaus: Jenkins und seine Leute sind für uns verantwortlich.«

Keiner von ihnen antwortete, doch Lars musste zugeben, dass Sören recht hatte. Im Zweifel konnten sie den Unfall tatsächlich zu ihrem Vorteil nutzen. Er würde diesbezüglich einmal vorsichtig vorfühlen, sobald der Sanitäter eingetroffen war. Schaden konnte es ja nichts.

Sie warteten weiter, während die knisternden Flammen an den Ästen allmählich niedersanken. Lars beleuchtete die Umgebung indes mit der Taschenlampe. Der grelle Lichtstrahl schnitt zwischen die Bäume, doch außer dem Unterholz und den Ausläufern des Hochseilgartens weiter hinten im Wald war nichts zu erkennen. Als nach gefühlten fünfzehn Minuten noch immer niemand vom Filmteam im Lager eingetroffen war, begann auch Lars unruhig zu werden. »Die müssten eigentlich längst hier sein.«

»Wenn die ein technisches Problem haben, könnte auch das ToughPad davon betroffen sein.« Sören gab Code und Namen nochmals auf dem Display ein. »Spätestens morgen früh haben die das garantiert wieder im Griff.«

»Bitte, Sören! So lange werden wir doch wohl nicht warten wollen?«, meinte Dagmar. Sie spähte hinüber zum Lagerfeuer, vor dem leicht zusammengesunken Gunnar saß. »Auf mich wirkt es nämlich nicht so, als ob es Gunnar bessergeht. Für mich sieht das jedenfalls aus, als ginge es ihm zusehends schlechter.«

»Ich hab alles für ihn getan«, sagte Lars. »Allerdings lag dem Verbands-Kissen kein Wunddesinfektionsmittel bei. Vorsorglich wären wohl auch ein paar Antibiotika gut gewesen. Nur haben wir die leider nicht.«

Dagmar ließ die Schultern sinken, Sören stocherte tatenlos mit seinem Fuß im Erdreich umher, und Lars erhob sich schließlich: »Ich glaube, das Warten bringt hier nichts«, sagte er.

Resigniert marschierten sie zurück zum Lagerfeuer.

Gunnar sah hoffnungsvoll auf. »Und?«

»Tut mir leid.« Lars hob die Schultern. »Offenbar ein technischer Totalausfall.«

»Gut, dann suchen wir Jenkins und seine Leute eben selbst«, schlug Dagmar vor.

»Jetzt? Mitten in der Nacht?«, fragte Katja.

»Ihr wisst doch nicht mal, wo die überhaupt sind«, murrte Bernd.

»Doch«, sagte Dagmar überraschend. »Ich habe vorhin ihr Lager gesehen. Von einer der Plattformen aus. Keine zwei Kilometer von hier entfernt. Wenn ihr wollt, führe ich euch. Allerdings würde ich mich ungern allein auf den Weg machen.«

»Ihr wisst, was ich von dem Schwachsinn halte«, schnaubte Bernd. »Macht ihr ruhig eure Nachtwanderung, ich bleibe hier.«

»Ich weiß auch nicht so recht«, meinte Sören. »Gunnar ist doch versorgt. Und bis morgen haben die ihre Technik garantiert wieder im Griff. Im Dunklen bin ich euch da draußen eh keine große Hilfe.«

»Was soll's. Ich begleite dich natürlich.« Lars berührte Dagmar fürsorglich an der Schulter und setzte sein charmantestes Lächeln auf. Insgeheim hoffte er, dass die Kameras noch funktionierten und bloß die Übertragung gestört war. Im Zweifel war das hier *die* Chance, ein wenig Ritterlichkeit zur Schau zu stellen. Er war sich sicher, dass er damit bei den Zuschauern punkten würde.

»Ich komme ebenfalls mit.« Katja griff abermals nach einem brennenden Ast, doch Lars winkte ab. »Nein, bleibt lieber zusammen. Wir beeilen uns auch.«

»Hier, mit Bernd?« Sie lachte trocken. »Na, das wird lustig.«

Bernd warf ihr einen verächtlichen Blick zu. »Keine Sorge. Mein Gesprächsbedarf mit dir ist ebenfalls gedeckt. Wir müssen uns nicht unterhalten. Aber sollte hier tatsächlich ein Wolf rumschleichen, sind wir beide wohl die Einzigen, die ihn vertreiben können. Auf Sören würde ich jedenfalls nicht setzen.«

Sören sah böse zu ihm hinüber.

Katja wandte sich seufzend Gunnar zu und half ihm aufzustehen.

Bernd wollte gerade sein Messer aus dem Stamm ziehen, doch Lars legte die Hand auf die seine. »Kann ich das haben? Nur für den Fall der Fälle.« Bernd musterte ihn argwöhnisch, und Lars nickte kurz in Richtung Feuer. »Ihr habt hier doch etwas viel Besseres.«

Bernd nickte schließlich, zog das Messer aus dem Holz und reichte es ihm mit dem Griff voran. »Meinetwegen. Aber verlier es nicht.«

Gunnar, dem Katja jetzt in den Zelteingang half, drehte sich noch einmal zu ihnen um. »Ob ihr mir nun glaubt oder nicht: Seid vorsichtig da draußen. Verstanden? Und achtet auf den Geruch. Dieses Wesen hat gestunken wie ein schimmliges Gewölbe.«

Lars nickte und steckte das Messer weg. Dagmar zog einen brennenden Ast aus dem Feuer und betrachtete skeptisch die Flammen. »Lange wird der wohl nicht brennen.«

»Wir haben doch die Taschenlampe«, beruhigte Lars sie.

»Ich dachte auch eher an das Feuer«, sprach sie nachdenklich. »Zur Not kann ich nämlich selbst für etwas Licht sorgen.« Sie griff in ihre Jacke und zückte ihren mp3-Player. »Das Display leuchtet. Leider habe ich kaum noch Saft.«

»Warte.« Sören lief zu seinem Zelt und präsentierte ihr kurz darauf ein flaches, schwarzsilbernes Gerät, das einem schlanken Smartphone ähnelte. »Hier. Mein Solar-Aufladegerät.«

Lars betrachtete die Geräte kopfschüttelnd. »Bin ich hier eigentlich der Einzige, der so blöde war, sich von allen seinen Besitztümern zu trennen?«

»Na ja.« Sören sah ihn verlegen an. »Das Filmteam hat nicht genau darauf bestanden, dass ich es abgebe. Daher ... Egal. Hier sind auch noch einige USB-Stecker mit verschiedenen Anschlüssen. Davon müsste eigentlich einer bei dem mp3-Player passen.«

»Nimm den Krempel mit, und lass uns los«, mahnte Lars Dagmar zur Eile. »Wir probieren sie später aus.«

Dagmar steckte Sörens Gerätschaften ein und deutete zum Waldrand rechts des Ufers. »Da entlang. Wir müssen bloß darauf achten, dass der See immer links von uns bleibt.«

Lars beleuchtete den Schilfgürtel, der die Uferregion noch ein gutes Stück weiter säumte. Den brennenden Ast hoch erhoben, übernahm Dagmar die Führung, und er folgte ihr zwischen die Bäume. Kaum, dass sie den Zeltplatz hinter sich gelassen hatten, bereute er es auch schon, sich freiwillig für die kleine Expedition gemeldet zu haben. Die Uferregion erwies sich streckenweise als schlammig, und vor lauter Schilfbewuchs war der See kaum zu sehen. Über ihnen riss die Wolkendecke auf, und zwischen den Baumwipfeln konnten sie jetzt den Mond als trübe Sichel ausmachen. Lars seufzte. Die dunklen Wolken, die weiter hinten am Horizont aufzogen, ließen für den kommenden Tag nichts Gutes erahnen. Immerhin sorgte der Himmelstrabant dafür, dass sie im Augenblick nicht durch völlige Finsternis stapfen mussten.

Vor ihnen, zwischen den Bäumen, schälte sich unvermittelt ein schwaches, grünliches Leuchten aus dem Zwielicht. Leuchtfarbe an einem Baum. Dagmar senkte den brennenden Ast und deutete auf die Markierung. »Hier endet der Bereich, der von den Kameras erfasst wird.«

»Ich schätze, im Moment ist das egal«, murrte Lars. »Komm.«

Sie marschierten weiter durch schlüpfriges Terrain, und zweimal musste Lars Dagmar dabei helfen, nicht zu stolpern. Die Flammen am Ast sanken derweil nieder und erloschen schließlich unter viel Rauch. Dagmar warf das abgebrannte Holzstück schweren Herzens in den Schilfgürtel, wo es mit einem platschenden Geräusch im Wasser versank.

Lars eilte mit der neuen Taschenlampe voran, und sie folgte ihm schweigend. Über eine mit alten Kiefernnadeln, Zweigen und Gestrüpp übersäte Anhöhe ging es weiter, und in den nächsten zwanzig Minuten mussten sie die Uferregion mehrfach weiträumig umgehen, da der Weg nahezu unpassierbar war. Überhaupt erwies sich das Waldgebiet, durch das sie jetzt marschierten, als überraschend unwegsam. Zwischen den Bäumen ragten gewaltige Felsen aus dem Waldboden, darunter ein bushoher Koloss, dessen abgeplattete Oberfläche dick mit Moos bewachsen war.

Unvermittelt vernahmen sie vor sich ein beständiges Glucksen und Rauschen.

Sie näherten sich der Geräuschquelle und entdeckten hinter einigen Bäumen einen etwa zwei Meter breiten Bach, dessen Wasser sich ein tiefes Bett in den Boden gegraben hatte. Über Stock und Stein sprudelte es in Richtung See.

Lars führte Dagmar zu einer Stelle mit rundgeschliffenen Steinen, und leichtfüßig überwand sie das Hindernis. Er folgte ihr mit einigen Sätzen, doch unvermittelt glitt er aus und stürzte rücklings in das kalte Nass.

»So eine verfluchte Scheiße!« So schnell es ging, erhob er sich wieder. Dennoch war seine Hose bis auf die Haut durchnässt, und das Wasser drang in seine Stiefel ein. Rasch zog ihn Dagmar zu sich, und Lars stieß weitere Flüche aus. »Das hat mir gerade noch gefehlt.«

Er richtete den Schein der Lampe auf das Bachbett und sah trotz des aufgewühlten Drecks, worauf er ausgeglitten war. Es handelte sich um einen der rundgeschliffenen Steine. Doch etwas an seiner Form war eigenartig.

»Komm, lass uns weitergehen«, schlug Dagmar vor. »Nicht, dass du dich noch erkältest.«

»Warte mal.« Lars nahm einen lose herumliegenden Zweig zu Hilfe und stocherte damit im Bachbett herum. Schließlich griff er ins Wasser und zog das, was er für einen Stein gehalten hatte, ins Freie. Der Gegenstand war inwendig hohl und bestand in Wahrheit aus korrodiertem Metall. Dagmar trat verblüfft an seine Seite. »Das sieht aus wie ein alter Helm.«

Lars betrachtete das Objekt im Licht der Taschenlampe. Seine Kollegin hatte recht. Die Form war eindeutig. Die Lederbespannung im Innern war längst verrottet, doch die Befestigung für das Kinnband war noch zu erkennen.

»Ein Stahlhelm«, konkretisierte er ihre Beobachtung. »Wenn du mich fragst, aus dem Zweiten Weltkrieg. Und zwar ein deutsches Modell.«

»Wie kommt der denn hierher?«

»Keine Ahnung. Interessiert mich auch nicht. Selbst bei Sammlern dürfte der nichts mehr wert sein.« Kopfschüttelnd ließ er ihn fallen und öffnete stattdessen die Verschnürung seiner Stiefel, um das Wasser aus seinem Schuhwerk zu gießen.

Sie marschierten weiter durch die Nacht, und immer häufiger passierten sie dunkle Felsen, die vor ihnen aus dem Waldboden aufragten. Auch die Vegetation veränderte sich. Um sie herum wuchsen weniger Nadelbäume in die Höhe, stattdessen vermehrt Birken. Zwischen ihnen erstreckten sich tückische Geröllfelder, deren Steine mit Moos überwachsen waren. Lars war jetzt besonders vorsichtig, da das Moos schlüpfrig war und sie angesichts der Dunkelheit Gefahr liefen, sich hier das Genick zu brechen.

Bei alledem blieben sie weiter dicht am Seeufer und lauschten aufmerksam auf die Umgebung, doch außer dem Wind und ihren Schritten war nichts Ungewöhnliches zu hören.

Unvermittelt fiel der Schein ihrer Taschenlampe auf einen mannshohen, moosbewachsenen Felsen. Lars leuchtete an ihm entlang und sah, dass der Koloss zu einer ganzen Ansammlung großer Findlinge gehörte, die sich vor ihnen auftürmten und bis zum See hinabreichten.

»Dahinter sollte es irgendwo sein«, erklärte Dagmar schwer atmend.

»Na, ich hoffe es. Denn allmählich wundere ich mich, wie weit weg die ihr Camp errichtet haben.« Lars, dessen Hose ihm zunehmend unangenehm am Leib klebte, suchte inmitten der Felsbrocken einen Aufstieg, und Dagmar kletterte hinter ihm her. Wenig später standen sie auf einem Felsen, der sich zwei Manneslängen über dem Waldboden erhob und einen guten Überblick über die nähere Umgebung gestattete. Linker Hand spannte sich der im Mondschein glitzernde See auf, rechter Hand erhob sich ein sanft ansteigender Höhenzug mit Birken, Kiefern und Fichten, die eine Lichtung am Seeufer umrahmten. Sie war knappe zwanzig Meter von ihnen entfernt und für ein Lager wie geschaffen. Doch der Anblick, der sie dort erwartete, war … gespenstisch.

Statt des Camps der Filmcrew stand – oder richtiger: lag – auf dem Platz lediglich ein einsames grüngelbes Pyramidenzelt, dessen Windschutz schlaff zu Boden hing. Es war im Schutz einer Baumkrone erbaut worden. Eine der Zeltstangen war umgeknickt, und der hintere Teil der Behausung war zusammengesunken. An den Bespannungen hatten sich Zweige und Gräser verfangen, und an einer durchhängenden Wäscheleine, die zwischen vorderer Zeltstange und einem Nachbarbaum aufgespannt war, hing schlaff ein dunkles Wäschestück.

Das Areal vor dem Zelt bot einen ebenso niederschmetternden Eindruck. Unzählige Kleidungsstücke lagen kreuz und quer über den Platz verstreut, andere waren vom Wind bis zu einigen Büschen in der Nähe verweht worden. Lars entdeckte neben einem alten Lagerfeuer einen umgestürzten Campingkocher. Er war umringt von weiteren Habseligkeiten – darunter ein offener Rucksack.

»Wo sind wir denn hier gelandet?«, flüsterte er.

Auch Dagmar wirkte bestürzt. Rasch machten sie sich an den Abstieg.

Wenige Minuten später hatten sie das heruntergekommene Lager erreicht. Der Mond wurde jetzt wieder von Wolken verschluckt, und Finsternis senkte sich über die Seelandschaft. Lars bestrich den unheimlichen Ort mit dem Schein der Taschenlampe und entdeckte zwischen den herumliegenden Kleidungsstücken altes Campingbesteck, zwei geöffnete Dosen Ravioli und eine leere Gaskartusche. Außerdem einige Stöckchen, die in der Erde steckten. Eines davon war durch ein verschmutztes T-Shirt gerammt worden.

»Hallo?« Dagmars zögernder Ruf wurde nicht beantwortet. Kein Wunder, denn wer auch immer hier gecampt hatte,

hatte Zelt und andere Habseligkeiten offenbar schon vor Wochen oder Monaten zurückgelassen. *Wenn* die Besitzer den Ort verlassen hatten. Denn zu Lars' Unbehagen ließ die fleckige Frontklappe des Zeltes keinen Blick ins Innere zu.

Dagmar schien einen ähnlich ungemütlichen Verdacht zu hegen, denn sie hielt mit den Armen den Oberkörper umschlungen, und ihre Stimme zitterte. »Glaubst du, da liegt noch wer drinnen?«

»Werden wir gleich sehen.« Lars brach am Waldrand einen langen Zweig aus dem Boden und öffnete mit ihm vorsichtig die Klappe, während er mit der Taschenlampe ins Zelt hineinleuchtete. Im grellen Lichtschein zeichneten sich drei Schlafsäcke ab. Zu seiner Erleichterung waren sie leer. »Sieht nicht so aus, als sei hier noch jemand drinnen«, flüsterte er.

Mutiger werdend, hockte er sich vor den Eingang und hob mit dem Stock die tief durchhängende Zeltplane an. Sofort schlug ihm ein beißender Modergeruch entgegen. Scheiße. Sollte etwa doch …?

Er entdeckte im Taschenlampenlicht einen Tierkadaver, der zusammengekrümmt auf einem der Schlafsäcke lag. Ein Marder, soweit er das beurteilen konnte. Offenbar hatte er hier Unterschlupf gesucht und war dann verschieden. Doch auch das musste schon eine Weile her sein. Trotz des Verwesungsgestanks stocherte er mit dem Ast weiter zwischen den Habseligkeiten im Zelt herum und erblickte schließlich weiter hinten zwei Neon-Rucksäcke. Umständlich zog er sie ins Freie und stellte sie zu jenem, der herrenlos auf dem Vorplatz lag.

»Hier haben offenbar drei Leute gecampt«, stellte er fest, während sein Blick auf ein Bikini-Oberteil fiel. »Darunter wohl mindestens eine Frau. Doch ich verstehe nicht, warum sie all das zurückgelassen haben?«

»Weil hier etwas Schlimmes vorgefallen ist«, antwortete Dagmar tonlos. Sie nahm ihm die Taschenlampe ab und beleuchtete die weiträumig auf der Uferlichtung herumliegenden Kleidungsstücke. »Siehst du das? Einige von ihnen wurden mit kleinen Aststücken am Boden befestigt.«

Lars folgte dem Lichtkegel. Tatsächlich, abgesehen von dem T-Shirt gab es noch weitere Kleidungsstücke, die auf diese Weise fixiert waren. Dagmar trat einige Schritte zurück und verschaffte sich so einen besseren Überblick. »Hier stecken auch leere Aststückchen im Boden. Ich wette, da steckten ursprünglich die Kleidungsstücke dahinten am Waldrand dran. Zusammengesetzt ergeben sie drei Buchstaben: SOS!«

Lars erhob sich, sah sich auf dem Platz um und atmete scharf ein. »Gott, du hast recht. Ein riesiger Hilferuf aus Kleidungsstücken, den man auch aus der Luft erkennen kann.« Bestürzt blickten er und Dagmar einander an. »Aber was ist aus den Besitzern geworden?«

»Ich weiß es nicht. Und das bereitet mir ehrlich gesagt am meisten Sorge.« Dagmar kehrte mit der Taschenlampe zurück, und behutsam durchsuchten sie nun die Rucksäcke. Die meisten Kleidungsstücke fehlten, aber die verbliebenen Besitztümer legten nahe, dass es sich bei den Campern um junge Leute gehandelt hatte. Denn neben Dingen wie weiteren Heringen für die Zeltbespannung, einem Brillenetui und Sportschuhen entdeckten sie auch Fantasy-Romane, Comics und einen Studentenausweis, der auf einen gewissen Haakon Fosnes Bjørndalen ausgestellt war. Das zugehörige Bild zeigte einen Anfang Zwanzigjährigen mit dunklem Lockenkopf, der in die Kamera lächelte. Ausgestellt worden war der Ausweis in Bergen.

»Einer von ihnen muss Deutscher gewesen sein«, erklärte Dagmar. Sie präsentierte Lars zwei der Romane, und er sah, dass sie in deutscher Sprache abgefasst waren. Jetzt kippten sie die Rucksäcke endgültig aus, und neben Kulturtaschen, einem Feuerzeug, bunter Unterwäsche, Süßigkeiten, Geldbörsen, Nahrungsmitteln in unterschiedlichen Erhaltungszuständen, einer blauen Tauchmaske und Schuhen kamen nun auch mehrere Schlüsselbunde, ein mp3-Player, eine verchromte Armbanduhr sowie ein Smartphone und ein älteres Handy ähnlicher Bauart zum Vorschein, wie auch Lars derzeit eines benutzte. Er hätte nicht gedacht, dass noch andere einen solchen Oldtimer besaßen.

Dagmar öffnete als Erstes die Geldbörsen. Neben Geld und Quittungen beförderte sie drei Personalausweise ans Tageslicht, die ihren Verdacht bestätigten. Hier hatten drei Studenten gecampt, darunter eine junge Deutsche mit Brille namens Julia König.

Lars griff nach dem Smartphone und versuchte, es anzuschalten. Vergeblich. Der Akku hatte sich schon lange entleert. Dagmar kramte kurzentschlossen Sörens Ladegerät aus der Jacke, nahm ihm das Gerät aus der Hand und hantierte mit den Anschlüssen.

»Wer hätte gedacht, dass wir Sörens Marotten noch einmal etwas abgewinnen würden?«, scherzte sie freudlos.

Gemeinsam warteten sie, bis der Akku wieder etwas aufgeladen war, und tatsächlich gelang es ihnen, das Smartphone anzuschalten. Leider verhinderte ein Sperrcode den Zugriff. Sie versuchten es auf die gleiche Weise bei dem älteren Handy-Modell, und wie erwartet ließ sich der alte Knochen ohne Probleme anschalten. Das Handy war zwar nicht internetfähig, verfügte aber über eine Kamera. Dagmar öffnete eine Bildgalerie, die ihnen schlecht verpixelte Aufnahmen fröhlicher junger Menschen zeigte. Darunter vornehmlich jene beiden männlichen Studenten, die sie von den Ausweisen her kannten. Die Fotos zeigten sie beim Trinken, beim Wandern oder schlicht beim Faxenmachen. Einige wenige Bilder zeigten jedoch auch das Mädchen von dem gefundenen Ausweis. Selfies. Jetzt wussten sie, wem das Handy gehörte.

Dagmar klickte weiter durch die Bildgalerie, und nach vielen nichtssagenden Naturaufnahmen kamen erstmals Bilder zum Vorschein, auf denen die Uferregion mit dem Zelt zu sehen war. Gespannt beugte sich Lars vor. Die Schnappschüsse waren harmlos. Man sah die Studenten mit dem Campingkocher hantieren, beim Schwimmen und schließlich im Wald beim Pilzesuchen. Darunter Birkenpilze, Pfifferlinge, Rotkappen und eine büschelig miteinander verwachsene Pilzart, bei der Lars auf einen Hallimasch tippte. Er wollte nur hoffen, dass die Studenten den nicht gegessen hatten.

Plötzlich erschienen auf dem Display düstere Bilder, die unter miserablen Lichtverhältnissen aufgenommen worden waren. Auch die Auflösung war so schlecht, dass Dagmar und er sich anstrengen mussten, um überhaupt etwas zu erkennen. Was waren das denn für verschwommene Silhouetten? Sie wirkten menschlich. Die Freunde des Mädchens? Doch warum wirkte es so, als hielte einer der Schemen eine Art Schwert in Händen?

Ein anderes Bild schien ein drachenförmiges Wesen zu zeigen, das den Beobachter mit starrem Blick anglotzte.

Die Bildgalerie endete, und Lars und Dagmar sahen verwirrt auf.

»Die letzten dieser Bilder sind ganz schön unheimlich«, meinte Dagmar.

»Tja.« Lars seufzte. »Vielleicht werden die anderen daraus schlau. Schau mal, ob du Empfang hast.«

Dagmar drückte einige Knöpfe. »Nein«, brummte sie enttäuscht. »In dieser Abgeschiedenheit natürlich nicht. Aber … warte mal. Ich glaube, da ist eine ungesendete SMS.« Sie öffnete sie, und Lars wurde beim Lesen flau zumute:

HILFE, Papa! Wenn du diese SMS bekommst, rufe die norwegische Polizei. Die müssen uns suchen. Wir sind auf Wanderung in Trollheimen und haben hier etwas wirklich Unheimliches entdeckt. Haakon ist krank geworden, und wir mussten etwas Schreckliches tun. Jetzt ist auch noch Henrik verschwunden. Hier im Wald geht etwas Böses vor sich, und ich weiß nicht mehr weiter. Bitte, hol mich hier raus. Bitte!!! Julia.

»Meine Güte.« Lars nahm Dagmar das Handy aus der Hand und las die Nachricht ein zweites Mal.

»Und was machen wir jetzt?« Dagmar erhob sich und spähte ängstlich in die Nacht. In den nahen Bäumen rauschte der Wind, und hin und wieder klappte die Zeltplane.

»Keine Ahnung«, antwortete Lars. »Zurückgehen und die anderen informieren. Irgendetwas hier stimmt nämlich ganz und gar nicht.«

Lars verstaute rasch einige Lebensmittelbüchsen in einem der leeren Rucksäcke, als er am Ufer ein Seil bemerkte, das um einen leicht schräg wachsenden Baumstamm geschlungen war. Soweit er bei den Lichtverhältnissen erkennen konnte, führte es von dort aus straff ins Wasser des Sees. »Was ist denn das dahinten?«

»Was?«

Lars wies Dagmar auf seine Entdeckung hin und marschierte mit der Taschenlampe in der Hand hinüber. Viel Schilf wuchs an der Uferzone nicht, dafür schimmerte das Gewässer wie schwarzes Öl. »Sieht so aus, als hätten sie hier irgendetwas versenkt.«

Dagmar trat an seine Seite und musterte das Seil skeptisch. Lars drückte ihr kurzentschlossen die Lampe in die Hand, ergriff den Strick und zog daran. Irgendetwas Schweres war an seinem Ende befestigt. »Komm, hilf mir mal.«

Dagmar legte die Lampe beiseite und half ihm. Nach und nach zogen sie ein nassschwarzes Gebilde aus dem See, das Lars im Zwielicht an eine prall gefüllte Segeltasche erinnerte. Erst auf den zweiten Blick erkannte er, dass es sich dabei um eine eingerollte Hängematte aus dichtmaschigem Netz handelte. Etwas Großes war darin eingerollt.

Lars trat mit der Lampe in der Hand an den Fund heran und stieß ihn mit dem Fuß an. Der Inhalt war weich und ähnelte einem Sandsack. Doch mit dem Tritt klappte ein Teil des schlammigen Netzes beiseite, und zwischen den Maschen rutschte ein schlaffer Arm mit überlangen Fingernägeln heraus.

Dagmar schrie auf, und auch Lars glotzte den Fund entsetzt an, denn noch etwas stimmte mit dem Körperteil nicht. Der Arm war über und über mit einem fleckigen, fahlweißen Pelz überzogen.

In diesem Augenblick stellten sich die feinen Härchen auf und begannen sich sanft gegen den Wind zu bewegen. Hin und her. Wie Wellen.

Lars taumelte entsetzt zurück, packte Dagmar am Arm – und dann rannten sie.

VERRAT

Und ihr habt keine Ahnung, was aus den Studenten wurde?«, fragte Katja.

»Verdammt noch mal: Nein!« Sie sah, wie Lars seine durchfeuchteten Sachen auf den Kistendeckel neben dem Lagerfeuer warf, noch einmal besorgt in die Finsternis spähte und sich dann beeilte, in eine trockene Ersatzhose zu schlüpfen. Dagmar saß derweil mit umschlungenen Beinen vor dem Feuer und starrte in die Flammen. »Alles, was wir gefunden haben«, wisperte sie, »war dieses Etwas im See. Danach haben wir bloß noch zugesehen, dass wir wegkamen.«

»Und dieser Körper besaß ein *Fell?*« In Bernds Stimme lag ein gereizter Unterton. »Mal ehrlich. Es war dunkel, und ihr beide wirkt etwas überspannt. Kein Wunder, bei dem …«

»Verdammt, Bernd!« Lars sah ungehalten zu ihm hinüber, während er den Gürtel seiner Hose schloss. »Nichts von dem, was wir gefunden haben, hat irgendetwas mit der Show zu tun. Das Zelt stand weit außerhalb des Bereichs, in dem wir uns aufhalten sollen. Und der Arm war auf keinen Fall menschlich. Selbst dieses verdammte Fell … war nicht normal. Und wenn du jetzt noch wissen willst, warum dieses Etwas im See lag: Ich weiß es nicht.« Katja sah, wie Lars zu ihr blickte.

»Inzwischen neige ich ganz deutlich dazu, Gunnar Glauben zu schenken. In diesem Waldgebiet geht irgendetwas Unheimliches vor sich. Und wenn wir nicht rasch herausfinden, was, dann verschwinden wir hier vielleicht ebenso spurlos wie die drei Studenten – oder die Leute, von denen der Wirt in Skyggehus berichtet hat.«

Katja seufzte schwer. Das alles klang völlig verrückt. Sie gestand sich das nur ungern ein, aber ebenso wie Bernd hatte sie die Ausführungen des Wirts bislang für lokale Schauermärchen gehalten. Selbst Gunnars Verletzungen hatten sie von ihrer Meinung nicht abbringen können. Doch jetzt, nach allem, was Lars und Dagmar widerfahren war, mussten sie lebensmüde sein, das alles einfach so zu ignorieren.

»Gut«, sagte sie schließlich, »dann schlage ich vor, dass wir Gunnar und Sören wecken. Die beiden müssen ebenfalls erfahren, was ihr gefunden habt.«

»Warte. Lass sie pennen«, wandte Bernd ungewohnt nachdenklich ein, nahm seine Baseball-Cap ab und deutete mit ihr auf Bernds Zelt. »Es hat lange genug gedauert, bis Gunnar Schlaf gefunden hat. Im Augenblick können wir eh nichts ändern. Und was Sören betrifft«, er schnaubte abfällig, »der wird uns eh keine Hilfe sein. Wir sollten stattdessen lieber überlegen, wie es jetzt weitergeht.«

»Ganz einfach.« Dagmar hob den Kopf und sah ihn ausdruckslos an. »Wir müssen Jenkins und seine Leute finden. Und zwar so schnell wie möglich.«

Bernd brütete eine Weile vor sich hin, und Katja gewann den Eindruck, als wolle er widersprechen. Doch schließlich nickte er.

»Gut.« Er erhob sich. »Aber ohne einen Anhaltspunkt, wo die sich aufhalten, ist das bei dieser Dunkelheit Irrsinn. Insbesondere, wenn hier im Wald tatsächlich eine Gefahr lauert.

Lasst sie uns morgen früh suchen gehen, wenn die Sonne wieder scheint.«

»Bernd hat vermutlich recht.« Lars trat an den Stapel mit Brennholz heran, suchte sich zwei solide und möglichst gerade Äste und entastete sie mit dem Messer. »Nur werde ich hier nicht untätig herumsitzen. In jedem Fall sollten wir Nachtwache halten.«

»Okay, trotzdem solltest du dich beruhigen.« Katja trat neben ihn. »Ihr beide wart vermutlich etwas mehr als zwei Stunden unterwegs. In der ganzen Zeit ist hier nichts vorgefallen.«

»Ist mir egal. Wenn du gesehen hättest, was wir gesehen haben, würdest du ebenfalls kein Risiko eingehen.« Er spitzte einen der langen Äste mit dem Messer an und warf den improvisierten Speer Bernd zu. Der fing die Waffe auf und fuhr mit dem Daumen prüfend über die Spitze.

»Gegen erhöhte Vorsicht spricht ja auch nichts«, erklärte Katja. »Auch nichts gegen Nachtwachen. Aber auch wir sollten uns ausruhen.«

Lars schnitzte den zweiten Spieß fertig und nickte grimmig. »Gut. Zwei schlafen, zwei halten Wache. Da die Stimmung zwischen euch beiden nicht gerade die beste ist«, er nickte Katja und Bernd zu, »schlage ich vor, dass wir beide Wache halten. Außerdem Bernd und Dagmar. Einverstanden?«

»Nichts lieber als das.« Bernd warf Katja einen geringschätzigen Blick zu. »Und wie regeln wir die Zeiten? Wir haben schließlich keine Uhren.«

»Doch, an meinem mp3-Player ist eine«, antwortete Dagmar. Katja sah, dass der Player mit einem Kabel an Sörens Ladegerät steckte. »Mitternacht ist seit einer halben Stunde rum.«

»Erst?« Lars musterte Katjas Kollegin verblüfft.

»Du vergisst, wie früh wir uns schlafen gelegt haben.« Dagmar stand nun ebenfalls auf. »Die Sonne dürfte hier so gegen sieben Uhr morgens aufgehen. Das bedeutet, dass wir jeder drei Stunden Wache halten müssen.«

Katja sah zu Lars hinüber, der gleichmütig mit den Schultern zuckte. »Meinetwegen.« Er rammte das Messer in den Boden.

Katja nahm Dagmar den mp3-Player ab. »Wenn ihr nichts dagegen habt«, sagte sie, »machen Lars und ich den Anfang. Ich kann eh nicht schlafen.«

Dagmar nickte, und Bernd überließ Katja widerwillig den angespitzten Stecken. Anschließend zogen sich die beiden in ihre Zelte zurück.

Lars legte weiteres Feuerholz nach, und Katja setzte sich ihm müde gegenüber. Wenigstens war es hier am Feuer warm. Sie befragte ihn nochmals nach den unheimlichen Funden, die er und Dagmar gemacht hatten, doch wenn sie gehofft hatte, dass zumindest irgendeine von Lars' Antworten sie hätte beruhigen können, hatte sie sich getäuscht. Schließlich verstummte das Gespräch, und sie hingen beide ihren Gedanken nach, während das Feuer vor ihnen knisterte. Im Wald hinter ihnen hingegen blieb es ruhig.

Katja spähte hinüber zu Gunnars Zelt. Es hatte über eine Stunde gedauert, bis er endlich zur Ruhe gekommen war, und seine Schmerzen hatten irgendwann auch Bernd zu denken gegeben. Gunnar brauchte dringend Desinfektionsmittel. Jod. Mittlerweile vermutlich auch Antibiotika. Die Wunde würde sich entzünden, und er würde Fieber bekommen. Sie konnte bloß hoffen, dass es ihm ausgeruht etwas besserging. Was Sören betraf, der *wollte* von alledem offenbar nichts wissen. Stattdessen hatte er wilde Mutmaßungen darüber angestellt, ob Gunnar nicht vielleicht doch für die Aktivierung des ToughPads verantwortlich gewesen war. Bernd hatte er damit so in Rage gebracht, dass dieser ihren verletzten Kollegen unter anderen Umständen wohl wieder aus dem Zelt gezerrt hätte. Es war daher eine Erleichterung gewesen, als sich ihr korpulenter Netzwerkadministrator schließlich dazu entschlossen hatte, sich ebenfalls schlafen zu legen. Im Augenblick war er wirklich keine Hilfe.

Sie seufzte schwer. Gott. Warum nur hatte sie sich dazu breitschlagen lassen, mit nach Norwegen zu fahren? Das Geld, das sie benötigte, hätte sie auch anders zusammenbekommen.

Plötzlich spürte Katja Feuchtigkeit auf ihrem Gesicht, und auf den Zelten ringsum war das Tröpfeln von Regen zu hören. Nicht das auch noch. Ein feiner Schauer ging jetzt auf sie nieder. Lars legte fluchend weiteres Holz nach, und ebenso wie er schlüpfte Katja halb ins Zelt, um so der Nässe zu entgehen.

Der Regen währte vielleicht zwanzig Minuten, dann ließ er wieder nach. Bei Lars war es inzwischen verdächtig still geworden. Er war tatsächlich eingeschlafen.

Einen Moment lang überlegte sie, ihn zu wecken, doch im nahen Wald war nur gelegentliches Tröpfeln von Wasser zu hören, das von den Zweigen zu Boden fiel. Katja verließ ihr Zelt, legte ordentlich Holz nach, das angesichts der Nässe viel Rauch erzeugte, und setzte sich dann mit dem mp3-Player in der Hand zurück vor ihr Zelt. Dort wartete sie und lauschte. Doch es geschah nichts.

Noch zwei gottverdammte Stunden.

Sie starrte stumm in die Flammen, wartete …

… und wurde von lautem Getöse geweckt.

Mit einem Sprung war Katja auf den Beinen, hielt den improvisierten Holzspeer vor sich und versuchte, sich zu orientieren.

Mist, sie war eingeschlafen.

Doch wie lange?

Das Erste, was sie wahrnahm, war die Helligkeit. Das Lagerfeuer war schon lange heruntergebrannt, stattdessen war die Umgebung von diffusem Tageslicht erfüllt. Die Wolken hingen bleigrau über Bergen und See, und sie konnte über dem Wasser fahlen Morgendunst ausmachen. Das Zweite war die verdammte Musik. Und die kannte sie. Es handelte sich um die SURVIVE-Showmelodie. Sie drang aus Richtung des ToughPads an ihre Ohren.

Sofort lief Katja zu dem Gerät hinüber und erblickte auf dem Bildschirm Daniels Gesicht. Der Moderator steckte wie immer in seinem geschmacklosen gelben Anzug und lächelte süffisant in die Kamera. In ihrem Rücken klappten nun die Zeltverschläge, doch sie starrte weiter gebannt auf den Monitor, denn die Szene kam ihr vertraut vor:

»Endlich darf ich mich wie der ehemalige Hauptkunde von STUDIO Alsterblick *fühlen«*, leitete Daniel das Interview ein. *»Zwar lade ich hier niemanden zum Rapport, aber unsere* SURVIVE-*Teilnehmerin Katja hat sich dennoch bereit erklärt, sich meinen Fragen zu stellen.«*

Katja ballte vor Wut die Fäuste. Es war so wie bei Bernd gestern. Jemand hatte unerlaubt ihr Interview freigeschaltet.

Ausgerechnet jetzt.

Sie spähte zum Zeltplatz hinüber, wo bereits Bernd, Lars und Sören standen und verblüfft zu ihr herüberblickten.

»Und, schon aufgeregt?«, lärmte Daniels Stimme aus den Lautsprechern.

Katja sah sich selbst lässig im Sessel sitzen und schmal lächeln. *»Hält sich in Grenzen«*, tönte ihre Stimme. *»Wir können eh nichts anderes tun, als unser Bestes zu geben.«*

»Na, dann steigen wir doch gleich mal ein.« Daniel zwinkerte. *»Wer, glaubst du, wird von euch als persönlicher Sieger aus dem Wettkampf hervorgehen?«*

»Keine Ahnung«, hörte Katja sich selbst sagen. *»Ich werde mir sicher Mühe geben. Aber das kommt wohl ganz darauf an, welche Aufgaben in Norwegen auf uns warten.«*

»Sehr diplomatisch. Deine Kollegen waren da ehrlich gesagt nicht ganz so zurückhaltend.«

»Tatsächlich? Nun, ihre Sache.«

»Und du willst keinen Tipp abgeben?«

»Nein.«

Katja starrte das Video gereizt an. Bis zu diesem Punkt hatte diese falsche Schlange sie nicht provozieren können. Leider traf das nicht für den Rest des Gesprächs zu.

»Wie schade«, zeigte sich Daniel enttäuscht. *»Da draußen warten viele* SURVIVE-*Fans darauf, mehr über euch zu erfahren. Und natürlich auch über dich. Immerhin gibt es da dieses böse Gerede.«*

»Was für Gerede?«

»Nun«, Daniel seufzte theatralisch. *»Dass du für gewisse Dinge die Verantwortung trägst und, sagen wir mal, zu manchen Problemen beigetragen hast.«*

»Sag bloß. Einer der Kollegen will mir also die Probleme unserer Agentur in die Schuhe schieben?« Katja sah, wie sie sich gereizt vorbeugte. *»Wer so etwas nötig hat, wird wohl allen Grund dazu haben. Vielleicht will er ja von seinem eigenen Beitrag daran ablenken?«*

»Ich sage dazu nichts.« Daniel hob abwehrend die Hände. *»Aber nehmen wir mal an, es wäre so: Allzu viele kämen für eine solche Anschuldigung ja vermutlich nicht in Frage. Darf*

ich deine Bemerkung also als kleine Spitze gegen eure Kreativen verstehen?«

»Das darfst du verstehen, wie du willst.«

»Na gut. Lass mich anders fragen«, bohrte Daniel weiter. *»Wenn ein Kunde nicht mit seiner Werbeagentur zufrieden ist, liegt das doch entweder an der Leistung der Agentur oder an der Kommunikation selbiger, richtig? Wenn eure Leistung aber gut war, muss es die Kommunikation gewesen sein. Und für die bist du nun einmal verantwortlich. Mal abgesehen von eurem Chef Max, der ja sicher nicht untätig herumsitzt und Däumchen dreht.«*

»Was wird das hier? Du erwartest nicht wirklich, dass ich Interna über die Geschäftsführung preisgebe?«

»Nein, aber irgendjemand von euch trägt nun einmal die Verantwortung für das Dilemma, in dem ihr steckt. Wenn es also nicht *am kreativen Flow der Agentur lag, bleibst eigentlich nur noch du übrig.«*

»Da liegst du aber so etwas von falsch.«

»Tatsächlich? Wie heißt es so schön: Schöne Beine, aber nichts dahinter?«

»Ich ahne, von wem dieser Spruch stammt … Bernd. Richtig?«

»Das hast du jetzt behauptet«, gab sich Daniel arglos.

»Typisch, ich wusste, dass er sich nicht zurückhalten würde. Aber ich werde mich nicht auf dieses Spielchen einlassen. Sorry.«

Inzwischen nahten Bernd, Lars und Sören, und auch Dagmar hatte sich mittlerweile ins Freie gekämpft. Katja sah, wie sie sich in der Aufzeichnung souverän lächelnd in den Sessel zurücklehnte. Allerdings würde ihr dieses Lächeln in wenigen Sekunden vergehen.

»Ach, Katja«, Daniel seufzte. *»Warum zierst du dich so? Denk doch mal an euer Publikum da draußen. Mal sehen, vielleicht macht dich das hier gesprächiger.«*

Daniel zückte eine Fotografie und drückte sie ihr in die Hand. *»Das bist du doch, oder?«*

Katja sah, wie ihr Alter Ego bleich wurde.

»Woher habt ihr das?«

»Ist das nicht egal?«, sprach Daniel. *»Aber ich gestehe, dass du mich damit ganz schön fertiggemacht hast. Pass auf. Ich fände es nicht gut, wenn das an die Öffentlichkeit gelangt. Aber du musst zugeben, dass das in gewisser Weise bereits öffentlich ist. Also … gib unserem Publikum ein bisschen Futter, damit sie euch einzuschätzen lernen. Mehr will ich gar nicht. Von dem da«*, er deutete auf die Fotografie, *»muss dann auch niemand erfahren.«*

Katja sah sich dabei zu, wie sie schockiert dasaß und nachdachte. Es vergingen einige Sekunden in absoluter Stille, schließlich steckte ihr Alter Ego das Foto ein und sah Daniel kalt an.

»Wie du willst«, sagte sie verbittert und sah unsicher zu der Kamera auf. *»Ich habe dein Wort, dass das hier meine Privatsache bleibt?«*

»Mein Ehrenwort.« Daniel sah sie erwartungsvoll an.

»Okay.« Sie seufzte schwer. *»Da sich Bernd offenbar nicht zurückgehalten hat, muss ich das dann wohl auch nicht.«* Sie blickte düster in die Kamera. *»Für jemanden, der andere Menschen bloß auf sein Aussehen reduziert, ist mein werter Kollege nämlich selbst recht eitel. Bernd hat sich vor acht Jahren einer*

Haartransplantation unterzogen. Natürlich in der Türkei, wo es schön billig ist. Und billig, da steht er drauf.«

»Ernsthaft?« Daniel grinste. *»Wandelte er damals nicht gerade auf Freiersfüßen?«*

»Schon möglich. Aber das ist seine Privatsache. Viel schlimmer ist die Art, wie er sich in der Agentur aufführt.«

»Jetzt wird es interessant.« Der Moderator hob gespannt eine Augenbraue.

»Um es kurz zu sagen: Bernd ist bei weitem nicht so kreativ, wie er anderen gegenüber gerne weismacht. In Wahrheit nutzt er die Arbeiten anderer schamlos aus und gibt diese in der Chefetage als die seinen aus.«

»Sieh an?« Daniel beugte sich interessiert vor. *»Beispiele?«*

»Das würde hier wohl zu weit führen«, Katjas Stimme war noch immer unterkühlt. *»Aber es hat seinen Grund, warum der Gute die meisten Projekte grundsätzlich ohne seine Untergebenen mit der Chefetage bespricht. Insbesondere nutzt er Lars systematisch aus. Lars ist ein durchaus findiger Kopf. Und das weiß Bernd nur zu gut. Bianca, unsere Grafikerin, hat es ebenfalls schon oft getroffen. Doch Bernd versteht es auf fabelhafte Weise, sie alle klein zu halten und ihre besten Einfälle Max gegenüber als die seinen auszugeben. Das Gleiche funktioniert natürlich auch umgekehrt: Wenn eine Idee nicht gut ankommt, waren dafür natürlich stets Lars, Bianca oder irgendwelche Freien verantwortlich. Nie er selbst. Ich hab das schon mehrfach miterlebt.«*

»Aber du hast offenbar nie etwas gesagt?«, fragte Daniel.

»Doch. Gunnar. Er ist der beste Freund von Max, und ich hatte eigentlich die Hoffnung, dass er zu ihm durchdringt. Bernd hat Max nämlich ehrlich gesagt schon lange mit seiner Art eingewickelt. Max ist eher BWLer, kein Kreativer. Er ist auf Leute wie Bernd angewiesen – und letztlich ist es ihm wohl egal, wie die Agentur läuft. Hauptsache, sie läuft.«

»Und Gunnar billigt das?«

»Keine Ahnung«, seufzte Katja. *»Frag ihn. Wenn er mit Max darüber gesprochen hat, dann hat ihn das nicht sehr beeindruckt. Soweit ich weiß, hat Bernd für seine angeblichen Leistungen bei einem anderen Kunden vor zwei Jahren sogar eine Erfolgsprämie bekommen. Nur stammte die komplette Kampagnenidee in Wahrheit von Lars und Bianca. Ich weiß das, weil ich bei den damaligen Kreativ-Sitzungen mit dabei war.«*

»Sieh einmal an.« Lars, der inzwischen neben Katja stand und das Interview auf dem ToughPad mitverfolgte, wandte sich sauer zu Bernd um.

»Wow. Das ist wirklich interessant.« Daniel lächelte zufrieden. *»Und deine übrigen Kollegen?«*

»Da gibt es nicht viel zu erzählen.«

»Na komm, irgendetwas gibt es immer zu erzählen.«

»Gunnar kenne ich seit einem Praktikum, das ich kurz nach dem Abi gemacht habe«, sagte sie. *»Wir haben einander danach für einige Jahre aus den Augen verloren, uns dann aber zufällig auf einem Seminar wiedergetroffen. Zu meinem Erstaunen hat er mich damals … sofort wiedererkannt. Danach sind wir in Kontakt geblieben – und ich war auch noch ein paar Mal bei seinen Auftritten, die er mit seiner damaligen Band veranstaltet hat. Das war etwa zwei Jahre, bevor die Agentur gegründet wurde und er mich mit an Bord geholt hat. Egal. Jetzt ist er Buchhalter, und wer ihn von früher kennt, würde ihn kaum wiedererkennen.«*

»Na, das geht ja vielen so«, scherzte Daniel. *»Und die anderen?«*

»Lars? Hm.« Katja dachte nach. *»Jung. Durchaus attraktiv. Kreativ. Aber ichbezogen, und bei weitem nicht so clever, wie*

er selbst von sich annimmt. Er hatte mal was mit unserer Grafikerin Bianca. Aber leider nicht bloß mit ihr, wie Bianca dann herausfand. Er hat sie danach eiskalt fallengelassen, und sie hatte damals schlimmen Liebeskummer.«

Daniel grinste schmierig.

»Über Dagmars Privatleben wusste ich bis neulich fast nichts«, fuhr sie fort, *»unser Verhältnis ist rein beruflicher Natur. Sie macht ihren Job gut. Nur würde ich mir wünschen, dass sie etwas mehr Selbstbewusstsein zeigt. Ich glaube, bis heute verdient sie bei uns am wenigsten. Vielleicht abgesehen von Lars. Aber im Gegensatz zu ihm ist sie schon viel länger dabei. Und Sören …«*, sie zuckte mit den Schultern. *»Über ihn weiß ich ehrlich gesagt noch weniger als über Dagmar. Er ist wohl ein großer Fan des* Chaos Computer Clubs *und zockt in seiner Freizeit gern Online-Spiele. Das ist alles.«* Wütend sah sie den Moderator an, der breit grinste. *»Na, das nenne ich doch mal Auskünfte. Ich bin mir sicher, das hilft unserem Publikum bei der Wahl ihrer Favoriten.«* Er deutete in die Kamera. *»Also, nicht nachlassen, Team* STUDIO Alsterblick – *und immer daran denken: The show must go on!«*

Eine Schrifttafel wurde einblendet, die abermals von einer sanften Frauenstimme vorgelesen wurde.

»Dank dir, Katja. Das sind drei Siegpunkte für dich. Außerdem hast du eine weitere Belohnung freigeschaltet: Euer Team erhält einen AXO-Akkuschrauber, der euch von unserem Sponsor Jutachi *zur Verfügung gestellt wird,* dem *Spezialisten für Elektro- und Gartenwerkzeuge. Ihr findet ihn unter der Ausrüstungskiste. Viel Erfolg.«*

Das Bild auf dem Display wurde schwarz.

Lars fixierte Bernd zornig. »Du hast mich also die ganze Zeit über ausgenutzt, du Wichser? Und auch noch eine Prämie für meine Leistung eingestrichen?« Fassungslos schüttelte er den Kopf. »Lass mich raten: Das war für die Black-Horse-Kampagne?«

»Mann, Lars«, wiegelte Bernd ab. »Merkst du nicht, dass Katja uns beide gegeneinander ausspielen will? Das alles ist erstunken und erlogen.«

Lars blickte Katja in die Augen. »Ist dem so?«

Katja stöhnte. »Nein, ist es nicht. Bernd treibt dieses Spielchen schon seit vielen Jahren.«

»Du lügst doch, du elende Hex…«, fauchte Bernd, verschluckte das letzte Wort aber. »Warum erzählst du nicht, was Daniel dir da so Interessantes zugesteckt hat? Muss ziemlich wichtig gewesen sein, dass du Daniel anschließend all diese Märchen aufgetischt hast.«

»Also, was sie über mich erzählt hat, stimmt«, meinte Sören. »Und die Sache mit Lars und Bianca auch. Das habe sogar ich damals mitbekommen. Warum sollte sie also bei dir …«

»Halt deine Schnauze!«, brüllte Bernd und packte Sören am Aufschlag seiner Jacke. »Sei einfach dankbar, dass wir einen nutzlosen Fettsack wie dich überhaupt mitgenommen haben. Für deine Meinung interessiert sich hier niemand.«

Lars schickte sich gerade an, dazwischenzugehen, als hinter ihnen ein schriller, langgezogener Schrei ertönte. Katja und ihre Kollegen fuhren herum und sahen Dagmar, die mit den Händen am Kopf dastand und wie am Spieß schrie. Einfach so, laut und stetig, bis schließlich alle Gespräche verstummten. Erst dann kam sie endlich zur Ruhe, nur um unmittelbar darauf erneut Luft zu holen und ihre Kollegen anzuherrschen: »Habt ihr alle den Verstand verloren? Ihr streitet euch über die Firma, obwohl wir hier gerade völlig andere Probleme haben? Habt ihr vergessen, was letzte Nacht passiert ist?!«

Bernd ließ Sören endlich los. Der stolperte einen Schritt zurück und rieb sich erschrocken den Hals. »Wovon … sprichst du? Was ist passiert?«

Dagmar erklärte es ihm, und Sören starrte sie mit offenem Mund an. Dagmar nickte, als wolle sie sagen: Siehst du! Dann wandte sie sich wieder an alle Anwesenden: »Und jetzt hört auf, und lasst uns überlegen, wie wir weiter vorgehen.« Ungewohnt energisch schob sie die Männer zum Lager zurück und trat dann an Katjas Seite.

»Wieso hast du das getan?«, flüsterte sie ernst. »Bist du verrückt?«

»Was getan?«

»Na, dein Interview freizuschalten. Merkst du nicht, dass du die Stimmung zwischen uns bloß weiter vergiftest?«

Katja blieb stehen. »Ich habe es nicht freigeschaltet. Ehrlich. Das war einer der anderen.«

Die Frauen spähten zum Lager hinüber, und allmählich beschlich Katja ein Verdacht, wer für all das die Verantwortung trug. Aber jetzt und in diesem Augenblick half ihr das auch nicht weiter. Darum würde sie sich später kümmern.

Lars und Bernd standen einander mittlerweile auf entgegengesetzten Seiten des abgebrannten Lagerfeuers gegenüber und maßen sich mit finsteren Blicken. Sören hingegen hockte hilflos zwischen ihnen, und Katja konnten seinem verstörten Gesichtsausdruck entnehmen, dass er nicht glauben mochte, was Dagmar ihm gerade berichtet hatte.

»Also gut«, sagte sie, nachdem sie gemeinsam mit Dagmar zum Platz zurückgekehrt war. »Ich schlage vor, wir kommen jetzt alle wieder runter, essen etwas und gehen dann Jenkins und seine Leute suchen.«

»Und? Wirst du dabei dann wieder einschlafen?«, höhnte Bernd.

»Hör auf damit!« Lars nahm einen Stein und schleuderte ihn wütend hinaus auf den See, wo er mit einem Glucksen unterging. »Offenbar hast du noch immer nicht begriffen, wie ernst die Situation ist! Hör wenigstens *jetzt* mal auf andere. Ist doch angeblich das Beste, was du kannst.«

Bernds Augen verengten sich, und seine Halsadern schwollen gefährlich an – als aus Gunnars Zelt ein leises Stöhnen drang. Gunnar reckte seinen Kopf aus dem Zelt, und Katja sah ihm an, dass er Temperatur hatte. Sein Gesicht war gerötet und sein Blick fiebrig. Natürlich. Das war ja nicht anders zu erwarten gewesen, verdammt.

»Wie geht es dir, Gunnar?« Sie eilte zu ihm und schämte sich dafür, dass sie nicht früher nach ihm gesehen hatte.

»Nicht gut.« Gunnar hielt sich den bandagierten Arm und verzog sein Gesicht. »Ich hab echt beschissen geschlafen. Außerdem juckt der Arm wie verrückt.«

»Im Zweifel ein gutes Zeichen«, meinte Lars. »Der Heilungsprozess, du verstehst? Nur sollten wir den Verband nachher noch mal wechseln.«

»Wie wäre es, wenn wir die Kiste aus dem Boden heben und so den Akkuschrauber bergen?«, schlug Sören vor.

Katja und die anderen sahen ihn ungläubig an.

»Was, bitte?«

»Ich korrigiere mich«, erklärte Lars. »*Sören* begreift den Ernst der Situation nicht.«

»He. Kommt, Leute.« Ihr dicker ITler lächelte unsicher. »Ein toter Troll im Wasser? Das glaubt ihr doch wohl selbst nicht. Jede Wette, dass die Crew das technische Problem in weniger als einer Stunde behoben hat. Die werden uns auslachen, wenn …«

»Sören, sag mal, *willst* du nicht begreifen?« Katja baute sich jetzt in voller Größe vor ihm auf. »Was, wenn sich die Filmcrew aus ganz anderen Gründen nicht meldet? Was ist dann?«

Am Seeufer herrschte unheilvolle Stille.

»Ihr …« Sören lachte heiser. »Ihr denkt ernsthaft, denen ist was zugestoßen? Spinnt ihr jetzt alle?«

»Weißt du was, du Stratege«, Lars warf Sören einen der angespitzten Stecken zu. »Du kommst jetzt mit mir zu dem verlassenen Zelt und überzeugst dich selbst. Dummerweise haben wir bei unserem überstürzten Abgang letzte Nacht nämlich alles zurückgelassen, was uns noch nützlich sein könnte – darunter einige Konserven. Zumindest dafür solltest du doch etwas übrighaben.«

»Du willst noch einmal zu dem Zelt zurück?«, fragte ihn Dagmar besorgt.

»Allerdings«, erklärte Lars entschlossen. »Ich will wissen, mit was wir es hier zu tun haben. Und die Antwort auf diese Frage liegt noch immer da drüben am Seeufer. Eingewickelt in eine beschissene Hängematte. Sören nehme ich mit, damit er endlich schnallt, dass das hier schon lange kein Spaß mehr ist.«

»Und was, wenn ich nicht will?« Sören sah trotzig zu ihm auf.

»Hast du Schiss, dass deine heile Welt zusammenbricht?«

Sören presste seine feisten Lippen aufeinander. Schließlich trat er an sein Zelt heran und griff sich einige Sachen. »Na gut. Wir werden ja sehen.«

Lars nickte den anderen zu, und die beiden ungleichen Männer verließen das Lager auf demselben Weg, den Lars einige Stunden zuvor mit Dagmar genommen hatte.

»Wollt ihr die beiden ernsthaft allein gehen lassen?«, fragte Gunnar. Umständlich kramte er eine Zigarettenschachtel hervor und fischte nach einer Kippe.

»Oh. Mich interessiert sogar brennend, was Lars und Dagmar letzte Nacht aus dem Wasser gezogen haben«, grollte Bernd. »Aber im Augenblick ist es wohl besser, wenn Lars und ich uns ein wenig aus dem Weg gehen.«

»Ja, seltsam«, kommentierte Katja schnippisch. »Woran das wohl liegt? Werden immer mehr, die nichts mehr mit dir zu tun haben wollen.«

»Spar dir dein Gezicke, Blondie. Ich kriege schon noch raus, womit dich Daniel vorhin aus der Reserve gelockt hat. Mal sehen, ob du Dreckschleuder dein Maul dann immer noch so weit aufreißt.«

Katja sah ihn zornig an und schwieg.

»Habt ihr es jetzt?« Gunnar lehnte sich erschöpft gegen sein Zelt und zündete sich seine Zigarette an. »Falls ja, wäre ich euch sehr dankbar, wenn ihr jetzt mal nach dem Sanitäter Ausschau halten könntet. Oder wollt ihr, dass ich mich selbst auf den Weg mache?«

»Ich mache das«, meinte Dagmar zögernd. »Und ich habe inzwischen auch eine Idee, wie wir Jenkins und seine Männer aufspüren können.«

»Echt?« Katja sah sie überrascht an.

»Ja.« Dagmar lächelte unsicher. »Ich wäre aber froh, wenn mich jemand begleiten würde.«

»Ich komme mit.« Bernd sah sich vergeblich nach seinem Messer um, doch das hatte Lars wieder eingesteckt. Wütend packte er den zweiten angespitzten Stecken und griff dann in sein Zelt, um seine schwarze Baseball-Cap hervorzuholen. Unwirsch setzte er sie auf. »Katja kann ja so lange hier bei Gunnar bleiben. Ich gebe eh keine gute Krankenschwester ab.«

»Dann lass uns keine Zeit verlieren!« Dagmar führte ihn geradewegs zu jenem Trampelpfad, der zum Hubschrauberlandeplatz führte. Katja sah ihnen nach, bis die beiden zwischen den Bäumen verschwunden waren.

»Ich habe das Interview ebenfalls mit angehört«, meinte Gunnar, als sie alleine waren. Er inhalierte tief den Rauch seiner Zigarette und hustete plötzlich krampfhaft. »Oh Scheiße.«

»Was ist?« Katja beugte sich über ihn.

Gunnar sah aus, als müsse er sich übergeben. Angewidert betrachtete er die brennende Zigarette. »Ich verstehe das nicht. Ich habe das Gefühl, als vertrüge ich kein Nikotin mehr.«

»Na, das ist doch zur Abwechslung mal eine gute Nachricht«, witzelte Katja freudlos.

Gunnar atmete tief ein und drückte die Kippe aus. »Sag schon, was war es, womit dich Daniel während des Interviews zum Reden gebracht hat?«

»Mit einem Foto. Von früher.«

»Oh. Tut mir leid.«

Katja fühlte nach seiner Temperatur. Gunnar hatte mindestens 39 Grad Fieber. Er schwitzte. Sie fütterte ihn mit Epa-Keksen und reichte ihm eine Flasche Wasser, aus der er begierig trank.

»Mach dir keine Sorgen, ich steh das schon durch«, stöhnte er. »Nur fühlt sich mein verletzter Arm inzwischen irgendwie taub an.«

»Das haben wir gleich.« Katja griff nach frischem Verbandszeug aus dem Erste-Hilfe-Kissen und begann vorsichtig, den alten Verband zu entfernen. Unvermittelt hielt sie inne. »Gunnar, ich muss dir was gestehen.«

»Und was?«

»Ich habe einen neuen Job.«

»Du hast … Wo denn, bitte?«

Katja seufzte. »Es stimmt, was Bernd gestern ausgeplaudert hat. Also teilweise. Ich habe mich tatsächlich heimlich mit dem neuen Marketingchef getroffen. Das heißt, er hat sich eigentlich mit mir getroffen. Aber nicht aus den Gründen, die Bernd annimmt. In Wahrheit hat der Firma meine bisherige Arbeit sehr gefallen. Er hat mir daher, egal wie die Ausschreibung ausgehen würde, einen Job beim Unternehmen selbst angeboten. Als Pressesprecherin.«

»Als Pressesprecherin?«

Katja nickte und sah Gunnar schuldbewusst an. »Versteh mich bitte nicht falsch. Ich bin dir unglaublich dankbar für alles, was du für mich getan hast. Aber ... es wird einfach Zeit für einen Wechsel. Blöderweise wusste ich nicht, wie ich dir das beibringen soll. Ich habe Max meine Kündigung kurz vor dem Abflug nach Norwegen zugeschickt. Sobald die Kündigungsfrist um ist, bin ich weg.«

Gunnar wirkte nicht ungehalten, sondern ehrlich überrascht. »Warum zum Teufel bist du dann hier?«

»Wegen der 50 000 Piepen natürlich. So wie ihr alle. Du weißt doch, wofür ich das Geld brauche.«

»Dann willst du das wirklich durchziehen?«

Katja nickte entschlossen.

»Na gut. Wenn das dein Wunsch ist.« Ächzend richtete er sich auf. »Aber mach dir klar, dass nicht alle so tolerant sind wie ich. Wenn Zerberus-Film dein kleines Geheimnis herausfinden konnte, dann können das auch andere. Und dann bist du deinen neuen Job womöglich schneller wieder los, als du denkst.«

Katja musterte ihn traurig und nickte. »Darf eben nicht passieren.«

»Monopoly spielst du aber nicht auch noch zufällig?«, schob er nach.

»Monopoly?«

Gunnar musterte sie eingehend. »Ist jetzt vermutlich auch egal. Max und ich werden seit einiger Zeit erpresst. Wir haben

Kurzarbeitergelder veruntreut, die eigentlich der Agentur zugutekommen sollten.«

»*Was* habt ihr?«

»Genauere Details erspare ich dir lieber.« Gunnar schnaubte resigniert. »Ich könnte jetzt behaupten, dass Max mich zu der Sache überredet hat, aber zu so etwas gehören schließlich immer zwei.« Umständlich griff er in die Tasche, zückte einen zerknüllten Monopoly-Geldschein und drückte ihn ihr in die Hand. Der Schein war mit dem Buchstaben »B« versehen. »Jetzt versucht mich unser Erpresser für die Show zu benutzen. ›B‹ steht offenbar für Bernd. Ich habe gestern nicht bloß deswegen gegen ihn gestimmt, weil er sich dir gegenüber wie ein Arschloch verhalten hat, sondern auch, weil mein Erpresser es so wollte.«

»Oh Mann.« Katja betrachtete den Schein. »Zu was für einem Mist entwickelt sich das hier?«

»Zu nichts Gutem, wie man sieht.« Blass sah er sie an. »Hilfst du mir, den Erpresser ausfindig zu machen?«

»Meinetwegen. Ich halte die Augen auf.« Katja steckte den Schein weg, wickelte den Verband weiter ab und hielt stirnrunzelnd inne. Der Stoff war, abgesehen von geronnenem Blut, mit einer gelblichen, klebrigen Masse durchfeuchtet, die leicht nach faulem Kohl stank. Eiter? Die letzten Streifen lösten sich unter Zurücklassung klebriger, zäher Fäden von der Haut.

»Gott, was ist das denn?«, keuchte Gunnar entsetzt auf.

Beide konnten sie nun sehen, dass seine Wunden schwarz angelaufen und halb verschorft waren. Ebenso die umliegende Haut. Eine Färbung, die inzwischen auch die Adern bis hinauf zum Ellbogen erfasst hatte.

»Ich weiß es nicht«, antwortete Katja bestürzt. »Aber ich befürchte, du hast dir eine schwere Blutvergiftung zugezogen.«

CABIN IN THE WOODS

Dagmar schob einige Nadelzweige zur Seite und kämpfte sich gemeinsam mit Bernd den Trampelpfad entlang, der sie zurück zum Hubschrauberlandeplatz führen würde. Bernd schwieg, während er hinter ihr hermarschierte, und sie konnte ihm ansehen, dass er düsteren Gedanken nachhing.

In was war sie da bloß hineingeraten? Dass ihr Kollege zu einer gewissen Überheblichkeit neigte, war ihr in all den Jahren, da sie mit ihm zusammenarbeitete, natürlich nicht entgangen. Dass sie es mit einem derartigen Narzissten zu tun hatte, hatte sie allerdings nicht gewusst. Und das war er – zumindest, wenn die Enthüllungen von Katja stimmten.

Dagmar seufzte stumm. Sie hätte es besser wissen müssen, denn ein solches Verhalten war ihr eigentlich bestens vertraut. Auch bei ihrer Mutter drehte sich stets alles bloß um sie selbst. Auf der anderen Seite: War da vielleicht doch etwas dran an dem Vorwurf mit dem Kreditkartendiebstahl? Unterschied sich Katja am Ende charakterlich vielleicht gar nicht so sehr von Bernd? Andererseits hatte ihre Kollegin gestern einige wirklich nette Züge offenbart. Dagmar seufzte innerlich. In Wahrheit war es wohl so, dass sie schlicht zu naiv war, um Menschen wirklich einschätzen zu können. Die relevant wichtigen Sachen im Leben bekam sie nie mit. Etwa, dass Lars etwas mit Bianca gehabt hatte.

Andererseits, was hatte sie erwartet? Bianca war wirklich süß. Das abzustreiten, wäre sinnlos gewesen.

Unwirsch schüttelte sie den Kopf. Dinge wie diese mussten im Moment zurücktreten. Im Augenblick hatten sie wirklich andere Schwierigkeiten.

Bernd zweigte hinter ihr überraschend vom Trampelpfad ab und trat unter jene Birke, in deren Geäst sie auf dem Herweg den abgerissenen Vorderlauf des Elchs gefunden hatten.

»Und?«, fragte sie.

»Das Ding klemmt noch immer da oben zwischen den Zweigen«, kam es finster zurück. »Sieht inzwischen ziemlich verschimmelt aus.«

Dagmar wusste nicht, was sie sagen sollte. Offenbar war der Fund doch schon etwas älter.

Bernd stapfte durch das Unterholz zu ihr zurück, und wenig später konnten sie zwischen dem Gehölz den Landeplatz des Hubschraubers ausmachen.

»Bin mal gespannt, was du vorhast«, murrte ihr Kollege.

Dagmar bemühte sich um ein Lächeln. »Komm, hab dich nicht so. Das mit Katja und Lars wird sich ganz bestimmt schon bald wieder einrenken.«

»Glaubst du?« Bernd schnaubte. »In Wirklichkeit sind die beiden doch bloß neidisch. Katjas Karriere tritt schon seit Jahren auf der Stelle, und was Lars betrifft – ohne Anleitung ist dieser selbstverliebte Geck doch kaum zu einem eigenen Einfall imstande. Allmählich bereue ich es, ihm den Weg in die Agentur geebnet zu haben. Was war er denn vorher? Ein Jacques Cousteau für Arme, den sie bei seinem letzten Arbeitsplatz rausgeschmissen hatten. Ohne mich würde diese Tauchflasche auf zwei Beinen vermutlich rumhartzen.«

»Ich bin jedenfalls sehr froh, dass du mitgekommen bist«, versuchte Dagmar, das Thema auf etwas Konstruktiveres zu lenken.

»Du bist hier auch die Einzige, die noch klar denkt. Mal abgesehen von mir, natürlich.« Bernd lächelte gönnerhaft, und Dagmar lächelte traurig in sich hinein. Bernd reagierte ganz so wie ihre Mutter. Ein beizeiten eingestreutes Kompliment wirkte auch bei ihm Wunder – und zwar völlig egal, ob sie es so meinte oder nicht.

Gemeinsam betraten sie die große Lichtung.

»Also«, hakte Bernd ein weiteres Mal nach. »Welche Idee hat dein kleines Köpfchen denn nun ausgebrütet?«

Dagmar schluckte die Antwort, die ihr auf der Zunge lag, herunter. So wie immer. »Jenkins und seine Leute haben uns doch gestern in diese Richtung verlassen. Auf dem Trampelpfad zu unserem Camp gibt es aber keinen Abzweig. Ich nehme also an, dass die Lichtung hier ihr Ziel war. Eigentlich logisch, denn wenn ihre Ausrüstung ebenfalls eingeflogen wurde, werden sie diese von hier aus auf dem kürzesten Weg zu ihrem Lager geschafft haben. Also sollten wir hier Spuren finden, die uns direkt zu ihnen führen.«

»Ja … so etwas Ähnliches hatte ich mir auch schon gedacht«, beeilte sich Bernd zu versichern.

Sie teilten sich auf und suchten den Lichtungsrand ab.

»Hier!« Bernd rief Dagmar überraschend schnell zu sich. Keine zehn Meter von jener Stelle aus, über die sie den Landeplatz betreten hatten, zweigte ein weiterer Trampelpfad ab. Er führte in einem Bogen durch die Nadelbäume hindurch, und plattgetretene Farne und umgeknickte Äste zeugten davon, dass auf ihm schwere Lasten transportiert worden waren. Entschlossen drehte Bernd seine Baseball-Cap mit der Krempe nach hinten und marschierte voran.

Sie tasteten sich durch eine dichte Fichtenschonung, die schließlich eine steinige Anhöhe hinaufführte.

Unvermittelt lag wieder jener feine Kellergeruch in der Luft, vor dem Gunnar sie gewarnt hatte. Auch Bernd schien die Ausdünstung wahrzunehmen, denn er blieb stehen, hielt vorsichtshalber seinen angespitzten Stecken vor sich und lauschte. Doch aus dem Wald drangen keine ungewöhnlichen Geräusche zu ihnen.

Sie kämpften sich weiter durch das Dickicht und erreichten zu ihrer Überraschung einen versteckt im Wald gelegenen Hügel, auf dem eine solide Blockhütte thronte. Der breite, aus mehreren Bohlen bestehende Dachfirst ähnelte einem umgekehrten V, während die Schrägen des Daches von einer dicken Schicht Moos bedeckt waren. Die Hütte verfügte über einige wenige Fenster und sogar über eine schmale Holzveranda. Die Tür stand halb offen, und auf der das Haus umgebenden Lichtung war es totenstill.

Dagmar wusste nicht, was sie erwartet hatte, doch dass hier etwas Schreckliches vorgefallen sein musste, war auf den ersten Blick zu erkennen: Vor der Hütte lag quer ein umgefallener Biertisch, neben dem Klappstühle, Campingteller, Becher, Flaschen und eine demolierte Kühlbox verstreut lagen. Dagmar und Bernd sahen einander alarmiert an und schlichen weiter.

Die Hinweise für einen gewaltsamen Zwischenfall mehrten sich. Neben der Treppe waren drei Aluminiumkisten aufeinandergestapelt. Sie standen schief und erweckten so den Eindruck, jeden Moment umzukippen. Und auch bei den Kisten war der Waldboden mit weiteren Gegenständen übersät, darunter ein herrenloses Notizbuch, ein Stiefel, ein Aschenbecher und eine Thermoskanne. Schließlich fiel Dagmars Blick auf die Treppe hinauf zur Veranda. Dort lag Jenkins' Lederhut, gleich neben einer geborstenen Laterne.

»Oh Gott, siehst du das?«, murmelte Dagmar, doch Bernd reagierte nicht sofort. Stattdessen betrachtete er argwöhnisch eine Fichte neben der Hütte. Zwischen ausladenden Nadelzweigen in knapp vier Metern Höhe lugte ein langes schwarzes Stromkabel hervor, das bis zum Waldboden reichte. Erst auf den zweiten Blick war dort oben die zugehörige Kabeltrommel zu sehen. Irgendjemand – oder irgendetwas – musste sie weit hinauf in den Baum geschleudert haben.

»Um Himmels willen. Was geht hier vor?«, murmelte sie.

Bernd hob Jenkins' Lederhut auf und betrachtete ihn von allen Seiten. »Ich weiß es nicht. Aber wir sollten das möglichst schnell herausfinden.«

Den improvisierten Spieß stichbereit, betrat er die Veranda und schob die Tür mit dem Fuß auf. Dagmar, die weiter hinter ihm blieb, konnte es nun ebenfalls riechen. Aus dem Innern der Hütte drang der bekannte Kellergeruch ins Freie. Nur, dass der Geruch hier deutlich intensiver war als im Wald.

Doch von dem Geruch einmal abgesehen, war hinter der Tür kein Anzeichen für eine akute Bedrohung auszumachen, und so fassten sie sich ein Herz und betraten die Hütte. Der große Vorraum war angefüllt mit Elektronik, doch auch hier bot sich ihnen ein Bild wie nach einem Kampf. Fast dreißig schwarze Monitore säumten übereinandergestapelt die Wände. Einige der Bildschirme waren zertrümmert, andere lagen neben umgekippten Drehstühlen am Boden. Zwischen ihnen befanden sich eine SURVIVE-Kaffeetasse und eine halbleere Pappschachtel mit Kuchen. Gleichfalls umgekippt oder zerstört waren einige der Steuerkonsolen und Laptops, die die Filmcrew auf rustikalen Holztischen aufgebaut hatte. Nur war nirgendwo eine Menschenseele zu sehen.

»Sollten wir nicht besser die anderen verständigen?«, wisperte Dagmar. Sie konnte die Angst in ihrer Stimme nicht einmal vor sich selbst verbergen.

Bernd antwortete nicht, sondern hob eine verbogene Brille auf. Die Gläser waren voll geronnenem Blut. Schockiert schlug Dagmar die Hand vor den Mund.

Statt ihrem Vorschlag nachzukommen, drang Bernd tiefer in die Hütte vor. Dagmar sammelte einen herumliegenden Schraubenzieher auf und folgte ihm zögernd. Sie schluckte, denn auf einem Bild an der Wand konnte sie weitere Blutspritzer erkennen. Jeden Moment rechnete sie damit, auf eine Leiche zu stoßen, doch sie fanden nichts dergleichen.

Stattdessen stießen sie auf eine Küchennische mit Tresen, eine Toilette mit Waschbereich sowie zwei angrenzende Räume mit Stapelbetten, neben denen umgestürzte Rucksäcke lagen. Die belegten Betten deuteten darauf hin, dass die Hütte Quartier für fünf Leute geboten hatte. Die Crew war also etwas größer, als sie gedacht hatte. Aber auch hier war kein Hinweis darauf zu finden, was mit den Menschen geschehen war, die in diesen Betten geschlafen hatten. Die Crew blieb verschwunden, als hätte sich der Erdboden unter ihnen aufgetan und sie von einem Moment zum anderen verschluckt. Allein das Chaos in den Räumen legte Zeugnis ab, dass Bernd und sie den Schauplatz eines schrecklichen Geschehens betreten hatten.

In einem der Schlafräume stand ein Fenster weit offen, durch das kühle Waldluft in den Raum wehte.

»Verdammt, ich hätte es wissen müssen.« Dagmar stand zitternd da und sah sich um.

»Was hättest du wissen müssen?«

»Ich hatte einen Schrei gehört. Gestern, als wir die Zelte aufgebaut haben.«

»Gestern bereits?« Bernd sah sie missbilligend an und senkte erstmals den Stecken. »Nun, was auch immer die Crew heimgesucht hat, es ist weg. Und die Männer hat es mit sich genommen.«

»Sicher?« Dagmar trat an das geöffnete Fenster und blickte hinaus. Gute sechs Schritte von der Hütte entfernt begann der Wald. Was auch immer hier vorgefallen war – eventuell war einem der Crewmitglieder durch die Öffnung die Flucht gelungen. Bernd zog sich bereits wieder in den Gang zum Vorraum zurück, als Dagmar vor der Hütte, unmittelbar unter dem Fenster, einen großen grauen Kasten erblickte. Daneben standen zwei schwarze Kanister.

Kurz haderte sie mit sich, dann schlüpfte sie durch das Fenster ins Freie, um sich den Fund anzusehen. Es handelte sich um einen Generator. Natürlich. Irgendwie mussten die Filmleute in dieser Einöde ja Strom erzeugen. Leider war er außer Betrieb. Dagmar betätigte den e-Starter, doch es tat sich nichts. Sie überprüfte die Benzinkanister, die beide gefüllt waren, und nahm mit Hilfe des Schraubenziehers die Frontklappe des Geräts ab, um sein Innenleben zu überprüfen. Schließlich entdeckte sie an der Seite des Stromerzeugers zwei abgerissene Kabel. Das sollte sich theoretisch reparieren lassen. Sie hatte sogar einen Verdacht, wie es zu dem Schaden gekommen war – nämlich als hier jemand aus dem Fenster gesprungen war. Dagmar erhob sich und starrte in den nahen Wald.

Hinter ihr im Haus war ein Scheppern zu hören. Bernd untersuchte offenbar die Räumlichkeiten. Einen Augenblick lang zögerte sie, dann siegte die Neugier, und sie schlich zum Waldrand. Wie erwartet entdeckte sie dort zertrampelte Farne und schließlich eine Spur, die ins Unterholz führte. Sie schnupperte und nahm auch hier den eigentümlichen Gewölbegeruch wahr.

Trotz ihrer Angst schob sie das Gestrüpp beiseite, lauschte und tastete sich mit dem Schraubenzieher in der Hand vorsichtig voran. Im Waldboden vor ihr waren nun erstmals echte Spuren zu sehen. Schuhabsätze, und dazwischen ... der Abdruck von nackten Füßen, deren Zehen sich seltsam tief in den weichen Untergrund gegraben hatten.

Meter für Meter folgte sie den Spuren, dann blieb sie unvermittelt stehen. Was tat sie hier eigentlich? War sie denn verrückt geworden? Sie wollte bereits wieder umkehren, als sie sah, dass sich das Unterholz wenige Meter voraus lichtete. Dahinter fiel der Hügel schräg in die Tiefe ab.

In einiger Entfernung, jenseits der umliegenden Baumwipfel, war der See auszumachen, dessen Wasser im trüben Morgenlicht glitzerte. Interessanter war jedoch die Lichtung unter ihr. Denn schräg unten, in etwa vier Metern Tiefe, befand sich eine neu errichtete Schießbahn. Der Waldboden war auf großer Breite gerodet worden, und sie entdeckte rechter Hand einen überdachten Schießstand, sowie, am jenseitigen Ende der Bahn in etwa fünfundzwanzig Metern Entfernung, einige Zielscheiben, die mittels eines Seilzuges ausgetauscht werden konnten. Eine weitere der SURVIVE-Prüfungen, wie Dagmar vermutete.

Interessanterweise war das Erdreich am Hang unter ihr aufgewühlt. Dort musste jemand Stunden zuvor in die Tiefe gerutscht sein. Soweit sie erkennen konnte, verloren sich die Spuren jedoch weiter unten. Wo war der Mensch, der hier zu fliehen versucht hatte? Und: Wo war sein Verfolger?

Dagmar schauderte und wandte sich ab. Ihre Neugierde war fürs Erste gestillt. Rasch machte sie sich durch den schmalen Waldstreifen wieder auf den Rückweg, befestigte die Klappe des Generators und umrundete die Bockhütte, bis sie auf dem mit Habseligkeiten übersäten Vorplatz stand. Sie sammelte das Notizbuch auf, das sie vorhin schon entdeckt hatte, und sah sich um. Beunruhigenderweise war von Bernd nichts zu hören.

»Bernd?« Dagmar packte den Schraubenzieher fester und betrat die Veranda. Endlich entdeckte sie ihren Kollegen. Er hockte auf einem der Drehstühle, den er wieder aufgestellt hatte, und starrte einen Karton auf seinen Knien an. Richtig, das war jener, mit dem Jenkins jene ihrer Privatsachen eingesammelt hatte, die während der Show nicht erlaubt waren.

»Hier bist du.« Dagmar betrat den Vorraum erleichtert. »Gut möglich, dass ein oder zwei Männern die Flucht gelungen ist. Ich habe ihre Spuren bis zu einer Schießbahn in der Nähe verfolgt.«

Bernd reagierte nicht.

»Bernd?«

Ihr Begleiter sah auf, und einen kurzen Augenblick lang bekam sie Angst vor ihm. In seinem Blick loderte blanker Zorn, und die Lippen waren verbittert aufeinandergepresst. Als würde er ihrer Anwesenheit erst jetzt gewahr, blinzelte er und fuhr sich dann erschöpft über das Gesicht, als hoffte er, so aus einem Alptraum zu erwachen. »Eine Schießbahn?«, krächzte er.

»Ja. Offensichtlich handelt es sich bei der Anlage um eine der Parcours-Aufgaben.« Dagmar zuckte resigniert mit den Schultern. »Nicht, dass das jetzt noch von Bedeutung wäre.«

Bernd nickte schwerfällig und stellte den Karton auf einem der Tische ab. »Aber entdeckt hast du niemanden?«

»Nein. Aber ich bin auch kein Jäger oder so etwas.« Sie musterte ihn besorgt. »Alles in Ordnung mit dir?«

»Sicher.« Bernds Stimme klang geistesabwesend. »Mir ist bloß gerade klargeworden … dass wir an diesem Ort vollkommen auf uns allein gestellt sind. Niemand wird uns suchen. Und der Hubschrauber trifft erst übermorgen wieder hier ein. Das sind zwei Tage und Nächte, in denen wirklich alles passieren kann.«

»Na ja, wir könnten uns hier verschanzen«, schlug Dagmar vor. »Oder wir versuchen stattdessen, uns zu Fuß in die Zivilisation zurückzuschlagen.«

»Hast du Gunnars Zustand vergessen?« Bernd drehte sich wieder zu ihr um, und der harte Zug um seine Augen verriet ihr, dass er irgendeine Entscheidung getroffen hatte. »Jenkins sprach von etwa drei Tagesmärschen quer durch diese unwirtliche Region. Und das vermutlich auch nur, wenn man weiß, wohin man sich wenden muss. Mit Sören«, er schnaubte verächtlich, »kannst du das ebenfalls vergessen. Der klappt uns unterwegs zusammen. Vermutlich noch vor Gunnar. Nein, wir machen das anders.« Er griff in den Karton und steckte der Reihe nach ihre Handys in die Jackentasche. »Ihr haltet hier die Stellung, und ich kämpfe mich nach Süden durch. Mit etwas Glück kreuze ich unterwegs einen Wanderpfad oder stoße auf Touristen. Oder – und darauf setze ich vor allem – ich erreiche ein Gebiet, in dem ich mit einem der Mobiltelefone wieder Empfang habe. Dann verständige ich die norwegische Polizei und hole euch so hier raus.«

Dagmar sah ihn unbehaglich an. »Du willst dich ganz allein durch die Wildnis schlagen?«

»Machen wir uns nichts vor«, erklärte Bernd. »Beim Rest der Truppe bin ich eh unten durch. Da mache ich mich besser auf den Weg und tue so etwas Nützliches.« Er wandte sich den hinteren Räumlichkeiten der Hütte zu. »Hier ist alles, was ich für unterwegs brauche. Wenn wir Glück haben, schaffe ich es so vielleicht morgen schon, einen Suchtrupp zu verständigen.«

»Du bist dir sicher?«

»Ja.«

»Okay, dann … wünsche ich dir viel Glück. Aber pass auf dich auf.«

»Verlass dich darauf.« Bernd lächelte grimmig. »Ich werde schon dafür sorgen, dass alles wieder in Ordnung kommt.«

Ohne ein weiteres Wort marschierte er hinüber in eines der Schlafzimmer, und Dagmar hörte, wie er einen der dort liegenden Rucksäcke ausleerte und neu packte. Sie selbst bediente sich derweil an den Lebensmittelvorräten aus der Küchenzeile, nahm einen großen Kochtopf an sich und griff sich zuletzt ein scharfes Messer. Noch einmal sah sie sich zu der blutbesudelten Brille um, die jetzt auf einem der Tische lag, und beklommen dachte sie an Bernds mahnende Worte zurück. Wenn er keinen Erfolg hatte, dann mussten sie hier noch zwei Tage und zwei Nächte allein verbringen.

Und der erste Tag hatte gerade erst begonnen.

DIE LISTE

»Ich weiß noch immer nicht, ob ich es mutig oder einfach bloß dumm finden soll, dass Bernd sich mutterseelenallein auf den Weg gemacht hat.« Gunnar sah Dagmar zu, wie diese schweigend einen mitgebrachten Laib Brot aus der Hütte der Filmcrew aufschnitt, während Katja Instant-Kaffee in heißes Wasser einrührte, das in dem neuen Topf vor sich hin köchelte. »Spätestens jetzt muss ihm doch klar sein«, fuhr er fort, »dass ich mir den Zwischenfall letzte Nacht nicht aus den Fingern gesogen habe. So ganz allein macht er sich doch bloß zur Zielscheibe.«

»Na ja, es ist Bernd«, antwortete Katja, ohne aufzuschauen. »Vermutlich will dieser Proll mal wieder beweisen, was für ein harter Kerl er ist.«

»Ja. Vielleicht.« Gunnar war froh, dass er hier nicht alleine war. Nach Dagmars schockierendem Bericht hatten seine beiden Kolleginnen mit bewundernswertem Pragmatismus reagiert und als Erstes das Lagerfeuer neu entfacht. Tatsächlich war ein offenes Feuer im Augenblick wohl der beste Verbündete, den sie besaßen.

»Du meinst, wir hätten zusammen aufbrechen sollen?«, fragte Dagmar.

Gunnar löschte seinen Durst mit dem Inhalt einer der Mineralwasserflaschen und zog sich angestrengt den Schlafsack über die Schultern. Er hatte Fieber, war müde, und seine Armwunde pochte. Außerdem fror und schwitzte er gleichzeitig. Speziell die schleichende Blutvergiftung, die Katja diagnostiziert hatte, flößte ihm Angst ein. Er erinnerte sich noch gut an eine TV-Dokumentation über die gefährlichen Komodowarane Indonesiens. Bei denen sorgte angeblich ein einziger Biss dafür, dass die Opfer Tage später an Blutvergiftung starben. Was, wenn die Wunden, die ihm diese Kreatur geschlagen hatte, ähnlich infiziert waren?

»Ich weiß es nicht«, murmelte er. »Mir erscheint die ganze Aktion bloß unklug.«

Dagmar füllte einen Becher mit dampfendem Kaffee und drückte ihm diesen in die Hand. »Jetzt ist es eh nicht mehr zu ändern. Wünschen wir ihm einfach Glück.« Sie lächelte mitfühlend. »Außerdem, Gunnar, Hand aufs Herz: Wie lange hättest du durchgehalten, wenn du mitgegangen wärst? Sehr fit wirkst du nämlich nicht. Und wenn wir ehrlich sind, würde Sören die Strapazen eines solchen Gewaltmarsches vermutlich ebenfalls nicht durchstehen.«

»Was würde ich nicht durchstehen?«

Zwischen den Bäumen der Uferregion knackste es, und Katja und Dagmar sprangen auf die Beine. Dagmar hielt das scharfe Messer aus der Hütte vor sich, während Katja nach dem Hammer aus der Kiste griff. Beide ließen die Waffen sinken, als sie sahen, dass Sören und Lars aus dem Gehölz auf sie zukamen. Lars trug neben dem angespitzten Stecken den Rucksack eines der verschollenen Studenten über der Schulter, während Sören mit seinem vor Anstrengung geröteten Gesicht wirkte, als habe er soeben einen Marathonlauf absolviert.

»Gott sei Dank, ihr seid wohlbehalten zurück«, begrüßte Katja sie.

Sören ließ sich schwer atmend neben dem Lagerfeuer nieder und knöpfte erleichtert seinen Bundeswehrparka auf, während Lars den Rucksack neben einem der Zelte abstellte.

»Und? Was war das gestern im See?«

Gunnar sah, wie Dagmar Lars ängstlich anblickte.

»Keine Ahnung.« Lars rammte wütend den Spieß ins Erdreich. »Was auch immer wir aus dem Wasser gezogen haben – es war fort.«

»Fort?«

»Allerdings.« Ihr Texter starrte nachdenklich auf den See hinaus. »Die Hängematte war noch da, aber der Körper, der darin eingewickelt war, fehlte. Und das ist nicht alles: Die Stricke waren zerrissen.« Mit einem Seufzer öffnete er den fremden Rucksack. »Dafür habe ich alles eingepackt, was mir nützlich erschien. Darunter einige Konserven, ein weiteres Feuerzeug und …«

»Wo habt ihr das her?«, unterbrach ihn Sören. Erstaunt starrte er den aufgeschnittenen Brotlaib an.

Dagmar nickte, reichte Sören ein Stück Brot und brachte die beiden auf den neuesten Stand: die Hütte, die verschwundene Crew, die Kampfspuren, Bernd.

»Scheiße.« Lars atmete scharf ein. »Und alles, was ihr entdeckt habt, war Blut?«

Dagmar nickte.

Sören schnaubte und griff gierig nach einer weiteren Brotscheibe. »Können wir jetzt vielleicht erst mal etwas essen? Ich falle gleich um.«

Gunnar veränderte seine Sitzposition und lehnte sich entkräftet gegen das Zeltgestänge, während sich die Kollegen um das Lagerfeuer versammelten, sich weiter austauschten und Brot,

Epa-Kekse und Aluschalen mit Wurst und Schmierkäse teilten. Langsam nippte er an dem heißen Kaffee – und hätte ihn am liebsten wieder ausgespuckt. Die Plörre schmeckte ebenso widerlich wie die Zigaretten. Was war nur los mit ihm? Seine Geschmacksnerven hatten durch die Entzündung offenbar gelitten.

Gunnar stellte den Becher ab und fischte umständlich nach dem Notizbuch, das Dagmar mitgebracht hatte. Lustlos blätterte er darin herum, während Dagmar weitere Fragen von Lars beantwortete.

In dem Büchlein befanden sich Schaltpläne und andere elektronische Skizzen. Außerdem eine lange Auflistung von Buchstaben und Zahlen, die er für Gerätenummern hielt. Vermutlich waren das technische Details, die um den Aufbau der Kameras und Mikrofone im Wald kreisten.

»Und was ist mit der Tasche des Sanitäters?«, wollte Lars irgendwann wissen, während sein Blick in Gunnars Richtung ging.

»Glaub mir, das war das Erste, wonach ich selbst gefragt habe.« Gunnar sah von den Aufzeichnungen auf. »Offenbar ebenso verschwunden wie der Sanitäter selbst.«

»Allerdings haben wir die Hütte bloß oberflächlich durchsucht«, korrigierte ihn Dagmar. »Gut möglich, dass sie da oben noch irgendwo steht.«

»Dann wäre ich euch dankbar, wenn ihr noch einmal nachsehen könntet«, bat Gunnar, und die anderen nickten.

»Wir sollten eh so rasch wie möglich die Zelte abbrechen und in die Blockhütte umziehen«, sagte Katja, die mit einem Löffel die Reste einer Dose Leberwurst auskratzte. »Hier am Ufer sitzen wir wie auf dem Präsentierteller.«

»Ja. Nur hat das die Filmcrew ebenfalls nicht davor bewahrt, dass ...« Lars zuckte missmutig mit den Schultern. »Na, ihr wisst schon.«

»Die Hütte stellt dennoch den besten Schutz dar, den wir hier finden können«, widersprach Katja. »Außerdem wissen wir nicht, was genau sich da oben eigentlich abgespielt hat. Vielleicht wurden die Männer überrascht? Das wird uns nicht passieren. Wir verbarrikadieren uns, und dann warten wir, bis der Hubschrauber kommt – oder Bernd uns Hilfe schickt.«

Die Kollegen warfen sich nachdenklich Blicke zu. Allein Sören, der die ganze Zeit über auffallend still gewesen war, begann plötzlich zu kichern. Sein Lachen war erst leise, wurde dann aber immer lauter. »Oh Mann, ihr Deppen. Merkt ihr es nicht?« Er sah grinsend in die Runde. »Das alles hier *ist* der Parcours! Die ziehen das wirklich durch und bieten uns eine echte Survive-Nummer.«

Katja sah ihn fassungslos an. »Hast du nicht begriffen ...«

»Nein«, unterbrach er sie wütend. »*Du* hast es nicht begriffen. Das alles hier *ist* die Show!« Er erhob sich schwerfällig. »Kommt, zeigt mir irgendetwas, was nicht extra für uns vorbereitet sein könnte. Oder anders: Zeigt mir irgendetwas, was das Gegenteil beweist. Habt ihr bislang auch nur eine Leiche gefunden, obwohl hier angeblich sieben Menschen verschwunden sind? Nein? Ich sag euch auch, warum. Weil sich echte Leichen eben nicht faken lassen. Stattdessen präsentieren sie uns genau das, was wir sehen sollen: ein verlassenes Zelt samt einer gruseligen SMS, und natürlich eine verwüstete Hütte mit Blutspritzern. Huibuuu!« Sören hob die Arme und machte auf Gespenst. »Mann, das ist alles Show. Und ihr geht ihnen voll auf den Leim. Glaubt mir, die schrecken vor nichts zurück. Vor gar nichts.«

»Was willst du damit sagen?« Gunnar sah ihn stirnrunzelnd an.

»Ich? Nichts.« Sören setzte sich wieder, allerdings beschlich Gunnar das Gefühl, dass er ihnen etwas verheimlichte.

»Ich hätte auch gar nichts gesagt«, fuhr ihr ITler verbittert fort, »wenn ihr jetzt nicht plötzlich alle durchdrehen würdet. Wenn wir nicht weitermachen, werdet ihr schon sehen, was wir davon haben. Dann ist das ganze Geld nämlich futsch.«

»Und was ist mit Gunnars Verletzung?«, fragte Dagmar.

»Mein Gott. Ein Unfall. Das kommt vor.« Sören zuckte mit den Schultern. »Wetten, dass wir in Kürze ganz zufällig über die Erste-Hilfe-Tasche stolpern? Hübsch gefüllt mit allem, was Gunnar braucht? Natürlich nicht, wenn ihr jetzt beschließt auszusteigen. Aber dann ist die Show unwiderruflich zu Ende. Dann verlieren wir alles, wofür wir hergekommen sind.«

»Du glaubst, meine Verletzung gehöre zur Show?« Gunnar betrachtete ihn fassungslos.

»Weißt du was, Sören?« Katja trat direkt vor ihn. »Der Einzige unter uns, der hier nicht normal tickt, bist du. Aber bleib ruhig sitzen und tu weiterhin so, als wäre nichts geschehen.«

»Nein, das ist unmöglich alles Show.« Auch Dagmar schüttelte entschieden den Kopf. »Das alles ist viel zu echt. Und ich war sowohl bei dem Zelt der Studenten als auch oben bei der Blockhütte. Aber ich gebe gern zu, dass ich ebenfalls keine Erklärung dafür habe, warum wir bislang niemanden gefunden haben. Oder … wie es sein kann, dass der Körper aus dem See jetzt weg ist. Aber vielleicht will ich das auch gar nicht wissen.«

Sören rollte mit den Augen, und eine Weile herrschte Schweigen, bis Lars plötzlich aufsah. »Sag mal, Bernd hat tatsächlich alle Handys mitgenommen?«

»Ich denke schon«, antwortete ihm Dagmar. »Ist doch die beste Methode, um irgendwie Empfang zu bekommen. Wir haben ja zur Not noch das Handy des verschwundenen Mädchens. Das hast du doch mitgebracht, oder?«

»Ja, habe ich«, meinte Lars seltsam in sich gekehrt.

»Nur haben wir hier eh keinen Empfang.« Katja schien wie sie alle beschlossen zu haben, Sören einfach zu ignorieren. »Und daran wird sich so rasch auch nichts ändern. Also, was ist mit meinem Vorschlag? Ziehen wir in die Hütte um?«

»Wartet mal.« Gunnar richtete sich mühsam auf und betrachtete das Notizbuch. »Dagmar, sprachst du vorhin nicht davon, dass du eine Schießbahn gefunden habest?«

»Ja«, antwortete ihre Mediaplanerin. »Gar nicht weit von der Hütte entfernt. Wieso?«

»Aber ja, natürlich!« Katja spannte sich. »Wenn es hier im Wald eine Schießbahn gibt, gibt es dort vielleicht auch Waffen.«

Selbst Lars, der noch immer eigentümlich ernst ins Feuer starrte, sah auf. »Waffen?«

»Wartet!« Gunnar wischte sich über die schweißnasse Stirn. »Ich glaube, ganz so einfach hat es uns Zerberus-Film nicht gemacht.« Er hob das Notizbuch. »Ich habe hier drinnen nämlich gerade einen äußerst interessanten Eintrag gefunden. Eher eine Liste. Seht mal.«

Er zeigte ihnen die Seite:

Zahlencode
GPS-Gerät
Pumpe und Ausrüstung
Gewehr
Patronen

»Und?«, fragte Lars.

»Ich ahne, was du meinst«, sagte Dagmar aufgeregt und nahm Gunnar das Büchlein ab. »Du glaubst, dass es sich dabei um eine Liste jener Objekte handelt, die am Ende einer jeder Parcours-Aufgabe auf uns warten?«

»Genau das«, ächzte Gunnar. »Den Zahlencode haben wir gestern drüben im Hochseilgarten gefunden. Damit ließ sich die vergrabene Kiste öffnen. Sollte uns die nächste Parcoursaufgabe zu einem GPS-Gerät führen, wäre damit der Beweis erbracht, dass am Ende ein Gewehr und Munition auf uns warten.«

»Moment, du willst uns tatsächlich vorschlagen, dass wir diesen verdammten Parcoursaufgaben weiter nachgehen sollen?«, fragte Katja entgeistert. »Und das, obwohl wir gerade bis zum Bauchnabel in Scheiße stecken?«

»Gerade deswegen.« Gunnar kämpfte kurz mit einer Schmerzwelle, die von seinem verletzten Arm ausging. »Überlegt doch: Irgendwo hier im Wald lauert dieses ... Ding darauf, dass wir uns eine Blöße geben. Aber wenn wir es schaffen, den Parcours zu bewältigen, gewinnen wir am Ende ein Mittel, mit dem wir uns effektiv zur Wehr setzen können – eine *Waffe.*«

Gunnar sah, dass seine Worte die erwünschte Wirkung hatten. In den Augen seiner Begleiter keimte plötzlich wieder Hoffnung auf. Selbst Sören stand auf, nahm Dagmar die Kladde aus der Hand und betrachtete die Einträge skeptisch.

»Okay«, meinte Lars schließlich. »Das ist zwar noch keine wirkliche Rettung, aber im Augenblick die beste Alternative, die uns bleibt. Zumindest würde ich mich mit einer Schusswaffe in der Hand deutlich sicherer fühlen als mit unseren paar Zahnstochern.« Er trat an Sörens Seite. »Wenn Gunnar recht hat, warten, abgesehen vom Zahlencode für die Kiste, noch vier weitere Stationen auf uns.«

Sören sah ihn misstrauisch an. »Das heißt, ihr macht weiter?«

»Ja, das heißt es«, fuhr Lars ihn ungehalten an. »Und weil du so gierig darauf bist, dass wir weiterspielen, darfst du gern mitmachen und dir bei der Gelegenheit ein paar Pfunde abstrampeln. Wird bestimmt ein ganz toller Spaß!«

»Da kannst du einen drauf lassen.« Beleidigt steckte Sören das Notizbuch ein. »Die nächste Parcours-Station ist den Angaben des ToughPads zufolge ja nicht weit entfernt. Von uns aus gesehen bloß einen Kilometer, streng gen Norden.« Er stapfte hinüber zu der Aluminiumkiste mit ihren Habseligkeiten und wühlte darin herum. Dann hielt er inne und sah irritiert auf.

»Weiß jemand, wo der Kompass aus der Kiste hin ist?«

BLUTIGE DORNEN

Typisch Bernd«, hörte Lars Katja hinter sich fluchen. »Wenn er den Kompass eingesteckt hat, hätte er uns das verdammt noch mal sagen müssen.«

»Na ja, er konnte ja nicht wissen, dass wir weitermachen«, schnaufte Sören, während er sich hinter ihnen durch das Unterholz quälte. »Hauptsache, wir verlaufen uns nicht.«

»Nein, ich passe schon auf«, erwiderte Lars.

Im Augenblick waren sie lediglich zu dritt, da sie gemeinsam beschlossen hatten, Dagmar bei Gunnar zurückzulassen. Wie ernst es um den Kollegen stand, war ihm ehrlich gesagt erst klargeworden, als Katja ihn über die Blutvergiftung unterrichtet hatte. Lars nahm sich vor, am Nachmittag selbst noch einmal einen Blick auf die Verletzung zu werfen – nur konnte er derzeit nichts für ihn tun. Im Augenblick war es ehrlich gesagt auch nicht Gunnar, der ihm Sorgen bereitete, sondern Bernd.

Er mochte sich irren. Aber was, wenn der Kerl seine Privatsphäre nicht achtete und unterwegs einen näheren Blick auf sein Handy warf? Das hätte ihm zu allem Unglück gerade noch gefehlt. Bernd würde vermutlich ausrasten und ihm das Leben nach seiner Rückkehr zur Hölle machen.

Aber egal – er musste sich jetzt auf andere Dinge konzentrieren. Lars hielt die Armbanduhr, die sie zwischen den Sachen der Studenten gefunden hatten, in der Rechten und sah immer wieder zwischen den Bäumen auf, um nach der Sonne Ausschau zu halten. Glücklicherweise war das eine Analoguhr mit Zeigern. Er hatte sie aufgezogen und mittels Dagmars mp3-Player neu gestellt. Wie man mit einem solchen Hilfsmittel Norden und Süden bestimmen konnte, wusste er seit seiner Bundeswehrzeit. Dazu musste man das Ziffernblatt der Uhr lediglich so drehen, dass der Stundenzeiger auf die Sonne wies. Leider war diese bei der Bewölkung gar nicht so leicht auszumachen, und so hatte er sich anfangs mittels eines Stöckchens beholfen und den Zeiger mit dem Schattenstand auf eine Linie gebracht. Inzwischen blitzte die Sonne aber hin und wieder zwischen den Wolken hervor, so dass ihm die Orientierung leichter fiel. Anschließend galt es jedenfalls, den Winkel zwischen dem Stundenzeiger und der Ziffer Zwölf zu halbieren, und schon konnte man ermitteln, wo Süden – und umgekehrt auch Norden – lag. Da sie vormittags unterwegs waren, musste er das Prozedere natürlich im Uhrzeigersinn ausführen. Dennoch wären sie fast in die falsche Richtung losgelaufen, wenn ihn Dagmar nicht noch rechtzeitig darauf aufmerksam gemacht hätte, dass sie gerade Sommerzeit hatten. Wegen der Zeitumstellung mussten sie somit die Ziffer Eins statt der Zwölf benutzen.

Lars seufzte. Die Methode funktionierte, war aber verdammt umständlich. Nicht bloß, weil er gezwungen war, ständig die Richtung neu zu überprüfen, sondern auch, weil sie sich mit größter Vorsicht durch einen Wald bewegten.

Seit sie losmarschiert waren, war etwa eine halbe Stunde verstrichen. Den Hochseilgarten hatten sie schon eine Weile hinter sich gelassen, und sie stapften jetzt durch eine hügelige Landschaft aus Geröll, Bäumen und verkrautetem Unterholz, die sich mit gewaltigen moosbewachsenen Felsen abwechselten. Immerhin schienen sie auf dem richtigen Weg zu sein, denn an einem der Felsen hatte Sören eine Kamera entdeckt. Und die hatte die Crew da oben sicher nicht ohne Grund montiert.

»Ich glaube, da vorne ist etwas«, wisperte Katja schließlich hinter ihm.

Lars sah vom Ziffernblatt der Uhr auf und entdeckte voraus zwei große Findlinge, hinter denen sich eine Lichtung aufspannte. Auf ihr erhob sich ein schlanker Schatten, an dem etwas Metallisches aufblitzte, als die Sonne kurz hinter den Wolken hervorlugte. Sie liefen schneller – doch kaum, dass sie den Lichtungsrand erreichten, hielten sie schockiert inne.

Der schlanke Schatten erwies sich als lotrechter, fast vier Meter hoher Pfahl, der tief im Waldboden steckte. Auf seiner Spitze thronte eine kleine Aluminiumkiste. Allerdings war der Pfahl komplett mit Stacheldraht umwickelt, der es unmöglich machte, an die Spitze zu klettern. Hinzu kamen lange spitze Metalldornen, die auf den unteren Ebenen des Pfahls herausragten. Ebendort ruhte ihr entsetzter Blick, denn dort lehnte Roy Jenkins.

Ihr Aufnahmeleiter hatte ihnen den Rücken zugekehrt, und fast wirkte es, als würde er den Pfahl umarmen. Wenn – ja, wenn da nicht seine schlaffe Körperhaltung und die blutüberströmten Spitzen gewesen wären, die aus seinem Rücken ragten.

Katja und Sören stießen beide einen unterdrückten Schrei aus. Lars hingegen fühlte sich, als würde eine kalte Hand nach seinen Eingeweiden greifen. Der Anblick von Jenkins' Leiche war grausam und erinnerte ihn an einen schlechten Splatter-Film – nur leider war das hier entsetzliche Realität.

Lars atmete flach und stoßweise. Weder war er zu einer Lautäußerung fähig, noch konnte er sich bewegen. Stattdessen stand er mit offenem Mund da, bis er neben sich ein Würgen vernahm. Sören fiel schwer auf die Knie und erbrach sich auf den Waldboden, während Katja zusammenhanglose Dinge wisperte.

»Leute, reißt euch zusammen!« Lars schluckte, da der Geruch nach Erbrochenem auch seinem Magen zusetzte. Aber wem nutzte es, wenn jetzt auch noch er die Beherrschung verlor?

Er brachte etwas Abstand zwischen sich und Sören und zückte Bernds Messer. Argwöhnisch sah er sich auf der Lichtung um, doch außer dem gelegentlichen Rauschen des Windes in den Bäumen rings um sie herum war nichts zu hören.

Sören wimmerte, doch Lars ignorierte sowohl ihn als auch Katja. Stattdessen näherte er sich vorsichtig Jenkins. Ihr Aufnahmeleiter hing mit gebrochenen Augen an den Metallspitzen, und noch immer konnte man seinen verzerrten Zügen den Schrecken, aber auch die Verblüffung ansehen, die er in den letzten Momenten seines Lebens empfunden haben mochte.

Es kostete Lars seine ganze Überwindung, um den Toten am Arm zu berühren. Die Glieder waren steif. Jenkins' Tod lag also vermutlich über zwölf Stunden zurück.

Spätestens jetzt gestand Lars sich ein, dass ein geringer Teil seiner selbst die wahnwitzige Hoffnung gehabt hatte, dass Sören vielleicht doch recht behalten könnte. Dass alles, was sie bislang erlebt hatten, vielleicht doch bloß Show war. Doch diese Hoffnung war jetzt dahin. Jenkins' Leichnam war real. Und die Gefahr, der sie hier im Wald ausgesetzt waren, war es damit ebenfalls.

Lars atmete scharf ein, wandte sich von dem Pfahl ab und versuchte, am Waldboden Spuren auszumachen, die erklärten, wie Jenkins auf solch entsetzliche Weise zu Tode gekommen sein mochte. Doch alles, was er fand, waren Laufspuren, die aus westlicher Richtung kommend zum Pfahl führten. Er folgte ihnen. Am Waldrand waren Farne umgeknickt, und die Fußspuren zeichneten sich auch auf dem Waldboden dahinter ab.

»Wurde er von irgendetwas gegen den Pfahl geschleudert?«, wollte Katja wissen, die jetzt neben ihn trat.

Lars zuckte mit den Schultern. »Weiß nicht. Ich finde hier nirgendwo Spuren, abgesehen von seinen eigenen.« Er wies zum Waldrand mit den umgeknickten Farnen. »Wenn ich Dagmars Bericht richtig deute, liegt in der Richtung doch irgendwo die Blockhütte, richtig?«

Katja nickte zögernd.

Lars wandte sich wieder zum Pfahl mit den Metalldornen um, an dem Jenkins' Körper hing, als sei er dort von einem monströsen Neuntöter aufgespießt worden. »Ich kann mir seinen Tod bloß auf eine Weise erklären: Er muss vollkommen panisch durch den Wald gerannt sein und ist dann in der Dunkelheit frontal mit dem Pfahl zusammengeprallt.«

»Oh Gott!« Katja schlug die Hand vor den Mund. »Wir müssen das den anderen mitteilen.«

»Sicher.« Lars sah zu der Pfahlspitze mit dem Aluminiumkasten auf. »Aber vorher müssen wir den Kasten da oben runterschaffen.«

»Du willst jetzt ernsthaft …?« Katja sah ihn entsetzt an. »Da drüben hängt noch immer Jenkins' Leiche!«

»Ja. Sehe ich.« Lars presste die Lippen aufeinander. »Aber für falsch verstandene Pietät ist jetzt keine Zeit. Willst du die Waffe, oder willst du sie nicht? Ich für meinen Teil will sie. Ich will hier nämlich *nicht* enden wie Jenkins.« Er marschierte hinüber zu Sören, der noch immer auf den Knien hockte und mit leerem Blick zum Pfahl hinüberstarrte. »Los, hoch mit dir.«

»Aber …« Sören sah ihn aus geröteten Augen an.

»Kein Aber.« Lars zog ihn mit festem Griff in die Höhe. »Wir haben jetzt keine Zeit für weinerliches Rumgeheule. Inzwischen haben wir es fast elf Uhr, und wenn wir all die verdammten Parcours-Aufgaben bis zum Einbruch der Nacht schaffen wollen, müssen wir uns beeilen.«

»Wieso bis zum Einbruch der Nacht?«, stammelte Sören. »Hier könnte doch jederzeit …«

»Nein, glaube ich nicht«, unterbrach ihn Lars. »Nach allem, was wir wissen, jagt dieses Ding nach Sonnenuntergang. Warum, weiß ich nicht. Aber meinte Gunnar nicht, dass die Crew stets in den vergangenen *Nächten* Geräusche gehört hätte? Dieser Elch scheint ebenfalls nachts gerissen worden zu sein. Und auch der Angriff auf Gunnar hat nach Sonnenuntergang stattgefunden. Ebenso wie das Drama, das sich in der Blockhütte der Filmcrew abgespielt hat. Wenn du also mich fragst, dann ist es die Dunkelheit, die wir fürchten müssen.«

Sören sah hilfesuchend zu Katja. »Sollten wir es dann nicht lieber wie Bernd halten? Wir greifen unsere Sachen und laufen so weit wie möglich davon?«

»Du würdest eiskalt Gunnar hier zurücklassen?«, fuhr sie ihn scharf an. »Und du glaubst, dass du fit genug bist, um es in dieser Pampa mehr als ein paar Kilometer weit zu bringen?« Sie beugte sich gereizt vor. »Was sagt dir eigentlich, dass hier nur eine dieser Kreaturen lebt?«

Alarmiert betrachtete Lars Katja. Richtig. Darüber hatte er sich noch gar keine Gedanken gemacht. Von dem unheimlichen Wesen, das Gunnar gesehen haben wollte, mochte es hier noch weitere geben.

Sören schluckte, und Lars sah ihm an, wie es hinter seiner fleischigen Stirn arbeitete. Niedergeschlagen senkte ihr ITler schließlich den Blick. »Scheiße.«

»Ja. Scheiße«, wiederholte Lars und drehte sich zu dem Pfahl um. »Und jetzt lasst uns gemeinsam überlegen, wie wir da oben rankommen. Das sind mindestens vier Meter, und der

Pfahl ist zur Gänze mit Stacheldraht umwickelt. Mal abgesehen von den elenden Stahldornen. Klettern ist also nicht.«

Katja dachte nach, und er sah ihr an, wie bestrebt sie war, Jenkins' Leiche aus ihrem Sichtfeld auszublenden. »In der Kiste lag doch eine Säge. Vielleicht können wir den Pfahl unten einfach durchsägen?«

»Trotz des Stacheldrahts?« Lars wies zum unteren Ende des Stammes, der auch dort mehrfach fest mit dem tückischen Drahtgeflecht umwickelt war. »Unmöglich. Aber wir könnten stattdessen einen der Bäume hier in der Umgebung fällen, gegen die Spitze des Mastes lehnen und daran hochklettern.«

»Du willst einen der Bäume mit einer einfachen Handsäge fällen?«, merkte Sören skeptisch an. »Nehmen wir mal an, das gelänge. Wie willst du dann dafür sorgen, den Kletterbaum in die Schräglage zu bringen? Ein ganzer Baum ist viel zu schwer. Da oben am Pfahl ist auch wenig, was ihn hält. Außerdem müsste so ein Stamm selbst fünf oder sechs Meter lang sein. Ohne geeignete Hilfsmittel ist das unmöglich.«

Lars kniff die Augen zusammen und grübelte. Dummerweise hatte Sören mit seinen Einwänden recht.

»Aber mir fällt etwas anderes ein«, rief der ITler plötzlich. »Hinten beim Hochseilgarten, da liegt doch eine Menge abgesägtes Holz.«

»Richtig.« Lars sah ihn erwartungsvoll an.

»Wie wäre es also, wenn wir eine Leiter bauen?« Sören zuckte mit den Achseln. »Wir brauchen bloß zwei lange, solide Stämme und einige stabile Querhölzer als Sprossen. Hammer und Nägel haben wir auch.«

Lars lächelte grimmig, als ihm etwas einfiel. »Wir haben sogar noch etwas Besseres, Sören«, knurrte er, als ihm einmal mehr die Absurdität ihrer Lage bewusst wurde. »Einen Akkuschrauber.«

HOCHMUT

Katja hielt den Ast fest, den sie als letzte Sprosse ausgewählt hatten, während Dagmar und Sören mit ihrem Gewicht die Längsstange fixierten.

Ein sirrendes, elektrisches Geräusch ertönte, und Lars versenkte mit Hilfe des Akkuschraubers zwei weitere Schrauben.

»Fertig?«, fragte sie.

»Ich denke schon.« Lars wischte sich den Schweiß von der Stirn, und erschöpft erhoben sie sich, um ihr Werk zu begutachten. Die Leiter aus dicken Aststücken und langen Baumzweigen war an einigen Stellen zwar etwas schief, doch mit einer Länge von etwas über fünf Metern würde die Gerätschaft ihren Zweck hoffentlich erfüllen.

Katja sah zu den Plattformen des Hochseilgartens um sie herum auf, dann wanderte ihr Blick zwischen den Bäumen hindurch zu den Zelten am See, wo jetzt die ausgegrabene Aluminiumkiste stand.

»Wir haben viel zu viel Zeit verloren«, meinte sie nach einem Blick auf die Uhr der Studenten. »Wenn wir so weitermachen, schaffen wir die verdammten Parcours-Aufgaben heute nicht mehr.«

Tatsächlich hatte es eine gute Viertelstunde gedauert, um zurückzukehren – und eine weitere Viertelstunde, um die Kiste aus dem Erdreich zu zerren und so den darunter verborgenen Akkuschrauber samt Schrauben zu bergen. Auch die Zeit, die sie zum Bau der Leiter benötigten, hatten sie deutlich unterschätzt. Denn es brauchte weitere vierzig Minuten, um zwischen den Ast- und Holzresten, die die Arbeiter im Klettergarten zurückgelassen hatten, genau jene Stücke zusammenzutragen, die ihnen für eine tragfähige Leiter dieser Länge brauchbar erschienen. Und noch einmal zwanzig Minuten, um all die Teile festzuspacksen. Inzwischen standen die Zeiger auf fast dreizehn Uhr.

»Ich sag mal so«, sagte Sören müde. »Etwas an einem Tag zu schaffen, für das zwei Tage vorgesehen waren, ist eh etwas sportlich. Aber versuchen müssen wir es wohl.«

»Muss ich wirklich mit?«, fragte Dagmar zögernd. »Ehrlich gesagt … würde ich mir Jenkins' Anblick gern ersparen.«

»Sieh dir die Leiter doch an.« Katja schüttelte den Kopf. »Zu dritt kriegen wir die kaum durch den Wald.«

»Und wer bleibt bei Gunnar?«

»Ich werde es auch mal eine Zeitlang ohne Krankenschwester aushalten«, tönte es hinter ihnen. Sie drehten sich um und entdeckten Gunnar, der blass und fiebrig gegen den Stamm einer Fichte lehnte. »Und jetzt los. Ich gebe schon auf mich acht.«

Lars gab das Startsignal, und zu viert hoben sie die Leiter an. Sie war sogar noch schwerer, als Katja gedacht hatte. Anschließend folgten sie der Spur, die sie im Unterholz hinterlassen hatten, und mussten dennoch mehrfach Umwege beschreiten, um das lange Klettergerät zwischen den Bäumen hindurchzulotsen.

Katja verfluchte die Länge der Leiter. Inklusive unumgänglicher kurzer Pausen dauerte es eine weitere halbe Stunde, bis sie erneut die Lichtung mit dem von Stacheldraht umwickelten Stamm erreichten. Dort hatte sich nichts verändert; auch Jenkins' Leichnam hing noch immer aufgespießt an dem Pfahl.

Hinter Katja ertönte ein trockenes Schluchzen. Dagmar starrte erschüttert die Leiche ihres Aufnahmeleiters an, und Tränen liefen ihr über das Gesicht.

»Geht es?«, fragte Katja mitfühlend.

»Muss ja.« Ihre Kollegin lächelte tapfer und wischte sich die Tränen aus dem Gesicht. »Lasst uns die Sache hinter uns bringen.«

Sie schleppten die Leiter zum Pfahl hinüber, und Katja versuchte, den Toten nicht aus der Nähe ansehen zu müssen – was ihr leider nicht gelang. Da sie die Leiter nicht über dem aufgespießten Körper aufbauen wollten, versuchten sie es an der gegenüberliegenden Stelle, was leider rein gar nichts besser machte. Denn aus diesem Winkel wirkte es, als sähe der Aufnahmeleiter ihnen mit gebrochenem Blick bei der Plackerei zu.

Außerdem roch sie sein Blut.

Nach einer gefühlten Ewigkeit gelang es ihnen schließlich doch, den vorderen Teil der Leiter mit Hilfe eines weiteren langen Astes aus dem Wald anzuheben und so gegen den Pfahl zu lehnen. Dann, endlich, stand das Klettergerät an seinem Platz, und zwar ohne dass sich jemand von ihnen an dem scharfkantigen Stacheldraht oder den Metalldornen verletzt hatte. Was war bloß in die Macher der Show gefahren, sich so einen Mist auszudenken?

Zu dritt hielten sie die Leiter fest, während Lars vorsichtig die Sprossen bestieg. Sie knarrten unter seinem Gewicht, doch da sie die kritischen Stellen zusätzlich mit einigen Lagen von Sörens Gaffa-Tape gesichert hatten, hielten sie der Belastung stand. Lars ruckelte oben an dem Pfahl herum, dann kletterte er mit der kleinen Kiste unter dem Arm zu ihnen zurück.

Sie schleppten sie zum Lichtungsrand, und tatsächlich – in ihrem Inneren lag das GPS-Gerät. Dagmar und Gunnar hatten also recht behalten. Irritiert sah Katja auf, als sie die drei Black-Horse-Powerriegel bemerkte, die auf einem roten Umschlag lagen. Lars riss ihn auf und enthüllte ein Kärtchen mit einem weiteren, achtstelligen SURVIVE-Code.

»Okay, fehlt uns noch was?«, wollte er wissen.

»Werden wir gleich sehen.« Sören ergriff das Gerät mit den vielen Knöpfen, schaltete es an und stieß einen leisen Pfiff aus, als auf dem grauen Display die Anzeigen für die Navigationsdaten erschienen. Es dauerte nicht lange, und das Gerät reagierte auf das hiesige GPS-Signal. Die Anzeigen füllten sich mit Zahlen.

Sören fummelte an der Tastatur herum, und eine Karte der Region *Trollheimen* klappte auf.

»Ich wusste es«, rief er triumphierend und verschob eine Weile die elektronische Karte. »Siebzehn Kilometer von hier entfernt befindet sich eine Ortschaft. Das ist doch echt nicht weit weg.«

»Ja, siebzehn Kilometer Luftlinie«, spottete Katja nach einem Blick auf die Anzeige. »Schon vergessen, wo wir uns befinden? Zwischen uns und dem Ort liegen noch zwei ganze Bergzüge.«

Sörens aufkeimende Begeisterung verebbte. »Trotzdem, das Gerät könnte uns dabei helfen, von hier wegzukommen.«

»Ja, aber nicht heute«, erklärte sie. »Lasst uns zurückgehen und nachschauen, um was es sich bei der dritten Parcours-Aufgabe handelt.«

Sie blickten noch einmal zu Jenkins' Leiche und marschierten wieder zurück zum See. Als sie am Zeltplatz ankamen, war es bereits kurz nach 14 Uhr. Immerhin nahm sie Gunnar in Empfang – stark fiebernd, aber lebendig und fest entschlossen, sich mit ihnen gemeinsam zum ToughPad zu schleppen. Sören schaltete es an und gab den achtstelligen SURVIVE-Code ein. Niemand protestierte, als er Gunnars Namen unter »WINNER« und anschließend den seinen und jenen von Katja unter »LOSER« eintrug. Eine Schrifttafel erschien:

> Gratulation zur Bewältigung der zweiten SURVIVE-Aufgabe. Wir schlagen vor, dass ihr die drei Schokoriegel unter den Teambesten aufteilt. Setzt zur Insel auf dem See über. Dort erwartet euch die nächste Aufgabe. Viel Erfolg!

Schweigend spähten sie hinüber zum See, in dessen Mitte sich die von Bäumen bewachsene Insel abzeichnete.

»Komisch«, meinte Sören nachdenklich. »Und wofür brauchen wir jetzt das GPS-Gerät?«

»Vielleicht benötigen wir es für eine spätere Aufgabe?«, mutmaßte Katja. »So oder so: Das heißt dann wohl, dass wir jetzt ein Floß bauen müssen.«

»Das dauert doch viel zu lange.« Lars trat vor und fuhr sich mit der Hand über das Kinn. »Wir könnten rüberschwimmen. Damit würden wir viel Zeit sparen.«

»Das ist doch mindestens ein halber Kilometer da raus«, protestierte Sören. »Das schaffe ich niemals.«

»Auf mich musst du leider auch verzichten«, fiel Dagmar ein. »Ich … ich bin auf einer Tour mit meinem Vater fast mal ertrunken. Selbst mit Boot traue ich mich seitdem kaum noch auf ein Gewässer. Aber soweit ich weiß, schwimmt Katja regelmäßig. Ist doch so, oder?«

Katja bemerkte, dass Lars sie gespannt ansah.

»Tatsächlich?«, fragte er. »Die Strecke schaffen wir locker in fünfzehn Minuten.«

Sie lächelte verkniffen. Die fünfhundert Meter bis zur Insel stellten theoretisch kein Problem für sie dar. Aber um ins Wasser zu gehen, musste sie sich ausziehen. Und das würde sie auf gar keinen Fall tun. Entschieden schüttelte sie den Kopf: »Nein. Vergiss es.«

»He. Das sieht weiter aus, als es ist«, beruhigte Lars sie. »Außerdem bin ich ausgebildeter Rettungsschwimmer. Wenn es hart auf hart kommt, dann …«

»Nein.«

»Aber denk doch mal an die Zeitersparnis. Wir könnten eine Schwimmhilfe mit rausnehmen, an der du dich festhalten kannst.«

»Nein, verdammt noch einmal!«, herrschte sie ihn wütend an. »Ich komme nur mit Floß mit.«

Ihre Kollegen sahen sie verwundert an, und sie war froh, dass ihr Gunnar rasch zu Hilfe eilte. Sicher ahnte er, warum sie nicht mit hinauswollte.

»Lars«, ächzte er. »Fünfhundert Meter sind für jemanden, der das nicht gewohnt ist, härter, als du glaubst. Das da draußen ist ein freies Gewässer und kein Schwimmbecken.«

Aber Lars ließ sich nicht beruhigen. »Ist euch nicht klar, wie spät es bereits ist?«, erwiderte er aufgebracht. »Aber gut, dann schwimme ich eben ohne euch zur Insel. Ihr könnte euch dann ja später bei mir bedanken.«

Wütend zog er seine Kleidung aus, bis er in Boxershorts dastand. Dann klemmte er sich martialisch Bernds Messer zwischen die Zähne, stakste vom Uferrand durch den Schilfbewuchs in den See und stieß sich ab. Ohne innezuhalten, kraulte er über das Gewässer auf die Insel zu, während Katja und die anderen am Seeufer standen und ihm hinterherblickten.

Katja musste zugeben, dass Lars es echt draufhatte. Er schaffte die Strecke in weniger als zwölf Minuten, dann sahen sie ihn am Ufer der Insel aus dem Wasser steigen, kurz winken und dann zwischen dem Bewuchs verschwinden.

»Gibt es irgendetwas Sinnvolles, was wir in der Zwischenzeit tun können?«, fragte Dagmar.

»Vielleicht packen wir schon mal zusammen für nachher?«, schlug Katja vor. »Ich bin nämlich immer noch dafür, dass wir in die Hütte umziehen.«

Ihre Begleiter nickten und wandten sich den Zelten zu.

Sie waren gerade damit beschäftigt, Isomatten und Rucksäcke vor dem Lagerfeuer zusammenzutragen, als Gunnar, der sich wieder in seinen Schlafsack gehüllt und den See beobachtet hatte, Lars' Rückkehr ankündigte.

Abermals traten sie ans Seeufer und sahen gespannt dabei zu, wie Lars zu ihnen zurückschwamm. Diesmal benötigte er sechzehn Minuten für die Strecke, ehe er platschend im Schilfgürtel eintraf und sich dort aus dem Wasser kämpfte.

Sie konnten ihm ansehen, dass er fror.

»Das Wasser ist elendig kalt«, fluchte er und nahm dankbar ein Handtuch entgegen, das ihm Dagmar hinhielt. Erstmals sah Katja, wie träumerisch ihre Kollegin ihn anblickte. War sie etwa in Lars verknallt?

»Und?«, fragte Katja, ehe Lars Dagmars Blick bemerken konnte.

Der schnaubte böse und warf sein Messer so auf den Boden, dass es mit der Klinge im Erdreich stecken blieb. »Auf der Insel haben sie einen Bretterverschlag aufgebaut. Nur ist die verdammte Tür mit einem Windenmechanismus gesichert – ähnlich wie gestern im Hochseilgarten. Man braucht also mindestens zwei Leute, um sie aufzubekommen.«

»War irgendwie klar«, seufzte Katja. »Teambuilding und so.«

»Ja, genau. Wärest du mit rausgeschwommen, hätten wir das verfluchte Ding vermutlich sogar aufbekommen«, fuhr Lars sie verärgert an. »Egal. Ich hab durch die Bretterwände einen Blick hineinwerfen können. Und jetzt haltet euch fest: Da drinnen hängt nicht bloß ein Neoprenanzug samt Bleigürtel, sondern auch ein Taucherhelm, der ein klein wenig antiquiert wirkt.«

»Antiquiert?« Dagmar nahm ihm das Handtuch wieder ab, und Katja sah, dass sie heimlich Lars' trainierten Oberkörper musterte.

»Allerdings«, fuhr dieser fort und streifte sich seine trockenen Sachen über. »Kennst du die Tiefseetauchanzüge aus Käpt'n Nemo?«

»Sicher.«

»So etwas in der Art. Ein Helm mit Schlauch.« Er schüttelte ungläubig den Kopf. »Und das ist noch nicht alles. In dem Kabuff befindet sich außerdem eine große Handpumpe, um den Helm mit Luft zu befüllen. Außerdem wirklich viel Schlauch. Ach so«, er lachte freudlos, »und wieder einige leckere Epa-Pakete.«

»Mit anderen Worten«, hielt Sören erstaunt fest, »da drüben steht die Ausrüstung für einen Tauchgang.«

»Blitzmerker.« Lars spähte hinüber zur Insel. »Allerdings würde ich einem Laien solch eine Montur auf gar keinen Fall einfach so anvertrauen. Und das sage ich als erfahrener Taucher. Zerberus-Film hat hier wirklich jedes Maß verloren.«

»Das dachte ich mir bereits bei dem präparierten Pfahl«, meinte Katja sorgenvoll. »Bereits dort hätten wir uns lebensgefährlich verletzen können.«

Sören ballte wütend die Fäuste. »Und mir sagte Jenkins noch, ich solle mich nicht so anstellen.«

»Na ja, die Quittung dafür hat er ja bekommen«, antwortete Lars kalt und drehte sich wieder zu ihnen um. »Also, wie gehen wir jetzt vor?«

»Auf jeden Fall würde ich das GPS-Gerät mit rausnehmen«, antwortete Sören. »Denn wenn ihr nach etwas tauchen sollt, könnte die Stelle im See mittels GPS-Daten markiert sein.«

»Okay.« Lars nahm ihm das Gerät aus der Hand. »Aber was jetzt?«

»Darf ich mal einen Vorschlag machen?« Gunnar, der sich eingemummelt, wie er war, auf seinen Rucksack gesetzt hatte, sah mit geröteten Augen zu ihnen auf. »Lasst uns unsere Interviews abrufen und alles an nützlichen Gegenständen einsammeln, was wir kriegen können.«

»Ernsthaft?«

»Warum nicht?«, fuhr Gunnar mit zittriger Stimme fort. »Wir können im Augenblick alles gebrauchen. Denkt an die Taschenlampe und den Akkuschrauber. Die haben uns beide gute Dienste geleistet.«

»Du meinst, der Aufwand lohnt?«, fragte Katja. »Nach den letzten Enthüllungen sind wir fast übereinander hergefallen.«

»Ich finde den Vorschlag nicht schlecht«, erklärte Dagmar. »Die Ausrüstung könnte uns dabei helfen, Zeit zu sparen.« Sie kramte ihren blauen Umschlag hervor und riss ihn entschlossen auf. »Und keine Angst: Ich kübele keinen Dreck über euch aus. *Ich* hab mich nämlich an unsere Abmachung gehalten.«

»Also, ich auch …«, brummte Sören, der sich aber dennoch nicht wohl in seiner Haut zu fühlen schien.

Ohne eine Antwort abzuwarten, stiefelte Dagmar hinüber zum ToughPad und gab ihren Code ein. Katja und die anderen sahen sich an, folgten ihr lahm, und erstmals sah sie, dass auf dem Bildschirm eine Art Countdown von Zehn bis Eins ablief, bevor das Interview startete. Wer auch immer ihres am Morgen freigeschaltet hatte; er oder sie hatte also genügend Zeit gehabt, sich vor dem Start des Interviews wieder vom ToughPad zu entfernen. Das ergab Sinn. Denn sie hatte noch immer eine ganz bestimmte Person in Verdacht.

Der Interviewmitschnitt begann, und sie sahen Daniel und Dagmar, die einander in den Sesseln des Studios gegenübersaßen. Abermals durften sie dabei zusehen, wie Daniel versuchte, seine Interviewpartnerin auseinanderzunehmen. Doch sosehr er sich auch abmühte, Dagmar blieb standhaft. Weder ließ sie sich mit häuslichen Geschichten über ihre Mutter aus der Reserve locken, die – folgte man den Zerberus-Recherchen – eine echte Hexe war, noch von Andeutungen den Diebstahl der Kreditkarte betreffend. Und das, obwohl sich Daniel sichtlich darum bemühte, ihr einzureden, dass einer der Kollegen sie reingelegt hatte.

Katja begann sich einmal mehr zu schämen. Noch mehr sogar als beim letzten Mal, als das Thema zur Sprache gekommen war. Verdammt, warum hatte sie sich damals nicht anders verhalten? Aber was geschehen war, war geschehen. Und wem nutzte es, wenn sie jetzt und hier Abbitte leistete? Richtig: niemandem. Aber jetzt galt es erst einmal, zu überleben. Und das ging nur mit einer möglichst hohen Team-Moral – oder gar nicht.

Das Interview lief weiter, und Daniel gab sein Bestes, gab jedoch schließlich entnervt auf und schloss mit einer säuerlichen Abmoderation, der der übliche, eingesprochene Text folgte:

»Dank dir, Dagmar. Das sind drei Siegpunkte für dich. Außerdem hast du eine weitere Belohnung freigeschaltet: Euer Team erhält einen RUFFIN-Luxus-Campingkocher mit Piezo-Zündung, zwei Gasplatten, zwei Töpfen und zwei Gaskartuschen, der euch bis zum Ende der Show bequem mit warmem Essen versorgt. Denn wie heißt es so schön: ›Camping ist Vertrauenssache. RUFFIN!‹

Ihr findet ihn eingegraben am östlichen Rand eures Lagerplatzes, zu Füßen eines mit einem weißen X markierten Baumes. Viel Erfolg.«

»Na super. Das war ja wohl ein Griff ins Klo«, fluchte Lars. »Was sollen wir mit so einem Scheißding?«

Katja legte Dagmar die Hand auf die Schulter. »Den Versuch war es wert«, sagte sie. »Und ich finde es toll, dass du standhaft geblieben bist. Wir können uns alle eine Scheibe von dir abschneiden.«

»Na gut, wie ihr wollt.« Lars zückte sein aufgerissenes Kuvert und gab entschlossen den Code ein.

Abermals spulte sich der Countdown ab; dann erschien wieder die bekannte Sitzecke. Lars trug ein kurzärmeliges T-Shirt mit tiefem V-Ausschnitt, das viel Haut sehen ließ, und saß Daniel mit lässig überschlagenen Beinen gegenüber.

»Ich freue mich, dass du hier bist, Lars«, begann Daniel das Gespräch. *»Zum Einstieg: Ein kleiner Tipp, wer von euch das Rennen um die 50 000 Euro macht?«*

Lars lächelte gewinnend. *»Ich rechne mir durchaus Chancen aus. Auf den Kopf gefallen bin ich nicht, und einigermaßen sportlich bin ich auch.«*

»Gibt es denn sonst noch einen Kollegen, dem du den Gewinn gönnen würdest?«

Lars überlegte und zuckte dann mit den Schultern. *»Ist doch egal, wer das Glück hat. Es gilt ja auch noch die 500 000 Piepen zu erstreiten, die* STUDIO Alsterblick *im Moment braucht. Dafür trete ich ja ebenfalls an. Und wenn uns das glückt, sind wir alle Gewinner.«*

»Hübsche Antwort. Kommen wir zu euren Agenturproblemen.« Daniel verzog unglücklich die Miene. *»Der Verdacht liegt nahe, dass ihr Kreativen zuletzt ordentlich Bockmist gebaut habt.«*

»Wie kommst du denn darauf?«

»Hättet ihr sonst die jetzigen Probleme?«

»Na, ich denke nicht, dass man uns das alleine anlasten kann.«

»Sondern?«, hakte Daniel nach.

»Wir Kreativen liefern, am Ende wählt aber die Geschäftsleitung unter unseren Ideen aus.«

»Also kreidest du es eurem Agenturchef an, dass ihr jetzt ohne solventen Hauptkunden dasteht?«

»Moment.« Lars beugte sich argwöhnend vor. *»Leg mir jetzt keine falschen Dinge in den Mund. Welche unserer Ideen zur Präsentation gelangen, darüber entscheidet Max in der Regel nicht alleine. Gunnar hat da zum Beispiel ebenfalls ein Wörtchen mitzureden. Er ist bei* STUDIO Alsterblick *nämlich stiller Teilhaber, was er nur nicht an die große Glocke hängt. Ich glaube, zu dreißig Prozent. Wenn es hart auf hart kommt, bezieht Max ihn durchaus in den Entscheidungsprozess mit ein.«*

»Ein Buchhalter als kreatives Nadelöhr?« Daniel schürzte amüsiert die Lippen. *»Klingt spannend. Nun, ich habe da aber noch andere Dinge gehört. Etwa, dass du die Ausschreibung anfangs nicht so richtig ernst genommen hättest.«*

»Was soll das denn, bitte?« Lars richtete sich verärgert auf. *»Kommt das etwa von oben?«*

»Sorry, ich halte mich da absolut bedeckt.« Daniel hob die Hände. *»Doch, ein gewisses Misstrauen deine Person betreffend gab es da wohl schon. Anders ist das hier ja wohl nicht zu erklären.«* Er reichte ihm einen Ausdruck.

»Woher habt ihr das denn?«, fragte Lars entgeistert.

»Ist doch egal.«

»Die haben allen Ernstes einen Privatdetektiv auf mich angesetzt?« Lars' Gesichtszüge wurden starr, als er das Schreiben weiterlas. *»Beauftragt von … Gunnar?«*

Wütend starrte er Daniel an. *»Wieso haben die …? Also, das ist doch das Hinterletzte. Gerade Gunnar sollte mal die Füße stillhalten.«*

»Oha. Dürfen wir das so deuten, dass du jetzt ihn für die Firmenmisere verantwortlich machst?«

»Nein. Ich meine: keine Ahnung.« Lars sah zornig auf. *»Dieser Saubermann sollte besser mal vor seiner eigenen Tür kehren, als solche Spielchen zu treiben. Ich frag mich, ob so eine Schnüffelei überhaupt legal ist!«*

»Wäre es das nicht, würde es wohl keine Privatdetektive geben, oder?«, stellte der Moderator gelangweilt fest. *»Und irgendeinen Bock wirst du wohl geschossen haben, sonst …«*

»Hab ich aber nicht!«, fluchte Lars, dessen Gesicht mittlerweile rot angelaufen war vor Zorn. *»Gunnar sollte besser mal aufpassen, sonst könnte* ich *nämlich auf die Idee kommen, den Dreck aufzudecken, der vor seiner Tür liegt.«*

»Na, jetzt machst du mich aber neugierig«, grinste Daniel mit einem verzückten Glitzern in den Augen.

Lars schwieg, in ihm arbeitete es sichtlich. Schließlich lehnte er sich zurück und blickte Daniel wütend an. *»Okay, Gunnar hat selbst Schuld. Es ist nämlich so, dass er nebenbei ein ziemlich einträgliches Nebengeschäft führt: Du erinnerst dich an seine angeblich so guten Kontakte in die Modeszene?«*

Daniel nickte.

»In Wahrheit sind das Kontakte zu Typen, die gefälschte Markenartikel importieren. Die kauft er günstig an und vertickt sie dann – immer noch völlig überteuert – als Modeschnäppchen an Freunde und Kollegen.«

»Ehrlich?« Daniel lachte auf. *»Also,* das *ist starker Tobak. Und das kannst du beweisen?«*

»Ich kenne jemanden, den er mal auf diese Weise verarscht hat«, schnaubte Lars. *»Allerdings ging mich das nichts an, weshalb ich bis heute meinen Mund gehalten habe. Aber wenn du es genau wissen willst: Katja blättert gefühlt ihr halbes Mo-*

natsgehalt für Gunnars angebliche Schnäppchen hin. Die hat offenbar keine Ahnung, was er allein an ihr verdient. Ich glaube, jeder in der Agentur hat schon mal was bei ihm gekauft. Abgesehen von mir natürlich.«

»Spannend, spannend. Und die anderen?«

»Sorry. Das eben war eine Retourkutsche an Gunnar. Ich halte jetzt besser meinen Mund.«

»Okay, ich mache es dir etwas leichter.« Daniel zwinkerte. *»Dass du deinen Job nicht so richtig ernst nimmst, stammt nämlich gar nicht von ihm.«*

»Ich dachte …?« Lars starrte auf die Ausdrucke.

»Nein, nein. Den Zusammenhang hast du *hergestellt. Dass du einem etwas zweifelhaften Arbeitsethos folgst, das behauptet einer deiner anderen Kollegen.«*

»Was für Säcke!« Lars schüttelte ungläubig den Kopf. *»Ich rackere mich für die Agentur ab, und dann … aber okay. Wenn das* so *aussieht.«* Er nickte vielsagend. *»Falls das Sören war, der sollte ebenfalls besser aufpassen. Jemand, der über den Firmenrechner tonnenweise Kinofilme schwarz aus dem Internet runterlädt, steht nämlich mit einem Bein im Knast. Und was Katja betrifft: Die habe ich mal in der Stadt beim Shoppen erwischt, obwohl sie krankgemeldet war. Und Bernd«*, er atmete tief ein, *»der ist quasi Dauergast im Segelclub, wo wir uns damals kennengelernt haben. Und zwar immer gern während der Arbeitszeit. Aber er ist der Boss von uns beiden, und ich mische mich nicht ein, wo er Home-Office macht.«*

»Na, geht doch.« Daniel grinste. *»Eines vielleicht noch: Wie du weißt, ist deiner Kollegin Dagmar vor kurzem eine Firmenkreditkarte entwendet worden, die daraufhin mit einem nicht unerheblichen Betrag belastet wurde. Und zwar mittels Barabhebungen an mehreren Automaten.«*

»Ja, die Karte ist irgendwo in der Innenstadt verschwunden. Während eines Geschäftsessens mit einem unserer Kunden.« Lars blickte Daniel argwöhnend an.

»Deine Kollegin Dagmar war unseren Informationen zufolge mit eurem Firmenwagen zu dem Termin unterwegs.«

»Und?«

»Angeblich hast du dir den Wagen einen Tag zuvor ebenfalls ausgeliehen. Es heißt, du hättest zu dem Zeitpunkt noch den Zweitschlüssel in der Tasche gehabt.«

»Alter, was willst du denn damit *andeuten?«* Lars sah Daniel verärgert an. *»Dagmar hat doch zugegeben, dass sie die Seitenscheibe nicht richtig runtergedreht hatte. Außerdem war ich zu dem Zeitpunkt in der Firma.«*

»Zu dem Diebstahl kam es aber während der Mittagspause.«

»Geht's noch?«, brauste Lars auf. *»Wenn du ausgerechnet einen von uns mit dem Diebstahl in Zusammenhang bringen willst, dann informier dich besser – oder frag mal Sören. Für den Wagen gibt es nämlich drei Schlüssel. Und rate mal, wo die verwahrt werden? Richtig: Bei ihm im IT-Raum. Der liegt nämlich auf dem Weg zur Tiefgarage. Und ganz zufällig weiß ich, dass Sören noch am Vormittag stinkig war, weil er selbst den Wagen haben wollte, um mit ihm irgendwelchen Technikkrempel in die Agentur zu schaffen. Der Gute war also über Mittag ebenfalls nicht in der Agentur.«*

»Ehrlich«, Daniel zwinkerte, *»ihr seid schon jetzt mein liebstes* SURVIVE-*Team. Willst du unserem Publikum vielleicht noch etwas mitteilen?«*

Lars sah ihn finster an und schwieg.

»Okay. Ich gebe zu, das alles muss ich selbst erst einmal verdauen.« Daniel grinste in die Kamera. *»Und immer daran denken: Das* Team *macht den Erfolg!«*

Das Video wurde ausgeblendet, stattdessen erschien wieder die Schrifttafel samt freundlicher Frauenstimme:

»Dank dir, Lars. Das sind drei Siegpunkte für dich. Außerdem hast du eine weitere Belohnung freigeschaltet: Euer Team erhält eine BeroKat X93 Benzin-Kettensäge mit Auto-Choke und elektronischer Zündung für leichteres Starten. Da Anwendungssicherheit und Qualität bei dem traditionsreichsten deutschen Werkzeugbauunternehmen bereits seit der Gründung 1905 Tradition sind, ist die Säge mit automatischer Kettenschmierung, einem Rückschlagschutz mit Kettenbremse und natürlich Antivibrationssystem ausgestattet. Ihr findet sie im Hochseilgarten, versteckt zu Füßen jenes Baums, der den Endpunkt des Parcours bildet. Viel Erfolg.«

»Eine Kettensäge. Immerhin.« Lars klang trotzig, während er kurz Gunnar musterte, der den Kopf gesenkt hielt und fiebrig den Schlafsack über die Schultern zog. »Über die Scheiße mit dem Privatdetektiv, den du mir auf den Hals gehetzt hast, sprechen wir später.«

»Glaube mir, das hatte andere Gründe«, erwiderte Gunnar matt.

»Ist mir egal«, blaffte Lars zurück.

Auch Katja starrte erst Gunnar, dann ihre Kleidung, und schließlich wieder ihren Kollegen an. »Du hast mir in all der Zeit Billigdreck für teures Geld angedreht?«

Gunnar setzte sich auf den Waldboden und seufzte niedergeschlagen.

»Woher weißt du von der Sache mit den Klamotten?«, wollte er von Lars wissen.

»Andy, von *Channel 9*«, antwortete ihr Texter böse. »Ist ja nicht so, dass ich keine anderen Agenturleute kenne.«

Gunnar sah müde zu Katja auf. »Ich weiß nicht, was ich dazu sagen soll. Als du mich damals gebeten hast, dir ebenfalls günstiger Klamotten zu besorgen, konnte ich dir ja nicht sagen, woher die in Wahrheit stammen. Und dann … irgendwie hat sich das verselbständigt.«

»Du … Arschloch!«

»Ja, ich weiß.« Gunnar zog den Schlafsack fester um sich. »Es tut mir leid. Und ich verspreche dir, wenn wir hier weg sind, kriegst du dein Geld zurück.«

»Gut«, meldete sich nun Dagmar verbittert zu Wort. »Darf ich dann vielleicht noch erfahren, ob irgendetwas an der Sache mit der Kreditkarte dran ist? War das tatsächlich jemand von euch?« Sie blickte Katja, Lars und Sören fest in die Augen.

»Nochmals: Nein!« Katja hob die Finger zum Schwur.

»Du glaubst doch wohl nicht, dass ich zu so etwas imstande wäre?«, schloss sich Lars an.

»Ich etwa?«, beeilte sich Sören zu versichern. »Mann, Leute, was glaubt ihr denn?«

Lars atmete tief ein. »Ich kann mir ehrlich gesagt auch nicht vorstellen, dass dir die Karte von einem von uns gestohlen wurde«, erklärte er. »Das wird wohl eher ein Typ gewesen sein, der zufällig auf dem Parkplatz vorbeikam. Gelegenheit macht eben Diebe.«

»Ich will das alles auch nicht glauben«, erwiderte Dagmar verbittert. »Ihr habt nämlich keine Ahnung, welche Folgen das für mich hatte.«

»Weißt du was? Ich schlage vor, wie legen später für dich zusammen, okay?« Katja trat zu ihr, doch Dagmar wich einen Schritt vor ihr zurück. Katja konnte sie verstehen. Sie sah wieder auf Gunnar herab. »Also, mein Freund. Was hältst du davon, wenn du jetzt *deinen* Code rausrückst? Mal sehen, was du so ausplauderst.«

»Das wollt ihr nicht wissen«, antwortete Gunnar kraftlos. »Betraf auch eher Max. Ich habe mein Interview vorhin schon abgespielt, als ihr weg wart. Ich habe eine Axt erhalten. Sie liegt in meinem Zelt.«

»Du raffinierter Penner.« Lars trat an ihn heran und schüttelte den Kopf. »Trotzdem sorgst du dafür, dass wir uns hier zum Affen machen? Und dann stellst dich auch noch dreist daneben?«

»Ich hätte eure Interviews doch eh mitbekommen.«

»Kollegen, wir haben im Augenblick wirklich andere Probleme.« Katja beschloss, Vernunft walten zu lassen. »Es bringt nichts, wenn wir uns hier gegenseitig an die Gurgel gehen. Freuen wir uns über die Axt. Und lasst uns ansonsten an unserem Plan festhalten. Völlig egal, was wir gerade gehört haben.« Sie wandte sich Sören zu. »Sollen wir rüber in den Wald gehen, während du dein Interview abspielst?«

»Äh, nee. Ist wirklich nicht nötig.« Sören sah hochmütig in die Runde und fuhr in lehrerhaftem Tonfall fort: »Ich bin da ganz bei Dagmar. Wir hatten schließlich eine Vereinbarung.« Entschlossen trat er zum ToughPad und gab ebenfalls seinen Code ein.

Auf dem Bildschirm spielte sich das gleiche Prozedere wie zuvor ab. Daniel und Sören saßen einander gegenüber, und Daniel traktierte Sören mit mehreren Fragen. Doch Sören blieb bemerkenswert gelassen. Daniel schloss mit einer belanglosen Abmoderation, und Katja erwartete bereits die bekannte Schrifttafel zu sehen. Doch stattdessen erschien eine erneute Großaufnahme von Daniels Gesicht – nur dass der Moderator diesmal ein hinterhältiges Lächeln zur Schau trug und mahnend den Zeigefinger hob.

»Na, Sören? Du glaubst doch wohl nicht, dass du dir deine Belohnung so einfach verdienen kannst, oder?«

Abermals wurde ein Video abgespielt, doch dieses war in irgendeinem Büroraum gedreht worden. Man sah Daniel und Sören, die sich beide an einem Schreibtisch gegenübersaßen. Der Winkel der Einstellung und die schlechte Bildqualität verrieten sofort, dass die Aufnahme heimlich gemacht worden war.

Sören keuchte entsetzt auf, schoss vor und versuchte, das Video zu stoppen. Doch es gelang ihm nicht.

»Okay, erst mal danke, dass du uns dabei helfen willst, ein bisschen Schwung in die Bude zu bringen.« Daniel schob Sören einen Kaffee rüber, und dieser lächelte breit.

»Ich sag mal so: Jeder hat eben seinen Preis«, antwortete ihr ITler aufgeregt. *»Und mal ehrlich, ich glaube eh nicht daran, dass die Agentur es noch lange macht. Ich betrachte die 3000 Euro daher mal als Anschubfinanzierung für meine geplante Selbständigkeit.«*

»Stimmt, sagtest du bereits.«

Noch immer hantierte Sören wild am ToughPad herum, doch Lars trat vor, packte ihn wütend am Genick und zerrte ihn zurück. »Lass das! Wir wollen uns das alle wirklich sehr gern ansehen.«

Sören präsentierte im Video eine Aktentasche. *»Und es bleibt dabei? Das hier bleibt unter uns?«*

Daniel lächelte gewinnend. *»Hey, du hast es mit Profis zu tun. Außerdem verstehe ich dich nur zu gut. Meine Bemerkungen neulich waren nicht gerade nett. Dabei war das bloß ein kleiner Test. Eigentlich dachte ich, dass dich wenigstens einer deiner Kollegen verteidigen würde. Stattdessen haben die dich allesamt hängenlassen.«*

»Ja, nicht zum ersten Mal«, antwortete Sören niedergeschlagen.

»Dann haben sie diese kleine Indiskretion auch verdient«, ermunterte ihn Daniel. *»Wird Zeit, dass du dich revanchierst. Also, zeig doch mal, was du da hast.«*

Sören legte mehrere Ausdrucke auf den Tisch. »Also, ich bin bei uns ja Systemadministrator, daher …«

»Wissen wir«, unterbrach ihn der Moderator. *»Zeig uns einfach, was du so aus eurem Rechnernetz gefischt hast.«*

»Das ist doch wohl nicht zu fassen?« Katja trat ungläubig vor den Baum und starrte auf das Display.

Dort verweigerte Sören Daniel den Zugriff auf die Papiere. *»Die Ausdrucke behalte ich lieber. Ich bin ja nicht bescheuert. Das könnte voll auf mich zurückfallen, wenn die in die falschen Hände gelangen. Aber ich sag dir gern, was ich herausgefunden habe.«*

»Okay.« Daniel lehnte sich gespannt zurück.

»Also, zunächst mal Max und Gunnar«, erklärte Sören. *»Die haben kürzlich einen Privatdetektiv beauftragt, den sie auf uns angesetzt haben. Ich dachte, ich spinne, als ich das las. Aber ich glaube, die werden wegen irgendetwas erpresst.«*

»Und weswegen?«

»Keine Ahnung, das habe ich nicht herausfinden können.« Er zögerte und reichte Daniel nun doch einige Seiten. *»Aber das hier ist der Vertrag der Detektivagentur. Da siehst du, dass die von Gunnar beauftragt wurde. Die haben Lars ausgeschnüffelt. Aber ich kann dir auch noch Anschlussverträge zeigen, die beweisen, dass sie uns am Ende alle haben observieren lassen.«*

»Meine Güte, was treibt einen Arbeitgeber denn dazu? *Aber damit lässt sich durchaus etwas anfangen. Ich hoffe, du hast noch mehr?«*

»Na klar.« Sören grinste feist. *»Big Brother is watching you. Die meisten denken, bloß die NSA würde überall mitlesen. Dabei bin ich hier der Big Brother.«* Sören hielt sich seine Wampe, lachte und wurde schnell wieder ernst. *»Geil ist auch das hier. Katjas Browserverlauf. Keine Ahnung, was mit der nicht stimmt, aber die hat sich im Internet mehrfach über Geschlechtsumwandlungen schlaugemacht.«*

»Das ist nicht dein Ernst?« Daniel wirkte ernstlich verblüfft. *»Eure hübsche Kontakterin will sich zu einem Mann umoperieren lassen? Eine wirkliche Schande.«*

Sören grinste. *»Na ja, ich frage mich ehrlich gesagt schon lange, warum man sie nie mit einem Typen zusammen sieht. Dabei hat die einige Bewerber, glaub mir.«*

»Mal sehen, ob wir das verwerten können.« Daniel lächelte süffisant. *»Noch was?«*

»Klar.« Sören zog eine Seite hervor. *»Mit Bernds Ehe stand es in letzter Zeit offenbar nicht zum Besten. Der war dreimal im letzten Jahr bei einem Eheberater.«*

»Hast du das ebenfalls aus dem E-Mail-Verlauf?«

»Komm, das wäre ja illegal.« Sören zwinkerte. *»Nee, ehrlich, das weiß ich deswegen, weil Bernd nach dem Jahreswechsel seinen Kalender weggeschmissen hat. Ich hab da eher zufällig reingeguckt – und wollte dann halt wissen, wer dieser ominöse Doktor Hanke ist, bei dem er diese Termine hatte. Bernd tut ja schließlich immer so auf Obersportler. War dann aber auch für mich überraschend.«*

Daniel schnalzte genießerisch mit der Zunge. *»Okay. Ebenfalls vermerkt. Noch was?«*

»Na ja, bei Lars habe ich bloß Weibergeschichten gefunden.

Gerade hat er wieder eine am Start, die ihm offenbar zu sehr auf große Liebe macht. Ich wette, die serviert er ebenso ab wie Bianca damals. Und was Dagmar betrifft, die geht seit einiger Zeit ebenfalls zu einer Psychologin. Ich glaube, wegen ihrer Bulimie. Jedenfalls habe ich sie schon zweimal auf der Toilette hören können, wie sie gekotzt hat. Viel essen tut die ja eh nicht.«

Daniel blies die Backen auf und lehnte sich mit hinter dem Kopf verschränkten Armen zurück. *»Ich würde mal sagen, du bist unsere kleine Investition wert gewesen, Sören.«*

»Und die übrigen dreitausend gibt es nach der Show?«, hakte Sören nach. *»Egal, wie die ausgeht?«*

»Wir stehen zu unseren Zusagen.« Daniel nickte. *»Allerdings möchten wir, dass du dich auch während der Show noch etwas bemühst. Wir haben da nämlich eine kleine Änderung mit den Interviews vor, die dir die Möglichkeit einräumt, deine Kollegen noch etwas mehr an ihre Grenzen zu bringen ...«*

Das Video brach ab, und Daniels grinsendes Gesicht erschien wieder auf dem Display. Er wies mit dem Zeigefinger auf den Betrachter. *»Und was lernen wir aus der Geschicht'? Traue niemals deinem Moderator nicht!«* Er lachte. *»Und keine Bange, diese spezielle Aufnahme werden wir in dieser Form später in der Show natürlich nicht zeigen. Wir wollen es uns ja nicht mit den kommenden* SURVIVE-*Teilnehmern verderben. Die ist allein für euch bestimmt. Deine Belohnung erhältst du aber trotzdem, lieber Sören.«*

Die bekannte Schrifteinblendung erschien, die wieder von der sanften Frauenstimme vorgetragen wurde.

»Dank dir, Sören. Das sind drei Siegpunkte für dich. Außerdem hast du eine weitere Belohnung freigeschaltet: Euer Team erhält ein Outdoor-Messer – Tactical Pro 36 mit Säge, Glasbre-

cher und einer edlen Verschalung aus Micarta-Holz, das euch unser Sponsor Swiss Knifes *zur Verfügung stellt,* der *Schweizer Klingenexperte seit 1799. Du findest es samt Nylonscheide und Beingurt in einer Box im Schilfgürtel nahe eurem Lager. Halte im Wasser nach einem markierten Stein Ausschau. Viel Erfolg.«*

»Ich wusste es die ganze Zeit über!« Katja trat blass vor Wut an Sören heran und verpasste ihm eine schallende Ohrfeige. Sören taumelte nach hinten und fiel neben Gunnar auf den Boden.

»Bitte, ich …« Abwehrend hob er die Arme, doch Katja war in ihrem Zorn nicht zu bremsen. »Ich dachte, Bernd wäre das größte Arschloch unter uns«, schrie sie ihn an. »Aber du bist an Widerlichkeit nicht zu überbieten!« Wütend rammte sie seine Arme beiseite und spuckte ihn an, um sich jetzt ganz auf ihn zu werfen und immer wieder auf sein Gesicht einzuprügeln. »Du fettes Stück Scheiße! Du Aasgeier! Ich …«

Sören blutete bereits an Lippe und Augenbraue, als Katja feste Griffe an ihrem Körper fühlte, die sie energisch zurückzogen.

»Hör auf!«, rief Lars.

»Lasst mich!«, brüllte sie und spürte plötzlich ein schmerzhaftes Brennen in ihrem Gesicht. Lars hatte ihr kurzerhand ebenfalls eine Ohrfeige verpasst.

»Mann, komm zur Besinnung!«, fuhr er sie an. »Diese Ratte ist es nicht wert! Er *ist es nicht wert.«*

Sören lag am Boden und wimmerte, und Katja schüttelte Lars' Griff energisch ab. »Schon gut«, fluchte sie. »Aber wag es ja nicht, mich noch einmal zu schlagen!«

»Sorry.« Lars betrachtete Sören nun ebenfalls voller Abscheu. »Glaub mir, ich würde ihn mir zu gern selbst vorknöpfen. Nur bringt uns das im Augenblick auch nicht weiter.«

Über den Kopf von Sören hinweg, der noch immer schluchzend am Boden lag, sahen die Kollegen einander betroffen an. Eine Weile sprach niemand, und nichts war zu hören als der Wind, der durch das Schilf am Ufer strich.

»Es … es tut mir leid«, schniefte Sören. »Aber ihr habt mich die ganze Zeit über behandelt wie …«

»Halt die Fresse!«, herrschte Lars ihn an. »An deiner Stelle würde ich einfach mal die Klappe halten.« Dann wandte er sich an Katja, musterte sie von oben bis unten und lachte trocken. »Das also war der Grund, warum du vorhin nicht mit raus auf den See wolltest?«

Katja starrte ihn an, als hätte er ihr soeben einen Dolch in den Leib gerammt.

»Du hattest Angst, dass wir deinem kleinen Geheimnis auf die Schliche kommen könnten?«

»Bitte, Lars, hör auf damit«, ächzte Gunnar hinter ihm.

»Nein, ganz im Gegenteil.« Ihr Texter schüttelte den Kopf. »Offenbar ist das hier die Stunde der Wahrheit. Dann lasst uns das auch zu Ende bringen.« Er sah Katja offen in den Schritt. »Dir geht es nicht darum, dich in einen Mann umoperieren zu lassen. Dir geht es darum, aus dir eine Frau zu machen, richtig? Du bist eine Transe.«

Katja antwortete nicht.

»Du bist gar keine Frau?« Dagmar sah sie mit großen Augen an, ehe sie sich Gunnar zuwandte. »Und du wusstest das?«

Gunnar antwortete nicht. Seine fiebrig glänzenden Augen ruhten auf Katja, die nun den Kopf senkte und sich langsam auf den Waldboden gleiten ließ.

Sie war so müde.

»Ich wusste schon immer, dass ich im falschen Körper stecke«, flüsterte sie leise. »Spätestens seit meiner Pubertät. Ihr habt keine Ahnung, wie sich Menschen in meiner Lage fühlen.«

»Deswegen das mit dem Fußball«, hörte sie Dagmar leise sagen.

»Niemand wird mich in einer Position wie der meinen einstellen, wenn das bekannt wird.« Trotzig reckte sie ihr Kinn, sah ihre Kollegen an und dachte an ihre Freundin Fabienne, die sie vor ein paar Jahren in einem Forum kennengelernt hatte. Als aus dem Erzieher Fabian die Erzieherin Fabienne geworden war, war es von einem Tag auf den anderen vorbei gewesen mit all der Gender-Pädagogik-Herrlichkeit. Die ach so alternativen Eltern wollten keine »Frau mit Schwanz« – nein, auch nicht im Krippenbereich –, und Fabienne war gegangen. Und bei ihr selbst stand kein Erzieherposten, sondern die neue Stelle als Pressesprecherin auf dem Spiel. »Als Transsexuelle kann ich meine Karriere offiziell in die Tonne treten«, sagte sie schließlich. Aus. Schluss. Vorbei. Nicht mehr zu ändern. So eine verdammte Scheiße. Am liebsten hätte sie Sören gleich noch einmal zusammengeschlagen.

»Weiß Max das ebenfalls?«, wollte Dagmar von Gunnar wissen.

Der zog den Schlafsack fröstelnd um sich und schüttelte den Kopf. »Natürlich nicht. Wüsste er es, hätte er damals nicht zugestimmt, Katja einzustellen. Der hätte viel zu viel Schiss davor gehabt, was die Kunden sagen würden, wenn das herauskäme.«

»Also mir ist das egal. Echt.« Dagmar lächelte zaghaft.

»Und wie heißt du ... in Wirklichkeit?«, kam es zögernd von der Stelle, wo Sören lag. Seine Oberlippe war geschwollen. Ebenso wie sein linkes Auge.

»Ich glaube kaum, dass ausgerechnet du das Recht hast, solch eine Frage zu stellen«, zischte Katja finster. »Für euch bleibe ich, wer ich bin. Und in spätestens einem Jahr werde ich wirklich eine Frau sein – falls wir einander dann noch kennen.«

»Mir ist das ebenfalls gleichgültig«, behauptete Lars. »Und jetzt komm.«

Er reichte ihr die Hand und zog sie wieder auf die Beine. »Seien wir ehrlich, irgendwie hat das alles doch so ein bisschen was von einer Katharsis. Und jetzt, nachdem wir alles voneinander wissen, sollten wir den Rest der Hilfsmittel einsammeln, um endlich wieder die scheiß Parcours-Aufgaben in Angriff zu nehmen. Ich will dieses verdammte Gewehr!«

»Ich helfe euch.« Sören mühte sich ebenfalls auf die Beine. »Ich könnte …«

»*Du* Wichser«, unterbrach ihn Lars wütend, »kneifst besser deine fetten Arschbacken zusammen und hältst den Ball flach. Was mich betrifft, bin ich mit dir nämlich durch.«

Dagmar seufzte. »Na gut. Sören kann mir ja dabei helfen, Gunnar hoch zur Hütte zu bringen.«

Sören sah sie dankbar an, doch Dagmar erwiderte den Blick nicht.

»Mach mit ihm, was du willst.« Lars schnaubte abfällig und wandte sich wieder an Katja. »Also, bist du dabei?«

Katja dachte kurz nach und nickte schließlich. »Lass uns bitte trotzdem ein Floß bauen. Wenn das Wasser wirklich so kalt ist, wie du sagst, werde ich mir nicht bloß was wegfrieren – dann klappe ich spätestens auf dem Rückweg zusammen. Außerdem werden wir es für den Transport benötigen. Egal, was da unten im See versenkt ist.«

»Okay«, sagte Lars und nickte. »Dann los … Katja!«

Er lächelte – und sie lächelte zurück.

VERLORENE HOFFNUNGEN

Bernd spürte eine eisige Ruhe in sich aufsteigen, während er den schmalen Wanderpfad entlangmarschierte. Seit Dagmar die Hütte verlassen hatte, waren erst zwanzig Minuten vergangen. Zeit, die er zu nutzen gewusst hatte. Was er brauchte, trug er bei sich. Nur hätte er vielleicht etwas mehr Wasser mitnehmen sollen. Aber was scherte ihn das bei dem, was er vorhatte? Allerdings war offensichtlich, dass der Weg nicht oft benutzt wurde, denn er war an vielen Stellen überwachsen, und die Wurzeln der Bäume hatten sich schon lange ihren Weg unter ihm hindurchgegraben. Aber der Weg existierte. Und das war alles, was zählte.

Mit dem Pfad verhielt es sich genau so, wie Bernd es sich gedacht hatte: Wenn jemand in dieser Einöde eine Holzhütte baute, wollte er diese auch benutzen. Oder sie zumindest vermieten, wie es bei der Vermietung an die Filmcrew der Fall gewesen war. Da aber nicht davon auszugehen war, dass dem Besitzer ebenfalls der bequeme Anreiseweg durch die Luft zur Verfügung stand, musste eine Hütte wie diese zu Fuß erreichbar sein.

Natürlich musste sie das.

Das war einfache Logik.

Die war natürlich nicht jedem gegeben.

Klar, Dagmar war gar nicht erst auf die Idee gekommen, eine solche Möglichkeit in Betracht zu ziehen. Die dürre Büromaus war im Augenblick ohnehin überfordert. Er hingegen hatte den Überblick behalten.

So wie immer.

Überhaupt, dachte Bernd, galt es jetzt und hier vor allem, weiterhin den Überblick zu bewahren.

Über das große Ganze.

Er blieb stehen und schlug mit dem angespitzten Stecken vor lauter Wut Farne und überhängende Zweige aus dem Weg. Der Stock pfiff durch die Luft. Immer und immer wieder. Wo er auftraf, raschelte und krachte es.

Er schlug so lange, bis er nicht mehr konnte. Dann sank er schwer atmend auf die Knie und betrachtete die Verwüstung, die er vor sich angerichtet hatte. Seine Hand schmerzte, so fest umklammerte sie den Prügel, aber in gewisser Weise bestätigte der Schmerz ihn auch. Zumindest begrub er das Gefühl der Schmach für eine Weile unter sich – nicht aber das Gefühl der Trauer.

Trauer. Schmach. Bernd schnaubte ungehalten. Das waren weibische Gefühle.

Nichts, dem er sich hingeben durfte.

Seltsam. Sein Mund schmerzte.

Bernd leckte sich fahrig über die aufgebissene Lippe. Er schmeckte Blut auf seiner Zunge, und der Eisen-Geschmack erinnerte ihn daran, dass auch er jetzt Härte zeigen musste. Gleich einem Raubtier, das sein Revier verteidigte.

Das hier war die Wildnis, und hier galten allein ihre Gesetze. Nichts anderes zählte. Es war so einfach wie archaisch. Ein Naturgesetz. Ja, der Gedanke gefiel ihm.

Außerdem hatte er Dagmar versprochen, dass alles wieder in Ordnung käme.

In Ordnung. So, wie es früher gewesen war.

Und genau dafür würde er auch sorgen.

Sicher, sein Plan war riskant, und Zögern war in ihm nicht vorgesehen. Aber er hatte Risiken noch nie gescheut.

Alles oder nichts.

Er durfte nur sein Ziel nicht aus den Augen verlieren.

Er musste sich fokussieren.

Schwerfällig richtete sich Bernd wieder auf, fischte den Kompass aus dem Rucksack und wartete, bis sich der Zeiger ausgerichtet hatte. Wie war er überhaupt auf den Boden gekommen?

Egal. Nicht wichtig jetzt. Weiter!

Ohne zu zögern, verließ er den Pfad und schlug sich nach rechts in den unberührten, gänzlich wild gewachsenen Wald. Einundeinhalb Kilometer weit höchstens. Weiter nicht, wenn er sich nicht verlaufen wollte.

Er zählte die Schritte ab und hoffte, eine möglichst erhöht liegende Landmarke zu finden, die sich als Orientierungspunkt anbot. Zu seinem Erstaunen fand er einen solchen Ort bereits nach dreihundert oder vierhundert Metern. Denn zwischen den Nadelbäumen zeichnete sich ein erstaunlicher Höhenzug aus moosüberwachsenen Felsen ab, den man vom See aus nicht bemerkte, der sich aber in dessen Richtung zog. Ganz in der Nähe des natürlichen Bollwerks ragte ein schlanker, schwarzer Felsen in die Höhe, der Ähnlichkeit mit einem Turm besaß und über die Baumwipfel hinausreichte.

Doch da vorn war noch etwas. Das klang wie … Gemurmel.

Hatte er etwa bereits wieder den See erreicht? Das konnte nicht sein, denn seinen Berechnungen nach befand sich dieser weiter östlich.

Bernd rückte seine schwarze Baseball-Cap zurecht und schlich weiter voran. Unter seinem Stiefel zerbrach ein Ast mit lautem Hall. Das Gemurmel verstummte.

Bernd hob den angespitzten Stecken, und erstmals seit seinem Aufbruch besann er sich wieder der eigentümlichen Gefahr, die auch hier lauern mochte.

Sein Atem ging schneller. Er schnüffelte. Gehetzt sah er sich um.

Da war nichts. Oder doch?

Bernd schlich weiter durch das Unterholz und …

… riss erstaunt die Augen auf.

Sie waren hier nicht allein.

Etwas raschelte. Rechts von ihm. Unvermittelt brach ein Schatten aus dem Unterholz hervor, und Bernd riss den Stock nach oben. Doch es war zu spät. Etwas pfiff schräg auf seinen Kopf zu – und dann wurde es dunkel um ihn herum.

LAUERNDE SCHATTEN

Sören half Dagmar, Gunnar in eines der Stapelbetten in der Blockhütte zu legen. Anschließend deckten sie ihn mit einem zweiten Schlafsack zu. »Einer sollte nachher noch mal nach seiner Wunde schauen«, flüsterte er Dagmar zu. »Mit einer Blutvergiftung ist nicht zu spaßen.«

»Das weiß ich selbst«, gab Dagmar frostig zurück.

Gunnar stöhnte, und seine Lider flatterten. »Wäre nett, wenn mir jemand einen heißen Tee machen könnte«, ächzte er. »Ich … friere schrecklich.«

»Natürlich, Gunnar.« Sören nickte eifrig. »Ich sehe gleich mal drüben in der Küchenzeile nach. Und wir schauen auch nach der Sanitätstasche.« Er lief an Dagmar vorbei und betrat den verwüsteten Vorraum mit dem elektronischen Equipment der Filmcrew.

Nicht einmal der Anblick der Rechner und der vielen Bildschirme rings um ihn herum vermochte ihn zu beruhigen. Er fühlte sich elend. Wie ausgespuckt. Er berührte seine geschwollene Lippe. Nur gut, dass Lars ihn nicht in die Mangel genommen hatte. Oder gar Bernd, wenn der seinen Auftritt mitbekommen hätte.

Draußen am See lärmte gedämpft die Motorsäge, und Sören liefen schon wieder die Tränen. Was war bloß in ihn gefahren, dass er sich auf das Spiel der Filmfirma eingelassen hatte? Im Nachhinein war doch klar gewesen, dass ihn dieser Daniel reinlegen würde. Er war so ein Verlierer. Er widerte sich selbst an.

»Hör auf«, erklang hinter ihm Dagmars Stimme. »Das bringt nichts, und du hast dir die Tracht Prügel von Katja ehrlich verdient.«

Sören schniefte. »Ehrlich, wenn ich das rückgängig machen könnte …«

»Kannst du aber nicht«, sagte sie mit klarer Stimme. Sie musterte ihn kühl. »Dabei ist mir schon klar, warum du das wohl getan hast. Muss ein berauschendes Gefühl gewesen sein, es den anderen endlich mal heimzahlen zu dürfen. Endlich mal selbst zu bestimmen, wo es langgeht.«

Sören sah seine Kollegin schuldbewusst an.

»Nur bist du nicht der Einzige, der das Gefühl hat, ständig zu kurz zu kommen.« Dagmar starrte ihn an. »Glaubst du, mir geht es besser? Soll ich dir mal sagen, wie mein Tagesablauf so aussieht? Ich stehe jeden Morgen um sechs Uhr auf, weil dann meine Mutter wach wird. Ich wechsle ihre Windeln, mache Frühstück für uns beide, helfe ihr beim Essen und ertrage ihr mitleidiges Gejammer. Immer fehlt irgendetwas. Mal der Honig, mal die Cornflakes. Immer gerade das, was nicht da ist. Und jeden verdammten Morgen darf ich mir anhören, wie gut ich es doch habe, weil ich gesund bin, und dass es meine Pflicht wäre, mich mehr um sie zu kümmern. Und dann? Dann gehe ich in die Agentur, mache den lieben langen Tag meine Arbeit und höre den anderen dabei zu, was die für tolle und aufregende Leben führen. Wenn *ich* abends nach Hause komme, wartet da bloß wieder meine kranke Mutter vor dem Fernseher, die abermals ihren Frust an mir ablädt. Und ich?« Sie lachte freudlos. »Ich habe einfach nicht die Kraft, mich ihr zu widersetzen. Also mache ich wieder Essen, das ihr natürlich nicht schmeckt.

Und meist sitzen wir dann zu zweit vor der Glotze. Nicht, dass ich das Programm bestimmen dürfte. Anschließend wechsle ich wieder ihre Windeln – und glaube mir, der Geruch widert mich an –, bringe sie ins Bett, und erneut endet ein Tag meines Lebens, den ich verschwendet habe. Ich habe keine Freunde, keinen Mann, und den Gedanken an Kinder habe ich eh schon lange aufgegeben. Ich durfte hier bloß mit, weil ich meiner Mutter klargemacht habe, dass ich sonst keinen Job mehr hätte.« Dagmar trat in die Küchenzeile und feuerte wütend den Gaskocher an. »So, und jetzt erzähl mir, was dein Problem ist? Dein Körpergewicht? Der Spott, den du deswegen zu ertragen hast? Hast du Probleme mit Frauen?«

»Meine ganze Familie ist übergewichtig«, klagte Sören. »Die haben mich schon als Kind …«

»Ausreden!«, unterbrach ihn Dagmar scharf. »Dann mach was dagegen. Komm aus deiner Komfortzone, und speck ab. Ernähr dich besser. Komm vom Computer weg, geh raus und treib Sport. Ich schätze mal, *du* hast sicher Zeit für so was. *Du* hast doch sogar Freunde. Im Gegensatz zu dir habe *ich* nichts davon. Die Wahrheit ist«, fuhr sie schonungslos fort, »dass es viel bequemer ist, immer anderen die Schuld zu geben. Du hast dich heute nicht besser verhalten als einer dieser Typen, die aus der Anonymität heraus die Kommentarspalten der Online-Magazine mit ihrem Frust und ihrem Hass füllen. Weil sie sich dann für einen winzigen Augenblick besser als der Rest der Welt fühlen. Das ist so … arm. Du willst, dass sich etwas ändert? Dann ändere dich selbst.«

Sören musterte sie lange. »Hast du denn nie den Wunsch gehabt, es den anderen mal zu zeigen?«, fragte er kleinlaut.

»Doch. Jeden verdammten Tag. Aber im Gegensatz zu dir ist mir klar, dass die anderen keine Schuld an meinen Problemen haben. Jeder ist für sein Leben selbst verantwortlich.

Wenn du dich mal richtig umsehen würdest, würdest du nämlich begreifen, dass die meisten anderen ebenfalls ihr Päckchen zu tragen haben. Sie zeigen es bloß nicht.«

»Du sprichst von Katja?«

»Nein, ich meine alle.« Dagmar setzte einen Kessel mit Wasser auf und testete eine elektrische Kaffeemühle. Natürlich tat sich nichts. Sie beäugte eine Werkzeugtasche, die unweit von ihnen am Boden stand, und nahm sie an sich. »Ich geh mal raus und versuche, den Generator zu reparieren. Versuch du inzwischen, die Erste-Hilfe-Tasche zu finden.«

Sören sah seiner Kollegin unglücklich hinterher. Ihre Worte waren schlimmer als Katjas Schläge gewesen. Jedes von ihnen hatte ins Schwarze getroffen. Zugleich nötigte ihm Dagmar ungeheure Achtung ab. Denn trotz des Mistes, den er gebaut hatte, behandelte sie ihn noch immer mit einem gewissen Respekt.

Ob er an ihrer Stelle auch die Größe dazu gehabt hätte? Er wusste es nicht. Lange sah er auf die Tür, durch die sie verschwunden war, und in ihm wuchs der unbezähmbare Wunsch, sich ihren Respekt auch zu verdienen.

Aufgewühlt durchkämmte er Raum für Raum; eine Tätigkeit, die er nur kurz unterbrach, um Gunnar seinen Tee zu bringen. Doch sosehr er auch suchte, die Erste-Hilfe-Tasche fand sich nicht. Der Sanitäter musste sie noch bei sich tragen – wo auch immer er jetzt war. Stattdessen entdeckte Sören unter einem der Tische die Filmkamera, mit der die Crew ihre Anreise aufgenommen hatte. Sie funktionierte noch immer, wie er rasch feststellte. Doch statt der Versuchung nachzugeben, sich das aufgenommene Bildmaterial anzusehen, legte er sie weg und wandte sich einem Kasten mit Elektronik zu. Obenauf lag eine Gürteltasche. Sören öffnete sie und fand darin ein Portemonnaie samt Ausweis. Beides gehörte einem Mitglied der Filmcrew. Interessanter war ein weiteres Smartphone in einer der Seitentaschen, das Bernd übersehen hatte. Aufgeregt schaltete er es an, und es zeigte sich, dass es keinen Sperrcode besaß. Empfang hatte es dennoch nicht – aber einige interessante Apps. Er legte das Gerät einstweilen beiseite und untersuchte nun den Kasten. Darin befanden sich Headsets und zwei dazugehörige Funkgeräte, die sich am Gürtel befestigen ließen. Auch sie testete er erfolgreich. Die könnten ihnen sicher noch nützlich sein.

Plötzlich hörte er außerhalb der Hütte das Startergeräusch des Generators, dem ein beruhigendes Brummen folgte. In der Hütte sprang das Deckenlicht an, und einige der elektronischen Geräte fuhren hoch. Ihm kam eine Idee.

Sören setzte sich vor die Konsolen und Bildschirme und machte sich mit der Technik vertraut. Es dauerte eine Weile, bis er verstand, wie die Geräte zusammengeschaltet waren. Dagmar stiefelte derweil wieder an ihm vorbei, sagte aber nichts. Sie sah bei Gunnar nach dem Rechten und hantierte anschließend in der Küchenzeile.

Die Sonne war bereits ein gutes Stück am Nachmittagshimmel entlanggewandert, als Sören endlich begriff, warum sich das Hightech-Equipment so widerspenstig verhielt. Er verdrahtete einen am Boden liegenden Rechner neu, und kurz darauf sprangen um ihn herum endlich die Bildschirme an. Viele waren auf nichtssagende Stellen im Wald gerichtet, darunter befanden sich aber auch Bildausschnitte ihres Zeltlagers, des Hochseilgartens und des Sees.

»Wow! Wie hast du das denn hinbekommen?« Dagmar kam mit einem Teller belegter Brote zu ihm, und Sören langte mit Heißhunger zu.

»Ich sag mal so«, sagte er verlegen. »Ich bin zwar nicht gerade der Supersportler, aber dafür habe ich andere Sachen drauf. Nur das mit dem Ton kriege ich irgendwie nicht hin.«

»Ins Internet kommst du damit aber nicht zufällig?«

»Nein.« Sören schob seinen Stuhl vor die Monitore. »Die Kameras da draußen sind mittels WLAN mit dem Equipment hier verbunden. Wenn ich das richtig sehe«, er betätigte ein paar Knöpfe, und auf den Monitoren vor ihm veränderten sich die Bildausschnitte, »dann ist jeder Monitor mit mindestens zwei Kameras da draußen im Wald verknüpft. Man kann die Einstellungen ganz einfach umschalten. Und guck mal hier«, er zückte das Notizbuch der Filmcrew, in dem sie die Liste mit den Parcours-Gewinnen gefunden hatten. Darin befand sich eine eng beschriftete Doppelseite mit Zahlen und Nummern. »Ich weiß jetzt auch, was das hier ist. Das sind die Gerätenummern jeder einzelnen Kamera hier im Wald. Ihre Standorte sind in der Kladde sogar mit GPS-Koordinaten vermerkt. Vermutlich, um sie später beim Abbau auch wiederzufinden.«

Er reichte ihr das Heft, und sie warf einen kurzen Blick darauf und inspizierte dann die Bildschirme um sie herum.

»Meine Güte, sind das viele«, murmelte sie, hielt dann inne und schluckte trocken. Sören sah, dass sie jene Einstellung betrachtete, auf der der dornige Pfahl mit Jenkins' Leichnam zu sehen war. Sie legte ihr Brot zurück auf den Teller. »Hilft uns aber leider nicht weiter.«

Sören grinste. »Entschuldigen Sie, Mr. President, das ist so nicht ganz korrekt.«

»Hm?«

»Das war ein Zitat aus ›Independence Day‹«, erklärte Sören eifrig, wurde aber schnell wieder ernst. »Schau. Man kann die Kameras allesamt auch auf Nachtsicht umschalten.« Er zeigte es ihr, und die Bildschirme um sie herum präsentierten sich jetzt in Grüntönen. Sören machte den Vorgang wieder rückgängig. »Eigentlich wollten die *uns* überwachen. Aber wir können die Umgebung mit Hilfe der Kameras ebenfalls im

Auge behalten. Wenn heute Nacht irgendetwas Gruseliges durch den Wald schleicht, sehen wir es vielleicht rechtzeitig kommen.« Sören drehte sich zu den Monitoren um, die noch am Boden lagen. »Ich überprüfe auch gleich mal, ob die nicht auch noch funktionieren. Dann …«

»Sören, Sören!« Aufgeregt packte ihn Dagmar am Arm und wies auf einen Monitor in seinem Rücken. Sören folgte ihrem Fingerzeig und glotzte den Bildschirm ungläubig an. Auf ihm war ein Ausschnitt der Schießbahn zu sehen, von der Dagmar berichtet hatte. Nur, dass dort ein Unbekannter mit struppigem Bart herumlief, der zwei Rucksäcke trug.

Hastig nestelte Sören an den Konsolen und zoomte das Bild näher heran. Der Bärtige machte einen grobschlächtigen Eindruck. Er trug klobige, wetterfeste Kleidung, und bei stärkerer Vergrößerung zeigte sich, dass es Gunnars und Dagmars Rucksäcke waren, die er bei sich trug. Außerdem hielt der Unbekannte die Motorsäge, den neuen Campingkocher und ihre Schaufel in Händen. Er legte die Gepäckstücke beim Schießstand ab und schlich wieder zurück in den Wald.

»Was ist denn das für ein Typ?«, wisperte Sören aufgeregt. »Der klaut unsere Sachen!«

Er suchte auf den Monitoren ihren Zeltplatz und fand gleich drei Einstellungen. Ihre Sachen waren tatsächlich verschwunden. Lars und Katja waren ebenfalls nicht zu entdecken. Stattdessen fand er Katja einige Monitore weiter, in einer Einstellung, die den See zeigte. Sie stand auf einem Floß, starrte ins Wasser und hielt eine Leine in der Hand. Lars tauchte offenbar.

»Ich muss die beiden warnen«, rief Dagmar besorgt.

»Dann sei bloß vorsichtig. Der Kerl macht keinen freundlichen Eindruck. Warte.« Sören griff nach den beiden Headsets mit den dazugehörigen Funkgeräten und prüfte die Kanäle.

»Hier, setz das auf, so bleiben wir in Kontakt. Ich warne dich, wenn ich den Typ irgendwo entdecke, okay?«

Dagmar nickte zögernd und befolgte seinen Vorschlag.

»Und halt dich zurück«, ermahnte er sie. »Sprich den Kerl nicht an, solange wir nicht wissen, wer das ist. Vielleicht ist der gefährlich.«

»Sicher ist er das«, gab Dagmar unheilvoll zurück. »Hast du es nicht gesehen?«

»Was denn?«

»Er trägt Bernds Baseball-Cap.«

DER SEE

Lars warf sein Behelfspaddel an Land und zog das Floß mit Katjas Hilfe ans Inselufer. Um Zeit zu sparen, hatten sie sich auf zehn mittelgroße Baumstämme beschränkt, die sie mittels der Motorsäge auf gleiche Länge gebracht und entastet hatten. Verbunden und stabilisiert hatten sie sie mittels Querhölzern und unter Zuhilfenahme von Akkuschrauber sowie Hammer und Nägeln. Das Konstrukt wurde bei dem Versuch, mit ihm über den See zu schippern, zwar immer wieder von Wellen überspült, doch für ihre Zwecke reichte es.

Katja, die in T-Shirt und kurzen Shorts neben ihm stand, räumte das Seil aus der Kiste vom Floß und entnahm ihrem Rucksack trockene Kleidung. Sie reichte auch ihm einen Pullover, den Lars rasch überstreifte.

»Okay, Operation Teil eins ist ausgeführt«, erklärte sie. »Wo ist der blöde Verschlag?«

»Da entlang.« Lars deutete voraus in das lichte Wäldchen des Eilands, wo noch die Spuren seines ersten Besuches zu sehen waren. Katja eilte voraus, und er blickte ihr unwillkürlich auf den Hintern. Trotz der Situation, in der sie sich befanden, musste Lars grinsen. Mit allem hätte er gerechnet. Aber nicht mit solch einer Enthüllung.

»Echt, wenn du wüsstest, wie oft ich in den letzten Jahren in Versuchung war, dir an den Arsch zu fassen.«

»Kannst du dir so eine Scheiße bitte verkneifen?« Katja funkelte ihn über ihre Schulter hinweg böse an. »So eine Bemerkung ist jetzt echt unangebracht.«

»Sorry, wollte ich als Kompliment verstanden wissen.« Lars grinste noch immer. »Stehst du eigentlich auf Männer oder Frauen?«

Zu seinem Leidwesen antwortete sie nicht, sondern beschleunigte ihre Schritte.

»Ich frag mich das wirklich«, ließ er nicht locker. »Ich kenn Transen bislang bloß von den Travestieshows auf der Reeperbahn.«

»Verdammt noch mal.« Katja blieb stehen und fixierte ihn zornig. »Ich dachte, du hättest kein Problem damit?«

»Hab ich auch nicht.«

»Dann hör auf, mich Transe zu nennen. Ich schätze den Begriff nicht. Oder macht dich das heiß?«

»Heiß? Wer sagt …?«

»Ich. Lebe. Im. Falschen. Körper«, unterbrach sie ihn scharf. »Begreif das. Ich bin ein Trans*sexueller*. Und zwar einer von denen, die den Irrtum, den sich die Natur mit mir erlaubt hat, eines Tages korrigieren lassen werden.«

»Himmel, jetzt hab dich doch nicht so.« Lars schüttelte den Kopf. »Ist halt alles etwas neu für mich.«

»Ja, merk ich. Nur haben wir im Augenblick wirklich andere Probleme.« Katja setzte ihren Marsch fort, und Lars folgte ihr. Oder ihm?

Unvermittelt standen sie dem Bretterverschlag gegenüber. Er war etwa dreimal so breit wie ein Klohäuschen und erhob sich auf einer kleinen, von weißen Birken und hohem Gebüsch gesäumten Lichtung.

»Da sind wir.« Lars trat vor das klobige Türschloss, von dem aus ein Stahlkabel lotrecht nach oben zu einem dicken Ast führte und von dort über eine Umlenkrolle zu einer Drehkurbel, die an einem benachbarten Baum angebracht war. »Es ist wie im Hochseilgarten: Einer muss hier einen Schnappriegel ziehen, um so die Sperre zu lösen. Ein anderer muss dann die Drehkurbel bedienen, um die Tür zu entriegeln.«

Katja wählte den Platz an der Kurbel, und gemeinsam öffneten sie die Tür des Kabuffs.

»Wie spät ist es inzwischen?«, fragte Katja.

»Kurz nach fünf Uhr«, murrte Lars. »Wenn wir die Munition noch auftreiben wollen, müssen wir uns wirklich beeilen.«

»Du meinst, das schaffen wir noch?« Sie blickte prüfend gen Himmel und legte die Stirn in sorgenvolle Falten. »Die Sonne geht schon in zwei Stunden unter.«

Lars antwortete nicht. Im Augenblick war allein dieses Gewehr entscheidend. Für ihn jedenfalls war es der beste Weg, heil wieder aus dieser Einöde herauszukommen. Und er würde alles tun, um bis übermorgen durchzuhalten. Entschlossen betrat er den engen Verschlag, in dem es streng nach Gummi und Metall roch. Zu seiner Überraschung fand er im Innern nicht bloß *einen* Neoprenanzug, sondern sogar drei. Allein Sören hätte bei der Auswahl eines passenden Anzuges Probleme gehabt. Doch der Dicke konnte ihn kreuzweise. Und das, obwohl letztlich durch ihn herausgekommen war, dass Gunnar und Max ihnen einen Privatdetektiv auf den Hals gehetzt hatten. Allerdings schien dieser nicht sehr erfolgreich gewesen zu sein. Oder stand dessen Bericht noch aus?

Lars schüttelte den Gedanken an den Schnüffler ab, wählte einen Anzug in seiner Größe aus und warf ihn samt Bleigürtel vor dem Verschlag auf den Boden. Sogar Tauchhandschuhe in verschiedenen Größen fand er. Anschließend trug er den seltsamen Taucherhelm ins Freie. Er bestand aus Kunststoff, ähnelte den bekannten Tiefseehelmen und wies sogar das bekannte Rundfenster vor dem Gesichtsbereich auf. Ganz offensichtlich handelte es sich bei dem Helm um eine Spezialanfertigung für die Show, was man auch an dem SURVIVE-Schriftzug am Hinterkopf erkennen konnte. Er ließ sich mittels einfacher Tragegurte unter den Achseln fixieren, und an der Kopfseite befand sich ein Rücksperrventil, an dem ein viele Meter langer Schlauch steckte, der sich noch größtenteils aufgerollt im Verschlag befand.

Katja zog derweil eine klobige Gerätschaft ins Freie, die mit einem langen Pumphebel ausgestattet war. An einem Rohr ließ sich das lose Ende des Schlauchs festdrehen, und es war klar, dass einer am Gerät Luft in den Schlauch pressen musste, um so im Helm die Versorgung mit Atemluft sicherzustellen.

»Ganz wie du gesagt hast«, sagte Katja derweil. »Zerberus-Film kümmert sich auch weiterhin liebevoll um unsere Versorgung.« Sie betrat den Verschlag noch einmal und kam mit einem Stapel Epa-Paketen heraus. »Natürlich wieder bloß fünf an der Zahl. Künstler müssen ja bekanntlich hungern, um produktiv zu sein.«

Lars verzog geringschätzig die Lippen und ignorierte den Proviant. Stattdessen überblickte er die Tauchausrüstung. Was hatte sich die Filmfirma bloß bei dieser Übung gedacht? Klar, man konnte Helm und Bleigürtel unter Wasser leicht abwerfen, um wieder aufzutauchen. Dennoch war die Ausrüstung ein schlechter Witz. Man musste sich gerade halten, damit aus der Unterseite des Helms keine Luft entwich. Das aber war insbesondere für Laien durchaus mit Risiken verbunden.

Er war noch immer damit beschäftigt, die Ausrüstung zu inspizieren, als ihm Katja einen roten Umschlag zeigte. »Lag da drinnen. Zusammen mit einer Anleitung für den Krempel hier.«

»Brauchen wir nicht«, murrte Lars. »Ich weiß, wie dieses Tauchequipment funktioniert.«

»Na gut.« Katja riss den Umschlag auf. »Ganz so, wie Sören gemutmaßt hat: Der Umschlag enthält nicht bloß den nächsten SURVIVE-Code, sondern auch Koordinaten zur Eingabe im GPS-Gerät.«

»Steck den SURVIVE-Code weg, und gib die Koordinaten ein«, erklärte Lars. »Ich schlage vor, du machst die Navigatorin, und ich übernehme den Unterwasser-Einsatz.«

Er zog den Neoprenanzug an, während Katja den Umschlag mit dem SURVIVE-Code im Rucksack verstaute, das GPS-Gerät hervorkramte und es anschließend mit den Koordinaten fütterte. »Wie wir es uns gedacht haben. Das Ziel liegt im See vor der Insel. Gar nicht weit weg. Vielleicht zehn Meter oder so da draußen.«

Nach und nach schleppten sie die Ausrüstung zum Uferrand, wobei es insbesondere der lange Schlauch war, dessen Transport Mühe bereitete. Lars betrachtete skeptisch den vor ihnen liegenden See. »Wir hätten vorhin mal prüfen sollen, wie tief das Gewässer überhaupt ist.«

»Na, angesichts der kleinen Insel hier wohl nicht so tief«, mutmaßte Katja, während sie das lose Schlauchende an die Handpumpe anschloss.

Lars betrachtete die Schlauchschlingen, die neben ihnen lagen. Er hatte sie grob mit den Armen vermessen und war auf eine Länge von etwa fünfzehn bis zwanzig Metern gekommen. Das würde spannend werden.

»Mist«, murrte Katja plötzlich. »Eigentlich bräuchten wir drei Mann. Einer am Seegrund, einer, um zu pumpen und einer, der mit dem Floß rausfährt, um mittels der GPS-Koordinaten den Ort zu bestimmen, an dem wir suchen müssen.«

»Shit, du hast recht.« Lars, der bereits den Helm in der Hand hielt, begriff das Dilemma, in dem sie steckten.

»Was jetzt?«, wollte Katja wissen. »Ob man die Pumpe auf das Floß stellen kann?«

»Vergiss es.« Lars schüttelte den Kopf. »Das Konstrukt ist nicht stabil genug. Da rutscht dir das Gerät am Ende noch in den See. Da draußen mit empfindlichen Gerätschaften zu operieren, ist sowieso kitzlig. Denn was ins Wasser fällt, ist weg.« Er betrachtete missmutig Pumpe und GPS-Gerät und dachte nach. »Haben wir denn nichts, was wir als Boje absetzen könnten?«

»Keine Ahnung. Blöderweise habe ich nicht mal eine Wasserflasche eingepackt.«

»Sonst etwas, das schwimmt?«

»Sieh selbst nach, was wir dabeihaben.« Sie kippte ihren Rucksack kurzerhand aus: weitere Handtücher, die wasserdichte Taschenlampe, Gunnars Axt, den Hammer und die verbliebenen Nägel, das neue Outdoor-Messer und … die blaue Tauchmaske aus dem Lager der drei Studenten.

»Du hast die Tauchmaske mitgenommen?«, fragte Lars erstaunt und schalt sich einen Narren, nicht selbst daran gedacht zu haben.

»Ja. Ich dachte mir, für den Fall, dass etwas passiert. Dann könnte ich …«

»Nein, alles gut. Das ist die Lösung!« Lars nickte seiner Kollegin zu. »Wir vergessen diesen ganzen Klimbim hier und fahren so raus.« Er studierte die Positionsangaben auf dem Display des GPS-Geräts noch einmal genauer und warf einen prüfenden Blick auf die Wasserfläche. »Alles, was wir benötigen, sind die Maske und unser Seil.«

»Willst du etwa nach dem Gewehr angeln?«

»Quatsch. Ich tauche direkt.« Lars zwinkerte. »Ich bin nicht gerade ein Apnoe-Taucher, aber ich schaffe es locker, eine Weile ohne Atemluft unten zu bleiben. Mit der Tauchmaske und der Lampe sollte ich da unten auch genügend erkennen können. Zumindest glaube ich nicht, dass der See allzu trübe ist, denn sonst hätten sie dieses komische Spielchen nicht ersonnen. Nötigenfalls … tauche ich eben mehrmals runter.«

»Wie tief kommst du denn?«, fragte Katja. »Also ich kriege schon Zustände, wenn ich im Schwimmbad zum Beckenboden tauchen soll.«

»Na ja, bei Becken mit Sprungtürmen sind das gute drei Meter vierzig. Ich schaffe üblicherweise das Doppelte, aber so tief schätze ich das Gewässer hier nicht ein.«

»Wie du willst«, stöhnte sie. »Ich muss da ja nicht runter.«

Sie griffen sich Tauchmaske und Seil und schoben das restliche Equipment unter einen Busch. Allein von den Nahrungsmitteln wollte sich Katja offenbar nicht trennen, denn sie leerte die Epa-Pakete und stopfte den Inhalt in ihren Rucksack. Anschließend schoben sie das Floß wieder auf den See hinaus. Wellen schwappten über die Bohlen, und sie bekamen erneut nasse Füße.

Einen kurzen Augenblick lang glaubte Lars, drüben bei ihrem Zeltlager eine Bewegung auszumachen. Einer ihrer Kollegen? Doch als er genauer hinblickte, war da nichts. Offenbar eine Täuschung.

Jedenfalls hoffte er das.

Sie paddelten das Floß weiter auf den See hinaus, bis sie die Stelle erreicht hatten, die ihnen das GPS-Gerät ungefähr vorgegeben hatte. »Stopp!« Lars stellte sofort jede weitere Aktivität ein. Er überprüfte den Sitz des neuen Messers am Beingurt, passte die Tauchmaske an seinen Kopf an und befestigte den Bleigürtel an einer Schlaufe im Seil.

»Was machst du da?«, fragte Katja neugierig.

»Ganz einfach«, erklärte er. »Das Blei soll mich möglichst rasch runterziehen. Aber ich muss es abwerfen, wenn ich wieder hochwill. Und vermutlich muss ich mehrfach runter. Mit dem Seil ziehen wir den Bleigürtel dann jedes Mal einfach wieder nach oben.« Er hob ihn an. »Außerdem kann ich mit diesem Behelfslot testen, wie tief es hier eigentlich ist.«

Er warf das Seilende mit dem daran befestigten Bleigewicht in den See und spulte das Seil mit der Hand ab. Irgendwann spürte er, dass das Gewicht auf dem Seegrund auftraf. Das Seil war fünfzehn Meter lang, und angesichts des losen Strangs, den er in der Hand hielt, konnte er die Tiefe des Sees nun recht genau einschätzen. »Etwa fünf Meter«, sagte er. »Alles also im grünen Bereich.«

»Okay. Aber vielleicht sollten wir das GPS-Gerät doch noch einmal zu Rate ziehen?« Katja blickte zur Insel zurück.

»Unsinn, die sind eh nur auf ein bis drei Meter genau. Wir sind hier schon richtig.« Lars zog nun das Seil samt Gewicht wieder aus dem Wasser.

»Und das andere Ende des Seils bitte hübsch festhalten.« Er drückte es Katja in die Hand, rückte die Tauchmaske zurecht und füllte seine Lungen tief mit Luft. Dann sprang er mit dem befestigten Bleigewicht in der Hand ins Wasser.

Um Lars herum wurde die Welt hellgrün, während das Gewicht ihn sogleich in die Tiefe zog. Der Neoprenanzug bewahrte ihn vor der Kälte, doch schnell machte sich der Umgebungsdruck bemerkbar. Aber der ließ sich aushalten.

Ruhig wartete Lars ab, bis der Seegrund unter ihm auftauchte. Sein Blick reichte an dieser Stelle etwa fünf Meter weit, was er angesichts eines Sees wie diesem als großes Glück empfand – und nahelegte, dass der See irgendwo einen Zulauf hatte. Der Untergrund erwies sich nichtsdestotrotz als schlammig und war mit Algen und losen Ästen übersät. Ohne Tauchmaske hätte er vermutlich keine Chance gehabt, sich hier unten zurechtzufinden. Aber er besaß eine – und alleine darauf kam es an. Prüfend schaltete er die neue Taschenlampe an, die er an einer Schlaufe am Handgelenk trug, und der helle Strahl schnitt sogleich durch das Wasser. Wie erhofft, verbesserte sich sein Sichtradius leicht. Interessanterweise schien der Untergrund von der nahen Insel aus weiter in die Tiefe abzufallen.

Lars wurde durch eine Bewegung rechts von ihm aufgeschreckt und erblickte einen etwa zwanzig Zentimeter langen Fisch mit silbrigem Schuppenleib, der dort neugierig seine Bahnen zog. Er tippte auf eine Äsche.

Der Seebewohner verschwand wieder ins allgegenwärtige Grün, und Lars beschloss, sich nicht weiter ablenken zu lassen, sondern sich am Seegrund umzusehen. Er ließ das Seil mit dem Bleigürtel los und zog in der Tiefe einige Zeit seine Kreise, bis sich der Sauerstoffverlust schmerzhaft bemerkbar machte. Als er gerade aufsteigen wollte, entdeckte er am Rande seines Gesichtsfeldes einen klobigen Gegenstand. Dort, wo der See weiter abfiel. Mit kräftigen Schwimmzügen tauchte er auf das Objekt zu und identifizierte es als eine längliche Box in Gewehrlänge. Sie lag leicht schräg auf dem Untergrund und trug einen angesichts der Lichtverhältnisse schwer auszumachenden SURVIVE-Schriftzug.

Das war es.

Nur rebellierte seine Lunge allmählich.

Kerzengerade und so kontrolliert wie möglich stieg Lars an der Fundstelle wieder auf, und kurz darauf durchstieß sein Kopf die Wasseroberfläche.

»Hier!«, rief er keuchend und winkte.

»Wow, du bist gut.« Katja und das Floß waren gute vier Meter von ihm entfernt, und seine Kollegin sah erleichtert zu ihm hinüber. Sofort holte sie das Seil mit dem Bleigewicht ein und paddelte das Floß in seine Richtung. Lars hielt sich an den schwankenden Stämmen fest und wartete ab, bis er wieder zu Atem gekommen war.

»Und?«, wollte Katja wissen. »Wird es schwierig?«

»Es handelt sich um eine Art Koffer«, antwortete Lars und nahm den am Seil befestigten Bleigürtel wieder in Empfang. »Er besitzt Griffe. Sollte also nicht so schwer sein, das Seil daran zu verknoten, damit wir ihn hochziehen können.« Er knotete das Bleigewicht an einer höher liegenden Position des Seils fest, so dass genug loses Ende übrig blieb, um dieses später um die Griffe zu schlingen. Dann atmete er mehrfach tief ein und ließ sich von dem Blei erneut in die Tiefe ziehen.

Keinen Meter neben der versenkten Box erreichte er erneut den Seegrund, und sofort knotete er das Seilende um die Griffe des eigentümlichen Koffers. Dann gab er Katja mit sanftem Zug am Seil zu verstehen, dass sie die Fracht nach oben ziehen sollte. Erst da entdeckte er schräg unterhalb der versenkten Box einen weiteren, seltsam klobigen Gegenstand. Was war denn das?

Nach kurzem Nachdenken tauchte er darauf zu, beleuchtete den Fund mit der Taschenlampe, befreite ihn vom Schlamm und betrachtete ihn stirnrunzelnd. Es handelte sich um eine korrodierte Anzeige, ähnlich wie jene an einer Fahrzeug-Armatur. Sie war kreisrund und verfügte über ein fast blindes Sichtfenster aus Glas. Lars ließ den Strahl der Taschenlampe weiter über den Seegrund wandern und entdeckte wenige Meter entfernt ein großes Rad samt abgerissener Aufhängung.

Ein korrodiertes Fahrgestell!

Ebenfalls halb von Schlamm bedeckt.

Ihm kam ein übler Verdacht.

Lars nutzte die ihm verbliebene Luft, tauchte am Seegrund entlang und riss entgeistert die Augen auf. Im Wasser vor ihm zeichneten sich jetzt die düsteren Überreste eines großen Flugzeugs ab. Das unheimliche Wrack musste hier unten schon seit vielen Jahrzehnten liegen. Das Heck der Maschine mit dem Seitenleitwerk war angesichts der Sichtverhältnisse im Wasser kaum zu erkennen, aber Lars war sich dennoch ziemlich sicher, dass das Flugzeug bei dem Aufschlag auf dem See entzweigebrochen war. Vor ihm ragte ein geborstener Knickflügel aus dem Seegrund, und er konnte an dem klobigen Rumpf die Reste des Cockpits ausmachen. Die Holzpropeller des Flugzeugs hingegen schienen durch den Aufschlag regelrecht abrasiert worden zu sein. Überhaupt war der Seegrund hier mit unzähligen Kleinteilen des Fliegers übersät, darunter eine leere Munitionskiste und Teile der Cockpitfenster.

Lars bemerkte, dass er viel zu lange unten geblieben war, denn seine Lungen schrien jetzt förmlich nach Luft. Sofort stieg er wieder auf, und selten war ihm die glitzernde Wasseroberfläche so verlockend erschienen.

Er durchbrach sie und japste nach Luft.

Katja, die sich gerade damit abmühte, die Kiste über die schwankende Kante des Floßes zu ziehen, starrte ebenso überrascht wie erleichtert zu ihm herüber. Tatsächlich war er fast zehn Meter von ihr entfernt aufgetaucht.

»Scheiße, das glaubst du nicht!«, rief er aufgeregt. »Unter uns im Wasser liegt ein abgestürztes Flugzeug!«

»Was, bitte?« Katja sah ihn verblüfft an.

»Egal, zieh die verdammte Kiste raus und komm her.«

Katja zerrte die längliche Waffenbox aufs Floß und fiel dabei selbst fast ins Wasser. Es dauerte etwas, bis sie sich berappelt hatte und das trügerische Wassergefährt auf ihn zusteuerte. Als sie endlich bei ihm war, hielt sich Lars wieder an den Stämmen fest und versuchte, sich zu beruhigen.

»Ein Flugzeug?«, fragte Katja ungläubig.

»Ja, verdammt.« Lars konnte den Fund selbst nicht fassen. »Die Knickflügel sind ziemlich markant. Ich glaube, das ist ein Stuka.«

»Ein was?«

»Mein Gott«, Lars schob gereizt die Tauchmaske auf die Stirn, während er Wasser trat. »Ich denke, du warst mal ein Typ? Jungs wissen so was. Eine Junkers Ju 87! Ein Sturzkampfbomber der deutschen Wehrmacht im Zweiten Weltkrieg. Die Dinger haben sie damals dazu eingesetzt, um gezielt Bomben abzuwerfen. Meist auf Bodenziele, später wohl auch gegen Schiffe.«

»Und was macht dieser Stuka ausgerechnet hier in dieser Einöde?«

»Woher soll ich das denn wissen? Vielleicht wurde der Bomber abgeschossen? Vielleicht hat sich der Pilot auch verflogen, und er musste hier notwassern.«

»Na gut«, Katja sah ihn aufgewühlt an. »Wenn wir hier wieder wegkommen, geben wir den Behörden Bescheid. Jetzt sollten wir aber erst einmal …«

»Nein. Ich will da noch mal runter.«

»Wieso das denn?«

»Weiß nicht.« Lars verzog das Gesicht. »Bloß so ein Gefühl. Irgendetwas stimmt mit diesem Ort nicht. Dagmar und ich haben letzte Nacht nämlich noch so einen merkwürdigen Fund gemacht.«

»Und was?«

»Einen Stahlhelm aus dem Zweiten Weltkrieg. Auf dem Weg zum Zelt der Studenten.«

»Und? Norwegen war damals von den Deutschen besetzt.«

»Schon«, entgegnete er. »Aber was wollten die in dieser gottverlassenen Gegend? Komm, lass mich noch mal runter.«

»Ehrlich, wir haben schon so viel Zeit verloren.« Katja warf missbilligend einen Blick auf die Armbanduhr der Studenten. Dann blickte sie zum Himmel, an dem sich dunkle Wolken abzeichneten. »Außerdem befürchte ich, dass ein Unwetter naht.«

»Ich verspreche dir, ich mach auch nicht lange.« Lars zwinkerte ihr zu und löste das Seil von der Plastikbox, so dass er erneut nach dem Bleigürtel greifen konnte. Er streifte sich die Tauchmaske über, atmete abermals tief ein und tauchte einmal mehr hinab auf den Seegrund.

Es dauerte nicht lange, und die Überreste des Stukas tauchten erneut unter ihm auf. Das Flugzeugwrack wirkte aus der Nähe betrachtet riesig. Die Tragflächen mussten jeweils gute neun Meter lang gewesen sein, und als Lars sie ableuchtete, fand er Einschusslöcher. Argwöhnend glitt er auf die zerstörte Kanzel zu und leuchtete ins Cockpit. Es war von Schlamm und Algen übersät, und die eingedrückte Armatur war schon lange korrodiert. Schlimmer wog der Anblick, der sich ihm auf dem Frontsitz bot. Dort befanden sich die Überreste des Piloten. Lars erblickte ein zusammengesunkenes Skelett mit hässlich grinsendem Schädel, das in den Resten einer verrotteten Pilotenkluft steckte. Auch der Sitz des Copiloten weiter hinten unter dem verrosteten Heckmaschinengewehr war nicht leer – und der Anblick nicht besser.

Rasch wandte Lars sich von der einstigen Pilotenkanzel ab und tauchte tiefer. Denn aus der Nähe betrachtet, konnte er sehen, dass der Sturzkampfbomber leicht schräg auf dem Seeboden ruhte. Eines der beiden Fahrgestelle existierte noch und schien den Rumpf zu stützen. Lars hoffte, so einen Blick auf die Bombenaufhängung werfen zu können, denn er wollte wissen, ob das Flugzeug noch seine zerstörerische Fracht trug.

Als er sich dicht auf den Seegrund drückte, um so unter das Flugzeug zu spähen, begannen seine Lungen allmählich wieder zu schmerzen. Zwischen Rumpf und Seegrund tat sich ein dunkler Spalt auf; kaum eine Elle hoch. Er leuchtete mit der Taschenlampe und räumte einen Gegenstand im Schlick beiseite, der ihm den Blick versperrte. Es handelte sich um eine alte Fliegertasche. Kurzerhand hängte er sie sich um den Hals und leuchtete abermals unter den Flugzeugrumpf. Tatsächlich. Die Bombe war noch da. Sie war halb im Schlamm begraben und schien ebenfalls weitgehend korrodiert, doch noch immer waren auf ihr verblasste Schriftzüge und Symbole in weißer Farbe zu erkennen. Ein martialischer Totenkopf, und daneben die aufgepinselten Buchstaben *Milorg*, die von einem aufgemalten Bajonett durchstochen wurden. Aber war das der ganze Schriftzug?

Lars räumte einen bernsteinfarbenen Klumpen beiseite – und begriff erst in diesem Moment, dass das kein harmloser Klumpen war. Und schon gar nicht Bernstein.

Das war weißer Phosphor! Und diese Substanz entzündete sich bei Kontakt mit trockener Luft.

Entsetzt ließ Lars den Klumpen fallen, strampelte mit den Füßen vom Flugzeug weg und zog sich panisch die Tauchhandschuhe aus. Inzwischen protestierten seine Lungen aufs Schmerzhafteste, doch Lars ignorierte das schreckliche Gefühl. Auf gar keinen Fall durfte er irgendetwas von dem gefährlichen Material mit nach oben nehmen!

Erst als er bereits Sternchen vor den Augen sah, tauchte er verzweifelt auf. Abermals durchstieß sein Kopf die Wasseroberfläche, und er sog verzweifelt die Luft ein. Mehrfach ließ er sich wieder nach unten sinken und untersuchte nun auch seinen Neoprenanzug. Erst als er sich sicher war, dass er nichts von dem teuflischen Zeug mit nach oben gebracht hatte, wagte er es, wieder zurück zu Katja zu schwimmen. Die blickte ihn besorgt an und half ihm aufs Floß. »Alles in Ordnung?«

»Scheiße. Nein.« Lars lehnte sich erschöpft gegen die SURVIVE-Kiste. »Der verdammte Flieger ist offenbar mit einer Brandbombe bestückt. Und das teuflische Ding ist immer noch da unten im Wasser.«

»Eine Brandbombe? Eine von diesen Dingern, wie sie die Alliierten damals massenhaft über Hamburg und Dresden abgeworfen haben?«

»Glaub mir, die Deutschen waren nicht besser«, stöhnte Lars. »Frag mal die Engländer.«

»Du befürchtest, die könnte noch immer hochgehen?«

»›Hochgehen‹ ist vermutlich nicht der richtige Begriff«, antwortete Lars. »Aber die hat ein Leck. Da unten ist weißer Phosphor ausgetreten. Wenn das an die Luft gelangt, und du sammelst es auf ... dann gute Nacht.« Lars ergriff sein Paddel und half Katja dabei, das Floß wieder zur Landseite zurückzusteuern, während er das Gefundene noch einmal Revue passieren ließ. »Seltsam ist das schon«, sagte er schließlich.

»Warum?«

»Ganz einfach: Die damalige Luftwaffe war hier oben in Norwegen stationiert, um einem befürchteten Vorstoß der Alliierten von der Seeseite aus entgegentreten zu können. Um Schiffe empfindlich zu treffen, braucht man aber panzerbrechende Waffen und keine Brandbomben.«

Sie paddelten schweigend weiter, bis vor ihnen wieder der Schilfgürtel mit ihrem Lagerplatz in Sicht kam. Als zwischen dem Schilf unvermittelt ein Platschen ertönte und sie sahen, wie sich ein Schatten aus seiner Deckung erhob, griff Lars bereits nach dem Messer. Erst in letzter Sekunde erkannte er

Dagmar, die bis zur Hüfte im Wasser stand, zu seiner Verwunderung ein Headset mit Mikrofon trug und den Zeigefinger energisch gegen die Lippen gepresst hielt.

»Pssst!«, zischte sie ihnen ängstlich entgegen. »Seid leise. Wir sind hier nicht allein.«

MILITARIA

Wo ist der Kerl jetzt?«, wisperte Katja, die sich ebenso wie Dagmar und Lars im nahen Wald versteckte und zwischen den Bäumen hindurch Richtung Lagerplatz spähte. Trotz des abendlichen Dämmerlichts waren ihre Zelte gut zu erkennen. In der Nähe des erkalteten Lagerfeuers lagen ihre ausgeleerten Rucksäcke sowie zahllose Kleidungsstücke, die bewiesen, dass jemand ihre Sachen durchwühlt hatte.

»Warte«, flüsterte Dagmar und gab die Frage per Funk an Sören weiter, der sich in der Zwischenzeit offenbar nützlicher gemacht hatte, als sie und Lars geahnt hatten. Katja wurde noch immer wütend, wenn sie an ihren ITler dachte, doch im Augenblick war sie froh, dass er die Monitore in der Hütte im Blick behielt.

»Er ist gerade wieder am Schießstand eingetroffen«, wiederholte Dagmar etwas lauter, was sie vermutlich soeben von Sören erfahren hatte. Ihre Kollegin erhob sich nun wieder und strich missmutig über ihre durchfeuchtete Hose.

»Und ihr seid euch sicher, dass das keiner vom Filmteam war?«, fragte Katja.

»Na ja.« Dagmar fuhr sich nachdenklich durchs Haar. »In der Hütte waren fünf Betten belegt; und mindestens einen aus der Filmcrew haben wir nicht kennengelernt. Aber der Kerl sah wie ein Wilderer aus. Außerdem trug er Bernds Baseball-Cap.«

Aus den Augenwinkeln sah Katja, wie Lars erstarrte. »Die würde Bernd niemals freiwillig weggeben«, erklärte er unheilvoll. »Die hat ihm Alexa vor drei Jahren geschenkt.«

»Bernds Frau?«, fragte Dagmar.

»Ja. Anlässlich einer Vereinsfeier.« Lars erhob sich nun ebenfalls, und Katja tat es ihm gleich. »Letztes Jahr«, fuhr er fort, »hat Bernd dem Sohn eines Segelkameraden eine saftige Ohrfeige verpasst. Und das bloß, weil sich der Junge erdreistet hatte, die Mütze aufzusetzen.«

»Je mehr ich über diesen Proleten erfahre, desto unangenehmer wird er mir«, knurrte Katja. »Und was machen wir jetzt?«

»Na, wir schnappen uns den Typ!«

»Du denkst, du wirst mit dem Kerl fertig?« Katja sah, wie Dagmar Lars bewundernd ansah und dann weitersprach: »Ehrlich gesagt sah der so aus, als würde man ihm nachts lieber nicht in einer dunklen Gasse begegnen.«

»Wir haben immerhin zwei Messer«, erklärte Lars entschlossen. »Außerdem …«

»Das ist doch völliger Wahnsinn!«, unterbrach ihn Katja. »Oder bist du jetzt auch noch zum Kampfsportler mutiert? Was macht euch eigentlich so sicher, dass der Typ allein ist?«

»Nichts. Aber denkst du, ich lasse zu, dass wir hier einfach beklaut werden?«

»Lars hat recht«, pflichtete ihm Dagmar bei. »Außerdem müssen wir herausfinden, was mit Bernd geschehen ist. Wenn der seine Mütze nicht freiwillig abgibt, heißt das doch, dass er unterwegs … aufgehalten wurde.«

»Nicht bloß das.« Lars schnaubte. »Der Typ ist vielleicht auch für den Angriff auf Gunnar verantwortlich. Und vielleicht nicht nur auf ihn. Wenn wir ihn ziehen lassen, werden wir vielleicht nie herausfinden, was hier in Wahrheit vor sich geht.«

»Dann sollten wir uns beeilen«, sagte Dagmar. »Der Kerl war jetzt zweimal hier, und ich denke, er hat jetzt alles, was interessant für ihn war. Allerdings hat er sich vorhin offenbar den Fuß verstaucht. Schnell ist er also nicht. Vor allem nicht mit all dem Gepäck.«

»Okay.« Katja seufzte. »Dann mache ich einen anderen Vorschlag. Wir haben doch das Gewehr.«

Lars runzelte die Stirn. »Was willst du mit einem Gewehr ohne Munition?«

»*Das* wissen bloß wir.«

Der Texter sah sie an und grinste. »Katja, du überraschst mich heute schon das zweite Mal. Nicht schlecht.« Er wandte sich an Dagmar. »Sag Sören, dass er uns im Minutenabstand informieren soll, was der Typ macht und wo er ist.«

Dagmar sprach wieder leise in ihr Headset. »Er hält sich gerade im Unterstand der Schießbahn auf und packt seine Beute um«, informierte sie sie.

Gemeinsam liefen sie zurück zum Schilf, wo noch immer der wasserdichte Waffenkoffer lag, und Lars machte sich an den Verschlüssen zu schaffen. Der Kunststoffdeckel öffnete sich mit einem leisen Pfeifgeräusch, und vor ihnen, eingebettet in eine dunkle Verschalung aus Schaumstoff, erblickten sie ein Jagdgewehr mit dunklem Holzgriff, das über eine beeindruckende Zieloptik über dem Kolbenhals verfügte.

»Weiß jemand, wie man damit umgeht?«, fragte Katja in die Runde.

»Na ja«, Lars nahm das Gewehr bewundernd aus dem Koffer und legte prüfend damit an. »Bei der Bundeswehr bin ich an der G36 ausgebildet worden. Außerdem hatte ich schon einmal eine G3 in der Hand. Müsste doch rauszukriegen sein, wie die hier …«

»Soll ich dir helfen?« Dagmar nahm ihm das Jagdgewehr ab. »Das ist ein Einzellader. Du musst den Kammerverschluss zurückziehen, um die Patrone von Hand einzulegen. Also, wenn wir Munition hätten.« Sie zeigte ihm mit sicherer Hand, wie man die Waffe lud und spannte, und Katja und Lars warfen einander erstaunte Blicke zu.

»Woher weißt du das alles?«, wollte Katja wissen.

»Bis zum Tod meines Vaters war ich in einem Sportschützenverein«, erklärte Dagmar wehmütig. »Druckluftgewehre, Kleinkaliberwaffen, Karabiner. Ich hab damals sogar an zwei Verbandsmeisterschaften teilgenommen. Außerdem war mein Opa Jäger. Aber«, sie gab Lars das Gewehr zurück, »das ist jetzt schon eine ganze Weile her.«

»Alter Falter!« Lars nickte anerkennend. »Du steckst voller Überraschungen.«

Katja sah, wie Dagmar vor Verlegenheit das Blut ins Gesicht schoss. Ohne Zweifel, ihre Mediaplanerin war wirklich in ihn verschossen.

»Okay.« Lars packte die Schusswaffe fester. »Und wie gelangen wir von hier aus zu dieser Schießbahn?«

Dagmar wies zum Hochseilgarten. »Der Typ kam von dahinten aus dem Wald. Am Kletterpark vorbei und dann durch die Bäume. In der Richtung liegt auch der Hügel mit der Hütte. Am besten, wir folgen einfach seinen Spuren.«

Katja sah, wie Lars sie und Dagmar musterte und sich dann ihr zuwandte. Er reichte ihr Bernds Messer; jenes am Beingurt behielt er. »Hier, Katja. Glaubst du, dass du damit umgehen kannst?«

»Klar. So gut wie mit einem Brotmesser«, antwortete sie. »Aber wir haben doch noch etwas Besseres.« Sie griff nach der

Axt, überlegte kurz und lief dann noch einmal hinüber zum Zeltplatz, wo sie ihren Rucksack abwarf und stattdessen nach den Resten von Sörens Gaffa-Tape Ausschau hielt. Viel war von dem Klebeband nach Floß- und Leiterbau nicht mehr übrig geblieben, doch es würde für den Zweck, der ihr vorschwebte, reichen. Anschließend schlüpfte sie in ihre Klamotten und brachte Lars dessen Stiefel und Socken, die er dankbar anzog.

Mit Sörens Hilfe versicherten sie sich, dass der Fremde noch bei der Schießbahn weilte, und eilten dann hinüber in den Klettergarten. Ein leichter Wind kam auf, ließ die Zweige rauschen, und Katja spähte besorgt zum Himmel, wo sich eine Schlechtwetterfront unerbittlich weiter über die Bergregion zog.

Trotz der schlechter werdenden Sichtverhältnisse fanden sie im Unterholz den Trampelpfad, den der Unbekannte hinterlassen hatte, und pirschten auf ihm entlang durch das Nadelgehölz.

Sie brauchten knappe zehn Minuten, bis sich der Baumbestand vor ihnen wieder lichtete und sie zwischen den Zweigen die Schießbahn erblickten. Der langgezogene Platz war bei ihrer Ankunft in trügerisches Abendlicht gehüllt. Die Sonne war längst hinter den Bergen untergegangen, und in spätestens zwanzig Minuten würde es hier stockfinster sein. Linker Hand der Schießbahn erhob sich ein hoher, bewaldeter Hügel, und wenn Dagmars Bericht stimmte, musste sich dort oben irgendwo die Blockhütte befinden.

Dagmar hielt sich zurück, und so schlich Katja zu Lars, der noch immer im Neoprenanzug steckte und sich längst unter den ausladenden Zweigen einer Fichte versteckt hatte. Von dort aus spähte er den Unterstand aus. Auch sie entdeckte jetzt den Fremden. Der Kerl war blond, trug einen verfilzten Vollbart und war von kräftiger Statur. Bekleidet war er mit Stiefeln, einer derben Cordhose sowie einer Felljacke, die er über einem Flanellhemd trug. Offenbar war er mit dem Umpacken fertig, denn er schulterte in diesem Moment Gunnars prall gefüllten Rucksack, griff nach Motorsäge, Campingkocher und Schaufel und marschierte am rechten Schießbahnrand entlang auf die gegenüberliegende Waldseite zu.

»Bist du bereit?«, flüsterte Lars.

Katja seufzte. »Muss ja.«

»Alles klar. Dann entdeck mal wieder den Kerl in dir.«

Ohne Katja Zeit für eine Entgegnung zu lassen, huschte Lars mit dem Jagdgewehr voran auf den großen Platz. »Hey, Arschloch!«, rief er. »Wo willst du mit unseren Sachen hin?«

Der Fremde wirbelte herum, und Lars hob die Waffe und visierte ihn an. Er wiederholte die Frage. Diesmal auf Englisch. Katja packte die Axt fester, und gemeinsam schritten sie auf ihn zu.

Der Unbekannte stieß einen unverständlichen Fluch aus, leckte sich fahrig über die Lippen und sah kurz über die Schulter. Katja konnte ihm förmlich ansehen, wie es hinter seiner Stirn arbeitete. Offenbar überlegte er, ob er fliehen oder gar einen Angriff riskieren sollte.

»Runter mit dir, auf die Knie!«, herrschte Lars ihn an und wies mit dem Gewehrlauf Richtung Waldboden. Der Fremde glotzte ihn fragend an, und so wiederholte Katja die Aufforderung auf Norwegisch. Sie hob die Axt, und auch sie versuchte, Nachdruck in ihre Stimme zu legen. Der Fremde zögerte noch immer.

»Du blöder Wichser!« Lars spannte zornig die Waffe und marschierte mit wutverzerrtem Gesicht und dem Gewehr im Anschlag auf ihn zu. »Wenn du nicht sofort auf die Knie gehst, ballere ich dir in deine dreckige Fresse!«

Lars' Auftritt schien beeindruckend genug gewesen zu sein; Katja sah es in den Augen des Fremden. Ihr Gegenüber ließ endlich seine Beute fallen und setzte sogar den Rucksack ab, ehe er vorsichtshalber die Hände über den Kopf legte und auf die Knie ging. Dennoch, auch diese Geste der Kapitulation hatte etwas Lauerndes. Lars blieb einen Meter von dem Fremden entfernt stehen, zielte mit der Waffe auf seine Brust, und so trat Katja rasch hinter den Bärtigen.

»Hinlegen!«, fauchte sie ihn auf Norwegisch an. »Sofort!«

Als der Fremde ihrem Befehl nicht sofort nachkam, trat sie ihm mit Wucht in den Rücken, und der Mann kippte der Länge nach vornüber. Aber er nutzte den Schwung des Falls, rollte ab, erhob sich unvermittelt wieder und versuchte nun, Lars anzuspringen. Der schien auf einen solchen Ausfall bloß gewartet zu haben, wirbelte die Waffe gekonnt herum und rammte dem Fremden den Kolben mit Wucht ins Gesicht. Der Fremde stöhnte schmerzerfüllt auf und versuchte fahrig, nach dem Lauf der Waffe zu greifen, doch da war Katja bereits bei ihm. Wie eine Furie warf sie sich auf seinen Rücken und hackte die Axt unmittelbar neben seinem Kopf in den Waldboden. Sofort versteifte er sich, blieb aber liegen.

»Eine verdammte Bewegung, und ich spalte deinen verfluchten Schädel!«, fauchte sie auf Norwegisch. Erst jetzt realisierte sie, wie muskelbepackt der Unbekannte war. Sofort riss sie die Axt wieder aus dem Boden und hielt sie schlagbereit. Dass er sie nicht einfach abwarf, lag vermutlich daran, dass Lars ihm jetzt den Lauf der Waffe ins Gesicht drückte.

Endlich gab der Fremde seinen Widerstand auf.

»Beine breit, und Hände auf den Rücken!«, befahl sie.

Der Bärtige kam der Forderung widerstrebend nach, und sofort fesselte sie seine Hände mit dem Gaffa-Tape.

»Ich bin nicht allein.« Katja hielt inne. Der Mann sprach ein gut verständliches Norwegisch, und seine Worte waren ganz eindeutig als Drohung gemeint.

Katja übersetzte, und Lars schnaubte zornig. Er nahm dem Kerl Bernds Baseball-Cap ab, musterte diese und setzte sie sich dann auf. »Er soll uns sagen, woher er die Cap hat.«

Katja übersetzte, doch der Kerl schwieg.

Lars trat ihm ansatzlos ins Gesicht, und Katja hörte, wie das Nasenbein des Mannes brach. Blut schoss aus der Nase des Fremden, während er vor Schmerzen wie ein Elch aufröhrte.

»Bist du verrückt!«, fuhr sie ihren Kollegen an. doch Lars ignorierte sie und hob stattdessen drohend den Gewehrkolben.

»Übersetz lieber«, sagte er mit erschreckend kalter Stimme und wandte sich erst dann wieder an ihren Gefangenen. »Wenn du nicht sofort den Mund aufmachst, mache ich weiter. Und zwar so lange, bis von deinem Gesicht bloß noch blutiger Matsch übrig ist. Also, woher hast du die Cap?«

Katja fragte sich einen Moment lang, ob Lars sich noch im Griff hatte. Dennoch übersetzte sie. Der Fremde stöhnte und sah mit blutüberströmtem Gesicht auf. »Ich hab sie im Wald gefunden.«

Zornig holte Lars mit dem Gewehr aus, und hastig korrigierte sich der Kerl. »Warte!«, rief er panisch. »Schon gut. Ich sag euch die Wahrheit. Ich habe sie von dem Typen, der uns in unserem Lager überrascht hat.«

Katja übersetzte, während der Norweger stöhnend fortfuhr: »Wir biwaken eine Viertelstunde von hier entfernt. Wir sind Gebirgswanderer. Nur ist einer von meinen Kumpels letzte Nacht im Wald verschwunden. Wir haben ihn noch schreien hören, aber seitdem ist er weg. Und bislang war unsere Suche nach ihm erfolglos. Wir dachten, euer Freund wäre dafür verantwortlich, weil er sich heute Nachmittag an unser Lager angeschlichen hatte. Von euch wussten wir nichts, und von uns spricht niemand Deutsch.«

»Und was habt ihr mit unserem Kollegen angestellt?«, fragte Katja scharf.

»Wir haben ihn ... gefesselt.«

Katja und Lars sahen einander an, und endlich betrat auch Dagmar die Lichtung. Katja winkte sie heran und klärte sie über das Gehörte auf. Ihre Kollegin zog sie beide mit sich, ein paar Schritte von dem Norweger fort. »Glaubt ihr ihm?«

Katja betrachtete ihren Gefangenen skeptisch. »Das mit Bernd ... ja. Das andere? Nicht wirklich. Zumindest nehme ich ihm nicht ab, dass er und seine Kumpels nichts von uns wussten. Die Hubschrauberlandung gestern muss jeder hier oben mitbekommen haben. Aber wartet mal.« Sie stiefelte zu dem Bärtigen zurück, der noch immer unglücklich mit auf dem Rücken gefesselten Händen dalag, und untersuchte seine Kleidung. Sie fand Schlüssel, Zigaretten, Feuerzeug, ein Multifunktions-Taschenmesser, einen silbernen Flachmann, eine Taschenlampe sowie seine Geldbörse. Darin befand sich neben Geld ein Ausweis, der in einer Stadt namens Molde ausgestellt worden war. Ihr Gefangener hörte auf den Namen Christian Fredrik Nilsson. Verblüffend war lediglich eine Quittung, die aus dem gleichen Gemischtwarenladen in Skyggehus stammte, in dem auch sie vor ihrer Abreise eingekauft hatte.

Sie kehrte zu Lars und Dagmar zurück und präsentierte ihnen ihre Funde.

»Der Typ war in Skyggehus?«, wunderte sich Dagmar.

»Gut möglich, dass er sogar aus dem Kaff stammt«, erklärte Katja. »Vielleicht arbeitet er dort auch bloß. Die Kleidung passt jedenfalls zu den Holzfällern im Ort.«

»Shit. Ich ahne, wer die Typen sein könnten«, erklärte Lars unvermittelt. Er wollte die Quittung wegstecken, doch da er noch immer im Neoprenanzug steckte, reichte er sie wieder Katja. »Ich glaube, das sind drei Arbeiter aus dem Skyggehuser Sägewerk, die dem Filmteam in den letzten Wochen dabei geholfen haben, den Kletterpark und den übrigen Mist hier aufzubauen.«

»Woher weißt du das?«

Lars berichtete ihnen von einem Gespräch, das er in Skyggehus mit zwei jungen Holzfällern geführt hatte.

»Toll, dass du uns davon auch schon erzählst«, meinte Katja säuerlich.

»Ach komm, hat mir doch nichts gebracht.« Lars winkte ab. »Und noch ist ja auch nicht bewiesen, ob sie es sind. Aber *wenn* sie es sind, fragt man sich doch, warum die drei ihren Urlaub dafür aufwenden, um heimlich wieder in diese Einöde zurückzukehren? Jenkins sprach von mehreren Tagesmärschen, um hierherzugelangen. So eine Anstrengung nimmt man doch nicht ohne Grund auf sich!«

»Die beiden Arbeiter in Skyggehus wussten nicht, dass ihre Kollegen zurück in die Wälder wollten?«, fragte Dagmar.

»Soweit ich weiß, nicht, nein. Die Arbeiter, mit denen ich gesprochen habe, sagten nur, der Trip hier raus hätte sich für ihre Kollegen wohl gelohnt. Jedenfalls sollen sie in Skyggehus nach ihrer Rückkehr eine Lokalrunde geschmissen haben, die es in sich gehabt hat.«

»Interessant.« Katja betrachtete ihren Gefangenen, doch es war inzwischen so düster, dass sie außer vagen Schemen kaum mehr etwas erkennen konnte.

»Und genau deswegen«, Lars packte das Gewehr fester, »werde ich ihn mir jetzt noch einmal vorknöpfen.«

»Nein, warte.« Katja hielt ihn fest. »Das können wir später machen. Jetzt lassen wir uns von ihm erst einmal zu seinem Biwak führen und holen Bernd da raus.«

»Spinnst du?« Lars sah sie ungläubig an. »Wir haben bereits nach 18 Uhr. Die Sonne ist bereits untergegangen, und jeden Moment gibt es hier ein Gewitter. Wir müssen uns in Sicherheit bringen!«

»Willst du Bernd etwa allein da draußen lassen?«, herrschte Katja ihn an. »Und was ist, wenn es stimmt, dass diese drei Holzfäller ebenfalls einen der Ihren an den verdammten Wald verloren haben?«

»Dann sollten wir erst recht die Biege machen.«

»Das können wir nicht, Lars«, mischte sich nun auch Dagmar ein. »Bernd hat für uns ein großes Risiko auf sich genommen. Es ist nur fair, wenn wir ihm jetzt ebenfalls helfen.«

»Mann, ihr seid wirklich unbelehrbar.« Lars musterte sie aufgebracht. »Okay. Und was, wenn wir das Lager erreicht haben?«

»Das mit dem Gewehr war doch schon einmal überzeugend.« Katja lächelte böse.

Sie kehrten zu dem Norweger zurück, Katja überprüfte noch einmal seine Fesseln, und dann richteten sie ihn auf. Der Bärtige fixierte sie wütend.

»Pass auf, Christian Fredrik Nilsson.« Katja blendete ihm mit seiner Taschenlampe ins Gesicht. »Du wirst uns jetzt zu eurem Lager führen. Wenn du kooperierst, tauschen wir dich dort gegen unseren Kollegen aus. Falls nicht, oder wenn ihr ihm etwas angetan habt, kann ich nicht dafür garantieren, dass sich mein Begleiter zurückhält.«

»Er ist vielleicht ein bisschen verletzt«, antwortete der Norweger gereizt. »Aber nicht mehr als ich.«

»Dann los!« Sie schubste den Fremden in Richtung der gegenüberliegenden Waldrichtung, und ihr Gefangener setzte sich zögernd in Bewegung. Lars hielt neben dem Gewehr nun auch seine Taschenlampe in der Hand, doch seine Aufmerksamkeit schien eher dem nahen Wald zu gelten, denn immer wieder ließ er den Lichtschein über die Bäume wandern. Auch Dagmar wirkte angespannt. Sie hatte sich inzwischen die Schaufel als Waffe gegriffen und flüsterte hin und wieder etwas in ihr Headset.

Sie verließen die Lichtung auf der Seite der Zielscheiben und tauchten in den Nadelwald ein. Herumliegende Zweige und kleinere Äste knisterten unter ihren Schritten, und der Schein ihrer Lampen glitt in der Dunkelheit gespenstisch über die umliegenden Baumstämme. Hin und wieder blickte ihr Gefangener über die Schulter zurück, schien jedoch begriffen zu haben, dass Widerstand zwecklos war. Vielleicht war es auch die Aussicht, gegen Bernd eingetauscht zu werden, die ihn vorantrieb. Und das machte Katja Hoffnung, dass es ihm gutging.

Überraschend schnell erreichten sie ein waldiges Areal, das von moosbewachsenen Felsen und wagengroßen Findlingen übersät war.

»Wir sind gleich da«, grunzte der Norweger.

Sie schalteten ihre Taschenlampen aus und warteten, bis sich ihre Augen an die Dunkelheit gewöhnt hatten. Der Baumbestand war an dieser Stelle etwas lichter, dafür zeichnete sich zwei- oder dreihundert Meter weiter vor ihnen die mächtige Silhouette eines felsigen Höhenzugs gegen den Nachthimmel ab. Seine höchste Erhebung bestand aus einem schlanken, turmartigen Felsen, der weit über die Baumwipfel hinausreichte.

Zwischen den Bäumen, die sich davor erstreckten, glomm ein schwacher Lichtschein. Kein Feuer. Eher künstliches Licht. Sie lauschten, doch abgesehen von ihren Atemgeräuschen, dem Wind und einem gelegentlichen Knacken um sie herum war nichts Beunruhigendes zu hören.

»Weiter!«, fuhr Lars ihren Gefangenen an und stieß ihm den Gewehrlauf zwischen die Schultern. Der stolperte einen sanft ansteigenden Hang hinauf, an einem hohen Felsen vorbei – und blieb überraschend stehen.

»Was ist?«, zischte Katja und trat dann ebenso wie Lars an die Seite ihres Gefangenen, um besser sehen zu können. Der starrte auf die kleine Lichtung, die sich wenige Schritte unter ihnen erstreckte. Gelegen an einer hohen Felswand und umgeben von vier bis fünf Meter hohen Nadelbäumen, standen drei kleinere Iglu-Zelte, von denen zwei den Eindruck erweckten, von einem Sturm umgerissen worden zu sein. Vor den Zelten lagen ein umgekippter Campingkocher, Kochgeschirr sowie eine umgekippte Solar-Laterne, deren schwacher Lichtschein quer über den Waldboden bis zu jenem Zelt hin reichte, das noch intakt war.

»Ich verstehe das nicht«, ächzte der Norweger.

Dagmar schloss nun ebenfalls auf, und sie schnüffelte. »Riecht ihr das?«

Katja reckte ihre Nase in den Wind, und kurz schien es ihr, als griffe eine kalte Hand nach ihrer Magengrube. Ihre Kollegin hatte recht. Die Luft an diesem Ort war erfüllt von jenem eigentümlichen Kellergeruch, den sie gestern bereits mehrfach wahrgenommen hatten.

Lars hielt sein Gewehr wie zum Stoß bereit und knipste kurzerhand seine Taschenlampe wieder an. Der scharfe Lichtstrahl wanderte über zusammengestürzte Zeltplanen und offenbarte in einer von ihnen einen langen Riss. »Hallo!«, hörte Katja Lars rufen.

Niemand antwortete.

Ihr Kollege stieß den Norweger an, der besorgt hinunter zum Lager stolperte. Ebenso wie Lars, der ihm folgte, sah er sich vorsichtig auf dem Platz um. »Snorre?«

Doch auch auf seinen Ruf hin antwortete niemand.

Katja und Dagmar folgten den Männern zögernd. Der eigentümliche Geruch wurde inmitten des Zeltplatzes intensiver. Katja hob alarmiert die Axt, und auch Dagmar hielt die Schaufel abwehrbereit vor sich. Noch immer flüsterte ihre Kollegin gelegentlich ins Mikro.

»Also, wo ist unser Kollege?«, fuhr Lars den Norweger an.

Katja übersetzte, und der Mann zuckte hilflos mit den Schultern. »Zuletzt saß er dort hinten.« Er deutete mit dem Kinn zu einem schlanken Nadelbaum, keine vier Meter vom Lager entfernt. »Wir hatten ihn dort angebunden. Ehrlich, ich war noch vor zwei Stunden hier. Ich weiß nicht, was in der Zwischenzeit mit Snorre und eurem Freund passiert ist.«

Katja schlich vorsichtig zu dem Baum hinüber, an dem die Männer ihren Gefangenen angeblich angebunden hatten, und entdeckte nahe den Wurzeln die Überreste eines Stricks. Doch von Bernd war weit und breit nichts zu sehen.

Lars befahl dem gefesselten Norweger, auf die Knie zu gehen, und durchsuchte nun die Zelte mittels seiner Taschenlampe. Er zog die Ausrüstung von drei Männern ins Freie, unter denen sich erkleckliche Alkoholvorräte befanden. Abgesehen von einem Feldstecher war jedoch kaum etwas darunter, das sie benötigten. Ihr Kollege hängte sich den Feldstecher um, und Katja fiel nun doch etwas Seltsames auf. Vor Lars lagen *fünf* Rucksäcke. Drei, die sichtlich in Gebrauch waren, und noch zwei weitere, zusammengefaltete.

Waren die Männer hergekommen, um etwas abzutransportieren?

Sie behielt weiter den nahen Waldrand im Auge, doch dort tat sich nichts.

Was auch immer über das Lager der Männer hereingebrochen war, war ebenso spurlos verschwunden, wie es gekommen war – und hatte eine gespenstische Ruhe zurückgelassen. Und ebendiese war es auch, die Katja an diesem Ort frösteln ließ. Und der widerliche Geruch.

Lars kippte derweil einen kleinen Leinensack aus, und vor ihnen schepperten angelaufene Koppelschlösser, Knöpfe, verrostete Kleinabzeichen und sogar ein militärischer Orden zu Boden.

»Lars, wir sollten gehen«, wisperte Katja, obwohl auch sie sich fragte, woher die Funde stammen mochten. »Bernd ist nicht mehr hier, und ich traue dem Frieden nicht.«

»Denkst du etwa, ich täte das?«, zischte er, fischte zwei alte Bücher aus den Seitentaschen eines der Rucksäcke und blätterte sie durch. »Norwegisch. Kannst du was damit anfangen?«

Er reichte sie Katja, die die Schriften kurz durchblätterte. Die Bücher stammten aus den Fünfzigern, wie sie nach einem raschen Blick in den Einband feststellte, und beschäftigten sich zu ihrer Überraschung mit Norwegens Besatzungszeit im Zweiten Weltkrieg. Die Titelwahl ließ sie aufmerken, denn für einen Mann wie ihren Gefangenen erschien ihr die Lektüre etwas zu akademisch. Allerdings hatte sie im Augenblick wirklich andere Sorgen. Alles an diesem Ort schrie ihr zu, ihn so rasch wie möglich wieder zu verlassen. Dabei war nicht einmal klar, was hier überhaupt passiert war.

»Ich schau mir das später an.« Sie klemmte sich die Bände unter den Arm und bemerkte erst jetzt, dass Dagmar nicht mehr hinter ihr stand. Ihre Kollegin hatte sich die Solar-Laterne gegriffen und war rechts von ihnen, entlang der Felswand, ins Unterholz hineinmarschiert.

»Dagmar, was tust du da?«, rief Katja besorgt. Auch Lars und der Norweger sahen auf, und Katja bemerkte, dass ihr Gefangener wütend die Lippen aufeinanderpresste.

»Bleib bei dem Norweger«, kommandierte Katja und stiefelte rasch Dagmar hinterher. Sie sah nun ebenfalls, dass sich zwischen den Bäumen ein Erdhügel erstreckte, der gewaltsam von Gestrüpp und Bewuchs befreit worden war. Neben einem Baum lehnte sogar ein Spaten. Dagmar jedoch stand da, beleuchtete mit der Laterne den Hügel und starrte etwas am Boden an.

Schon war Katja bei ihr, doch statt der Strafpredigt, die sie ihr halten wollte, riss sie entsetzt die Augen auf. Das war kein gewöhnlicher Erdhügel! Katja schluckte trocken, als der Lichtschein ihrer Taschenlampe auf eine skelettierte Hand fiel, die aus dem Erdreich ragte. Und das war nicht alles. Die Norweger hatten an diesem Ort zahllose Knochen und Schädel freigelegt, von denen einige schwere Frakturen aufwiesen. Ganz so, als habe man den Opfern die Schädel eingeschlagen, ehe man sie an diesem Ort verscharrt hatte. Zwischen den Knochen ragten verrottete Kleidungsreste aus dem Boden, die teilweise wie verbrannt wirkten.

»Mein Gott!«, wisperte Dagmar. »Das hier ist ein Massengrab!«

GETRENNT

Am Nachthimmel grollte es beunruhigend, als im Schein der Lampen endlich wieder der Hochseilgarten auftauchte. Dagmar atmete erleichtert aus, obschon der Anblick des Massengrabes ihr noch immer deutlich vor Augen stand.

Wo, verdammt noch mal, waren sie hier bloß gelandet?

Sie hatten das Grab zumindest kurz untersucht, und auch die Inhalte der Zelte, unter denen sich einige offenbar frisch ausgegrabene Fundstücke befanden – eindeutige Symbole von Wehrmacht und Nazizeit. Bei den Toten handelte es sich offenbar um deutsche Soldaten aus dem Zweiten Weltkrieg. Dass die in den Zelten verstauten Embleme und Kleinabzeichen dem Massengrab entstammten, hatte ihr Gefangener nicht bestritten. Doch statt ihn weiter zu verhören, hatten sie zunächst auf die Stimme der Vernunft gehört und sich rasch wieder auf den Rückweg zum See begeben. Glücklicherweise ohne weitere Zwischenfälle.

Dafür meldete sich Sören bereits seit einer Viertelstunde nicht mehr. Ob mit dem Funkgerät etwas nicht stimmte? Das Ding hatte in der letzten Stunde bereits einige Aussetzer gehabt. Dagmar hatte das für sich behalten, um ihre Kollegen nicht weiter zu beunruhigen, doch inzwischen war ihre Unruhe echter Sorge gewichen. Was, wenn das seltsame Wesen zurückgekehrt war? Oder wenn es wirklich mehrere von ihnen gab? Was hatten der übergewichtige Sören und der schwerkranke Gunnar einem solchen Angriff schon entgegenzusetzen? Nicht viel, bei Licht betrachtet.

Vorsichtig durchquerten sie den Hochseilgarten, bis ihr Lampenschein auch die Zelte am Ufer aus der Finsternis riss. Lars zwang den gefesselten Norweger erneut auf die Knie, und ihr Gefangener musterte sie unheilvoll, während sie ihre eingesammelte Ausrüstung ablegten. Dagmar sah ihm an, dass er den Gedanken an Widerstand noch lange nicht aufgegeben hatte.

Plötzlich drang wieder ein Knacken aus den Kopfhörern des Headsets.

»Dagmar?«, war Sörens Stimme zu hören.

Sofort aktivierte sie die Sprechverbindung. »Meine Güte, wo hast du gesteckt?«

»Entschuldige, aber ich musste mich um Gunnar kümmern. Dem geht es verdammt mies. Das müsst ihr euch unbedingt ansehen.«

»Später«, flüsterte sie. »Und mach das nicht noch einmal. Wir sind jetzt wieder beim Zeltplatz.«

»Ja, ich sehe euch auf den Monitoren.«

»Hat Sören irgendwas gesehen?«, wollte Katja besorgt wissen.

»Nein.« Dagmar schüttelte den Kopf. »Er musste sich um Gunnar kümmern. Irgendetwas stimmt bei ihm wohl nicht.«

»Erst mal kümmern wir uns hierum, ehe wir den Typen jetzt auch noch mit in unseren Rückzugsort nehmen. Ich will erst wissen, was das für einer ist, bevor wir überlegen, was wir jetzt mit ihm anstellen sollen.« Lars kramte den Leinenbeutel mit den angelaufenen Koppelschlössern und Kleinabzeichen hervor und hielt sie dem Norweger hin. »Also, was soll das hier?«

Über ihnen am Himmel grollte es abermals, und eine Böe ließ das Schilf erzittern und rascheln. Dagmar, deren Sinne seit nunmehr Stunden aufs äußerste angespannt waren, schauderte.

Katja übersetzte dem Norweger Lars' Frage, und ihr Gefangener funkelte sie böse an. Doch dann schien er sich eines Besseren zu besinnen, begann auf Norwegisch zu sprechen und deutete mit dem Kinn erst auf den Beutel und dann in Richtung Wald.

Katja seufzte.

»Angeblich waren sie hinter Militaria her«, fasste sie den Monolog zusammen. »Die Männer haben während des Parcours-Aufbaus das Massengrab entdeckt und ihre Chance gewittert. Das Militär-Zeug ist auf dem Markt offenbar ordentlich was wert.« Sie fischte aus dem Beutel ein stark angelaufenes Abzeichen mit Laub, Reichsadler und Gewehr. »Allein so ein Infanterie-Sturmabzeichen aus Silber bringt angeblich einige hundert Euro ein, wenn man es geschickt anfängt.«

Lars musterte den Bärtigen prüfend, und Katja legte das Abzeichen in den Beutel zurück.

»Leute, entschuldigt.« Dagmar spähte nervös zu den Bäumen ringsum. »Aber wollen wir die Befragung nicht vielleicht doch lieber in die Hütte verlegen? Wir haben inzwischen fast halb acht, und ihr sagtet doch selbst, dass …«

»Nun mach dir wegen der paar Minuten nicht in die Hose.« Lars sah sie ungehalten an. »Und ob wir ihm die Hütte zeigen, das entscheiden wir besser erst, wenn wir alles wissen.« Er nickte Katja zu. »Frag ihn, ob er weiß, was es mit dem Massengrab auf sich hat?«

Dagmar seufzte unbehaglich, und Katja fragte ihn. Ihr Gefangener räusperte sich, ehe er zu einer Antwort ansetzte. »Es gibt wohl Gerüchte«, übersetzte Katja, »dass der norwegische Widerstand hier in Trollheimen Ausbildungscamps besaß. Die sogenannte Milorg. Er und seine Kumpels vermuten, dass es sich bei den Toten um hingerichtete deutsche Gefangene handelt.«

»Milorg?« Lars fasste nachdenklich nach dem Fernglas, das vor seiner Brust baumelte. »Der Begriff stand auch auf der Bombe des Flugzeugwracks im See.«

»Ein Flugzeugwrack?« Dagmar riss überrascht die Augen auf.

»Stimmt, haben wir dir ja noch gar nicht erzählt.« Lars berichtete ihr, was er während des Tauchgangs entdeckt hatte. »Dieses ›Milorg‹ war auf der Bombe samt Totenschädel aufgepinselt«, fuhr er schließlich fort. »Bomberpiloten versehen ihre tödlichen Frachten bis heute gern mit solchen Botschaften. Und das heißt dann wohl, dass der Stuka eine Widerstandsgruppe hier in der Nähe bekämpfen sollte.«

»Dann war die Region hier so eine Art Kriegsschauplatz?«, fragte Dagmar beklommen.

»Sieht so aus.« Lars musterte ihren Gefangenen. »Also gut. Ich schlage vor, dass wir den Kerl der Polizei übergeben, wenn wir hier heil wieder herauskommen. Ich bin mir sicher, dass sie solchen Raubgrabungen nicht gerade offen gegenübersteht. Ebenso wenig, wie sie Entführungen schätzen wird.«

Der Norweger meldete sich erneut zu Wort, und Katja antwortete ihm auf Norwegisch. Der Mann hakte verblüfft nach und sah sich furchtsam um.

»Er macht sich Sorgen um seine Leute«, übersetzte sie. »Offenbar sind auch ihm die unheimlichen Gerüchte über diese Bergregion vertraut. Nur hat er *Trolle* als Grund dafür bislang ausgeschlossen. Seine Einstellung dazu hat sich aber soeben geändert.«

Ein Blitz erleuchtete die nahe Bergwelt, und Gewitterdonner erfüllte das Tal. Ein erster Regentropfen benetzte Dagmars

Gesicht. Fröstelnd rieb sie sich die Arme. »Dann lasst uns jetzt endlich rauf zur Hütte gehen und uns dort verbarrikadieren.«

»Warte.« Lars sah sie und Katja ernst an. »Ich bin mir nicht sicher, ob ich das vorhin richtig zum Ausdruck gebracht habe, aber ich befürchte, wir sind in dieser verfluchten Blockhütte nicht sicher. Zumindest hat das Haus diese ... Wesen nicht davon abgehalten, es zu stürmen und die Filmcrew zu entführen. Oder was auch immer sonst mit ihnen geschehen ist.« Unheilvoll sah er sie an.

»Ich schätze mal, sie wurden dort überrascht«, wandte Dagmar ein, während es um sie herum zu tröpfeln begann.

»Ja. Vielleicht. Dennoch glaube ich nicht, dass wir da oben sicher sind. Die Kreaturen wissen von der Hütte. Wer sagt uns, dass sie dort nicht ein zweites Mal auftauchen?«

»Und was willst du uns jetzt damit sagen?« Katja wusste offenbar ebenfalls nicht, worauf Lars hinauswollte.

»Ich habe vielleicht einen besseren Vorschlag.« Ihr Kollege wies hinüber zum Hochseilgarten. »Warum verstecken wir uns nicht auf den Plattformen da oben? Die Baumstämme sind entastet, also kommt da nichts so leicht rauf. Und die Plattformen selbst liegen so weit über dem Erdboden, dass es uns egal sein kann, was hier unten vor sich geht.«

Dagmar und Katja sahen einander an.

»Ernsthaft?«, fragte Dagmar, während das Tröpfeln um sie herum stärker wurde. »Du willst da bei der Dunkelheit noch mal rauf, und bei diesem Wetter unter freiem Himmel schlafen?«

»Na gut, ich bin vermutlich etwas besser geschützt als ihr.« Er berührte seinen Neoprenanzug. »Aber ... ja. Zumindest eine der Plattformen auf der zweiten Höhenebene sollte auch bei Taschenlampenlicht zu schaffen sein.«

»Und was ist mit Gunnar?«, wollte Katja wissen.

»Den hieven wir da schon irgendwie hoch.«

»Nicht, wenn sich sein Zustand verschlimmert hat.«

»Jetzt mal ehrlich!«, Lars musterte sie und Katja gereizt. »Wir können nicht ständig wegen eines Einzelnen unser aller Sicherheit aufs Spiel setzen.«

»Nein, kommt nicht in Frage. Ich lasse Gunnar nicht zurück«, antwortete Katja entschieden.

»Hey, von Zurücklassen war auch nicht die Rede«, erklärte Lars. »Im Zweifel legen wir ihn auf eine Plattform weiter unten. Gern zusammen mit Sören, wenn er es nicht weiter raufschafft.«

»Ich halte die Hütte für sicherer«, sagte Dagmar zögernd. »Man müsste sie bloß richtig verrammeln. Außerdem befinden sich dort die Monitore, mit denen wir die Umgebung im Blick behalten können.«

»Eure Wahl.« Lars zuckte mit den Achseln. »Norwegen ist ein freies Land, ihr könnt also tun und lassen, was ihr wollt. Aber was mich betrifft: Ich verzichte darauf, mich noch einmal dem Risiko in der Hütte auszusetzen. Ich penne heute da oben auf einer der Plattformen.« Er wühlte im Taschenlampenlicht einige Sachen aus seinem Rucksack, darunter eine zusammengefaltete Plane. Anschließend holte er sich das Seil, seine Jacke und eines der neuen Epa-Pakete und schnappte sich zuletzt seinen Schlafsack.

Dagmar sah ihm bestürzt dabei zu. Die Aussicht, sich von ihm zu trennen, behagte ihr gar nicht. Für einen kurzen Moment dachte sie sogar darüber nach, sich ihm anzuschließen. Der Gedanke, allein dort oben im Klettergarten die Nacht mit ihm zu verbringen, hatte sogar in der jetzigen Situation etwas … Romantisches. Natürlich siegte ihre Vernunft – und auch die Sorge um Gunnar. Etwas stimmte nicht mit ihm; Sören hatte das gesagt. Und was genau das war, das wussten sie noch nicht. Sich zu trennen, das war in der jetzigen Situation absoluter Blödsinn. »Ehrlich, Lars. Wir sollten uns besser nicht trennen.«

»Hey, ist schon okay«, erklärte er. »Ist einfach eine Frage der persönlichen Risikoeinschätzung. Außerdem habe ich nicht vor, allein zu gehen. Ich nehme den Wichser hier mit.« Er packte den Norweger am Kragen und zog ihn auf die Beine. Der Mann musterte ihn wütend, während der Regen stärker wurde. »Unser Grabschänder wird die Nacht heute nämlich ebenfalls im Freien verbringen. Ist mir eh lieber, wenn der nicht erfährt, wie man zu der Blockhütte gelangt.«

Dagmar sah Katja an, doch die zuckte lediglich mit den Schultern.

»Wie du willst«, sagte ihre Kollegin schließlich. »Wir haben dich ja mittels der Kamera im Blick. Und du weißt, wo du morgen frischen Kaffee bekommst.«

»Warte.« Dagmar informierte kurz Sören und reichte Lars dann Headset und Funkgerät. »Damit bleiben wir in Kontakt. Falls … bei einem von uns etwas passiert. Okay?«

Lars nahm die Ausrüstung entgegen und reichte ihr im Gegenzug Feldstecher und Jagdgewehr. Stattdessen griff er wieder zu dem angespitzten Stecken. Dann leuchtete er in Richtung Hochseilgarten und führte ihren Gefangenen zwischen die Bäume.

»Wie will der den Norweger da gefesselt raufkriegen?«, fragte Dagmar nachdenklich. »Und wenn ich es recht bedenke … wenn der Kerl und seine Kumpane hier alles mit aufgebaut haben, müssten die dann nicht eh von der Hütte wissen?«

»Durchaus möglich«, erklärte ihre Kollegin ohne sichtbare Gefühlsregung. »Nur spielt das im Augenblick alles keine Rolle mehr. Denn ich wette, dass Lars ihn eh nicht mit nach oben nimmt. Ich an seiner Stelle würde ihn nämlich etwas weiter unten anbinden. Bloß für den Fall, dass doch etwas die Bäume raufkommt.«

Dagmar sah ihre Schicksalsgefährtin schockiert an. »Du meinst, Lars würde den Mann zur Not … opfern?«

»Sicher, würdest du das nicht tun?«

Dagmar sah ihre Kollegin betroffen an, denn ein solcher Gedanke lag ihr tatsächlich fern. Andererseits, das waren offenbar Kriminelle. »Und was, wenn ihn einer seiner Freunde befreit?«

»Ach, Dagmar.« Katja betrachtete sie mitleidig. »Glaubst du immer noch, hier sei noch irgendjemand außer uns? Du hast deren Lager doch gesehen. Was auch immer hier im Wald herumschleicht, hat sie ebenfalls geholt. Und auch auf Bernd solltest du besser nicht mehr setzen.« Sie seufzte. »Wir sind hier vermutlich die letzten lebenden Menschen in dieser beschissenen Einöde. Und damit das so bleibt, lass uns jetzt ebenfalls abhauen.« Katja stiefelte im Regen zu ihrem Rucksack hinüber, hielt dann jedoch kurz inne.

»Was ist?«, fragte Dagmar, die ihrer Kollegin noch immer fassungslos hinterherblickte.

»Komisch. Ich dachte, ich hätte meinen Rucksack vorhin direkt vor dem Zelteingang abgestellt.« Sie schüttelte den Kopf. »Egal.«

Sie nahm ihn auf, sammelte rasch noch einige ihrer herumliegenden Kleidungsstücke ein und eilte nach kurzem Nachdenken noch einmal hinüber zum Floß, wo sie eine Tasche aufsammelte. Dagmar griff im Regen nach ihrem eigenen Rucksack und hielt gleichfalls kurz inne. Irgendwie fühlte sie sich beobachtet. Sie erhob sich aufgeschreckt und leuchtete mit der Solar-Laterne in Richtung der sie umgebenden Bäume. Leider war der Lichtschein inzwischen so schwach, dass sie kaum noch etwas erkennen konnte. Ein weiterer Blitz flammte zwischen den Wolken auf, dem lauter Donnerhall folgte.

Der Regen wurde stärker.

»Komm, lass uns abhauen«, sagte sie und streifte sich die Kapuze ihrer Jacke über den Kopf. Mit dem Rucksack auf dem Rücken, der Laterne in der einen und der Schaufel in der anderen Hand hastete sie voran durch den Nadelwald in Richtung Landeplatz. Katja schloss schnell zu ihr auf, und auch sie hielt hin und wieder inne und schnüffelte.

Kein verräterischer Gewölbegeruch.

Allein der Geruch von Regen und feuchtem Waldboden.

Doch die Nacht hatte gerade erst begonnen.

RAUBGOLD

Ein heftiger Platzregen ging vor der Blockhütte nieder, als Sören Dagmar und Katja in Empfang nahm. »Und?«, fragte er voller Sorge. »Ihr habt von Bernd und den anderen Norwegern keine Spur finden können?«

»Nein.« Dagmar schüttelte den Kopf, während sie und Katja die Blockhütte betraten und ihre durchfeuchtete Kleidung ausschüttelten. »Die sind ebenso verschwunden wie die Studenten und die Filmcrew.«

Sören starrte noch einmal hinaus auf den Vorplatz der Waldhütte, wo außer einem dichten Regenschleier, der sich rasch zu großen Pfützen sammelte, kaum etwas zu erkennen war. Immerzu grollte es über ihnen in der Wolkendecke, und so schloss er die Tür rasch wieder und klemmte einen dicken Ast unter die Türklinke. Katja musterte ihn missmutig, während sie ihren Rucksack abstellte und die Jacke über einem Stuhl ablegte. Dann schweifte ihr Blick über die grünlich schimmernden Monitore, ehe sie – ebenso wie Dagmar – den Geruch nach warmem Essen bemerkte, der den Vorraum erfüllte. »Du hast gekocht?«

»Ja, äh, hab ich«, erklärte Sören, der sich vorsichtshalber außerhalb ihrer Reichweite hielt. Er versuchte es mit einem knappen Lächeln, aber Katja bedachte ihn noch immer mit einem Blick, der zwischen Verachtung und Abscheu schwankte. Er konnte sie verstehen.

»Es gibt Doseneintopf«, versuchte er, das Eis zwischen ihnen zu brechen. »Außerdem Pudding zum Nachtisch. Ich hab mir gedacht, dass ihr Hunger haben würdet, wenn ihr zurückkommt. Die haben hier genügend Vorräte für eine ganze Woche. Du kannst sogar ein Bier haben, wenn du willst. Kaffee steht dahinten.«

Er deutete zur Küchenzeile. Katja antwortete nicht, sondern betrachtete weiterhin stumm die Monitore, die er auf Nachtsicht geschaltet hatte.

Sören hoffte, dass sie sein Werk ein wenig milder stimmen würde. Schließlich sah Katja seine hiesige Schaltzentrale zum ersten Mal.

»Außerdem habe ich in der Zwischenzeit versucht, die Hütte sicherer zu machen«, fuhr er eifrig fort. »Ich habe die Läden vor den Fenstern zugenagelt, und die Tür ist ebenfalls gesichert.« Er deutete auf den Ast. »Einen Schlüssel gibt es hier nämlich nicht.«

»Hast du gut gemacht«, lobte ihn Dagmar, die nun ebenfalls ihr Gepäck ablegte und sich von den nassen Kleidern befreite. Den Feldstecher aus dem Lager der Norweger stellte sie auf den Tresen. »Hast du daran gedacht, den Generator draußen mit Benzin nachzufüllen?«

»Aber klar. Gleich als du gegangen bist.« Sören sah sie dankbar an, denn auch mit dieser Frage hatte er gerechnet. »Der ist voll. Und das Benzin in den Kanistern reicht locker bis übermorgen. Aber«, er schluckte, »vielleicht seht ihr mal nach Gunnar. Dem geht es echt nicht gut. Seine Wunden haben sich irgendwie … entzündet.«

Katja und Dagmar folgten ihm nach hinten zu dem Schlafraum, in den sie Gunnar verfrachtet hatten. Da es hier kein elektrisches Licht gab, hatte er im Raum eine brennende Kerze aufgestellt. Ihr Flackerlicht warf unruhige Schatten an die Wände, während der Regen gegen die Fensterläden trommelte.

Gunnar lag auf der unteren Etage eines der Stapelbetten und zitterte leicht, obwohl er von gleich zwei Schlafsäcken bedeckt war. Mit aschgrauem Gesicht und rot umränderten Augen blickte er ihnen entgegen.

»Gott, Gunnar. Wie siehst du denn aus?« Katja eilte zu ihm und berührte ihn an der Schulter.

»K…keine Ahnung.« Seine Stimme klang brüchig. »Ich … friere wie ein Schneider. Und meine Wunde … ist irgendwie nicht besser geworden. Im G…Gegenteil.«

Sören nestelte unbeholfen an seinem Funkmikro herum, während der Blick seiner beiden Kolleginnen auf den Boden neben dem Stapelbett fiel. Dort lagen ein halbes Dutzend geöffneter Konservenbüchsen neben zwei geleerten Sprudelflaschen.

»Wenigstens isst er etwas«, kommentierte Dagmar den Anblick leise.

»Durchaus«, antwortete Sören. »Nur verträgt er nicht alles. Als ich ihm vorhin etwas von der Erbsensuppe geben wollte, hat er sich fast erbrochen.«

»„H…habt ihr was z…zu essen dabei?«, ächzte Gunnar, als habe er gehört, über was sie sprachen.

»Bei den Mengen, die du bereits verputzt hast, solltest du eigentlich satt sein.« Katja setzte sich neben ihm auf die Bettkante und berührte seine Stirn. »Himmel, du glühst.« Besorgt sah sie zu Sören auf. »Gibt es hier ein Fieberthermometer?«

»Nein.« Sören schüttelte den Kopf. »Und ich habe wirklich gesucht. Aber du solltest mal einen Blick auf seine Wunden werfen. Ich habe Gunnar vorhin neu verbunden. Besser, du siehst dir das selbst an.«

Katja klappte die Schlafsäcke hoch, und ein unangenehm fauliger Kohlgeruch wehte ihnen entgegen. Ebenso wie Dagmar schreckte sie zurück. Der Arm war neu bandagiert, und Gunnar lag mit nacktem Oberkörper vor ihnen. Sie alle konnten jetzt sehen, dass der eigentümliche Wundbrand inzwischen über den kompletten Arm bis hinauf zum Hals gewandert war, von wo er bereits auf Großteile des Brustkorbes übergegriffen hatte. Die Adern unter der Haut waren schwarz verfärbt und erinnerten an ein unheilvolles Gespinst, das bestrebt war, auch den restlichen Körper zu bedecken.

»Ach du Scheiße«, entfuhr es Katja.

»Wenn ihr etwas gegen den J…Juckreiz hättet, das wäre … gut.« Gunnar zitterte am ganzen Körper.

»Keine Angst, wir kümmern uns um dich«, sagte Katja mitfühlend und deckte ihn wieder zu. Hastig stand sie auf. »Wir bringen dir gleich was, ja?«

Gunnar nickte müde, und seine Lider flatterten.

Sie verließen die Schlafkammer, und Katja stützte sich mit beiden Armen gegen den Tresen der Küchennische. Draußen donnerte es ein weiteres Mal, und jenseits der Fensterläden flackerte der gleißende Schein einen Blitzes auf.

»Mist.« Katja atmete tief ein und sah wieder zu ihnen auf. »Gunnar krepiert uns, wenn uns nicht bald etwas einfällt.«

»Wir sollten nicht ganz so schwarzsehen«, meinte Dagmar nachdenklich. »Solange er etwas isst, besteht Hoffnung.« Sie wandte sich Sören zu. »Auf jeden Fall sollten wir ihm mehr zu trinken geben. In den neuen Epa-Paketen sind noch ein paar Wurstdosen. Vielleicht mag er die ja auch?«

Katja schritt zu ihrem Rucksack und kippte den Epa-Inhalt auf dem Boden aus. Sie suchte die Wurstdosen zusammen, griff sich eine neue Mineralwasserflasche und betrat die Schlafkammer erneut. Gleich darauf kam sie jedoch wieder zurück.

»Er ist eingeschlafen«, sagte sie leise und stellte alles in der Küchenzeile ab. Dann fuhr sie sich durch ihr nasses, blondes Haar. »Ich frage mich, was mit ihm los ist.«

»Ich bin leider kein Arzt«, meinte Sören vorsichtig. »Aber ich sag mal so: Wenn *ihr* jetzt nicht etwas esst, dann fallt ihr beide ebenfalls bald um.«

Katja musterte ihn, erhob aber keinen Widerspruch. Sören tischte ihr und Dagmar daher von dem Eintopf auf, den er auf den Elektroplatten der Hütte zubereitet hatte. Er stellte seinen Kolleginnen noch den versprochenen Pudding neben die Teller, setzte sich ebenfalls und verspeiste die übriggebliebenen Brote seines eigenen Abendmahls, die er sich zusätzlich zur Suppe gemacht hatte, während er weiter die Monitore im Blick behielt. Doch dort tat sich nichts.

Schließlich zog er einen Pen mit Insulin aus der Tasche und hob diskret den Pullover, um sich die Nadel in den Bauch zu stechen. Dagmar beobachtete ihn dabei, doch es war ihm egal. Er warf den Pen in einen Abfalleimer – und klopfte noch einmal seine Taschen ab. Verflucht. Hoffnungsvoll trat er an das Gepäck heran, das seine Kollegen in die Hütte geschleppt hatten. Doch was er suchte, fand er nicht. »Meine Sachen habt ihr nicht zufällig mitgebracht, oder?«

»Nein. Wieso?«, fragte Katja gereizt.

»Weil mir mein Insulin ausgegangen ist.« Er schluckte. »Einen Pen habe ich mir eben gesetzt. Und ein weiterer sollte eigentlich noch in meinem Rucksack stecken. Zerberus-Film hatte mir versprochen, dass man mich jederzeit mit weiterem Insulin versorgen würde.«

»Wann brauchst du ihn denn?«

»Na ja«, Sören kratzte sich am Kopf. »Allerspätestens zum Frühstück.«

»Pass auf. Wir schaffen deinen Rucksack morgen früh rauf, okay?« Dagmar lächelte ihm aufbauend zu.

Sören nickte und setzte sich in seinen Stuhl, während draußen weiter die Sintflut über das Tal hereinbrach. Er wusste zu gut, was ihm bevorstand, wenn er kein weiteres Insulin bekam. Im Versuch, sich seine Sorgen nicht weiter anmerken zu lassen, konzentrierte er sich wieder auf die Monitore. Fünf von ihnen waren auf den Klettergarten gerichtet, und auf einem der Bildschirme war trotz des vielen Regens Lars zu sehen. Der Körper des Texters zeichnete sich auf einer der mittleren Plattformen als grünlicher Umriss ab, und er konnte ihm dabei zusehen, wie er, mit Schlafsack und Plane vor dem Wetter geschützt, eine zusammengerollte Hängeleiter an der Balustrade befestigte, über die man von weiter unten zu ihm nach oben gelangen konnte. Offenbar wollte Lars mit dieser Schutzmaßnahme zusätzlich auf Nummer sicher gehen.

Vermutlich war es dort oben auf der Plattform wirklich sicherer als hier in der Hütte. Sören seufzte. Nur würde *er* da niemals raufgelangen. Lars war ein elender Egoist. Andererseits, er selbst hatte sich ja bislang nicht viel besser aufgeführt.

Da er das Schweigen im Raum nicht weiter aushielt, zoomte Sören ihn näher heran und veränderte schließlich den Blickwinkel einer der anderen Kameras. Jetzt entdeckte er auch den Norweger. Lars hatte den Mann nicht bloß gefesselt, sondern überdies auch geknebelt – und kurzerhand am Stamm auf der Startplattform angebunden, wo er den Wetterunbilden mehr oder minder ungeschützt ausgesetzt war. Gut, der Mann hatte Bernd gemeinsam mit seinem Kumpanen entführt, aber durften sie deswegen so mit ihm umspringen? Sören berührte vorsichtig die noch immer schmerzende Schwellung an seiner Oberlippe, dann aktivierte er sein Funkgerät.

»Hi. Hier Sören. Alles in Ordnung?«

»Ja, du Arsch«, kam es zurück.

»Willst du nicht lieber zu uns kommen? Zusammen sind wir bestimmt sicherer.«

»Nein.« Sören konnte sehen, wie sich Lars aufrichtete. Noch immer steckte er in seinem wärmenden Neoprenanzug und rückte sich das Headset zurecht. »Im Übrigen melde ich mich, wenn ich etwas brauche. Wenn schon, dann solltet ihr lieber ebenfalls herkommen, statt da in eurer übergroßen Mausefalle auszuharren.«

»Nein, wir haben es hier warm und gemütlich«, gab Sören durch und bereute seine Worte sofort. »Und … tut mir leid wegen … Na, du weißt schon.«

»Glaub ja nicht, dass wir beide schon miteinander fertig sind«, giftete Lars.

Sören wartete, doch sein Kollege schien keinen weiteren Gesprächsbedarf zu haben.

Seufzend wandte er sich wieder Dagmar und Katja zu.

»Den SURVIVE-Code habt ihr nicht zufällig schon eingegeben, oder?« Er betrachtete neugierig das Jagdgewehr, das Dagmar neben einem der Tische abgestellt hatte. »Also, damit wir wissen, wo sich die Munition befindet.«

»Hast du uns bei dem ToughPad stehen sehen?«, erwiderte Katja kühl.

»Nein. Aber ich war ja zwischendurch auch drüben bei Gunnar. Mich würde halt interessieren, welche Aufgabe da auf uns wartet.« Er räusperte sich. »Aber ich wollte eh noch versuchen, die restlichen Monitore anzuschließen.« Er deutete auf das halbe Dutzend Geräte, die bei ihrem Eintreffen am Boden gelegen hatten. Sie ruhten jetzt auf einem der Tische, und obwohl bei dreien von ihnen der Bildschirm Schaden genommen zu haben schien, hoffte er, dass er sie wieder zum Laufen brachte. »Die entsprechende Parcours-Station habe ich auf den Monitoren nämlich noch nicht gefunden«, sagte er wieder mit einem Blick zu den Bildschirmen. »Mir schien es wichtiger, erst mal die Hütte zu sichern.«

»Na, dann mach weiter.« Katja schob den geleerten Teller zurück und erhob sich. »Das mit deinem Insulin tut mir leid. Hättest halt rechtzeitig etwas sagen müssen.«

»Du siehst ja, ich war mit anderen Dingen beschäftigt.« Sören sah kleinlaut zu ihr auf.

»Du gehst mir auf die Nerven, wenn du dich hier weiter wie ein geprügelter Hund aufführst«, antwortete sie schroff. »Keine Bange, ich raste nicht noch mal aus. Deine Tracht Prügel hast du ja schon bezogen.«

Sören nickte erleichtert und machte sich weiter an die Arbeit, behielt die Monitore dabei aber stets argwöhnisch im Blick.

Katja fischte nun zwei Bücher mit norwegischen Titeln aus dem Rucksack und nahm dann eine vergammelte und vor Feuchtigkeit triefende Ledertasche neben der Eingangstür an sich. Zumindest glaubte Sören, dass es sich bei dem schwarzen Etwas um eine Tasche handelte. Zusammen mit den Büchern legte sie das Objekt neben Dagmar auf den Tresen. »Hier, das hat Lars unten bei dem Flugzeugwrack gefunden.«

»Ein Flugzeugwrack?« Sören fuhr von seinen Reparaturarbeiten hoch.

Katja erklärte ihm, welche Entdeckung sie und Lars im See gemacht hatten. Auch von den Büchern aus dem Zelt der Norweger hörte er das erste Mal, und so trat er gespannt neben die beiden.

Dagmar und Katja versuchten sich daran, die Tasche zu öffnen, doch das alte Leder war so hart und verformt, dass sie

Bernds Outdoor-Messer zu Hilfe nehmen mussten. Wasser lief aus dem Behältnis, und Dagmar kratzte mit einem Löffel schlammige Überreste des einstigen Inhaltes heraus, bis sie auf einen etwa handgroßen, dunkel angelaufenen Gegenstand aus Holz und korrodiertem Metall stieß. »Was mag das sein?«, murmelte sie.

Sören starrte den Gegenstand an. »Ich glaube, das ist ein Kappmesser. So etwas gehört zur Ausrüstung von Piloten und Fallschirmspringern. Man verwendet sie, um Seile durchzuschneiden.«

»Sieh an.« Dagmar legte den Fund beiseite und zog jetzt eine durchweichte Lederhülle ins Freie. Katja zog sie interessiert zu sich, nahm das Messer abermals zur Hand und klappte die Hülle vorsichtig auf. Sie enthüllte vergammelte Papiere, die braun und rissig waren und Übelkeit erregend stanken. Man konnte kaum noch erkennen, um was es sich dabei handelte.

Dagmar zupfte die modrigen Überreste vorsichtig auseinander, und erstmals wurden auf einem der Bögen Konturen, Linien und Schriftzüge erkennbar. »Sieht wie altes Kartenmaterial aus«, erklärte sie. Vorsichtig breitete sie das verfaulte Papier auf dem Tresen aus. »Vermutlich«, sie beugte sich interessiert vor, »eine Karte der hiesigen Region.«

Katja zuckte mit den Achseln. »Dann war es also kein Zufall, dass dieser Sturzkampfbomber hier abgestürzt ist. Aber das ahnten wir ja schon. Wenn der norwegische Widerstand in dieser Einöde aktiv war, sollte klar sein, warum die Nazis den Flieger damals hierhergeschickt haben. Die wollten die Partisanen ausradieren.« Sie griff zu den norwegischen Büchern und blätterte sie durch.

Sören beobachtete Dagmar noch eine Weile dabei, wie sie versuchte, dem alten Kartenmaterial weitere Details zu entlocken, dann blickte er zur Zeitangabe auf einem der Laptops hinüber. Es war inzwischen kurz nach 21 Uhr – auch wenn es ihm viel später vorkam. Besser, auch er machte sich weiter nützlich.

Er hob einen der heruntergestürzten Monitore an und hievte ihn auf einen der freien Plätze an der Wand, um ihn dort erneut anzuschließen. Er hatte seine Arbeit fast beendet, als Katja einen ungläubigen Laut ausstieß. »Diese geldgierige Ratte!«

Überrascht sahen Sören und Dagmar sie an.

»Unsere norwegischen Freunde sind nicht wegen einfacher Militaria hier.« Sie legte eines der Bücher auf den Tresen und strich über eine aufgeklappte Seite. »Das ist für die drei bloß ein nettes Zubrot. Die suchen hier in Wahrheit Gold!«

»Gold?«, wiederholte Dagmar.

»Allerdings.« Katja tippte auf eine der Buchseiten. »Zumindest legt das dieser Abschnitt nahe. Der dreht sich um die Evakuierung der Währungsreserven Norwegens zur Zeit des Zweiten Weltkriegs. Hier steht, dass Norwegen vor dem ›Unternehmen Weserübung‹ 1940, also vor dem deutschen Überfall, seine Währungsreserven rechtzeitig nach Großbritannien und Übersee verfrachten konnte. Fünfzig Tonnen Gold wurden mit Beginn der deutschen Invasion von Oslo nach Åndalsnes geschafft. Das ist eine kleine Hafenstadt in der Provinz Møre og Romsdal, in der auch die hiesige Gebirgsregion Trollheimen liegt. Die Deutschen haben den Goldtransport damals in Lillehammer mittels Fallschirmspringern aufzuhalten versucht, nur sind sie am Widerstand der Norweger gescheitert. Die Briten haben die Ladung daher nahe Åndalsnes an Bord eines ihrer Schiffe bringen und nach England überführen können, von wo aus es dann weiter in die USA und Kanada gelangt ist. Und jetzt wird es interessant.« Katja blätterte eine Seite um, und Sören, der über ihre Schulter blickte, sah, dass diese mit einem Knick versehen war. »Von den fünfzig Tonnen Gold gingen bei der Verschiffung gerade mal 297 Goldmünzen verloren. Angeblich durch eine beschädigte Tonne während des Transports durch die Engländer. Aber das ist bloß die bekannteste Version, und die zweifelt der Autor dieses Buches an. Eine andere Version besagt nämlich, dass die Goldmünzen in Åndalsnes von Kollaborateuren abgezweigt wurden. Allerdings ist denen wenig später eine der hiesigen Widerstandsgruppen auf die Schliche gekommen. Eine von denen, die sich 1941 dann in der Milorg gebündelt haben. Der Historiker listet hier einige Indizien auf, die nahelegen, dass die Patrioten das Gold damals irgendwo in der hiesigen Gebirgsregion versteckt hatten, um mit dieser Reserve ihre Unternehmungen zu finanzieren. Was aus den Münzen tatsächlich wurde, ist bis heute unbekannt.« Sie sah auf. »Wetten, dass unsere drei Holzfäller glauben, dem Versteck der Münzen nahegekommen zu sein?«

»Du meinst, hier in der Nähe ist irgendwo ein Schatz vergraben?« Sören sah seine Kolleginnen gespannt an. »Wie viel mag der heute wert sein?«

Katja kratzte sich am Kopf. »Kommt wohl auf das Prägealter und den Zustand der Goldmünzen an. Der Verfasser dieses Buches schätzt den heutigen Wert auf zwischen zweihundertfünfzigtausend und fünfhunderttausend Euro ein.«

»Mann, dafür würde sogar ich in diese Wildnis marschieren«, gab Sören unumwunden zu.

»Ja, aber das blöde Gold ist nicht unser Problem.« Dagmar schob Ledermappe und Tasche beiseite. »Unser Problem ist, wie wir hier heil bis übermorgen durchstehen. Besser also, wir kontrollieren unsere Bewaffnung und teilen Wachen für die Nacht ein.«

»Keine Angst, ich hab da schon was vorbereitet.« Sören trat hinter den Tresen und präsentierte einen Karton, den er jetzt öffnete. Sofort breitete sich ein leichter Benzingeruch im Raum aus. »Ich habe sechs Molotowcocktails gebastelt.« Er stellte eine Flasche vor den Kolleginnen auf den Tisch, die oben mit einem durchtränkten Lumpen verschlossen war. »Die hatten hier einige Flaschen mit Vanille-Shakes in der Hütte. Das Glas ist nicht so dick wie bei den Bierflaschen, sollte also auch zerbrechen, wenn man sie gegen einen Baum oder so wirft.« Er nestelte in seiner Hosentasche und kramte fünf Einwegfeuerzeuge hervor. »Und Feuer haben wir auch.« Er grinste schief. »Drei von denen trug Gunnar bei sich. Der hatte offenbar echt Panik, dass er hier nicht zum Rauchen käme.«

Katja nahm die mit Benzin gefüllte Brandflasche an sich und betrachtete sie. »Nicht schlecht.«

»Und das ist noch nicht alles«, fuhr Sören eifrig fort, während abermals der Donner über das Tal rollte. »Wartet.«

Er lief nach hinten in den zweiten Schlafraum, deren Stapelbetten er in den letzten Stunden auseinandergenommen hatte, und kehrte mit zwei metallenen Bettpfosten zurück, an deren Spitze er mittels dicker Wickelungen aus Gaffa-Tape aus dem Bestand der Filmcrew die längsten Küchenmesser befestigt hatte, die er in der Hütte hatte finden können. »Zwei Spieße habe ich inzwischen ebenfalls gebaut.«

Dagmar nahm ihm einen der improvisierten Speere aus der Hand und überprüfte die Befestigung. »Mann, Sören, du hast dich richtig ins Zeug gelegt.«

Katja nahm ihm den zweiten Spieß ab, wog ihn prüfend in den Händen und nickte wohlwollend. »Okay, hiermit ist es amtlich. Ich hab dir den Scheiß von vorhin gerade verziehen.«

Sören spürte, wie ihm vor Verlegenheit das Blut ins Gesicht schoss. Ihm war selbst nicht bewusst gewesen, wie sehr er sich

Katja gegenüber noch immer schämte. Umso mehr bedeuteten ihm ihre Worte.

»Wenn ich es jetzt noch schaffe, die restlichen Kameras wieder zum Leben zu erwecken«, meinte er aufgeregt, »dann …«

In seinen Kopfhörern knisterte es, und Lars' leicht verzerrte Stimme war zu hören.

»… ihr euch nicht, verdammt!«

Sören aktivierte hastig die Sprechverbindung. »Lars?«

»Verdammte Scheiße!«, gellte es panisch zurück. »Hört ihr … nicht? Hier macht … am Baum zu …«

Sören suchte sofort den Monitor, auf dem Lars zu sehen war. Der stand am Geländer der Plattform und starrte nach unten. Nur war die Sicht auf ihn wegen des heftigen Gewitters deutlich eingeschränkt. Sören veränderte den Fokus der Kamera und sah es jetzt ebenfalls. Unten, am Baumstamm jener Plattform, auf der sich Lars aufhielt, war der vage Umriss einer Gestalt auszumachen.

Aus den Kopfhörern schallte weiterhin das abgehackte Gebrüll ihres Texters, im Hintergrund war jedoch noch etwas anderes zu hören: der Klang einer Motorsäge.

AUF LEBEN UND TOD

Scheiße, ihr müsst sofort herkommen!«, brüllte Lars aufgeregt ins Mikro, während um ihn herum lautstark der Regen auf den Hochseilgarten niederprasselte. Doch während unter ihm weiter das Kreischen einer Motorsäge zu hören war, drang aus den Kopfhörern lediglich ein gelegentliches Knacken.

Wieso antwortete ihm Sören nicht? Saß ihr beschissener ITler auf seinem Funkgerät?

Lars streifte Schlafsack und Regenplane endgültig ab, griff zu der Taschenlampe und leuchtete fassungslos nach unten. Der Lichtkegel riss gute sieben bis acht Meter unter ihm eine Gestalt mit Kapuze und Felljacke aus dem Dunkeln, die sich nicht einmal die Mühe machte, zu ihm aufzusehen. Hatte sich der Holzfäller irgendwie losmachen können? Nur erschien ihm die Jacke vom Schnitt her anders. Etwa einer seiner verschwundenen Kumpane, der seinen Kollegen gefunden und losgemacht hatte und sich nun an seinem Entführer rächen wollte?

Lars stieß einen Fluch aus, denn bis jetzt war er fest davon überzeugt gewesen, dass die übrigen Holzfäller das Schicksal der Filmcrew geteilt hatten.

Lars versuchte, einen Blick auf die Startplattform zu erhaschen, doch der dichte Regenschleier und mehrere Zweige machten ihm einen Strich durch die Rechnung.

Derweil versenkte der Unbekannte das Sägeblatt unentwegt weiter in dem Baumstamm unter ihm. Gott, das konnte doch alles nicht wahr sein. Der Dreckskerl wollte den Baum fällen – und ihn so mit zu Fall bringen.

Hoffentlich war das nicht zu allem Unglück auch noch *ihre* Motorsäge, die Dagmar und Katja am Ufer hatten liegenlassen.

»Du verdammter Wichser! Verpiss dich!« Panisch leuchtete Lars wieder nach unten und sah, dass der Unbekannte mit der Kettensäge Stück für Stück einen Keil in den Baum fräste. Und anders als anfänglich erhofft, schnitt die Motorsäge in das Holz wie Butter.

Zornig griff Lars nach seinem improvisierten Speer und schleuderte ihn in die Tiefe. Doch der Stecken prallte gegen einen Zweig und fiel irgendwo hinter dem Unbekannten auf den Waldboden. Der zog die Motorsäge ohne sichtbare Gefühlsregung aus dem Stamm und trat mehrfach gegen den Keil, der sich irgendwann aus dem Baum löste. Dann veränderte er seine Position und stapfte hinter den Baum, wo er die Säge erneut ansetzte.

Lars begriff, dass es höchste Zeit war, von der Plattform wegzukommen. Furchterfüllt schnappte er sich die Axt und klinkte das Sicherungsgeschirr, das er noch immer trug, in jene Stahlleine ein, über die er zu der zurückliegenden Plattform gelangen würde. Gedacht, getan. Mit einem beherzten Satz sprang er in den Regen und glitt surrend auf die Nachbarplattform zu. Doch es war bereits zu spät. Hinter ihm krachte es, und ein scharfer Ruck ging durch das Seil, das ihn kurz anhob und dann durch die Luft schleuderte.

Die Taschenlampe entglitt seinen Händen und fiel in die Nacht. Schon ertönte hinter ihm ein Bersten und Dröhnen, und der Baum, von dem er geflüchtet war, kippte. Lars schrie auf, während sich die Sicherungsleine abermals spannte und ihn diesmal zur Seite schleuderte.

Plötzlich ertönte ein peitschender Knall, und das Stahlseil riss entzwei. Mit pfeifendem Geräusch sauste es dicht über seinen Kopf hinweg, und Lars sackte jäh in die Tiefe ab. Etwas Dunkles tauchte vor ihm auf, und gedankenschnell griff er zu. Ein neuerlicher Ruck schleuderte ihn voran, und samt dem Halt, den er gefunden hatte, klatschte er schmerzhaft gegen den Stamm des Nachbarbaums. Lars sah Sterne vor seinen Augen aufblitzen, dennoch zwang er sich, nicht loszulassen. Irgendwo in seinem Rücken brachen derweil mit lautem Hall Äste und Zweige. Der Baum, von dem er sich gerettet hatte, krachte der Länge nach in den Hochseilgarten. Weitere Kletterkonstruktionen rissen entzwei, dann schlug die Fichte mit lautem Getöse auf dem Waldboden auf.

Er selbst hing an der Sprosse einer Hängebrücke. Und erst jetzt dämmerte ihm, welches Glück er gehabt hatte. Aus der klatschnassen Brücke war nun eine Art Strickleiter geworden, mittels der er den Aufstieg zu der hiesigen Plattform wagen konnte. Nur hing er am untersten Ende der Konstruktion, und seine Füße fanden am entasteten Stamm kaum Halt. Ganz davon abgesehen, dass ihn noch immer gute vier Meter vom Waldboden trennten.

Doch das musste er vielleicht auch nicht, denn die Dunkelheit bot auch ihm Schutz. Er musste hier lediglich ausharren und sich tot stellen. Der Fremde marschierte jetzt mit tuckernder Motorsäge zu der verlorenen Taschenlampe, nahm sie auf und leuchtete hinüber zu dem Baum, der gefallen war. Lars verhielt sich still und sah ihm eine Zeitlang dabei zu, wie er die Reste der zerstörten Plattform und den umgebenden Waldboden ableuchtete.

Auch er sah nun, dass der Baum die Startplattform unter sich begraben hatte. Und mit ihm vermutlich auch den dort angebundenen Norweger – wenn der Unbekannte ihn nicht zuvor losgebunden hatte. Nur konnte Lars ihren Gefangenen nirgendwo entdecken. Kein Wunder, denn er hatte ihn nicht bloß gefesselt, sondern auch geknebelt, um ihn so daran zu hindern, nächtens um Hilfe zu schreien. Der Kerl hatte sich im Zweifel also nicht bemerkbar machen können. Die Holzkonstruktion dahinten war jedenfalls vollkommen zertrümmert. Sollte der Holzfäller beim Aufprall des Baums umgekommen sein, würde das seinen Kumpan aber vermutlich erst recht wütend machen.

Dass er vom Schlimmsten ausgehen musste, bewiesen hektische Lichtbewegungen am Waldboden und ein neuerliches Dröhnen der Motorsäge, mittels der sich der Fremde den Weg zu dem Holzfäller durch Äste und Nadelzweige freisägte. Im Taschenlampenlicht war kurz ein blutüberströmter Arm zu sehen, und kurz darauf drang ein vom Regen gedämpfter, wütender Aufschrei zu ihm herauf.

Stumm betete er, dass der gottverdammte Kerl dort unten einfach verschwinden möge. Aber der tat ihm den Gefallen nicht. Stattdessen schnitt der scharfe Lichtstrahl der Taschenlampe abermals suchend zwischen die Bäume.

Wo, verdammt, blieben seine Kollegen? Lars blickte verzweifelt in die Finsternis. Von der Hütte bis zum Hochseilgarten waren das doch nach Aussage von Dagmar bloß fünfzehn Minuten. Selbst jetzt, bei Dunkelheit, sollten die nicht länger brauchen. Vorausgesetzt, *dass* sie ihm zu Hilfe eilten. Oder hatte Sören seinen Hilferuf gar nicht erst verstanden?

Die Gestalt mit der Motorsäge stiefelte zurück in seine Richtung, wo er nun an den entasteten Baumstämmen entlang in die Höhe leuchtete. Es dauerte nicht lange, bis er ihn fand.

Geblendet vom Lichtstrahl, kniff Lars die Augen zusammen.

Obwohl er sich bei dem brüsken Aufschlag gegen den Stamm an der Hand verletzt hatte, versuchte er abermals sein Glück und zog sich nun stöhnend weiter nach oben in die Dunkelheit. Das fragile Konstrukt baumelte hin und her, und der verdammte Regen machte die Sprossen schlüpfrig. Längst waren unter ihm neuerliche Stiefelschritte zu vernehmen, und abermals heulte die Motorsäge auf. Verzweifelt sah Lars mit an, wie der Kerl unter ihm sein mörderisches Werk von vorn begann.

Endlich gelang es ihm, auch mit den Füßen Halt zu finden, und Lars nahm alle seine Kräfte zusammen, um hinauf auf die Plattform zu gelangen. Der Baum vibrierte leicht, als er sie endlich erreichte. Regen und Fichtennadeln prasselten auf ihn herab. Lars zog sich stöhnend nach oben und klinkte sich verzweifelt aus dem losen Stahlseil aus. In der Dunkelheit tastete er sich auf dem schlüpfrigen Untergrund voran und suchte nach jener Kletterkonstruktion, die ihn zu der nächsten Plattform führen würde. Doch ohne Lichtquelle erwies sich das als schwieriger als gedacht.

Als er die zweite Sicherungsleine endlich fand, ertönte unter ihm wieder ein gefährliches Quietschen. Der Baum neigte sich knarrend und mit ihm die Plattform. Lars schrie panisch auf und umfasste das Geländer, während er mitsamt der Konstruktion Meter um Meter gegen einen Nachbarbaum kippte. Rumpelnd kollidierten die Bäume, und Lars wurde vom jähen Aufprall über das Geländer geschleudert. Verzweifelt hielt er sich weiter an den Holzstreben fest, doch unerbittlich ging es weiter abwärts. Feuchte Nadelzweige schlugen ihm ins Gesicht, um ihn herum brachen Äste, und die Luft war vom Getöse des stürzenden Baumtitanen erfüllt. Eines der straff gespannten Stahlseile bremste den Sturz abermals kurz ab, dann schlug ein schwerer Gegenstand gegen seinen Körper, und er verlor endgültig den Halt. Es folgte ein Moment der Schwerelosigkeit, dann ein harter Aufprall, der ihm die Luft aus den Lungen presste. Es donnerte und rumpelte unweit von ihm, als der Baum, der ihn mit sich in die Tiefe gerissen hatte, endgültig auf dem Waldboden aufschlug.

Lars lag benommen auf dem nassen Waldboden und versuchte, zu Atem zu kommen. Er wusste nicht, wie das möglich war, aber er lebte. Sein Körper fühlte sich zwar an, als sei er in eine Holzpresse geraten, doch schien er sich nichts Ernstliches gebrochen zu haben. Allein sein linker Fuß schmerzte, als er ihn anhob. Nur fragte er sich, wie lange sein Glück andauern würde, denn noch immer war das Tuckern der Motorsäge zu hören.

Lars griff stöhnend nach dem Funkgerät an seinem Gürtel, doch es war fort. Das Tuckern näherte sich, und ein scharfer Lichtstrahl glitt den gestürzten Baumstamm entlang. Mühsam richtete Lars seinen Oberkörper auf. Noch hatte ihn der Unbekannte nicht entdeckt, und eine Chance blieb ihm noch. Der Fall der beiden Bäume hatte im Klettergarten ein heilloses Chaos aus Trümmern, zersplitterten Ästen und abgebrochenen Nadelzweigen hinterlassen, das sich als Deckung nutzen lassen sollte.

Lars schleppte sich fort von dem gefällten Baum, hinein in die Dunkelheit. Doch die Richtung, die er eingeschlagen hatte, führte ihn nicht etwa tiefer in den Wald, sondern geradewegs zu den Zelten am See.

Das Floß! Natürlich.

Lars erhob sich und presste stöhnend die Zähne aufeinander, als er seinen linken Fuß belastete. Anschließend humpelte er im Regen auf den rettenden Uferbewuchs zu – als ihn abermals der Blendschein der Taschenlampe erfasste.

Die Motorsäge heulte auf, und der Fremde hetzte auf ihn zu.

»Verpiss dich, du Wichser!« Lars stolperte verzweifelt in Richtung des Zeltlagers, als über ihm ein Blitz zwischen den Gewitterwolken aufflammte, dem ein heftiger Donnerschlag folgte. Mit dem grellen Lichtschein wurde ihm klar, dass sich seine Hoffnung nicht erfüllen würde. Das verdammte Floß trieb weit draußen auf dem See. Entweder hatte es sich selbst von seiner Befestigung gelöst, oder jemand hatte es mutwillig zurück ins Wasser geschoben. Lars heulte vor Verzweiflung auf.

»Hilfe!« Endlich erreichte er die Zelte, als er jäh mit seinem lädierten Fuß hängenblieb und der Länge nach auf den durchweichten Boden stürzte.

Bitte, nicht das auch noch. Er war im Dunkeln über eine der tückischen Bespannungsleinen gestürzt. Sein Knöchel brannte jetzt wie Feuer.

Verzweifelt drehte er sich auf den Rücken und riss die Axt aus dem Gürtel, während er rücklings zur alten Lagerfeuerstelle robbte. Erneut vernahm er das bedrohliche Tuckern der Motorsäge und sah zwischen den Zelten einen Schemen auf sich zukommen – als ein leises Klirren zu hören war. Mit einem dumpfen Fauchen schlug vor ihm eine Feuerwand in die Höhe, und eines der Zelte geriet in Brand.

Verblüfft schirmte sich Lars gegen die jähe Hitze ab.

»Lars, wir kommen!«

War das Dagmars Stimme?

Er hätte vor Erleichterung am liebsten geschrien, denn der Fremde bemerkte nun ebenfalls, dass zwischen den Bäumen drei Gestalten auf sie zurannten. Eine sich überschlagende

Flamme jagte in weitem Bogen auf sie zu, es klirrte abermals, und eine weitere Feuerwand stob empor. Diesmal erfassten die Flammen das Zelt direkt zur Linken des Unbekannten, und die Felljacke seines Verfolgers geriet in Brand.

Wüst schlug der Kerl um sich, stolperte nun seinerseits über eine der Zeltschnüre und kippte rücklings hintüber.

Lars konnte vor lauter Flammen und Rauch kaum etwas sehen, aber das Wichtigste sah er doch: Der Wahnsinnige verlor die Motorsäge. Statt sie erneut zu ergreifen, wälzte er sich nun am Boden, riss sich die brennende Jacke vom Leib und flüchtete zurück in den Wald.

Lars senkte erleichtert die Axt, als seine Kollegen endlich eintrafen.

Zu seiner Überraschung waren Dagmar und Katja mit langen Metallspießen bewaffnet, die an den Spitzen in scharfen Klingen mündeten, während Sören keuchend hinter den beiden herstolperte. Zu seiner Überraschung hielt ihr ITler eine Flasche in der Rechten, in deren Hals ein Lumpen steckte: ein Molotowcocktail! Noch nie war Lars so glücklich gewesen, seine Kollegen zu sehen.

»Gott, alles in Ordnung?« Dagmar baute sich schützend vor ihm auf, während sie ebenso wie die anderen den Wald im Auge behielt.

»Scheiße, nein.« Lars richtete sich mit Katjas Hilfe auf. »Der Mistkerl hat versucht, mich umzubringen. Und fast hätte er damit Erfolg gehabt.«

Noch immer brannte es rings um sie herum, und sie brachten nun etwas Abstand zwischen sich und die Flammen. Lars schüttelte den Kopf. Er konnte es immer noch nicht fassen, wie knapp er seinem Verfolger entronnen war.

»Oh nein.« Sörens klagender Aufschrei riss ihn wieder in die Wirklichkeit zurück.

Der ITler marschierte zu einem Rucksack, der lichterloh brannte.

»Was ist?«, fuhr ihn Lars gereizt an. Sein Fuß schmerzte noch immer, und er konnte sich nur aufrecht halten, weil Katja ihn stützte.

»Das ist meiner«, antwortete Sören mit gesenktem Kopf. »Darin war mein letzter Pen.«

»Pen?«

»Mein Insulin.« Sören sah auf, und in seinen Augen stand eine Mischung aus Verzweiflung und Resignation.

»Scheiß auf den Pen.« Lars spuckte zu Boden, während rechts von ihnen ein drittes Zelt in Brand geriet. »Der Kerl hätte fast Hackfleisch aus mir gemacht.«

»Wer war das?«, fragte Dagmar.

Lars bat Katja, ihm dabei zu helfen, die brennenden Zelte zu umrunden, und führte sie und die anderen so vor die schwelende Felljacke, die sein Verfolger zurückgelassen hatte. Eine Weile standen sie schweigend im Regen und starrten das Kleidungsstück an. »War das unser …?«

»Nein.« Lars unterbrach Sören und schüttelte den Kopf. »Der Norweger ist tot. Einer der Bäume ist voll auf die Plattform gekracht, auf der ich ihn angebunden hatte.«

Katja wischte sich den Regen aus dem Gesicht und blickte fassungslos hinüber zum Hochseilgarten, dem man selbst auf die Entfernung ansah, welches Unheil über ihn hereingebrochen war.

»Das heißt, jetzt haben es auch noch seine Kollegen auf uns abgesehen?«, wollte Sören verzagt wissen.

»Ja, das heißt es«, schnaubte Lars und humpelte hinüber zu der Motorsäge, die noch immer leise tuckernd auf dem Waldboden lag. Er hob sie auf und sah die Frauen ungnädig an. »Mann, wie konntet ihr die Säge bloß zurücklassen?«

»Ist halt passiert«, blaffte Katja. »Sei einfach dankbar, dass wir dich mit deinem dämlichen Alleingang nicht haben untergehen lassen. Du hast uns damit alle in Gefahr gebracht, verdammt! Vor allem sei dankbar, dass Sören so geistesgegenwärtig war, ein paar Flaschen mit Benzin zu präparieren. Und jetzt lass uns zurück, sonst spült uns das verdammte Gewitter irgendwann noch in den See.«

Als habe das Unwetter auf dieses Stichwort gewartet, rumpelte es in der Wolkendecke, während der Regen unentwegt weiter auf sie einprasselte. Lars sah sich zu den brennenden Zelten um, bei denen es in regelmäßigen Abständen zischte. Trotz des Benzins, das den Brand entfacht hatte, würde das Feuer vermutlich schon bald wieder erlöschen.

»Wartet!« Auf einem Fuß humpelte Lars hinüber zu seinem Rucksack.

Dagmar leuchtete mit ihrer Taschenlampe den Waldrand ab, dann – endlich – entschloss er sich dazu, die Motorsäge abzustellen, und sie marschierten schweigend den Weg zurück, über den sie und die anderen hergelangt waren. Katja stützte ihn, und Lars fühlte durch das Schuhwerk nach seinem Fußknöchel. Er war dick und geschwollen.

In was für eine Scheiße war er da bloß geraten? Er hatte die Show eigentlich dazu nutzen wollen, neu durchzustarten. Er hatte alle Mittel dazu in den Händen gehabt. Und jetzt das hier.

Sie erreichten den Hubschrauberlandeplatz, während der Regen ihm weiter in den Kragen rann; dann mühten sie sich einen zweiten Trampelpfad entlang, während sie argwöhnisch die Bäume im Blick behielten. Der Pfad führte zu einem bewaldeten Hügel, auf dem er nun erstmals die Blockhütte der Filmcrew erblickte.

Über der Veranda baumelte eine demolierte Petroleumlampe, in deren Lichtschein sich der Regen abzeichnete. Erst als

Sören die Eingangstür öffnete und ihnen einen Wink gab, wagte es Lars, die Motorsäge abzulegen.

Tropfnass betraten sie den Vorraum der Hütte, und Lars betrachtete die vielen angeschalteten Monitore an den Wänden.

Vielleicht war es doch keine so gute Idee gewesen, die Nacht im Wald verbringen zu wollen. Den Angriff des Fremden hatte er natürlich nicht voraussehen können, aber die Hütte wirkte stabiler, als er gedacht hatte. Hier gab es elektrisches Licht, es war warm, und es roch nach Essen.

Er ließ sich auf einem Stuhl nieder, während seine Kollegen misstrauisch die Räume absuchten. Doch ihrer Reaktion nach war in der Zeit ihrer Abwesenheit niemand in die Hütte eingedrungen. Sören verriegelte die Tür mit einem dicken Ast, und Dagmar brachte ihm einen heißen Kaffee. Lars nahm einen Schluck. Sofort ging es ihm etwas besser. Erst jetzt spürte er, wie kalt ihm trotz des Neoprenanzugs gewesen war.

Auch Katja kehrte jetzt aus einem der hinteren Räume zurück, und sie wirkte besorgt. »Gunnar hat verdammt hohes Fieber«, sagte sie. »Ich weiß nicht, was wir tun sollen.«

»Und was machen wir jetzt?«, fragte Lars.

»Erst mal nach deinem Fuß sehen.« Dagmar hockte sich vor ihn hin, um seinen Schuh aufzuknöpfen. »Keine Angst, ich bin vorsichtig.«

Lars lehnte sich zurück, und tatsächlich gelang es ihrer Mediaplanerin mit bewundernswertem Geschick, den Stiefel zu entfernen. Es schmerzte erst, als sie mit ihren Fingern leichten Druck auf den Knöchel ausübte.

»Ich vermute, ich habe mir einen Bänderriss zugezogen«, ächzte Lars, der nun selbst seinen Knöchel abtastete. Seine Hände waren von Schrammen übersät.

»Ich hole gleich einen feuchten Lappen«, sagte Dagmar mitfühlend. »Zur Kühlung.«

Sie sah mit einem Blick zu ihm auf, in dem nicht bloß Sorge, sondern auch noch etwas anderes lag.

Konnte das sein?

Er kannte diesen Ausdruck. Von anderen Frauen. In ihm lag diese Mischung aus Achtung, Bewunderung und ... verlegener Zuneigung.

Dagmar? Ausgerechnet sie?

»Dank dir.« Er mühte sich ein charmantes Lächeln ab, während sich seine Kollegin wieder erhob. »Ich denke, ich kriege das schon hin. Ich werde mir eine feste Bandage anlegen, um den Fuß zu stützen.«

»Ich schätze, das wird schwierig.« Sören, der längst wieder vor den Monitoren saß, sah ihn niedergeschlagen an. »Die letzte Binde haben wir für Gunnar verbraucht. Abgesehen von ein paar Pflastern haben wir so gut wie kein medizinisches Material mehr. Und wenn ich morgen mein Insulin nicht bekomme, dann ...« Er wollte weitersprechen, doch seine Stimme brach.

Lars und die anderen sahen einander an, und eine Weile war bloß der Regen zu hören, der von außen gegen die Fensterläden trommelte – sowie das leise Brummen des Generators hinter der Hütte.

Lars wusste selbst, wie beschissen ihre Situation war. Bernd war verschwunden, Gunnar siechte drüben vor sich hin, Sören lief ohne Insulin Gefahr, schlimmstenfalls in ein diabetisches Koma zu fallen, und er selbst konnte im Augenblick kaum noch laufen.

Sein Blick blieb an dem Jagdgewehr hängen, das neben ihm an der Wand lehnte.

»Okay«, durchbrach er die Stille. »Wir stehen das schon durch. Konzentrieren wir uns auf unser nächstes Ziel: die Munition für die Waffe.«

»Blöderweise haben wir es versäumt, im ToughPad den SURVIVE-Code einzugeben«, seufzte Dagmar. »Aber vor Sonnenaufgang macht das jetzt auch keinen Sinn mehr, oder? Also nicht, wenn die nächste Aufgabe wieder mit solchen Anstrengungen verbunden ist wie die anderen heute.«

Lars und die übrigen Kollegen sahen sie resigniert an.

»Na ja«, Sören sah zu den Monitorwänden auf. »Ich sag mal so: Wir brauchen den Code vermutlich gar nicht. Wir sollten eigentlich mittels der Kameras herausfinden können, wo sich die vorletzte Parcours-Station befindet.« Er zückte das Notizbuch der Filmcrew. »Die sind hier drinnen nämlich alle mit GPS-Daten vermerkt.«

»Sieh an.« Lars nahm ihm die Kladde ab, blätterte sie durch und fand schnell die entsprechenden Seiten.

»Mit Hilfe unseres GPS-Geräts können wir über die Standorte der Kameras leicht die zugehörige Parcours-Station finden«, fuhr Sören fort. »Vielleicht sogar einfacher, als wenn wir uns wieder auf so eine Schnitzeljagd wie heute Morgen einlassen.«

Lars ließ die Kladde sinken. »Das blöde Gerät liegt noch drüben auf der Insel.«

»Wieso habt ihr es zurückgelassen?«, fragte Sören.

»Weil wir nicht riskieren wollten, dass es uns am Ende noch ins Wasser fällt«, meinte Katja mit einem Seufzer. »Als wir die Kiste mit dem Gewehr geborgen haben, hatten wir an den Kram nicht mehr gedacht. Heißt also, wir müssen morgen noch mal rüber.«

»Nee, ich glaube, das ist nicht nötig.« Sören griff unter den Tisch und präsentierte ihnen ein Smartphone. »Das hier stammt von einem aus der Filmcrew. Ich habe heute Nachmittag schon gesehen, dass der da eine GPS-App drauf hat. Die sind zwar angeblich nicht ganz so genau wie die teuren Outdoor-Geräte, aber das Teil dürfte uns vermutlich ebenso gute Dienste leisten.«

»Telefonieren kann man damit aber nicht?«, wollte Lars wissen.

Sören warf ihm einen gequälten Blick zu.

Natürlich. Die Frage hätte er sich sparen können.

»Sag mal, hast du die Parcours-Station mit der Munition nicht vorhin schon vergeblich gesucht?«, fragte Dagmar nun.

»Ja, aber hier sind noch einige Kamera-Anschlüsse übrig. Ich muss nur endlich die restlichen Monitore anschließen, oder – falls sie nicht mehr laufen – einige der weniger wichtigen Bildschirme umstellen.«

»Gut, dann mach dich an die Arbeit.« Lars nickte Sören zu, der sich sogleich zu den Monitoren begab. Er selbst wandte sich ernst an Dagmar und Katja. »Und von nun an lassen wir nie wieder etwas unbewacht zurück, das sich im Zweifel als Waffe gebrauchen lässt, okay? Allen voran das Gewehr dort«, er zeigte mit der Kladde auf die Waffe, »aber auch nicht die Motorsäge, unsere neuen Spieße, oder was wir sonst noch so haben.«

»Das gilt natürlich auch für dich«, kommentierte Katja kühl. »Keine Alleingänge mehr. Und an die Schaufel hast du ebenfalls nicht gedacht. Die liegt ebenso wie das GPS-Gerät noch auf der Insel.«

Lars musterte sie verärgert. Dummerweise hatte sie recht. »Also gut«, meinte er, »ich schlage eine kurze Waffeninventur vor.«

Er legte das Notizbuch auf einen Tisch und humpelte hinüber zur Küchenzeile. Er schob den Feldstecher auf dem Tresen beiseite und legte Axt und Outdoor-Messer daneben. Es zeigte sich, dass Dagmar noch das Messer von Bernd bei sich trug, außerdem ein weiteres Küchenmesser sowie einen

Schraubenzieher. Katja legte zwei Taschenmesser und gleich zwei solide Zimmermannshämmer daneben. Anschließend stellte sie den Karton mit den übrigen Molotowcocktails auf die Tischfläche. Inklusive der Flasche, die in Sörens Manteltasche steckte, besaßen sie noch vier Brandsätze.

»Wir haben drüben in einem der Schlafräume noch genug Benzin, um weitere Flaschen zu füllen«, merkte Dagmar an. »Nur befürchte ich, dass die Sprudel- und Bierflaschen hier in der Hütte zu dickwandig sind, als dass sie leicht kaputtgehen. Gerade jetzt, wo der Regen den Boden so aufgeweicht hat. Man müsste sie schon mit voller Wucht gegen einen Baum oder einen Fels schleudern.«

»Vielleicht sollten wir trotzdem einige von ihnen auffüllen?« Lars suchte die Küchenzeile nach den entsprechenden Flaschen ab, als sein Blick auf die alte Fliegertasche fiel, die er aus dem See geborgen hatte.

»Und? War da irgendetwas Interessantes drin?«

Katja folgte seinem Blick. »Nein, bloß Hinweise darauf, dass dieser Stuka hier wohl nicht ganz ohne Grund war. Dafür haben wir jetzt so eine Vermutung, warum die drei Holzfäller in Wahrheit hergekommen sind.«

Sie berichtete ihm von dem vermuteten Schatz, und Lars richtete sich gespannt auf. »Gold im Wert von bis zu einer halben Million Euro?« Er lachte trocken. »Das ist nicht euer Ernst?«

»Unsere norwegischen Freunde haben das offenbar sehr ernst genommen«, widersprach sie. »Erklärt auch, warum die nicht einmal vor einem Mordversuch zurückschrecken.«

»Wer sagt es denn!« Hinter ihnen war Sörens triumphierende Stimme zu hören.

Sie sahen nun, dass Sören zwei weitere Monitore zum Laufen gebracht hatte. Die Nachtsichtfunktion zeigte ein grünliches Bild, auf dem sich Bäume abzeichneten. Sören nestelte an den Kontrollen für die Kameras herum, und unvermittelt ploppte auf einem der Bildschirme die Aufnahme einer Art Lichtung auf.

»Oh Gott, seht euch das an!«, ächzte Sören schockiert.

Lars sah nun ebenfalls, dass am Rande des Sichtfeldes ein regloser menschlicher Körper mit seltsam abgewinkelten Beinen lag. Gemeinsam mit Katja und Dagmar trat er hinter ihren Netzwerkadministrator, während dieser versuchte, das Bild zu vergrößern.

Der Körper rührte sich auch weiterhin nicht, und vermutlich würde sich das auch nicht mehr ändern. Denn der Körper lag derart verrenkt, dass fast kein Zweifel möglich war: Sie hatten einen weiteren Toten entdeckt.

»Wer mag das sein?«, wisperte Dagmar bestürzt.

Sören veränderte die Kameraeinstellung ein weiteres Mal, und jetzt war zu sehen, dass die Leiche eine Weste trug und etwas um ihren Oberkörper hing.

»Seht ihr, was ich sehe?« Aufgeregt deutete Katja auf den Monitor. »Ich glaube, wir haben den verschwundenen Sanitäter gefunden. Das da ist doch die Erste-Hilfe-Tasche, die er bei unserer Ankunft trug, oder?«

Sören beugte sich beklommen vor. »Ich glaube … du hast recht. Und was jetzt?«

»Sagtest du nicht, dass du herausfinden könntest, wo sich die Kameras befinden?«, meinte Dagmar. »Dann holen wir uns die Tasche.«

»Du willst da noch mal raus?« Lars sah sie ungläubig an.

»Was bleibt uns denn anderes übrig?«, gab Katja zurück. »Wenn Gunnar nicht so schnell wie möglich Antibiotika bekommt, stirbt er vielleicht, noch ehe die Nacht um ist. Und um Sören müssen wir uns wohl spätestens morgen früh ebenfalls Sorgen machen. Mal abgesehen von dir selbst, Lars. Über ein bisschen Verbandsmaterial für deinen Fuß freust du dich doch sicher ebenfalls, oder?«

»Ach Scheiße, ich komme auch ohne Wickel klar«, widersprach er. »Habt ihr vergessen, welche Gefahren da draußen lauern? Ich kann in meinem derzeitigen Zustand jedenfalls nicht mitkommen.«

»Bis jetzt ist die Lage doch vergleichsweise ruhig«, erwiderte ihre Kontakterin. »Der Kerl mit der Motorsäge dürfte derzeit seine Wunden lecken, und von dieser anderen Gefahr hier im Wald war bislang nichts zu sehen. Und das trotz des Lärms.«

»Äh, das ist so nicht ganz richtig.« Sören sah verlegen zu ihr auf. »Ich habe vorhin nämlich noch etwas anderes entdeckt.«

»Was?« Katjas Stimme klang scharf.

»Ich ... ich wollte euch nicht weiter beunruhigen. Deswegen ...« Seufzend betätigte er einige Tasten und blickte zu zwei Monitoren auf der gegenüberliegenden Wand auf. Dort oben präsentierten sich ihnen die Nachtaufnahmen der Lichtung mit dem Dornenpfahl.

»Wo ist denn, bitte, Jenkins?«, keuchte Dagmar erschrocken auf.

Auch Lars sah, dass die Lichtung, abgesehen von dem Pfahl, völlig verwaist war.

»Eben. Er ist weg«, sagte Sören matt. »Und von selbst wird er sich ja wohl kaum aus den Metalldornen gezogen haben.«

»Mann!« Katja schlug Sören mit der flachen Hand gegen den Hinterkopf, und ihr ITler gab einen Schmerzenslaut von sich. »Und das verschweigst du uns?«

»Tut mir leid«, wimmerte er. »Ich hab das doch selbst vorhin erst gesehen. Unmittelbar bevor wir los sind, um Lars zu helfen. Ich kam in der Aufregung nicht dazu, euch das zu sagen.«

»Egal. Wir können im Augenblick sowieso nichts daran ändern«, beschwichtigte Katja. »Ich bin also nach wie vor dafür, dass wir uns die Tasche holen.«

»Hast du denn gar keine Angst?« Dagmar sah ihre Kollegin ungläubig an. »Da draußen in der Dunkelheit versteckt sich irgendwo ein Irrer – und wir wissen immer noch nicht, was hier noch durch die Nacht schleicht.«

»Doch, ich habe Angst«, antwortete Katja ernst. »Ich habe sogar eine Scheißangst. Aber wenn wir uns hier bloß vergraben und nichts tun, stirbt uns da drüben Gunnar. Seinen Tod haben dann *wir* zu verantworten. Du, ich, Sören und Lars. Und ich verwette all mein Erspartes darauf, dass Gunnar für jeden von uns das gleiche Risiko eingehen würde.«

Betroffen sahen Dagmar und Sören einander an.

»Also«, fragte Katja. »Kommt wer mit?«

»Du bist doch vollkommen verrückt.« Lars erhob sich, humpelte zum Tresen und schnappte sich die Motorsäge. »Ich bleibe jedenfalls hier. Und die verdammte Säge bleibt es auch. Die rücke ich nicht mehr raus.«

»Meine Güte, Lars!« Katja sah ihn mit einem Blick an, der ihn vermutlich beschämen sollte. Doch es war ihm egal. Trotzdem fuhr sie fort: »Im Zweifel ist das die beste Waffe, die wir haben. Egal, wer oder was uns da draußen ans Leder will.«

»So, plötzlich?«, höhnte er. »Vorhin habt ihr die Motorsäge doch auch liegengelassen.«

»Was bist du bloß für ein Arschloch!« Katja funkelte ihn zornig an. »Du warst es, der uns mit seiner verdammten Soloaktion alle in Lebensgefahr gebracht hat. Deinetwegen liegt jetzt dahinten der Norweger tot unter einem Baum begraben. Und es scheint dir scheißegal zu sein, dass wir eben gottverdammt noch mal auch dein Leben gerettet haben! Ich verlange bloß, dass wir für Gunnar das Gleiche tun.«

»Nein, was du verlangst, ist einfach nur dumm!« Lars funkelte zurück. »Die Plattformen waren sicherer. Dabei bleibe ich. Mit dem Verrückten da draußen konnte doch keiner rechnen. Nur werde ich nicht zulassen, dass die Motorsäge durch euren Leichtsinn womöglich noch einmal in seine Hände fällt. Die konnte Bäume fällen. Was, glaubst du, macht sie wohl mit den Wänden einer Blockhütte?«

»Hört auf zu streiten«, seufzte Sören und stand resigniert auf. »Ich komme mit. Geht ja schließlich auch um mich.«

»Du Wahnsinniger willst da ernsthaft wieder raus?« Lars starrte den Dicken ungläubig an.

»Bist du dir sicher?«, wollte auch Dagmar wissen.

»Ja.« Sören nickte feierlich. »Ich habe mir den letzten Pen doch erst vor kurzem gesetzt. Ich bin also noch fit – was morgen schon anders aussieht. Da kann ich euch doch nicht allein die Erste-Hilfe-Tasche suchen lassen. Zur Not habe ich ja auch noch die hier.« Er zückte die Power-Riegel, die sie in der Box auf der Lichtung gefunden hatten. »Die habe ich sicherheitshalber aufbewahrt. Als Traubenzuckerreserve.«

»Also gut.« Dagmar legte ihm anerkennend eine Hand auf die Schulter. »Dann stehe ich nicht zurück. Ich begleite euch ebenfalls.«

»Du auch?« Lars schüttelte fassungslos den Kopf. »Seid ihr denn alle drei verrückt geworden?«

»Wie du vorhin selbst gesagt hast«, meinte Katja trocken. »Norwegen ist ein freies Land.«

Dagmar sah ihn bekümmert an. »Wo ist das Notizbuch?«

Lars schüttelte bloß den Kopf und setzte sich umständlich in Bewegung, um es zu holen.

»Dann sucht den Standort der Kamera«, meinte Dagmar an die Männer gewandt. »Wir machen uns bis dahin fertig.«

Unwillig trat Lars zu Sören, und gemeinsam glichen sie die Gerätenummer der Kamera auf dem Bildschirm mit den Eintragungen aus dem Notizbuch ab. Dabei fiel ihm auf, dass Sören die meisten Eintragungen mit einem Häkchen versehen hatte.

»Was ist das?« Er hielt ihm das Notizbuch hin.

»Ach, das.« Sören zuckte mit den Schultern. »Ich habe vorhin die Gerätenummern aller Kameras, deren Bild wir empfangen, mit jenen in der Kladde abgeglichen. Ich wollte wissen, wie viele Kameras noch übrig sind. Jetzt sind es noch neun.«

»Du warst wirklich fleißig«, gab Lars zu.

»Ich habe ja auch einiges wiedergutzumachen.« Ihr ITler schnappte sich das Smartphone mit der GPS-App, gab die entsprechenden Koordinaten ein und betrachtete die Karte, die sich auf dem Display aufbaute. »Fertig. Gemäß Luftlinie sind es bis zu der Leiche bloß zwölf Minuten Fußweg.«

»Durch den Wald und bei Dunkelheit also mindestens eine halbe Stunde«, merkte Lars unwohl an.

»Wird schon. Du behältst einfach die Monitore im Blick und warnst uns, wenn du was siehst.«

»Geht nicht. Ich habe meine Funke vorhin verloren.«

Sören sah ihn betroffen an, und auch Katja, die soeben zwei der Molotowcocktails einpackte, seufzte resigniert. Dagmar sägte derweil mit Bernds Outdoor-Messer einen Besenstiel auseinander und schlug in die oberen Enden der Stiele Nägel ein.

»Was wird das?«, wollte Lars wissen.

»Ich baue Fackeln.« Sie riss mit dem Messer einige Putzlappen entzwei und wickelte sie um die mit Nägeln präparierten Stabenden. Der Zweck der Übung wurde jetzt offensichtlich. Anschließend griff sie zu einer Petroleumflasche und übergoss die Lumpen.

»Aus der vergangenen Nacht schließe ich, dass wir besser dastehen, wenn wir offenes Feuer mit uns führen«, erklärte sie. »Zumindest kann es nicht schaden.«

»Und wenn ihr dem irren Norweger noch einmal über den Weg lauft?«

»Werden wir dann sehen«, antwortete Katja an ihrer statt.

Lars sah Dagmar weiter bei der Arbeit zu und gestand sich ein, dass sie viel praktischer war, als er ihr zugetraut hatte.

Seine Kollegen schlüpften nun wieder in ihre Jacken. Katja stopfte ihren Rucksack mit allem voll, was ihr nützlich erschien, dann teilten sie die Waffen unter sich auf. Sören, der bereits das Smartphone trug, griff nach dem verbliebenen Küchenmesser und einer der Fackeln, während sich Katja und Dagmar mit den Speeren und der Axt ausrüsteten. Die andere Fackel klemmte Dagmar schräg in einen Gürtel, den sie sich um ihre Regenjacke geschnallt hatte.

»Wir lassen dir eines der Feuerzeuge hier«, sagte sie und deutete auf den Tresen. »Außerdem zwei der Molotowcocktails, okay?«

Lars nickte bloß.

»Und sieh gelegentlich nach Gunnar.« Dagmar lächelte ihm schüchtern zu, knipste die Taschenlampe des Holzfällers an und begab sich zusammen mit Katja und Sören nach draußen. Dort hatte der Regen nun spürbar nachgelassen.

Lars sah den dreien schweigsam nach und schloss die Tür, kaum dass sie zwischen den Bäumen verschwunden waren. Er verriegelte sie mit dem dicken Aststück und mühte sich nun damit ab, aus dem Neoprenanzug herauszukommen. Sein Fuß schmerzte wieder. Dann schlüpfte er in bequeme Kleidung aus seinem Rucksack und streifte sich wieder seine rote Softshell-Jacke über. Anschließend humpelte er hinüber zur Küchenzeile, um sich dort etwas zu essen sowie einen neuen Kaffee zu holen.

Was für eine Scheiße. Und doch … Hatten seine Kollegen Erfolg, würde das auch seine Aussicht steigern, heil aus dem Schlamassel herauszukommen. Falls nicht – nun, dann würde er sich eben bis übermorgen hier einbunkern. Außerdem gab es da noch eine weitere Alternative. Er konnte auch rüber zur Insel schwimmen, um sich dort bis zur Rückkehr des Hubschraubers einzuigeln. Was die anderen von der Idee hielten, war ihm ehrlich gesagt egal. Denn Gunnar ohne Floß zur Insel zu bringen, das war so gut wie unmöglich. Nur besaßen sie vermutlich nicht mehr die Mittel, um ein weiteres zu bauen.

Mühsam ließ er sich auf einem der Stühle nieder und aß, während er argwöhnend die Monitore anstarrte. Er wollte gerade einen weiteren Schluck Kaffee nehmen, als sein Blick auf den Bildschirm mit der Leiche des Sanitäters fiel.

Vor Entsetzen verschluckte er sich.

Der leblose Körper bewegte sich.

Erst ein kurzes Stück.

Dann – mit einem Ruck – verschwand er endgültig aus dem Blickfeld der Kamera.

EINGEWEIDE DER BERGE

Ein nasser Zweig schlug Dagmar ins Gesicht, während sie mit Spieß und Taschenlampe ausgerüstet durch das Unterholz stapfte. Sören lief mit einem Blick auf die GPS-App des Smartphones hinter ihr her und dirigierte sie, während Katja den Abschluss bildete. Dagmar spähte über die Schulter, und einen Moment lang erschien ihr Katja samt ihrem Speer wie eine Amazone. Der Eindruck verflüchtigte sich, als sie einen Blick auf das Gesicht ihrer Kollegin erhaschte. Ihre Züge waren wie ein Spiegelbild ihrer eigenen Empfindungen. Sie las dort Furcht.

Da Lars seine Lampe verloren hatte, verfügten sie bloß noch über die Taschenlampe des Holzfällers, um sich ihren Weg durch die Dunkelheit zu bahnen. Die Solar-Laterne hatte längst ihren Geist aufgegeben, und die kleine Stiftlampe, die Sören in der Werkzeugkiste der Filmcrew gefunden hatte, war hier im Wald keine große Hilfe. Überhaupt, dachte Dagmar, ängstigten sie die Schatten, die ihre Lichtquellen inmitten der vielen Bäume erzeugten, mehr als die Dunkelheit um sie herum. Denn wo auch immer sie hinleuchtete, stets war da diese Furcht, dass einer der Schemen plötzlich erwachen und sie anfallen könnte.

Abermals gab Sören leise eine Kurskorrektur durch. Der Regen hatte zwar deutlich nachgelassen, doch sobald der Wind auffrischte, tropfte es überall um sie herum von den Zweigen.

Wie gestern auf dem Weg zum Zelt der verschwundenen Studenten veränderte sich das Gelände auch jetzt wieder. Die Bäume standen nicht mehr so eng, dafür ragten zwischen ihnen mächtige, moos- und flechtenbewachsene Felsen aus dem Untergrund. Zweimal wäre sie auf dem schlüpfrigen Untergrund fast ausgerutscht. Dagmar fluchte leise. Wenn sie eines derzeit wirklich nicht gebrauchen konnten, dann ein weiteres Teammitglied, das wegen einer Verletzung ausfiel.

Plötzlich war neben dem beständigen Tröpfeln des Regens um sie herum noch ein anderes Geräusch zu hören: ein fernes Rauschen, wie von fließendem Wasser.

Das Geräusch kam ihr bekannt vor.

»Ich glaube, wir nähern uns dem Bach, den ich gestern mit Lars überquert habe«, flüsterte sie. »Nur etwas weiter nördlich. Bei dem Regen muss der zu einem reißenden Strom angeschwollen sein.«

»Glaube kaum, dass wir ihn erreichen«, keuchte Sören. »Der App nach zu urteilen, müssten wir den Standort der Kamera gleich erreicht haben.«

Dagmar versicherte sich, dass Katja zu ihnen aufschloss, und stiefelte nach Sörens Angaben weiter voran. Tief atmete sie ein, denn diesmal wollte sie auf den Anblick des Toten gefasst sein.

»Ich glaube, wir sind da!«, wisperte Sören und deutete zu zwei großen Birken.

Seine Worte waren kaum verklungen, als sich im Licht ihrer Taschenlampen der gesuchte Ort abzeichnete.

Katja trat an ihre Seite, und misstrauisch ließen sie den Lampenschein über die Lichtung wandern. Doch da war nichts. Der Platz war leer.

»Bist du sicher?«, fragte Katja.

Sören leuchtete hinauf ins Geäst einer der Birken, deren Rinde sich gespenstisch fahl vor dem bewölkten Nachthimmel abhob. »Siehst du? Da oben ist die Kamera.«

Auch Dagmar entdeckte das Gerät. Die Kamera war erwartungsgemäß auf den Platz vor ihnen gerichtet, doch der lag verwaist da.

»Ich verstehe das nicht«, flüsterte sie. »Oder ... hat der Mann vielleicht doch noch gelebt?«

»Sah der für dich so aus, als würde er noch leben?«, fragte Katja.

Vorsichtig blickten sie sich um, als Dagmar rechter Hand, auf einem verwitterten Findling, ein rotes Fähnchen entdeckte, das im Gestein steckte. Darauf war das SURVIVE-Logo zu erkennen. Dagmar trat näher an die Fahne heran und leuchtete gen Westen. In etwa fünfzehn Metern Entfernung, zwischen Bäumen und Geröll, steckte ein weiteres Fähnchen im Boden.

»Vielleicht Teil einer Schnitzeljagd?«, mutmaßte Sören, der jetzt neben sie trat.

»Ja, vielleicht.« Dagmar leuchtete zurück zu Katja, die sich bereits auf der anderen Seite der Lichtung umsah. Sie winkte ihnen hektisch zu, und beide eilten sie zu ihr. Katja wies mit ihrem Metallspieß zu einigen Büschen am Lichtungsrand, deren Äste abgeknickt waren.

»Du meinst, der Kerl ist dort entlanggerobbt?«, fragte Sören leise.

»Träum weiter.« Katja starrte in die Dunkelheit. »Für mich sind das Schleifspuren.«

Dagmar schnüffelte. »Hier hat es zwar geregnet, aber riecht ihr das nicht ebenfalls?«

Ihre Kollegen schnupperten.

»Scheiße. Ja.« Katja wirkte nun erst recht alarmiert. »In der Luft liegt wieder dieser widerliche Kellergeruch.«

»Und?« Sören sah ängstlich zu ihr auf.

»Mach deine Fackel an. Ich bin nicht hergekommen, um jetzt wieder umzudrehen.«

Sören steckte das fremde Smartphone weg, tauschte seine Bleistifttaschenlampe mit dem langen Küchenmesser und entzündete die Fackel. Sofort leckten hohe Flammen an den Lumpen empor.

Dagmar und Katja schritten mit erhobenen Spießen voran, während Sören mit der knisternden Fackel dicht hinter ihnen blieb. Ihr Schein erzeugte um sie herum unruhige Schatten, und sie folgten der Spur aus umgeknickten Farnen und Schleifrillen. Wie schon am Nachmittag nahe der Hütte glaubte Dagmar, vor ihnen wieder den Abdruck eines nackten Fußes ausmachen zu können, doch Katja, die den Abdruck nicht sah, stiefelte direkt darüber hinweg.

Keine dreißig Meter weiter veränderte sich das Gelände abermals, und sie erreichten ein lichtes, von Mischwald bewachsenes Areal, das nach Osten hin von gewaltigen, und von Erdreich bedeckten Felsen begrenzt wurde. Die steinernen Titanen türmten sich sieben bis acht Meter hoch auf und zogen sich von Nord nach Süd. An einigen Stellen des steinernen Walls – dort, wo Erde die Felsen bedeckte – ragten verkrüppelte Birken aus dem Bollwerk. Die Pflanzen hatten sich dort regelrecht einen Weg durch das Gestein gesprengt. Vor der Erhebung erstreckte sich moosbewachsenes Geröll, zwischen dem vereinzelte Büsche und Farne sprossen.

Irgendwo plätscherte es leise. Dagmar beleuchtete die Felsenwand mit der Taschenlampe, bis sie einen glitzernden Lauf aus Regenwasser entdeckte. Das Nass kam von der Spitze des Massivs und floss über das Gestein, bis es im Erdreich versickerte. Die Schleifspur jedoch endete vor der Geröllfläche, und sie konnten keine weiteren Hinweise auf den Verbleib des Toten finden.

Dafür war der unangenehme Kellergeruch an diesem Ort besonders intensiv.

Dagmar und Katja hielten die Metallspieße abwehrbereit vor sich, während Sören ihnen mit seiner blakenden Fackel dicht auf den Fersen blieb. Doch egal, wohin sie leuchteten, nirgendwo war der Gesuchte zu sehen.

»Sieht so aus, als hätten wir die Spur verloren«, zischte Katja.

»Warte!« Sören hob die Fackel und deutete mit ihr in Richtung des hohen Bollwerks. »Was ist das da vorne?«

Dagmar folgte seinem Hinweis und sah, dass das, was sie zuvor bloß für einen Schatten gehalten hatte, ein klaffender Riss im Fels war. Der ovale Spalt war halb mit Unkraut überwachsen, und über ihm ragte eine der verkrüppelten Birken aus dem von Erde bedeckten Gestein. Vorsichtig näherten sie sich der Felsspalte, bis sich offenbarte, dass es vor allem das Wurzelwerk des Baumes war, das die Spalte wie ein Schleier bedeckte. Das Unkraut unmittelbar vor der Öffnung war platt gewalzt.

»Ein Höhlenzugang.« Katja trat an das düstere Loch heran. Es war breit genug, um einen Menschen hindurchzulassen. Der Gewölbegeruch war in seiner unmittelbaren Nähe noch intensiver.

»Was jetzt?«

»Uns bleibt ja bloß die Wahl zwischen aufgeben und nachsehen«, flüsterte Dagmar, nahm all ihren Mut zusammen und leuchtete mit der Taschenlampe in den zerklüfteten Zugang hinein. Etwa zwanzig Zentimeter hinter dem Einstieg fiel das Gestein wie eine Röhre ab, und sie konnte weiter unten, in etwa zweieinhalb Metern Tiefe, den mit Dreck verunreinigten Boden eines Hohlraums ausmachen. Sie lauschten, doch aus der Höhle drang kein Laut zu ihnen nach oben.

»Gott, wenn hier diese Kreatur haust, dann ist das buchstäblich die Höhle des Löwen«, murmelte Sören ängstlich.

»Abwarten.« Katja nahm Dagmar die Taschenlampe ab und leuchtete schräg in die Tiefe. »Wenn der Filmfritze tatsächlich da runtergezogen wurde, müssten sich hier doch Spuren finden lassen.« Sie leuchtete eine Weile, als sie sich plötzlich anspannte. »Da! Ich glaube, das dahinten ist der Tragegurt der Tasche! Seht ihr?«

Dagmar drängte sich neben sie und spähte ebenfalls in die Tiefe. Auch sie entdeckte nun am Rande ihres Sichtfeldes eine lederne Schlaufe. »Das ist die Sani-Tasche, du hast recht!«

»Wollt ihr da etwa runter?«, fragte Sören besorgt.

»Nicht, wenn sich das irgendwie vermeiden lässt«, antwortete Dagmar. Sie hatte den Angriff auf Gunnar letzte Nacht nicht vergessen, und allein bei dem Gedanken, in die unbekannte Tiefe hinabklettern zu müssen, wurde ihr vor Furcht ganz übel. Es musste doch irgendwie möglich sein, auch so an die verdammte Erste-Hilfe-Tasche zu gelangen. »Vielleicht können wir die Tasche mit einem langen Ast zu uns hochziehen?«

Sie erhoben sich und sahen sich um. Am ehesten schien Dagmar für ihr Vorhaben ein langer Ast an der Birke über ihnen im Gestein geeignet. Er war gute drei Meter lang und musste lediglich von Blättern und kleineren Ästen befreit werden. Während ihre Begleiter den Höhlenzugang bewachten, nahm sie das Outdoor-Messer zur Hand, kletterte am nassen Gestein nach oben und begann an dem Ast zu säbeln. Immer wieder rutschte loses Erdreich den Hang hinab und in den Höhlenzugang hinein, doch irgendwann hatte sie Erfolg, und der Ast brach. Weiteres Geröll löste sich und fiel in die Spalte, doch sie ließ sich nicht davon beirren. Stattdessen kletterte sie mit ihrem Beutestück in der Hand wieder nach unten und entastete den Zweig. Das Ergebnis war eine Art Angel, die bis zum Höhlengrund reichen sollte.

»Versuchen wir es«, sagte sie tatendurstig.

Während Sören mit Fackel und Taschenlampe leuchtete, packten Dagmar und Katja die lange Bergungshilfe und führten sie in den Felsspalt ein, bis sie den Höhlenboden berührte.

Katja dirigierte ihre Bewegungen, und sie versuchten so, den Tragegurt der Tasche zu fassen zu bekommen. Doch ihre Bemühungen scheiterten. Nicht nur, dass es ihnen nicht gelang, das spitze Ende des Asts unter den Gurt zu schieben – irgendwann hatten sie die Lage des Riemens so weit verändert, dass er nicht einmal mehr zu erahnen war, wenn sie sich dicht vor das Loch hockten.

»Scheiße!«, fluchte Katja. Sie zogen den Ast wieder ins Freie und warfen ihn hinter sich auf das Geröllfeld. »Es hilft nichts. Wir müssen da runter.«

»Auf gar keinen Fall begibt sich einer von uns allein in eine solche Gefahr!«, mahnte Dagmar. »Wenn da unten wirklich etwas haust, dann darf sich dem niemand von uns alleine stellen.«

»Vielleicht ist dieser … Troll ja gar nicht mehr da?«, fragte Sören hoffnungsvoll. »Sonst hätten wir von da unten doch irgendwelche Geräusche hören müssen, oder?«

Argwöhnisch betrachtete Dagmar die nähere Umgebung, doch zwischen den Bäumen, Büschen und Felsen am Rand des Plateaus war keine Bewegung auszumachen.

»Okay«, seufzte sie und nahm kurzerhand ihren Gürtel ab. »Blöderweise haben wir kein Seil mehr. Wenn du mir deinen Gürtel ebenfalls gibst«, sie nickte Sören zu, »dann knüpfen wir die zusammen. Das sollte von der Länge her wohl reichen.«

Sören sah sie unbehaglich an und reichte ihr schließlich auch den seinen. Dagmar verknotete sie miteinander und prüfte die Festigkeit, bis sie zufrieden war. »Ich schlage also vor, dass Katja und ich uns da runterlassen, während du, Sören, hier oben bleibst und mit deiner Fackel Wache hältst.«

Gespannt sahen ihr Katja und Sören dabei zu, wie sie den Gürtel um eine schlaufenartige Wurzel über dem Einstieg wickelte und prüfend daran zog. Er blieb fest. Anschließend ließ sie die beiden Gürtel in die Tiefe fallen, dessen untere Schnalle nun einundeinhalb Meter über dem Höhlenboden baumelte.

»Das sollte reichen, damit wir uns wieder raufziehen können«, erklärte sie.

»Und wie genau gehen wir vor?«, wollte Katja wissen.

»Wir gehen rasch nacheinander runter. Und während einer den anderen sichert, greifen wir uns die Tasche. Anschließend klettern wir sofort wieder ins Freie. Im Zweifel hilft uns Sören dabei.«

Katja atmete tief ein und nickte. »Okay. Gehst du vor?«

»Einen Moment noch.« Dagmar wühlte die Petroleumflasche aus Katjas Rucksack, bespritzte mit der brennenden Flüssigkeit Sörens Fackel, die sofort wieder lichterloh brannte, und entzündete an ihr nun auch ihre eigene Fackel. Forsch warf sie diese durch den Spalt in die Tiefe. Es klapperte, und schräg unter ihnen war jetzt Feuerschein zu sehen, in dessen Flackerlicht diffus eine in der Nähe befindliche Felswand erkennbar wurde. Noch immer war dort unten nichts zu hören.

Bevor sie der Mut verließ, schnappte sich Dagmar ihren Metallspieß, steckte sich die Taschenlampe in den Mund und griff nach der Gürtelkonstruktion. Dann schlüpfte sie mit den Beinen voran in den Höhleneingang und ließ sich, halb rutschend, halb kletternd, in die Tiefe hinab. Es dauerte nicht lange, bis sie unter den Füßen keinen Halt mehr spürte. Während sie sich weiterhin an den Gürteln festhielt, ließ sie sich auf den Höhlenboden fallen. Erdreich rieselte auf ihr Haupt, und sie trat rasch zur Seite, um sich mit erhobenem Spieß an dem verborgenen Ort umzusehen. Der allgegenwärtige Fäulnisgeruch war hier in seiner Intensität regelrecht Übelkeit erregend, doch dafür war die Höhlendecke hoch genug, um bequem stehen zu können. Außerdem entdeckte sie im Licht von Taschenlampe und Fackel sofort die am Boden liegende Erste-Hilfe-Tasche. Sie lag wenige Schritte von ihr entfernt; der Sanitäter hingegen blieb verschwunden.

Der Höhlenboden selbst hingegen glich einer Schutthalde, die auf Höhe der Tasche schräg abfiel. Dagmar leuchtete und sah, dass die Höhle sehr viel tiefer in den Untergrund reichte, als sie von oben hatten erkennen können. Klobige Felsen versperrten die Sicht, und wo auch immer der Schein ihrer Lampe auftraf, narrten sie Schatten. Rasch schnappte sie sich die Erste-Hilfe-Tasche. Sie war schwerer als gedacht. Dagmar wollte Katja bereits das Zeichen geben, doch oben zu bleiben, als es hinter ihr raschelte und polterte.

Ihre Kollegin rutschte nun ebenfalls durch den Felsspalt in die Höhle, nur dass Gurt und Wurzelwerk oben ihr Gewicht nicht trugen. Die Wurzel riss mit einem trockenen Laut entzwei, und die Gürtel noch immer in der Hand haltend, stürzte Katja hinter ihr auf den Untergrund.

»Verfluchter Mist!«, fauchte sie.

Rasch kam sie wieder auf die Beine und richtete ihren Spieß auf die Düsternis aus.

»Schnell, wieder rauf!«, keuchte Dagmar. »Sören!«

Das Gesicht ihres ITlers erschien als vager Schemen über ihnen im Felsspalt.

»Werft mir das Gürtelende zu«, rief er.

Katja tat, wie ihnen geheißen, und Sören schnappte sich die Schnalle. Sie konnten ihm dabei zusehen, wie er über ihnen im Wurzelwerk nach einer neuen Befestigung für den Gürtel suchte, aber keine fand. Er schlang sich den Gürtel einmal um den Unterarm.

»Versucht es so!«, rief er ihnen zu. »Ich halte mich hier oben fest.«

Dagmar gab Katja mit einem Nicken zu verstehen, dass sie als Erste den Versuch wagen würde. Sie griff nach dem losen Ende des Gürtels und zog sich in die Höhe, während sich ihr Netzwerkadministrator gegen den Rand des Einstiegs stemmte.

Sie hatte den Spalt bereits halb erklommen, als über ihr schlammiges Erdreich nach unten rieselte. Erst wenig, dann immer mehr. Sören fluchte, veränderte seine Position und hielt sich am Wurzelwerk fest – als ein hässliches Rumpeln ertönte, dem dumpfes Grollen folgte. Sören schrie auf, das Rumpeln steigerte sich zu lautem Getöse, und plötzlich versank der Einstieg in einer Kaskade aus Dreck, Wurzelwerk und Schlamm. Noch immer war Sörens Geschrei zu hören, denn gemeinsam mit ihr stürzte er jetzt bäuchlings in die Tiefe, während zentnerweise Erdreich auf sie niederprasselte.

Als das Grollen des Erdrutsches endlich verstummte, lagen sie halb begraben von Erde am Höhlenboden. Katja eilte zu ihnen und half ihnen auf die Beine.

Glücklicherweise hatte sich niemand von ihnen verletzt. Doch als Dagmar den Kopf hob, sah sie mit Schrecken, dass der Einstieg verschlossen war.

»Tut mir leid.« Auch Sören blickte auf, während er mühsam und hustend versuchte, seinen Parka auszuklopfen. »Der ganze Hang hat sich plötzlich in Bewegung gesetzt.«

»Niemand macht dir einen Vorwurf«, sagte Dagmar, die sich nun ebenfalls vom Dreck befreite.

Katja jedoch fluchte, und der Blick, den sie Sören zuwarf, stellte klar, dass sie das anders sah. Dennoch hielt sie sich mit Vorhaltungen zurück und fischte hinter ihnen einen Stock aus dem Erdhaufen – Sörens erloschene Fackel. Die Lumpen waren hoffnungslos verschmutzt.

»Na klasse«, seufzte sie und verstaute den Stecken in ihrem Rucksack. »Ich schätze mal, uns fehlen die Mittel, um uns einen Weg zurück ins Freie zu graben. Und das heißt, dass wir uns hier nach einem anderen Ausweg umschauen müssen.«

»Und wenn wir hier keinen Weg raus finden?«, jammerte Sören. »Heißt das dann, dass wir hier unten elendig verhung…«

»Verdammt noch mal, reiß dich zusammen!«, fuhr Dagmar ihn schroff an. »Du verhältst dich wie ein kleines Kind.«

Sören verstummte und sah sie ebenso verblüfft an wie Katja.

Dagmar war selbst von ihrem Tonfall überrascht, doch irgendwie tat es gut, endlich einmal auszusprechen, was sie dachte. Es war viel zu lange her, dass sie den Mut dazu gehabt hatte. »Wir kommen hier schon irgendwie wieder raus«, fügte sie versöhnlicher hinzu.

»Nimm dir an Dagmar ein Beispiel«, schnaubte Katja. »Sie ist hier zwar die Einzige ohne Eier, aber sie verhält sich wenigstens nicht so.«

Dagmar lächelte ihre Kollegin überrascht an. Dann las sie ihre wie durch ein Wunder noch immer brennende Fackel vom Boden auf und drückte sie Sören in die Hand.

»Was dagegen, wenn wir mal nachsehen, ob sich all die Mühe überhaupt gelohnt hat?«, fragte er niedergeschlagen.

Dagmar öffnete die Tasche. Wie erhofft fanden sie neben Desinfektionsmitteln, Eissprays und Kompressen weiteres

Verbandsmaterial sowie eine erstklassig ausgestattete Apotheke mit zahllosen Medikamenten. Darunter gleich ein halbes Dutzend Pens mit Insulin.

»Hier.« Sie reichte ihm die Vorräte und hängte sich anschließend die Tasche um.

Sören verstaute die Pens in seinem Parka.

»Gut, versuchen wir unser Glück.« Katja schnappte sich Sörens Bleistiftlampe und tastete sich mit erhobener Waffe die instabile Geröllhalde nach unten. Auch Dagmar griff nach ihrem Spieß, und gemeinsam mit Sören folgte sie ihrer Kollegin abwärts. Schon bald mussten sie die Köpfe einziehen, da sich die Höhlendecke bedrohlich absenkte. Unter ihren Schuhen löste sich immer wieder Gestein, und um sie herum geisterten ihre Schatten über die Felswände. Doch sosehr sie auch lauschten, außer einem gelegentlichen Tröpfeln von Regenwasser, das über ihnen an der Höhlendecke abfloss, war nichts zu hören. Allein der unangenehme Schimmelgeruch erfüllte Dagmar mit Sorge. Denn dieser stellte klar, dass sie hier unten auf gar keinen Fall alleine waren.

Sie erreichten den unteren Teil der Höhle, und Katja deutete stumm zu einem scharfkantigen Felsen am Boden, an dem orangefarbene Stofffetzen hingen. Teile der Weste, die der Sanitäter trug?

»Wohin jetzt?«, wisperte Sören, der mit der blakenden Fackel hinter sie trat.

»Ich sehe hier bloß einen weiteren Weg.« Dagmar deutete zu einer Gesteinsröhre links von ihnen. Sie war gerade so hoch, dass man sich dort kriechend fortbewegen konnte. Doch da war noch etwas: Der Zugang schien die Quelle des widerlichen Gewölbegeruchs zu sein.

Die drei starrten die Öffnung beklommen an, dann gab sich Dagmar einen Ruck. Sie nahm Sören die Fackel ab und reichte ihm stattdessen die Taschenlampe. Anschließend ging sie in die Hocke und kroch dann mit Spieß und Fackel voran durch den unwegsamen Spalt in die Finsternis. Katja folgte ihr, schließlich auch Sören, der aufgrund seiner Leibesfülle hörbar die größten Probleme hatte, sich durch die Röhre zu zwängen.

Während sie weiter vorankrabbelte, versuchte Dagmar verzweifelt, den Gedanken auszublenden, wie viele Tonnen an Gestein über ihr lasteten. Dabei forderte ihr der niedrige Gang auch so alles an Geschick ab. Unter ihr schnitt das Gestein in ihre ungeschützten Knie, und außerdem rußte die Fackel unangenehm, obwohl sie diese, so weit es ging, von sich gestreckt hielt.

Einige Meter später weitete sich der Gang. Nur, dass sich zu dem unangenehmen Gewölbegeruch nun auch ein beißender Gestank gesellte, der ihr schier den Magen umdrehte.

Auf das Schlimmste gefasst, robbte Dagmar aus dem Gang heraus und erhob sich. Das Fackellicht enthüllte eine garagengroße Kaverne, die von Knochen und Fellresten übersät war. Vor ihr lagen die auseinandergerissenen Überreste von Vielfraßen, Hasen, Füchsen und mindestens einem Wolf. An einigen Knochen hing noch Fleisch, doch war der Anblick der Überreste noch aus einem anderen Grund gespenstisch: Die Kadaver waren allesamt von einer pelzigen Schicht fahlweißen Schimmels überzogen.

»Gott, wo sind wir denn hier gelandet?« Auch Katja starrte die Funde befremdet an, und kurz darauf tat es ihr Sören, der sich mit leisem Schnaufen ankündigte und dann den Unterarm vor die Nase hielt, gleich. Er ließ das Licht der Taschenlampe über die auseinandergerissenen Kadaver wandern und schluckte krampfhaft.

»Ich schätze mal, in der Speisekammer dieser Kreatur«, antwortete Dagmar tonlos. Ihr wurde plötzlich klar, dass der unangenehme Gewölbegeruch von dem Schimmelbewuchs ausging. Sie schnüffelte vernehmlich und machte so auch ihre Begleiter auf die Entdeckung aufmerksam.

»Bitte«, ächzte Sören, »lasst uns weiter. Ich übergebe mich gleich.«

Dagmar nickte und tauschte mit ihm wieder die Fackel gegen die Taschenlampe. Schräg gegenüber waren Felsen zu erkennen, über denen sich ein weiterer Tunnel abzeichnete. Er schien hoch genug zu sein, um sich dort geduckt weiterbewegen zu können. Allerdings zog sich quer durch die Kadaver eine Schleifspur. Sie reichte von der engen Gesteinsröhre, über die sie die Kaverne betreten hatten, bis hinüber zu dem weiterführenden Gang.

Dagmar umrundete die pelzigen Kadaverreste und kletterte an den Felsen hinauf, bis der Gang vor ihr lag. Katja und Sören folgten ihr, und sie schlichen geduckt in die Dunkelheit.

Es dauerte nicht lange, bis sich im Licht der Fackel eine weitere Höhle abzeichnete. Mit der Entdeckung ging ein lauter werdendes Rauschen wie von rasch strömendem Wasser einher. Sie betraten eine Kaverne, die in ihren Ausmaßen sehr viel größer als die bisherigen Hohlräume war. Über ihnen an der Decke hingen kleinere Stalaktiten, und der schräg nach links abfallende Höhlenboden war übersät mit wuchtigen Granitblöcken. An der tiefsten Stelle rauschte und sprudelte ein reißender Bach von einem Höhlenende zum anderen. Dort unten schien es noch weitere Gänge zu geben, nur hatte das Gewitter die Tunnel hoffnungslos mit Wasser geflutet.

»Oh Gott, da vorn!« Katja deutete mit ihrem Spieß an den wuchtigen Felsen vorbei zu einer Stelle sechs oder sieben Meter voraus an der Höhlenwand. Dagmar leuchtete in die Richtung und entdeckte den Körper des Mannes nun ebenfalls. Er hing kopfüber und mit abgespreizten Gliedmaßen von der Felswand. Sein linker Fuß klemmte im Gestein fest, und es war offensichtlich, dass er bewusst in dieser seltsamen Position aufgehängt worden war.

Dagmar und Katja ignorierten den wimmernden Laut, den Sören ausstieß, und kämpften sich über den unwegsamen Untergrund zu dem Mann vor. Die blonden Haare, der hervorstechende Adamsapfel und die heruntergerutschte orangefarbene Weste mit dem Rote-Kreuz-Emblem ließen keinen Zweifel zu: Bei dem Toten handelte es sich um den verschwundenen Sanitäter.

Am meisten schockierte der Anblick seines vornüberhängenden, freien Beins. Die Hose war aufgerissen und der Stoff blutbesudelt. Im Oberschenkel jedoch klaffte eine grässliche Wunde. Fleischfetzen und Sehnen lagen bloß, und dem Mann fehlte an dieser Stelle mindesten ein halbes Kilo Fleisch.

»Das … sind Fraßspuren!«, keuchte Katja entsetzt. »Der hängt hier wie in einer Speisekammer.«

Dagmar hörte, wie Sören hinter ihnen würgte. Sie kümmerte sich nicht weiter um ihn, sondern trat tapfer an den Leichnam heran und leuchtete ihn von oben bis unten ab.

Die Wunde am Bein war offenbar nicht der Grund für seinen Tod gewesen, denn auch der Kopf des Mannes war blutverschmiert. Nur, dass das Blut dort bereits geronnen war. Sie erblickte einen weißen Knochensplitter, der aus dem umgebenden Rot hervorragte. Irgendjemand oder irgendetwas hatte dem Mann den Schädel eingeschlagen.

Vermutlich gestern schon.

Angesichts des entsetzlichen Fundes war Dagmar nach Heulen zumute. Und doch konnte sie nicht anders, als den Leichnam weiterhin wie paralysiert anzustarren.

»Wir … müssen weiter«, ächzte sie irgendwann.

»Und wohin?«, wimmerte Sören. Er vermied es, die Leiche anzusehen, und starrte stattdessen hinunter zu dem strömenden Wasser.

»Dorthin!«, kommandierte Katja. Sie wies mit dem Spieß zum gegenüberliegenden Teil der Höhle, wo sich ein weiterer Spalt im Gestein abzeichnete.

Dagmar tränkte die Fackel erneut mit Petroleum und tauschte sie gegen Sörens Taschenlampe. Seine Hände zitterten. Anschließend kletterten sie über die Felsen hinweg zu dem Tunnel – um dort festzustellen, dass sich der vermeintliche Ausgang schon nach wenigen Metern gabelte.

»Der Untergrund hier ist zerklüftet wie ein Schweizer Käse«, fluchte Katja.

Sie folgten jenem Tunnelstück, das vermeintlich nach oben führte, doch es endete an einer Felswand. Also krochen sie zurück und versuchten sich an dem anderen Abschnitt. Bei alledem versuchten sie, so leise wie möglich vorzugehen, doch ihre Klettergeräusche wurden ohnedies von dem beständigen Rauschen des Wassers übertönt, das mal an- und mal abschwoll. Sie querten kleinere Höhlungen, und Dagmar bemerkte erstmals, dass Sören hinter ihnen Steine zu Pyramiden aufschichtete.

»Markierungen«, erklärte er heiser. »Damit wir im Zweifel wieder zurückfinden.«

Tatsächlich mussten sie ihren Weg durch das unterirdische Stollenlabyrinth noch zwei weitere Male korrigieren. Einmal stießen sie auf ein unüberwindliches Sprudelloch, das einen Blick auf einen tiefer liegenden Gang mit rauschenden Wassermassen bot, einmal endete der Felstunnel an einem Steinsturz. Gezielt folgten sie jetzt dem unangenehmen Schimmelgeruch, als sie vor sich ein dumpfes Klopfen wie Holz auf Stein vernahmen.

Tack, tack, tock. Tack, tack, tock.

Das Klopfen übertönte sogar das Geräusch abfließenden Wassers, das von den Gangwänden hallte. Sofort knipsten

Dagmar und Katja ihre Taschenlampen aus. Hinter ihnen prasselte zwar noch immer Sörens Fackel, doch der größte Teil des Lichtes wurde von einer Gangwindung verschluckt. Sie schlichen weiter, und das Klopfen in der Düsternis vor ihnen wurde lauter.

Tack, tack, tock. Tack, tack, tock.

Dagmar blinzelte verwundert, denn trotz ausgeschalteter Lampen konnte sie immer noch etwas erkennen. Der Gang vor ihr verbreiterte sich und mündete in einer weiteren Höhle – einer Kaverne, die die Größe einer Turnhalle besaß. Die Decke wurde von monströsen, schief hängenden Felsen gebildet, und über ihnen im Felsgestein, in etwa fünf bis sechs Metern Höhe, klaffte ein breiter Riss, durch den Mondschein in das Gewölbe fiel. Das fahle Licht reichte aus, um zumindest Teile der Kaverne zu beleuchten. Noch immer hallte das seltsame Klopfgeräusch, aber auch das Rauschen und Gurgeln abfließenden Wassers von den Felswänden.

Dagmar schlüpfte vorsichtig auf eine Art Terrasse, die die Kaverne gute drei Meter über dem Höhlenboden wie eine Galerie umgab. Zehn Meter weiter konnte sie sogar einen weiterführenden Felsspalt ausmachen. Unter dem hinteren Teil des Weges jedoch rauschte und sprudelte ein reißender unterirdischer Bach von einem Höhlenende bis zum anderen. Doch ihre Aufmerksamkeit galt nicht dem Wasser, sondern den Aktivitäten, die sich schräg unter ihr abspielten.

Dort, am Grund der Höhle, bewegten sich drei gedrungene und in Lumpen gehüllte Wesen. Die schattenhaften Kreaturen hockten unweit des Höhlenflusses zwischen den Steinen und gaben leise Schmatz- und Knurrlaute von sich. Die Klopflaute rührten daher, dass eine von ihnen einen länglichen Gegenstand immer wieder mit Wucht gegen einen Felsen schlug. Es handelte sich … um einen halb skelettierten menschlichen Arm!

Dagmar schlug sich vor Entsetzen die Hand vor den Mund, denn für einen kurzen Moment wurde das Mondlicht heller, und sie sah nun, an was sich die Wesen schadlos hielten: Roy Jenkins!

Die Ungeheuer weideten den Körper des Aufnahmeleiters regelrecht aus. Während die eine Kreatur, offenbar in der Hoffnung, so ans Knochenmark zu gelangen, weiter den ausgerissenen Armstumpf des Mannes gegen den Felsen hämmerte, riss ihm die zweite in diesem Moment den Darm aus dem Leib. Geifernd grub sie ihre Zähne in die blutigen Wickelungen, während das dritte Wesen schmatzend über dem linken Bein des Toten hockte.

Dagmar kämpfte gegen den aufkommenden Würgereiz an, als sie Katja hinter sich bemerkte. Auch sie stieß ein schockiertes Ächzen aus, als sie das grausige Schauspiel schräg unter ihnen erblickte.

Beide wollten sie wieder in den Schutz des Ganges zurückweichen, als aus diesem flackernder Lichtschein in die Höhle sickerte.

Sören.

Ihr ITler war nicht an seinem Platz geblieben.

Mit dem aufkommenden Lichtschein erstarben die Fressgeräusche. Drei rötliche Augenpaare ruckten zu ihnen in die Höhe, und Dagmar konnte erstmals Einzelheiten ausmachen. Sie standen humanoiden Kreaturen mit deformierten, leicht abgewinkelten Krallenarmen und dichtem, grünlich -weißem Fell gegenüber. Die Haare hingen ihnen wirr und verfilzt von den Köpfen, und ihre Lefzen sowie die in Lumpen gehüllten Oberkörper waren über und über mit Blut besudelt. Die Kreaturen stießen jetzt gefährliche Klick- und Schnalzlaute aus, als würden sie mittels dieser Geräusche kommunizieren.

»Rasch!«, rief Katja und stieß sie brüsk wieder auf die Galerie zurück. »Rüber zum anderen Ausgang, bevor wir hier in der Falle stecken!«

»Sören, lauf!« Dagmar stürmte gemeinsam mit Katja über die natürliche Felsgalerie hinweg auf die andere Seite der Kaverne zu. Auch Sören schlüpfte in die Höhle, und im Lichtschein der Fackel konnten sie sehen, wie die drei Kreaturen leicht geblendet die Arme hoben. Wütende Schnalzlaute ausstoßend, schwärmten sie auseinander.

Ungläubig sah Dagmar mit an, wie eines der Wesen auf allen vieren hinüber zu einer der Höhlenwände huschte und diese flink hinaufkletterte, um ihnen so den Weg abzuschneiden. Die beiden anderen Kreaturen stürmten geradewegs zur Felsgalerie und sprangen dabei wie Ziegenböcke von Fels zu Fels.

Sören, der erst jetzt begriff, in welche Lage sie geraten waren, rannte ebenfalls los.

Sie hatten die Galerie zur Hälfte umrundet, als sich eine der Kreaturen mit einer kraftvollen Bewegung vor ihnen auf den Weg zog. Dagmar schrie auf, und ohne nachzudenken, rammte sie der Kreatur die Klinge des Metallspießes in die Brust. Jaulend umklammerte die Kreatur den metallenen Schaft, glitt ab und fiel zurück in die Tiefe.

Auch die zweite Kreatur versuchte, sich auf den Weg zu ziehen, doch Sören hielt sie so lange mit der brennenden Fackel in Schach, bis Katja heran war und ihr den Spieß mit Wucht über die entstellte Fratze zog. Auch sie fiel polternd zurück.

Nur, dass beide Wesen kaum Schmerzen zu verspüren schienen. Denn unter gereizten Klick- und Schnatterlauten sahen sie wieder zu ihnen auf und versuchten sich abermals an dem Aufstieg.

Dagmar hatte inzwischen das hintere Ende der Galerie erreicht. Die Wegstrecke führte unmittelbar über den reißenden

Höhlenbach hinweg, und verzweifelt hielt sie Ausschau nach dem dritten Ungeheuer. Es hing wie eine monströse Spinne schräg über ihr an der Felswand. Genau über jener Felsröhre, die sie zu ihrer Flucht nutzen wollten. Sie konnte sich nicht helfen, doch die entstellten Züge der bepelzten Kreatur wirkten auf sie irgendwie weiblich.

Dagmar richtete ihren Spieß auf und näherte sich dem Wesen drohend.

Das Ungeheuer neigte den Kopf zur Seite, starrte sie mit roten Augen an und fauchte angriffslustig. Hinter Dagmar hasteten Katja und Sören heran, plötzlich flog ein Schatten über sie hinweg, und unmittelbar darauf klirrte es. Die komplette Höhlenwand neben dem Ausgang stand jetzt in Flammen, die nun auch über Kopf und Körper des Wesens züngelten.

Die Kreatur schrie gepeinigt auf und ließ sich brennend in die Tiefe fallen. Unmittelbar vor dem reißenden Bach stürzte sie auf den Höhlenboden, wo sie wild um sich schlug und so die Flammen löschte.

»Beeilt euch!«, schrie Katja und deutete auf den Tunneleinstieg.

Längst war es einer der anderen Kreaturen erneut gelungen, zu ihnen nach oben zu klettern. Mit grotesken Sprüngen jagte das in Lumpen gehüllte Wesen heran, während sie in den engen Zugang stürmten.

Wer es nicht schaffte, war Sören.

Ihr ITler wirbelte herum und schlug schreiend vor Angst mit der Fackel zu. Funken stoben auf, und am Kopf getroffen prallte die Kreatur gegen die Höhlenwand. Ein lautes Kreischen gellte durch die Höhle. Dagmar und Katja hielten sich wieder bereit, um mit ihren Spießen auf ihre Verfolger einzustechen. Doch Sören, von seinem eigenen Schwung bis zur Kante der Galerie getrieben, verlor unvermittelt den Halt.

»Hilfe! Hilfeeee!« Er ruderte hilflos mit den Armen und kippte neben dem Tunneleinstieg in die Tiefe.

»Sören!« Dagmar schrie auf vor Entsetzen. Sie und Katja konnten noch hören, wie der Körper ihres Kollegen irgendwo unterhalb des Tunnelzugangs in den Höhlenbach klatschte. Es folgten prustende Schreie, bis sie endgültig vom Rauschen des Wassers erstickt wurden.

Längst hatte sich das Monster zu ihnen umgewandt. Während sich Dagmar und Katja tiefer in den Felsengang zurückzogen, versuchte es, mit seinen Krallenarmen die Metallspieße aus dem Weg zu schlagen. Dagmar und Katja schrien in Todesfurcht und hielten ihren Verfolger mit den Klingen auf Distanz. Doch das Monster schien durch die zugefügten Schnitt- und Stichwunden bloß noch wütender zu werden.

Unter schnatternden Lauten sprang hinter der Kreatur ein weiterer Schatten auf die Galerie.

»Halte sie auf!«, rief Katja, und zu Dagmars Entsetzen zog sich ihre Kollegin zurück. Ein Umstand, den die Ungeheuer sofort dazu nutzten, um in den engen Tunnel vorzustoßen.

»Katja! Was machst du?« Dagmar trieb die Klinge am Ende ihres Spießes abermals in die Brust eines der Wesen, als das Messer gegen einen Rippenbogen prallte und brach. Mit aller Kraft stemmte sie sich gegen die aufbäumende Kreatur, als Katja den zweiten Molotowcocktail schleuderte.

Im nächsten Augenblick explodierte vor ihr ein Feuerball, der das Wesen lichterloh in Brand setzte.

Kreischend schlug das Ungeheuer um sich, und Dagmar wurde der Metallspieß aus der Hand geprellt. Eine Gelegenheit, ihn wieder aufzuheben, bot sich nicht, denn er lag jetzt inmitten einer brennenden Benzinlache. Plötzlich war Katja wieder an ihrer Seite und stach wie eine Besessene mit ihrem eigenen Spieß auf das Ungeheuer ein.

Heulend brach die brennende Kreatur zusammen.

Dagmar hustete, doch trotz des beißenden Rauches, der die Felsröhre ausfüllte, konnte sie sehen, dass die übrigen Ungeheuer auf Distanz blieben. Offenbar wagten sie es nicht, ihrem brennenden Artgenossen zu nahe zu kommen.

»Weg hier!« Dagmar zog ihre Begleiterin mit sich, und gemeinsam stolperten sie fort von dem Grauen.

Hinein in die Dunkelheit.

BITTERE ERKENNTNIS

Der Lichtschein der Flammen hinter ihnen war nicht mehr zu sehen, als es Katja endlich wieder wagte, ihre Taschenlampe anzuschalten. Dagmar tat es ihr nach, und die Lichtkegel ihrer Lampen glitten über schroffe Felswände, während sie in blinder Furcht voranstolperten und sich weiter durch Felsspalten und Tunnel zwängten. Zweimal stieß sich Katja den Kopf an der Höhlendecke an, doch schlimmer wog, dass keiner der Wege wieder zurück an die Oberfläche führte. Stattdessen verzweigte sich das tückische Tunnellabyrinth immer weiter.

Entmutigt erreichten sie eine niedrige Höhlung mit großen Findlingen. Da sie hinter sich keine Geräusche vernahmen, wagte Katja es endlich, innezuhalten. Keuchend ließ sie sich auf den Höhlenboden fallen, und Dagmar folgte ihrem Beispiel. Eine Weile waren lediglich ihrer beider Atemgeräusche zu hören, und schließlich knipste ihre Kollegin ihre Taschenlampe aus.

Schlagartig wurde es dunkler um sie herum.

»Wir sollten die Batterien schonen«, flüsterte Dagmar neben ihr. Dennoch hallte ihre Stimme leicht von den Felswänden. »Es reicht, wenn eine Lampe brennt.«

Katja nickte.

Sie schwiegen.

Und sie lauschten.

Doch alles, was sie hören konnten, war ein gelegentliches Tröpfeln irgendwo in den Gängen um sie herum.

Katja wurde allmählich kalt. Ein Gefühl, das nicht bloß von den Schrecken herrührte, denen sie im Berg begegnet waren, sondern insbesondere ihrer Erschöpfung geschuldet war. Dabei wusste sie nicht einmal, wie lange sie bereits in dem Höhlensystem herumirrten. Sie hatte längst jedes Zeitgefühl verloren.

Dagmar neben ihr entledigte sich der Erste-Hilfe-Tasche, und Katja tat es ihr mit dem Rucksack gleich, um eine Sprudelflasche sowie eine Packung mit Epa-Keksen hervorzukramen. Eigentlich sollten die zurückliegenden Erlebnisse ihr auf Tage den Appetit verdorben haben, doch ihr Körper forderte seinen Tribut.

»Hier.« Sie reichte Dagmar Flasche und Packung.

»Du hast was zu essen mitgenommen?« Ihre Kollegin betrachtete Flasche und Kekse erstaunt, dann griff auch sie zu.

Schweigend stillten sie ihren Hunger und ihren Durst.

»Es … tut mir leid um Sören«, meinte Katja irgendwann. »Trotz allem.«

Sie lauschte in sich, doch es war die Wahrheit. Der Groll auf ihn war verflogen. Stattdessen empfand sie Trauer und Hilflosigkeit.

»Ja. Mir auch.« Dagmar wischte sich über die Augen. »Aber noch gebe ich die Hoffnung nicht auf. Vielleicht …«

»Wenn der von den Wassermassen mitgerissen wurde, kannst du das vergessen«, antwortete Katja schroffer, als sie eigentlich beabsichtigte. »Keine Chance.«

»Ich denke«, meinte Dagmar mit stockender Stimme, »am Ende wollte er den Mist, den er verzapft hat, wieder gutmachen.«

»Schon möglich.« Katja berührte eine ihrer Beulen am Kopf und verzog das Gesicht. »Nur werde ich jetzt wohl nicht mehr erfahren, ob das bereits alles war.«

»Wie meinst du das?«

»Weil Sören eventuell noch bei einer anderen Sache seine Finger im Spiel hatte.«

Dagmar sah sie stirnrunzelnd an.

Umständlich griff Katja in die Tasche ihrer Jacke und suchte den zerknüllten Monopoly-Geldschein. »Hier. Den habe ich von Gunnar. Er und Max werden von jemandem aus dem Team erpresst, und mit diesen Scheinen kommuniziert der Erpresser. Die Sache ging offenbar auch hier in Norwegen weiter.« Katja schnaubte abfällig. »Nicht, dass Gunnar und Max das nicht verdient hätten. Die beiden haben offenbar im großen Stil Kurzarbeitergelder unterschlagen. Aber je länger ich über die Sache nachdenke, desto mehr kommt mir der Verdacht, dass sie von Sören erpresst wurden. Vermutlich, nachdem er im Netz auf entsprechende E-Mails der beiden stieß.«

»Was spielt das jetzt noch für eine Rolle?« Dagmar zerknüllte das Spielgeld und warf das Knäuel in die Dunkelheit. »Sören hat einen verdammt hohen Preis gezahlt. Ich habe keine Lust, weiter nachzutreten.«

Katja schürzte die Lippen. »Vermutlich hast du recht. Ich wollte dir damit eigentlich bloß zu verstehen geben, dass du hier die Einzige bist, der ich noch hundertprozentig vertraue. Ich bin froh, dass es nicht dich erwischt hat.«

»Danke.« Dagmar sah sie niedergeschlagen an. »Trotzdem bete ich für Sören. Leider ist jetzt nicht die Zeit, um ihn zu trauern. Wir müssen uns jetzt um uns selbst kümmern.«

Ihre Kollegin zog die verbliebene Fackel aus dem Gürtel. »Also. Wir haben noch die hier. Und auch noch etwas Petroleum. Allerdings befürchte ich, dass so ein bisschen Feuer kaum ausreicht, um die Monster wirkungsvoll zu bekämpfen. Und Feuer scheint offenbar das Einzige zu sein, mit dem man ihnen effektiv beikommt.«

»Ja, diese Kreaturen können erstaunlich viel einstecken.« Katja legte nachdenklich ihren Spieß neben die Fackel. Die Messerklinge an der Spitze war blutbesudelt, und die dicken Wickelungen aus Gaffa-Tape wirkten mitgenommen. »Trotzdem ist es uns gelungen, eines dieser Wesen zu töten. Zumindest dürften diese Ungeheuer jetzt etwas mehr Respekt vor uns haben.«

»Gott!« Dagmar schüttelte bei dem Anblick der Waffe den Kopf. »Wenn ich daran denke, dass wir mit den Dingern tatsächlich auf diese Wesen … eingestochen haben, dann …« Sie seufzte. »Ich hätte niemals für möglich gehalten, dass ich zu so etwas fähig bin.«

»Du schlägst dich überhaupt gut«, meinte Katja anerkennend. »Wie kommt es bloß, dass du dich in den letzten Jahren zu so einer grauen Maus entwickelt hast?«

Ihre Kollegin zuckte resigniert mit den Schultern. »Ich war nicht immer so. Also, ich meine, ich war jetzt nie die Extrovertierteste. Aber früher war ich schon anders. Zumindest, wenn mich mein Vater dazu ermutigt hat. Nur hat das meine Mutter nicht gern gesehen.«

»Warum hast du dich von ihr so kleinmachen lassen?«

Katja sah, wie ihre Begleiterin müde die Knie an den Oberkörper zog.

»Ich weiß es nicht.« Dagmar starrte in die Dunkelheit. »Vermutlich, weil ich ihr gefallen wollte. Aber völlig egal, was ich gemacht habe, nichts war ihr gut genug. Irgendwann habe ich wohl selbst geglaubt, dass ich nichts bin und nichts kann.« Sie lachte freudlos.

»Dein Vater hat dich doch geliebt. Denkst du, der wollte das?«

»Das ist es ja gerade«, seufzte ihre Schicksalsgefährtin. »Nachdem mein Vater den Unfall hatte, musste ich ihm am Totenbett versprechen, mich um Mama zu kümmern. Als dann noch ihr Schlaganfall folgte, bin ich aus der Nummer irgendwie nicht mehr rausgekommen. Seitdem nimmt sie mich von früh bis spät in Beschlag. Und ihr ist noch immer nichts gut genug.«

»Das muss aufhören«, erklärte Katja ernst. »Deine Mutter ist für ihr Leben selbst verantwortlich. Ich glaube auch kaum, dass dein Vater damit einverstanden wäre, dass sie ihre Krankheit dazu missbraucht, dein Leben zu zerstören. In dir steckt so viel mehr. Ehrlich.«

»Glaubst du?« Dagmar seufzte. »Ich bin nicht so tough wie du.«

»Wie kommst du darauf? Das sah vorhin deutlich anders aus.«

»Nein, ernsthaft. Es ist die ganze Art, wie du auftrittst.« Dagmar hob hilflos die Hände. »Du lässt dir nie die Butter vom Brot nehmen. Und wenn ich daran denke, dass du dich sogar umoperieren lassen willst – dazu hätte ich nie den Mut. Das ist doch sicher riskant? Wenn da was schiefgeht, dann …«

Katja lachte trocken. »Sicher ist das mit einem gewissen Risiko verbunden. Andererseits ist es doch so: Wenn wir am Ende unseres Lebens stehen, dann bereuen wir nicht das, was wir getan haben, sondern das, was wir *nicht* getan haben. Ich will das schon so lange, dass ich das einfach tun muss.«

Ihre Kollegin wollte etwas erwidern, stattdessen betrachtete sie sie grübelnd.

»Und eine gewisse Härte zu sich selbst«, fuhr Katja fort, »kann man lernen.«

»Wenn du meine Mutter kennen würdest, dann …«

»Ach, hör auf damit«, unterbrach Katja sie. »Ich kenne Arschlöcher wie sie. Meine Eltern sind nicht viel anders. Du hättest die meinen mal erleben müssen, als ihnen klarwurde, dass ich nicht ganz der Junge war, den sie sich erhofft hatten. Ich war vierzehn Jahre alt, als sie mich das erste Mal mit Kleid und Schminke vor dem Spiegel erwischten. Danach haben sie das volle Programm durchgezogen. Stubenarrest. Schläge. Und als auch das nicht half, haben sie mich erst zum Psychiater und dann zu unserem Dorfpfarrer geschickt. Ich habe gute zwei Jahre gebraucht, bis ich begriff, dass es denen gar nicht um mich ging. Die waren allein um ihren Ruf besorgt. Damals lebte ich noch in der Nähe von Bergen, und mein Vater war bei uns im Ort Bürgermeister.«

»Und was hast du getan?«

»Ganz einfach: Als mein Vater mich irgendwann wieder schlagen wollte, habe ich zurückgeschlagen. Und das ist ihm schlechter bekommen als mir.« Katja lächelte böse. »Anschließend bin ich zu einer Tante nach Deutschland abgehauen und habe meine Eltern erpresst.«

»Erpresst?« Dagmar riss die Augen auf. »Wie denn das? Hast du gedroht, sie anzuzeigen?«

»Nein, ich habe ihnen klargemacht, dass ich mit Minirock und High Heels vor dem Rathaus bei uns im Ort aufschlagen werde, wenn sie sich noch einmal in mein Leben einmischen. Danach war Ruhe. Die haben mir sogar mein Studium in Deutschland finanziert. Hauptsache, ich blieb weit weg.«

Dagmar lächelte erstmals. »Ich schätze, ich hätte eine Freundin wie dich damals gut brauchen können. Dann wäre mein Leben wohl etwas anders verlaufen.«

»Ist ja nie zu spät für so etwas.« Katja legte eine Hand auf ihren Arm. »Wenn wir den Mist hier lebend überstehen, ziehen wir mal um die Häuser. Danach streifen wir durch die Boutiquen, und ich mache eine neue Frau aus dir. Jetzt, da ich weiß, dass du gar nicht so langweilig bist, könnte das vermutlich sogar ganz nett werden.«

Dagmar boxte ihr gegen den Arm, und sie beide mussten lachen.

Schnell wurden sie wieder ernst.

»Und was machen wir jetzt?«, fragte Dagmar.

»Einen Weg hier rausfinden.« Katja erhob sich mit knackenden Gliedern und blickte zu dem Stollen zurück, über den sie an diesen Ort gelangt waren. »Außerdem …« Sie zögerte.

»Außerdem … was?«

Katja biss sich nachdenklich auf die Unterlippe. »Außerdem müssen wir herausfinden, was das für Wesen sind, mit denen wir es hier zu tun haben.«

»Vielleicht sind die Befürchtungen der Leute in Skyggehus ja wahr, und das sind wirklich … Trolle.« Dagmar sah sie gespannt an. »Denk doch an den Yeti. Den soll es schließlich auch gegeben haben. Die Bergregion hier heißt vermutlich nicht ohne Grund *Trollheimen*.«

Katja rieb sich die Schläfen, dachte nach und seufzte schließlich resigniert. »Na, egal jetzt. Wir müssen weiter, solange wir noch die Kraft dazu haben. Die Frage ist, wo lang?« Sie beleuchtete mit der Bleistifttaschenlampe die Felswände. Man konnte von hier aus über zwei zerklüftete Felsspalten tiefer ins Unbekannte vorstoßen, und beide Zugänge befanden sich unterhalb der niedrigen Steindecke.

Dagmar legte die Erste-Hilfe-Tasche um, erhob sich und zückte ein Feuerzeug. Sie schnippte ein Flämmchen an und trat damit erst vor die eine, dann vor die andere Gesteinsöffnung. »Hier.« Die Flamme flackerte vor der zweiten Öffnung. »Da ist ein Luftzug. Ich schlage vor, wir versuchen es über diesen Schacht.«

»Wow.« Katja nahm nun ebenfalls Gepäck und Spieß auf und trat neben sie. »Ich sage doch, dass du es draufhast. Dein Vater wäre jetzt garantiert stolz auf dich. Ehrlich, ändere dein

Leben und lass dich nicht weiter verarschen. Du hast das echt nicht nötig.«

Dagmar lächelte scheu, schaltete ihre Taschenlampe nun ebenfalls wieder an, und gemeinsam kletterten sie in die Öffnung.

Die Felsröhre erwies sich als so eng, dass sie Gepäck und Spieß voranschieben mussten, um weiterzukommen. Dann, endlich, erreichten sie einen Quergang, in dem sie wieder gebückt stehen konnten. Dagmar wollte soeben ihr Feuerzeug zur Hand nehmen, um so die Richtung zu bestimmen, als aus dem Tunnel zu ihrer Linken das klackernde Geräusch fallender Steine an ihre Ohren hallte. Dem bedrohlichen Klang folgte ein gereiztes Fauchen.

Aufgeschreckt starrten sie in die Finsternis.

»Weg hier!«, zischte Katja. Geduckt eilte sie nach rechts, doch Dagmar entzündete zunächst ihre Fackel, ehe sie ihr nachsetzte.

Ob es nun das Licht war, das ihre Verfolger anlockte, oder ihre Laufgeräusche – kurz darauf hallten hinter ihnen triumphierende Schnatterlaute von den Felswänden, dem ein weiter entferntes Heulen folgte.

»Schneller, ich glaube, hier geht es raus!« Katja verdoppelte ihre Anstrengungen, da sie erstmals einen kühlen Luftzug auf ihrem Gesicht spürte. Hoffnungsvoll zwängten sie sich durch einen Spalt und gelangten so auf eine breite Felszunge, die in einer riesigen Kaverne mündete. Stalaktiten säumten die Höhlendecke, doch viel entscheidender war, dass weiter hinten fahler Mondschein in die Höhle fiel, der sich glitzernd auf einer großen Wasserfläche brach.

Ein Höhlenausgang!

Katja hätte vor Freude am liebsten geschrien. Nur war die Höhle von dem Sturzregen fast komplett geflutet worden.

Und noch immer tröpfelte von den Tropfsteinen Regenwasser auf den Höhlensee.

Katja suchte bereits nach einem Weg, über den sie trockenen Fußes über die Wasserfläche hinwegsetzen konnten, als sie erschrocken innehielt. Denn der Lichtschein ihrer Lampe riss in diesem Moment vier menschliche Körper aus der Finsternis. Sie lagen wenige Meter vor ihnen auf der Felszunge. Auch Dagmar stieß einen erschrockenen Laut aus, als sie die Leiber erblickte.

Trotz des neuerlichen Schnatterns, das hinter ihnen aus dem Schacht tönte, beleuchtete Katja mit ihrer Lampe die Köpfe der Liegenden. Es handelte sich um Männer, und zwei davon kannte sie. Ganz rechts lag ihr Kameramann, erkennbar an seinem Norwegerpullover, und unmittelbar neben ihm einer der Filmtechniker, die sie bei ihrer Ankunft am See getroffen hatten. Die beiden übrigen Männer waren ihr unbekannt. Offenbar ein weiteres Mitglied der Filmcrew, und – der Kleidung nach zu urteilen – einer der Begleiter des norwegischen Holzfällers.

»Sind sie tot?«, wisperte Dagmar.

»Ja, ich glaube …«

Unvermittelt bäumte sich der Kameramann auf und röchelte.

Schockiert fuhr Katja zurück, denn die Augen des Mannes waren rot unterlaufen, und ebenso wie bei Gunnar hatten sich die Adern am Halsansatz schwarz verfärbt. Gleich einem dunklen Gespinst erstreckte sich die unheimliche Verfärbung auch über die Handgelenke.

»Bitte!«, gurgelte der Mann krampfhaft, und schwarzer Speichel troff ihm aus dem Rachen. »Mir ist … so kalt.«

Unvermittelt regte sich auch sein Kollege. Sein Anblick war ebenso abstoßend. Zitternd reckte er eine Hand zu ihnen empor. Er schien zu fiebern und stammelte irgendetwas, doch die keuchenden Laute waren kaum zu verstehen. Auch die übrigen Männer bewegten sich schwach, und erstmals erblickte Katja ihre Verletzungen. Jeder von ihnen war irgendwo am Körper von schwärenden Wunden gezeichnet, die von erbitterten Kämpfen kündeten, die sie zuvor ausgefochten haben mochten.

»Himmel, wir müssen uns um sie kümmern«, ächzte Dagmar.

»Nein, müssen wir nicht«, widersprach Katja entschieden. »Wir …«

Plötzlich fiel ihr noch etwas anderes auf. In der Luft lag dieser unangenehme Gewölbegeruch.

Hinter ihnen ertönten rasselnde Klicklaute, und schreiend wirbelten Katja und Dagmar herum. Soeben versuchte eine der unheimlichen Kreaturen, aus dem Tunnel zu schlüpfen.

Panisch hieb Dagmar mit der Fackel zu, doch das Wesen wich flink zurück, schnatterte drohend und lauerte bereits auf die nächste Gelegenheit zum Angriff.

Katja rammte den Spieß kurzerhand in den Felsspalt und spürte, wie die Klinge in Fleisch schnitt. Die Kreatur schrie gereizt auf und zog sich gerade so weit zurück, dass noch ihre roten Augen zu erkennen waren.

Lauernd.

Funkelnd.

Auch über ihnen, schräg unter der Höhlendecke, war jetzt ein Kratzen zu vernehmen. Dagmar leuchtete empor, und der Lichtkegel riss ein weiteres Gesteinsloch aus der Finsternis. Auch in dieses kam Bewegung.

»Wir müssen hier weg!«, keuchte Katja.

»Ja, aber wie?«

Katja sah sich hektisch zum Höhlensee um. Bis zum rettenden Höhlenausgang waren es vielleicht fünfzehn Meter.

»Wir schwimmen!«, bestimmte sie.

»Aber was, wenn uns diese …?«

»Willst du darauf warten, bis die uns hier von der Platte putzen?«, fuhr Katja ihrer Kollegin ins Wort. »Wirf die Fackel in den Spalt, und dann spring.«

Dagmar zögerte einen Moment, dann tat sie, wie sie ihr geheißen hatte. Die Fackel wirbelte in den Spalt, und sie vernahmen aus dem Tunnel ein verbissenes Schnattern. Aus der Öffnung schräg über ihnen glitt nun die andere Kreatur in die Höhle. Die Haare hingen dem unheimlichen Wesen wirr vom Kopf, und sein Körper war von Brandwunden übersät. Katja identifizierte es als jenes Ungeheuer, das sie vorhin nur leicht mit dem Brandsatz erwischt hatten.

»Weg hier!«

Sie wirbelte herum und sprang, ohne zu zögern, ins Wasser des Höhlensees. Kalt schlug es über ihr zusammen, und rasch tauchte sie wieder auf. Erst jetzt wurde ihr bewusst, dass sie unmittelbar neben einem tückischen Stalagmit aufgeschlagen war, der von der trüben Brühe fast vollständig verdeckt wurde.

Auch Dagmar sprang ins Wasser. Keinen Augenblick zu spät, denn hinter ihr ließ sich die zweite Kreatur auf die Felszunge fallen. Gereizt huschte das Wesen bis an die steinerne Kante und versuchte, mit den Krallenarmen nach ihr zu haschen. Vergeblich.

Katja strampelte und prustete, und hin und wieder spürte sie festen Grund unter den Füßen. Sie richtete den Spieß, den sie noch immer umklammerte, zum Felsen hin aus und versuchte gleichzeitig, von ihm fortzuschwimmen.

Dagmar hielt es ebenso. Sie hatte sich die Taschenlampe in den Mund geklemmt, und Katja sah, dass sie die Axt in der Rechten hielt.

Auch die erste Kreatur schlüpfte nun an der brennenden Fackel vorbei in die Höhle. Gleich einem lebenden Schatten gesellte sie sich zu ihrem Artgenossen, und beide Ungeheuer stießen ein enttäuschtes Schnattern aus, das unheilvoll von den Höhlenwänden hallte. Doch statt ihnen zu folgen, blieben sie auf der Felszunge hocken. Eine Weile starrten sie ihnen mit roten Augen nach – dann schlüpften sie wieder in den Berg zurück.

Im gleichen Maße, wie Katja vor Erleichterung ein kühlschrankgroßer Stein vom Herzen fiel, spürte sie, wie sich der Höhlenboden hob. Sie reichte Dagmar die Hand, und gemeinsam kämpften sie sich aus dem Wasser auf den Ausgang zu. Er hatte die Ausmaße eines Garagentors, und sie konnten durch ihn hindurch einen bewölkten Sternenhimmel erkennen.

Als sie endlich im Freien standen, troff ihnen das Wasser aus der Kleidung. Tropfnass kippten sie das Wasser aus Rucksack, Erste-Hilfe-Tasche und Schuhen; anschließend sahen sie sich um. Der Höhlenzugang befand sich an der Flanke eines bergartigen Höhenzugs aus großen, moosbewachsenen Felsen. Schräg unter ihnen erkannte Katja die mondbeschienenen Wipfel von Nadelbäumen, die ein leichter Windzug zum Rauschen brachte.

»Wo sind wir hier?«, wisperte Dagmar. Fröstelnd rieb sie sich die Arme.

Katja kniff die Augen zusammen und glaubte in einiger Entfernung den See ausmachen zu können. Er zeichnete sich als schwarze Fläche zwischen den Bäumen ab.

»Ich ahne, wo wir sind«, antwortete sie bibbernd. »Erinnerst du dich an den großen Höhenzug nahe dem Lager der Norweger?«

»Ja, du hast recht.« Dagmar drehte sich um, suchte den mit Steinquadern und Geröll übersäten Hang über ihnen ab und deutete schräg nach oben. Katja folgte ihrem Fingerzeig und entdeckte nun ebenfalls den markanten, turmartigen Felsen, der ihnen schon am Nachmittag aufgefallen war. Er ragte vielleicht dreißig oder vierzig Meter hinter dem Kamm des Höhenzugs auf und zeichnete sich tiefschwarz und wie ein mahnender Finger vor dem Nachthimmel ab.

»Wenn wir den Hang runterkommen«, folgerte Dagmar, »gelangen wir so vielleicht zum Lager der Norweger. Wenn mich mein Orientierungssinn nicht täuscht, müsste es sich irgendwo rechts unter uns befinden.«

»Meinst du nicht, es ist besser, wenn wir uns direkt zum See durchschlagen?«, meinte Katja.

»Bis dahin bin ich erfroren«, sagte Dagmar. Ihre Stimme zitterte. »Im Lager finden wir hoffentlich trockene Kleidung.«

Katja nickte klamm, und dann setzten sie sich in Bewegung.

Glücklicherweise funktionierten beide Taschenlampen noch, und so machten sie sich gemeinsam an den Abstieg. Tatsächlich fanden sie zwischen den Steinen eine Art Pfad, doch dieser führte unter einem großen, hundsköpfigen Felsen hindurch, der tückisch inmitten des Gesteins über ihnen aufragte. Seine Lage war überaus fragil, und er erweckte den Anschein, als könne er jederzeit von seinem Platz kippen und nach unten stürzen. Sollte das geschehen, würde er eine kleine Lawine auslösen und sie womöglich mit in die Tiefe reißen.

Katja starrte den Findling beklommen an und sah, dass es Dagmar nicht anders erging. Vorsichtig näherten sie sich dem hundsköpfigen Felsen, und schließlich fasste Katja sich ein Herz und schlüpfte unter ihm hindurch. Auch Dagmar passierte ihn problemlos. Erleichtert kletterten sie den felsigen Hang weiter nach unten, was sich selbst angesichts des schlüpfrigen Mooses, das überall auf den Steinen wuchs, als leichter herausstellte, als sie befürchtet hatte.

Dann, endlich, erreichten sie den Waldboden.

Frierend stolperte Katja hinter Dagmar her, die mit der Taschenlampe in der Hand zwischen den Bäumen vorauseilte, dabei aber stets nahe dem steinernen Bollwerk blieb. Katja glaubte bereits, dass sie sich verirrt hatten, als Dagmar sie aufgeregt am Ärmel packte. »Da!«

Auch sie konnte zwischen den Bäumen nun den Spaten erkennen. Er lehnte an einem Stamm unweit jenes Erdhügels, bei dem es sich in Wahrheit um das scheußliche Massengrab handelte. Sie umrundeten den unheimlichen Ort, und kurz darauf standen sie in der kleinen Senke, in der die Norweger ihre Zelte aufgeschlagen hatten. Abgesehen von zwei großen Pfützen am Boden hatte sich dort seit dem frühen Abend nichts verändert.

Sofort durchwühlten sie die Zelte nach trockener Kleidung. Einige der Sachen muffelten nach Männerschweiß, doch Katja war es egal. Froh, ihre nassen Klamotten loszuwerden, zogen sie sich um, und erstmals wurde ihr wieder warm. Ihre Nylonjacke mochte zwar kein Original sein, bewährte sich aber trotzdem.

In einem der anderen Zelte fand sie sogar einen Rucksack, dessen Inhalt Lars offenbar nicht für wert befunden hatte, mitgenommen zu werden. Darin steckten neben Alkoholika weitere Nahrungsmittel. Dankbar rissen sie zwei Büchsen mit Makrelen auf und schlangen den Inhalt zusammen mit etwas Brot hinunter.

Dagmar verließ das Zelt, und Katja packte nun alles, was ihr nützlich erschien, in den neuen Rucksack. Dann schlüpfte auch sie wieder ins Freie.

Und fand sich allein in dem Lager wieder.

Panisch sah sie sich um und erblickte den Schein von Dagmars Taschenlampe in der Nähe des Massengrabes. Ihre Begleiterin kehrte soeben wieder zu ihr zurück, nur dass sie jetzt den Spaten der Norweger in der Hand hielt.

»Wie Lars gesagt hat«, erklärte Dagmar kämpferisch. »Von nun an lassen wir nichts mehr zurück, was sich als Waffe missbrauchen lässt.«

Katja nickte, und sie machten sich auf den Rückweg durch den Wald. Dabei folgten sie den Spuren, die sie Stunden zuvor hinterlassen hatten. Immerzu schnüffelten sie, doch das Gewitter hatte den ekelhaften Gewölbegeruch, den die Kreaturen ausströmten, längst fortgespült.

Als sie endlich die Schießbahn erreichten, blieb Dagmar wie angewurzelt stehen.

»Was ist?«, flüsterte Katja, die sofort den Metallspieß hob.

»Riechst du das nicht?«

Katja schnupperte, doch statt des befürchteten Schimmelgeruchs nahm sie zu ihrer Verwunderung einen feinen Rauchgeruch wahr. »Hier brennt es irgendwo.«

»Nicht irgendwo. Da oben.« Dagmar wies mit dem Spaten zu dem bewaldeten Hügel, der die Schießbahn auf natürliche Weise flankierte. Zwischen den Bäumen stiegen graue Rauchfahnen zum Nachthimmel auf. »Das ist die Hütte.«

»Ach du Scheiße!«

Sofort rannten sie los.

Katja folgte Dagmar über die Schießbahn hinweg zu einem sicher vier Meter hohen Hang, der oben von Mischwald begrenzt wurde. Sie kletterten über rutschiges Erdreich in die Höhe, anschließend schlugen sie sich quer durch das Unterholz.

Zu ihrer Überraschung gelangten sie unmittelbar hinter der Hütte wieder ins Freie.

»Oh Gott!« Entsetzt blieben sie und Dagmar stehen, denn von dem soliden Blockhaus war nicht mehr viel übrig. Stattdessen starrten sie auf einen Haufen verkohlter und in sich zusammengestürzter Balken und Stämme, zwischen denen dunkle Rauchsäulen aufstiegen. Eine der Hüttenwände stand noch, ebenso war der hintere Dachfirst als solcher zu erkennen. Der Rest der Hütte jedoch war von dem moosbewachsenen Dach unter sich begraben worden. Noch immer schwelte inmitten der Ruine die Glut und erfüllte die Luft auf der Lichtung mit beißendem Rauch.

»Was ist mit Lars und Gunnar?« Dagmar strahlte mit ihrer Lampe entsetzt den völlig verschmorten Generator an, als Katja irgendwo jenseits der Hütte ein leises Tuckern vernahm.

Das klang … wie die Motorsäge!

»Hörst du das?« Sie umrundete die Brandruine und beleuchtete den Vorplatz. Er war übersät mit Habseligkeiten, die sich einige Stunden zuvor noch in der Hütte befunden hatten.

»Komm schon, du Wichser! Trau dich!«

Lars' zorniger Ruf war kaum verklungen, als am nahen Waldrand die Motorsäge aufkreischte. Im nächsten Moment flammte greller Lichtschein auf, der sie beide aus dem Dunkeln riss. Katja hielt sich geblendet die Hand vor die Augen, und schon verebbte das Motorgeräusch wieder.

»Katja? Dagmar? Ihr?«

Das Licht erlosch, und leicht geblendet sah Katja, wie in eine Baumkrone vor ihnen Bewegung kam. Lars hockte dort oben zwischen den Zweigen und kletterte, kaum, dass er sie sah, umständlich und mit klobigen Gegenständen in den Händen zu ihnen nach unten. Als er mit den Füßen auf dem Waldboden aufsetzte, stieß er einen Schmerzenslaut aus.

Richtig. Sein Fuß. Katja hatte seine Verletzung völlig vergessen.

Auf dem Rücken trug er Rucksack und Gewehr, und in den Händen hielt er die Motorsäge, die weiter vor sich hin tuckerte. Außerdem hatte er die Kamera des Filmteams bei sich.

Endlich entdeckte sie auch Gunnar. Ihr alter Freund lag neben dem Wurzelwerk des Baumes und steckte bis zum Kopf in einem der Schlafsäcke. Offenbar hatte Lars ihn bis dorthin geschleift.

»Was ist hier vorgefallen?«, rief sie aufgebracht.

»Das seht ihr doch!« Lars humpelte verängstigt auf sie zu, während er weiterhin den Wald im Auge behielt. »Dieser Mistkerl hat die Hütte abgefackelt.«

»Du meinst den Typ, der dich im Hochseilgarten vom Baum geholt hat?«, fragte Dagmar.

»Sicher. Wer denn sonst?« Lars leckte sich über die Lippen, als er endlich bei ihnen ankam. »Zuvor hat er die Tür von außen verbarrikadiert. Wenn ich es nicht durch eines der Fenster nach draußen geschafft hätte, dann ...« Er ließ den Rest unausgesprochen. »Gott sei Dank hatte ich die Motorsäge. Der Wichser hat zwar noch ein-, zweimal versucht, an mich ranzukommen, am Ende hat er sich aber doch nicht getraut.« Wütend starrte er die Überreste der Blockhütte an. »Leider konnte ich bloß das Notwendigste einpacken. Dafür habe ich es geschafft, Gunnar ebenfalls in Sicherheit zu bringen.«

Aufgewühlt sah er sie beide an, dann wanderte sein Blick wieder in die Dunkelheit. »Wo wart ihr überhaupt so lange? Mitternacht ist schon über zwei Stunden rum. Und wo ist Sören?«

»Wir waren bloß etwas mehr als vier Stunden weg? Kam mir länger vor.« Katja setzte sich niedergeschlagen auf ihren Rucksack. »Und was Sören betrifft, der ist ... tot.«

»Wie bitte?« Entgeistert sah ihr Texter sie an, und abwechselnd berichteten sie ihm, was in den letzten Stunden geschehen war.

»Scheiße!«, fluchte er und presste die Lippen aufeinander. »Tot, sagt ihr? Das ist doch ...« Er hielt kurz inne, dann schüttelte er den Kopf. Katja verstand ihn gut. Streng genommen war es erst wenige Stunden her, dass Jenkins ihnen die Spielregeln dieser verdammten Show erklärt und sie sich um letztlich alberne Dinge gestritten hatten. Jetzt waren sie umgeben von Tod und Wahnsinn im Nirgendwo, und ihr Aufnahmeleiter diente irgendwelchen Monstern als Mitternachtssnack. All das war so entsetzlich wie unwirklich, und auch Katja fehlten dazu die Worte.

Lars fasste sich irgendwann wieder: »Immerhin erklärt das, warum sich zumindest diese Ungeheuer diese Nacht so ruhig verhalten haben.«

Fragend blickten sie ihn an.

»Na, offenbar hat der Platzregen ihre Höhle überflutet. Und … sie hatten scheinbar genug mit ihren anderen Opfern zu tun.«

»Ja. Vielleicht. Nur haben wir noch einen Tag und eine Nacht vor uns.« Katja atmete tief ein und besann sich endlich wieder auf den Grund ihres Aufbruchs. Sie erhob sich, nahm Dagmar die Erste-Hilfe-Tasche ab und durchsuchte sie nach Antibiotika. Sie fand ein Röhrchen, kramte im Rucksack ihre Sprudelflasche hervor und löste gleich drei Tabletten im verbliebenen Wasser auf.

Mit der Flasche in der Hand trat sie neben Gunnar, dessen gesundheitlicher Zustand sich nicht verbessert hatte. Im Gegenteil, sein Aussehen ähnelte fatal jenem der Männer in der Höhle.

Gunnar stöhnte leicht und sah sie mit fiebrigem Blick an.

Katja hob seinen Kopf und flößte ihm das mit Antibiotika versetzte Wasser ein. Er trank gierig, obwohl er nicht den Eindruck erweckte, wirklich mitzubekommen, was um ihn herum passierte.

»Die Männer haben sich mit etwas infiziert«, sagte sie bitter.

»Und mit was?« Lars humpelte zu ihr und betrachtete Gunnar argwöhnisch.

»Ich weiß es nicht.« Katja berührte Gunnars Arm. »Aber irgendwie muss es mit der Verletzung zu tun haben, die Gunnar zugefügt wurde. Die anderen Männer hatten ebenfalls Wunden.«

»Ich denke, diese Infektion wirkt sich wie eine Art Gift aus«, meinte Dagmar mit rauher Stimme. »Es lähmt dich und macht dich am Ende bewegungsunfähig. So, dass dich diese Kreaturen leichter aufspüren können.« Sie schluckte. »Ich halte sie für heimtückische Jäger. Die Höhlen dienen ihnen bloß als Speisekammer, in die sie dich anschließend verschleppen. Und dann, wenn sie hungrig sind, schnappen sie sich dich. Lebend und saftig. Aber zu schwach, um dich weiter zur Wehr zu setzen. Und dann fallen sie über dich her.«

»Wie Schlangen oder Spinnen?« Lars betrachtete sie schockiert, doch Dagmar antwortete nicht. »Was dann wohl heißt, dass wir es tunlichst vermeiden sollten, uns von diesen Biestern verletzen zu lassen.«

»Umso mehr ein Grund, Gunnar zu helfen.« Katja verzog das Gesicht. »Und du hast ihn allen Ernstes hier unten liegen gelassen, während du dich da oben in den Zweigen versteckt hast?«

»Mann, was hätte ich denn tun sollen?« Lars schnaubte. »Ich war schon froh, dass ich es mit meinem schlimmen Fuß alleine da raufgeschafft habe. Aber ich hatte ein Auge auf ihn.«

»Und was ist mit dem Kerl, der die Hütte in Brand gesetzt hat?« Dagmar trat zu ihnen.

Lars räusperte sich. »So einfach anschleichen konnte der sich natürlich nicht. Ihr hattet zwar alle Taschenlampen mitgenommen, aber zum Glück ist mir eingefallen, dass die hier noch da war.« Er hob die Kamera und schaltete wieder deren

Licht an. Ein greller Kegel fiel auf die schwelenden Überreste der Hütte. Er schaltete das Licht der Kamera wieder aus, offenbar um Strom zu sparen. »Später war es hier dann so hell, dass ich die Umgebung gut im Blick behalten konnte. Ich befürchtete schon, dass die Bäume in Brand geraten könnten, aber dafür war der Regen zu stark.«

»Und wie hat er es dann geschafft, die Hütte abzufackeln?«, fragte Katja.

»Vermutlich mit dem Benzin beim Generator«, meinte Dagmar resigniert. »Gott, war ich dumm. Ich hätte den zweiten Kanister ebenfalls in die Hütte schleppen sollen.« Sie sah Lars an. »Haben wir noch Benzin?«

»Na ja«, er setzte den Rucksack ab und präsentierte einen der beiden Molotowcocktails, die sie in der Hütte zurückgelassen hatten. »Ist bloß noch eine Flasche über. Mit dem Inhalt der zweiten musste ich den Tank der Motorsäge nachfüllen.«

»Okay, und was machen wir jetzt?«, hakte Katja nach. »Bleiben wir hier?«

»Auf keinen Fall!« Lars beäugte wütend den Waldrand. »Wir wissen ja nicht einmal, ob wir hier noch unter Beobachtung stehen. Und der Hochseilgarten fällt aus. Ebenso die Insel. Das Floß ist nämlich weg.«

»Was?« Katja ruckte herum. »Aber wir haben es doch …«

»Ich habe nicht gesagt, dass es einfach so abgetrieben ist«, unterbrach sie Lars finster, »sondern dass es weg ist. Absichtlich entfernt, vermute ich. Also, was bleibt uns?«

»Es muss ein Ort sein, zu dem wir Gunnar mitnehmen können«, sann Dagmar laut nach. »Außerdem muss er uns einen gewissen Überblick bieten.«

»Du willst doch jetzt hoffentlich nicht zurück zu diesem Höhenzug?« Katja sah sie entgeistert an. »Da kriegen mich keine zehn Pferde mehr hin.«

»Nein.« Dagmar fuhr sich durch ihr kurzes Haar. »Aber auf dem Weg zum Zeltplatz der Studenten befanden sich einige große Felsen. Vielleicht können wir heute Nacht auf einem von ihnen campieren?«

Katja und Lars sahen einander an, und sie zuckte gleichmütig mit den Schultern. »Okay, ich hoffe, du irrst dich nicht.«

Weiterhin den Waldrand beäugend, schleppten sie und Dagmar Gunnar im Schlafsack erst bis zum Landeplatz und anschließend zum Lager am See. Lars humpelte währenddessen mit der tuckernden Motorsäge voran. Ihr Vorhaben erwies sich als anstrengender als gedacht, denn Gunnar war schwer, und mehrfach mussten sie ihn ablegen. Als sie endlich beim Zeltplatz angekommen waren, griffen sie sich alles, was ihnen nützlich erschien. In Sörens Zelt lagen noch einige Batterien. Da sie zu Dagmars Taschenlampe passten, steckten sie sie ein. Gunnars Rucksack wühlten sie ebenfalls kurz durch, doch da sich außer Kleidung nichts in ihm befand, ließen sie ihn stehen.

Sie bedienten sich unter den zurückgelassenen Isomatten und Schlafsäcken, anschließend machten sie sich am Seeufer entlang auf den unwegsamen Weg durch den Wald. Lars beleuchtete den Weg mit dem kräftigen Strahler der Kamera, und hin und wieder half er ihr und Dagmar, Gunnar weiter über den Waldboden zu schleifen. Irgendwann vernahmen sie vor sich das laute Rauschen eines Wildbaches, dessen Wasser zum See strömte.

Lars stöhnte. »Gott, was für ein reißender Strom. Leider können wir ihn jetzt nicht mehr überqueren.«

»Müssen wir auch nicht«, erklärte Dagmar. »Schau, ich meinte den Felsen dahinten.«

Sie leuchtete mit ihrer Taschenlampe zu einem bushohen Koloss, dessen abgeplattete Oberfläche mit Moos bewachsen war. Tatsächlich war der Findling hoch genug, dass man sich dort oben einigermaßen sicher fühlen konnte.

Sie bestiegen ihn an der Seite, zerrten gemeinsam Gunnar in die Höhe und blickten sich um. Die Aussicht auf das umliegende Gelände war gut, und man würde es mitbekommen, wenn jemand versuchte, zu ihnen hochzuklettern. Ärgerlicherweise war das Moos unangenehm feucht und glitschig. Katja hoffte jedoch darauf, dass die Isomatten sie vor der Nässe schützten. Schweigend bereiteten sie auf dem Felsen ihr Nachtlager, während über ihnen am Himmel die Sterne funkelten.

Erstmals stellte Lars die Motorsäge aus.

»Okay, ich halte die erste Nachtwache«, schlug Katja erschöpft vor. »Haben wir noch etwas zu essen?«

»Hier.« Lars kramte zwei Epa-Gerichte aus seinem Rucksack. »Von den faden Keksen sind auch noch ein paar Packungen da. Allerdings schlage ich vor, dass wir die bis morgen aufheben.«

»Na gut.« Katja setzte sich auf ihre Isomatte.

Dagmar breitete derweil die übrigen Isomatten nebeneinander aus und schlüpfte in einen der Schlafsäcke. Katja konnte ihrer Kollegin ansehen, wie müde sie war.

»Hier.« Lars überreichte Katja die Kamera und zeigte ihr, wie sich die Motorsäge anschalten ließ.

»Ich hoffe, ich brauche sie nicht«, kommentierte sie seine Bemühungen. »Zur Not habe ich das hier.« Sie hob den Spieß an.

»Man weiß nie«, brummte Lars unheilvoll. »Weck mich in zwei oder drei Stunden.« Er stieg ebenfalls in seinen Schlafsack und legte sich neben Dagmar, deren Schultern zitterten. Weinte sie?

Auch Lars schien es zu bemerken. Er seufzte und rückte näher zu ihr heran, und Dagmar presste sich stumm an ihn.

Katja betrachtete die Szene mit gemischten Gefühlen. Dann starrte sie wieder in den Wald. Sie war viel zu aufgewühlt, um schlafen zu können. Doch außer einem gelegentlichen Tröpfeln, wenn der Wind durch die Zweige fuhr, und dem Rauschen des nahen Wildbaches war in der Düsternis um sie herum nichts zu hören.

Katja zog ihren Schlafsack wie eine Decke um sich und dachte über das Erlebte nach. Was ging in diesem verfluchten Wald bloß vor sich? Und was waren das für Kreaturen?

Hinter ihr ertönten nun leise Schnarchlaute, die von einem gelegentlichen Schmatzen unterbrochen wurden, das Gunnar ausstieß. Und so griff sich Katja die Kamera und beleuchtete mit ihr die Umgebung.

Nichts.

Überall bloß Bäume, Farne und Geröll.

Sie wollte das Gerät bereits wieder weglegen, als sie bemerkte, dass mit dem Licht auch die Aufnahmefunktion der Kamera angesprungen war. Wie viel Film mochte sich bereits auf dem Speicher befinden?

Eher um sich wach zu halten als aus echtem Interesse machte sie sich mit den Funktionen vertraut, spulte die Aufnahmen zurück und betrachtete sie auf dem ausklappbaren Display. Eine der letzten Szenen zeigte sie beim Marsch durch den Wald. Davor waren sie und Dagmar zu sehen, wie sie auf dem Vorplatz der abgebrannten Hütte ankamen.

Auf der Speicherkarte schienen sich also Aufnahmen zu befinden, die Lars unabsichtlich gemacht hatte, als er die Kamera als Strahler zweckentfremdet hatte. Sie spulte die Aufzeichnungen weiter zurück. Auf dem Display tauchten jetzt verwackelte Aufnahmen auf, die die brennende Blockhütte, den Vorplatz und immer wieder den nahe der Hütte gelegenen Wald zeigten. Katja begriff erst jetzt, wie hoch die Flammen geschlagen waren.

Sie wollte bereits wieder vorspulen, als sie über eine Aufnahme stolperte, die kurz den Waldrand bei der Hütte streifte.

Moment.

War da zwischen den Bäumen nicht eine kurze Bewegung gewesen?

Aufgeschreckt stoppte sie den Film, spulte abermals zurück und betrachtete die Aufnahme mittels Slow Motion. Die Szene wiederholte sich, und tatsächlich entdeckte sie hinter den Baumstämmen eine Gestalt, die sich mit dem aufkommenden Licht in die Schatten zurückzog. War das der Norweger, der die Hütte abgefackelt hatte?

Katja stoppte den Film, zoomte das Standbild heran – und stöhnte gequält auf.

Sie kannte die Person.

Es war Bernd.

KOPFÜBER

»Bernd?!« Lars starrte das Standbild auf dem Display der Kamera konsterniert an. Doch es gab keinen Zweifel. Er war es. »*Er* hat die Hütte in Brand gesteckt? Dieser verdammte Wichser!« Aufgebracht wandte er sich an Katja. »Wieso hast du mich nicht geweckt, als du das entdeckt hast?«

»Ganz einfach, weil es nichts gebracht hätte.« Seine Kollegin kratzte mit den Keksen ihren Anteil des Epa-Gerichts aus den Aluschalen. »Außerdem schien es mir klüger, dass heute zumindest zwei von uns ausgeruht sind. Ich werde mich nachher vielleicht noch ein paar Stündchen hinlegen.«

Dagmar, die Gunnar aus ihrer letzten Sprudelflasche zu trinken gab, gesellte sich nun ebenfalls zu ihnen. »Das Fieber ist zurückgegangen«, erklärte sie leise. »Trotzdem ist er kaum ansprechbar.«

Auch sie starrte jetzt das Display ungläubig an.

Längst war am Horizont die Morgensonne wieder aufgegangen. Und da der Wind über Nacht deutlich nachgelassen hatte, spendete ihr Schein etwas Wärme.

Tatsächlich hatten Lars und Dagmar fast sechs Stunden durchschlafen können, während Katja die komplette Nachtwache übernommen hatte. Dementsprechend blass und müde sah sie jetzt aus. Lars fragte sich, was passiert wäre, wenn sie zwischendrin eingeschlafen wäre. Andererseits war er für die Nachtruhe wirklich dankbar. Sogar sein Fuß schmerzte weniger.

Doch der war im Augenblick nicht sein Problem.

Das Problem war Bernd.

»Wieso tut er so etwas?«, fragte Dagmar.

Lars schwieg. Natürlich hatte er einen Verdacht. Doch es war wohl besser, diesen für sich zu behalten.

»Ja, wieso tut er so etwas?«, wiederholte Katja ernst und legte die Aluschale weg. Geradewegs sah sie ihm nun in die Augen. »Komm schon, Lars. Erklär es uns.«

»Woher soll ich das denn wissen?«, antwortete er gereizt. Er klappte das Display der Kamera ein und legte den Apparat neben sich. »Offenbar ist er verrückt geworden. Ihr habt ihn doch erlebt.«

»Das ist alles?«, höhnte Katja. »Ist eigentlich nur mir aufgefallen, dass er es vor allem auf dich abgesehen hat? Erst sägt er dir im Hochseilgarten den Baum unter dem Arsch durch – und dann versucht er, dich in der Hütte abzufackeln.«

Beklommen sah Lars seine beiden Begleiterinnen an.

»Dass Bernd leicht reizbar ist, wissen wir ja schon. Aber so etwas?« Katja stützte sich auf ihren Metallspieß und erhob sich. »Also, lasst uns ein wenig raten: Wofür wäre man bereit, einen Mord zu begehen? Da du ihm beruflich nicht in die Quere gekommen bist, wird es sich darum wohl nicht handeln. Irgendetwas muss aber zwischen euch beiden vorgefallen sein. Und plötzlich fiel mir wieder ein, dass ihr ja auch privat viel Zeit miteinander verbringt. Und da war die Antwort offensichtlich. Denn für jemanden, der so auf Anerkennung und Status aus ist wie Bernd, kann es bloß noch eine andere Sache geben, die ihn derart zur Weißglut treiben könnte: der Streit um eine Frau!«

Lars spürte, wie ihm das Blut ins Gesicht schoss. Ausgerechnet ihm.

»Ist das nicht egal?«, zischte er.

»Es geht um Bernds Frau Alexa, richtig?«, bohrte Katja unerbittlich nach. »Du kennst sie doch ebenfalls aus eurem tollen Segelclub. Deswegen hast du gestern so komisch reagiert, als du erfuhrst, dass Bernd auch dein Handy mitgenommen hat. Vermutlich, weil es voll von eurem Süßholzgeraspel war.«

»Und wenn schon«, brauste er auf. »Das ist allein eine Sache zwischen ihm und mir.«

»Sag mal, merkst du die Einschläge noch?«, brauste Katja auf. »Das ist schon lange keine Sache mehr zwischen dir und ihm. Das betrifft längst uns alle.«

»Meine Güte, wenn wir ihm das nächste Mal begegnen, dann …«

»Mann, Lars!«, schrie ihn Katja an. »Willst du es nicht begreifen? Der will dich *umbringen!* Bernd verhält sich wie ein Psychopath. Der will dir keine Lektion erteilen, der will mit dir kurzen Prozess machen. Zweimal hat er es bereits versucht. Und jetzt rate mal, was passiert, wenn er herausfindet, dass wir wissen, dass er dahintersteckt?« Sie trat näher an ihn heran. »Ich sag's dir: Dann wird er auch uns um die Ecke zu bringen versuchen.«

»Das Kind von Bernds Frau stammt von dir?« Dagmar sah ihn ungläubig an. Sie schien die Dramatik des Gehörten erst jetzt zu begreifen.

»Scheiße. Ja.« Lars trat an die Kante des Felsens, raufte sich das Haar und atmete tief ein, bevor er sich wieder zu seinen Kolleginnen umwandte. »Bernd hat sich Alexa gegenüber in den letzten Jahren wie ein Arsch benommen. Ich hatte nicht vor, mit ihr anzubändeln. Sie kam zu mir, um sich bei mir auszuheulen. Und irgendwie … kam dann das eine zum anderen.«

»Na klar.« Katja lachte spöttisch. »Dass sie ein Ex-Model ist, hatte natürlich nichts damit zu tun. Und natürlich auch nicht, dass du eh alles flachlegst, was nicht bei drei auf den Bäumen ist.«

»Und?«, keilte er zurück. »Bist du neidisch, weil du als Transe keinen findest, der dich vögeln will?«

Katjas Hand fuhr vor, und klatschend verpasste sie ihm eine Ohrfeige.

»Wage es nie wieder, mich mit dir zu vergleichen.« Zornig funkelte sie ihn an. »Dass wir jetzt auch noch diese Scheiße auszubaden haben, liegt allein daran, dass du bloß mit dem Schwanz denkst.«

»Bitte, hört auf damit!«, flehte Dagmar. »Wenn ihr jetzt auch noch aufeinander losgeht, dann …« Ihre Stimme stockte. »Wir brauchen einander, wenn wir hier bis morgen durchhalten wollen.«

Lars warf Katja einen bösen Blick zu, der dem ihrigen in nichts nachstand, aber schließlich nickte er. Dagmar hatte ja recht. »An mir soll es nicht liegen.« Wütend rieb er sich die Wange. »Denn ich schlage keine … *Frauen*.«

»Kannst es ja mal versuchen«, zischte Katja.

»Nein. Genug!« Dagmar stellte sich zwischen sie. »Es ist, wie es ist. Lasst uns lieber überlegen, was Bernd jetzt planen könnte.«

Eine Weile lastete eine bedrückende Stille über dem Lager, und Lars sah dabei zu, wie Katja an Gunnars Seite trat und sorgenvoll auf ihren kranken Kollegen herabblickte. »Also gut«, meinte sie schließlich. »Bernd wird sich hier vermutlich irgendwo im Wald verstecken und die nächstbeste Gelegenheit nutzen, um es noch einmal zu versuchen. Vermutlich glaubt er, mit dem Mord an Lars durchzukommen, um sich so seines ärgsten Rivalen zu entledigen. Sein angeblicher Marsch zurück in die Zivilisation verschafft ihm immerhin ein glaubwürdiges Alibi. Doch auch er muss die Kreaturen fürchten, die hier ihr Unwesen treiben.«

»Glaubst du, er hat überhaupt begriffen, welche Gefahr von ihnen ausgeht?« Dagmar betrachtete sie nachdenklich. »Er weiß ja nicht, was wir inzwischen wissen.«

»Er weiß vom Verschwinden des Filmteams«, mischte sich Lars erstmals wieder ein. »Außerdem muss er den Überfall dieser Wesen auf das Lager der Norweger mitbekommen haben. Vielleicht hat ihm das überhaupt erst die Möglichkeit verschafft, sich zu befreien?«

»Wir werden es vermutlich nie erfahren.« Katja seufzte schwer. »Eigentlich ist es auch egal. Für uns ist bloß wichtig zu wissen, dass wir von nun an auch tagsüber auf der Hut sein müssen. Wohlgemerkt: Wenn es stimmt, dass diese Kreaturen bloß nach Sonnenuntergang aus ihren Löchern kriechen. Denn selbst das ist noch nicht zweifelsfrei bewiesen.«

»Na ja, im Zweifel bietet Bernd ihnen ebenfalls ein Ziel«, erklärte Lars mitleidlos.

»Okay, dann bleiben wir bei unserem Plan und suchen weiter nach der Munition?« Dagmar sah in die Runde.

»Wenn es nach mir geht: Jetzt erst recht!« Lars griff nach dem Gewehr.

Katja warf ihm noch einmal einen wütenden Blick zu, dann packten sie ihre verbliebenen Habseligkeiten zusammen, teilten die Waffen wie in der Nacht zuvor auf und trugen Gunnar in seinem Schlafsack wieder vom Felsen.

Sein Kollege stöhnte herzergreifend, und Lars musste schlucken, als er sah, dass das schwarze Adergespinst unter der Haut noch immer da war. So furchtbar, wie Gunnar inzwischen aussah, war es ein Wunder, dass er überhaupt noch lebte, und er konnte nur hoffen, dass das Medikament endlich anschlug.

Lars humpelte mit der Motorsäge voran, während Katja und Dagmar Gunnar quer durch den Wald zurück zu ihrem Lager am Seeufer schleiften. Angesichts der drei abgefackelten Zelte bot es einen trostlosen Anblick, und nicht einmal das milde Licht der Vormittagssonne vermochte daran etwas zu ändern.

Sie legten Gunnar ab, und Lars sah dabei zu, wie Katja hinüber zum ToughPad marschierte – um entgeistert davor stehen zu bleiben.

»Das gibt es doch nicht!«, rief sie. »So eine elende Scheiße.«

»Was?« Lars hüpfte auf einem Fuß zu ihr und sah es nun ebenfalls. Das Display war zertrümmert.

Auch Dagmar trat an ihre Seite. »Mein Gott«, ächzte sie. »Wann ist das passiert?«

»Keine Ahnung«, schimpfte Katja. »Offenbar irgendwann letzte Nacht. Ich gestehe, ich habe das Mistding seit unserer Paddeltour auf den See nicht weiter im Auge behalten. Ihr etwa?«

»Nein.« Lars schüttelte den Kopf. »Aber uns sollte klar sein, wer dafür verantwortlich ist.«

»Bernd?«

»Natürlich.«

»Du meinst, er will verhindern, dass wir an die Munition gelangen?« Auf Dagmars Gesichtszügen zeichnete sich tiefe Sorge ab.

»Ja, warum sollte er das Mistding sonst kaputt gemacht haben? Nur hat er sich dabei verrechnet.« Lars lächelte böse und wühlte aufgeregt in den Taschen seiner roten Softshell-Jacke. Irgendwo musste er doch noch dieses Notizbuch der Filmcrew haben. Er fand es, klappte es auf und zeigte ihnen die Liste mit den Kameras. »Na gut. Dann greifen wir einfach die Idee von Sören auf. Er hat doch in der Kladde alle Kameras markiert, die ein Bild gesendet haben. Neun Kameras sind noch übrig – und die sind in dem Notizbuch wie jede andere Kamera auch mit GPS-Daten vermerkt.«

»Ich verstehe, was du meinst.« Dagmar nahm ihm die Kladde ab und betrachtete die Einträge. »Da die vorletzte Parcours-Station auf den Monitoren nicht zu entdecken war, heißt das, dass zumindest einige der verbliebenen Kameras auf sie gerichtet sein müssen.«

»So ist es.« Lars nickte. »Wir müssen die verbliebenen Kameras bloß der Reihe nach absuchen und finden so zwangsläufig jene Station mit der Munition.«

Dagmar schloss die Augen und drückte das Notizbuch an ihre Brust. »Danke, Sören.«

Lars und Katja sahen einander an, und Lars wusste, was seine Kollegin dachte.

»Nur bedeutet das auch, dass wir noch einmal zur Insel rübermüssen, um von dort das GPS-Gerät zu holen«, sprach sie den Gedanken laut aus. »Denn das Smartphone mit dieser App ist zusammen mit Sören verschwunden.«

»Ich weiß.« Lars blickte hinüber zu der Insel und seufzte. »Aber das schaffe ich schon. Also lasst es uns angehen. In der Zwischenzeit könntet ihr mir eine vernünftige Astgabel suchen, die ich als Krücke verwenden kann.«

»Und was ist mit Gunnar?«, wollte Katja wissen. Lars' Blick wanderte zu dem verwüsteten Zeltlager, wo Gunnar in seinem ramponierten Schlafsack lag.

»Das mit Gunnar geht so nicht weiter«, fuhr sie fort. »Wir können ihn nicht ständig im Schlafsack hinter uns herschleifen.«

»Na gut, dann schlage ich vor, dass wir ihn hier zurücklassen«, brummte Lars.

»Was?«

»Du hast mich gehört. Gunnar behindert uns. Ohne ihn kommen wir viel schneller voran. Wir holen ihn dann später wieder ab.«

»Kommt überhaupt nicht in Frage!«, zischte Katja. »Siehst du nicht, dass Gunnar unter einer schweren Blutvergiftung leidet? Eigentlich müsste er ins Krankenhaus und bräuchte eine Infusion! Wir haben hier aber bloß diese Tabletten.« Sie kramte die Packung mit den Antibiotika heraus. »Ich habe mir die Packungsbeilage genau durchgelesen: Gunnar braucht in seinem Zustand mindestens 3000 Milligramm. Das sind zwölf Tabletten. Nur kann ich ihm diese Menge nicht auf einmal verabreichen, sondern muss das über den Tag verteilt tun.« Wütend steckte sie die Packung wieder ein. »Also bleibt hier entweder einer von uns bei ihm zurück – oder wir nehmen ihn mit.«

»Gott, hast du plötzlich auch noch ein Medizinstudium absolviert?«, höhnte Lars.

»Mann, verhalt dich doch endlich mal menschlich!«, fauchte Katja ihn an. »Krücke hin oder her – du behinderst uns mit deinem Fuß ebenso. Auch ohne dich kommen wir schneller voran. Aber gut: Wir lassen dich gern mit ihm zusammen zurück.«

Lars sah die beiden Frauen an, denn ihm gefiel die Richtung nicht, die das Gespräch nahm. Keinesfalls würde er hier in seinem Zustand allein mit Gunnar zurückbleiben. Zumindest nicht, solange er nicht wusste, wo Bernd jetzt steckte. Tief atmete er ein. »Okay. Was schwebt dir also vor?«

»Während du rüber zur Insel schwimmst, suchen Dagmar und ich einige Hölzer und Streben, um für Gunnar eine vernünftige Trage zu bauen, die wir dann hinter uns herziehen können.«

»Haben wir denn überhaupt noch die Ausrüstung, um so etwas zu bauen?«, wollte Dagmar wissen.

»Sicher«, meinte Katja. »Die meisten Werkzeuge liegen bloß ebenfalls drüben auf der Insel. Die kann Lars dann gleich mitbringen.«

»Also gut.« Lars seufzte schwer und humpelte samt der Motorsäge hinüber zum Seeufer, stellte seinen Rucksack ab und durchsuchte ihn nach dem Feldstecher der Norweger. Er stellte die Okulare scharf und blickte mit dem Fernglas hinaus auf den See. Zu seinem Bedauern konnte er nirgendwo das Floß ausmachen. Die kleine Insel hingegen erweckte den Eindruck, nicht mehr betreten worden zu sein, seit sie sie verlassen hatten. Dagmar gesellte sich zu ihm und sah ihn von der Seite an. »Meinst du, du schaffst es noch mal rüber?«

»Du meinst wegen meiner Fußverletzung?« Er ließ das Fernglas sinken und betrachtete den Schilfgürtel. »Da drüben liegt noch immer der Gewehrkoffer. Ich werde ihn ausräumen und als Schwimmhilfe mitnehmen. Mit seiner Hilfe sollte ich es auch schaffen, das Zeug von der Insel zu holen. Allerdings müsst ihr in der Zwischenzeit ebenfalls etwas tun.«

»Und was?«

»Wir brauchen das Seil. Unglücklicherweise liegt das noch immer dahinten im Hochseilgarten. Bei der zertrümmerten Startplattform. Ich hatte den Norweger mit ihm gefesselt.«

Dagmar schluckte. »Das … kriegen Katja und ich schon hin. Schlimmer als das, was wir gestern in den Höhlen gesehen haben, wird sein Anblick schon nicht sein.«

Lars betrachtete Dagmar eine Weile. »Tut mir leid, dass ich euch in diese unangenehme Situation gebracht habe.«

»Ist schon okay. Ich …«

»Nein, wirklich. Ich habe es verbockt. Und zwar in jeder Hinsicht.« Er atmete tief ein. »Ich könnte verstehen, wenn ihr euch lieber von mir trennen möchtet. Bernd ist hinter mir her, und mit meiner Fußverletzung behindere ich euch tatsächlich.«

»Wie kannst du so etwas bloß sagen? Ich würde dich doch niemals zurücklassen!« Dagmar sah ihn empört an. »Ich meine … Katja und ich würden das niemals tun. Gut, sie ist im Moment vielleicht etwas sauer auf dich. Aber das gibt sich sicher bald wieder.«

»Danke.« Er seufzte, und einer Eingebung folgend, berührte er sie mit dem Handrücken sanft an der Wange. Dagmar errötete. »Es tut gut, hier noch einen Freund zu wissen. Ich habe vieles wiedergutzumachen.«

Lars bemerkte den giftigen Blick, den Katja ihm von jenseits der Zelte zuwarf, und so zog er die Hand rasch wieder zurück. »Okay, packen wir es an.«

Dagmar räusperte sich verlegen, und er reichte ihr Feldstecher, Jagdgewehr und Motorsäge. »Pass gut auf die Sachen auf!«

»Werde ich.« Dagmar eilte wieder zu Katja zurück.

Er selbst entkleidete sich bis auf die Boxershorts, humpelte zum Gewehrkoffer hinüber und räumte das wasserdichte Behältnis aus. Er schloss es wieder, klemmte sich Bernds Outdoor-Messer zwischen die Zähne und watete mit der Schwimmhilfe unbeholfen in den See.

Wie erhofft, trieb der Koffer auf dem Wasser, doch zu seinem Ärger war der See nach dem nächtlichen Gewitter deutlich abgekühlt. Er fluchte stumm – das Wasser war kalt wie Eis. Immerhin, die Temperatur half dabei, den Schmerz in seinem Fuß zu betäuben. Lars kraulte los, doch diesmal brauchte er knappe zwanzig Minuten, um zur Insel zu gelangen. Als er das Ufer erreichte und aus dem Wasser stieg, war sein Körper auf besorgniserregende Weise ausgekühlt.

Zitternd sah er sich um. Noch immer lagen die Sachen so am Inselufer herum, wie sie sie zurückgelassen hatten. Nirgendwo waren fremde Spuren zu erkennen. Er griff sich das

GPS-Gerät und testete den Akkuschrauber. Zu seiner Erleichterung funktionierte er trotz des Regens, der auch über der Insel niedergegangen war. Nur hatte sein Plan einen Haken: Er war sich nicht sicher, ob er es noch einmal über den See zurück schaffen würde. Wasser entzog dem Körper die Wärme fünfundzwanzig Mal schneller als trockene Luft derselben Temperatur. Und er fühlte sich bereits jetzt wie ein lebender Eiszapfen.

Frierend humpelte er durch das Unterholz zu dem Kabuff, trocknete sich dort notdürftig mit einem SURVIVE-Fähnchen ab und suchte sich unter den zurückgelassenen Neoprenanzügen einen weiteren in seiner Größe aus. Endlich wurde ihm wieder wärmer – allein sein geschwollener Fuß protestierte erneut.

Schmerzerfüllt humpelte er zum Ufer zurück, warf die zurückgelassene Ausrüstung in die Kiste, schloss sie und schob sie in den See.

Während er schwamm und dabei den deutlich tiefer als zuvor im Wasser dümpelnden Gewehrkoffer vor sich herschob, sann er finster über Bernd nach.

Dieser Psycho! Gut, vermutlich wäre auch er sauer gewesen, wenn ein Fremder seine Freundin dick gemacht hätte. Nur war das nie seine Absicht gewesen.

Dummerweise war es tatsächlich sein Kind. Das abzustreiten, war sinnlos. Und doch hatte Alexa ihn reingelegt. So sah Lars das jedenfalls, denn er konnte Kinder nicht ausstehen. Und Weiber, die ihn mit einem Balg an sich ketten wollten, schon gar nicht. Auch Alexa würde das noch begreifen. Nein, es blieb dabei: Wenn sie sich seiner Forderung abzutreiben weiter widersetzte, würde er wie geplant die Biege machen und sich ins Ausland absetzen. Sollte sie ruhig auf Mama machen. Aber ohne ihn.

Ärgerlicherweise reichte seine Kohle für seine hochtrabenden Pläne noch nicht aus. Und seine bisherigen Einnahmequellen konnte er inzwischen ebenfalls abschreiben.

Wütend schwamm er weiter, während er die Optionen durchdachte, die ihm noch blieben. Den Geldgewinn für die Show konnte er abschreiben, selbst wenn sie heil aus dem Mist herauskamen. Klar, er könnte versuchen, die Produktionsfirma auf Schadensersatz zu verklagen. Aber so etwas würde sich ziehen. Wenn überhaupt etwas dabei herauskam. Wenn er von dem ganzen Mist hier bloß ein paar Fotos hätte machen können! Er wäre der Star in den TV-Shows! Ein Gedanke, der seine Laune schlagartig besserte. Denn was sie hier erlebten, hatte ohne Frage das Zeug dazu, für Wochen die Boulevardpresse zu füllen. Er könnte über seine Erlebnisse hier am Arsch der Welt sogar ein Buch schreiben: »SURVIVE – Wie ich Deutschlands berüchtigtste Game-Show überlebte«. Das sollte die Kasse durchaus klingeln lassen.

Kühl kalkuliert musste er im Augenblick bloß die Sache mit Bernd überstehen. Jetzt, da er wusste, dass ihm der Irre ans Leder wollte, konnte er sich zumindest besser auf ihn einstellen. Bernd war ohne Zweifel kräftig, aber das war er ebenfalls. Unter gewöhnlichen Umständen traute er es sich durchaus zu, mit ihm fertig zu werden. Nur war er durch seine Fußverletzung gehandicapt. Bei einer direkten Konfrontation mit ihm war er Bernd also unterlegen. Ohne Hilfe von Dagmar und Katja war das nicht zu schaffen. Er musste Dagmar und Katja also unbedingt auf seine Seite ziehen – und möglichst in ihrer Nähe bleiben. Bei Dagmar sah er darin kein Problem; schwieriger würde es werden, Katjas Vertrauen zurückzugewinnen. Sein unüberlegter Kommentar vorhin war da jedenfalls nicht hilfreich gewesen. Wenn sie erst die Munition besaßen, würde das die Karten neu mischen. Den Rest der Nacht würde er dann vermutlich auch alleine durchstehen. Nötigenfalls, indem er sich wieder auf die Insel zurückzog.

Danach würde er weitersehen.

Lars erreichte endlich den Schilfgürtel und zog sich samt der Kiste aus dem Wasser.

Sofort eilten Katja und Dagmar zu ihm. Sie trugen das Seil bei sich, und er sah, dass Blut daran klebte.

»Ich sehe, ihr habt es«, begrüßte er sie. »Der Norweger …?«

»… ist tot, wie du gesagt hast«, antwortete Katja mit gepresster Stimme. »Immerhin haben wir zwischen den Bäumen auch noch das da gefunden.«

Sie nickte Dagmar zu, die ihm ein demoliertes Epa-Paket und eine Plastikflasche mit Trinkwasser präsentierte. »Das dürften die Vorräte sein, die du gestern mitgenommen hast«, erklärte sie.

»Okay, die sparen wir uns für später auf.« Lars wuchtete den Koffer vor sich und nickte Katja zu. »Pass auf: Hau dich aufs Ohr und versuch, etwas Schlaf zu finden. Das Gestell können Dagmar und ich auch alleine bauen. Wir wecken dich, wenn wir fertig sind.«

»Ernsthaft?« Katja beäugte ihn misstrauisch.

»Ja.« Er schüttelte genervt den Kopf. »Hau dich hin. Wir kümmern uns um den Rest.«

»Okay. Aber behaltet weiterhin die Umgebung im Auge«, mahnte sie leise. »Bernd könnte in der Nähe stecken und uns beobachten.«

»Solange er glaubt, sein Plan sei noch nicht aufgeflogen, dürften wir einigermaßen sicher sein«, gab er ebenso leise zurück.

»Hoffen wir es.« Sie nahm ihren Schlafsack und zog sich mit ihm in eines der intakten Zelte zurück.

Gemeinsam mit Dagmar machte sich Lars nun daran, aus den zusammengesammelten Zweigen und Ästen ein ebenso robustes wie schlankes Gestell zu fertigen. Dennoch dauerte es fast eine Stunde, bis sie fertig waren. Lars zurrte die letzten Schrauben mit dem Akkuschrauber fest, und sie befestigten am Ende des Gestells das Seil als Zughilfe. Anschließend suchte er sich endlich einen gegabelten Ast, der ihm künftig als Krücke dienen würde. Denn den hatten die Frauen natürlich vergessen.

Sie wuchteten Gunnar samt dem Schlafsack auf das Gestell und banden ihn mit den losen Seilenden fest. Dagmar flößte ihm wieder aufgelöste Antibiotika-Tabletten ein, doch er war kaum ansprechbar. Seine Lider flatterten, und seine Schluckreflexe waren nur noch schwach ausgeprägt. Überhaupt war sein Anblick mehr als beunruhigend.

Dagmar hob angeekelt Gunnars verletzten Arm an, und sie konnten sehen, dass der Verband in den zurückliegenden Stunden komplett von einer gelbbraunen Flüssigkeit durchtränkt worden war. Eiter? Die Wundflüssigkeit war getrocknet, dafür knisterten die Leinenbinden gespenstisch. Sie zog den Schlafsack weiter nach unten, und eine dunkel verfärbte Hand kam zum Vorschein.

»Mein Gott«, wisperte Dagmar. »Gunnar kämpft wirklich um sein Leben. Ich habe keine Ahnung, wie lange er noch durchhält.«

»Auf jeden Fall sollten wir vorsichtig mit offenen Wunden sein.« Lars beäugte seinen vergifteten Kollegen skeptisch. Am liebsten hätte er den Kerl noch immer hier am Ufer zurückgelassen. Leider würde er damit nicht bei seinen Begleiterinnen durchkommen.

Dagmar erhob sich. »Ja. Das ist mir auch schon durch den Kopf gegangen. Ich bin bloß froh, dass uns diese Kreaturen gestern nicht verletzt haben.«

Lars warf einen Blick auf die Armbanduhr der verschwundenen Studenten. Es war bereits kurz nach zehn Uhr am Vormittag. »Also, wecken wir Katja?«

Dagmar wog nachdenklich den Kopf. »Geben wir ihr noch ein Stündchen. Sie hat den Schlaf bitter nötig.«

Sie setzten sich und unterhielten sich leise über dieses und jenes, während Lars sich wieder umzog. Wie erwartet kam Dagmar irgendwann auf Alexa zu sprechen.

»Und, was planst du, wenn wir das hier überstehen? Ich meine, jetzt, wo du Vater wirst?«

Lars musterte sie aufmerksam. »Na ja, ich werde mir wohl einen neuen Job suchen müssen«, flunkerte er. »Wenn sie das Kind überhaupt bekommt. Denn das ist im Augenblick noch nicht raus. Das Ganze war ja bloß eine kurze Affäre.«

Stirnrunzelnd sah Dagmar auf. »Dann hast du nicht vor, mit ihr zu leben?«

»Gott bewahre.« Lars lächelte nachsichtig. »Das mit ihr war bloß eine kurze Affäre, nichts weiter. Das Kind ist, wie man so schön sagt, ein Unfall. Nicht, dass es dafür etwas kann. Und sollte ich trotzdem Vater werden, na ja, dann ist das halt so.« Die Lüge kam ihm erschreckend leicht über die Lippen, aber er war sich sicher, dass Dagmar das gern hörte. »Alexa ist viel zu oberflächlich. Ich werde bald dreißig, und ehrlich gesagt suche ich jemanden mit mehr Tiefgang, wenn du verstehst, was ich meine.«

»Ehrlich?«

»Allerdings.« Er seufzte theatralisch. »Ich habe mich viel zu lange treiben lassen. Wie erfüllend es ist, einen Job zu haben, der etwas bedeutet und auf den man bauen kann, das ist mir erst klargeworden, seit ich in der Agentur arbeite. Man wird schließlich nicht jünger, und ausgetobt habe ich mich weiß Gott ebenfalls. Wenn wir heil wieder nach Hause kommen, werde ich mein Leben komplett umkrempeln.« Er bemühte sich um einen möglichst verträumten Gesichtsausdruck. »Und mir eine Frau suchen, die versteht, was einen umtreibt. Ein fremdes Kind müsste sie im Zweifel natürlich ebenfalls akzeptieren, was sicher nicht so einfach wird.«

»Ich bin sicher ... du wirst da schon jemanden finden.« Dagmar lächelte schüchtern. »Ich werde wohl auch einiges in meinem Leben ändern.«

»Na, dann sind wir ja schon zu zweit.« Lars betrachtete sie möglichst liebevoll, und Dagmar wurde rot.

Überraschend wurde die Zeltplane neben ihnen zurückgeschlagen, und Katja kroch ins Freie. Sie sah blass aus. »Verdammt, wie lange habe ich geschlafen?«

Lars blickte auf die Uhr. »Knappe zwei Stunden. Geht's dir besser?«

»Frag mich etwas anderes.« Sie rieb sich die Schläfen. »Zumindest haben die Kopfschmerzen etwas nachgelassen.«

Sie stiefelte hinüber zu der Erste-Hilfe-Tasche und nahm eine Kopfschmerztablette. Erst jetzt begutachtete sie das Gestell mit Gunnar. Sie schien zufrieden.

»Gut.« Lars setzte sich seinen Rucksack auf, nahm Gewehr und Motorsäge an sich und belastete die neue Krücke. »Dann lasst uns die Kameras suchen gehen.«

Sie gaben die erste der Koordinaten ins GPS-Gerät ein. Anschließend legten Dagmar und Katja das restliche Gepäck zu Gunnar auf das Gestell und zogen die Last hinter sich her, während Lars voranhumpelte.

Da seine Kolleginnen immer wieder innehielten, um zu verschnaufen, dauerte es fast eine Dreiviertelstunde, bis sie die erste der Kameras erreichten. Sie hing an einem Baum und war auf eine Wegstrecke mit Geröll und einigen frei stehenden Birken gerichtet, zwischen denen ein SURVIVE-Fähnchen steckte.

Dagmar und Katja, die ein ähnliches Fähnchen bereits in der Nacht zuvor gesehen hatten, mutmaßten erneut, dass es Teil einer Schnitzeljagd war. Allerdings hatten sie nicht vor, sich auf derartige Spielchen einzulassen. Sie änderten kurzerhand die Strategie. Nach und nach tippten sie die Koordinaten der übrigen Kameras in das GPS-Gerät, und allmählich kristallisierte sich heraus, dass fünf von ihnen in einem klar umgrenzten Gebiet aufgebaut waren.

Sie wählten eine von ihnen aus und schlugen sich samt ihrer Last gen Norden durch. Sie waren kaum zwanzig Minuten unterwegs, als Dagmar beklommen innehielt.

»Was ist?«, wollte Katja wissen.

»Siehst du das nicht?« Dagmar deutete zwischen den Bäumen voraus, wo sich das bekannte Bollwerk aus Felsen abzeichnete. »Wir nähern uns wieder diesem Höhenzug.«

Lars überprüfte die Koordinaten und sah sich um. »Tatsächlich, das Waldgebiet hier ähnelt dem, in dem die Norweger campiert haben.«

»Euch ist klar, wie riskant es ist, sich wieder so nah an das Versteck der Kreaturen heranzuwagen?« Katja stöhnte. »Scheiße!«

»Komm, versuch, positiv zu denken«, meinte Lars.

»Schöne Scheiße?«

»Schon besser.«

Dagmar beäugte das Display des GPS-Geräts ebenfalls. »Diesmal nähern wir uns dem Höhenzug von Westen her. Die überflutete Höhle befindet sich auf der anderen Seite.«

»Kommt, Ladys, hilft ja nichts.« Lars hob die Motorsäge. »Was auch immer uns dahinten erwartet – wir ziehen die Aufgabe so schnell wie möglich durch, und dann machen wir uns wieder an den Abflug.«

Dagmar und Katja stemmten sich in das Seil und zogen das Gestell weiter.

Lars sah nun, wie zwischen den Nadelbäumen eine moosüberwachsene Felswand näher rückte, die sich gute zwei bis drei Meter über die Baumwipfel erhob. Das Gelände davor war mit moosbewachsenen Findlingen übersät, die teilweise hüfthoch waren.

Sie hielten sich links der Felsen und schnupperten immer wieder, ob sich irgendwo zwischen den Bäumen der unheimliche Kellergeruch bemerkbar machte. Da sie nichts Ungewöhnliches bemerkten, zogen sie an den Granittitanen vorbei, und allmählich kristallisierte sich das Ziel ihres Marsches heraus: jener majestätische, schwarze Felsen, der den Höhenzug gleich einem Turm weit überragte. Mahnend stach er in den Mittagshimmel.

Lars hatte die markante Felsenzinne gestern bereits bemerkt, hätte es jedoch nicht für möglich gehalten, dass ihr Weg sie ausgerechnet dorthin führen würde. Der Baumbestand lichtete sich und machte einem mit Farnen übersäten Geröllfeld Platz, das bis dicht an den Berggrat heranreichte.

Konsterniert blieben sie stehen, denn schlagartig wurde ihnen klar, was die vierte Parcours-Aufgabe für sie bereithielt: Auf einer Felsenplattform unmittelbar vor dem markanten Granitturm erhob sich – unter einem großen SURVIVE-Banner – ein großes Laufrad aus Holz. Seine Erbauer hatten die Achse tief in den Fels getrieben, und sie konnten sehen, dass von dem Laufrad Ketten und Seile über große und kleine Umlenkrollen zu einer Art Holzkäfig führten. Nur war das kein schlichter Käfig, sondern ein Ein-Mann-Aufzug, der an langen Seilen hing, die bis hinauf zu einer Plattform an der Spitze der Turmformation reichten. Lars legte den Kopf in den Nacken und schätzte die Distanz bis zur Spitze der Felszinne auf über dreißig Meter.

»Das ist doch jetzt nicht wahr, oder?«, ächzte Katja.

»Offensichtlich doch.« Auch Lars starrte die Konstruktion fassungslos an. »Einer von uns muss da hoch. Die anderen müssen sich dann wohl im Laufrad wie die Hamster abstrampeln.«

Dagmar ließ sich auf einem der Felsen nieder, während sie seinem Blick folgte. »Eine große Wahl haben wir offenbar nicht.« Sie blickte Lars an. »Du musst da rauf. Mit deinem Fuß wirst du im Laufrad kaum nützlich sein.«

Lars nahm ihr das Fernglas ab und richtete die Linsen auf die Spitze des schlanken Felsens aus. Abgesehen von der Plattform und zwei massiven Kranbalken, an denen der Aufzug hing, konnte er bloß die Ansätze eines Geländers ausmachen, das den Felsgipfel umgab. »Na gut, dann versuche ich dort oben mein Glück.«

Er wollte Dagmar den Feldstecher zurückgeben, doch diese wiegelte ab.

»Nimm das Fernglas mit«, erklärte sie. »Vielleicht kannst du von da oben erkennen, ob sich hier noch jemand anderes im Tal aufhält.«

»Glaubst du?«

»Na ja, wenn schon keine anderen … Wanderer …« Sie hielt kurz inne und lächelte traurig über ihre Bemerkung, »dann vielleicht … Bernd.«

Lars und Katja warfen sich kurze Blicke zu, und auch die Kontakterin nickte.

»Einen Versuch ist es wert«, meinte auch sie. »Nur gib uns ein bisschen Zeit, um uns auszuruhen. Dieser Mist mit dem Laufrad wird vermutlich ziemlich anstrengend.«

Sie pausierten eine Viertelstunde, dann zogen sie Gunnar und das Gestell bis vor die Felsenwand und kraxelten anschließend zu dem übergroßen Hamsterrad hinauf. Es bestand komplett aus Holz und war für drei bis vier Mann konzipiert. Rote Pfeile im Innern gaben die Laufrichtung vor.

Lars sah sich derweil auf der Felsenplattform um. Rechter Hand, unmittelbar an der Kante des Felsens, wucherte Gestrüpp, vor dem ein rotes Absperrband im Wind blähte. Er humpelte hinüber und sah, dass der Felsen hinter dem Gestrüpp einige Meter abfiel. Allerdings konnte er schräg unten einen hohen Spalt in der Felswand ausmachen. Lars verzichtete auf eine genauere Begutachtung. Für ihn war bloß wichtig, dass seine Begleiterinnen den erhöht liegenden Platz nötigenfalls gut verteidigen konnten.

Er legte seine Ausrüstung ab und entschloss sich, lediglich Messer und Feldstecher mitzunehmen. Je weniger Gepäck er dabeihatte, desto leichter würde es Dagmar und Katja fallen, ihn an die Spitze der Felszinne zu befördern.

»Okay. Seid ihr so weit?« Er humpelte hinüber zu dem Aufzug, der mit einer einfachen Gittertür aus Sperrholz versehen war. Die Kabine wirkte stabil, doch mehr als eine Person und vielleicht etwas Gepäck fasste sie nicht. Seufzend stellte er seine Krücke ab, bestieg sie und klappte die Tür hinter sich zu.

Dagmar und Katja kraxelten in das Laufrad, und beide gaben schon jetzt ein entwürdigendes Bild ab. Angestrengt stemmten sie sich in Laufrichtung, doch das Rad bewegte sich kaum.

»Mist, hier geht gar nichts!«, rief Katja. »Sind wir zu wenige?«

Lars sah sich um und entdeckte erst jetzt einen Hebel an der Kabinenwand.

»Moment.« Er legte ihn um, und es klackte über ihm.

Die beiden versuchten es wieder, die Seile strafften sich, und erstmals ging ein Ruck durch die Kabine. Über ihm quietschte es, und die Seile und Umlenkrollen knarrten, während sich seine Kolleginnen im Laufrad abstrampelten. Tatsächlich ging es jetzt aufwärts.

Dagmar und Katja gaben alles. Sie stöhnten und ächzten, und Lars konnte aus den Augenwinkeln sehen, wie sie hin und wieder übereinanderfielen, während sich das Laufrad unter ihnen wegdrehte. Rumpelnd ging es nach oben. Die Aufzugskabine hatte Wipfelhöhe erreicht, als den Frauen erstmals die Puste ausging. Sie legten eine Pause ein, bevor sie sich weiter abmühten.

Jetzt rächte es sich, dass sie nur noch so wenige waren. Doch Meter um Meter brachten sie ihn weiter nach oben. Lars blickte skeptisch in die Tiefe. Er hatte inzwischen die Hälfte des Weges zurückgelegt, und allmählich begriff er, wie hoch der Felsenturm wirklich war. Der Wind rüttelte an der Holzkonstruktion, und die Kabine schwankte leicht hin und her.

Erstmals dachte er darüber nach, wie er wohl wieder nach unten gelangen würde. Gab es hier irgendwo einen Mechanismus, mittels dessen er den Aufzug wieder in die Tiefe absenken konnte? Oder mussten seine Begleiterinnen das Laufrad nachher noch einmal in umgekehrter Richtung in Gang setzen? Seltsam.

Knarrend ging es weiter, und so setzte sich Lars auf den Kabinenboden und versuchte, die Fahrt den Umständen entsprechend zu genießen. Unter ihm legten die Kolleginnen weitere Pausen ein, und er konnte gegen den Wind ihre angestrengten Stimmen hören, während er von seiner erhöhten Position die Landschaft überblickte. Im Osten des Hochtals waren die schroffen, schneebedeckten Gipfel mächtiger Berge zu erkennen. Außerdem konnte er linker Hand den See ausmachen. Der Nadelwald, der ihn säumte, war bei weitem nicht so dicht, wie er gedacht hatte, sondern lief an den Rändern in einen lichten Mischwald aus, der von breiten Geröllfeldern durchzogen war. Am Talrand hingegen wuchsen gar keine Bäume mehr. Dort waren die Grate bloß noch von Moosen und Flechten überzogen.

Abermals knarrte es über ihm, und wieder ging es zwei Meter aufwärts, bevor die Kabine stoppte. Die Pausen, die seine Kolleginnen einlegten, wurden immer häufiger.

Lars seufzte und warf einen Blick auf die Uhr. Dagmar und Katja mühten sich in diesem Hamsterrad nun schon seit über einer Stunde ab – und inzwischen war es kurz nach 15 Uhr. Wäre die Situation nicht so ernst, hätte er vermutlich über sie gelacht. Denn er hatte ganz klar den angenehmeren Part. Lars beugte sich vor, starrte nach unten zum Laufrad, das sich wieder in Bewegung setzte, und musste dennoch grinsen.

Das alles war so unwürdig. Und im Grunde hatte er es trotz aller Unbill doch wieder einmal ganz gut getroffen. Glück brauchte man eben im Leben.

Noch einmal gaben die Frauen alles, denn über ihm kam allmählich die Plattform in Sicht. Lars erhob sich und wandte sich um, als die Kabine über ihm gegen die Tragebalken stieß. Auch auf der dem Fels zugewandten Seite der Kabine befand sich eine einfache Tür. Er spähte hindurch – und das Grinsen verging ihm.

Die Spitze des Granitturms war gute sechs Quadratmeter groß, stellenweise von Holz verschalt und ringförmig mit einem brusthohen Metallgeländer gesichert, das tief im Fels verankert war. Zu denken gab ihm jedoch der Holzsteg gegenüber, der etwa drei Meter über die Felskante hinausreichte, um dort einfach in der Luft zu enden.

Und das war nicht alles. Vor ihm lag – halb abgedeckt von einer Plane – ein dickes, zusammengerolltes Gummiseil, dessen eines Ende in zwei normalen Seilen auslief, die mittels dicker Knoten an Metallringen auf dem Holzsteg befestigt waren.

Das war ein Bungeejumping-Seil!

Eine Kiste, geschweige denn irgendwelche Munition, war hingegen nicht zu sehen.

Bitte, das war doch nicht deren Ernst?

Gut, er war ja nicht gerade unsportlich. Und auch dunkles Wasser machte ihm nichts aus. Aber bei der Vorstellung, sich aus großer Höhe in die Tiefe zu werfen, wurde ihm flau zumute.

Hektisch suchte er die Kabine noch einmal nach einer Möglichkeit ab, diese wieder herunterzulassen. Doch wie zuvor wurde er nicht fündig. Endlich öffnete er den Türverschlag, betrat die Felsenspitze und suchte den kranförmigen Aufbau nach einer entsprechenden Möglichkeit ab. Wieder ohne Ergebnis.

Stattdessen entdeckte er eine auf dem Geländer angebrachte Kamera.

Lars stieß einen Fluch aus, humpelte verärgert zurück in die Kabine und rief nach unten. »Dagmar? Katja? Hört ihr mich?«

Unter ihm waren leise Stimmfetzen zu hören, die er nicht verstand. Er brüllte abermals in die Tiefe, doch wieder kam Unverständliches zurück.

Scheiße.

Ganz sicher gab es eine Möglichkeit, mittels des Aufzugs wieder nach unten zu gelangen. Nur musste sich der Mechanismus dafür irgendwo bei dem Laufrad befinden.

Was für eine Schweinerei. Wer auch immer hier rauffuhr, sollte dazu gezwungen werden, drüben auf dem Steg in die Tiefe zu springen. Andernfalls war die Show unwiderruflich zu Ende.

Wütend trat Lars an die Plane heran und deckte sie ab. Unter ihr kam nicht bloß das restliche Seil zum Vorschein, sondern auch eine Gurtkonstruktion samt Karabinerhaken. Mittels einer Sicherheitsnadel war eine paginierte SURVIVE-Anleitung daran befestigt.

Gratulation!
Wer von euch es auch immer bis hier oben hinaufgeschafft hat, darf sich wahrhaft als SURVIVE-Experte fühlen. Doch wie lautet ein bekanntes Sprichwort? »Wer hoch steigt, fällt tief!« Aber wem sagen wir das?
Wir möchten deinen Höhenflug nicht stoppen, sondern dich nachdrücklich darin unterstützen – was du sehr wörtlich nehmen darfst.
Also, wenn du diese Station bezwingen willst, wird dir nichts anderes übrigbleiben, als deine ärgsten Ängste zu überwinden. Selbstverständlich geht das nicht ohne einige Sicherheitsvorkehrungen. Unten findest du eine Anleitung, wie du das Sicherungsgeschirr richtig anzulegen hast. Befolge die Anleitung Punkt für Punkt, stell dich anschließend zum Check vor die Kamera, und dreh dich so lange, bis wir dir mittels eines grünen Lichtsignals das Okay geben.
Danach entspann dich – und lass dich mal so richtig fallen.

Es folgte eine akribische Checkliste, wie er die Gurtkonstruktion anzulegen hatte.

Lars las sie aufgebracht durch und machte seiner aufgestauten Wut mit einem Schrei Luft.

Diese Wichser.

Diese verdammten Ärsche.

Das alles war doch vermutlich genauso illegal und gefährlich wie der Tauchgang, den sie ihnen am See zumuten wollten. Nur blieb ihm gar nichts anderes übrig, als diesen Scheiß mitzumachen.

Zornig betrachtete er die Gurtkonstruktion. Dann, endlich, bückte er sich und hob das Geschirr an. Penibel befolgte er die Anleitung und schlüpfte so in die Konstruktion, die bereits mit dem Bungeejumping-Seil verbunden war. Er konnte bloß hoffen, dass er alles richtig gemacht hatte. Als er fertig war, überprüfte er das aufgerollte Gummiseil. Es war knapp fünf Meter lang. Lange würde der freie Fall also nicht dauern, bis es sich spannte.

Zögernd trat er auf den Holzsteg und betrachtete mit mulmigem Gefühl das unter ihm liegende Gelände. Die Waldregion bestand aus Fichten und Birken und erstreckte sich gute drei Kilometer über die Ebene, bevor sie wie auf der anderen Seite der Felszinne in moos- und felsbedecktes Ödland auslief. Auch von hier aus konnte man den See mit dem dichten Saum aus Nadelgehölz ausmachen.

Der lauschige Anblick machte seine Lage nicht erträglicher.

Er konnte doch unmöglich einfach so springen?

Lars blickte in die Tiefe und begann vor Angst zu schwitzen – als ihm ein Gedanke kam.

Was, wenn er einfach hier oben bliebe? Auf der Zinne war es zwar kalt, aber zumindest war er hier sicher vor jedweden Nachstellungen. Scheiß drauf, was aus Dagmar und Katja würde.

Eher aus Nervosität, als weil er sich wirklich etwas davon versprach, griff er zu dem Feldstecher und richtete ihn auf die Gipfel und Grate am Talrand aus.

Wie erwartet entdeckte er nirgends ein menschliches Lebenszeichen.

Sie waren in dieser entlegenen Region mutterseelenallein.

Er suchte nun den Wald unter der Felserhebung bis hinüber zum See mit der Insel ab, um so vielleicht eine Spur von Bernd auszumachen. Sollte der Irre irgendwo ein Feuer entzündet haben, konnte er dieses vielleicht erkennen. Doch auch eine Rauchfahne war nirgendwo zu sehen.

Enttäuscht ließ er das Fernglas sinken, als er doch etwas Merkwürdiges entdeckte. Eine ungewöhnliche Verfärbung im

Wald schräg unter ihm. Sie lag gute dreihundert Meter von dem granitenen Bollwerk entfernt und war nur bei genauerem Hinsehen auszumachen. Insbesondere erschien ihm die Landmarke ungewöhnlich gradlinig. Er blickte noch einmal durch das Fernglas, und sein Verdacht bestätigte sich. Das Areal dort unten wirkte, als würden dort auf einer Breite von etwa zwanzig oder fünfundzwanzig Metern jüngere Bäume zwischen deutlich älteren wachsen. Und das auf einer Länge von gut einhundertfünfzig Metern.

Plötzlich dämmerte ihm, was er entdeckt hatte.

Das da unten sah ganz so aus wie eine überwachsene alte Flugzeug-Landebahn. Ihr Betrieb musste Jahrzehnte zurückliegen. War sie etwa Teil des alten Milorg-Lagers, das die Norweger gesucht hatten?

Aufgeregt ließ er das Fernglas sinken. Wenn dieses Lager tatsächlich existierte, stimmten vielleicht auch die anderen Informationen.

Lars starrte hinab in die Tiefe – und wurde sich plötzlich wieder der Lage bewusst, in der er steckte. Wenn er dort runterwollte, blieb ihm nichts anderes übrig, als zu springen. Kurz wog er die Risiken ab, dann fasste er einen Entschluss. Er nordete auf bewährte Weise die Uhr der verschwundenen Studenten ein und prägte sich die Richtung zu der markanten Stelle im Wald ein. Dann fixierte er das Fernglas am Gürtel, so dass es ihn beim Sprung nicht verletzen konnte, und humpelte mit weichen Knien auf den Steg hinaus. Wind blies ihm ins Gesicht, und sein Herz hämmerte vor Furcht, als er sich der Tiefe unmittelbar vor ihm bewusst wurde.

Teufel, warum war es ihm nicht vergönnt gewesen, das elende Laufrad zu bedienen?

Lars atmete ein-, zweimal ein und aus, zögerte, wiederholte das Ganze – und sprang.

Mit einem Schrei auf den Lippen stürzte er kopfüber in die Tiefe, während sich über ihm rasend schnell das Gummiseil abwickelte.

Der freie Fall währte nur Sekunden, während unter ihm große Felsen auf ihn zurasten. Dann spürte er, wie das Seil seinen Sturz abfing, sich in die Länge dehnte und seinen Körper etwa fünf Meter über dem Boden stoppte und wieder zurückfedern ließ. Lars japste unkontrolliert, denn nach dem Sturz ging es rasant wieder in die Höhe. Zugleich spürte er ein unglaubliches Glücksgefühl. Ohne es so recht zu wollen, jauchzte er auf und wartete, bis sich sein Körper ausgependelt hatte.

Dabei kam er der Felswand bedrohlich nahe.

Noch immer am Seil hängend, schwang er hin und her. Allerdings hing er jetzt viele Meter über dem Grund. Wie sollte er sich aus dieser Lage befreien?

Lars sah sich um und erblickte wenige Meter entfernt eine lange Sprossenleiter, die im Fels verankert war. Sie führte von einer Felshöhlung, etwa einen Meter über seinem Kopf, bis hinab zu einem Plateau, das den Sockel des granitenen Höhenzugs wie ein Halbmond umgab. Dort unten waren Halteseile am Fels verankert. Ein Pfad? Hoffentlich führte er nicht in die Nähe dieser Höhle, von der Dagmar und Katja gesprochen hatten. Denn noch hatte er nicht vergessen, welche Bedrohung auf dieser Seite der Felswand auf sie lauerte.

Viel wichtiger erschien ihm zunächst einmal die Aluminiumkiste mit dem SURVIVE-Aufdruck, die schräg über ihm in der Höhlung stand. Er begriff sofort, was er zu tun hatte. Gekonnt schwang er am Seil hin und her, bis es ihm gelang, die Sprossenleiter an der Felswand zu ergreifen. Er kletterte sie hinauf und erreichte so die Höhlung.

Die Kiste stand unmittelbar vor ihm.

Mit einem Grinsen öffnete er den Schnappriegel – und seine Gesichtszüge erstarrten.

Sie war leer.

Alles, was sich in ihr befand, war aufgerissene Plastikfolie, die zu den Mineralwasserflaschen passte, die sie am Tag ihrer Ankunft vorgefunden hatten.

Doch die Vorräte waren ebenso verschwunden wie der übrige Kisteninhalt.

Allen voran die Munition für das Gewehr.

Lars starrte die leere Kiste an und unterdrückte einen Fluch.

Hinter der Kiste entdeckte er nun eine Verankerung im Fels, die offenbar für ein Seil bestimmt war, das den Abstieg sichern sollte. Auch dieses fehlte.

Er ahnte, wer für all das die Verantwortung trug: Bernd.

Der Psychopath musste Parcours-Station und Kiste auf andere Weise gefunden haben. Doch wie? Nun bereute er es fast, dass er nicht oben auf der Felsspitze geblieben war.

Misstrauisch starrte er in die Tiefe. Das waren noch immer gute zwanzig Meter. Unter ihm waren bloß Bäume und nackte Felsen zu erkennen. Er schlüpfte vorsichtig aus dem Tragegeschirr des Bungeejumping-Seils, atmete noch einmal tief ein und machte sich an der Sprossenleiter vorsichtig und ohne Sicherung an den Abstieg.

Trotz seiner Fußverletzung schaffte er es, problemlos in die Tiefe zu klettern. Unten angelangt, fand sich tatsächlich ein steiniger Pfad. Er war vielleicht eineinhalb Meter breit und führte an der Felswand entlang nach Süden. In der Wand verankerte Seile sorgten für einen guten Halt. Lars humpelte den unebenen Pfad entlang, als er rechter Hand einen keilförmigen Spalt entdeckte, der zwischen zwei gewaltigen Felsblöcken klaffte.

Offenbar war vorgesehen, dass er sich durch den so entstandenen Tunnel hindurchzwängte, um so wieder auf die gegenüberliegende Seite des Höhenzugs zu gelangen. Tatsächlich war auf der anderen Seite, in etwa fünfzehn Metern Entfernung, schwacher Lichtschein auszumachen. Lars nahm vorsichtshalber das Messer in die Rechte und begab sich durch den Felsenriss. Er hatte ihn fast überwunden, als er undeutliche Stimmen vernahm.

Waren das Dagmar und Katja?

Er erhöhte sein Tempo und begriff, dass er schräg unter dem Felsplateau mit dem Laufrad herauskam. Den Felsspalt hatte er vorhin bereits entdeckt, nicht aber, dass von hier unten aus Steigeisen hinauf zu der verkrauteten Stelle mit dem Absperrband führten.

»Ich bin hier!«, rief er nach oben.

Es dauerte einige Augenblicke, und über ihm wurde das Gebüsch auseinandergezogen.

»Du?« Dagmar starrte mit dem Spaten in der Hand zu ihm herab. »Wie bist du wieder nach unten gekommen? Wir hatten uns schon Sorgen um dich gemacht.«

Lars machte sich an den Aufstieg, und seine Kolleginnen halfen ihm hinauf auf den Fels. Sie wirkten erschöpft, doch noch größer war ihre Verwirrung ob seines überraschenden Auftauchens.

Lars humpelte hinüber zum Laufrad und ließ sich schwer auf ihm nieder. Dann berichtete er ihnen, was er erlebt hatte.

»Ich fasse es nicht«, meinte Katja kopfschüttelnd. »Einen Bungee-Sprung?«

»Ja, hat bloß nichts gebracht.« Lars fuhr sich durch das kurze Haar. »Die Kiste war leer. Alles ist weg. Bernd muss sie vor uns erreicht haben. Nur begreife ich nicht, wie ihm das gelungen ist.«

Katja legte nachdenklich ihre Stirn in Falten. »Ich glaube, ich weiß, wie. Ich hatte mich gestern Abend, kurz bevor sich unsere Wege trennten, noch gewundert, warum beim Zeltlager mein Rucksack umgestellt war. Offenbar hat Bernd sich während unserer Abwesenheit an ihm zu schaffen gemacht, um so an den SURVIVE-Code zu gelangen. Er musste ihn anschließend bloß noch im ToughPad eingeben, um den Weg hierher zu finden.«

»Aber das hätten Sören oder wir doch mittels der Kameras mitbekommen«, widersprach Dagmar.

»Nicht, wenn er den Code eingegeben hat, als die Hütte brannte«, knurrte Lars. »Vermutlich hat er das ToughPad direkt im Anschluss zerstört.«

»Aber warum?«

»Ganz einfach: Um uns daran zu hindern, an die Munition zu gelangen.« Er atmete tief ein.

»Das erklärt noch nicht, wie er die Kiste finden konnte«, sagte Katja. »Denn oben auf diesem Felsenturm war er ja wohl nicht.«

Lars zuckte mit den Schultern. »Vermutlich hat er bei der Suche nach einem alternativen Aufstieg nach oben den Höhenzug umrundet und so die Sprossenleiter auf der anderen Seite entdeckt. Vielleicht war er auch einfach klüger und hat zufällig den Weg durch die Felsspalte dahinten gefunden. So oder so, er hat uns einen Strich durch die Rechnung gemacht.«

»So ein Mist!« Katja richtete wütend ihren Metallspieß auf. »Vorräte haben wir auch so gut wie keine mehr.«

Eine Weile schwiegen sie.

»Und was machen wir jetzt?«, fragte Dagmar zögernd. »Ich weiß langsam nicht mehr, wo wir hier noch sicher sind. Immerhin, Gunnar schläft inzwischen ziemlich ruhig. Ansprechbar ist er zwar nicht, aber ich glaube, die Antibiotika schlagen bei ihm endlich an.«

»Was die erste gute Nachricht heute wäre.« Lars spähte hinüber zu dem Gestell, auf dem ihr Kollege lag. Sein Vorhaben hatte er noch nicht vergessen: Er wollte den Schatz finden. Und mit Hilfe der anderen würde ihm das besser gelingen als allein. Wie sie den Schatz dann unbemerkt mit nach Hause bekamen, das war ein anderes Problem, dem er sich später widmen würde.

»Unsere Lage mag beschissen sein«, hub er vorsichtig an. »Aber eine Sache gibt es vielleicht doch noch, die wir angehen könnten.« Er berichtete ihnen von der vermeintlichen Landebahn, die er auf der gegenüberliegenden Seite des Höhenzugs entdeckt hatte. »Versteht ihr? Eventuell sind das die Überreste dieses Milorg-Lagers, das die Norweger gesucht haben.«

»Und? Was soll uns das nützen?«, fragte Katja sauer.

»Na ja, wir könnten uns dort doch mal umsehen«, schlug Lars vor. »Oder hast du bereits das Gold vergessen?«

»Ist das dein Ernst?«, hakte sie nach. »Wir befinden uns hier in Lebensgefahr – und du willst dich auf Schatzsuche begeben?«

»Ja, das ist mein Ernst.« Lars sah seine Kolleginnen an. »Morgen kommt dieser verdammte Hubschrauber. Wir müssen hier bloß noch eine verflixte Nacht durchhalten. Aber wenn wir zurück in Hamburg sind, dann sind wir ebenso am Arsch wie bisher. Oder glaubt ihr, dass uns Zerberus-Film auch nur einen müden Euro als Schadensersatz für die verunglückte Show zahlt? Nie im Leben.«

»Doch, werden sie«, knurrte Katja. »Du glaubst doch wohl nicht ernsthaft, dass sie bei alledem hier mit dieser lapidaren Ausschlussklausel durchkommen, die wir unterzeichnen mussten.«

»Und wie lange willst du darauf warten? Die Drecksäcke werden sich ein paar gute Anwälte nehmen und sich winden, bis wir alt und grau sind.«

Katja und Dagmar musterten ihn nachdenklich.

»Sollte jedoch an der Sache mit den Münzen was dran sein, haben wir die Aussicht auf bis zu fünfhunderttausend Euro! Begreift ihr? Wir müssten doch verrückt sein, wenn wir nicht wenigstens versuchen, das Gold zu finden. Und mal ehrlich – was haben wir schon zu verlieren?«

KNOCHEN & STAHL

Das Zugseil schnitt schmerzhaft in Dagmars Schultern, und der Schweiß rann ihr ins Gesicht, während sie einmal mehr gemeinsam mit Katja das Gestell mit Gunnar durch den Wald zog. Erst das verdammte Laufrad, und nun diese Anstrengung. Allmählich rebellierte ihr Körper. Erschöpft warf sie Katja einen Seitenblick zu und sah, dass es ihrer Kollegin nicht besser erging. Auch sie machte einen deutlich überanstrengten Eindruck.

Dagmar musste unwillkürlich an ihre mageren Vorräte denken. Sie besaßen bloß noch eine halbe Flasche Wasser, See und Fluss lagen mittlerweile einiges an Wegstrecke hinter ihnen, und das, was sie noch an Essbarem hatten, würde vermutlich gerade für den hohlen Zahn reichen.

»Lars«, stöhnte sie. »Bist du sicher, dass wir noch auf dem richtigen Weg sind?«

Ihr Kollege humpelte mit seiner Krücke etwa fünf Meter voraus durch den Wald und blickte mit der Uhr in der Hand zu ihnen zurück.

»Ich verstehe das selbst nicht«, fluchte er, während er den Sitz des Gewehrs über seiner Schulter korrigierte. »Meiner Einschätzung nach müssten wir den Ort schon längst erreicht haben.«

Dagmar und Katja zogen das Gestell mit Gunnar gerade über eine stark verkrautete Anhöhe, als Katja unvermittelt ins Stolpern geriet. Obwohl sie sich noch am Seil festhielt, kippte sie mit einem Schrei vornüber und verschwand aus ihrem Blickfeld.

»Katja!« Dagmar ließ das Seil sofort fallen und eilte zu ihr.

Ihre Kollegin war in einen jäh abfallenden Bodentrichter gefallen, den sie beide aufgrund der hohen Farne übersehen hatten. Bei alledem hatte sie Glück im Unglück gehabt, denn sie war der Länge nach auf einen morschen Baumstumpf geschlagen, der unter ihrem Gewicht eingebrochen und weggesackt war.

Dagmar ließ sich vorsichtig in die Senke hinab und half ihrer Begleiterin wieder auf die Beine.

»So eine Scheiße!«, fluchte ihre Kollegin, während sie wieder aufstand und sich die Hose abwischte. Der faulige Stamm, auf dem sie gelandet war, hatte ihre Kleidung mit einem klebrigen, rotbraunen Saft durchtränkt, den sie auch durch hartnäckiges Klopfen und Wischen nicht mehr herausbekam. Selbst ihre Handflächen hatten sich rostrot verfärbt.

Lars, der nun ebenfalls am Trichterrand erschien, blickte aufgeregt zu ihnen hinab. »Wusste ich es doch. Wir sind längst da!«

Er deutete hinter ihnen zu der Abbruchkante, über die Katja gestolpert war. Dort ragte ein bemooster Steinquader aus dem Erdreich, der menschliche Bearbeitungsspuren aufwies. An ihm befanden sich Rostlöcher wie von einstigen Armierungseisen. Tückisch hingegen war das düstere Loch, das unmittelbar zwischen Quader und Baumstamm im Boden klaffte.

Dagmar nahm ihren Spaten zur Hand und drückte mit dem Stahlblatt nassfaules Wurzelwerk beiseite. Das Loch fiel noch einmal fast einen Schritt tief weiter in den Waldboden ab, bevor es an einem zweiten Steinquader endete. Katja hatte Glück gehabt, sich hier unten nicht den Fuß gebrochen zu haben.

»Ist es das, was ich denke?«, fragte ihre Kollegin.

»Ja, das sind Teile einer militärischen Befestigung.« Lars humpelte auf seiner Krücke aufgeregt am Trichterrand entlang. »Die Senke selbst ähnelt jedoch eher … einem alten Granatentrichter.«

»Dann wurde hier gekämpft?«, fragte Dagmar.

»Wer weiß?« Lars drehte sich um und beäugte den Wald. »Schaut mal. Das dahinten, zwischen den Bäumen, wirkt ebenfalls künstlich.«

Dagmar und Katja kletterten nun aus der Senke und folgten seinem Blick. Etwas weiter hinten war ein Erdaufwurf zu erkennen, der in seltsam gerader Flucht durch den Wald führte. Lars bestieg umständlich einen mit Farnen bewachsenen Hügel, blieb oben stehen und winkte ihnen aufgeregt zu. »Oh Mann. Kommt mal rasch hoch. Das müsst ihr euch ansehen.«

Sie folgten seiner Aufforderung, und Dagmar riss die Augen auf. Denn knappe fünfzehn Meter von ihnen entfernt, zwischen den Bäumen, erhob sich das Wrack eines alten Flugzeugs. Der abgeknickte Rumpf war von den Wetterunbilden vieler Jahrzehnte hoffnungslos durchlöchert worden. Dass sie ihn als solchen überhaupt noch erkennen konnten, lag daran, dass ein Baum quer durch ihn hindurchgewachsen war. Sogar Reste der einstmals großzügig verglasten Kanzel sowie Teile der starren Vorflügel und des hochbeinigen Fahrwerks konnten sie erkennen.

»Dann war hier tatsächlich einst eine Landebahn?«, meinte Katja verwundert.

»Sag ich doch.« Lars grinste. »Wenn ich mich nicht irre, handelt es sich bei dem Wrack um eine Fieseler Storch. Mit so einer Maschine hat ein Nazi-Kommandotrupp 1943 den Diktator Mussolini befreit. Sie war das Standard-Kurier-Flugzeug der deutschen Luftwaffe. Bei Gegenwind ist die mit fünfzig Metern Landebahn zum Start ausgekommen.«

»Ich weiß gerade nicht, ob mich deine detaillierten Wehrmachtskenntnisse zum Staunen oder zum Weinen bringen sollen«, sagte Katja trocken. »Erst diese Stukas und jetzt das hier. Besaß die Milorg überhaupt Flugzeuge? Wer sagt uns, dass die Landebahn nicht in Wahrheit Teil eines verborgenen Nazi-Stützpunkts war? Die Maschine im See ist vielleicht nicht ohne Grund ausgerechnet hier in der Nähe abgeschmiert?«

»Ja, ich gebe zu, dass das seltsam ist«, gab Lars zu. »Nur erklärt es nicht das Massengrab mit den deutschen Soldaten. Außerdem müssten sich dahinten deutsche Erkennungszeichen an Rumpf und Flügeln finden lassen. Die sehe ich aber nicht.«

»Vielleicht schauen wir uns das Wrack mal aus der Nähe an?«, schlug Dagmar vor.

Seufzend marschierten sie und Katja zurück zu Gunnar und zogen den Bewusstlosen auf dem Tragegestell zu der alten Maschine hinüber. Es dauerte nicht lange, und sie hatten sich dem Flugzeugwrack bis auf wenige Meter genähert.

Der Anblick, den es aus der Nähe bot, war bizarr. Der Baum, der durch das Wrack hindurchgewachsen war, hatte den Rumpf fast einen Meter über den Waldboden angehoben. Teile des korrodierten Flugzeugmotors ragten vor ihm aus dem Erdreich, und unter Moos und Farnen zeichneten sich die Umrisse des abgebrochenen Tragwerks ab.

Dagmar und Lars umrundeten das Wrack und befreiten die abgebrochenen Tragflächen oberflächlich von Dreck und Pflanzen. Ein typisches deutsches Balken- oder Hakenkreuz fanden sie nicht. Stattdessen entdeckte Katja am Rumpf eine Stelle, die übermalt wirkte.

»Ob das was zu bedeuten hat?«, fragte sie.

»Na ja.« Lars rieb sich nachdenklich das Kinn. »Die Maschine wäre auch für den norwegischen Widerstand das ideale Schmuggelflugzeug gewesen. So oder so, der Ort hier muss ziemlich wichtig gewesen sein.«

»Schon.« Dagmar sah sich beklommen um. »Aber ich frage mich, warum die Soldaten so etwas Wertvolles zurückgelassen haben?«

»Lasst es uns herausfinden.« Aufgeregt sah Lars sie an.

»Ganz ehrlich: Ich habe keinen Bock mehr.« Katja ließ sich ächzend neben einem Baum nieder und blickte müde zur Nachmittagssonne auf, deren Strahlen sich rot zwischen den Nadelzweigen abzeichneten. »Ich habe kaum geschlafen und mich vorhin eine Stunde lang in diesem verfluchten Laufrad abgestrampelt. Mal davon abgesehen, dass Dagmar und ich die ganze Zeit über Gunnar allein hinter uns herziehen. Ich kann nicht mehr.«

»Kommt, Mädels.« Lars blickte besorgt auf die Uhr. »Bald ist es 17 Uhr. Wenn wir unsere Chance noch nutzen wollen, brauche ich euch.«

»Welche Chance?« Katja lachte resigniert. »Schau dich doch um. Glaubst du ernsthaft, in diesem Urwald ein paar Münzen finden zu können? Wenn wir wenigstens einen Metalldetektor hätten, ja, vielleicht. Aber so?«

Dagmar sah ihn betrübt an, denn ihr ging es ähnlich wie Katja. Nur brachte sie es nicht übers Herz, Lars offen zu enttäuschen. Nicht jetzt, da sie beide sich irgendwie … nähergekommen waren. Doch auch an ihr nagten Erschöpfung, Hunger und nicht zuletzt dieser schreckliche Durst.

Lars sah sich nervös im Wald um, und Dagmar ahnte, nach wem er Ausschau hielt. Schließlich atmete er tief ein. »Okay. Ich schlage euch einen Deal vor: Wir pausieren für eine Viertelstunde, und ihr dürft dafür meine komplette Ration unter euch aufteilen. Dafür helft ihr mir bis zum Sonnenuntergang dabei, das Waldgebiet weiter zu durchkämmen.«

Dagmar und Katja warfen einander überraschte Blicke zu.

»Na gut, wenn du dir tatsächlich etwas davon versprichst.« Katja schnaubte abfällig. »Ist ja nicht mehr lang. Danach hauen wir wieder ab und suchen uns ein Lager für die Nacht.«

»Und wo willst du hin?«

»Wie wäre es mit der Insel?«, schlug Dagmar überraschend vor. »Wir müssten uns bloß etwas einfallen lassen, wie wir Gunnar da rüberbekommen.«

Lars musterte sie mit einem merkwürdigen Gesichtsausdruck, schwieg aber.

»Also, wenn du unsere Hilfe haben willst«, erklärte Katja, »wirst du dich wohl darauf einlassen müssen.«

»Wir könnten auch hier nach einem geeigneten Unterschlupf suchen«, meinte er nun.

»Hier?« Katja nickte müde in Richtung Wrack. »Willst du dich am Ende da drinnen verstecken?«

»Nein, sicher nicht.« Lars blickte wieder in die Richtung, aus der sie gekommen waren. »Hast du bereits die Steinquader dahinten vergessen? Wer auch immer damals in dieser Einöde die Landebahn betrieben hat; er hat den Stützpunkt verblüffend gut gesichert. Wer sagt uns, dass wir nicht noch weitere Hinterlassenschaften dieser Art finden? Baracken. Unterkünfte für Soldaten. Was weiß ich.«

»Nach all der Zeit?« Katja wirkte noch immer nicht so recht überzeugt, doch schien ihr die Aussicht auf seine Ration zu verlockend zu sein. »Okay«, seufzte sie müde. »Am Ende ist es vermutlich egal, wo wir krepieren.«

Ihre Kollegin räumte die verbliebenen Vorräte aus dem Rucksack. Dagmar setzte sich zu ihr, und gemeinsam machten sie sich über die restlichen Speisen her. Sie aßen und tranken bewusst langsam, und Dagmar spürte, wie allmählich ihre Kräfte zurückkehrten.

Lars stand derweil mit der Motorsäge in der Hand nahe dem Flugzeug Wache und sah ihnen mürrisch dabei zu. Immer wieder starrte er auf die Uhr – dann kam er zu ihnen. »So, die fünfzehn Minuten sind um. Deal ist Deal.«

»Das war ein Scheißdeal.« Katja erhob sich ächzend. Abermals versuchte sie, den roten Dreck von den Händen zu wischen, der seit ihrem Sturz auf den fauligen Baumstamm an ihrer Haut haften geblieben war. Vergeblich. Immerhin hatte ihr Gesicht wieder etwas Farbe bekommen. »Anschließend halten wir nach einem geeigneten Nachtlager Ausschau, verstanden?«

»Sicher. Ich bin ja nicht lebensmüde«, brummte Lars.

Sie legten die Trage mit Gunnar neben dem Flugzeug ab, und Dagmar betrachtete das starre Gesicht ihres erkrankten Kollegen. Sein Antlitz wirkte leider noch immer mehr als ungesund. Allein die rollenden Bewegungen unter seinen Augenlidern kündeten davon, dass noch Leben in ihm steckte. Er musste jetzt kämpfen!

Sie nahmen ihre Waffen auf, dann durchkämmten sie den Wald. Doch außer einigen hoffnungslos korrodierten Treibstofftonnen konnten sie nichts Ungewöhnliches finden.

»Wartet!«, gebot ihnen Lars irgendwann Einhalt. »Wir gehen das völlig falsch an. Wenn hier früher eine Landebahn war, suchen wir vermutlich an der falschen Stelle. Wir müssen die Unterkünfte der Soldaten finden. Und die werden am Rand der Bahn gelegen haben, vermutlich …«, er drehte sich wieder in die Richtung, aus der sie gekommen waren, »… waren wir bloß blind.«

Er führte sie zurück in das Waldgebiet mit dem Erdtrichter, in den Katja gestürzt war, und sie sahen sich dort nochmals um. Tatsächlich war die Region auffallend hügelig. Abermals schwärmten sie aus, und rasch stellten sie fest, dass in der Nähe des Kraters weitere künstlich behauene Felsen aus dem Waldboden ragten. Gehörten sie zu den Befestigungen eines Schützenstandes? Dagmar fragte sich allmählich, warum man ein derart abgelegenes Lager so massiv gesichert hatte.

Sie wollte weitergehen, als sie mit dem Fuß gegen etwas stieß, das metallisch schepperte: eine korrodierte Petroleumlampe. Ganz in ihrer Nähe ragte der klobige Mündungslauf einer Waffe schräg aus dem Waldboden. Sie zerrte an dem Metallstück, riss Erdreich mit sich und schreckte sofort zurück, da darunter eine skelettierte Hand zum Vorschein kam.

»Leute!«, zischte sie. »Ich hab hier was Gruseliges gefunden.«

»Scheiße, ich auch«, fluchte Katja keine drei Schritte von ihr entfernt. Dagmar sah, dass ihre Kollegin zwischen den Farnen vermoderte Rippenbögen freigelegt hatte. Lars humpelte zu ihnen und beäugte die Knochen argwöhnisch. Schließlich bückte er sich und forderte Dagmar auf, ihm mit dem Spaten dabei zu helfen, die Waffe freizulegen. Ein schweres Maschinengewehr samt Dreibein kam zum Vorschein, das hoffnungslos verrostet war.

»Alter Schwede! Das ist ein Vickers-Maschinengewehr«, kommentierte Lars den Fund nach eingehender Begutachtung. »Die Dinger wurden von den Briten hergestellt.«

»Du meinst, der Tote hier war Engländer?«, fragte Dagmar.

»Nein«, er schüttelte den Kopf. »Eher ist das ein weiteres Anzeichen dafür, dass hier tatsächlich die norwegische Milorg aktiv war. Die haben sicher alles an Waffen benutzt, derer sie habhaft werden konnten. Und ein Maschinengewehr wie dieses war auch zur Luftabwehr geeignet – was eventuell den abgestürzten Stuka im See erklärt.«

»Also wurde der Sturzkampfbomber abgeschossen, bevor er seine tödliche Fracht ins Ziel bringen konnte?«, mutmaßte Katja.

»Vielleicht.« Mitleidlos beäugte Lars die Menschenknochen zu ihren Füßen. »Zumindest hat hier ein Kampf stattgefunden.«

Sie suchten das Unterholz weiter ab und fanden unter Fichtennadeln und Erdreich immer mehr militärische Hinterlassenschaften: Koppelschlösser, schwarz angelaufene Proviantbeutel, ein altes Bajonett, einen vermoderten Rucksack mit Kleidungsüberresten sowie alte Holzpfähle, die mit den Resten von Stacheldraht versehen waren. Und immer wieder ... Menschengebein.

Darunter ein blanker Schädel, ein Schienbein sowie eine komplette Hüfte samt Teilen der Wirbelsäule. Die grausigen Funde erweckten den Eindruck, einst von Aasfressern quer über das waldige Areal verstreut worden zu sein.

Dagmar fröstelte. Während Lars und Katja weiter am Waldboden herumstocherten, kraxelte sie eine Anhöhe hinauf, neben der eine vom Sturm entwurzelte Fichte lag. Ihr Wurzelwerk ragte weit über dem Waldboden auf, und dem Flachwurzler war anzusehen, dass sein Sturz noch nicht lange zurücklag. Sie hatte die Erhebung kaum erklommen, als sie die moosbewachsenen Felsquader erblickte, die unter der aufgerissenen Grasnarbe zum Vorschein getreten waren. Was war denn das?

Dagmar beschlich nun selbst eine gewisse Aufregung. Sie sah sich von ihrem erhöht liegenden Standort aus um und kniff überrascht die Augen zusammen. Narrten sie die Schatten? Doch: Keine zwei Baumlängen entfernt, umgeben von immergrünen Fichten, waren die überwachsenen Überreste einer einstigen Holzhütte auszumachen.

»Lars! Katja!« Sie wollte den Hügel auf der anderen Seite verlassen, als unter ihr plötzlich der Boden nachgab. Dagmar schrie überrascht auf und stolperte hastig voran, während hinter ihr zwei der Steinquader quälend langsam wegsackten, um dann mit polterndem Laut im Untergrund zu verschwinden. Bestürzt starrte sie das Loch an, das sich auf diese Weise im Erdboden aufgetan hatte.

Lars und Katja eilten zu ihr, während Dagmar sich vorsichtig vornüberbeugte, um so durch den Durchbruch in die Tiefe zu spähen. Die schlechten Lichtverhältnisse ließen jedoch kaum Details erkennen. Sie nahm den Spaten zur Hand und stocherte den Untergrund ab. Ohne Ergebnisse. Dennoch traute sie sich nicht weiter vor. Doch da unten war ein Hohlraum, und endlich begriff sie: Der komplette Hügel war unterhöhlt.

»Ich glaube, ich stehe auf so einer Art Bunker«, erklärte sie aufgeregt, als Lars und Katja heran waren.

»Kommt man von da oben irgendwie rein?«, wollte Lars wissen.

»Besser nicht«, antwortete Dagmar. »Zu gefährlich. Aber seht mal dahinten.«

Sie deutete zwischen den Bäumen zu den Überresten der einstigen Holzhütte.

Katja wartete, bis sie wieder unten war. Nicht so Lars, der sich auf seiner Krücke aufgeregt einen Weg durch das Unterholz bahnte und den Fund so als Erster erreichte.

Die zusammengestürzten Holzbohlen waren mit Moosen bewachsen, und zwischen den Trümmern ragten Farne und hohes Gestrüpp hervor. Dennoch waren nach all den Jahrzehnten mehr Überreste der Behausung erhalten geblieben als von der abgebrannten Hütte der Filmcrew. Einige der Außenwände standen noch, allerdings waren Dach und Zwischenwände eingestürzt.

»War das eine Jagdhütte?«, fragte Katja. »Die muss doch mindestens so alt wie die militärischen Befestigungen hinter uns sein.«

»Ich glaube, die stand hier nicht ohne Grund.« Lars reichte ihr das Gewehr und lehnte die Krücke gegen einen Baum. »Dagmar, hilf mir mal. Und nimm Spaten und Axt mit.«

Er humpelte mit der Motorsäge voran und suchte das Gewirr alter Balken und Bohlen ab. Dagmar folgte ihm stirnrunzelnd. »Was suchst du?«

»Na, die Hütte ist schon auffällig«, menetekelte er und zog angestrengt einen morschen Balken zur Seite, um so tiefer in die Ruine vorstoßen zu können.

Seine Handlung ergab keinen Sinn, was Katja offenbar ebenso sah, denn sie schüttelte stumm den Kopf. Dennoch folgten sie ihm. Irgendwann startete Lars die Motorsäge und sägte und fräste sich seinen Weg fieberhaft durch weitere Stämme und Bohlen hindurch. Die abgesägten Stücke stemmte er hoch oder warf sie beiseite, während er aufmerksam den Boden absuchte.

»Ich wusste es!«, zischte Lars plötzlich und winkte Dagmar bei tuckernder Säge heran. »Sieh!«

Sie zwängte sich neben ihn und entdeckte die Stufen nun ebenfalls.

Lars hatte einen Kellereinstieg freigelegt, der gute drei Meter ins Erdreich führte. Der Zugang war mit hölzernen Trümmerteilen, Erdreich und Pflanzenresten angefüllt. Als Dagmar mit ihrer Taschenlampe leuchtete, entdeckte sie in der Tiefe eine kaputte Tür. Unmittelbar vor ihr lag … ein Skelett.

»Mein Gott!« Sie schluckte. »Woher wusstest du, dass wir hier fündig werden würden?«

»Nur so eine Ahnung.« Lars zwinkerte ihr zu. »Noch heute werden die Zugänge unterirdischer Militäranlagen gern mit aufgesetzten Häusern und Hütten getarnt.«

»Du glaubst, wir haben es hier mit einer ganzen Anlage zu tun?« Staunend sah Dagmar ihren Kollegen an.

»Sicher. Oder hast du eine andere Erklärung für die vielen Erdaufwürfe hier im Wald?«

»Aber warum ausgerechnet hier in dieser Einöde?« Katja näherte sich ihnen durch die freigelegte Schneise aus Balken und Bohlen.

»Eben, gerade das macht es ja so interessant«, meinte Lars. »Was auch immer hier vor sich ging, es muss ebenso schützenswert wie geheim gewesen sein.«

Auf seinen Wink hin begannen sie, den Treppenschacht von Balken, Ästen und Zweigen zu befreien und sich so in die Tiefe vorzuarbeiten. Es dauerte nicht lange, und sie hatten den unterirdischen Zugang erreicht. Das Skelett des unbekannten Toten lag quer auf den untersten Stufen und glotzte sie aus leeren Augenhöhlen an.

Dagmar wandte ihren Blick rasch von dem Schädel ab. Stattdessen musterte sie die vergammelte Kleidung des Toten: eine zerlöcherte Hose und eine verfaulte Lederjacke. Beides erweckte eher einen zivilen Eindruck, allerdings passte dazu nicht der neben der Leiche liegende Karabiner. Er war von Rost zerfressen. Und da war noch etwas. Dagmar beugte sich vor und atmete scharf ein: Die geborstenen Rippen des Mannes sahen aus, als seien sie mit Macht auseinandergerissen worden. An ihnen waren sogar Nagespuren zu erkennen.

»Macht mal Licht.« Lars stieg mit der Motorsäge in der Hand über das Skelett hinweg, und sein Schmerzenslaut verriet ihnen, dass er unglücklich mit seinem lädierten Fuß aufgekommen war. Dennoch ließ er sich bei seinem Vormarsch nicht aufhalten, und so zückte Dagmar die Taschenlampe der Norweger.

Ihr Kollege bückte sich, um einen Blick durch den freiliegenden Zugang zu werfen. Er bestand aus grob geziegelten

Steinen, in denen verrostete Scharniere verankert waren. Noch immer hingen an ihnen die Reste der zugehörigen Tür. Sie musste recht massiv gewesen sein, denn die Holzreste waren fast fünf Zentimeter dick. Unmittelbar dahinter begann ein dunkler Gang.

»Du willst da allen Ernstes rein?«, fragte Katja besorgt.

»Sicher. Deswegen sind wir doch hier.« Lars ließ sich von ihr die Bleistifttaschenlampe reichen, dann humpelte er voran ins Unbekannte.

Dagmar seufzte und tat es ihm gleich.

»Ihr seid doch verrückt.« Mit einem Fluch auf den Lippen folgte Katja ihnen.

Der Lampenschein riss ein Gangstück aus dem Dunkeln, das so hoch war, dass man aufrecht darin stehen konnte. Er war zu Teilen aus grob behauenen Steinquadern gefertigt, doch es gab auch Abschnitte, die ähnlich wie ein Bergwerksstollen sachkundig mit Brettern ausgekleidet und von dicken Holzstempeln abgestützt waren. Einer davon war umgestürzt und versperrte ihnen den weiteren Weg.

Lars fluchte, lehnte das Jagdgewehr gegen die Korridorwand und stellte sein Gepäck daneben. »Kommt, helft mir, den Balken beiseitezuschieben.«

Katja und Dagmar folgten seiner Aufforderung widerstrebend, und gemeinsam stemmten sie sich gegen das Hindernis. Dennoch musste Lars noch einmal die Säge anwerfen.

Polternd stürzte der Stamm auf den Boden, und sie husteten, weil Staub und Dreck aufgewirbelt wurden. Die knatternde Säge noch immer in der Hand, leuchtete Lars den Gang voraus. Die Luft roch nach Moder und feuchtem Erdreich, und weiter hinten riss der Lichtstrahl seiner Lampe weitere Gangfluchten und sogar abzweigende Türen aus der Finsternis. Alles war überraschend gut erhalten; in den Wänden befanden sich sogar noch Nischen mit alten Karbidlampen. Dennoch konnte der Eindruck nicht darüber hinwegtäuschen, dass sie kurz davorstanden, ein düsteres Grab zu betreten.

»Seht ihr das?«, wisperte er.

Tatsächlich, keine zwei Meter hinter dem fortgeräumten Hindernis lagen die Skelette dreier weiterer Toter. Auch sie steckten in den verfaulten Überresten ziviler Kleidung, doch sprachen die korrodierten Gewehre in ihren knöchernen Fingern eine andere Sprache.

Lars trat neugierig an sie heran, dann stiegen sie über die Leichen hinweg – als Dagmar kurz innehielt. Eines der Skelette wirkte anders als die anderen. Es lag quer über einem der übrigen Toten, bloß wirkte der Schädel seltsam deformiert. Die Augenwülste waren irgendwie zu groß, und die Zähne des Oberkiefers standen auffallend vor.

»Was ist hier bloß vor sich gegangen?«, wisperte sie.

»Keine Ahnung«, meinte Katja leise, die mit dem Metallspieß in Händen unmittelbar hinter ihr herschritt. »Passt lieber auf, nicht gegen die Decke zu stoßen. Wenn die runterkommt, könnt ihr euch gleich mit zu den Typen hier legen. Und mach endlich die Motorsäge aus.«

Lars grunzte unwillig und folgte der Aufforderung. Doch da war nichts außer Stille. Die Motorsäge weiter mit beiden Händen erhoben und die Taschenlampe zwischen die Zähne geklemmt, humpelte er im Entdeckerfieber voran. Vorsichtig leuchtete er die unterirdischen Kammern links und rechts von ihnen ab. Die linke Kammer enthielt roh gezimmerte Schlafpritschen und Ablagen, in denen noch immer Kleidung und altes Feldkochgeschirr lagen. Die andere war mit leeren Waffenständern und Kisten gefüllt, von denen zumindest eine noch einen verrosteten Munitionsgurt enthielt.

Auch in diesem Raum lehnte ein Skelett an der Wand. Der Unterkiefer war auf groteske Weise heruntergeklappt, und in der Rechten hielt es noch immer eine verrostete Maschinenpistole. Sein linker Arm jedoch fehlte. Er lag zwei Schritte entfernt vor einem der Waffenständer, so als sei er dem Toten bei lebendigem Leib herausgerissen worden. Dagmar schlug die Hand vor den Mund, und auch Lars runzelte die Stirn.

Endlich ließ er die Motorsäge sinken und nahm die Lampe aus dem Mund. »Was auch immer hier vorgefallen ist, es liegt siebzig Jahre zurück.«

Vorsichtig tasteten sie sich über den Hauptgang weiter und erreichten so ein T-Stück. Nur war der Tunnel links von ihnen bereits nach wenigen Metern eingestürzt. Es handelte sich um einen Gangabschnitt, der in Bergwerkmanier errichtet worden war. Die Decke war dort eingebrochen, und zwischen Geröll und Erdreich lugten verkohlte Stämme und Bohlen hervor, deren Stümpfe zersplittert waren. Die Folgen einer Granatenexplosion?

Sie wandten sich misstrauisch nach rechts und erreichten so einen leicht geschwungenen Gang mit weiteren unterirdischen Räumen – darunter eine einstige Proviantkammer mit roh gezimmerten Regalen, die zur Hälfte zusammengebrochen waren. Inmitten des Schutts lagen geborstene Flaschen, umgestürzte Blechkannen, verfaulte Säcke für Malzkaffee und verrostete Konserven. Wenige Meter voraus stießen sie auf eine weitere Schlafkammer mit Pritschen, von denen die meisten mitten auf den Gang geschoben und dort wie eine Barrikade aufgestapelt waren.

Jemand hatte sie dennoch durchbrochen. Oder etwas.

Unheimlicherweise erweckte die Barrikade den Eindruck, dass sie gegen einen Feind aus der Tiefe der militärischen Anlage gerichtet gewesen war. Dazu passten auch die beiden Skelette, die unmittelbar vor dem Hindernis lagen. Eines von ihnen lehnte mit zertrümmertem Schädel an der Gangwand, und noch immer hielt es ein Gewehr umklammert. Das andere hingegen war gänzlich unbekleidet. Seine Knochen wirkten seltsam verkrümmt, der Schädel hingegen war vollkommen zersplittert. Ganz so, als sei damals ein ganzes Magazin aus Kugeln auf den Toten abgefeuert worden. Und noch etwas war an dem Skelett auffallend: Die Fingerknochen liefen gleich Bärentatzen in sichelförmigen Klauen aus.

»Denkst du das Gleiche wie ich?«, wisperte Dagmar beklommen.

»Ja«, antwortete Katja tonlos. »Wenn du mich fragst, sind das Überreste der Kreaturen aus den Höhlen. Offenbar sind die Wesen damals in diese Stellung eingedrungen und haben sich hier einen Kampf mit den Partisanen geliefert.«

»Und wenn schon. Sie sind tot.« Lars hob dennoch vorsichtshalber die Motorsäge und humpelte unbeeindruckt über die einstige Barrikade hinweg. Dagmar und Katja folgten ihm, als er unvermittelt mit der kleinen Bleistifttaschenlampe vorausleuchtete. »Seht!«

Tatsächlich drang aus einer der Türfluchten rechts von ihnen schwacher Lichtschein. Die einstige Tür war vollkommen zerstört und ermöglichte ihnen so den Blick auf ein vergleichsweise geräumiges Gewölbe aus grob behauenen Steinquadern, aus deren maroder Decke lange Baumwurzeln ragten. »Ob das hier der ehemalige Sanitätsbereich war?«

In der Kammer verrotteten ein halbes Dutzend vermoderter Matratzen, neben denen umgestürzte Infusionsständer lagen. Keiner von ihnen wagte es, den Raum näher in Augenschein zu nehmen, da sich die Decke bereits bedrohlich abgesenkt hatte. Schräg über ihnen klaffte sogar ein Loch, durch das sie die Nadelbäume des Waldes sehen konnten. Unmittelbar unter dieser Öffnung lagen zwei große Steinquader.

»Ich glaube, wir befinden uns im Inneren des Hügels, der unter mir eingesackt ist«, kommentierte Dagmar die Entdeckung. »Ich hoffe, euch ist klar, dass das hier überall passieren kann.«

»Doch bloß, weil du dich da oben draufgestellt hast.« Lars zwinkerte ihr aufbauend zu. »Mal ehrlich: Diese Anlage hat siebzig Jahre überdauert. Sie wird es auch noch eine weitere Nacht lang tun. Hier, unter der Erde, findet uns niemand.«

»Dann willst du dieses ... Grab als Unterkunft missbrauchen?«, fragte Katja.

Lars richtete sich mit schmerzerfülltem Blick auf und sah sie und Dagmar an. »Na, sicher. Oder fällt euch ein besseres Versteck ein? Das mit der Insel ist doch ehrlich gesagt eine Schnapsidee. Zum See zurück dauert es mindestens eine halbe Stunde. Und dann müssten wir uns auch noch etwas wegen Gunnar einfallen lassen.« Er leuchtete kurz in den zurückliegenden Gang. »Ich sag ja nicht, dass wir uns zwischen die Toten legen sollen. Aber ich wette, wir finden hier schon noch eine Ecke, in der es sich aushalten lässt.«

»Das ist trotzdem makaber«, widersprach Katja und wandte sich dann an sie: »Sag du auch mal was.«

Dagmar seufzte. »Mir ist es hier unten auch nicht geheuer. Aber Lars hat recht. Ich wüsste ehrlich gesagt auch nicht, wo wir sonst hinsollten. Wenn wir hier unten bleiben, müssen wir aber den Einstieg verriegeln.«

»Ich denke, das sollte kein Problem darstellen.« Lars musterte Katja, die noch immer skeptisch wirkte. »Und jetzt habt euch nicht so. Wir schaffen das. Sehen wir uns an, was die Anlage noch zu bieten hat!« Er leuchtete in den vor ihnen liegenden Gangabschnitt. »Danach machen wir den Laden dicht. Okay?«

»Du bist doch bloß scharf auf das Gold, das hier angeblich versteckt liegt«, meinte Katja.

»Und wenn schon. Du nicht?« Lars zwinkerte und humpelte den Gang weiter hinunter. Dagmar und Katja warfen sich besorgte Blicke zu, dann folgten sie ihrem Kollegen.

Es dauerte nicht lange, und Lars stoppte abermals. Linker Hand befand sich der Zugang zu einem vergleichsweise geräumigen Raum, in dem ein umgekippter Tisch sowie mehrere Hocker lagen. Ein Aufenthalts- oder Besprechungsraum? Weiter hinten, in regalförmigen Wandnischen, konnte Dagmar vermoderte Bücher, alte Schellackplatten und sogar ein Kurbel-Grammophon ausmachen. Der Boden war übersät mit Flaschen, Holztellern und Krügen, zwischen denen eine alte Petroleumlampe sowie eine Aluminiumfeldflasche mit den Resten von Filzüberzug lagen. Hier gab es sogar einen selbstgezimmerten Schrank, der bis knapp unter die Decke reichte.

Lars machte bereits Anstalten, die Kammer zu betreten, als ihn Dagmar auf die geschlossene Tür aufmerksam machte, die dem Raum im Gang direkt gegenüberlag. Ihre Außenseite war zerkratzt, so als ob sich an ihr ein Raubtier zu schaffen gemacht hatte. Lars fuhr mit der Hand über das Holz, prüfte die Festigkeit der Gangdecke und schlug dagegen. Überraschend hielt die Pforte.

»Darf ich mal?« Er reichte Dagmar die Motorsäge und nahm stattdessen den Spaten zur Hand. Auf einem Bein hüpfte er in die richtige Position und begann die Tür mit dumpfen Schlägen zu bearbeiten. Es dauerte nicht lange, und das Spatenblatt brach splitternd durch das Holz. Wenige Minuten später gab die Tür endgültig nach und stürzte rumpelnd in den Innenraum. Mit ihr polterten zwei kräftige Querbalken zu Boden, die von innen gegen sie gelehnt worden waren. Staub wallte ihnen entgegen, der sie zum Husten brachte.

»Sieht ganz so aus, als ob sich damals jemand da drinnen eingeschlossen hat«, erklärte Lars, als er wieder zu Atem kam.

Gemeinsam mit Dagmar leuchtete er in die Kammer und stieß einen staunenden Pfiff aus. »Sieh einmal an.«

»Was denn?«, wollte Katja hinter ihnen wissen.

»Sieht aus wie der Funkraum«, erklärte Dagmar leise, die nun ebenso wie Lars vorsichtig in den Raum eindrang. Das komplette Inventar der Kammer befand sich in einem erstaunlich guten Zustand. Linker Hand stand ein Tisch an der Wand, auf dem ein klobiges Tornisterfunkgerät mit Kopfhörern stand, dessen olivgrüner Tarnanstrich noch immer gut zu erkennen war. Rostbraune Kabel führten an Regalen mit aufgereihten alten Glühbirnen, Sicherungen und Spezialwerkzeugen vorbei zur Decke. An der Wand jenseits des Tisches, schräg unter einer dort verankerten Karbidlampe, hingen sogar noch die Reste einer welligen braunen Landkarte. Der untere Teil des vermoderten Plans war auf einen offenen Koffer gefallen, in dem Batterien oder Flaschen steckten – so genau vermochte Dagmar das nicht zu sagen. Sie achtete auch nicht allzu sehr auf die Funkausrüstung, denn viel schlimmer wog der Anblick des Toten auf einem Stuhl an der Wand gegenüber. Der Schädel mit dem weit aufgerissenen Unterkiefer war hintenüber gegen die Wand gekippt, und es war allein einer Laune des Schicksals zuzuschreiben, dass er sich nicht längst von den Halswirbeln gelöst hatte und zu Boden gefallen war. Die skelettierte Rechte im Schoß des Toten hielt noch immer eine Pistole umklammert.

Lars trat näher an den Leichnam heran.

»Ist es so, wie es aussieht?«, wollte Dagmar wissen.

»Ich schätze schon«, antwortete er. »Der Kerl hat sich hier eine Kugel in den Kopf gejagt.«

Auch Katja fixierte den Toten, schwieg aber.

Lars nahm dem Skelett die Pistole aus der Hand, und jetzt kippte der Kopf doch vom Rumpf. Mit einem platzenden Laut zerbrach der Schädel am Boden.

»Mann, kannst du nicht vorsichtiger sein?«, schimpfte Katja.

»Wo ist denn dein Problem?«, schnaubte Lars. »Der Typ ist schon tot.«

Dagmar ignorierte die beiden und trat vor den Tisch. Ihr Blick erfasste neben dem korrodierten Funkgerät eine Schachtel mit Karteikarten, Bleistiften, eine alte Zigarettenschachtel sowie ein in Leder gebundenes Buch. Im Gegensatz zu dem alten Karteikartenbehälter, dessen Inhalt verfault war, machte der Lederband einen vergleichsweise gut erhaltenen Eindruck. Sie klappte ihn vorsichtig auf und fand ihre Vermutung bestätigt.

»Was ist das?«, wollte Katja hinter ihr wissen, während Lars die Pistole näher in Augenschein nahm. Wie erwartet, war die Schusswaffe nicht mehr zu gebrauchen.

»Ich schätze mal, das ist eine Art Funktagebuch«, erklärte Dagmar. »Leider sind die Einträge kaum noch lesbar. Außerdem ist das Norwegisch.«

Katja beugte sich gleichfalls vor, um das Buch näher in Augenschein zu nehmen. »Wenn es noch eines Beweises bedurfte, dass wir es hier mit dem Widerstand und nicht mit den Deutschen zu tun haben – das ist er.« Sie versuchte abermals, den klebrigen roten Pflanzensaft wegzuwischen, der noch immer an ihrer Hand haftete. Vergeblich. Vorsichtig blätterte sie die Seiten um. Einige von ihnen rissen sofort ein. »Du hast recht. Das sind Funkeinträge«, sagte sie nach einer Weile. »Wenn die Daten stimmen, dann waren die Partisanen hier seit November 1941 aktiv.« Sie blätterte weiter. »Seltsam. Der Inhalt der Funksprüche drehte sich vornehmlich um die Beschaffung von medizinischem Equipment: Laborausstattungen, Medikamente und so weiter. Aber auch um Waffen und … die Überstellung von deutschen Kriegsgefangenen. Alles Männer von SS und Gestapo.«

Dagmar runzelte die Stirn. »Hat die Milorg sie benötigt, um die Stellung weiter auszubauen? Oder war das hier vielleicht ein geheimes Gefangenenlager?«

»Keine Ahnung«, seufzte Katja und blätterte weiter die Seiten um. »Aber ich kann dir sagen, wie sie zu Tode gekommen sind: Die Norweger haben sie exekutiert. Hier«, sie tippte auf einen Eintrag, »da ist eine Vollzugsmeldung vom 16. Oktober 1944.«

»Daher also das Massengrab dahinten beim Höhenzug?«, sann Lars hinter ihnen laut nach. »Und warum haben sie die Deutschen erschossen?«

»Ich weiß es nicht.« Katja zuckte mit den Schultern. »Über das, was hier vor sich ging, schweigen sich die Einträge aus. Allerdings …« Vorsichtig blätterte sie einige Seiten zurück und dann wieder vor. »… fällt hier mehrfach ein kryptischer Begriff: ›Operation Naglfar‹.«

»Naglfar?«, wiederholte Dagmar. »Was soll das sein?«

»Das ist ein Begriff aus der nordischen Mythologie«, erklärte Katja nachdenklich. »Damit ist das Schiff der Toten gemeint, mit dem die Feinde der Götter zur letzten großen Schlacht eintreffen. Ragnarök. Es heißt, es sei aus den Knochen und Nägeln der Toten gezimmert.«

»Der Letzte verlässt das sinkende Schiff, oder wie?«, spottete Lars. »Was soll der Schwachsinn?«

»Meine Güte, ich gebe bloß wieder, was hier steht«, antwortete Katja. Sie überprüfte weitere Einträge und hob eine Augenbraue. »Das hier wird euch interessieren. Hier ist eine Anfrage vermerkt, die sich um den Verkauf von Gold dreht.«

»Wusste ich es doch!« Lars trat gespannt neben sie. »Irgendetwas Genaueres?«

»Sorry. Die meisten Einträge sind kaum lesbar. Oh …« Sie blätterte eine weitere Seite um, und sie konnten sehen, dass die

Notizen endeten. Stattdessen war quer über die Seiten ein krakeliger Schriftzug geschmiert, der so wirkte, als sei er in großer Eile verfasst worden. Katja nahm Dagmars Taschenlampe zur Hand, leuchtete und übersetzte laut:

Wir haben das Höllentor geöffnet. Jetzt greift die Hölle nach uns. Allein die Deutschen haben jetzt noch die Macht, uns zu stoppen. Mögen sie diesen Ort für immer zerstören. Gott, vergib uns. Und vergib mir meinen Verrat.

Ungläubig starrten Dagmar und ihre Kollegen einander an.

»Das ist jetzt nicht wahr, oder?« Lars drehte sich zu dem Toten um. »Heißt das, dass der Bastard hier den Nazis am Ende den Standort dieser Basis durchgegeben hat?«

»Das könnte den Sturzkampfbomber im See erklären«, antwortete Katja zögernd. »Falls ja, muss das geschehen sein, während hier der Kampf gegen diese Kreaturen tobte. Nur hat unser Funker damit wohl nicht viel Erfolg gehabt. Seine Kameraden haben die Maschine abgeschossen, bevor die Piloten ihre Brandbombe abwerfen konnten.«

»Viel interessanter ist doch, was er mit ›Wir haben das Höllentor geöffnet‹ meinte«, dachte Dagmar laut nach. »Haben sie versucht, die unheimlichen Wesen hier in den Bergen zu erforschen?«

»Wir werden es wohl nicht mehr erfahren.« Katja seufzte. »Aber nach allem, was wir wissen, ist das zumindest denkbar.«

»Aber warum?«

»Frag mich etwas anderes.« Katja klappte das Funktagebuch zu und erhob sich. »Ich werde jetzt raus zu Gunnar gehen. Wäre nett, wenn mir jemand dabei helfen könnte, ihn runter in diesen Bau zu tragen.«

»Okay, ich komme mit.« Dagmar wandte sich zu Lars um. »Hilfst du uns?«

»Natürlich.« Er legte endlich die unbrauchbare Pistole zur Seite. »Ich will mich bloß noch kurz im Raum gegenüber umsehen. Beim Treppenschacht helfe ich euch.«

Dagmar und Katja marschierten im Licht ihrer Taschenlampe durch den Hauptgang zurück, und wann immer sie einen der Toten passierten, musste Dagmar schlucken.

»Glaubst du, wir halten die kommende Nacht durch?«, fragte sie niedergeschlagen.

»Na ja.« Katja lächelte aufbauend. »Vielleicht hat Lars recht. Die Anlage hier ist ein ziemlich gutes Versteck. Und du weißt ja: Wir müssen die Nacht überstehen, denn wir beide haben eine Verabredung. Wenn wir hier heil rauskommen, machen wir Hamburg unsicher. Ich verspreche dir, ich mache aus dir eine völlig neue Frau!«

Dagmar musste unwillkürlich lächeln. »Ja, das wäre schön.«

Sie erreichten den Treppenschacht und sahen, dass es draußen spürbar dunkler geworden war. Sie stiefelten über die Toten hinweg, arbeiteten sich zwischen den Balken und Bohlen der einstigen Blockhütte ins Freie – und blieben wie angewurzelt stehen.

»Hallo, ihr beiden.«

Auf einem der Baumstämme saß Bernd.

Seine Jacke und Hose waren leicht verschmutzt, und neben sich hatte er seinen, aber auch Katjas Rucksack abgelegt. Er machte einen niedergeschlagenen Eindruck. Zugleich loderte in seinem Blick kaum unterdrückte Wut. Immer wieder zuckte sein linkes Augenlid.

Dagmar und Katja warfen einander erschrockene Blicke zu, denn quer auf Bernds Schoß lag das Jagdgewehr. Unruhig spielten seine Finger mit Griff und Abzug.

Wie konnte das sein? Lars hatte doch die ganze Zeit über auf das Gewehr aufgepasst! Und er hatte die Waffe ganz sicher auch mit hinunter in die Anlage genommen. Doch plötzlich erinnerte sie sich auch wieder daran, dass Lars sie vorhin bei dem Hindernis, das sie beiseiteräumen mussten, kurz abgestellt hatte.

Dann war Bernd bereits unten gewesen?

Hinter ihrem Rücken?

Dagmar begann zu schwitzen. Lars' Jagd nach dem Gold hatte ihn – und damit auch sie – alle Vorsicht vergessen lassen.

»Bernd! Was machst du hier?« Dagmar tat überrascht und wollte auf ihren Kollegen zugehen, doch der hob die Waffe und stoppte sie mit kaltem Blick.

»Ts, ts, ts. Nicht doch, Dagmar.« Mit fahriger Geste bedeutete er ihr, wieder zurück zu Katja zu gehen. »Halte mich nicht für bescheuert. Ich weiß, dass ihr inzwischen im Bilde seid. Ich habe euch hinten am Laufrad belauscht. Und ehrlich«, er schnaubte, »ich hätte dir das gern erspart. Du bist hier schließlich die Einzige, die noch weiß, wo sie hingehört. Die Einzige, die noch so etwas wie Moral und Anstand besitzt. Um unser Blondchen hingegen tut es mir ehrlich gesagt weniger leid.« Abschätzig musterte er Katja. »Aber jemand, der so hetzt wie sie, bekommt eben irgendwann, was er verdient. Und jetzt weg mit euren Waffen!«

Katja presste die Lippen aufeinander und warf den Metallspieß ins Unterholz. Dagmar warf ihre Axt hinterher.

»Bernd«, sagte Katja ruhig. »Hör doch auf mit dem Mist. Bis jetzt hast du nichts getan, was du nicht irgendwann bereust. Belass es dabei.«

»Weißt du, Schätzchen«, Bernd erhob sich mit knackenden Gliedern und richtete das Gewehr auf sie, »am liebsten würde ich dir für all das Gift, das aus deinem Emanzenmaul tropft, einfach einen Schuss in die Fresse verpassen. Aber ich bin ja Gentleman.« Sein Augenlid zuckte wieder. »Ich werde dich einfach als Kollateralschaden verbuchen.«

Seine Zunge wölbte die Wange, während er zum Einstieg in die unterirdische Militäranlage blickte. »Ich frage mich, wo ihr Sören gelassen habt?«

»Er ist tot«, erklärte Dagmar leise.

»Ach?« Bernd sah sie überrascht an. »Na ja, dass der Fettsack den Strapazen nicht gewachsen war, stand zu erwarten. Ein Nerd weniger auf dieser Welt. Und, wo ist unser Gruppen-Arschloch? Noch auf der Suche nach dem Gold?«

»Du ... weißt davon?«, fragte Katja zögernd.

»Ich sagte doch, dass ich euch hinten am Laufrad belauscht habe, während ihr euren netten, kleinen Plan geschmiedet habt, wie ihr hier quietschvergnügt mit Bergen von Geld rausmarschieren könnt«, höhnte Bernd. »Was glaubst du, warum ich euch jetzt erst meine Aufwartung mache? Nur bricht jetzt die Nacht herein, und uns läuft die Zeit davon. Also, habt ihr das Gold gefunden?«

»Nein.« Dagmar schüttelte den Kopf. »Ich glaube auch kaum, dass wir hier welches finden werden.«

»Sehr schade. Also werden wir keine weitere Zeit verlieren: Ruft ihn hoch.«

»Lars?«

»Nein, den Weihnachtsmann, du blöde Gans.« Drohend verengten sich Bernds Augen, und er schwenkte den Lauf der Waffe in ihre Richtung. »Und zwar hübsch vorsichtig, verstanden? Wenn du ihn warnst, knall ich dich als Erste ab.«

Dagmar drehte sich mit zitternden Knien zum Einstieg um. »Lars!«, rief sie in den Treppenschacht. »Kommst du?«

Gott, sie tat es wirklich und lockte ihren arglosen Kollegen ins Freie. Sicher, was Lars getan hatte, war schlimm. Aber sie durfte Bernd doch nicht dabei helfen, ihn umzubringen. Fieberhaft sann sie nach einem Ausweg, doch alles, was sie im Augenblick fühlte, war Angst.

Doch Lars tauchte nicht auf.

»Noch mal«, zischte Bernd gereizt.

Dagmar rief abermals nach Lars, aber es dauerte dennoch sich ins Unendliche dehnende Augenblicke, bis aus der Tiefe endlich Geräusche zu ihnen emporhallten.

»Alles klar«, schallte von unten Lars' Stimme herauf. »Schiebt das Gestell runter; ich bin bereit.«

»Komm, Blondie«, wisperte Bernd in Richtung Katja. »Tu du auch was.«

Katja starrte ihn böse an, dann rief sie mit klarer Stimme: »Geht nicht. Du musst hier noch ein paar Äste durchsägen. Sonst schaffen wir das nicht.«

»Ach, verdammt.«

Auf einen Wink von Bernd hin trat Dagmar an Katjas Seite, und sie konnte hören, wie sich Lars mit seinem lädierten Fuß an den Aufstieg machte.

»Warum holt ihr euch nicht die Motorsä…« Lars verstummte, kaum, dass er ins Freie getreten war. Auch er konnte Bernd nun sehen.

»Na, alter Freund?«, spottete Bernd. »Leg Säge und Schaufel weg, und komm her.«

Lars wurde angesichts der Waffe in Bernds Händen sichtlich blass.

»Bitte, Bernd.« Nervös leckte er sich über die Lippen, während er das Gewünschte vor sich auf den Boden legte. »Das muss doch nicht sein. Was ich getan habe, tut mir leid. Das habe ich so nie gewollt. Ich …«

»Halt die Fresse!«, brüllte Bernd. Mit wenigen raumgreifenden Schritten war er bei Lars und zog ihm den Lauf der

Waffe über das Gesicht. Es gab einen hässlichen Laut, und Lars kippte mit einem Schmerzensschrei hintüber.

»Du fickst meine Frau und glaubst, ungeschoren damit durchzukommen?« Bernds Linke wanderte zu dem Outdoor-Messer an seinem Gürtel. »Am liebsten würde ich dir dafür deine Eier einzeln abschneiden. Aber ich habe etwas Besseres mit solchem Abschaum wie dir vor. Mit euch allen!«

Zornerfüllt fuhr er mit dem Jagdgewehr zu Dagmar und Katja herum. »Greift euch das Schwein, und dann rüber zu dem Flugzeugwrack mit euch!«

Dagmar und ihre Kollegin taten, wie ihnen geheißen, und zogen Lars zwischen den Resten der Blockhütte empor. Seine Nase blutete, und auf Höhe seines linken Auges begann sich eine Schwellung abzuzeichnen. Sie nahmen den Stöhnenden in die Mitte, stützten ihn und trugen ihn unter Bernds misstrauischen Blicken zurück in den Wald.

Lars keuchte schmerzerfüllt, doch Bernd entlockte er damit nur ein heiseres Lachen. »Ihr seid selbst schuld, dass ihr euch in den Scheiß habt mit hineinziehen lassen«, lamentierte er hinter ihnen. »Ehrlich. Ich wollte das wie ein Ehrenmann handhaben: nur Lars und ich, Mann gegen Mann. Aber ihr musstet euch ja einmischen und diesem Fremdficker die Stange halten. Aber was wundere ich mich: Ihr Weiber seid doch alle gleich. Erst sucht ihr euch einen Ernährer, und dann vögelt ihr jeden Clochard, der euch hübsche Augen macht. Das habt ihr nun davon.«

»Und was hast du jetzt vor?«, fragte Katja, kaum dass das Flugzeugwrack mit Gunnars Trage in Sicht kam. Brüsk blieb sie stehen und wandte sich um. »Willst du uns der Reihe nach erschießen?«

Dagmar wusste nicht, was Katja vorhatte, aber ihre Kollegin ließ Lars einfach los. »Dein Gewehr enthält bloß eine Patrone. Danach muss es neu geladen werden. Meinst du, du kommst gegen uns alle an?«

Bernd lachte kehlig und zielte auf sie. »Tja, Blondie, wenn du es darauf anlegst … Ich sag dir, wie das läuft: Erst schieße ich dich über den Haufen. Und dann sind bloß noch Dagmar und dieser Wichser übrig. Glaubst du, dass Dagmar mir etwas entgegenzusetzen hat? Eher nicht. Und danach«, er bleckte die Zähne, »danach kümmere ich mich um unser jämmerliches Stück Dreck. Willst du, dass es so läuft?«

Dagmar und ihre Kollegen schwiegen.

»Aber das ist bloß das Alternativszenario.« Bernds Stimme wurde eisig. »Denn eigentlich habe ich mir für euch etwas anderes ausgedacht. Eine Lösung, ebenso elegant wie endgültig. Schließlich will ich morgen keine unangenehmen Fragen zu beantworten haben, wenn der Hubschrauber kommt.« Er sah zu den Bergen am Horizont auf, über denen nur noch ein schmaler roter Streifen Sonnenlichts glühte. »Ich werde es einfach dem Troll überlassen, euch zu entsorgen.«

»Was?« Lars keuchte entsetzt auf.

»Du hast richtig gehört, Arschloch.« In Bernds Augen glomm ein dunkles Feuer. »Dieser Troll existiert. Ich habe ihn gesehen. Im Lager der Norweger. Aber davon wisst ihr ja. Ich war gerade dabei, mich von meinen Fesseln zu befreien, als er über das Lager hereinbrach. Die Kreatur hat dem Kerl, der mich bewacht hatte, vor meinen Augen den Schädel eingeschlagen. Ich bin nur deswegen entkommen, weil er mit ihm beschäftigt war. Er hat ihn in den Wald gezogen und dort … gefressen.« Bernds Augenlid zuckte unkontrolliert. »Ich konnte es hören.«

Dagmar und Katja warfen einander knappe Blicke zu. Dann wusste Bernd nicht, dass es hier mehrere dieser Kreaturen gab?

Ihr rachsüchtiger Kollege wies nun mit dem Lauf der Jagdwaffe in Richtung der Trage, auf der Gunnar lag. »Dagmar, sei so nett und hol uns das Seil.«

Dagmar nickte ängstlich und stolperte hinüber zu dem Gestell. Ihr Buchhalter lag starr und still in seinem Schlafsack, und sie vermochte nicht zu erkennen, ob er etwas von alledem mitbekam. Nur musste sie sich jetzt um sich selbst kümmern. Noch trug sie das Küchenmesser bei sich. Außerdem den Schraubenzieher. Und soweit sie wusste, besaß auch Lars noch ein Messer. Solange das so war, hatte sie noch Hoffnung. Nur durfte Bernd nichts davon bemerken.

Sie löste das lange Seil von dem Tragegestell, rollte es auf und kehrte mit ihm zu den anderen zurück. »Und was jetzt?«

»Jetzt suchen wir einen Ort, an dem ich euch anbinde. Wir wollen ja nicht, dass ihr weglauft.« Bernd leckte sich fahrig über die Lippen und sah sich um. Die Sichtverhältnisse hatten sich inzwischen rapide verschlechtert. Längst war die Sonne endgültig hinter den nahen Bergen untergegangen. »Los, rüber zu dem Baum mit euch.«

Er dirigierte sie mit der Waffe zu einer verschatteten Senke, aus der eine einsame Fichte in den Abendhimmel ragte. Notgedrungen kamen sie seiner Aufforderung nach, und zu Dagmars Entsetzen präsentierte Bernd nun einige schmale Stricke – die Abspannseile von Zelten. Grob fesselte er ihnen der Reihe nach die Hände auf die Rücken, dann stieß er sie zu Boden, so dass sie am Stamm der Fichte zum Sitzen kamen. Professionell knüpfte er in das lange Nylonseil eine Schlaufe, dann zurrte er es so lange um ihre Oberkörper, bis sie wie lebende Pakete fest an den Baum gebunden waren. Dagmar wurde vor Furcht schlecht. So verschnürt, wie sie war, kam sie auf gar keinen Fall mehr an ihr Messer heran.

Bernd betrachtete sein Werk triumphierend. »Noch irgendwelche letzten Worte, bevor ihr als Trollfraß endet?«

»Komm, Bernd«, ächzte Lars. »Das war doch nicht bloß meine Entscheidung. Alexa hat doch ebenfalls …«

Seine Worte gingen in dem Faustschlag unter, mit dem ihn Bernd zornig zum Schweigen brachte.

Lars röchelte, und Dagmar sah trotz der Dunkelheit, dass eine Lippe aufgeplatzt war. Ihrer Kehle entrang sich ein trockenes Schluchzen.

»Mann, Lars. Was bist du bloß für eine jämmerliche Pfeife«, zischte Bernd unbeeindruckt. »Ach ja, ich habe noch nicht vergessen, dass ich dir das hier geliehen habe.« Er tastete ihn ab und zog sein Outdoor-Messer unter dessen Kleidung hervor. »Aber du klaust ja gern Sachen, die anderen gehören.«

Bernd baute sich vor dem Rand der Senke auf und fixierte sie mit kaltem Blick. »Und noch etwas, Lars. Damit du es weißt: Wenn ich wieder zurück in Hamburg bin, werde ich mir Alexa vornehmen. Glaub ja nicht, dass ich zulasse, dass sie dein Balg zur Welt bringt. Danach suche ich mir etwas Unverbrauchtes, und …«

Hinter ihnen im Wald war plötzlich ein Rascheln zu hören.

Wie von einem Stein, der dort zu Boden fiel.

Bernds Kopf ruckte hoch, und so sah er nicht, wie unmittelbar in seinem Rücken ein Schatten zwischen den Bäumen hervorstürzte.

Katja und Dagmar schrien vor Furcht auf, und Bernd wirbelte noch herum, als er mit Macht von einem länglichen Gegenstand am Kopf getroffen wurde. Es schepperte. Bernd kippte mit einem Gurgeln zur Seite und rollte bewusstlos vor ihre Füße.

Ungläubig starrte Dagmar den Angreifer an.

Er trug einen an mehreren Stellen eingerissenen Bundeswehrparka, und das speckige Gesicht war von blutigen Schrammen und Schürfwunden übersät. Dennoch gab es keinen Zweifel: Dort oben stand Sören!

Ihr dicker ITler ließ erschöpft den Spaten sinken und blickte zu ihnen hinab. »Mann«, sagte er. »Ich hoffe wirklich, ihr habt etwas zu essen.«

DAS GRAB

Ich dachte selbst, ich würde ertrinken«, berichtete Sören, während er hungrig den Inhalt eines der Epa-Fertiggerichte aus Bernds Rucksack in sich hineinschlang. Seine Kollegen waren sogar so nett gewesen, ihm das einzige Spaghettigericht zu überlassen, während sie selbst sich mit den beiden Erbseneintöpfen zufriedengaben, die der Wahnsinnige noch nicht angerührt hatte. »Das Wasser hat mich da unten unerbittlich mitgerissen. Aber die Gänge waren nicht alle überspült, und ich weiß, dass es mir noch ein paar Mal gelungen ist, irgendwo da unten in der Finsternis Luft zu holen. Ich bin trotzdem irgendwann bewusstlos geworden.« Sören löffelte den Rest des Gerichtes aus der Packung, und ihm grauste angesichts der Erinnerung an seinen Todeskampf. »Als ich wieder wach wurde, war es bereits Tag. Der unterirdische Flusslauf muss mich irgendwie aus den Kavernen rausgespült und dann in den Wald getragen haben. Zumindest bin ich am Ufer dieses Wildbaches wieder zu mir gekommen. Nur war ich da halbtot. Und ich glaube, mir war bis dahin in meinem Leben auch noch nie so kalt.« Sören blickte fröstelnd zu Dagmar, Katja und Lars auf, die beim Schein der Bleistifttaschenlampe mit ihm im Aufenthaltsraum der alten Militäranlage saßen und ihm gespannt lauschten. Bernd hatten sie gefesselt und geknebelt in einen der Vorräume gesperrt, den erkrankten Gunnar indes rüber in den Funkraum mit dem Skelett geschafft. Im Augenblick wollte aber jeder bloß seine Geschichte hören. »Irgendwie hatte ich dann wohl doch genug Überlebenswillen. Ich wusste ja, dass der Wildbach zwangsläufig in den See münden würde, und glücklicherweise schien heute fast den ganzen Tag über die Sonne. Ich hab mir die nassen Klamotten ausgezogen und mich zu einem der Felsen im Wald geschleppt, um mich dort aufzuwärmen. Da bin ich dann wieder für einige Stunden weggetreten. Als ich wach wurde, ging es mir zumindest etwas besser. Ich bin weiter am Bach entlanggelaufen, bis ich zu der Stelle kam, die ich gestern gemeinsam mit Lars überquert hatte. Ihr wisst schon, auf dem Weg zum Zeltlager der Studenten. Da wusste ich dann auch endlich wieder, wo ich war.« Sören berührte vorsichtig sein von Schrammen überzogenes Gesicht und lachte unglücklich. »Und ich sag mal so: Ich glaube, mich haben die Black-Horse-Powerriegel gerettet, die ich bei mir trug. Ehrlich, ich werde nie wieder etwas gegen Kreuper-Kekse sagen.«

Dagmar und Katja lachten ungläubig, während Lars den Kopf schüttelte. Das markante Gesicht seines Kollegen war ebenfalls von Wunden und Schwellungen übersät, und er wirkte auf Sören wie ein Spiegelbild seiner selbst.

»Und weiter?«, wollte Lars wissen.

»Na ja, leider waren die Riegel das einzig Nahrhafte, was ich dabeihatte. Von dem Bach aus habe ich mich dann zu unserem Lager am See durchgeschlagen. Irgendwie hatte ich gehofft, euch dort zu treffen.« Sören musterte Dagmar und Katja, und in seinem Blick spiegelte sich die aufrichtige Sorge, die er sich ihretwegen gemacht hatte. »Auch wenn ich, bei Licht betrachtet, nicht davon überzeugt war, dass ihr beide unseren Ausflug in die Höhlen überlebt habt.«

»Ein bisschen früher, und wir wären uns dort wohl sogar noch begegnet«, erklärte Katja.

»Ja, vielleicht.« Sören riss eine der silbernen Kekspackungen auf, und niemand widersprach. »Auf jeden Fall war ich glücklich, dass ihr Gunnars Sachen zurückgelassen habt. Ich glaube, in dem Moment war mir trockene Kleidung wichtiger als selbst Wasser und Essen – und er ist so groß, dass sie sogar mir einigermaßen passten.«

»Wirklich ein Wunder, dass du all das überstanden hast«, sagte Lars.

»Ja, allerdings.« Sören nickte. »Anschließend bin ich zur Blockhütte rauf. War eine ziemlich böse Überraschung, als ich entdeckte, dass sie abgebrannt war.« Sören stopfte sich zwei Kekse in den Mund und sah Lars an. »Ich befürchtete schon, dich und Gunnar zwischen den Trümmern zu finden. Aber dem war Gott sei Dank nicht so.« Er atmete tief ein. »Egal. Immerhin habe ich zwischen den verkohlten Trümmern eine Dose mit Pfirsichen gefunden. Die war sogar noch warm. Hat bloß ein bisschen gedauert, bis ich sie aufbekommen habe. Danach bin ich wieder zum See runter, um mir Trinkwasser zu machen.«

»Wie bitte?« Katja riss überrascht die Augen auf.

»Na, war doch nicht schwer. Da unten lag doch noch der Kocher, den wir nicht benutzt haben. Wisst ihr nicht mehr? Der ›RUFFIN-Luxus-Campingkocher mit Piezo-Zündung‹.« Sören lachte freudlos. »Ich hab Wasser aus dem See gefiltert und es dann mit ihm abgekocht. Ich war nämlich so durch, dass ich keinen Bock mehr hatte, wieder zu diesem Bachlauf zurückzumarschieren.«

»Sag bloß, du hast davon noch etwas?«, fragte Dagmar.

»Sicher. Ich habe zwei Flaschen damit aufgefüllt. Die sind in Gunnars Rucksack. Nehmt euch.«

Dagmar griff nach dem Rucksack, zog ungläubig die mit Wasser gefüllten Plastikflaschen hervor und schraubte sie auf. Durstig ließen die Kollegen das kostbare Nass kreisen.

»Danach war guter Rat teuer«, meinte Sören knabbernd. Endlich wurde ihm wieder warm. Eine Wärme, die von innen heraus kam und ihn sogar die Blessuren überall auf seinem Körper vergessen ließ. »Ich dachte ja, dass ihr in der Nacht alle von den Kreaturen geholt worden wäret. Und dann … entdeckte ich den Tauchanzug am Ufer. Und das zurückgelassene Werkzeug. Das war irgendwann heute Nachmittag. Und da wusste ich, dass zumindest Lars überlebt haben musste. Schließlich fand ich auch die Schleifspuren von Gunnars Gestell, die in den Wald führten. Und denen bin ich dann nach. Ihr könnt euch ja vorstellen, dass ich nicht gerade begeistert war, dass die zurück zu dem Höhenzug führten. Blöderweise verloren sich die Spuren dort, und ich dachte schon, ich hätte euch endgültig verloren – als ich in der Ferne plötzlich die Motorsäge dröhnen hörte.«

»Das war, als sich Lars den Weg hier runter freigesägt hatte«, erklärte Katja.

»Mag sein.« Sören legte die Aluschale beiseite. »Ich bin dann einfach grob dem Geräusch gefolgt. Ich hätte euch vermutlich dennoch nicht gefunden, wenn ich nicht zufällig Bernd im Wald oben bei den Resten der Hütte entdeckt hätte. Ich hatte mich noch gewundert, weil es doch hieß, dass er aufgebrochen sei, um Hilfe zu holen. Und ich wollte auch gerade zu ihm gehen, als ich sah, wie ihr an die Oberfläche kamt und er euch … na ja, begrüßte. Da dämmerte mir, dass mir wohl einiges entgangen ist.« Sören räusperte sich. »Den Rest habt ihr ja miterlebt.«

»Ja, und wir sind dir verdammt dankbar, Sören.« Dagmar stand auf und umarmte ihn.

»He, schon gut.« Sören spürte, wie er vor Verlegenheit rot wurde. Wenn er ehrlich war, konnte er selbst kaum glauben, was er hinter sich gebracht hatte. Jeder Zoll seines Körpers schmerzte angesichts der zurückliegenden Strapazen, und doch war es ein berauschendes Gefühl, so über sich hinausgewachsen zu sein.

Und nicht bloß das. Auch, es Bernd, diesem Arschloch, gezeigt zu haben.

»Okay, dann lasst uns die Bude jetzt dicht machen«, erklärte Lars. Mühsam erhob er sich und blickte das alte Grammophon an. »Die kleine Willkommensparty können wir dann ja später fortsetzen.«

Dagmar und Katja folgten seinem Beispiel, und auch Sören erhob sich unter Schmerzen. Ihm war zwar wieder warm, dennoch fühlte er sich, als habe ihn ein Traktor überrollt.

»Gut«, meinte Dagmar. »Oben am Treppenzugang liegen genug Balken und Bretter. Und aus diesem Raum könnten wir Tisch oder Schrank nehmen.« Sie musterte den hohen Schrank, der mitsamt seiner leicht offenstehenden Tür recht massiv wirkte. »War der vorhin nicht geschlossen?«

»Die Betonung liegt auf ›war‹«, erklärte Lars leichthin. »Ich habe ihn vorhin aufgebrochen. Aber außer alten Munitionsresten, Geschirr und Besteck enthielt er nichts Interessantes.«

»Apropos Munition«, Katja sah Dagmar an, die soeben nach dem Jagdgewehr griff, das sie neben der Tür abgestellt hatten. »Wie gut sind wir mit der Waffe eigentlich aufgestellt?«

»In der Schachtel, die Bernd bei sich trug, befanden sich exakt dreißig Patronen«, beantwortete Dagmar ihre Frage. Sie griff in die Tasche ihrer Jacke, in der es metallisch klimperte. Kurz überlegte sie und drückte dann sowohl Katja als auch Lars eine Handvoll Patronen in die Hand.

»Ich dachte, du als unsere Sportschützin übernimmst das Gewehr?«, fragte Sören.

»Gern, aber darum geht es nicht.« Dagmar sah sie der Reihe nach an. »Es ist sicherer, wenn wir die Munition aufteilen. Sollte mir etwas zustoßen, und ein anderer von euch ist gezwungen, die Waffe zu übernehmen, dann habt ihr vielleicht keine Zeit, mich auch noch nach der Munition zu durchsuchen.«

Einige Sekunden schwiegen sie, denn Dagmar hatte sie soeben wieder daran erinnert, dass selbst der Besitz des Gewehres ihr Überleben nicht garantierte.

»Scheiß drauf. Vermutlich finden sie uns hier unten überhaupt nicht.« Katja atmete tief ein. »Und jetzt lasst uns bitte einfach schnell sein. Denn heute Nacht übernehmt ihr die Nachtwache. Ich bin allmählich wirklich am Ende.«

Gemeinsam wuchteten sie den klobigen Schrank nach draußen, und Sören erhielt so die Gelegenheit, einen Blick in den gegenüberliegenden Funkraum zu werfen. Dort, zu Füßen des Toten, der noch immer auf dem klapprigen Stuhl saß, lag noch immer Gunnar. Ihr Buchhalter war in seinen Schlafsack eingerollt und schlief weiterhin tief und fest. Dass noch Leben in ihm steckte, verriet er allein durch ein gelegentliches Stöhnen. Er tat Sören unsagbar leid, und er hätte sich gern eine Weile zu ihm gesetzt. Katja hatte ihm erst vor einer Viertelstunde weitere Antibiotika eingeflößt, und er konnte nur hoffen, dass seine Genesung weiter voranschritt. Doch draußen war es bereits stockfinster, und im Augenblick hatte ihrer aller Sicherheit Priorität.

Sie schleppten den Schrank durch den Hauptgang zum Treppenschacht. Auf dem Weg dorthin kamen sie an dem einstigen Munitionsdepot vorbei, in das sie Bernd gesperrt hatten. Ganz so, wie er es bei ihnen getan hatte, hatten sie den Irren wie ein Paket verschnürt und ihn überdies an einen der alten

Waffenständer gebunden. Natürlich nicht, ohne ihn vorher zu durchsuchen und ihm bei der Gelegenheit auch alle Messer abzunehmen, die er bei sich trug. Ebenso wie Gunnar befand auch Bernd sich nun in morbider Gesellschaft, denn mit ihm in der Kammer lagen all die Skelette, die sie im Gang gefunden hatten. Sören fand die Idee, die Toten ausgerechnet in Bernds Kammer zu entsorgen, zwar geschmacklos, doch Lars hatte in seiner Wut darauf bestanden.

Bernd, der längst wieder aus seiner Bewusstlosigkeit erwacht war, schien die Nähe der vielen Skelette allerdings nicht weiter zu stören. Still saß er da und starrte sie mit hasserfülltem Blick an. Sören seufzte schwer, denn natürlich war ihm bewusst, dass Bernd selbst dann nicht mit ihnen hätte sprechen können, wenn er es gewollt hätte. Da er nach seinem Erwachen nicht davon abgelassen hatte, ihnen lautstark Tod und Verderben an den Hals zu wünschen, und sie sich sorgten, dass sein Wutgebrüll auch im Wald zu hören war, hatten sie ihn geknebelt. Verdammt, verdammt, verdammt. Was in drei Gottes Namen taten sie hier überhaupt? Rasch wandte er den Blick von seinem ehemaligen Kollegen ab. Das kurze Hochgefühl, es dem Dreckskerl mal gezeigt zu haben, war schnell einer Mischung aus Ohnmacht, Fassungslosigkeit und Irritation gewichen. Sören seufzte. Denn Bernd ängstigte ihn noch immer. Er hatte ihm vorhin unmissverständlich klargemacht, dass er jetzt gleich hinter Lars auf seiner Todesliste stand. Offenbar ertrug es dieser Proll nicht, dass seine Mordpläne ausgerechnet an ihm, dem Unsportlichsten von allen, gescheitert waren. Sören hoffte inständig, dass die Polizei den Wahnsinnigen verknackte, wenn sie hier rauskamen. Möglichst für viele Jahre. Nicht, dass er ihm in Hamburg noch nachstellte. Bloß würde es noch einige Stunden dauern, bis der Hubschrauber endlich eintraf und sie in Sicherheit waren.

Mit Hilfe von rostigen Nägeln, die Katja in einem der Räume gefunden hatte, errichteten sie beim Aufgang eine solide Barrikade aus Balken und Brettern, deren Herzstück der alte Schrank war. Dass sie nun über gleich drei Taschenlampen verfügten, erleichterte die Arbeit enorm.

Anschließend überprüfte Lars noch einmal Bernds Fesseln, dann marschierten sie durch den Gang zurück zu dem Aufenthaltsraum, in dem sie die Nacht verbringen wollten.

»Sind wir fertig?«, wollte Sören wissen.

»Nein.« Dagmar leuchtete den düsteren Hauptgang weiter hinunter. »Wir wissen noch nicht, wo die Anlage weiter hinten endet. Sollte es dort ebenfalls einen Aufgang geben, müssen wir auch den verriegeln.«

»Na gut, teilen wir uns die Arbeit«, stöhnte Lars und fasste die hinter ihnen im Gang aufgetürmten Pritschen und dann den in der Aufenthaltskammer liegenden Tisch und die dortigen Hocker ins Auge. »Ich schlage vor, dass Dagmar und ich das Material hier so weit vorbereiten, dass wir damit neue Barrikaden errichten können. Katja und Sören, ihr übernehmt dann die Erkundung des hinteren Teils der Anlage. Einverstanden?«

Katja rollte mit den Augen, nickte aber. Sie schnappte sich ihren Metallspieß und den letzten ihrer Molotowcocktails, während sich Sören von Dagmar die zoombare LED-Taschenlampe reichen ließ, die seit dem Zwischenfall im Hochseilgarten im Besitz von Bernd gewesen war. Vorsichtshalber griff er sich auch noch den Spaten.

Katja gab ihm einen Wink, und gemeinsam stießen sie in die Dunkelheit vor, während Lars und Dagmar hinter ihnen damit begannen, den Tisch in den Gang zu räumen.

»Katja?«, hub Sören leise an, als sich der Gang gabelte. Der Tunnel voraus war ebenso eingestürzt wie einer der Quergänge weiter vorn, doch linker Hand ging es weiter.

»Was?«

»Ich wollte bloß wissen, ob … du noch sauer auf mich bist?«

»Wieso fragst du mich das?«

»Ich … na ja. Falls ja: Es tut mir wirklich leid.«

Katja seufzte und sah ihn an. »Mein richtiger Name lautet Erik«, sagte sie ernst. »Aber wenn du mich auch nur einmal so nennst, klatsche ich dir eine. Alles klar?«

Sören lächelte. »Alles klar.«

Er wusste selbst nicht so recht, warum, aber er fühlte sich jetzt irgendwie … befreit.

Der Quergang führte gute sechs Meter geradeaus, ohne dass links oder rechts weitere Türen auftauchten. Stattdessen stießen sie bereits nach drei Metern über eine Tür, die mitten im Tunnelgang lag und zu keiner Türfassung zu gehören schien. Auf Kopfhöhe war sie mit einem Gitterfenster versehen, und ebenso wie die Tür zum Funkraum war sie auf der ganzen Fläche mit Schrammen und Rissen übersät.

Katja packte den Metallspieß fester, als sie über sie hinwegschritten, denn nun wurde ersichtlich, woher die Tür stammte. Am Ende des Gangs befand sich eine Türflucht mit aus dem Gestein gesprengten Angeln, hinter der etwas gläsern im Licht ihrer Lampen glitzerte.

Sie traten vor den Zugang, und staunend riss Sören die Augen auf.

Vor ihnen erstreckte sich eine gut zehn Quadratmeter große Kammer, deren zerstörtes Mobiliar den einstigen Verwendungszweck leicht erkennen ließ: Sie blickten auf ein ehemaliges Labor!

Der Boden war übersät mit den Trümmern und Scherben alter Tische und gläserner Laborgeräte. Darunter befanden sich zerbrochene Liebig-Kühler, Bechergläser und Erlenmeyerkolben. Dazwischen lagen Flaschen, alte Gummischläuche, Bücher sowie Ordner und Kladden, an denen der Zahn der Zeit genagt hatte. Am unheimlichsten aber waren die beiden großen Käfige weiter hinten im Raum, die einen grob behauenen und mit Holzstempeln abgestützten Stollen flankierten, der weiter unter die Erde führte. Ihre Gittertüren waren förmlich herausgesprengt, und in einem von ihnen lag ein alter Stiefel.

»Wo sind wir denn hier gelandet?«, wisperte Sören.

»Offenbar im Herzen dieser Militäranlage«, knurrte Katja unheilvoll. Sie betrat den Raum, und unter ihren Stiefeln knirschte Glas.

»Ja, aber …« Sören deutete auf den Käfig mit dem Schuh. »Das dahinten sieht doch fast so aus, als sei dort einst ein Mensch gefangen gehalten worden, oder?«

Katja antwortete nicht, da ihr aus einer der Kladden wellige, braune Papiere in die Hand rutschten. Sie betrachtete sie und sammelte am Boden einige weitere Mappen und Ordner auf, um sie zu durchsuchen.

Sören starrte sie an, doch Katja war derart in die Unterlagen vertieft, dass sie ihn nicht weiter beachtete. Er stieß daher tiefer in den Raum vor, beäugte misstrauisch die Trümmer der einstigen Laborausstattung und trat schließlich an den korrodierten Eisenkäfig mit dem Stiefel heran. Ihn schauderte bei der Vorstellung, dass in dem engen Drahtverhau einst ein Mensch eingesperrt gewesen war. Schließlich erfasste sein Blick den Stollen. Er knipste die Bleistifttaschenlampe an und sah, dass der abgestützte Tunnel schräg in die Tiefe führte, allerdings bereits nach rund vier Metern auf eine weitere Kammer stieß.

Was befand sich dort hinten?

Da Katja noch immer die Unterlagen studierte, fasste Sören sich ein Herz. Er bückte sich, lauschte und betrat – als er nichts hörte – vorsichtig den Stollen. Der war mit massiven Brettern ausgekleidet und wirkte stabil. Sören folgte ihm vorsichtig, und kaum, dass er die nachfolgende Kammer betrat, roch er es: In der Luft lag wieder dieser widerliche Gestank nach nassem Kellergewölbe, der sie schon seit Tagen begleitete und bei dem sich ihm sofort die Nackenhaare aufstellten.

Und doch klappte ihm vor Staunen die Kinnlade herunter. Denn das Gewölbe, in dem er jetzt stand, war streng genommen nicht Teil der Militäranlage, sondern ganz eindeutig älteren Datums. Denn vor ihm in der Dunkelheit ruhte … ein komplettes Wikingerschiff.

Das alte Wassergefährt musste ursprünglich um die fünfzehn Meter lang gewesen sein. Genauer konnte er die Maße des Schiffs nicht abschätzen, da zum einen das Licht seiner Bleistifttaschenlampe nicht ausreichte, zum anderen, da der komplette hintere Teil des Wikingergrabes eingestürzt war. Von dem Schiff selbst waren nur noch Reste übrig. Die meisten der Schiffsaufbauten waren eingesackt, oder die verstrichenen Jahrhunderte hatten dem hölzernen Rumpf anderweitig zugesetzt. Doch noch immer ragte der markante, in einem geschnitzten Drachenkopf mündende Steven des Schiffes vor ihm auf. Dahinter erstreckte sich das breite Deck mit seinen charakteristischen Spanten und Querbalken, und auch die alten Ruderbänke waren als solche zu erkennen. »Wahnsinn!«, entfuhr es ihm, während er vorsichtig näher trat.

Rund um das Schiff hatten die Partisanen Holzpfosten zur Abstützung der Decke eingezogen, da die Männer offenbar befürchtet hatten, dass auch der Rest der Decke herunterkommen könnte. Sören leuchtete die Gewölbedecke an und sah, dass sie aus ineinander verkanteten Felsquadern bestand. Offenbar stand er in einem alten Hügelgrab. Und wem auch immer zu Ehren das Schiffsgrab errichtet worden war; er musste ein bedeutender Wikingerfürst gewesen sein.

Plötzlich ergab auch die seltsame Steinstele im Hochseilgarten einen Sinn.

Doch warum schleppte man ein solch beeindruckendes Gefährt wie dieses Schiff hier einmal quer durch die Bergwelt und bis in diese Einöde?

Und vor allem: Warum roch es hier so besorgniserregend?

Sören ließ den Schein der kleinen Lampe abermals über Drachenboot und Gewölbewände wandern und entdeckte schräg hinter dem Steven, an der Grabwand, zwei klobige, längst korrodierte Batterien, von denen alte Kabel zu einem verrosteten Scheinwerfer führten. Der Strahler war gegen die Decke der Schiffsgruft gerichtet, und unweit von ihm entfernt lagen vor einem eingesackten Tisch zahllose Gegenstände am Boden, die die Soldaten der Milorg damals offenbar von Deck geräumt hatten: alte Fässer, Reste von Riemen und verrottetem Segeltuch, marode Werkzeuge, Zinnknöpfe, Geschirr eines Reittiers, Textilreste mit Goldblech, ein alter Schildbuckel sowie ein verrostetes Wikingerschwert.

Sören schnüffelte misstrauisch und spürte nun einen sachten Windzug.

Wo kam der nun wieder her?

Er befeuchtete einen Finger, zwängte sich an dem Steven des Schiffes vorbei und hielt inne. Keine zwei Schritte vor ihm hatte sich trotz der künstlich eingezogenen Abstützungen ein Steinquader aus der Gewölbedecke gelöst. An seiner statt prangte dort oben ein quadratisches Loch, durch das er den Nachthimmel sowie Zweige von Nadelbäumen erkennen konnte. Wurzeln und Gestrüpp baumelten in die Tiefe, und mit ihnen … ein blaues Nylonseil.

Hier war jemand eingestiegen!

Die norwegischen Militaria-Jäger?

Sören leuchtete den Boden ab und entdeckte nahe dem Seilende eine modische graue Wollmütze. Er hob sie auf und fand daran ein rundes Emblem, das die Silhouette einer schwarz-weißen Figur zeigte, um die herum die Aufschrift *Queen Maud University College Trondheim* prangte.

Aufgewühlt ließ Sören den Fund sinken. Hieß das, dass die drei Studenten hier unten im Schiffsgrab gewesen waren? War das die unheimliche Entdeckung gewesen, von der das Mädchen in ihrer SMS gesprochen hatte? Sogar die unscharfen Fotos auf ihrem Handy ergaben plötzlich Sinn.

Sören wandte sich wieder zu den Überresten des Schiffes um und erblickte im Zwielicht einen grob zusammengenagelten Steg, der auf das Deck hinaufführte. Er war ganz offensichtlich ebenfalls von der Milorg errichtet worden. Allmählich dämmerte Sören auch, dass der eigentümliche Schimmelgeruch vom Schiff selbst herrührte.

Sören lauschte mit klopfendem Herzen, doch nirgendwo in der großen Grabkammer war eine Bewegung auszumachen. Also nahm er all seinen Mut zusammen – und schlüpfte über den improvisierten Steg an Deck des Schiffes.

Die Bretter knarrten unter seinem Gewicht, doch sie hielten. Der allgemeine Erhaltungszustand des alten Drachenbootes erschien ihm wie ein Wunder, und doch ängstigte ihn der Anblick der Spanten und Querbalken. Sie ragten um ihn herum wie morsche Knochen auf und trugen so zu der Illusion bei, dass er im Kadaver eines gefallenen Lindwurms stand. Unmittelbar vor ihm befanden sich weitere Laufstege, die quer über das Deck und an den alten Ruderbänken vorbei zur Schiffsmitte führten. Dort, hinter den Resten des einstigen Mastes, sah er die Überreste eines zusammengesunkenen Zeltes. Die alten Planen deuteten darauf hin, dass es einst von den Männern der Milorg aufgestellt worden war.

Doch warum?

Nun mutiger geworden, schritt er weiter, und diesmal brach unter ihm doch eines der morschen Bretter weg. Sören ruderte mit den Armen, fand sein Gleichgewicht aber schnell wieder. Er musste vorsichtiger sein.

Schließlich hatte er den einstigen Zeltaufbau erreicht, der offenbar einen länglichen Gegenstand überdeckte. Zwei bis drei Meter dahinter war die Decke des Grabgewölbes heruntergekommen, und die hölzernen Überreste des Schiffes waren unter Tonnen von Steinquadern und Erdreich bedeckt. Scheiße. Aber jetzt war er schon einmal hier.

Er bückte sich und zog vorsichtig an der alten Plane.

Der Stoff riss entzwei, und jäh stieg ein widerwärtiger Schimmelgeruch auf, der ihm schier den Atem raubte.

Fassungslos starrte er auf das Objekt darunter.

Es handelte sich den menschlichen Proportionen nach um die Leiche eines Mannes mit seitlich liegendem Kopf – allerdings war der Körper über und über mit einer dicken Lage Schimmel bedeckt, der sich wie Spinnweben auch über Teile der alten Planken erstreckte.

Sören leuchtete und begriff erst jetzt, dass das der Körper jenes Wikingers sein musste, der dereinst an diesem Ort bestattet worden war. Unter dem Schimmelbewuchs waren Reste von Spangen und Stoff zu erkennen, die vielleicht zu einem Umhang gehört hatten. Und doch wirkte der Körper, nach allem, was er sehen konnte, seltsam mumifiziert. Am ungewöhnlichsten jedoch war, dass Oberarme und Beine des Mannes in den Löchern wuchtiger Granitquader steckten, die ihn irgendwie an schwere Mühlräder erinnerten. Sie wirkten in ihrer Machart wie granitene Fesseln – ganz so, als wollten die einstigen Bestatter auf diese Weise verhindern, dass sich die Leiche von ihrem Platz bewegte.

Was sollte das? So ein Unsinn war doch …

Unter dem dichten Pilzbewuchs knisterte es unvermittelt, und mit einer langsamen Bewegung drehte sich der Kopf des Wikingers in seine Richtung.

Sören japste, denn auf Höhe der Kiefer riss der Schimmelbewuchs plötzlich entzwei, und er starrte entgeistert auf einen Schlund mit zwei Reihen überlanger, raubtierhafter Zähne, der sich allmählich wieder schloss.

Dem lähmenden Schrecken folgte die nackte Panik. Sören kreischte entsetzt auf und stolperte zurück. Unter seinem Gewicht brach eines der Bretter entzwei, und er stürzte schwer auf die alten Ruderbänke. Abermals brach Holz, und etwas stach schmerzhaft in seine Seite. Doch er ignorierte die Empfindung. Wimmernd mühte er sich zwischen den alten Schiffsaufbauten wieder auf, kraxelte zurück zum Steven mit dem Drachenkopf, kippte über die einstige Bordwand und schlug nahe den korrodierten Batterien auf dem Gewölbeboden auf.

Schritte ertönten im Tunnel zum Labor, und Sören begriff erst jetzt, dass er noch immer schrie. Gleich einem auf dem Rücken liegenden Käfer krabbelte er auf allen vieren von dem Schiffsrumpf fort und stieß direkt gegen die Beine von Katja, die mit dem Metallspieß in das Gewölbe geeilt war.

»Hör auf!«, fuhr sie ihn an und schwenkte den Spieß. »Wo sind sie?«

»Da … da oben auf dem Schiff«, wimmerte Sören und deutete ängstlich zu den alten Deckaufbauten.

»Ich sehe nichts.«

»Doch. Die Leiche … Sie bewegt sich! Ich schwöre dir, sie hat sich bewegt.«

Hastig rappelte sich Sören auf und schlüpfte ängstlich hinter Katja, die lauernd in die Finsternis leuchtete.

»Sie? Oder dieser … Tote?«

»Der tote Wikinger«, haspelte Sören.

»Steckt er noch in seinen Steinfesseln?«

»Ja.« Sören starrte sie verblüfft an. »Aber woher …?«

»Gut, dann raus hier«, unterbrach ihn Katja grob. »Wir müssen zurück zu den anderen.«

Sören sah, dass sich Katja noch einmal aufmerksam im Schiffsgrab umsah, bevor auch sie sich wieder in das Labor mit den Käfigen zurückzog, um anschließend mit ihm gemeinsam durch den Gang der unterirdischen Anlage zurück zum einstigen Aufenthaltsraum der Partisanen zu laufen. Dort erwarteten sie bereits Lars und Dagmar, die mit Jagdgewehr und Motorsäge in den Händen hinter aufgetürmten Möbeln standen und ihnen argwöhnisch entgegenblickten.

»Was ist passiert?«, fragte Dagmar alarmiert. »Euer Geschrei war bis hierher zu hören.«

Sie stiegen mit Hilfe ihrer Kollegen über die Hindernisse hinweg, und Sören stützte sich bleich gegen die Gangwand. »Dahinten befindet sich ein lebender Toter!«, keuchte er und zeigte in die Richtung, aus der sie gekommen waren.

Dagmar zielte mit dem Gewehr sofort wieder in die Finsternis, während er abgehackt von dem Labor und dem unheimlichen Schiffsgrab berichtete, in das er allzu fahrlässig eingedrungen war.

Ganz allmählich beruhigte er sich, und plötzlich wurden ihm auch die letzten Worte von Katja wieder bewusst. Irritiert starrte er sie an. »Woher wusstest du, dass dieser Wikinger … gefesselt ist? Du hast ihn doch gar nicht gesehen.«

»Das musste ich auch nicht.« Katja präsentierte ihnen eine der Ledermappen aus dem Labor. »Es steht hier drin. Das

Grab dahinten ist der Grund, warum die Männer der Milorg hier einst die geheime Anlage errichtet hatten.«

»Wie bitte?« Lars starrte die Mappe stirnrunzelnd an. »Ich dachte, das alles hier richtete sich irgendwie gegen die Nazis?«

»Tat es auch.« Katja lehnte den Spieß gegen die Gangwand und klappte die Ledermappe auf. »Hier unten haben Menschenexperimente stattgefunden. Und zwar an Gefangenen. Die Milorg hat damals nach einem effektiven Mittel im Kampf gegen die deutschen Invasoren gesucht. Dabei ist sie skandinavischen Legenden nachgegangen.«

»Was für Legenden?«, fragte Dagmar, die das Gewehr nun wieder sinken ließ.

»Legenden um die sogenannten Berserker aus den alten Sagas«, erklärte ihre Kollegin. »Berserker ist die Bezeichnung für einen rasenden Krieger, der kämpft, aber während des Kampfes keinerlei Schmerzen verspürt – ganz gleich, wie schwer seine Verletzungen sind.«

»Der sprichwörtliche Berserkerrausch«, ergänzte Sören. »Berserker sollen früher in den vordersten Schlachtreihen gekämpft haben. Angeblich weiß man bis heute nicht, ob das eine Art Erkrankung war oder ob sich die Männer damals willentlich in diesen tobsüchtigen Kampfrausch hineinsteigern konnten.«

»Ist das jetzt Wissenschaft oder bloß Wissen aus deinen Computerspielen?«, fragte Lars ungnädig.

»Hör auf«, fuhr ihn Katja an. »Sören hat recht. Die hiesige Sektion der Milorg war jedenfalls davon überzeugt, dass sich dieser Berserkerrausch bewusst herbeiführen lässt. Und zwar durch geheime Mixturen, die Körper und Verstand verändern. Den Beweis dafür haben sie dahinten in dem Wikingergrab gefunden.« Katja zögerte, dann griff sie in eine ihrer Taschen und zückte ein kleines Glasgefäß, das mit einem halb vermoderten Korken verschlossen war. Sie reichte es ihrem Texter.

Lars nahm das Fläschchen misstrauisch entgegen und hob es gegen eine ihrer Lichtquellen. »Ein Pulver?«

»Nein, kein einfaches Pulver.« Katja schüttelte energisch den Kopf. »Was du da in der Hand hältst, sind angeblich die Sporen von einem unbekannten Schimmelpilz. Die Männer der Milorg haben ihn dem Wikinger auf dem Schiff entnommen. Offenbar ein Berserker, der nicht ohne Grund in Stein geschmiedet wurde. Sie haben die Wirkungsweise der Sporen anschließend mittels Experimenten an lebenden Objekten untersucht. An deutschen Kriegsgefangenen, genauer gesagt. Gelangen die Sporen dieses Pilzes in Wunden, verändern sie das Opfer auf irreversible Weise. Der Pilz ist hoch infektiös.«

Angewidert reichte Lars das Behältnis Sören, der es rasch an Dagmar weitergab. »Deswegen also ›Operation Naglfar‹«, meinte seine Kollegin tonlos, während sie das grünliche Pulver anstarrte. »Das Schiff der Toten. Auch das ergibt jetzt plötzlich einen schrecklichen Sinn.«

»Aber … das war kein Toter!«, brauste Sören auf. »Der Typ dahinten lebte noch.«

»Ein weiteres Rätsel, warum die Milorg das Grab so aufwendig erforscht hat«, erklärte Katja ruhig. »Nur erwies sich dieser Schimmelpilz als weitaus gefährlicher als angenommen. Wobei den Unterlagen zu entnehmen ist, dass sich die norwegischen Wissenschaftler damals nicht darüber einig waren, ob das an einer bestimmten Mutation des Pilzes lag – oder ob er schon immer diese fürchterliche Wirkung hatte. Auf jeden Fall verwandelte er die Versuchspersonen in Kreaturen, die kaum mehr etwas Menschliches an sich hatten. Und … sie wurden extrem aggressiv und schmerzunempfindlich.«

»Mein Gott«, flüsterte Dagmar. »Dann haben wir es hier also nicht mit Trollen zu tun, sondern mit Infizierten? Dann ist das Fell dieser Wesen in Wahrheit … Schimmel?«

»Wer sagt, dass die unheimlichen Legenden um Berserker, Waldmenschen und Trolle nicht alle miteinander zusammenhängen?«, wandte Katja ein. »Denn wenn die Infizierten überdies mit einer außerordentlich langen Lebensspanne verflucht sind – von *gesegnet* kann man hier sicher nicht sprechen – … wer weiß, wie die sich über die Zeit hinweg noch verändern?«

»Dennoch«, Lars runzelte die Stirn. »Wie soll ein Pilz einen Menschen derart verändern?«

»In der Natur gibt es noch andere Beispiele dafür«, meldete sich nun wieder Sören zu Wort. »Hast du noch nie von dieser parasitären Pilzart gehört, die Ameisen befällt und sie zu zombieartigen Kreaturen macht?«

Lars schüttelte den Kopf. »Das heißt dann wohl, dass der Milorg das Schimmelpilz-Experiment am Ende gehörig um die Ohren geflogen ist. Richtig?«

»Vermutlich.« Katja verzog missmutig das Gesicht. »Darauf deutet alles hin, was wir hier vorgefunden haben. Und wie es aussieht, haben einige der Infizierten in den nahen Höhlen überlebt.«

»Nein, nicht unbedingt«, widersprach Dagmar. »Sören, hast du nicht Hinweise darauf gefunden, dass die drei Studenten in das Grab dahinten eingestiegen sind?«

Sören nickte. »Ja, da lag diese Mütze mit dem Uni-Emblem.«

»Was, wenn sich die drei dabei mit dem Schimmelpilz auf dem Schiff infiziert haben?«

»Gott, du könntest recht haben.« Katja richtete sich auf. »Deswegen auch die Kleidungsreste. Das heißt dann aber auch, dass wir es jetzt bloß noch mit zwei Gegnern zu tun haben. Einen der verwandelten Studenten haben wir schließlich verbrannt.«

»Mich interessiert bloß, was sie aufhält«, murrte Lars. »Feuer ist das eine. Gibt es da noch etwas?«

»Nicht viel.« Katja hob einige Blätter an. »Die Verwandelten sind gegenüber Schmerzen und normalen Wunden extrem unempfindlich. Eben echte Berserker. Dagmar, Sören und ich haben das in den Höhlen selbst erlebt. Allerdings ist hier in den Unterlagen davon die Rede, dass der Pilz bei Kontakt mit Wasser eigentümlich reagiert. Offenbar stellt er dann sein Wachstum ein.«

»War das vielleicht der Grund dafür, warum die Studenten ihren Freund im See versenkt hatten?« Dagmar sah sie fragend an.

»Wie sollen sie darauf gekommen sein?«

»Keine Ahnung. Vermutlich durch Zufall, oder ... natürlich: Schlicht durch das hiesige Wetter!« Dagmar wirkte plötzlich aufgeregt. »Das würde auch erklären, warum diese Kreaturen letzte Nacht so inaktiv waren. Schließlich hat es draußen die ganze Zeit über geregnet. Und die Abneigung gegen Wasser erklärt auch, warum uns die Kreaturen nicht über den Höhlensee nachgefolgt sind.«

»Leider nützt uns das Wissen nichts, denn wir verfügen über kein Wasser mehr«, meinte Sören resigniert. »Oder ist noch etwas in den Flaschen übrig?«

»Nein, ich habe den Rest vorhin ausgetrunken«, brummte Lars. »Ich konnte ja nicht ahnen, dass wir es noch brauchen.« Wütend ballte er eine Faust. »Scheiße, ich hatte die ganze Zeit über vor, drüben auf der Insel Schutz zu suchen. Da wären wir jetzt sicher gewesen. Aber ihr musstet ja unbedingt auf Gunnar Rücksicht nehmen.«

»Gunnar. Oh Gott.« Katja spähte hinüber zum Funkraum. »Das Antibiotikum wird ihm kaum geholfen haben. Das Medikament wirkt nicht gegen Pilze. Er muss unbedingt in ein Krankenhaus. Und wir sollten ihn …«

Aus Richtung des verbarrikadierten Treppenaufgangs hallten plötzlich gedämpfte Klick- und Schnalzlaute. Sören sah, wie die Köpfe seiner Kollegen herumflogen. Die Geräusche verstummten – um ansatzlos in ein kratzendes Scharren und ein Brechen wie von Holz überzugehen.

Sören packte die Axt. »Sie kommen!«

TÖDLICHE FALLE

Ein heftiges Wummern schlug ihnen entgegen, als Dagmar und ihre Kollegen die Gangecke hinter sich brachten und den Schein ihrer Lampen auf die schwere Barrikade richteten. Der alte Schrank, den sie zwischen Balken und Brettern verbaut hatten, dröhnte unter wuchtigen Schlägen, und erstmals war das hässliche Geräusch splitternden Holzes zu hören. Diesem schloss sich ein triumphierendes Keckern an, das dumpf von den Tunnelwänden dröhnte.

»Macht euch bereit!« Dagmar hockte sich hin, überprüfte noch einmal das Patronenlager des Jagdgewehrs und visierte mit der Waffe die Barrikade an, die unter dem Ansturm ihres Angreifers erzitterte. Noch war die unheimliche Kreatur nicht zu sehen, doch den Geräuschen nach zu urteilen, konnte es nicht mehr lange dauern, bis das Ungeheuer die Hindernisse fortgeräumt hatte.

Hinter ihr warf Lars seine Motorsäge an, und Katja drückte Sören den letzten ihrer Molotowcocktails in die Hand.

»Hast du ein Feuerzeug?«, fuhr sie ihn an.

Dagmar sah aus den Augenwinkeln, wie Sören nickte.

»Gut.« Katja machte den Spieß bereit. »Aber wirf die Flasche erst, wenn ich es dir sage. Und wehe, du wirfst daneben.«

»Und wann soll ich …?«

Dagmar erfuhr nicht, was Sören fragen wollte, denn in diesem Moment erzitterte die Barrikade erneut unter dem Ansturm des Monsters, und unter lautem Krachen brach ein krallenbewehrter Arm zwischen den Balken und Brettern hervor, der wie wahnsinnig in der Luft hin und her fuchtelte, bis er einen weiteren Querbalken zu fassen bekam.

Dagmar zielte und drückte den Abzug.

Ein peitschender Knall rollte durch den Korridor, und dem Schuss folgte ein klägliches Jaulen. Der Arm verschwand so schnell, wie er gekommen war. Dagmar lud die Waffe sofort nach. Keinen Augenblick zu spät, denn unter irrem Kreischen warf sich das Ungeheuer abermals von außen gegen die Verschanzung. Diesmal gelang es der Kreatur, gleich mehrere Bretter und Balken fortzureißen. Dagmar feuerte ein zweites Mal, und erneut kreischte die Kreatur getroffen auf.

Teufel, sie besaß genug Munition. Sie musste sich nicht zurückhalten.

Ohne innezuhalten, lud sie nach und feuerte. Lud nach und feuerte.

Der dritte Schuss ging offenbar daneben, doch der vierte saß wieder.

Und doch endeten die Anstrengungen des Wesens da draußen nicht. Unbeirrt versuchte es weiterhin, zu ihnen vorzustoßen.

Dagmar spürte, wie ihr der Angstschweiß von der Stirn perlte. Sie hatte bereits erlebt, was diese Wesen wegzustecken vermochten. Doch diesmal besaß sie ein Gewehr. Das alles konnte doch einfach nicht wahr sein. Es musste ihr einfach gelingen, einen echten Fangschuss anzusetzen.

Abermals waren aus dem Treppenaufgang grässliche Klicklaute zu hören – dann wurde es plötzlich still.

»Hast du das Ding erledigt?«, wollte Sören ängstlich wissen.

»Ich weiß nicht.« Dagmar ließ den Lauf der Waffe leicht sinken. »Gut möglich, dass …«

Vor ihnen krachte es, und unter lautem Dröhnen stürzte der komplette Schrank in den Gang.

»Aufpassen!« Katja richtete ihren Spieß auf.

Keinen Moment zu spät, denn ein angriffslustig fauchender Schatten sprang über die Barrikadentrümmer hinweg, hinein ins Licht ihrer Lampen.

Lars schrie erschrocken auf, als er das in Lumpen gehüllte Ungeheuer zum ersten Mal erblickte.

Auch Dagmar schockierte der Anblick der Kreatur mit seinen abgewinkelten Krallenarmen, dem fellartigen, grünlich weißen Schimmelbewuchs und dem deformierten Schädel mit den langen, verfilzten Haaren, in dessen weit aufgerissenem Schlund übergroße Reißzähne prangten. Doch diesmal glaubte sie in ihm trotz der Mutationen den jungen Mann ausmachen zu können, der er einstmals gewesen war. Und sie sah die Schusswunden, die sie ihm in Oberkörper, Schultern und linkem Arm zugefügt hatte.

Ohne weiter zu überlegen, zielte sie auf den Kopf des Wesens und drückte ab. Ein weiterer Knall rollte durch den Gang, doch dem Monster gelang es, den Kopf einzuziehen und auszuweichen. Mit einem Sprung war es heran – und spießte sich selbst an Katjas Metallspieß auf.

»Sören! Jetzt!«, gellte Katjas Schrei durch den Korridor, während sie die geifernde Kreatur mühsam auf Abstand hielt. Kratzend, beißend und fauchend schlug es nach ihr, und Dagmar konnte sehen, dass es ihrer Kollegin nur unter verzweifelter Anstrengung gelang, das tobende Wesen auf Abstand zu halten.

Panisch stolperte Dagmar vor dem Ungeheuer zurück, lud zitternd die Waffe nach und hörte neben sich das Schnippen eines Feuerzeugs.

Ein brennendes Objekt flog durch den Gang, dann klirrte es, und die Kreatur stand lichterloh in Flammen. Gellend kreischte das Ungeheuer auf, zog sich aus dem Spieß und taumelte, wild um sich schlagend, zurück.

Dagmar hob kühl das Jagdgewehr und schoss der Monstrosität präzise in den Kopf.

Lautlos brach das Wesen zusammen, doch wie gestern in den Höhlen schlug ihnen jetzt schwarzer, bestialisch stinkender Qualm entgegen, der sie zum Husten reizte und weiter zurücktrieb.

»Ha! Elendes Scheißmonster. Ich hab dich fertiggemacht! Ich hab dich fertiggemacht!« Sören hob seine Axt, schrie den brennenden Kadaver an und bekam sich kaum noch ein.

Katja zog ihn an der Schulter zurück, und Dagmar nickte ihr in stillem Einvernehmen zu, während sie das Jagdgewehr abermals nachlud.

Wo war Lars? Sie blickte kurz über die Schulter und sah nun, dass ihr Kollege samt seiner tuckernden Motorsäge hinter ihnen stand und mit offenem Mund die brennende Gestalt anstarrte. Das Grauen hatte ihn schlichtweg gelähmt.

»Lars, alles klar?«

»Ja, ich …«

Seine kratzige Stimme ging in einem lauten Poltern unter, das hinter ihm von den Gangwänden hallte. Durch die Türflucht zu jener Kammer, in der sie den Sanitätsbereich der Anlage ausgemacht zu haben glaubten, rollten jetzt Staub und Erdreich in den Gang. Dagmar wurde bleich. Das war jene Kammer, deren Gewölbedecke sich am Nachmittag unter ihr abgesenkt hatte. Sie hatten das dortige Loch hinauf in den Wald vergessen!

Ein angriffslustiges Schnattern schlug ihnen aus dem Raum entgegen, und ein gebückter Schatten mit langen Krallenarmen und verbrannten schwarzen Haaren glitt in den Korridor. Dagmar war sich sicher, dass es sich bei der Kreatur um die bedauernswerte Studentin handelte, deren Handy sie vor zwei Nächten gefunden hatten.

»Lars, weg da!«, brüllte sie ihren Kollegen an, der nun endlich aus seiner Starre erwachte und entsetzt herumfuhr. Doch es war bereits zu spät. Mit grotesken Sprüngen hetzte das Wesen aus der Dunkelheit auf ihn zu – als Dagmar ein weiteres Mal abdrückte.

Der Schuss traf die Schimmelkreatur mitten in die Brust. Das Wesen wurde herumgerissen und krachte unter gereiztem Jaulen gegen die Korridorwand. Katja und Sören rannten bereits an Dagmar vorbei, um Lars mit Spieß und Axt zur Seite zu stehen.

Dagmar fischte nach einer neuen Patrone und wurde so Zeuge, wie die Kreatur wieder aufsprang und ebenso tobsüchtig wie ihr brennender Artgenosse erneut auf die Kollegenschar zujagte. Abermals reagierte Katja mit kühler Unerschrockenheit. Sie rammte den Spieß in den Boden und ließ auch diese Kreatur brutal in die Spitze laufen.

»Hilf mir!«, schrie Katja Sören an, der den Spieß nun ebenfalls ergriff und ihr beistand. Wütend packte die Kreatur die lange Waffe und zerrte an ihr – und diesmal gab der umgearbeitete Metallpfosten unter der Belastung nach. Stück für Stück bog sich die Stange durch, und hilflos musste Dagmar mit ansehen, wie das Ungeheuer nach ihren Peinigern schlug.

Lars' Motorsäge heulte auf, und endlich handelte auch er. Unter Wutgebrüll stieß ihr Kollege das Sägeblatt vor. Ein grässliches Geräusch ertönte, und etwas fiel zu Boden. Das Ungeheuer wich unter geiferndem Geheul zurück.

Geheul? Es klang wirklich so, als würde das Wesen leiden.

Dagmar blickte an den Körpern ihrer Kollegen vorbei und entdeckte den blutigen Stumpf an der rechten Schulter der Kreatur. Gott, Lars hatte dem Ungeheuer tatsächlich den rechten Arm abgesägt!

Mutiger werdend, drängten ihre Kollegen das Monster weiter zurück, und immerzu kreischte die Motorsäge.

Dagmar lud das Gewehr nach, als sie aus den Augenwinkeln einen Schatten bemerkte. Hinter ihr, inmitten des Qualms. Sie wirbelte erschrocken herum – und sah eine Faust auf sich zufliegen, die sie brutal ins Gesicht traf. Gurgelnd stürzte sie zu Boden, wo sie benommen liegen blieb. Eine Weile lang sah sie bloß blitzende Funken, aus denen sich allmählich Bernds grinsendes Gesicht schälte.

Ihr wahnsinniger Kollege hielt ein verrostetes altes Bajonett in der Linken, mit dem es ihm vermutlich gelungen war, sich von den Fesseln zu befreien. Gelangweilt warf er es hinter sich in die Flammen, bückte sich und entwand ihren Fingern das Gewehr.

»Tapfer, tapfer, du kleine Büromaus«, knurrte er. »Wer hätte gedacht, dass du dich so gut schlägst. Doch ab jetzt übernehme ich, denn ich habe noch etwas zu erledigen. Aber keine Bange, ich komme gleich wieder zu dir zurück.«

Er griff in ihre Tasche und fischte die übrigen Patronen hervor. Dann erhob er sich, nahm die Waffe in Anschlag und marschierte in den Gangabschnitt, in dem sich Lars und die anderen des zweiten Monsters erwehrten.

Die drei waren inzwischen bis vor die Sanitätskammer mit der heruntergekommenen Decke vorgerückt, wo sie unter lautem Kampfgebrüll und mit knatternder Motorsäge auf einen Körper einprügelten und -stachen, der vor ihnen am Boden lag. Sie wurden tatsächlich mit der Kreatur fertig. Nur ahnten sie nichts von der Gefahr in ihrem Rücken.

»Hey, Lars!«, fauchte da Bernd. »Hier spielt die Musik!«

Dagmar sah benommen mit an, wie sich ihr blonder Kollege umdrehte und entgeistert Bernd anstarrte. Panisch hob er die tuckernde Motorsäge, als ein neuerlicher Schuss aufpeitschte. Dagmar schrie entsetzt auf, doch die Kugel schlug statt in Lars' Brust in das Gehäuse der Motorsäge ein. Das Gerät wurde regelrecht zerfetzt und Lars aus der Hand gerissen.

Ächzend taumelte ihr Kollege zurück und stürzte zu Boden.

Leider war ihr Blick auf Lars nun durch Bernd versperrt, der jetzt eine weitere Patrone in die Munitionskammer einlegte. Auch Katja und Sören waren längst zu ihm herumgewirbelt.

»Na, hattet ihr mich schon abgeschrieben? Schwerer Fehler.«

Panisch wichen ihre Kollegen vor dem Irren zurück, doch der lachte und hob die Waffe abermals.

Dagmars Angst verwandelte sich in blanken Zorn. Bernd glaubte, er hätte sie kampfunfähig gemacht? *Das* war ein schwerer Fehler. Sie riss das Küchenmesser aus ihrem Stiefel, warf sich von hinten schreiend auf den Wahnsinnigen und rammte ihm die Klinge in die Schulter.

Bernd schrie schmerzerfüllt auf, wirbelte herum und schlug mit dem Kolben der Waffe nach ihr. Doch diesmal war Dagmar gewappnet. Sie duckte sich und entdeckte am Boden Sörens Spaten. Rasch ergriff sie ihn, wehrte einen zweiten Schlag ab und prügelte mit ihm wie besessen auf Bernd ein, der seinerseits versuchte, den Griff des Messers zu fassen zu bekommen, das noch immer aus seiner Schulter stach. Brüllend vor Wut, taumelte er zurück, richtete das Gewehr auf sie und feuerte.

Dagmar schaffte es im letzten Moment, den Lauf mit dem Spatenblatt beiseitezuschlagen, und mit einem Knall schlug die Kugel dicht neben ihr in die Gangwand ein. Völlig außer sich, trat sie Bernd zwischen die Beine und stieß ihn nach hinten. Er stürzte inmitten des Qualms über den brennenden Leichnam und verschwand außer Sicht.

Hinter ihr waren jetzt Rufe zu hören. Dagmar fuhr herum und sah, dass Sören soeben dabei war, Lars wieder auf die Füße zu ziehen. Also lebte er. Katja hingegen hatte sich Sörens Axt gegriffen und starrte zornig an Dagmar vorbei auf Bernds Silhouette, die vage hinter der Rauchwand zu erkennen war.

»Dieser widerliche Mistkerl!«

Sie rannte zu ihr, als Dagmar jenseits der Flammen sah, wie sich Bernd auf dem Boden herumwälzte und das Gewehr abermals hob.

Sofort packte sie Katja und zerrte sie mit sich gegen die Gangwand. Keinen Augenblick zu spät, denn ein neuerlicher Schuss brachte ihre Ohren zum Klingen. Daneben. Doch Bernd nestelte bereits wieder an der Waffe.

»Weg hier!«, rief Dagmar. »Schnell!«

Gemeinsam hetzten sie zurück zu ihren Kollegen. Lars wies blutige Schrammen im Gesicht auf, und er stöhnte mitleiderregend. Doch Sören stützte ihn. Geduckt zogen sie sich tiefer in den Korridor zurück.

»Wohin?«, keuchte Katja, als Funk- und Aufenthaltsraum in Sicht kamen.

»Zum Schiffgrab!«, stöhnte Sören, während er Lars weiter mit sich zog. »Vielleicht schaffen wir es über den Zugang der Studenten nach draußen!«

Bernds Wutgebrüll gellte hinter ihnen auf, und ein weiterer Schuss hallte durch den Korridor. Diesmal schlug die Kugel mit einem Knall in einem Stützpfosten ein, der die Gangdecke abstützte. Das morsche Holz splitterte, und Dagmar sah, wie Erdreich zu ihnen herabrieselte.

Geduckt stolperten sie hinter Lars und Sören her – als Dagmar die hoch aufgerichtete Gestalt rechts von ihnen bemerkte. Im Funkraum.

Auch Katja hielt überrumpelt inne. »Gunnar?«

Ihr Buchhalter antwortete nicht. Stattdessen starrte er sie aus rot umrandeten Augen an.

Gierig.

Feindselig.

Er riss das Maul auf und entblößte lange Reihen gelblicher Zähne. Ansatzlos trat er vor, packte Katja an Kopf und Schulter und riss sie zu sich.

Dagmars Kollegin schrie auf und versuchte, sich noch zu wehren, doch es war zu spät. Gunnar warf sie wie ein tobsüchtiges Raubtier zu Boden und schlug knurrend seine Zähne in ihren Hals. Blut sprudelte aus der Wunde, spritzte gegen die Gangwände und besudelte seine leichenhafte Fratze, während er sich unter schmatzenden Lauten immer tiefer in ihrem Fleisch festbiss.

Katja zuckte noch, dann brach ihr Blick.

Nein.

Nicht Katja.

Dagmar begann hysterisch zu schreien. Tränen liefen ihr über das Gesicht, während sie vor Gunnar zurückwich, stolperte und rücklings auf dem Boden landete. Hilflos hielt sie den Spaten vor sich und krabbelte in Richtung von Sören und Lars, die die grausame Szene ebenso fassungslos mit ansahen wie sie selbst.

Gunnar hob ruckartig seine blutverschmierte Fratze, hechelte und blickte in ihre Richtung. Nichts an ihm war mehr menschlich. Stattdessen verengten sich seine Pupillen auf gefährliche Weise.

Dagmar zog sich soeben auf die Beine, als ein neuerlicher Schuss durch den Korridor hallte. Die Kugel schlug in Gunnars Schulter ein, und ihr einstiger Kollege wurde von der kinetischen Energie gegen den Türsturz des Funkraums geschleudert. Auf allen vieren fuhr das, was einst Gunnar gewesen war, zu der Gestalt herum, die am jenseitigen Ende des Korridors aus dem Qualm auftauchte.

Bernd blieb stehen und starrte Gunnar überrascht an. Sofort lud er das Gewehr nach.

»Weiter!« Dagmars Überlebensinstinkt gewann wieder die Oberhand.

Sie mussten die Chance, die sich aus dem Zusammentreffen ihrer beiden Gegner ergab, unbedingt nutzen. Und zwar sofort. Gemeinsam mit den Männern stolperte sie voran in die Finsternis, hinein in den Gang, der zum Labor führte. Dagmars Bewegungen waren mechanisch, und immer wieder tauchten die Bilder von Katjas schrecklichem Tod vor ihrem inneren Auge auf.

Die letzten Tage hatten sie zusammengeschweißt.

Und Katja war vermutlich die einzige Freundin gewesen, die sie je besessen hatte.

Warum sie?

Hinter ihnen peitschten weitere Schüsse auf, in die sich angriffslustiges Fauchen und wehklagendes Jaulen mischten.

Sören und Lars schleppten sich durch das alte Labor mit den Käfigen, und anschließend zwängten sich die Männer in den Tunnel, der sie zu dem düsteren Schiffsgrab führte. Dagmar folgte ihren Kollegen mit tränenverschleiertem Blick, doch so beeindruckend und unheimlich das alte Drachenboot auch wirkte, sie hatte dafür kaum einen Blick übrig.

Sören deutete hinauf zu dem Loch in der Gewölbedecke in zwei Metern Höhe. Im Licht der Taschenlampe, die Lars in Händen hielt, sah Dagmar ein Nylonseil, das zu ihnen herabbaumelte.

»Wir müssen da irgendwie rauf!«, keuchte Sören.

»Und wie?«, ächzte Lars, der sich ohne die Hilfe des ITlers kaum noch auf den Beinen zu halten vermochte.

»Ich klettere zuerst und helfe euch«, meldete sich Dagmar erschöpft zu Wort.

Irgendwo hinter ihnen fiel ein weiterer Schuss. Sie warf den Spaten durch das Loch nach oben, ergriff das Seil und prüfte seine Festigkeit. Dann zog sie sich an ihm in die Höhe. Dagmar wusste selbst nicht, woher sie die Kraft nahm, doch mit Hilfe von Händen und Füßen schaffte sie es irgendwie, hinaus aus dem Hügelgrab zu klettern und sich auf den Waldboden zu wälzen. Das Seil war hier oben um einen Baumstamm geschlungen. Sofort krabbelte sie wieder neben das Loch und spähte in die Tiefe.

»Sören, hilf Lars!«

Der nickte und half dem Texter auf die Beine. Lars sah unter seinen vielen Verletzungen bleich und erschöpft aus, doch auch er schien zu wissen, dass es jetzt um alles ging. Er packte das Seil und zog sich mit reiner Armkraft nach oben. Sören stemmte sich zusätzlich gegen seine Hüfte, und Dagmar gelang es, ihn an der Jacke zu packen. Auch sie zerrte an ihm, und wenig später lag Lars neben ihr.

»Sören, jetzt du!«

»Ich schaffe das nicht«, wimmerte er. »Ich bin zu schwer.«

»Doch, du schaffst das!« Dagmar wies auf das lose Ende des Seils. »Knüpf eine Schlinge in das Seil und steig da mit einem Fuß rein. Dann ziehen wir dich rauf.«

Sören gab einen undefinierbaren Laut von sich und tat, wie sie ihm geheißen hatte.

In der Zwischenzeit brachte sie Lars dazu, sich wieder zu erheben.

»Schnell«, klagte Sören unter ihr. »Dahinten kommt jemand. Ich kann es hören.«

Gemeinsam mit Lars zog Dagmar ihren schweren Kollegen Stück für Stück nach oben. Endlich war er hoch genug, dass er die Grasnarbe zu fassen bekam und selbst mithelfen konnte, an die Oberfläche zu klettern. Das Seil lockerte sich, und Lars stolperte einige Schritte nach hinten. Dagmar hingegen half Sören endgültig aus dem Loch heraus.

Keinen Augenblick zu spät, denn sie wollte gerade das Seil hochziehen, als sie unten einen kräftigen Ruck spürte, der genau dies verhinderte.

»Glaubt ihr Wichser, ich lass euch entkommen?«

Bernds zorniger Stimme folgte ein Schuss. Dagmar sah noch das Aufblitzen des Mündungsfeuers, dann zischte eine Kugel dicht an ihrem Kopf vorbei, die mit einem hässlichen Knall über ihr in einer der Fichten einschlug. Dem Laut folgte ein hölzernes Reißen und Quietschen, und unvermittelt donnerte ein schwerer, ausladender Ast zu ihnen in die Tiefe.

Dagmar wich mit einem beherzten Sprung aus, doch Sören, der sich soeben erhob, wurde von dem schweren Nadelgehölz jäh wieder zu Boden gerissen und unter ihm begraben.

»Sören?« Dagmar eilte zu ihm und sah, dass ihr Kollege komplett von Nadelzweigen bedeckt war. Er blutete an der Stirn und rührte sich nicht mehr. »Sören? Sören!«

Sie rüttelte ihn, doch von ihm kam keine Regung. Rasch fühlte sie nach seinem Puls, der immerhin noch schwach schlug.

»Dagmar, wir müssen hier weg.« Lars sah sie in Todesangst an.

Dagmar spähte zu dem Loch im Waldboden und sah, dass sich das Seil bewegte.

Bernd war ganz offensichtlich auf dem Weg zu ihnen.

Zu gern hätte sie das Seil mit ihrem Messer durchtrennt, doch sie besaß es nicht mehr. Und auch um Sören konnte sie sich im Augenblick nicht weiter kümmern.

Und so packte sie Lars unter dem Arm, und gemeinsam humpelten sie das Hügelgrab hinunter, hinein in den dunklen Wald.

»Mein Gott, wir werden alle sterben.« Lars schluchzte, während sie ihn stützte.

Noch nie hatte sie ihn so verletzlich erlebt. So ohne Lebensmut. Plötzlich stürzte er und rollte neben ihr in eine Bodensenke. Hemmungslos weinend blieb er dort liegen, und ihr Herz blutete, als sie ihn derart hilflos sah – als ihr plötzlich eine Idee kam. Der Einfall war riskant, aber etwas anderes fiel ihr im Augenblick nicht ein.

Hastig rutschte sie hinunter zu Lars und umschloss sein Gesicht liebevoll mit ihren Händen.

»Lars. Beruhige dich. Gib mir deine Jacke und die Taschenlampe.«

»Was hast du vor?« Lars sah mit tränenverschleiertem Blick zu ihr auf.

»Ich werde Bernd ablenken. Und jetzt her mit deiner Jacke.« Dagmar half ihm dabei, seine rote Softshell-Jacke abzustreifen, und warf ihm stattdessen ihre Jacke zu.

Lars begriff endlich. »Du … willst dich für mich ausgeben?«

Dagmar knöpfte die Jacke zu, griff nach dem Spaten und nahm die Taschenlampe an sich. »Ich habe Katja verloren. Ich lasse nicht zu, dass du auch noch stirbst. Und jetzt verhalte dich still und bleib hier liegen.«

Sie sprang auf, warf ihrem verdutzten Kollegen einen letzten Blick zu und stürmte wieder nach oben. Kurz orientierte sie sich, dann schaltete sie die Taschenlampe an und sorgte dafür, dass Lars' rote Jacke im Lichtschein angestrahlt wurde.

Sie schaltete das Licht wieder aus, kaum dass Bernds Wutgebrüll ertönte. Ein Schuss hallte im Wald auf, und in unmittelbarer Nähe fetzte die Rinde an einem der Bäume ab.

»Glaub ja nicht, dass du mir entkommst!«

Bernd hatte sie also gesehen.

Allerdings war er viel näher, als sie gedacht hatte.

Panisch rannte Dagmar durch die Nacht, wobei sie verzweifelt versuchte, den vielen Bäumen auszuweichen. Düsteren Säulen gleich stellten sich ihr die Pflanzenriesen in den Weg, so als versuchten sie, ihre Flucht zu verhindern. Die schützende Dunkelheit war jetzt nicht bloß Segen, sie erwies sich auch als Fluch. Immer wieder schlugen ihr tiefhängende Nadelzweige ins Gesicht, und jede Vertiefung im Boden drohte sie zum Stolpern zu bringen. Zugleich spürte Dagmar die Entbehrungen der letzten Tage. Jede Schramme und jede Wunde an ihrem Körper protestierten unter der Anstrengung. Und doch würde sie nicht aufgeben.

Das war sie Katja schuldig.

Dagmar versteckte sich schwer atmend hinter einen Stamm und lauschte auf das Brechen und Knacken der Äste hinter ihr im Wald.

Sie wusste, was das bedeutete: Der Tod war ihr auf den Fersen.

Sie unterdrückte ein verzweifeltes Schluchzen und rannte weiter.

Allein eine Sache konnte sie jetzt noch retten.

Sie musste den Mut haben, die Hölle zu betreten.

Dagmar lief weiter und knipste ein weiteres Mal kurz die Taschenlampe an, um den Weg vor ihr zu beleuchten. Bäume. Nichts als Bäume. Und doch wusste sie, dass sie auf dem richtigen Weg war. Denn jenseits der Baumwipfel zeichnete sich schwarz das unheimliche Felsmassiv vor dem Nachthimmel ab.

Abermals peitschte hinter ihr im Wald ein Schuss auf. Das Geschoss durchbrach wenige Meter entfernt einige Zweige, und Dagmar duckte sich ängstlich.

Sie war das Risiko mit der Lampe bewusst eingegangen. Schließlich *wollte* sie gesehen werden, um Bernd so von Lars und Sören fortzulocken. Nur hätte sie nach seinem Auftritt unten in der Militäranlage ahnen müssen, wie gut dieser Irre mit der Waffe umzugehen verstand.

Dagmar rannte weiter, und allmählich lichteten sich die Bäume, während die düstere Felsenerhebung beständig näher rückte. Dagmar orientierte sich an dem turmartigen Felsen, von dem Lars am Nachmittag herabgesprungen war, und wandte sich weiter nach rechts. Ihr Plan sah vor, jenen Geröllhang zu erreichen, den sie und Katja letzte Nacht herabgestiegen waren, als sie die überflutete Höhle verlassen hatten.

Der Gedanke an Katja schnürte ihr zwar die Brust zusammen, doch mühsam kämpfte sie die Empfindung nieder. Katja würde ihr Plan gefallen. Da war sie sich sicher. Allerdings musste sie dazu diesen wackeligen, hundsköpfigen Felsen erreichen, den sie gestern auf ihrem Weg von der Höhle hinab in den Wald passiert hatten. Der fragile Findling war genau das, was Bernd vielleicht aufhalten konnte. Wenn sie es schaffte, ihren Verfolger auf den Hang zu locken und den Koloss zum Kippen zu bringen, konnte sie so vielleicht eine Lawine auslösen, die Bernd unter sich begrub.

Das Problem war die nahe Höhle. Dorthin hatten die Kreaturen die übrigen Infizierten geschleppt. Wenn für die Männer die gleiche Inkubationszeit wie für Gunnar galt, musste sie damit rechnen, dass sie sich in der Zwischenzeit ebenfalls in Monster verwandelt hatten. Und auch sie würden nach Menschenfleisch gieren.

Dagmar schauderte bei der Aussicht auf eine weitere Konfrontation mit den Wesen, denn ihr Tod war bei alledem die vermutlich beste Option. Viel erschreckender erschien ihr die Aussicht, dass die Kreaturen sie verletzen und so ebenfalls infizieren könnten. Dann würde der unheimliche Pilz auch sie in eine dieser Bestien verwandeln. Aber sie sah keinen anderen Weg, wenn sie mit Bernd fertig werden wollte.

Sie erreichte die Baumgrenze und entdeckte kurz darauf jene Stelle am Hang des kleinen Felsengebirges, über die Katja und sie gestern den Wald erreicht hatten. Sofort stürmte sie los und machte sich über moosbewachsene Quader an den Aufstieg. Bis hinauf zu dem hundsköpfigen Felsen waren es etwa fünfzehn Höhenmeter, die sie überwinden musste. Gute acht Meter hatte sie bereits geschafft, als am nahen Waldrand Holz knackte und dort ein dunkler Schemen hervortrat.

»Ich sehe dich, Lars!«, gellte Bernds zornige Stimme zu ihr herauf. »Hast du gehofft, mir würde die Munition ausgehen?« Er lachte gehässig. »Falls ja, muss ich dich enttäuschen. Unsere angeknabberte Emanze hatte auch noch ein paar Patronen bei sich. Und weißt du was: Das nenne ich Schicksal. Dein Schicksal.«

Er hob die Waffe und feuerte.

Der Schuss hallte laut durch die Bergwelt und schlug einen knappen Meter von Dagmar entfernt zwischen dem Gestein ein. Steinsplitter flogen ihr um die Ohren.

Dagmar nutzte die Pause, die der Irre benötigte, um die Waffe ein weiteres Mal zu laden, und kraxelte so flink wie möglich weiter nach oben. Abermals zielte Bernd auf sie, und so warf sie sich rasch hinter einen Findling.

Ein weiterer Schuss peitschte durch das nächtliche Tal. Die Kugel schlug diesmal etwas weiter über ihr ein und löste eine kleine Geröllawine aus, die schräg neben ihr abging.

Bernd verließ seine Position verärgert und kletterte ihr nach.

Genau darauf hatte Dagmar gewartet. Sie kraxelte zwischen den Felsen weiter nach oben, und endlich kam der hundsköpfige Findling in Sicht. Ebenso wie in der Nacht zuvor schlüpfte sie vorsichtig unter dem überhängenden Koloss hindurch. Dann wartete sie, bis Bernd eine Stelle am Felsenhang etwa sieben Meter unter ihr erreicht hatte.

Er blickte zu ihr auf und legte eine weitere Patrone in das Jagdgewehr ein.

Dagmar rammte das Spatenblatt zwischen Steinblock und Felsen und stemmte sich verzweifelt gegen den Holzgriff. Das Gestein knirschte – doch der so fragil wirkende Felsblock bewegte sich keinen Millimeter.

Dagmar spürte, wie ihr der Angstschweiß ausbrach.

Sie hebelte noch fester, doch der elende Felsen saß nicht etwa lose auf dem Hang auf – er war hier in Wahrheit bombenfest verankert.

Gott, ihr Plan war gescheitert.

Was sollte sie jetzt tun?

Im letzten Moment duckte sie sich, denn abermals feuerte Bernd eine Kugel auf sie ab. Das Geschoss prallte dicht neben ihr gegen den überhängenden Felsen, und diesmal wurde Dagmar von Steinsplittern an einer Augenbraue verletzt. Leise stöhnte sie auf.

Bernd arbeitete sich wütend weiter zu ihr vor, als ihr eine neue Idee kam. Sie war aus schierer Verzweiflung geboren, doch Bernd rückte immer näher, und Dagmar war nun bereit, nach dem letzten rettenden Strohhalm zu greifen.

So schnell es ging, rannte sie den Hang weiter hinauf und blieb dabei stets im Schatten größerer Felsen, um Bernd möglichst kein gutes Ziel zu bieten. Dann erreichte sie den unheimlichen Höhleneingang.

Hinter ihr kollerten Steine den Hang hinab, da ihr Bernd eilig nachsetzte. Und so nahm Dagmar ihren ganzen Mut zusammen und betrat die hinter dem Zugang liegende Dunkelheit. Außer einem gelegentlichen Glucksen war in der Kaverne nichts zu hören. Noch immer war die Höhle größtenteils von Wasser bedeckt, auch wenn der Spiegel des Sees auffallend gesunken war. Und ganz so, wie sie es befürchtet hatte, lag in der Luft jener eklige Gewölbegeruch.

Ohne zu zögern, zog sie Lars' rote Softshell-Jacke aus, sprang in den Höhlensee und kämpfte sich durch das kalte Wasser zu der gegenüberliegenden Felsenplattform durch, auf der gestern noch die verletzten Mitglieder der Filmcrew gelegen hatten.

Nur lag der Platz jetzt verwaist vor ihr.

Egal. Sie musste es darauf ankommen lassen.

Rasch präparierte sie den Felsen, denn hinter ihr am Höhleneingang waren bereits Schritte zu hören. Dann begab sie sich hinter einem der aus dem Wasser ragenden Stalagmiten in Deckung.

Im Höhleneingang stand jetzt Bernd. Sein drohender Schatten zeichnete sich vor dem grauen Nachthimmel ab, und sie konnte von ihrem nasskalten Versteck aus sehen, wie er mit der Waffe in Richtung Felsnase zielte. Der Grund war offensichtlich, denn dort hatte sie Lars' Jacke deponiert. Weiter hinten, tiefer im Tunnel, der weiter in den Berg hineinführte, lag die leuchtende Taschenlampe.

»Glaubst du Wichser, hier drinnen wärest du vor mir sicher?«

Bernds Stimme dröhnte unheilvoll von den Felswänden, während er die ausladende Felszunge argwöhnisch ins Visier nahm. Leider machte er keine Anstalten, die Höhle weiter zu betreten.

Dagmar tauchte frierend ab und suchte am Grund des Sees nach einem Kiesel. Sie fand einen und glitt hinter dem Stalagmit vorsichtig wieder aus dem Wasser. Anschließend warf sie den Stein in Richtung Plattform, wo er klackernd aufschlug. Bernd reagierte mit einem blind gezielten Schuss, der laut von den Höhlenwänden rollte.

»Okay, wie du willst.« Wütend spuckte er ins Wasser, dann lud er das Gewehr nach, schlüpfte aus seiner Jacke und marschierte zornig in den See, um sich mit hocherhobener Flinte zu der Plattform durchzukämpfen.

Dagmar veränderte ihre Position hinter dem Tropfstein und verbarg sich weiter vor ihm, während sich Bernd zornig auf die Felszunge zog, um dort mit dem Gewehr den beleuchteten Stollen innerhalb der Felswand anzuvisieren. »Komm raus, oder ich hole dich!«

In der Höhle herrschte noch immer trügerische Stille, und Dagmar verlor allmählich die Hoffnung. Sie würde hier im Wasser erfrieren, wenn sie das Schicksal nicht herausforderte.

Verzweifelt hob sie den Spaten und schlug mit ihm mehrfach gegen den Stalagmit. Bernd wirbelte herum, suchte die Wasseroberfläche mit funkelndem Blick ab und hob die Waffe, als er begriff, wo das Geräusch herrührte.

»Sieh an, da ist ja unser Hengst!«

Ein weiterer Knall rollte von den Höhlenwänden, und wenige Zentimeter neben Dagmars Schulter schlug eine Kugel ins Wasser ein.

Doch Dagmar ließ sich davon nicht beirren. Noch immer schlug sie gegen das Gestein, und diesmal schrie sie derart dazu, dass es von den Wänden widerhallte.

»Du?« Bernd runzelte beim Klang ihrer Stimme die Stirn und lud nach – als Dagmar endlich ein leises Schnattern vernahm.

Ihr grauste bei dem Laut, und zugleich war mit ihm ihre letzte Hoffnung verbunden. Denn Bernd wusste nicht, dass hier noch weitere Infizierte lauerten.

Im nächsten Moment glitten aus den Tunnelöffnungen hinter und schräg über Bernd dunkle Schemen in die Höhle. Bernd schnüffelte alarmiert, wirbelte herum und erblickte die Gefahr in seinem Rücken nun ebenfalls. Gellend schrie er auf und betätigte den Abzug. Er schaffte es, mit dem Schuss eine der Kreaturen von den Beinen zu reißen, doch sein Schicksal war längst besiegelt. Denn von allen Seiten sprangen ihn jetzt die übrigen Mitglieder der Filmcrew an. Die Bestien auf zwei Beinen rangen ihn nieder und prellten Bernd, der verzweifelt um sich schlug, die Waffe aus der Hand. Knurrend schlugen sie dem Schreienden ihre Fänge und Krallen in den Körper.

Bernds Todeskampf dauerte quälend lange, doch irgendwann hallten in der überfluteten Höhle bloß noch Fress- und Nagegeräusche wider.

Dagmar schloss die Augen und wandte sich von der schrecklichen Szenerie ab.

Völlig unterkühlt kämpfte sie sich durch den Höhlensee zum Ausgang der Höhle zurück. Eine Bewegung, die nicht unbemerkt blieb. Eine der Kreaturen löste sich von Bernds Kadaver, glitt bis dicht an die Kante der Plattform heran und starrte ihr aus roten Augen hinterher, doch ihre Vermutung bewahrheitete sich. Das Ungeheuer traute sich tatsächlich nicht ins Wasser.

Enttäuscht heulte es auf.

Dagmar zog sich ins Trockene, griff mit steif gefrorenen Fingern nach Bernds Jacke und hüllte sich in den wärmenden Überwurf. Anschließend verließ sie die Höhle und zwang sich, trotz der Kälte in Bewegung zu bleiben und den Höhenzug über den gleichen Weg wieder hinabzusteigen, den sie gekommen war.

Erst als sie unten am Waldrand stand, begriff sie, dass sie in der Finsternis unmöglich wieder zu Lars und Sören zurückfinden würde. Und so schleppte sie sich mit ihren letzten Kräften jenen Weg entlang, den sie und Katja bereits gestern beschritten hatten. Jener Pfad, der sie ins Camp der Norweger brachte.

Als sie es erreichte, fühlte sie sich mehr tot als lebendig. Bar aller Kräfte schlüpfte sie in das offenstehende Zelt, hüllte sich zitternd in einen zurückgelassenen Schlafsack und entdeckte vor sich am Zeltboden eine Flasche mit Whiskey.

Sie betrachtete die Flasche mit leerem Blick, schraubte sie auf – und trank.

Erst nur einen Schluck. Dann die halbe Flasche.

Das war für Katja.

Dagmar begann zu weinen.

ALLES AUF ANFANG

Dagmar wusste nicht mehr, wann genau sie den Hubschrauber gehört hatte. Zu diesem Zeitpunkt stand die Sonne bereits hoch über den Bergen, doch sie hatte sich gefühlt, als sei sie durch das ploppende Geräusch der Rotoren aus einem tiefen Koma erwacht. Doch weil mit ihm die Hoffnung zurückgekehrt war, hatte sie das Zelt verlassen, das ihr die Nacht über Schutz geboten hatte, und war in ihren noch immer durchfeuchteten Kleidern zurück durch den Wald in Richtung des Landeplatzes gelaufen.

Auch die folgenden Stunden, so erschien es ihr, waren wie in einem Nebel vorübergezogen. Sie erinnerte sich vage an die Pilotenbesatzung, die sie bestürzt in Empfang genommen hatte. Und ihr war im Gedächtnis geblieben, dass sie in ihren Armen schluchzend zusammengebrochen war und sich geweigert hatte, ausgeflogen zu werden, solange sie nicht wusste, ob auch Lars und Sören die Nacht überlebt hatten. Die Besatzung hatte Hilfe angefunkt, und man hatte sich rührend, aber auch ein wenig hilflos um sie gekümmert. Und doch hatte es Stunden gedauert, bis endlich weitere Einsatzkräfte eingetroffen waren.

Nur war keine gewöhnliche Bergrettung gekommen, sondern Hubschrauber des norwegischen Militärs. Schließlich war auch eine Abteilung der Weltgesundheitsorganisation eingetroffen. Die Ärzte wirkten überaus besorgt, und man hatte sie inzwischen mehrfach über die Geschehnisse der letzten Tage befragt.

Doch sie konnte sich bloß wiederholen.

Seitdem herrschte in der entlegenen Bergwelt ein Kommen und Gehen. Hubschrauber stiegen über den Bäumen auf, andere trafen ein und brachten neue Einsatzkräfte und weitere Ausrüstung.

Längst waren am See und am Rande des Landeplatzes olivfarbene Zelte errichtet worden, und überall um sie herum wuselten Gestalten in weißen Schutzanzügen, während schwerbewaffnete Soldaten mit Schutzmasken in Richtung Höhenzug aufbrachen.

Dagmar war all das egal. Alles, was sie interessierte, war, ob auch ihre Kollegen überlebt hatten. Sie saß auf einer Bank in einem der offenen Zelte, von dem aus man einen guten Blick auf einen der Transporthubschrauber hatte. Vor ihr auf einem Klapptisch stand Essen, doch sie hatte es kaum angerührt. Zu groß war ihre Sorge um Lars und Sören.

Abermals kam eine Ärztin vorbei. Die Frau trug fast den gleichen kurzen Haarschnitt wie sie, doch ähnelten ihre Gesichtszüge auffallend denen von Katja. Wehmütig sah ihr Dagmar entgegen. Die Frau brachte ihr einen Becher mit heißem Kaffee.

»Hier, trinken Sie«, forderte die Unbekannte sie freundlich und in akzentfreiem Deutsch auf. »Wenn Sie schon nichts essen, sollten Sie wenigstens dafür sorgen, dass Sie nicht dehydrieren.«

»Danke.« Dagmar sah sie müde an. »Und? Haben Sie schon etwas von den anderen gehört?«

»Nein, noch nicht, aber wir werden …«

Ein Funkgerät an ihrem Gürtel piepste, und sie nahm es ab. Dagmar hörte eine melodische norwegische Stimme, und die Frau nickte, während sie in gleicher Sprache antwortete. Sie steckte das Funkgerät weg und lächelte sie an. »Gute Nachrichten. Wir haben Ihre beiden Kollegen gefunden. Sie leben und sind trotz ihrer Verletzungen wohlauf.«

Dagmar kamen vor Erleichterung die Tränen. »Danke. Wo sind sie?«

»Sie werden gerade hierhergebracht. Ich führe Sie auch gleich zu ihnen – aber erst, wenn Sie etwas gegessen und getrunken haben.« Streng sah sie sie an, und Dagmar folgte der Anweisung widerwillig. Sie musste zugeben, dass sie sich anschließend besser fühlte. Vielleicht rührte das Gefühl aber auch bloß von der Erleichterung her, die sie verspürte. Zuletzt trank sie einige Schlucke der heißen Brühe. »Zufrieden?«

»Na ja, halbwegs.« Die Ärztin zwinkerte ihr aufbauend zu und half ihr, sich von der Bank zu erheben. Doch Dagmar brauchte keine Hilfe. Sie fühlte sich zwar völlig zerschlagen, aber wundersamerweise hatte sie die zurückliegenden Tage ohne ernsthafte Verletzungen überstanden.

»Und, haben Sie dieses Wikingergrab bereits gefunden?«

»Ja, haben wir«, erklärte die Ärztin unheilvoll. »Eine derart aggressive Pilzart ist uns bislang völlig unbekannt gewesen.«

»Und was machen Sie jetzt dagegen?«, wollte Dagmar wissen.

»Ihn bergen, sicherstellen und untersuchen«, antwortete ihre Begleiterin trocken. »Anschließend werden wir vermutlich versuchen, ihn auszurotten.«

Zwei Männer in Schutzanzügen passierten sie, die sich ernst auf Norwegisch unterhielten. »Mit etwas Glück«, fuhr die Ärztin fort, »handelt es sich dabei um eine lokale Mutation. Falls nicht, haben wir ein Problem, das weit über die Ebola-

Fälle hinausreicht, die wir 2014 in Norwegen zu beklagen hatten. Wir stehen bereits in Kontakt mit der WHO und dem ECDC, also dem europäischen Zentrum für die Prävention und Kontrolle von Krankheiten. Außerdem konferieren wir mit Experten des Robert-Koch-Instituts.«

Die Frau begleitete sie zum Waldrand. »Wir können bloß hoffen, dass unsere bekannten Antimykotika gegen ihn Wirkung zeigen, nur haben wir da keine großen Hoffnungen. Nicht bei einem derart aggressiven Krankheitsverlauf. Seien Sie also froh, dass Sie sich nicht mit dem Pilz infiziert haben, denn vermutlich wird es noch etwas dauern, bis wir ein Gegenmittel entwickeln können. Auf jeden Fall werden wir Sie noch einige Tage in Quarantäne behalten, bevor Sie nach Deutschland zurückkehren dürfen.«

»Ich verstehe.« Dagmar folgte ihrem Blick, da sie jetzt Militärangehörige zwischen den Bäumen entdeckte, die schwer an einer Trage schleppten. Auf ihr lag unverkennbar Sören. Die Männer schafften ihn an ihr vorbei und trugen ihn in eines der Nachbarzelte.

»Darf ich zu ihm?«, fragte Dagmar die Ärztin.

»Natürlich. Aber vermeiden Sie möglichst jeden Körperkontakt, solange wir nicht wissen, ob Ihr Kollege ebenfalls erkrankt ist.« Die Frau wechselte ein paar Worte mit den Soldaten, und die drei zogen sich respektvoll zurück. Dagmar betrat das Zelt und hockte sich neben Sören.

Das Gesicht ihres ITlers war von Schrammen übersät, und seinen Kopf zierte ein dicker Verband. Als er sie sah, lächelte er. »Dagmar. Oh Gott, ich bin so froh, dass es dir gutgeht.«

»Du weißt doch, so leicht haut mich nichts um.« Sie lächelte ihn ebenfalls an. »Und du?«

»Mal davon abgesehen, dass mir gestern der Himmel auf den Kopf gefallen ist?« Er grinste schief. »Ich sag mal so: Ich musste den Rückweg nicht laufen. Die netten Herren dahinten haben mich den ganzen langen Weg durch den Wald hierhergeschleppt. Arme Schweine.«

Die beiden lachten, doch plötzlich wurde Sören wieder ernst. »Vorsichtig spähte er hinüber zu der Ärztin vor dem Zelteingang und senkte die Stimme. »Hier, schau mal.« Er kramte unter der Decke und reichte ihr verstohlen einen runden, schweren Gegenstand. Dagmar riss überrascht die Augen auf. In ihrer Hand lag eine Goldmünze.

»Meine Güte, wo hast du die her?«

»Die habe ich bei Lars gefunden.«

»Bei *Lars?*«

»Ja. Nachdem ich in der Nacht allein und mit ziemlichen Kopfschmerzen auf diesem Hügelgrab erwacht bin, habe ich euch natürlich gesucht. Ich bin dann später im Wald über Lars gestolpert, weil er zwischen den Bäumen mit einer der Lampen herumhantierte.«

»Na ja, ich hab ihm gesagt, er solle sich verstecken.«

»Ja, aber er trug einen der Rucksäcke bei sich. Und das heißt, dass er in der Zwischenzeit noch mal unten in dieser einstigen Militäranlage war.«

»Und?«

Sören schluckte. »Das ist bloß so ein Verdacht, aber er schleppte den Rucksack auch noch mit sich rum, als wir uns bei dem Flugzeug ein Nachtlager gesucht hatten. Und dieser Rucksack schien ziemlich schwer zu sein. Als ich dann heute von den Rufen der Männer geweckt wurde, die nach uns suchten, war Lars nicht mehr bei mir. Aber da, wo er nachts gelegen hatte, fand ich stattdessen diese Münze. Ich habe Lars erst wiedergetroffen, als wir beide auf Tragen verladen wurden. Da hatte er den Rucksack aber komischerweise nicht mehr bei sich.«

»Ich weiß immer noch nicht, was du mir sagen willst.«

»Begreifst du es nicht?« Sören richtete sich auf und sah sie empört an. »Ich glaube, er hat das Gold gefunden – nur wollte er das vor uns verheimlichen. Dieses Arschloch muss den Schatz irgendwo im Wald verbuddelt haben.«

Dagmar sah den ITler fassungslos an und erhob sich, da jenseits der Zelte weitere Männer aus dem Wald kamen, die eine zweite Trage heranschleppten: Lars.

Die Männer schafften den Texter in ein weiteres der Zelte, wo sie bereits von der Ärztin erwartet wurden.

»Ich kann mir das nicht vorstellen.« Dagmar schüttelte den Kopf und steckte die Münze weg. »Ich kümmere mich darum.«

Ohne Sören weiter zu beachten, verließ sie ihn und schritt hinüber zu dem Zelt, in dem Lars jetzt lag. Auch er war am ganzen Körper bandagiert, und sie sah, dass die Sanitäter ihm die Hose aufgeschnitten und ausgezogen hatten, um so an seinen dick geschwollenen Fußknöchel heranzukommen.

Lars stöhnte leise, während die ihr bereits bekannte Ärztin beruhigend mit ihm sprach und ihm eine Spritze setzte. »Das ist ein Schmerzmittel, Herr Becker. Es enthält überdies ein Beruhigungsmittel, das Sie etwas Schlaf finden lässt. Wenn Sie aufwachen, liegen Sie bereits wohlbehütet in einem Krankenhaus. Versprochen.«

Lars antwortete irgendetwas, und die Ärztin lachte. »Na, wer solche Komplimente machen kann, ist offensichtlich auf dem besten Weg der Besserung.«

Dagmar trat in das Zelt, und die Ärztin nickte ihr freundlich zu, während sie auf die Uhr blickte. »Bitte nicht lange. In zehn Minuten werden wir Sie mit dem Hubschrauber zu einer Spezialklinik in Oslo bringen.«

Dagmar nickte und wartete, bis die Ärztin das Zelt verlassen hatte. Dann trat sie neben die Liege, auf der Lars lag. Das

Gesicht des Texters war noch immer von den Blessuren gezeichnet, die er erlitten hatte. Allerdings schien das Schmerzmittel zu wirken, denn er grinste müde.

»Ah, da ist ja unsere tapfere Kämpferin. Und, lebt Bernd noch?«

»Nein. Die Kreaturen in der Höhle haben ihn gefressen«, antwortete Dagmar kühl. Sie blickte kurz zum Vorplatz und zückte die Münze. »Was hat es hiermit auf sich?«

Lars glotzte die Münze benommen an und leckte sich über die spröden Lippen. »Sieh einmal an. Wo hast du die denn her?«

»Die hat Sören bei dir gefunden.« Dagmar verengte die Augen. »Dann hast du also den Schatz entdeckt? Und wann genau hattest du vor, uns davon zu berichten?«

Lars setzte wieder sein Grinsen auf. »Schätzchen, von dem tollen Schatz war bloß noch die Hälfte übrig. Den Rest haben die Norweger damals wohl für ihre Supersoldaten-Forschung ausgegeben.«

»Dann … wolltest du uns das tatsächlich verheimlichen?«

»Jetzt mal ehrlich: Wenn du das Gold gefunden hättest, hättest du uns doch sicher auch nichts davon erzählt. Obwohl …« Er berührte den Verband am Kopf und schnaubte belustigt. »Na ja, du wohl schon. Aber du bist ja eh etwas naiv.« Er lachte leise, bevor er seinen weinerlichen Tonfall von letzter Nacht nachäffte. »Hilfe. Wir werden alle sterben …«

In Dagmar zerbrach etwas. »Dann hast du mich bloß ausgenutzt?«

»Meine Güte, jetzt hab dich nicht so. Wir haben doch alle überlebt.«

Wütend fuhr sie zu dem Tisch herum, auf dem Lars' Hose lag, und durchsuchte sie. Doch da waren keine weiteren Goldmünzen. Stattdessen beförderte sie ein Feuerzeug, ein Taschenmesser und ein schmales Lederetui ins Freie, in dem ein

Stift steckte. Sie klappte es auf und starrte betroffen den Inhalt an. Er bestand aus einigen zusammengefalteten Monopoly-Geldscheinen.

»Hast du dir echte Banknoten erhofft?«, höhnte Lars hinter ihr. »Sorry, leider bloß Spielgeld. Aber das wird sich bald ändern.«

Dagmar starrte ihn an, denn sie erinnerte sich wieder an das, was Katja ihr in den Höhlen erzählt hatte. »Dann hast *du* Gunnar erpresst? Die Sache mit dem Kurzarbeitergeld?«

Lars' Blick wurde bereits trübe, doch sie sah die Verwunderung darin. »Sieh einmal an. Davon weißt du also auch? Auch von der Sache mit der Kreditkarte?«

»Das warst du ebenfalls?« Dagmar kamen die Tränen. »Ist dir nicht klar, was du damit angerichtet hast?«

»Ach, komm schon. Die paar Tausender. Du bist doch jetzt wirklich nicht der Typ, der viel ausgeht, oder?« Ächzend legte er sich wieder zurück. »Also gut, legen wir die Karten auf den Tisch: Ich sag dir, wie das demnächst läuft.« Er grinste müde. »Ja, ich habe den Goldschatz gefunden. Und ich habe ihn in Sicherheit gebracht, während du so freundlich warst, mir Bernd vom Hals zu schaffen. Ohne mich werdet ihr ihn aber nicht finden. In ein oder zwei Monaten, wenn hier in den Bergen wieder Ruhe eingekehrt ist, komme ich zurück und greif mir die Kohle. Und wer weiß, vielleicht bin ich ja so nett und gebe dir ein paar Münzen ab. Die da«, er wies schläfrig zu dem Geldstück, das sie bereits in der Hand hielt, »darfst du als kleine Entschädigung behalten.«

Dagmar liefen noch immer die Tränen. »War denn überhaupt irgendetwas wahr, was du gesagt hast?«

»Ganz ehrlich?« Lars' Schultern bebten belustigt. »Nein. Und jetzt verschwinde. Ich bin müde. Und wenn ich wieder wach werde, will ich einen Cappuccino.«

Er lachte noch immer, während er allmählich wegdämmerte.

Dagmar stand einfach da und vereiste innerlich. Es war wirklich so, wie Katja ihr gesagt hatte: Sie musste ihr Leben ändern.

Und zwar ganz grundsätzlich.

Sie trat an Lars' Liege, zupfte an seinen Verbänden und deckte ihn zu. Dann verließ sie das Zelt. Mit einer Sache hatte er immerhin recht gehabt. Schon in wenigen Monaten war es hier oben in den Bergen wieder ruhig. Dann wurde es Zeit für eine kleine private Wanderung.

Vermutlich würde sie den Ausflug in die norwegische Bergwelt gemeinsam mit Sören unternehmen. Denn irgendwie mochte sie ihren dicken Kollegen. Außerdem brauchte er dringend etwas Bewegung – und ebenso wie sie das Vermögen, das dahinten im Wald versteckt lag.

Danach würde sie für ihre Mutter ein Pflegeheim suchen, sich eine neue Wohnung nehmen und dann mal so richtig shoppen gehen. Und, ja, sie würde auch ihren Typ verändern. Ganz so, wie es Katja mit ihr vorgehabt hatte. Denn so clever, wie Lars dachte, war er eben nicht.

Seine Hände waren nämlich mit dem roten Pflanzensaft verschmiert gewesen, den Katja bereits gestern nicht abbekommen hatte. Sie wusste daher, an welchem Ort Lars das Gold versteckt hatte.

Und teilen mussten Sören und sie die Münzen auch nicht mehr.

Dafür hatte sie gesorgt, als sie Lars' Verbände glatt gestrichen hatte.

Sie lächelte, als sie jetzt in sich hineinhorchte. Erstaunlicherweise war dort kein Bedauern. Nur stumme Genugtuung. Lars hatte es nicht anders verdient. Und Dagmar war sich sicher, dass ihre verstorbene Freundin stolz auf sie gewesen wäre. Kurz darauf warf sie das Fläschchen mit den Pilzsporen, die Katja ihnen gestern in die Hand gedrückt hatte, in eine herumstehende Sanitätstonne.

Es war jetzt leer.

Der Kampf um die Hölle ist eröffnet

THOMAS FINN

SCHWARZE TRÄNEN

ROMAN

Im »Gasthaus zum Löwen« in Staufen findet Lukas Faust, Nachfahre des berühmten Doktor Faust, ein mittelalterliches Zauberbuch. Als er einen kostbaren Diamanten aus dem Einband herausbricht, geht auf einmal ein Froschregen über der Stadt nieder, und die Jagd auf ihn wird eröffnet. Erst der schwarze Pudel Mephistopheles, der sich als Teufel persönlich entpuppt, rettet ihn. Mephisto erklärt ihm, dass in der Hölle ein Machtkampf tobt. Wer die drei Teufelstränen besitzt, von denen Lukas' Diamant eine ist, vermag die Apokalypse heraufzubeschwören. Ein Wettlauf gegen die Zeit beginnt, denn die zwei müssen die übrigen Tränen vor ihren Verfolgern finden.

KNAUR